KB068323

MARIA
BEETLE

마리아비틀

이사카 고타로

이영미 옮김

도쿄 역은 붐볐다. 오랜만에 그곳을 찾은 기무라 유이치木村雄一는 그것이 일상적인 혼잡인지 아닌지 알 수 없었다. 특별한 행사가 있어서라고 한다면, 그 말도 납득이 갈 만했다. 오가는 수많은 이용객들에게 압도되며, 와타루涉와 함께 텔레비전에서 봤던 펭귄 무리를 떠올렸다. 수많은 펭귄들이 빽빽하게 밀집해 있었다. 그러나 펭귄들이 복작거리는 건 그나마 이해된다. 그 녀석들은 추울 테니까.

기무라는 사람들 물결을 앞질러 토산물 가게와 구내매점 옆을 지나며 잰걸음으로 걸어갔다.

짧은 계단을 올라가 신칸센 개찰구를 빠져나갔다. 자동 개찰기를 통과하는 순간, 안주머니에 넣어둔 자동권총이 발각되어 문이 턱 하고 닫히는 건 아닐까, 어디선가 나타난 경비대에게 그 자리에서 체포되는 건 아닐까 하는 공포감이 들었지만, 다행히 그런 일은 벌어지지 않았다. 걸음을 멈추고 전광 표시 시각표를 올려다보며 타야 할 '하야테(도쿄 역과 신아오모리 역을 잇는 동일본여객철도의 신칸센 노선, 일본어로 '질풍'이라는 뜻-옮긴이)'가 출발하는 플랫폼을 확인했다. 경비를 하는 제복 차림의 경관이 서 있었지만, 수상쩍게 쳐다보지는 않았다.

초등학생으로 보이는 배낭을 멘 소년이 옆으로 스쳐 지나갔다. 기무라는 와타루가 떠올라 가슴이 메어졌다. 의식을 잃은 채 병원 침대에 아무런 반응도 없이 누워 있는 어린 와타루의 모습이 머릿속에 되살아났다. "그런 험한 꼴을 당하고도 이렇게 말 잘 듣는 표정을 짓고 있다니, 측은해서 차마 볼 수가 없구나"라며 기무라의 어머니는 울었다. 그 말에 기무라는 또다시 몸속이 에이는 심정이었다.

'절대 용서 못 해.'

여섯 살 어린아이를 백화점 옥상에서 떠민 장본인이 태평하게 숨을 쉬고 있다는 것 자체가 믿기지 않았다. 숨이 막혔다. 슬픔이 아니라 분노 때문이었다. 힘찬 발걸음으로 에스컬레이터로 향했다. 술은 끊었다. 똑바로 걸을 수 있다. 손도 떨리지 않는다. '도쿄 특산물'이라는 글씨가 적힌 종이봉지를 왼손에 들고 앞으로 걸어갔다.

플랫폼에는 이미 '하야테'가 출발을 기다리고 있었다. 급한 마음에 발걸음이 빨라졌다. 3호차의 앞쪽 문으로 올라가 차량으로 들어섰다. 옛날에 같이 일했던 동료가 제공해준 정보에 따르면, 목적지인 좌석은 7호차의 다섯 번째 열에 있는 3인석이다. 앞쪽 차량으로 올라타서 신중하게 접근할 계획이었다. 뒤에서 몰래 상황을 살피며 다가가는 것이다.

승강구 통로로 올라서자, 왼쪽에 세면대가 보여서 일단은 거울 앞에 섰다. 등 뒤에 달린 칸막이 커튼을 쳤다. 앞에 비치는 자신의 모습을 바라보았다. 머리는 길고, 눈 가장자리에는 조그만 지방 덩어리 같은 게 보였다. 수염은 듬성듬성 길게 자랐고, 얼굴의 솜털도 상당히 많이 눈에 띄었다. 지칠 대로 지친 얼굴은 자기가 보기에도 참혹했다. 손을 씻었다. 흐르는 물이 자동으로 멈출 때까지 정성껏 문질렀다. 손가락이 떨렸다. 술 때문이 아니라, 긴장한 탓이겠지, 하고 스스로를 타일렀다.

와타루가 태어난 후로는 권총을 쓰지 않았다. 이사를 가거나 짐 정리를 할 때 슬쩍 스치는 정도였다. 안 버리고 놔두길 정말 잘했다는 생각이 들었다. 시건방진 상대에게 공포를 주는 데는, 세상 물정 모르는 괘씸한 상대에게 처지의 차이를 명확하게 깨닫게 하는 데는 권총이 유효하다.

거울 속의 얼굴이 일그러졌다. 거울에 금이 가고, 울퉁불퉁 뭉그러지듯 비틀리며, '옛날은 옛날일 뿐이야. 정말 쏠 수 있겠어?'라고 물었다. '지금은 한낱 술주정뱅이에 아들조차 못 지켰는데', '술은 끊었어', '내 아들은 병원에 있고', '그놈에게 뜨거운 맛을 보여주겠다!', '용서할 순 없잖아?' 맥락도 없는 감정의 거품들이 머릿속에서 파열되었다.

검은 블루종 주머니에서 권총을 꺼내고, 들고 온 종이봉지 속에서 긴 통처럼 생긴 도구를 끄집어냈다. 서프레서, 소음기消音器다. 총 끝에 대고 돌리면서 끼웠다. 총소리가 완전히 사라지는 건 아니지만, 22구경짜리인 이 소총에 끼우면, 장난감 총보다 가벼운 찰칵 하는 소리 정도로 낮출 수 있다.

거울을 향해 고개를 끄덕이고, 총을 종이봉지에 넣은 후 세면실에서 나왔다.

객차 내 이동판매 서비스를 준비하던 여자 판매원이 앞에 있어서 하마터면 부딪칠 뻔했다. 거치적거리게 뭐야, 하고 한마디 쏘아붙이고 싶었지만, 이동판매차에 들어 있는 캔맥주가 눈에 들어와서 도망치듯 그 자리를 떠났다.

"한 모금이라도 마시면 끝장이야. 명심해."

아버지가 전에 했던 말이 불현듯 되살아났다.

"알코올 중독은 완치가 없어. 마시는 순간 다시 부활이야."

4호차로 들어가 객차 통로로 발을 내딛었다. 자동문을 들어서자마자 바로 왼쪽 좌석에 앉아 있던 남자가 막 다리를 바꿔 꼬는 순간이었다. 그 바람에 기무라의 몸과 부딪쳤다. 장착한 소음기 길이만큼 길어진 권총이 종이봉지 안에 들어 있었는데, 그것이 남자의 다리에 걸렸다. 흔들거리는 종이봉지를 기무라가 소중한 듯 끌어당겼다.

긴장과 흥분 때문에 기무라는 그 자리에서 발끈했고, 난폭한 기운이 솟구쳐 올랐다. 뒤를 돌아보니 거기에는 검은 테 안경을 쓴 훤칠하고 잘생긴 남자가 있었다. 그는 나약하게 고개를 숙이며 "죄송합니다"라고 사과했다. 기무라가 혀를 차며 서둘러 앞으로 걸어가려는 순간, "아, 종이봉지가 찢어졌네요. 괜찮겠습니까?" 하고 남자가 물었다. 걸음을 멈추고 살펴보니, 그의 말대로 권총이 들어 있는 봉지에 구멍이 나 있었다. 그러나 눈에 쌍심지를 켜고 화낼 정도는 아니었다. "말이 많군" 하며 그냥 무시하고 앞으로 걸어갔다.

4호차에서 나온 후에도 보폭을 좁히지 않았고, 잇달아 5호차, 6호차를 통과했다.

"있잖아 아빠, 신칸센은 왜 1호차가 꽁무니야?"

전에 와타루가 물었던 말이 떠올랐다. 물론 와타루가 아직 의식이 있었을 무렵이다.

"도쿄랑 가까운 쪽이 1호차란다"라고 대답해준 사람은 기무라의 어머니였다.

"할머니, 그게 무슨 뜻이야?"

"도쿄랑 가까운 쪽에서부터 1호, 2호 순서로 번호를 매기는 거야. 그러니까 할머니, 할아버지 집으로 갈 때는 1호차가 맨 뒤지만, 도쿄로 올 때는 1호차가 맨 앞이지."

"도쿄로 향하는 신칸센이 상행이지. 뭐든 다 도쿄 중심이라니까." 기무라의 아버지도 말했다.

"그럼, 할아버지랑 할머니는 늘 힘들게 올라오는 거네."

"네가 보고 싶으니까 그렇지. 언덕길을 영차영차 올라오는 거란다."

"에이, 신칸센이 올라오는 거지."

할아버지는 그 후 기무라에게 시선을 던지며, "와타루는 정말 귀여워. 네 자식 같질 않아"라며 고개를 끄덕거렸다.

"나도 자주 들었어. 부모 얼굴이 궁금하다는 말."

할아버지와 할머니는 기무라가 빈정거리는 말은 들은 척도 않고 무사태평하게 "이런 게 바로 격세유전隔世遺傳인 모양이야"라는 말을 주고받았다.

7호차로 들어섰다. 통로를 사이에 끼고 왼쪽에는 2인석, 오른쪽에는 3인석 좌석이 있고, 등받이는 같은 방향으로 늘어서 있었다. 종이봉지에 손을 넣어 총을 움켜쥐고, 좌석 열을 하나 둘 헤아리며 성큼성큼 걸어갔다.

예상했던 것보다 빈자리가 많아서 승객은 띄엄띄엄 앉아 있는 정도였다. 다섯 번째 좌석 창가 쪽에서 소년의 뒤통수가 보였다. 하얀 옷깃이 달린 셔츠에 블레이저처럼 보이는 옷을 걸친 소년은 등을 곧게 펴고 겉으로 보기에는 착실한 우등생인 양 앉아 있었다. 창 쪽으로 몸을 비틀고, 역에 도착하는 신칸센 차량에 넋이 나간 분위기로 밖을 내다보고 있었다.

기무라는 천천히 다가갔다. 한 줄 앞까지 다다랐을 때, 비록 한순간이긴 하지만, 저렇게 천진난만해 보이는 아이에게 정말로 악의가 있었을까, 하는 의혹이 솟구쳤다. 어깨 폭이 좁은 가냘픈 등을 바라보고 있자니, 중학생 혼자 신칸센 여행을 즐기는 모습으로밖에 안 보였다. 긴장과 각오가 담긴 두루주머니의 주둥이 끈이 슬며시 느슨해질 것 같았다.

눈앞에서 커다란 불꽃이 튀었다.

신칸센의 전기 계통에 고장이 났나, 하고 처음에는 생각했다. 그러나 예상은 어긋났다. 기무라의 신경 신호가 순간적으로 끊어지며 눈앞이 캄캄해진 것이다. 창밖을 바라보고 있던 소년이 잽싸게 뒤로 돌아서며 손에 몰래 감추고 있던 소형 기계를 기무라의 허벅지에 갖다 댔다. 조금 큰 텔레비전 리모컨처럼 생긴 기계였다. 전에 만난 중학생들이 썼던 자가제 전기충격기라는 것을 알아챈 순간, 기무라의 온몸의 솜털이 거꾸로 치솟으며 몸속 깊은 곳까지 마비되었다.

눈을 떴을 때는 창가 자리에 앉혀 있었다. 몸 앞으로 양쪽 손목이 묶여 있었다. 발목도 마찬가지였다. 두툼한 천으로 된 띠였고, 매직테이프를 이용해 고정해두었다. 팔다리 관절은 굽힐 수 있지만, 몸은 옴짝달싹할 수 없었다.

"아저씨, 정말 바보네. 이렇게 예상에 딱 맞게 행동해줄 줄이야, 정말 놀라워. 컴퓨터 프로그램도 이 정도까지 뜻대로 움직여주진 않을 텐데. 이리로 찾아올 거라는 것도 알고 있었고, 아저씨가 예전에 험악한 일을 했다는 것도 알고 있었어"라며 왼쪽 자리에 앉은 소년이 담담하게 말했다. 쌍꺼풀눈에 콧날이 오뚝한 얼굴 생김새는 여성적으로 보였다.

기무라의 아들을 장난삼아 백화점 옥상에서 떨어뜨린 이 소년은 중학생임에도 인생을 몇 번이나 살아본 듯한 자신만만한 표정으로, “전에도 아저씨한테 말했지만, 왜 이렇게 모든 일이 내 뜻대로 잘 풀리는 걸까. 인생도 별거 아닌가 봐”라고 말했다.

“미안해서 어쩌지. 그렇게 좋아하는 술까지 끊고 애썼는데.”

과일 

상처는 괜찮아, 하고 통로 쪽 자리에 앉은 밀감이 창가에 앉은 레몬에게 말을 건넸다. 신칸센 3호차, 열 번째 열인 3인석이다. 창밖을 바라보고 있던 레몬은 “왜 500계 열차는 없어졌을까. 난 파란색 그 열차를 굉장히 좋아했는데”라고 나지막한 목소리로 중얼거렸다. 그러고 나서야 간신히 알아차린 듯 “상처가 뭐라고?”라며 눈썹을 찡그렸다. 잠결에 짓눌린 건지 정리된 건지, 조금 길다 싶은 머리는 사자 갈기처럼 보이기도 했다. 외까풀 눈과 남의 말을 잘 안 듣게 생긴 입매는, 싫증을 잘 내고 무슨 일이든 귀찮게 여기는 레몬의 성격을 그대로 드러내는 것처럼 보여서, 성격이 먼저일까 외모가 먼저일까, 하고 밀감은 멍 하니 생각에 잠겼다.

“레몬, 너 어제 칼 맞았잖아. 뺨의 상처 말이야”라며 레몬에게 손가락을 돌렸다.

"내가 왜 상처 따윌 입지?"

"이 도련님을 구하기 위해서지."

밀감은 3인석 한가운데에 앉아 있는 남자를 손가락으로 가리켰다. 두 사람 사이에서 어깨를 움츠리고 있는 머리가 긴 스물다섯 살의 젊은이였다. 그는 자기 양옆에 있는 밀감과 레몬을 번갈아 쳐다보았다. 어젯밤에 구출해냈을 때와 비교하면, 혈색이 꽤 많이 좋아졌다. 묶인 몸으로 고문 비슷한 폭력을 당해서 바들바들 떨고 있었는데, 하루도 채 지나지 않아 꽤 안정을 되찾았다. 요컨대 내면이 텅 비어 있는 것이라고 밀감은 생각했다. 픽션과 무관하게 살아온 인간에게서 흔히 볼 수 있는 타입이다. 내면이 텅 빈 데다 단색이라서 금세 변환된다. 급한 불만 끄면 모든 걸 까맣게 잊어버리기 때문에 타인의 감정을 헤아리는 건 애당초 불가능하다. 이런 인간이야말로 소설을 읽어야 마땅할 테지만, 보나마나 이미 읽을 기회를 놓쳤을 것이다.

손목시계를 보았다. 오전 아홉 시이니 이 젊은이를 구출해낸 것은 아홉 시간 전이다. 도내都內 후지사와콘고초에 있는 빌딩 지하 3층의 한 방에 이 도련님, 미네기시 요시오峰岸良夫의 외아들이 감금되어 있었기 때문에 밀감과 레몬이 쳐들어가 구해낸 것이다.

"내가 칼에 맞아 얼굴에 상처가 나다니, 그런 둔해빠진 짓을 할 리가 있나. 웃기는 소리 집어치워."

레몬은 밀감과 마찬가지로 키가 180센티미터에 가까웠다. 마른 체형까지 비슷해서인지, 이따금 쌍둥이 아니면 적어도 형제로 오해받는 경우가 많았다. 다시 말해 쌍둥이 살인 청부업자, 형제 업자라고 불리는 말을 자주 접하는데, 그럴 때마다 밀감은 똑같이 취급하지 말라며 진심으로 분개했다. 이렇게 단락短絡적이고 경솔한 인간과 자신을 같이 분류하는 게 어처구니가 없었다. 물론 레몬은 관심조차 없을 게 뻔하다. 너무나 엉성하고, 섬세함과는 거리가 먼 그런 성격이 밀감은 마음에 들지 않았다. 어느 중개업자가 "밀감은 사귀기 편한데, 레몬은 골치 아프다. 과일도 레몬은 너무 시어서 못 먹잖아"라고 말한 적이 있다. 그 표현이 적절하다.

"그럼 뺨에 있는 그건 뭐지? 빨간 선이 그어져 있는데. 난 이 귀로 똑똑히 들었어. 네가 상대 똘마니의 칼에 베어서 질러대는 비명 소리를."

"내가 그 정도로 겁먹을 리가 있나. 혹시라도 비명을 질렀다면, 상대가 겨뤄볼 가치조차 없는 놈이라 너무 기막혀서 그랬겠지. '헉, 왜 이렇게 약해빠졌어'라는 뜻이라고. 그리고 얼굴의 이 상처는 칼 때문에 생긴 게 아니야. 단순한 습진이야. 난 알레르기가 있으니까."

"그렇게 칼자국처럼 생긴 습진도 있나."

"네가 습진을 창조했어?"

"그건 또 무슨 소리야." 밀감이 얼굴을 찡그렸다.

"네가 이 세상의 모든 습진과 알레르기를 창조했냐고. 아니잖아. 평론가야? 28년간의 내 알레르기 인생을 네가 지금 부정하는 거냐? 네가 습진에 관해 뭘 안다고 지껄여."

"부정하진 않아. 난 습진을 창조하지 않았어. 다만, 그건 습진이 아니야."

늘 이런 식이다. 레몬은 언제나 책임을 전가하고, 허세를 부리고, 입에서 나오는 대로 아무렇게나 지껄인다. 밀감이 그 말을 수용하거나 흘려버리지 않는 한, 끝도 없이 입을 놀려댈 뿐이다. 저어, 하며 밀감과 레몬 사이에 앉은 젊은이, 미네기시 도련님이 겁에 떨며 나지막이 입을 열었다.

"으음, 저어."

"뭐야?" 하고 밀감이 물었다.

"뭐야?" 레몬도 물었다.

"저어, 두 분, 으음 그러니까, 성함이 뭐였죠?"

어젯밤에 밀감 일행이 쳐들어갔을 때, 도련님은 의자에 묶인 채 축 늘어져 있었다. 정신을 차리게 해서 밀감과 레몬이 끌어낼 때도 "미안합니다, 미안합니다"라고 끊임없이 사죄만 되풀이할 뿐, 제대로 대화조차 할 수 없었다. 그러고 보니 이쪽에 관한 설명은 거의 안 했군, 하고 밀감이 기억을 떠올렸다.

"난 돌체고 저쪽은 가바나야"라고 머릿속에 떠오르는 대로 대충 대꾸했다.

"아니야. 난 도널드, 저 녀석이 더글러스."

레몬이 고개를 끄덕이며 말했다.

"그건 또 뭐야?"

밀감은 그렇게 물어보면서도 〈꼬마기관차 토머스와 친구들〉 이름일 거라고 대강 예상했다. 레몬은 기회만 생기면, 그 이야기를 끄집어내기 때문이다. 철도 모형으로 촬영한 유서 깊은 어린이용 텔레비전 프로그램인 모양인데, 레몬은 그것을 몹시도 사랑했다. 레몬이 입에 올리는 우화의 대부분은 〈꼬마기관차 토머스와 친구들〉의 에피소드였고, 인생의 교훈과 기쁨도 모두 거기서 배운 것처럼 깊은 애착을 품고 있었다.

"밀감, 전에도 내가 가르쳐줬잖아. 도널드랑 더글러스는 쌍둥이 검은 증기기관차야. 정중한 말씨를 쓰지. 오호 이런, 이건 헨리가 아니십니까, 라는 식으로 말이지. 그 말투는 정말 호감이 가지. 확 와 닿잖아?"

"와 닿는 거 없어."

레몬은 웃옷 주머니에 손을 넣고 부스럭거리더니 그 속에서 광택이 나는 수첩만 한 크기의 인쇄물을 꺼냈다.

"자 봐, 이게 도널드야"라며 손가락으로 가리켰다. 꼬마기관차 토머스의 스티커인 모양인데, 기관차 그림이 여러 개나 있었다. 검은 차체가 그려 있었다.

"밀감, 넌 몇 번을 가르쳐줘도 이름을 못 외우냐. 아예 외울 맘이 없는 거야?"

"없어."

"재미없는 녀석 같으니. 이거 줄 테니까 좀 외워둬. 이 스티커는 말이지, 이쪽 토머스부터 올리버까지 순서대로 배열되어 있고 디젤까지 있다니까."

그러면서 레몬은 이름을 하나하나 늘어놓기 시작했다. 알았으니까 이제 그만해, 하며 밀감이 그 스티커를 밀쳐냈다.

"저어, 그런데 성함은?" 미네기시 도련님이 말했다.

"아쿠타가와 류노스케랑 가지이 모토지로." 밀감이 곧이어 말했다.

"빌이랑 벤, 해리랑 버트도 쌍둥이고."

"우리는 쌍둥이가 아니야."

"저어 그렇다면, 도널드 씨 일행은."

미네기시 도련님이 고지식하게 그렇게 불렀다.

"저희 아버지 부탁을 받고, 저를 구하러 오신 건가요?"

창가의 레몬은 흥미도 없다는 듯 귀를 후비며, "뭐, 그런 셈이지. 그렇다기보다 말이 나왔으니 한마디 하겠는데, 너희 아버지는 너무 무서워"라고 말했다. 밀감도 동의했다.

"맞아, 너무 무섭지."

"아들이 보기에도 무서운가? 아니면 자식한테는 꼼짝 못하는 물렁한 아버지인가?"

레몬이 손가락 끝으로 찌르자, 가볍게 스쳤을 뿐인데도 도련님은 흠칫하며 몸을 떨었다.

"아, 아뇨, 저한테는 별로 무섭진 않습니다."

밀감은 쓴웃음을 머금었다. 좌석의 독특한 냄새에 이제야 겨우 익숙해졌다.

"너희 아버지가 도쿄에서 지낼 당시의 얘기는 알고 있나? 공훈담은 물론이고 섬뜩한 이야기들이 산더미처럼 많아. 고리대금업할 때 약속시간보다 5분 늦은 여자의 팔을 잘랐다는 얘기는 들어본 적 있나? 손가락이 아니야, 팔뚝이야. 5시간도 아니고, 5분이라고. 게다가 그 팔로"라는 말까지 한 후, 아무래도 신칸센 안에서 떠들어댈 내용은 아닌 것 같아 뒷말은 생략했다.

"아, 들어본 적 있어요."

도련님이 미안해하듯 나지막이 대답했다.

"아마 전자레인지에."

마치 아버지가 직접 요리에 도전했던 추억이라도 늘어놓는 듯한 말투였다.

"그럼, 그것도 알아?"

레몬이 집게손가락을 치켜들며, 몸을 앞으로 쑥 내밀었다.

"돈을 안 갚은 놈의 아들을 붙잡아다 부자지간에 서로 마주보게 해놓고, 두 사람한테 커터 칼을 쥐어주고."

"네, 그것도 압니다."

"알고 있었군." 밀감이 어처구니없어하는 목소리를 냈다.

"뭐, 그래도 너희 아버지는 머리가 좋아. 심플해. 거치적거리는 놈이 있으면, '죽이면 그만'이라고 말할 뿐이고, 성가신 일이 생기면, '처리하면 된다'는 식이지."

레몬은 창밖에서 움직이기 시작한 옆 선로의 신칸센으로 시선을 던졌다.

"예전에 도쿄에 '데라하라'라는 놈이 있었는데, 그자가 꽤 난폭하게 돈을 긁어모았지."

"'영양令嬢'이라는 회사였죠. 알아요. 들어본 적 있어요."

도련님은 차츰 생기를 되찾았고, 태도가 점점 대범해지는 예감이 들어서 밀감은 마음에 들지 않았다. 젊은이가 성장하는 이야기는 소설 속에서는 즐길 수 있겠지만, 현실에서는 달갑지 않다. 비위에 거슬릴 뿐이다.

"그 '영양'이 망했지, 육칠 년 전인가? 데라하라 부자父子가 다 죽고 회사도 분해되어버렸어. 판이 그렇게 돌아가자, 너희 아버지는 아마도 직감적으로 위험을 느꼈겠지. 깨끗하게 정리하고 모리오카로 물러났어. 머리가 좋아."

레몬이 말했다.

"저어, 대단히 감사합니다."

"감사인사는 왜 해? 너희 아버지를 칭찬한 말이 아니야."

레몬이 멀어져가는 하얀 신칸센 차량을 아쉬워하는 눈빛으로 떠나보냈다.

"아뇨, 저를 구해주셔서 감사하다는 인사예요. 저도 정말 위험한 상황이라고 생각했거든요. 겹겹이 둘러싸여 있었던 데다 그놈들은 족히 서른 명쯤 됐잖아요. 게다가 빌딩 지하였고. 그리고 그자들은 아버지가 몸값을 보내도 결국은 저를 죽일 것 같은 예감이 들었어요. 그자들은 우리 아버지한테 굉장히 화가 많이 난 것 같았으니까요. 내 인생도 이제는 끝났구나 했습니다."

도련님이 급기야 쓸데없는 말로 설명하려는 낌새에 얼굴이 찌푸려진 밀감이 "넌 예리해"라고 말했다.

"무엇보다 먼저 너희 아버지는 미움을 아주 많이 샀어. 그놈들뿐만이 아니야. 너희 아버지를 싫어하지 않는 인간은 죽지 않는 인간보다 드물어. 그리고 또 있지. 네가 상상했던 대로 몸값을 받아 챙기고 나면, 그놈들은 분명히 널 죽였을 거야. 그것도 틀림없어. 네 인생이 끝날 뻔한 것도 사실이지."

밀감과 레몬은 모리오카에 있는 미네기시의 의뢰를 받아 몸값을 운반하는 일을 떠맡았다. 아들을 감금하고 있는 상대에게 몸값을 들고 가서 아들을 구해온다. 말로 하면 짧지만, 실행하기는 상당히 어려운 의뢰였다.

"너희 아버지는 너무 까다로워."

레몬이 투덜투덜 중얼거리며 손가락을 꼽았다.

"아들을 구해라. 몸값을 다시 챙겨 와라. 범행을 저지른 일당은 모두 죽여라. 그게 말이 돼? 꿈이란 그렇게 다 이뤄지는 게 아니야."

미네기시는 우선순위를 매겼다. 일단은 아들의 생명이 첫 번째고, 몸값은 두 번째, 범행 일당 살해는 세 번째였다.

"그렇지만 도널드 씨 일행은 다 해치웠잖아요. 정말 대단해요." 도련님이 눈빛을 반짝거리며 말했다.

"야, 레몬, 트렁크는 어떻게 했어?"

밀감은 갑자기 신경이 쓰였다. 몸값이 들어 있는 트렁크는 레몬이 가지고 있어야 했다. 손잡이가 달린 견고한 트렁크였다. 해외여행용으로 사용하기에는 조금 부족한 크기였지만, 작지도 않았다. 짐 선반에도, 좌석 옆에도 보이지 않았다.

"아하, 밀감, 좋은 질문이야."

레몬이 거만하게 몸을 뒤로 젖힌 채, 다리를 앞좌석 등받이로 올리는 듯한 자세로 기분 좋게 말하기 시작했다. 그러더니 자기 주머니를 부스럭거리며, "트렁크는 여기 넣어뒀어"라고 말했다.

"거기? 트렁크는 주머니 속에 안 들어가."

레몬이 혼자서 웃었다. "무슨 소리야, 주머니에 들어 있는 건 종잇조각뿐인데"라며 명함 크기만 한 종이를 팔랑팔랑 흔들어 보였다.

"그게 뭐죠?" 하며 도련님이 얼굴을 가까이 들이댔다.

"지난번에 들렀던 슈퍼마켓에서 받은 추첨권이야. 매달 정해진 날에 제비뽑기를 하지. 이것 봐, 1등은 여행권이야. 엉터리 기획이라 기한도 안 정해놔서 언제든 사용할 수 있지."

"저한테 주시는 건가요?"

"너한테 이걸 왜 줘. 넌 여행권 같은 건 쓰지도 않을 거 아냐.

아빠가 다 사줄 텐데."

"야, 레몬, 제비뽑기 얘기는 집어치우고, 트렁크를 둔 장소나 말해."

좋지 않은 예감이 들어서 밀감의 목소리는 살짝 가시가 돋쳤다.

레몬이 자랑스러운 듯이 고개를 쳐들었다.

"내 말 잘 들어, 넌 철도에 관해서는 잘 모를 테니 내가 한 수 가르쳐주지. 요즘에는 신칸센의 차량과 차량 사이에 큰 짐을 보관하는 공간이 마련되어 있지. 해외여행용 트렁크나 스키 장비 같은 것들을 보관하는 장소야."

밀감은 순간 말문이 막혔다. 피가 솟구쳐 오른 머리를 식히기 위해 반사적으로 옆에 앉은 도련님의 팔을 팔꿈치로 있는 힘껏 내리쳤다. 통증에 못 이겨 신음하는 소리가 들렸다. 뭐 하는 겁니까, 하며 헐떡이듯 따지는 말을 무시하고, "레몬, 넌 부모한테 소중한 짐은 늘 가까이 두라는 가르침도 못 받았나?"라고 억누른 목소리로 말했다.

레몬이 눈에 띄게 발끈했다. "무슨 말을 그따위로 해. 잘 봐, 그 트렁크를 여기 둘 수 있겠냐? 남자가 셋이나 늘어앉은 이곳에 어떻게 넣겠냐고?"라며 아우성을 쳤다. 침이 옆에 앉은 도련님에게 마구 튀었다.

"어디든 다른 곳에 놔둘 수밖에 없잖아."

"위에 있는 선반에 올리면 돼."

"네가 안 들어봐서 잘 모르는 모양인데, 그건 엄청나게 무거워."

"아니, 나도 들어봤지만 별로 무겁진 않았어."

"우리처럼 후줄근하고 수상쩍은 사내들 옆에 트렁크 같은 걸 놔두면, 옆에서 보는 놈들이 '아, 무슨 값어치 있는 게 들어 있겠지' 하고 금방 알아채. 위험하다고."

"알아챌 리 없어."

"알아챈다니까. 그리고 밀감, 넌 우리 부모가 내가 유치원 다닐 때 사고로 죽었다는 걸 잘 알고 있을 텐데. 부모한테 배운 건 거의 없어. 굳이 더 말하자면, 트렁크는 절대 좌석 위에 올리지 말라는 건 배웠지."

"거짓말 마."

바지 주머니 속에 넣어둔 휴대전화가 흔들렸다. 부들부들 떨리며 피부를 자극했다. 전화기를 꺼내 발신자 이름을 확인하자, 얼굴이 저절로 일그러졌다. "너희 아빠야"라고 도련님에게 전했다. 밀감이 자리에서 일어서서 차량 바깥 통로로 나가려는 순간, 신칸센이 움직이기 시작했다.

객차 문이 자동으로 열렸고, 뒤쪽 통로로 나오자마자 통화 버튼을 누르며 귀에 댔다. 미네기시 요시오의 목소리가 들렸다. "어떻게 됐나?"라고 묻는 목소리가 조용하면서도 선명하게 울려 퍼졌다. 밀감은 창가로 이동해서 흘러가는 풍경을 눈으로 좇으며, "지금 막 신칸센이 출발했습니다"라고 대답했다.

"아들은 무사한가?"

"무사하지 않으면, 신칸센에 타지도 않았겠죠."

그 후 미네기시 요시오는 몸값은 잘 챙겨왔는지, 범인들은 어떻게 됐는지 확인했다. 열차가 달리는 소리가 커져서 전화 말소리를 알아듣기가 점점 힘들어졌다. 밀감은 상황을 설명했다.

"아들만 무사히 데려오면, 자네들 일은 끝이야."

당신은 별장에서 한가하게 보내는 것뿐이지 않느냐, 정말로 아들 걱정은 하는 거냐고 따지고 싶어졌다.

전화가 끊겼다. 자리로 돌아가기 위해 다시 3호차로 발을 들여놓으려는 순간, 눈앞에 레몬이 서 있어서 깜짝 놀랐다. 자기랑 키가 같은 남자가 정면에 우뚝 서 있는 모습은 마치 거울을 보는 것 같아서 기묘한 기분이 들었다. 게다가 단순한 분신이라기보다 엉성한 성격에 자기보다 행실도 나쁜 남자이다 보니, 마치 자신의 나쁜 부분만 뭉쳐놓은 분신이 눈앞에 나타난 것 같은 느낌에 사로잡혔다.

레몬은 천성적으로 침착하지 못한 성격을 훤히 드러내며, "밀감, 일이 좀 꼬였어"라고 말했다.

"일이 꼬여? 뭐가? 괜히 네가 곤란한 일에 나까지 끌어들이지 마."

"너도 관계있어."

"뭔데?"

"조금 전에 네가 돈이 든 트렁크는 짐 선반에 올려두라고 했지."

"그랬지."

"그래서 신경이 쓰여서 찾으러 나갔어. 여기랑은 반대편인 앞쪽 차량 짐 보관소로."

"바람직한 마음가짐이군. 그런데?"

"트렁크가 없어."

밀감은 레몬과 함께 3호차를 통과해 반대편 차량 통로로 나갔다. 화장실과 세면실 옆에 짐을 보관하는 자리가 마련되어 있었다. 2단으로 나뉘어 있었고, 위 칸에는 큼지막한 트렁크 하나가 올려 있었다. 미네기시의 몸값이 들어 있던 트렁크는 아니었다. 그 옆에는 공중전화가 철거된 흔적 같은 칸막이 선반도 보였다.

"여기 놔뒀나?"

밀감이 대형 트렁크 아래쪽의 빈 공간을 손가락으로 가리켰다.

"어어, 여기야."

"그럼 어디 갔지?"

"화장실에 갔나?"

"트렁크가?"

"그래."

레몬은 어디까지가 본심인지, 남자용 화장실을 들여다보러

갔다. 그러더니 개인용 화장실 문을 난폭하게 열어젖히고, "어디 있어? 어디서 오줌 싸는 거냐고. 얼른 나와!"라며 거친 목소리를 내뱉었다.

누가 착각하고 잘못 듣고 갔을까, 하고 밀감은 생각해봤지만 그럴 것 같진 않았다. 심장 박동이 빨라졌다. 자신이 동요한다는 사실에 동요되었다.

"밀감, 지금 이 상황을 네 글자로 표현하면 뭔지 알아?"

레몬이 경직된 얼굴로 물었다.

바로 그때 이동판매차가 다가왔다. 젊은 여자 판매원이 눈치 빠르게 멈춰 섰지만, 이쪽 대화를 들려줄 수도 없는 노릇이라 먼저 통과시켰다. 판매차가 사라지고 나서 밀감이 말했다.

"네 글자라. '난처하다'겠지."

"'큰일 났다'야."

일단은 침착하게 다시 생각해보기 위해 3호차로 돌아가자고 밀감이 제안했다. 뒤따라오는 레몬이, "야, 내가 한 말 들었어? 네 글자로 다른 표현이 또 있을까"라며 혼란한 탓인지 아니면 태평한 탓인지 심각함이라곤 티끌만큼도 느껴지지 않는 말투로 중얼거렸다. 밀감은 안 들리는 척하며 객차 통로로 걸어갔다.

차 안은 한가했다. 평일 오전 이른 시간이라 그런지 좌석은 40퍼센트 정도만 차 있었다. 물론 평소 승차율은 모르지만, 쾌적게 느껴졌다.

열차 진행 방향과는 역행하는 위치여서 자리에 앉아 있는 승객들이 눈에 들어왔다. 팔짱을 낀 사람, 눈을 감은 사람, 신문을 읽는 사람 등등 회사원들이 보였다. 밀감은 각 자리의 바닥과 위쪽 짐 선반을 훑어보았다. 검은색 소형 트렁크가 있는지 확인했다.

차량 한가운데쯤에 미네기시 도련님의 모습이 보였다. 입을 크게 벌리고 등받이에 기댄 채, 창 쪽으로 살짝 기울어져 눈을 감고 있었다. 이틀 전에 유괴된 후로 줄곧 감금되어 있었던 데다 한밤중에 해방되어 잠도 못 자고 곧장 왔으니 졸리기도 할 테지…….

밀감은 그렇게 생각하진 않았다. 심장이 튀어오를 것 같은 충격을 느끼며, 결국 일이 벌어졌구나, 하고 어처구니없어하면서도 마음을 다잡는 심정이었다. 서둘러 의자에 앉아 재빨리 미네기시 도련님의 목덜미에 손을 얹었다.

"우리 도련님은 이런 큰일이 벌어진 상황에 태평하게 잠이나 주무시나." 레몬이 다가와서 멈춰 섰다.

"레몬, 더 심각한 큰일이야." 밀감이 말했다.

"무슨 소리야?"

"도련님이 죽었어."

"설마."

레몬은 잠시 후, "완전 큰일 났군"이라고 말했다. 손가락을 꼽으며 여섯 글자네, 하고 투덜거렸다.

한 번 일어난 일은 두 번 일어난다, 두 번 일어난 일은 세 번 일어난다, 그런 식으로 따지면 세 번 일어난 일은 네 번 일어난다는 뜻이니, 한 번 일어난 일은 영원히 일어난다고 말하는 게 옳지 않을까, 하고 나나오七尾는 생각할 수밖에 없었다. 도미노가 쓰러지는 것과 마찬가지다. 5년 전 맨 처음 일을 시작했을 때, 예상치도 못한 큰일을 당하고 말았는데, 그때 '한 번 일어난 일은 두 번 일어날 수 있지 않을까'라고 무심코 생각한 게 잘못이었는지, 두 번째 일에서도 재난에 휘말렸고, 당연하다는 듯이 세 번째에도 예기치 못한 사태에 농락당했다.

"쓸데없이 너무 끙끙대서 그런 거 아닌가?"

마리아真莉亜가 전에 그런 말을 던진 적이 있다. 일을 의뢰받아 나나오에게 넘기는 역할을 맡은 그녀는, "난 접수창구 같은 존재"라고 말은 하지만, 나나오는 도저히 그렇게 여겨지진 않았다. 나나오는 항상 '내가 요리를 만들고 네가 먹는다'는 문장이나 '네가 지시를 내리고 내가 움직인다'는 말이 떠올랐다.

언젠가 "마리아도 일을 해보면 어떨까"라고 진언한 적이 있다.

"나도 일하잖아."

"실무라고 할까, 실행부대라고 할까, 그런 쪽 일 말이야."

비유를 들어 말하자면, 지금 상황은 우수한 천재 축구선수가 운동장 밖에서 죽어라 지시를 내리며, 주뼛주뼛 뛰는 아마추어 수준 선수에게 "왜 제대로 못해"라고 닦달하며 이를 가는 상태이므로, 다시 말하면 네가 천재 축구선수고 나는 아마추어 선수라는 뜻인데, 그렇다면 천재가 시합에 직접 나가는 게 빠른 길이 아니냐는 얘기를 했었다. 그러는 편이 서로 스트레스도 적을뿐더러 결과도 좋을 거라고.

"난 여자야. 무슨 소릴 하는 거야?"

"그렇긴 하지만, 넌 중국권법이 특기라 남자 셋쯤은 너끈히 상대할 수 있잖아. 나보다 더 듬직할지 몰라."

"그런 문제가 아니야. 여자 얼굴에 상처라도 생기면 어쩔래."

"언제 적 얘길 하냐. 지금은 남녀평등을 부르짖는 시대인데."

"성희롱이야."

대화가 통하지 않자 나나오는 포기했다. 다시 말해, '마리아가 지시를 내리고 나나오가 움직인다', '천재는 감독, 아마추어는 선수'라는 역할 분담은 바뀌기 어려운 사실인 듯했다.

마리아는 이번 일에 관해서도 여느 때와 다름없이, "간단해, 간단해. 금방 끝날 거야. 이번에야말로 문제없어"라고 단정했다. 매번 똑같이 되풀이되는 말이라 나나오는 반론할 기력조차 없었다.

"아냐, 아마도 무슨 일이 생길 거야."

"부정적인 사고는 버리라니까. 지진이 일어날까 벌벌 떨면서 집 속에 틀어박혀 사는 소라게랑 똑같네."

"소라게가 그런가?"

"아니면 왜 집을 짊어지고 이동하겠어?"

"고정자산세를 내기 싫어서 그런 거 아닌가."

자포자기 심정으로 아무렇게나 내뱉은 대답이긴 했지만, 들은 척도 하지 않았다.

"우리 일이라는 게 본래 번거롭고 위험한 게 많으니까 매번 말썽에 휘말릴 가능성도 그만큼 높게 마련이잖아. 일이 곧 말썽이나 마찬가지라고."

"그건 아니지." 나나오가 단호하게 말했다. "그, 건, 아, 니, 지" 라고 명확하게 부정했다. 그것만큼은 오해받고 싶지 않았다.

"잘 들어, 내가 지금까지 맞닥뜨린 말썽은 그런 종류가 아니야. 지난번에 고층 호텔에서 정치가가 바람피우는 현장을 촬영하는 일이 있었지. 넌 그때도 간단하고 금방 끝나는 일이라고 했어."

"간단하잖아. 단순한 사진 촬영이니까."

"그 호텔에서 무차별 총격 사살 사건이 발생하지 않았다면 그랬겠지."

로비에서 별안간 양복 차림의 남자가 총을 난사하기 시작했다. 나중에 유능한 관료라고 판명된 그는 평소 우울증에 시달려 왔는데, 그것이 폭발했는지 호텔 이용객을 사살하고 농성에 들어갔다. 나나오의 일과는 전혀 관계없이 그저 우발적으로 발생한 사건이었다.

"그때 네 활약은 대단했잖아. 몇 명 구했더라? 범인 목도 부러뜨렸고."

"필사적이었으니까. 그리고 또 그 뭐냐, 패스트푸드점에 가서 신제품을 먹고 그 자리에서 '진짜 맛있어. 너무 맛있어서 폭발할 것 같아'라고 요란하게 놀라는 척 하는 일도 있었지."

"그건 왜? 맛없어서?"

"맛있었어. 다만, 먹고 난 직후에 가게가 정말로 폭발했지."

해고된 아르바이트 직원이 저지른 범죄였다. 다행히 손님이 적어서 죽은 사람은 없었지만, 가게 안은 연기와 불꽃에 휩싸여 아수라장이었고, 그 바람에 나나오는 필사적으로 손님들을 밖으로 끌어냈다. 게다가 그 가게 안에는 비합법적인 사업가로 유명한 남자가 숨어 있었고, 밖에서 라이플총으로 그를 노리던 프로 살인청부업자까지 있어서 소동은 더욱 커졌다.

"넌 그때도 펄펄 날아서 저격해오는 놈이 있는 곳까지 찾아내서 때려눕혔잖아. 그것도 대단한 활약이었어."

"그 일을 할 때도 넌 사전에 '간단한 일'이라고 단언했어."

"고작해야 햄버거 먹는 일인데, 그게 뭐가 어려워?"

"얼마 전에 한 일도 그래. 패스트푸드점 화장실에 돈만 감추면 그걸로 끝이다. 넌 그렇게 말했지만, 결국 양말은 다 젖고, 하마터면 머스터드 범벅인 햄버거까지 먹을 뻔했다고. 이 세상에 간단한 일은 존재하지 않아. 너무 낙관적으로 생각하면 곤란해. 게다가 이번에는 아직 일의 내용조차 확실하게 안 가르쳐줬어.”

“지시는 들었잖아. 누군가의 여행 짐을 가로채서 내린다. 그것뿐이라니까.”

“어디에 있는 누구의 짐인지, 아는 게 하나도 없어. 신칸센에 타면 상세한 사항은 나중에 연락하겠다니, 그런 일이 간단히 끝날 리가 없지. 게다가 우에노 역에서 내리라며? 그건 너무 빠르잖아. 시간 여유가 없다고.”

“발상 좀 바꿔. 알겠니? 어려운 일일수록 사전 지시가 필요한 법이야. 연습에 실패했을 때 대책까지 필요할 테니까. 반대로 생각해보면, 일을 시작하기 직전까지 지시가 없다는 건 매우 간단한 일이라는 뜻이지. 예를 들어 지금부터 숨을 세 번 쉬는 일이 있다면 어떨까? 사전 정보가 필요하겠어?”

“그런 묘한 논리는 들어본 적도 없고, 듣고 싶지도 않아. 보나마나 간단한 일이 아닐 게 뻔해. 세상에 간단하고 단순한 일은 없어.”

“있다니까 그러네. 간단한 일은 얼마든지 있어.”

“그중 하나라도 가르쳐주면 고맙겠군.”

“예를 들면 지금 내가 하는 일. 중개 역할만 하는 건 간단해.”

“그럴 줄 알았다.”

도쿄 역 신칸센 플랫폼에 서 있을 때 휴대전화가 왔고, 나나오가 전화기를 귀에 대자마자, 그 순간을 기다리기라도 한 것처럼 구내 안내방송이 울려 퍼졌다. "잠시 후 20번 플랫폼에 모리오카 행 '하야테·고마치'가"라는 남자 목소리가 울려 퍼져서 전화기 너머에서 얘기하는 마리아의 목소리를 알아듣기 힘들었다.

"저기, 내 말 듣고 있어? 들려?"

"'하야테'가 들어와."

안내방송이 역 플랫폼을 휘저었다. 휴대전화가 눈에 보이지 않는 망에 뒤덮인 것 같은 기분이었다. 전파가 방해를 받는 느낌이었다. 가을바람이 기분 좋게 불었다. 구름이 띄엄띄엄 떠 있는 정도라 푸른 하늘이 상쾌해 보였다.

"아마 신칸센이 출발하자마자일 것 같은데, 짐과 관련된 지시가 오면 너한테 바로 연락할게."

"연락이라니, 전화야, 문자야?"

"전화할 거야. 아무튼 휴대전화는 정신 바짝 차리고 확인하도록! 그 정도는 할 수 있겠지?"

신칸센의 갸름하고 긴 얼굴이 미끄러지듯 모습을 드러냈다. 역 플랫폼으로 길고 하얀 차체가 달려 들어와 속도를 낮추며 정지했다. 문이 열리고 승객들이 내렸다. 플랫폼은 눈 깜짝할 사이에 사람들로 넘쳐났다. 메마른 땅을 찾아 흐르는 물줄기가 번져나가듯 공간은 금세 가득 찼다. 길게 늘어서 있던 행렬은 조금씩 흐트러졌다. 사람들 무리는 계단 밑으로 가라앉으며 사라져갔고, 흘러가지 않고 남은 사람들은 입을 다문 채, 신호를 주고받은 것도 아닌데 또다시 진형을 가다듬었다. 명시적인 지시가 없는데도 통제가 기능을 발휘했다. 나나오는 자기도 그중 한 사람이면서도 신기하다는 생각이 들었다.

곧바로 승차할 수 있을 줄 알았는데, 차 내부 청소 시간인지 일단은 문이 다시 닫혔다. 마리아와의 통화를 굳이 서둘러 끝낼 필요가 없었다.

"왜 특실이 아니야?"

옆에서 소리가 들렸다. 시선을 돌리자, 짙은 화장을 한 여자와 키가 작은 남자가 서 있었다. 종이봉지를 든 남자는 둥그런 얼굴에 수염을 길렀는데, 통아저씨 게임 모형을 방불케 하는 외모였다. 여자 쪽은 선명한 녹색 민소매 옷을 입었고, 박력이 물씬 풍겨나는 이두박근을 드러내고 있었다. 치마는 극단적으로 짧아 허벅지가 훤히 드러나서 나나오는 얼른 시선을 피했다. 필요 이상으로 강하게 거북함이 느껴져서 쓰고 있던 검은색 안경테를 만지작거렸다.

"특실은 무리잖아"라고 남자가 머리를 긁적거리며 지정석 표를 여자에게 내밀었다.

"그래도 이것 봐, 2호차 두 번째 열로 끊었어. 네 생일이랑 똑같잖아. 2월 2일."

"지금 무슨 소릴 하는 거야. 생일까지 틀리고. 난 특실인 그린 차에 타는 줄 알고, 이렇게 녹색 옷까지 차려입고 왔는데."

체격이 좋은 여자는 아우성을 치며, 퍽 소리가 날 정도로 거세게 남자의 어깨를 밀쳤다. 그 바람에 남자가 들고 있던 종이 봉지가 바닥에 나뒹굴었고, 안에서 물건들이 쏟아져 나왔다. 빨간 재킷과 검은 원피스가 작은 눈사태를 일으키듯 튀어나왔는데, 그 사이에 뒤섞여 검은 털이 북슬북슬한 생물체 같은 것이 드러나서 나나오는 기겁을 하며 놀랐다. 섬뜩한 생물처럼 보여서 소름이 돋았다.

남자가 귀찮다는 듯이 그것을 집어 들었다. 가발이었다. 요즘은 위그라고 부르던가. 시선을 다시 던졌을 때, 그 민소매 옷차림의 여자는 여자가 아니라 화장을 짙게 한 남자라는 걸 알아챘다. 울대뼈가 드러나고 어깨도 넓었다. 팔 굵기는 납득이 갔지만, 치마 길이에는 아무래도 저항감이 느껴졌다.

"거기 오빠, 뭘 그리 힐끔거려."

나나오는 그 날카로운 목소리가 자기를 향한 것이라는 걸 알고 등줄기를 곧게 폈다.

"어이, 형씨, 힐끔힐끔 쳐다보면 안 되지."

둥글고 귀여운 얼굴에 수염이 난 남자가 앞으로 슬며시 걸음을 내딛었다.

"이 옷, 갖고 싶어서 그래? 만 엔에 팔지. 얼른 돈 내"라며 종이봉지에서 비어져 나온 옷을 집어 들었다.

천 엔이라도 필요 없다고 받아치고 싶었지만, 그러면 괜한 시비에 휘말릴 게 빤해서 입을 다물었다. 거 봐, 역시 난 재수가 없다니까, 하고 마음속으로 생각했다.

남자는 또다시 "야, 점프해봐, 돈 있잖아"라며 중학생을 갈취하듯 놀려댔다. "검은 테 안경을 쓴 걸 보니 인텔리 청년인 모양인데"라며 시비를 걸어왔다. 나나오는 잰걸음으로 그 자리를 떠났다.

일 생각만 하자.

해야 할 일은 간단하다. 짐을 챙겨서 다음 역에서 내린다. 괜찮다, 아무 일도 일어나지 않는다, 덧붙을 말썽도 없다. 이미 여장 남자와 검은 수염 남자에게 공격당하는 불운에 휘말리긴 했지만, 그걸로 성가신 일은 끝났다, 액땜이나 마찬가지다, 하며 스스로를 설득했다.

오랫동안 기다리셨습니다, 하는 안내방송 소리가 구내에 울려 퍼졌다. 사무적이긴 하지만, 그 안내는 기다림에 지친 승객들의 마음을 가볍게 해주었다. 별로 오래 기다리지도 않았지만, 적어도 나나오는 그 안내방송에 마음이 놓였다. "업무 연락, 20번, 문을 열어주십시오"라는 소리가 들리자마자, 그 주문呪文에 반응하듯 열차 문이 열렸다.

지정석 표를 확인했다. 4호차 첫째 열 D석이라고 적혀 있었다. "넌 모르겠지만, '하야테'는 전 좌석 지정제야. 그렇기 때문에 금방 내리든 어떻든 좌석은 꼭 끊어둬야 해"라고 차표를 건넬 때 마리아가 했던 말이 떠올랐다.

"일단은 움직이기 쉽게 끝자리로 잡아뒀어."

"대체 그 트렁크에는 뭐가 들어 있는데?"

"무엇인지는 모르지만, 보나마나 별 대단한 건 아닐 거야."

"보나마나라니, 그게 무슨 뜻이야. 너도 내용물을 모른다고?"

"물론 모르지. 물어봤다가 의뢰인이 화내면 어떡해?"

"위험한 물건이면 어쩔 건데?"

"위험한 물건이라니, 예를 들면 뭐?"

"사람 시체, 큰돈, 비합법적인 약, 대량의 벌레."

"대량의 벌레는 무섭다. 끔찍해. 응."

"다른 세 가지도 무섭긴 마찬가지야. 혹시 수상쩍은 물건 아냐?"

"그야 뭐, 드러내놓고 말하긴 어려운 물건이겠지."

"그럼, 위험하잖아."

나나오는 반쯤은 화가 난 말투였다.

"내용물이 제아무리 위험해도 운반하는 것뿐이니까 안전해."

"그게 무슨 논리야. 그럼 네가 대신 해."

"싫다니까. 그런 험한 일은."

4호차 맨 뒤쪽, 첫 번째 열에 자리를 잡고 앉았다. 쓱 훑어보니 차 안에는 빈자리가 많았다. 신칸센의 출발을 기다리며 손에 들고 있는 휴대전화로 시선을 던졌다. 마리아에게 연락은 없었다. 출발하면 우에노까지는 금방이다. 짐을 가로챌 시간은 한정되어 있다. 시간 안에 처리할 수 있을지 걱정스러웠다.

객차 자동문이 콧김을 내뿜는 듯한 소리와 함께 열렸다. 누가 들어오나 했는데, 나나오가 막 바꿔 꼰 다리에 그 남자가 들고 있던 종이봉지가 부딪쳤다. 험악한 눈빛으로 이쪽을 노려본 남자는 다박수염에 혈색도 안 좋고, 눈가에는 그늘이 져서 건강해 보이지 않았다. "죄송합니다"하며 나나오가 곧바로 사과했다. 엄밀하게 따지면, 먼저 부딪쳐온 사람은 그 남자였으니 나나오가 앞서서 사죄의 말을 입에 올릴 필요는 없었지만, 딱히 개의치 않았다. 실랑이는 최대한 피하고 싶었다. 시비를 걸어온다면, 얼마든지 사과할 용의는 있었다. 남자는 발끈하면서도 그냥 가던 길을 갔다.

그런데 그 순간 종이봉지에 작은 구멍이 뚫려 있는 모습이 눈에 들어왔다. 좀 전에 부딪쳤을 때 찢어졌을지도 모른다.

"어, 종이봉지가 찢어졌네요. 괜찮겠습니까?"

"말이 많군" 하며 남자는 그 자리를 떠났다.

나나오는 차표를 확인하기 위해 허리띠에 끼워둔 가죽으로 된 얇은 히프 색을 빼서 안을 들여다보았다. 차표 외에도 여러 가지 물건들이 들어 있었다. 볼펜, 메모지를 비롯해 작은 철사와 라이터, 알약, 시계, 나침반, 그리고 강력한 U자형 자석, 점착력이 강한 테이프 등이 들어 있었다. 자명종시계를 대신하는 알람 기능이 딸린 손목시계는 세 개나 있었다. 알람은 예상 외로 큰 도움이 될 때가 많기 때문이다. 마리아는 '서민의 일곱 가지 도구'라고 놀려댔는데, 실제로 부엌이나 편의점에서 손쉽게 구할 수 있는 물건들뿐이었다. 피부에 화상을 입거나 상처가 생겼을 때 재빨리 치료할 수 있는 약효가 강한 스테로이드 연고와 지혈 크림도 준비해두었다.

행운의 여신에게 버림받은 남자가 할 수 있는 일은 대책을 미리미리 준비해두는 것뿐이었고, 그래서 나나오는 도구만은 확실하게 갖추고 다녔다.

히프 색 바깥 주머니에 찔러둔 신칸센 표를 꺼냈다. 인쇄된 글씨를 보고 깜짝 놀랐다. 도쿄에서 모리오카까지 가는 차표였다. 왜 모리오카까지 끊었지, 하며 의아해하는 동시에 휴대전화가 울렸다. 서둘러 전화를 받았다. 마리아의 목소리가 들렸다.

"알아냈어. 3호차와 4호차 사이야. 그곳에 짐을 보관하는 장소가 있는데, 거기에 검은 트렁크가 있대. 손잡이 부분에 무슨 스티커가 붙어 있나봐. 주인은 3호차에 있는 모양이니까 트렁크를 손에 넣으면 3호차에서 떨어진 곳으로 내려."

"알았어. 그리고 지금 알았는데, 우에노에서 내리는 일이라면서 차표는 왜 모리오카까지 끊었지?"

"특별한 의미는 없어. 으음, 그렇지만 이럴 경우에는 종점까지 사놓는 게 철칙이야. 무슨 변수가 생길지 모르잖아."

거 봐, 하며 나나오가 살짝 목소리를 높이고 말았다. "너도 무슨 일이 생길 거라고 예상하는 거잖아."

"일반론이야. 그렇게 예민하게 굴지 좀 말라니까. 제대로 웃고 있어? 웃으면 복이 온다잖아."

혼자 히죽거리면 오히려 더 수상쩍게 보여, 하고 되받아치고 전화를 끊었다. 어느새 신칸센은 움직이고 있었다.

자리에서 일어서서 등 뒤의 문을 지나 바깥 통로로 나갔다.

우에노까지는 오 분이다. 시간이 없다. 다행히 짐 보관소는 바로 눈에 띄었고, 그곳에 놓여 있는 검은 트렁크도 어렵지 않게 발견했다. 별로 크지는 않았지만, 바퀴가 달려 있었다. 몸체는 무엇으로 만들었는지는 몰라도 탄탄했다. 손잡이 부분에 붙어 있는 스티커도 발견했다. 소리 나지 않게 조심스레 끌어당겨서 꺼냈다. '거봐, 간단하잖아'라는 마리아의 달뜬 목소리가 귓전에 울려 퍼졌다. 여기까지는 분명 간단하다. 시계를 보았다. 우에노 역까지는 앞으로 사 분, 제발 빨리 도착해라 제발, 하며 마음속으로 빌었다. 나나오는 다시 4호차로 들어갔고, 트렁크를 들고 자연스러운 보폭으로 앞을 향해 걸어갔다. 승객들이 이쪽을 주목하는 기색은 없었다.

4호차 밖으로 나갔다. 5호차로 들어가 객차 통로를 지나 6호차 앞쪽 통로로 나갔다.

그쯤에서 안도의 숨을 내쉬었다. 혹여 출입구 부근에 장해라도 기다리고 있는 건 아닐까 경계했기 때문이다. 젊은 애들이 문 앞에 주저앉아 졸거나 화장을 한다거나, 여하튼 그 자리를 가로막고 있다가 나나오의 얼굴을 본 순간, "뭘 쳐다봐"라며 트집을 잡고 시비를 걸어온다거나, 아니면 통로 부근에서 사랑싸움을 하던 남녀가 "저기요, 당신은 어느 쪽이 맞는 것 같아요?"라고 나나오를 지목하며 억지로 싸움에 끌어들인다거나, 그런 소동들에 직면하는 건 아닐까 하고.

그래서 문 근처에 사람이 없다는 데 일단은 마음이 놓였다. 이제는 우에노 역이 다가오기만 기다렸다 밖으로 나가면 그만이다. 역 개찰구를 빠져나갈 무렵에 마리아에게 전화를 걸면 된다. 거봐, 내 말대로 간단하잖아, 하며 놀려대는 그녀의 목소리가 떠올랐고, 그런 반응에는 불쾌감을 감출 수 없지만, 쓸데없이 귀찮은 일에 휘말리는 것과 비교하면 그쪽이 단연코 낫다.

갑자기 주위가 어스름해졌다. 차체가 지면으로 기어들어가듯 비스듬히 기울기 시작했다. 우에노 역의 지하 플랫폼이 가까워졌다는 증거겠지. 나나오는 트렁크를 움켜쥔 손에 힘을 주며 별다른 이유도 없이 손목시계를 확인했다.

문 유리창에 얼굴이 비쳤다. 자기가 보기에도 운이나 행운과는 인연이 없음직한 남자라는 생각이 들었다. "나나오랑 사귀고 난 후로 지갑을 자주 잃어버려", "실수가 많아졌어", "뾰루지가 잘 낫질 않아"라고 과거의 연인들이 한탄했던 말도, 그때야 물론 생트집이라고 반론했지만, 뜻밖에 일리가 있었을지도 모른다. 불행은 감염되는 게 아닐까.

높고 날카로운 열차 소리가 차츰 가라앉았다. 진행 방향 왼쪽이 승강구인 듯했다. 문 너머가 밝아졌다. 동굴 안에 난데없이 미래도시가 출현한 것처럼 당돌하게 플랫폼이 그 자태를 드러냈다. 승객들이 띄엄띄엄 눈에 들어왔다 뒤편으로 흘러갔다. 계단과 벤치, 전광 게시 시각표 등이 왼쪽으로 사라졌다.

나나오는 유리창을 뚫어져라 쳐다보며 혹시나 누가 등 뒤로 다가오지는 않는지 확인했다. 트렁크 주인에게 발각이라도 나면 일이 성가셔진다.

신칸센 속도가 느려졌다. 나나오는 전에 딱 한 번 참가해본 적이 있는 카지노의 룰렛을 떠올렸다. 어디로 구슬을 떨어뜨릴까, 거드름을 피우듯 느릿느릿한 속도로 룰렛이 멈춰 서는데, 신칸센도 그와 비슷한 분위기를 드러냈다. 역에서 기다리는 어느 승객 앞에서 차량을 세울까 선택하듯, 어디로 할까 약을 올리듯 천천히 속도를 낮추었고, 곧이어 승객 앞에 멈춰 섰다.

문 너머에 승객이 서 있었다. 작은 몸집에 헌팅캡을 쓴, 가공의 이야기 세계에 자주 등장할 것 같은 사립탐정 비슷한 차림새였다. 신칸센은 멈췄지만, 문은 좀처럼 열리지 않아서 물속에서 숨을 참았다 뿜어낼 순간을 기다리는 것 같은 뜸이 지났다.

나나오는 유리창을 사이에 두고 플랫폼의 승객과 마주서는 모양새가 되었다. 저렇게 활기 없는 얼굴에 탐정 같은 복장을 좋아하던 사내가 있었지, 하는 생각이 떠올랐다.

나나오랑 비슷한 일을 하는, 다시 말해 드러내놓고 말할 수 없는 위험한 업계에서 일하는 남자였다. 본명은 아주 흔하고 시시했지만, 하는 말이 워낙에 요란한 데다 신빙성 없는 자기 자랑이나 과장된 중상모략만 입에 올려서 '늑대'라고 불렀다. 물론 '무리에서 홀로 떨어져 나온 늑대'나 '론리 울프' 같은 용맹함이나 고독한 의미가 아니고, 그 유래는 양치기 소년의 우화였다. 그러나 정작 본인은 그런 불명예스러운 이름을 불쾌하게 여기지도 않고, "이 이름은 데라하라 씨가 붙여준 거야"라며 늘 자랑스럽게 여겼다. 한때 업계의 우두머리로 유명했던 데라하라가 번거롭게 이름을 붙여줬을 리가 없지만, 본인은 굳게 믿고 있는 것 같았다.

늑대가 허풍을 떨어댄 에피소드는 셀 수 없이 많다. 예를 들면, 꽤 오래 전에 어느 술집에서 우연히 만난 나나오에게 "정치가나 그 비서들을 자살시키는 놈이 있었지. 자살 청부업자 말이야"라는 얘기를 꺼낸 적이 있다.

"고래였나 범고래였나, 하여간 그런 이름을 가진 거구 사내가 있었잖아. 요즘 그 자식 모습이 안 보인다는 말이 떠도는데, 그거 내가 한 거야."

"내가 했다니, 그게 무슨 뜻이지?"

"의뢰가 와서 고래를 죽였다고. 내가."

고래라고 불린 자살 청부업자가 돌연 모습을 감춘 것은 업계에서도 화젯거리였다. 업자 중 누군가가 살해했다는 소문, 불우의 사고에 휘말렸다는 소문도 떠돌았고, 그 고래의 시체는 과거에 원한을 품었던 어느 정치가가 비싸게 사서 자택에 장식했다는 끔찍한 소문까지 나돌았다. 그러나 진상이야 어떻든 간에, 짐 운반이나 여자와 어린애를 상대로 난폭한 짓이나 일삼는 청부업자 늑대가 그런 큰일을 했을 리 없다는 것만은 명백했다.

나나오는 늑대와는 최대한 얼굴을 마주치지 않으려고 애썼다. 얼굴을 마주하고 있으면 자기 자신을 억제하기 힘들어서 혹시라도 때리는 일이 생기면 곤란하다고 생각했기 때문이었다.

그런 예감은 적중해서 어느 날 나나오는 늑대를 때려눕히는 상황에 처하고 말았다. 늑대가 밤에 번화가 뒷골목에서 초등학생 세 명을 상대로 폭력을 휘두르려고 한 것이다. "뭐해?" 하고 나나오가 추궁하자, "이 자식들이 날 보고 더럽다며 웃잖아. 그래서 본때를 좀 보여주려던 참이지"라고 말했다. 그러더니 그는 실제로 공포에 질려 꼼짝 못하고 서 있는 초등학생들의 얼굴을 한 사람씩 주먹으로 때렸다. 나나오는 머리끝까지 피가 솟구쳐 올라 늑대를 밀쳐내고 뒤통수에 발길질을 했다.

"어린애들을 보호하다니, 넌 정말 마음이 따뜻해."

나중에 그 얘기를 들은 마리아가 놀려댔다.

그런 게 아니야, 하고 나나오는 곧바로 받아쳤다. 순간적으로 머리끝까지 확 치밀어 오른 이유는 "도와주세요"라며 겁에 질려 도움을 요청한 소년의 연약한 모습 때문이었다.

"어린애가 도움을 요청하면, 난 약해져."

"전에 얘기했던 그 마음의 상처?"

"그렇게 한마디로 마음의 상처라고 일축해버리면 좀 서운하지만."

"마음의 상처 붐은 이젠 다시 오지 않아."

마리아가 경멸하듯 말했다.

붐이니 뭐니 하는 게 아니라니까, 하고 나나오가 설명했다. 마음의 상처라는 말이 진부하든 고리타분한 표현이든, 인간은 어쨌거나 그런 어두운 과거에 얽매이는 게 사실이다.

"뭐 하긴, 늑대는 어린애나 동물 같은 약한 상대를 만나면, 갑자기 잔혹해지지. 최악이긴 해. 자기 몸에 위험이 닥칠 것 같으면 득달같이 데라하라 이름을 들먹거리질 않나. '난 데라하라 씨 눈에 든 사람이야'라느니 '데라하라 씨한테 다 말할 거야'라느니, 칫."

"데라하라는 이미 없는데."

"데라하라가 죽는 바람에 너무 울어서 야윈 모양이더라. 멍청하긴. 어쨌든 네가 늑대한테 본때를 보여준 셈이네."

나나오에게 걷어차여 육체뿐 아니라 자존심까지 만신창이가 된 늑대는 퉁퉁 부은 눈으로 분노를 쏟아냈다. '다음에 만나면 절대 용서치 않겠다'고 선언하며 도망쳤다. 그것이 늑대와의 마지막 만남이었다.

신칸센 문이 열렸다. 나나오는 트렁크를 움켜쥔 채 플랫폼으로 내려서려고 했다. 문 앞에 서 있던 헌팅캡 남자가 보였고,

정말로 늑대를 떠올리게 하는 남자네, 똑같이 생긴 사람도 있구나, 하며 태평하게 감탄하는 순간, "아, 너는!"이라며 상대가 손가락질을 하기에 이르렀고, 그 승객이 바로 늑대 본인이라는 것을 알아차렸다.

황급히 문 밖으로 나가려고 했지만, 늑대는 필사적인 표정으로 발버둥을 치며 나나오를 강제로 가로막고 차 안으로 올라탔다. 홱 떠밀린 나나오는 후퇴했다.

"오호, 이렇게 고마운 우연이 있나. 네놈을 여기서 만날 줄이야."

늑대가 기쁜 듯이 말했다. 콧구멍을 벌렁거렸다.

잠깐 기다려, 난 내려야 해, 하고 나나오가 속삭였다. 큰 소리를 내서 주위의 시선을 끌면 트렁크 주인에게 발각 날 위험이 있었기 때문이다.

"여기서 놓칠 수야 없지. 빚은 갚아야 할 테니까."

"나중에 갚아. 지금은 일하는 중이야. 아니, 그 빚은 안 갚아도 돼, 그냥 줄게."

일이 성가시게 됐구나, 하고 나나오가 생각한 순간, 열차 문이 담담히 닫혔다. 신칸센은 무정하게도 나나오를 그대로 실은 채 우에노 역을 출발했다. 간단한 일이잖아, 하며 웃는 마리아의 목소리가 귓전에 되살아났다. 제발 좀! 나나오는 비명을 지르고 싶었다. 역시나 이런 일이 벌어지는 것이다.

앞좌석 등받이에서 받침대를 내리고, 그 위에 페트병을 올려놓았다. 초콜릿 과자봉지를 뜯고 한 개를 꺼내 입 안에 넣었다. 우에노 역을 출발해 지상으로 올라갔다. 구름이 띄엄띄엄 떠 있긴 하지만, 대체로 맑고 파란 하늘이었고, 그것은 지금 자신의 기분과 비슷할 정도로 쾌청하다는 생각이 들었다.

골프 연습장이 보였다. 거대한 초록색 모기장 같은 그물이 오른쪽으로 흘러가고, 잠시 후에 학교 건물이 다가왔다. 콘크리트로 된 직육면체를 몇 개나 이어 붙인 듯한 모양이었고, 건물 창에는 교복 차림의 학생들이 서성거렸다. 중학생일까 고등학생일까, 오우지 사토시王子慧는 아주 잠깐 궁금했지만, 어느 쪽이면 어때, 하며 곧바로 생각을 접었다. 어느 쪽이든 별다른 차이도 없다. 자기랑 같은 중학생이든 그보다 연상이든 인간이란 존재는 모두 마찬가지다. 이 사람 저 사람 할 것 없이 모두 예상대로 행동한다.

오른쪽 옆자리에 있는 기무라에게 시선을 던졌다. 이 남자는 재미라곤 털끝만큼도 찾아볼 수 없는, 그런 인간들의 대표 격이다.

테이프로 자유를 구속하긴 했지만, 기무라는 처음에는 난동을 부릴 기세를 보였다. 그래서 왕자는 기무라에게 빼앗은 총을 다른 사람에게는 안 보이는 각도로 움켜쥐고, "잠깐이면 되니까 얌전히 있어. 내 얘기를 끝까지 안 들으면, 틀림없이 후회할 거야"라고 말했다.

"아저씨, 이상하다는 생각 안 들었어? 중학생인 내가 혼자서 신칸센을 탄다는데, 안 이상해? 게다가 신칸센 좌석 정보까지 손에 들어오다니, 보통은 혹시 함정이 아닐까 의심해보지 않나?"

"그 정보를 흘린 게 너냐?"

"아저씨가 나를 찾아다닌다는 말을 들었으니까 그렇지."

"네놈이 없어서 찾았을 뿐이야. 숨어 다니는 게 아니야. 학교까지 안 나가고."

"숨은 게 아니야. 임시 휴교라서 어쩔 수 없었어."

거짓말은 아니었다. 아직 겨울 전이긴 하지만, 갑작스럽게 유행하기 시작한 바이러스성 감기 영향으로 일주일간 임시 휴교 상태였다. 그 다음 주에도 유행성 감기의 맹위는 사그라지지 않아서 휴교 조치가 일주일 더 연장되었다. 감염 경로나 잠복기간, 발병했을 때 심각한 증상이 나타나는 비율 등도 검토해보지 않고, 일정 인원수가 결석하면 자동적으로 임시 휴교를 하는 어른들을 왕자는 이해할 수 없었다. 리스크 감당이 두려워서 책임 회피를 위해 정해진 규칙에 따르는 것이다. 그것 자체를 비난할 생각은 없지만, 아무런 의심도 없이 임시 휴교를 실행하는 교사들을 보고 있노라면, 사고가 정지된 것처럼 어리석게 느껴졌다. 검토하고, 분석하고, 결단하는 능력이 꽝이었다.

"이번 휴일 동안, 내가 뭘 했는지 알아?" 왕자가 물었다.

"알 게 뭐야."

"아저씨에 관해서 조사했어. 아저씨는 아마도 나한테 화가 났겠지."

"그건 아니지."

"어, 그래?"

"화났다는 말로는 부족해."

기무라의 말에 피가 배어 있는 것 같아서 왕자의 뺨이 저절로 풀어졌다. 감정을 억제하지 못하는 인간은 다루기 쉽다.

"거봐, 그래서 나를 응징하겠다고 결심한 거 맞잖아. 그러니 아저씨는 틀림없이 나를 찾아 공격하겠다 싶었지. 그럼 집에 있는 것도 위험할 테고. 그래서 이왕 생긴 기회라서 아저씨에 관해 여러 모로 조사해봤어. 으음, 누군가를 공격하고 싶거나 계략에 빠뜨리고 싶거나 이용하고 싶을 때, 가장 먼저 해야 할 일이 정보수집이거든. 그 사람의 가족이나 일이나 성격적인 특징이나 취미, 그런 데서부터 실마리가 잡히게 마련이니까. 세무서에서 하는 방식이랑 똑같아."

"비유의 예로 세무서를 드는 중학생은 최악이지." 기무라가 쓴웃음을 지었다. "게다가 꼬맹이 주제에 조사는 무슨."

왕자가 눈썹을 축 늘어뜨렸다. 이 남자는 역시 날 우습게 보는구나, 하며 크게 실망했다. 겉모습이나 나이에 좌우되어 상대의 능력을 과소평가하는 것이다.

"돈만 주면 정보를 모아주는 사람은 얼마든지 있어."

"세뱃돈이라도 모아뒀나."

왕자는 환멸이 가득 담긴 숨결을 토해냈다.

"예를 들면 말인데. 꼭 돈이 아니라도 괜찮아. 으음, 여중생한테 흥미가 있는 남자가 있을 수도 있잖아. 여중생의 알몸을 안을 수 있다면, 그 남자는 탐정 비슷한 일까지 해가면서 아저씨에 관해 조사해줄지도 모르지. 예를 들면 아저씨 아내가 아저씨한테 애정이 식어서 이혼했고, 그래서 혼자 귀여운 아이를 키우게 됐고, 그 바람에 술에 의존하게 되었다, 뭐 그런 걸 조사해줄지도 모르지. 그리고 내 주위에는 날 위해서라면 발 벗고 도와줄 여자친구가 있을 수도 있고."

"여자 중학생을 어른한테 소개한다고? 그 여자애의 약점이라도 잡은 거냐?"

"예를 들자면 그렇다는 얘기지. 그렇게 정색할 건 없잖아. 사람은 말이죠, 꼭 돈에만 한정되는 게 아니고, 다양한 욕망과 계산 하에 움직이는 거라고. 지렛대 원리와 마찬가지라서 그런 욕망의 스위치만 잘 눌러주면, 중학생이라도 얼마든지 인간을 움직일 수 있어. 몰랐어? 성욕은 비교적 그 지렛대를 움직이기 쉬운 요소지."

왕자는 일부러 화를 돋우는 말투를 썼다. 상대를 감정적으로 만들수록 다루기 편해지기 때문이다.

"그렇지만 아저씨는 대단해. 몇 년 전까지 험악한 일을 했다고 들었어. 으음, 사람도 죽여본 적 있어?"

그렇게 말하고 나서 왕자는 자기가 쥐고 있는 총으로 시선을 던졌다.

"이런 것도 있었네. 대단해. 이 끝에 달았던 건 총소리를 억제하는 도구 맞지? 꽤 전문적인데"라며 떼어둔 소음기를 내보였다. "난 무서워서 울 뻔했잖아"라고 연극 대본을 읽듯 말했다. 거짓말이다. 울기는커녕 실소를 참기 힘들어 애를 먹었을 정도다.

"여기서 날 기다리고 있었나?"

"아저씨가 날 찾는 것 같아서 이 신칸센 정보를 흘린 거야. 아저씨, 누구한테 의뢰했지? 내가 있는 곳을 알아달라고."

"예전에 알고 지내던 남자야."

"험악한 일을 했을 때 알고 지낸 사람이겠지. 근데, 남자 중학생의 행방을 찾는다고 하면 수상쩍게 보지 않나?"

"처음에는 그런 성적 취향이 있었냐며 경멸했지만, 내 얘기를 들은 후에는 같이 흥분하며 동정했지. 우리 와타루한테 그런 짓을 하다니 절대로 용서할 수 없다고."

"그렇지만 그 사람은 결국 아저씨를 배신했잖아. 나를 조사하는 것 같아서 이쪽에서 먼저 말을 걸었어. 아저씨한테 이런 정보를 흘려줄 수 없겠냐고."

"맘대로 지껄여."

"여자 중학생을 뜻대로 할 수 있다고 했더니, 입이 헤 벌어져서 콧김까지 거칠어지던데, 어른들은 대개 그런 건가?"

왕자는 상대하는 인간의 감정의 막 같은 부분을 언어라는 손톱으로 할퀴는 감각이 좋았다. 육체는 단련할 수 있지만, 정신의 근육을 트레이닝하기는 쉽지 않다. 아무렇지 않은 척 가장해도 악의의 가시에는 반응하지 않을 수 없기 때문이다.

"그 녀석한테 그런 취향이 있었나."

"아저씨, 옛날에 알고 지낸 사람이라고 해서 무조건 신용하면 안 돼. 제아무리 은혜를 베풀었어도 모두들 금세 잊어버리니까. 신뢰로 이뤄지는 사회는 사라진 지 이미 오래야. 애당초 없었을지도 모르고. 그렇지만 설마 진짜로 올 줄이야. 정말 놀랐어. 아저씨도 신용이 너무 지나쳐, 여러 가지 면에서. 아, 그건 그렇고, 아저씨 아들은 건강해?"라며 초콜릿 과자를 하나 더 입 안에 물었다.

"건강할 리가 있겠냐!"

"아저씨, 목소리가 너무 커. 누가 가까이 오면 아저씨가 곤란해지잖아. 권총까지 있는데. 큰 소동이 벌어질걸."

왕자는 일부러 속삭이는 목소리로 말했다.

"눈에 띄면 곤란해."

"총은 네가 들고 있으니 곤란한 건 너겠지."

왕자는 하나부터 열까지 자신이 상상한 범위 안에서 반응을 보이는 기무라에게 낙담했다.

"권총이 무서워서 죽을힘을 다해 아저씨한테 빼앗았다고 설명할 거야."

"날 이렇게 묶어놓고 무슨 소리야."

"상관없어. 에탄올 의존증에다 경비원 일까지 그만둔 실업자 아저씨랑 평범한 중학생인 나랑 어느 쪽이 더 동정을 받을까?"

"에탄올은 또 뭐야, 알코올이지."

"술에 들어 있는 건 알코올 중에서도 에탄올이라는 성분이야. 그건 그렇고, 아저씨 용케 술을 끊었네. 농담이 아니라 그건 정말 감탄했어. 무슨 계기라도 있었어? 혹시 아이가 죽을 지경에 처하기라도 했다거나?"

기무라가 무시무시한 표정으로 노려보았다.

"아저씨, 다시 한 번 질문하겠는데, 귀여운 아이는 건강해? 이름이 뭐였더라? 그 왜, 옥상을 몹시 좋아했던 그 애"라며 일부러 아이의 이름이 애매한 척했다.

"그래도 조심하는 게 좋아. 아이 혼자 높은 데 올라가면 떨어지는 사건이 발생할지도 모르잖아. 백화점 울타리가 망가져 있을지도 모르고, 아이들은 또 그런 위험한 곳만 좋아하게 마련이니까."

기무라가 당장이라도 소리를 지를 것 같아서, "아저씨, 조용히 안 하면 의심받아"라고 말하고 창밖으로 시선을 던졌다. 때마침 반대 방향에서 도쿄 행 신칸센이 스쳐 지나갔다. 차체가 진동했다. 너무 빨라서 외관조차 파악할 수 없었다.

왕자는 그 박력 넘치는 속도에 조용히 흥분했다. 시속 200킬로미터가 넘는 거대한 교통기관 앞에서 인간은 무력하다. 예를 들어 전방 선로 위에 누군가를, 어떤 사람의 인생을 툭 던져 놓으면, 너무나 쉽게 흔적도 없이 분쇄되겠지. 그 압도적인 역학관계에 매력을 느꼈다. 나도, 하는 생각이 들었다. 시속 200킬로미터로 달릴 수는 없지만, 나도 그것과 마찬가지로, 요컨대 타자를 파괴할 수 있다. 자연스레 미소가 번졌다.

기무라의 아들을 백화점 옥상으로 데리고 간 사람은 왕자 일행이었다. 정확하게 말하면, 왕자와 왕자의 지시에 따르는 동급생들이다. 그 여섯 살 아이는 두려워했다. 두려워했지만, 인간의 악의에는 익숙지 않았다.

자, 이 울타리에서 아래를 내려다봐. 하나도 안 무서워. 안전해.

부드럽게 말하자, 아이는 의심조차 하지 않았다.

"괜찮아? 정말 안 떨어져?"라고 확인하는 아이에게 거짓말을 하고 밀어 떨어뜨린 것은 통쾌했다.

"너, 이 신칸센에서 기다리면서 무섭지도 않았냐?"

기무라가 눈썹을 찡그렸다.

"무섭냐고?"

"내가 예전에 험악한 일을 했다는 걸 알고 있었다며. 이렇게 총을 들고 올 가능성도 높았어. 지금도 타이밍만 맞았으면 널 쐈겠지."

"과연 그럴까?"

왕자는 실제로 과연 어땠을까 하고 생각해봤다. 공포를 느끼지는 않았다. 긴장감은 있었다. 게임이 잘 풀릴지 어떨지에 대한 흥분과 긴장이었다.

"그렇지만 아저씨가 곧바로 총을 쏘거나 칼로 찌르진 않을 줄 알았어."

"그건 왜지?"

"그야 나에 대한 아저씨의 분노는 그 정도로는 풀리지 않을 테니까."

왕자는 어깨를 실룩 움직였다.

"허를 찔러 총으로 쏴죽이고, 이젠 끝이라는 식으로는 납득이 안 갈 게 뻔해. 적어도 나를 위협하고, 두려움에 떨게 하고, 엉엉 울리고, 잘못을 빌게 한 후가 아니면."

기무라는 긍정도 부정도 하지 않았다. 어른이 입을 다물 때는 대체로 이쪽 의견이 옳다는 뜻이다.

"그래서 내가 먼저 선수를 치면 괜찮을 거라고 예상했어"라며 배낭 속에서 자가제 전기 충격기를 꺼내 보였다.

"전기 충격이 그렇게 좋으면 전파상이나 하지 그래."

"아저씨는 예전에 험악한 일을 했을 때, 사람을 얼마나 죽였어?"

스쳐 지나간 신칸센의 여운을 충분히 음미한 후, 기무라를 바라보았다. 기무라의 눈은 충혈되어 있었고, 당장이라도 그 눈꺼풀로 물어뜯을 기세였다. 아아, 이대로라면 조금만 더 지나면 손발을 못 움직이는 상태라도 덤벼들겠는데, 하고 상상할 수 있었다.

“나도 있어”라고 왕자가 말했다. “열 살 때가 처음이었지. 한 사람. 그리고 그 후 3년 안에 또다시 아홉 명. 전부 합하면 열 명이야. 이건 표준적으로 보면 많은가? 적은가?”

기무라의 눈에 살짝 놀라움의 빛이 감돌았다. 이 정도로 놀라면 어쩌자는 거야, 하며 왕자는 또다시 환멸을 느꼈다.

“참고로 착각하는 건 싫어서 덧붙이겠는데, 내가 직접 한 건 한 사람뿐이야.”

“그게 무슨 소리야?”

“자기 손으로 죄를 저지르는 건 바보스럽잖아. 안 그래? 난 그런 어리석은 인간의 한 사람으로 오해받긴 싫어.”

“그건 또 무슨 집착이야.”

기무라가 얼굴을 찡그렸다.

“첫 번째는”이라며 왕자가 이야기를 하기 시작했다.

왕자가 초등학교 4학년이었을 무렵, 학교를 마치고 집으로 돌아온 후에 자전거를 타고 다시 물건을 사러 나갔다. 대형서점에서 읽고 싶었던 책을 사서 돌아오는 길에 넓은 도로로 나갔다. 횡단보도 신호가 빨간불이라 왕자는 자전거를 멈추고 멍하니 기다리고 있었다. 옆에는 헤드폰을 끼고 휴대전화를 내려다보는 스웨터 차림의 남자가 있었는데, 그 사람 말고 다른 사람은 없었다. 오가는 차도 거의 없고 쥐 죽은 듯 고요해서 헤드

폰에서 흘러나오는 소리까지 파악할 수 있을 정도였다.

신호를 위반한 것은 별다른 깊은 뜻은 없었다. 단순히 신호가 좀처럼 파란색으로 바뀌지 않는 데다 차도 거의 없었기 때문에 구태여 예의 바르게 기다릴 필요를 못 느꼈기 때문이다. 왕자는 서서히 페달을 밟으며 횡단보도를 가로질렀다.

등 뒤에서 소리가 들린 것은 그 직후였다. 자동차 브레이크 소리와 충돌음, 정확하게는 충돌음이 먼저 났고, 그 후에 날카롭고 큰 브레이크 소리가 들렸다. 뒤를 돌아보니 검은색 미니밴이 지금 막 정차한 모습으로 도로 한가운데에 서 있고, 운전석에서 수염이 난 남자가 허겁지겁 뛰어내려오는 참이었다. 횡단보도에는 남자가 쓰러져 있었다. 워크맨은 멀리 날아가 있었다.

조금 전 그 사람이 왜, 하는 생각이 들자마자 왕자는 상황을 상상할 수 있었다. 아마도 자기가 자전거를 출발시켰기 때문에 그 남자는 신호가 파란색으로 바뀌었다고 착각한 게 아닐까. 헤드폰을 끼고 휴대전화에 열중해 있었기 때문에 시야 한 구석에 잡힌 왕자의 자전거 그림자가 움직인 것만 보고 판단했을 가능성이 높다. 반사적으로 걸음을 내딛기 시작한 찰나, 모퉁이에서 달려온 미니밴에 치인 것이다. 차가 올 기미는 전혀 없었는데, 대체 어디에서 나타난 걸까. 오히려 그쪽이 더 신기했지만, 어쨌거나 그로 인해 남자는 죽었다. 건너온 횡단보도 이쪽에서 바라본 남자는 확연하게 숨이 끊어졌고, 헤드폰 줄은 가느다란 핏줄기처럼 바닥에 늘어져 있었다.

"그때 두 가지를 깨달았어."

"교통신호는 잘 지키자?" 기무라가 말했다.

"하나는, 하는 방법만 주의하면 사람을 죽여도 벌을 받지 않는다는 것. 실제로 그 교통사고는 지극히 평범한 인사사고로 처리되었고, 나한테는 아무도 신경 쓰지 않았지."

"뭐, 그럴 테지."

"그리고 다른 하나는, 나 때문에 사람이 죽었는데도 전혀 우울해지지 않았다는 거야."

"그쪽은 경사스러운 일이군."

"그때부터야. 사람을 죽이는 일에 흥미를 갖게 됐지. 누군가의 목숨을 빼앗는 일이나 목숨을 빼앗은 누군가의 반응 같은 것들이 흥미로웠어."

"완전범죄라는 걸 해보고 싶었나? 나는 그 누구도 생각지 못하는 잔혹한 일을 고안해낼 수 있다, 난 특별한 인간이다, 하고 생각했나? 그런 것쯤은 실행하지 않을 뿐이지 누구나 한 번쯤은 생각해보는 거야. '왜 사람을 죽이면 안 되는가', '살아 있는 것은 모두 죽는다! 그런데도 왜 모두들 아무렇지 않은 걸까? 이 얼마나 덧없는 세상인가!'라는 발언이나 마찬가지라고. 누구나 거치는 사춘기의 기본 과정일 뿐이지."

"사람을 죽이면 왜 안 되는데?"

왕자는 질문을 해봤다. 비웃거나 농담할 의도는 없었다. 실제로 그 답을 알고 싶었다. 납득할 수 있는 해답을 들려주는 어른을 만나보고 싶었다. 기무라한테서는 대수로운 발언을 들을 수 없을 거라는 짐작도 갔다. 아마도 '사람은 죽여도 되지 않나'라는 자포자기식 의견이 날아오겠지. 그리고 "나랑 내 가족이 죽는 건 참을 수 없지만, 타인이 죽는 건 아무 상관없어"라고 말할 게 틀림없다.

그러자 기무라가 다박수염이 난 턱을 움직이며 "난 사람을 죽여도 딱히 안 될 건 없다고 봐"라며 씩 웃었다.

"뭐 하긴, 나나 내 가족을 죽이겠다고 하면 가만둘 순 없겠지. 그 밖의 놈들이야 죽든 죽이든 내 알 바 아니고."

왕자는 한숨을 내쉬었다.

"감탄의 한숨인가?"

"예상에 너무 딱 들어맞는 대답이라 실망한 거야."

왕자는 솔직히 대답했다.

"조금 전 얘기를 계속하겠는데, 어쨌거나 난 그 후로 여러 가지 시도를 해봤어. 일단은 나도 좀더 직접적으로 사람을 죽여보기로 한 거지."

"그게 자기 손을 직접 쓴 한 사람이라는 건가?"

"맞아, 맞아."

"너의 그런 자유 연구를 위해 와타루를 떨어뜨렸나?"

기무라의 목소리는 크지는 않았지만, 목이 꽉 조여들며 피가 번지는 것처럼 알알한 말투였다.

"아니야. 아저씨 아들은 우리가 놀아주길 바랐던 게 아닐까. 따라오면 안 된다고 했는데도 좇아왔어. 우리가 백화점 옥상 주차장에서 카드를 주고받는 걸 구경했지. 위험하니까 가만있으라고 했는데도 계단 있는 데로 어정어정 가버렸고, 정신을 차려보니까 이미 떨어졌는걸, 뭐."

"네가, 너희가 밀었을 텐데."

"여섯 살짜리 어린애를 옥상에서!"

왕자는 두 손으로 입을 틀어막고 끔찍한 상상에 비명을 참아내는 것처럼 과장된 몸짓을 했다.

"우리가 어떻게 그런 끔찍한 짓을 해. 생각해본 적도 없어. 어른들은 정말 무섭네."

"죽여버리겠어."

기무라는 손발이 다 묶였는데도 자리에서 벌떡 일어서며 물어뜯을 듯이 달려들었다.

왕자는 두 손을 앞으로 뻗고, "아저씨, 스톱. 지금부터 중요한 얘기를 할 테니까 잘 들어. 아저씨 아이의 생명에 관계되는 일이야. 좀 얌전히 있어"라며 차분한 말투로 말했다.

기무라는 콧구멍을 벌렁거리며 흥분 상태에 있었지만, 왕자가 말한 '아이의 생명'이라는 말이 신경 쓰였는지 엉덩이를 다시 의자에 붙였다.

때마침 뒤쪽에서 문이 열렸다. 이동판매차인지 누군가가 멈춰 세우고 무언가를 사는 기척이 느껴졌다. 기무라도 그쪽을 돌아보려 했다.

"아저씨, 저 여자 판매원한테 이상한 소리하면 안 돼."

"이상한 소리가 뭐야. 나랑 사귀자는 말이라도 할까 봐?"

"도와달라거나, 하는 소리 말이야."

"그걸 원치 않으면 입이라도 틀어막지 그래."

"그러면 의미가 없어."

"그건 또 뭔 소리야. 무슨 의미가 없어?"

"입을 쓸 수 있는데도, 도움을 요청할 수 있는데도 할 수 없다. 그런 무력감을 맛보게 하고 싶으니까. 입을 막으면 의미가 없지. '할 수 있는데도 못 하는' 안타까운 상황을 난 구경하고 싶은 거니까."

기무라의 눈에 처음으로 지금까지와는 다른 빛이 떠올랐다. 경멸과 두려움이 뒤섞인 듯한, 다시 말하면 소름 돋는 벌레를 발견한 것 같은 감각이겠지. 그러나 그쯤에서 자신의 두려움을 감추려는 듯 애써 웃었다.

"미안하지만, 하면 안 된다고 할수록 더 해버리는 게 내 인생이야. 지금까지 그 고집으로 버텨온 셈이지. 그러니 판매원 누나한테 달려들어서 '이 중학생 좀 어떻게 해줘'라며 울며 매달려주지. 네가 원치 않는 일이라면 반드시 그렇게 해주마."

이 중년남자는 어쩌자고 늘 이렇게 강경하게 나오는 걸까. 손발을 구속당하고, 무기를 빼앗기고, 역학관계가 훤히 보이는데도, 여전히 잘난 척을 하며 짐짓 등급이 낮은 인간을 상대하는 태도를 포기하지 못할까. 굳이 그 근거를 따지자면, 그가 연장자라는 한 가지 사실뿐일 것이다. 중학생과 비교하면, 자기가 몇십 년이나 더 오래 살았다, 고작해야 그런 사실뿐이다! 동정을 금할 길이 없었다. 불모의 시간을 몇백 일 더 살았다고 해서 대체 뭘 얻었다는 것인가.

"아저씨, 알아듣기 쉽게 간단히 말할게. 아저씨가 여기서 내가 시키는 대로 안 하거나 혹은 나에게 무슨 일이 생기면, 위험해지는 사람은 병원에 있는 아저씨 아들이야."

기무라가 입을 다물었다.

유쾌함과 낙담이 동시에 왕자를 엄습했다. 상대가 당혹스러워하는 모습을 바라보는 것은 언제나 기분 좋은 일이다.

"도쿄의 병원 근처에서 대기하는 사람이 있어. 아저씨 아이가 입원한 병원 근처란 뜻이야."

"근처라니 어디?"

"병원 안에 있을지도 몰라. 어쨌든 바로 일처리를 할 수 있게 준비하고 있어."

"일?"

"나랑 연락이 안 되면, 그 사람이 일을 시작할 거야."

기무라가 불쾌감을 얼굴에 훤히 드러냈다.

"연락이 안 된다니, 그건 무슨 소리야?"

"오미야, 센다이, 모리오카 각 역에 도착할 시간에 나한테 전화를 걸게 되어 있거든. 내가 무사한지 어떤지 확인하지. 혹시라도 전화를 안 받거나 이상이 밝혀지면."

"그놈은 누구야. 네 친구냐?"

"아니야. 조금 전에도 말했지만, 사람은 다양한 욕구로 움직인다니까. 여자를 좋아하는 사람도 있고, 돈을 좋아하는 사람도 있어. 놀랍게도 정말로 선악 판단에 문제가 생겨서 무슨 일이든 다 받아들이는 어른도 있고."

"고작 심부름꾼 주제에 무슨 일을 하겠어."

"그 사람, 예전에 의료기기를 취급하는 회사에 근무했대. 그래서 병원에 들어가서 아저씨 아들한테 연결된 기기에 나쁜 짓 하는 것도 불가능하진 않은가 봐."

"불가능하진 않다니, 그게 말이 되나. 그런 일이 가능할 리가 없지."

"가능한지 아닌지는 해봐야 알겠지. 아무튼 방금 말한 대로 병원 근처에서 대기하고 있어. 일하라는 '고Go 사인'만 기다리고 있다고. 내가 전화해서 '일을 처리해주세요'라고 하면 '고 사인'이야. 그리고 또 각 역에서 주고받는 정기적인 연락 외에도 그가 전화를 걸었을 때, 내가 열 번 이상 신호가 울려도 받지 않으면, 그것도 '고 사인'으로 받아들이기로 했어. 그런 상황이 벌어지면, 그 심부름꾼이 병원으로 가서 아저씨 아이의 호흡기를 조작할 거야."

"그런 엉터리 규칙이 어디 있어. '고 사인' 투성이잖아. 아니, 그보다 혹시 통화권 이탈 지역이면 어쩌려고."

"요즘은 터널 안에도 안테나가 설치되어 있어서 전화가 안 통하는 곳은 아마 없겠지만, 그래도 통화권 이탈 지역에 안 걸리게 기도해두는 게 좋겠지. 어쨌든 아저씨가 지금 이상한 행동을 하면, 난 그 심부름꾼의 전화를 안 받을 거야. 다음 역인 오미야에 내려서 영화관에 가서 두 시간쯤 시간을 보내지, 뭐. 그러면 내가 영화를 보고 나올 무렵에는 아저씨 아이는 의료기기 고장으로 심각한 상황에 처해 있겠지."

"까불지 마, 이 새끼야!" 하며 기무라가 노려보았다.

"까부는 거 아니야. 난 늘 진지해. 까부는 건 아저씨 쪽 아닌가."

기무라는 감정이 폭발하기 일보 직전인지 콧구멍을 크게 벌렁거렸지만, 어쩔 수 없다는 걸 간신히 이해했는지 몸에서 힘을 쭉 빼며 등받이에 기대앉았다. 이동판매차가 다가오자 왕자는 일부러 여자 판매원을 불러 세우고 초콜릿 과자를 샀다. 분노로 벌겋게 달아오른 얼굴로 옆에서 입을 꾹 다물고 있는 기무라를 바라보니 기분이 최고였다.

"아저씨도 내 휴대전화가 울리는지 주의 깊게 들어야 해. 신호가 열 번 이상 울리기 전에 못 받으면 곤란하니까."

"어떡하지, 밀감?"

레몬이 물었다. 턱 끝에는 눈을 감고 움직이지 않는 미네기시 도련님이 있었다. 입을 빼끔히 벌린, 자기들을 놀리는 듯한 그 표정이 마음에 들지 않았다.

"어떡하고 말 것도 없어."

밀감이 입가를 조급하게 어루만졌다. 밀감이 웬일로 평정심을 잃고 당황해하는 분위기라 레몬은 그 모습이 유쾌하게 느껴졌다.

"애당초 네가 눈을 뗀 게 잘못이야. 어쩌자고 이 도련님을 혼자 뒀냐고?" 밀감이 물었다.

"어쩔 수 없잖아. 네가 트렁크 얘기를 꺼내니까 신경 쓰이잖아. 그렇게 겁을 주는데, 확인하러 가고 싶어지는 건 당연하지."

"실제로 트렁크도 뺏겼어." 밀감이 한숨을 내쉬었다.

"넌 대체 왜 그렇게 행동, 말, 사고력, 어느 것 하나 예외 없이 얼렁뚱땅이야. 이래서 B형은."

레몬이 곧바로 거친 콧김을 내뿜었다.

"혈액형으로 단정 짓지 마. 과학적인 근거도 없어. 그런 얘기를 진지하게 했다간 바보 취급당해. 그런 식으로 말하면, A형인 너는 꼼꼼하고 청결한 사람이 되잖아."

“그야 당연하지. 난 꼼꼼하고, 청결하고, 일처리는 신중해.”

“우쭐대긴. 잘 들어, 내 실수는 내 혈액형과는 아무런 관계도 없어.”

“그렇겠지.” 밀감이 선뜻 대답했다.

“네 실수는 어디까지나 너라는 인간의 성격과 판단력 탓일 테니까.”

그러고 나서 밀감은 계속 서 있으면 수상쩍게 보인다며 허리를 낮췄고, 가운데 좌석에 죽어 있는 미네기시 도련님을 끌어올려 창가 자리로 밀어냈다. 창 쪽으로 고개를 살짝 숙인 자세로 앉혔다.

“이렇게 자는 것처럼 해둘 수밖에 없겠군.”

그 옆자리, 한가운데 자리에 밀감이 앉고, 레몬은 그 옆인 통로 쪽 자리에 앉았다.

“도대체 누구 짓이지? 사인은 뭐고?” 레몬이 중얼거렸다.

밀감은 시체의 이곳저곳을 손으로 만져보기 시작했다. 칼자국 같은 것은 없고 피도 나지 않았다. 위턱과 아래턱을 움켜쥐고 크게 벌린 후 입 안을 들여다보았다. 독극물을 먹었다면 입 안에 아직 남아 있을 가능성이 있기 때문에 얼굴을 가까이 댈 수는 없었다.

“외상은 없는 것 같은데.”

“독인가?”

“그럴지도 모르지. 알레르기에 의한 쇼크일 수도 있고.”

"이런 상황에 웬 알레르기야."

"몰라. 난 알레르기를 창조하지 않았으니까. 으음, 어쩌면 유괴의 긴장감에서 갑자기 해방되고, 게다가 수면부족에 피로까지 겹쳤으니, 심장이 약해져서 멈춰버린 건 아닐까."

"의학적으로 그게 가능한가?" 레몬이 물었다.

"레몬, 넌 내가 의학서적을 읽는 모습을 본 적 있니?"

"늘 책만 읽잖아." 레몬이 말했다. 밀감은 언제나 책을 들고 다녔고, 일하는 중에도 짬만 나면 뒤적거리곤 했다.

"난 소설은 좋아하지만, 의학서적에는 흥미 없어. 의학적으로 심장이 멈추는 경우를 알 리도 없고."

레몬이 머리를 마구 긁적거렸다.

"그건 그렇고, 어쩌지. 이대로 모리오카까지 가서 미네기시한테 '아드님을 구출해냈지만 신칸센 안에서 죽어버렸습니다'라고 말할 순 없잖아."

"거기다 한 술 더 떠서, 몸값이 들어 있던 트렁크까지 도둑맞았습니다, 하고 말이지."

"내가 미네기시라면 화날 텐데."

"내가 미네기시라도 화나지. 격노하겠지."

"그렇지만 미네기시 자식, 지금 별장지에서 느긋하게 쉬고 있잖아."

직접 들은 얘기는 아니지만, 내연의 처와 딸, 다시 말해 '사생아'와 가족여행을 떠났다는 소문을 들었다.

"친자식은 유괴당해서 위험에 처했는데, 애인이랑 가족여행이나 떠나다니, 그건 아무래도 이상하잖아."

"그쪽 딸은 아직 초등학생이라 꽤 귀여운 모양이야. 한편 정작 중요한 도련님은, 자 봐, 이 녀석이라고. 경솔하고 단순한 남자지. 어느 쪽에 더 애정이 가는지는 빤한 거 아니겠어."

밀감은 농담을 하는 것 같지도 않았다.

"뭐 하긴, 도련님은 경솔하고 단순한 데다 이미 죽어버렸으니까. 그렇다면 오히려 이 정도 일은 너그럽게 봐주지 않을까."

"그건 무리지. 아무리 애착이 없는 자동차라도 남이 망가뜨리면 발끈하게 마련이야. 체면도 있을 테고."

그럼 이제 어떡해, 하며 레몬이 큰소리를 내려 했다. 밀감이 손가락을 입술에 대고, 조용히 해, 하고 속삭였다.

"고민해볼 수밖에 없지."

"고민하는 건 네 역할이야."

"어처구니가 없군."

레몬은 몸을 움직이기 시작했다. 미네기시 도련님 옆의 유리창과 앞자리 등받이에 붙은 받침대를 확인하고, 망에 담겨 있는 광고지 같은 것들도 들척였다.

"뭐해?" 하고 밀감이 물었다.

"혹시 무슨 실마리가 남아 있나 해서. 그런데 전혀 없군. 도련님은 눈치도 없어."

"실마리?"

"범인의 이름을 피로 써서 남기거나 하는 것 말이야. 흔히 있잖아."

"그런 건 추리소설 속에나 있지. 현실에는 없어."

"그런가."

레몬은 광고지를 집어넣었지만, 미련이 남은 듯 미네기시 도련님 주위를 부스럭거리며 뒤졌다.

"죽기 전에 증거를 남길 만한 여유가 없었겠지. 그보다 출혈도 없잖아. 피 글씨를 남기고 싶어도 무리였겠지."

밀감, 넌 너무 좀스러워, 하며 레몬이 입을 삐죽거렸다.

"자 봐, 이런 식으로 죽어버리면 남은 사람들이 곤란하잖아. 앞일을 위해 말해두지만, 밀감 넌 혹시 누군가에게 살해될 상황이면 힌트는 확실하게 남겨."

"무슨 힌트?"

"범인이나 진상에 관한 힌트지 뭐야. 최소한 타살인지 자살인지 사고사인지는 알 수 있게 하라고. 안 그러면 내가 성가시니까."

"내가 죽는다면 자살은 아니야." 밀감이 단호하게 말했다.

"버지니아 울프도 미시마 유키오도 좋아하지만, 자살한 건 도무지 마음에 안 들어."

"버지니아는 또 뭐야?"

"네가 떠들어대는 기관차 이름이 훨씬 외우기 힘들어. 제발 너도 내가 추천하는 소설 한 권쯤은 읽어봐라."

"어릴 때부터 책 같은 걸 제대로 읽어본 적이 없어. 한 권을 다 읽으려면 시간이 얼마나 오래 걸리는지 알기나 해. 너야말로 내가 가르쳐주는 토머스 친구들을 전혀 외우려 들지 않잖아. 퍼시도 구별 못 하는 주제에."

"퍼시가 뭐였지?"

레몬은 기침을 한 후, "퍼시는 '조그만 초록색 기관차입니다. 개구쟁이에 장난을 매우 좋아하지만, 일은 아주 열심히 합니다. 친구들에게 장난을 자주 치는데, 오히려 자기가 거짓말에 속아 넘어갈 때도 있습니다'"라고 설명했다.

"늘 드는 생각이지만, 어떻게 그런 걸 암기하지?"

"프라레일Pla-rail(일본의 장난감 업체인 다카라토미에서 발매·판매하는 철도 장난감-옮긴이) 카드에 적힌 설명이야. 어때, 괜찮지? 간단한 설명이지만, 그 안에 깊은 뜻이 고스란히 담겨 있지. 퍼시는 '오히려 자기가 거짓말에 속아 넘어갈 때도 있다'는 거 아냐. 쓸쓸하지. 눈물 나잖아. 네가 읽는 소설에는 이런 깊은 맛은 없을 텐데."

"아무래도 상관없지만, 《등대로》(버지니아 울프의 장편소설-옮긴이)라도 좀 읽어봐라."

"뭘 알 수 있는데?"

"나라는 존재가 얼마나 작고 미미한 존재인가, 그리고 수많은 자아 중의 하나에 불과하다는 사실을 실감할 수 있지. 묘망渺茫하게 펼쳐지는 시간의 바다 속에서 그 파도에 삼켜지는 하찮은 존재일 뿐이라는 걸 깨닫게 돼. 감동할 거다. '우리는 사라져간다, 제각각 홀로'."

"뭐야, 그게?"

"그 소설 속에서 등장인물 중 한 사람이 중얼거려. 잘 들어, 인간은 모두 사라져. 그것도 제각각 홀로."

"난 사라지지 않아." 레몬이 입을 삐죽 내밀었다.

"사라져. 그것도 혼자서."

"죽더라도 난 부활할 거야."

"그런 집요한 면은 너답긴 하지. 그렇지만 나도 언젠가는 죽어. 외로이 혼자서."

"아 글쎄, 그럴 때는 뭐든 힌트를 남기라니까."

"알았어. 혹시 만에 하나 내가 살해될 처지에 놓이면, 너에게 확실한 메시지를 남기도록 하지."

"범인 이름을 피로 쓸 때는 알아보기 쉽게 정확하게 써. 이니셜이나 수수께끼처럼 쓰지 말고."

"피로 쓰진 않아. 그렇지, 혹시 그 범인이랑 말할 기회가 있으면 전언을 부탁해두는 건 어떨까."

밀감은 잠시 생각한 후에 말했다.

"전언?"

"그 범인이 신경 쓸 만한 말을 남기는 거야. 예를 들면 '레몬에게 전해줘. 네가 찾고 있는 열쇠는 도쿄 역 물품보관소에 있다고'라는 식으로."

“난 열쇠 같은 건 안 찾는데.”

“아무거나 상관없어. 그 전언을 부탁받은 녀석이 흥미를 가질 만한 얘기면 돼. 어쩌면 그놈이 머지않아 너에게 시치미 뗀 얼굴로 이렇게 말할지도 모르지. ‘혹시 열쇠를 찾고 있나요?’ 그게 아니면, 도쿄 역 물품보관소에 홀연히 모습을 드러낼지도 모르고.”

“신경 쓰여서?”

“만약에 그렇다면, 그놈이 나를 죽인 범인이야. 최소한 관계는 있겠지.”

“알기 쉽지 않은 메시지로군.”

“범인한테 알기 쉬운 메시지를 남길 순 없잖아.”

“그렇지만.” 레몬이 그쯤에서 진지한 표정으로 입을 열었다. “난 그렇게 쉽게 죽진 않아.”

“그럴 테지. 넌 죽어도 다시 환생할 만큼 고집이 세니까.”

“밀감, 너도 마찬가지야. 너나 나나 죽어도 반드시 환생해.”

“과일은 이듬해에도 다시 열매를 맺는다. 그런 뜻인가?”

“어쨌든 부활해.”

흔들리는 신칸센은 지면을 타고 완만하게 내려가기 시작했다. 깊은 지하에 있는 우에노의 플랫폼에 가까워졌겠지. 창밖이 어두워지고, 경치는 사라지고, 그 대신 차 안 광경이 어렴풋하게 차창에 비쳤다. 레몬은 앞좌석 등받이에서 책자를 꺼내들고 읽기 시작했다.

"야!" 하고 밀감이 불렀다.

"넌 어떻게 그렇게 여유롭냐?"

"몇 번이든 말해주겠지만, 고민하는 건 네 역할이야. '떡은 떡집에서'라는 말도 있잖아."

"그럼, 넌 무슨 가게야?"

신칸센 속도가 느려졌다. 어두운 동굴에 등불이 밝혀져 있긴 했지만, 머지않아 환하게 밝은 공간이 나타났다. 플랫폼이 보이기 시작했다. 밀감이 자리에서 일어섰다. "화장실?" 하고 레몬이 묻자, "자, 가자"라며 쿡 찔렀다.

"가긴 어딜 가?" 레몬은 상황을 이해할 수는 없었지만, 밀감의 진지한 표정에 압도되어 자리에서 일어섰다.

"내리게? 도쿄에서 출발해서 한 정거장 만에 내리다니, 그건 너무 지나친 낭비 같은데."

자동문이 열리고, 3호차 앞쪽 통로로 나갔다. 아무도 없었다. 진행 방향 왼쪽의 승강구 창으로 플랫폼이 흘러가는 모습이 보였다.

"네 말이 맞아."

뭐가, 라며 레몬이 눈썹을 찡그렸다.

"도쿄에서 신칸센을 타고 우에노에서 내리는 건 지나친 낭비지. 그럴 바엔 야마노테센(도쿄 중심을 운행하는 순환 전철선–옮긴이)을 이용하면 될 테니까. 다만, 개중에는 우에노에서 내리는 녀석도 있겠지."

"누구야?"

"신칸센 안에서 누군가의 트렁크를 훔쳐서 최대한 빨리 도망치고 싶은 인간이지."

레몬은 아하, 하며 고개를 끄덕였다.

"과연 그렇군."

승강구 문으로 가까이 다가갔다. "우에노에서 내리는 놈이 있으면, 그놈이 범인이란 말이지"라며 검지로 유리창을 톡톡 두드렸다.

신칸센에 브레이크가 걸리기 시작했다.

"그 트렁크를 들고 있으면 알아보긴 쉽겠지만, 다른 가방에 넣었을 가능성도 있어. 그래봐야 그것 역시 꽤 큰 짐이겠지. 어쨌거나 여기서 내리는 녀석이 있으면, 첫 번째 후보야. 일단 쫓아가."

"내가?"

"그럼 달리 누가 있어? 떡은 떡집에서 하라며? 너야 떡을 팔아본 적도 머리를 써본 적도 없겠지만, 수상쩍은 놈을 뒤쫓는 일은 분명히 해봤을 텐데."

신칸센이 거의 완전하게 정차했다. 브레이크 소리가 울려 퍼졌다. "혹시 여러 명이면 어떡하지?"라고 플랫폼 쪽을 바라보고 있던 레몬이 불현듯 걱정스러워서 물었다.

"수상쩍은 쪽을 쫓을 수밖에 없겠지."

밀감이 시원스럽게 대답했다.

"수상쩍은 놈이 여러 명이면 어떡하냐고. 요즘은 수상쩍은 놈 투성인데."

열차가 멈추고 문이 열렸다. 밀감이 플랫폼에 내려섰고, 레몬도 차 안에서 나왔다. 둘이서 플랫폼 가장자리에 서서 신칸센에서 내리는 사람이 없는지 뚫어져라 관찰했다. 플랫폼은 거의 직선이라 눈을 부릅뜨고 주의 깊게 관찰하면 하차하는 손님 상황은 확인할 수 있을 것 같았다. 레몬도 밀감도 시력은 좋았다. 멀리 있는 사물도 대강은 파악할 수 있었다.

내리는 손님은 눈에 띄지 않았다.

두 차량쯤 앞인 5호차 또는 6호차 출입구에서 헌팅캡을 쓴 낯선 남자가 차 안으로 손가락질을 하며 신칸센에 오르는 모습이 보였지만, 그것 말고는 딱히 특이한 상황은 없었다.

선두 차량 쪽은 아무래도 멀어서 파악할 수 없었던 밀감이 "맨 앞은 안 보이네"라고 중얼거렸다.

"11호차부터는 아키타 신칸센인 '고마치'야. 연결되긴 했지만, 이쪽 '하야테'와는 차 안에서 통하질 않으니까 범인이 그쪽에 있을 리는 없어."

"역시 기차에 관해서는 꽤 까다롭군."

"밀감, 너한테 가르쳐줄 게 있는데, '까다롭다'는 말은 칭찬이 아니야."

플랫폼에 신칸센의 출발을 알리는 음악이 울려 퍼지기 시작했다. 승차하는 손님들이 간혹 보이긴 했지만, 내리는 손님은 없었다. 어떡하지? 하고 레몬이 물었다. 뭘 어떡해, 아무도 안 내렸으니 다시 탈 수밖에 없지 하고 밀감이 대답했다.

그들이 차 안에 들어선 직후, 신칸센은 출발했다. 지상의 빛을 향해 완만한 오르막길을 올라갔다. 발차를 알리는 음악이 경쾌하게 울려 퍼지기 시작했다. 레몬은 그 소리에 맞춰 흥얼거리며 좌석으로 돌아왔다. 창가에 기대어 있는 도련님이 눈에 들어오자, 마음이 우울해졌다. 처리해야 할 일을 떠올린 것 같은 기분이었다. 아니, 그렇다기보다 이것은 반드시 처리해야 하는 성가신 일 그 자체였다.

"자, 그렇다면." 통로 쪽에 앉은 레몬은 또다시 다리를 꼬며 편안한 자세를 취하더니 입을 열었다. "이건 대체 어떻게 된 상황이지, 밀감?" 하며 여전히 타력본원他力本願의 자세로 떡집에 모조리 떠맡겨버리듯 말했다.

"범인은 여전히 이 차 안에 남아 있을 가능성이 높아."

"총알이 아직 남아 있던가."

레몬은 자기 웃옷 안쪽, 양 어깨에 멘 권총집에서 총을 꺼냈다. 어제 미네기시 도련님을 빼내느라 총알을 꽤 많이 썼다.

"남은 탄창이 한 개뿐이네."

밀감도 자기 총을 꺼냈다.

"나도 그렇군. 총알이 거의 없어. 설마하니 신칸센 안에서 필요하게 될 줄이야. 준비 부족이군"이라고 말하더니, 권총집의 다른 주머니에서 권총을 꺼내들고 "이건 있는데 말이야"라고 자조하듯 말했다.

"그 총은 뭐야?"

"어제 그 지하에서 도련님을 감시하던 놈들이 가지고 있던 물건이야. 재미있어서 들고 왔지."

"재미있다고? 총이 무슨 재미가 있어. 토머스 그림이라도 붙어 있나? 관둬라, 토머스는 아이들의 친구야. 총이나 위험한 일과는 전혀 관계없어."

"그런 게 아니야." 밀감이 씁쓸하게 웃었다.

"이건 손재주를 부린 물건이야. 총알이 제대로 나오지도 않아. 자 봐."

총구를 들이대서 레몬은 몸을 뒤로 젖히며 얼굴을 피했다.

"위험하게 왜 이래."

"아니라니까. 총알이 안 나온다고. 총구도 뚫린 것처럼 보이지만, 안쪽이 막혀 있어. 폭발 권총이야."

"폭발 권총? 폭주 기관차 같은 건가?"

레몬은 옛날에 본 영화를 떠올렸다. 영화에는 관심이 없었지만, 영화에 나오는 기관차나 전차를 보는 것은 즐거웠다. 열차 바퀴 돌아가는 소리나 차륜 축의 움직임, 증기기관차라면 굴뚝에서 뿜어내는, 불끈불끈 솟은 근육을 떠올리게 만드는 입체적인 검은 연기, 레일을 훑고 지나는 울림, 다른 무엇보다 질주하는 철 전차의 박력, 그런 것들이 전해지면 흥분했다. '폭주 기관차'의 내용은 거의 잊었지만, 눈보라가 휘몰아치는 풍경 속에서 기관차 위에 우뚝 선 용맹스러운 남자의 모습은 기억에 남아 있었다. 저 남자도 기관차를 어지간히 좋아하는 모양이군. 레몬은 친밀감을 느꼈다.

"이 총은 그대로 쏘면 폭발하게 만들어졌어."

"그런 게 왜 있지?"

"함정이겠지. 이 총을 가지고 있던 놈은 나한테 총을 뺏기고 싶어서 안달이 난 표정이더군. 내가 총을 빼앗아 방아쇠를 당겨 쾅 하고 터지면, 팔짝팔짝 날뛰며 기뻐할 작정이었겠지."

"귀신같이 알아챘네. 밀감, 넌 왜 그렇게 신중해?"

"네가 경솔한 거야. 스위치가 있으면 누르고, 끈이 매달려 있으면 잡아당기지. 이메일이 오면 닥치는 대로 열어서 바이러스에나 감염되고."

"뭐, 하긴."

레몬이 꼰 다리를 풀더니 벌떡 일어섰다. 밀감을 내려다보며, "잠깐 둘러봐야겠어"라며 진행 방향으로 까딱까딱 턱짓을 했다.

"수상한 놈이 있는지 차 안을 점검해보고 올게. 트렁크를 가로챈 놈이 어딘가에는 있겠지. 다음 오미야 역까지는 시간도 있을 테고."

"트렁크는 다른 데 감추고 시치미 뗀 표정으로 앉아 있을지도 몰라. 수상쩍은 놈은 빠짐없이 철저히 점검해."

"나도 알아."

"티 나지 않게 행동해. 실랑이가 벌어지면 귀찮으니까 티 나지 않게 조사하라고."

"까다롭긴."

"까다롭다는 말은 칭찬이 아니야."

밀감이 비아냥거리듯 말했다.

"오미야에 도착하면 일이 복잡해질 테니 빨리 찾아내야 해."

"거기서 무슨 일이 있던가?"

그걸 어떻게 잊어버릴 수 있냐며 밀감이 어이없어했다.

"미네기시의 부하가 거기서 기다리기로 했잖아."

"아 참, 그랬지"라며 레몬도 기억을 떠올렸다. 미네기시 도련님과 트렁크가 무사히 신칸센에 탔는지 확인하기 위해 역에서 남자가 기다릴 것이다. 그렇게 하기로 되어 있었다.

"성가시게 됐군."

이런 데서 만날 줄이야, 늑대가 눈을 희번덕거리며 나나오의 멱살을 움켜잡더니 뒤로 휙휙 밀며 반대편 문으로 몰아붙였다.

우에노 역을 출발한 신칸센은 지상으로 나가기 위해 속도를 더욱 높였다. 풍경들이 잇달아 꼬리를 물며 뒤쪽으로 흘러갔다.

"잠깐 기다려. 난 우에노에서 내려야 했다고."

나나오가 설명하려 했지만, 늑대에게 입이 틀어막힌 상태였다. 늑대가 왼쪽 팔꿈치로 나나오의 턱을 짓뭉개듯이 내리눌렀기 때문이다.

트렁크는 손에서 놓쳐 반대편 문에 덩그러니 놓인 채였다. 신칸센 진동 때문에 굴러가면 어쩌나 너무 걱정스러웠다.

"네 놈 때문에 어금니 하나가 나갔어."

헌팅캡을 쓴 늑대는 입술 사이로 거품을 물었다. "네 놈 때문에, 네 놈 때문에!"라며 흥분했다.

거봐, 늘 이 모양이라니까, 하고 나나오는 생각했다. 역시 이렇게 풀리는 것이다. 늑대의 팔꿈치에 짓눌리는 통증도 있었지만, 그 이상으로 이 상황에 낙담하는 중이었다. 왜 이렇게 일이 배배 꼬이는 걸까. 우에노에서 못 내렸으니, 다음 역인 오미야까지는 신칸센을 계속 타고갈 수밖에 없다. 그 사이에 트렁크 주인과 마주칠 가능성도 있다.

비듬이 잔뜩 낀 긴 머리칼을 흐트러뜨리며 증오가 가득한 말들을 쏟아내는 늑대를 보니 울화통이 터져서 견딜 수가 없었다.

신칸센이 흔들려서 늑대가 몸의 균형을 잃었다. 팔꿈치가 빗겨나자마자 나나오가 "제발 좀 봐줘, 봐달라고" 하며 조급한 말투로 사과했다. "폭력 반대, 폭력 반대" 하며 자기 두 팔을 치켜들고, 조그맣게 만세를 부르는 몸짓을 했다.

"신칸센 안에서 이러면 시끄러워져. 일단 오미야 역에서 같이 내릴 테니까 얘기는 그때 하자."

이렇게 제안하면서도 우에노에서 못 내린 시점에서 이미 돌이킬 수 없는 사태가 벌어진 건 아닐까 하는 좋지 않은 예감도 들었다.

"네 놈이 어떻게 그렇게 대등한 자세로 지껄여대. 이 무당벌레 새끼야!"

그 말에 나나오는 발끈 화가 치솟았다. 머릿속 온도가 순식간에 상승했다. 업계 안에서 나나오를 무당벌레라고 부르는 인간은 적지 않다. 나나오 자신도 그 곤충이 싫지는 않았다. 조그맣고 빨간 몸통에 별처럼 귀엽게 찍힌 검은 표시 하나하나는 소우주처럼 여겨졌고, 게다가 불운으로 가득한 나나오의 처지에서 보자면 러키세븐, 일곱 개의 그 별들은 동경의 무늬라고 말할 수도 있었다. 그러나 동업자들이 히죽거리며 그 이름을 입에 담을 때는 노골적인 비아냥거림이 섞여 있었기 때문에, 다시 말해 작고 연약한 곤충에 비유하는 뜻이기 때문에 몹시 불쾌했다.

"그만하고 일단 좀 놔봐. 대체 날 어떻게 하고 싶은 거야?"

나나오가 그 말을 내뱉은 것과 거의 동시였다. 늑대가 손에 칼 같은 것을 꺼내들었다.

어어, 하며 나나오는 동요했다.

"여기서 그런 걸 꺼내서 어쩌자는 거야. 누가 보면 일이 성가셔진다니까."

"움직이지 마. 얌전히 화장실로 들어가. 거기서 맘껏 그어줄 테니. 안심해, 나도 지금부터 할 일이 있어서 느긋하게 학대할 순 없어. 마음 같아서야 죽여달라고 울며 애원할 때까지 자근자근 괴롭혀주고 싶지만, 서비스로 얼른 끝내주지."

"열차 화장실은 별로 안 좋아해."

"안 좋아하는 화장실에서 네 놈 인생이 끝나버린다면, 그야말로 최고지."

헌팅캡 아래로 보이는 눈이 섬뜩하게 번득거렸다.

"난 할 일이 있어."

"나도 있어. 네 놈이랑은 다르게 아주 큰 건이지. 시간 없다는 말도 못 들었나?"

"거짓말 마. 네 주제에 무슨 큰 건이야."

"정말이라니까."

늑대는 콧구멍을 벌렁거리며 비대한 자존심을 품위 없이 훤히 드러내더니, 칼을 쥔 쪽과는 반대쪽 손으로 자기 안주머니를 뒤적거려 사진을 끄집어냈다. 여자 얼굴이 찍혀 있었다.

"자 봐, 이 여자를 아나?"

"알 리가 없지"라며 나나오가 얼굴을 찌푸렸다. 늑대는 항상 자기가 폭력을 휘두를 상대의 사진을 들고 다녔다. 의뢰인에게 받은 얼굴 사진과 자기가 일을 마친 후의 사진을 모아서 '때리기 전과 때린 후'라느니 '처리하기 전과 처리한 후'라느니 '죽기 전과 죽은 후'라느니 비교해가며 자랑스럽게 떠벌리고 다녔다. 그것 또한 나나오의 심기를 건드리는 짓이었다.

"어째서 늘 여자나 어린애뿐이지? 늑대라서 빨간 두건만 노리나?"

"야, 이 여자가 누군지나 알아? 보통 여자가 아니야."

"대체 누군데?"

"복수라고, 복수. 이제야 간신히 찾아냈어."

"구애했다 차인 여자한테 앙갚음이라도 하려는 건가?"

늑대는 한순간 얼굴을 찡그렸다.

"멋대로 지껄여."

"그래봤자 연약한 여자나 괴롭히는 주제에."

"멋대로 생각해. 뭐 하긴, 괜히 네 놈한테 말했다가 가로채이면 최악이지. 나는 지금 아케치 미쓰히데(일본 전국시대의 미노 아케치 성주, 오다 노부나가의 가신으로 활약했으나 혼노지의 변에서 주군 오다 노부나가를 토벌함으로써 배신자라는 이름을 남긴 무장-옮긴이)를 치러 가는 히데요시의 심정이란 말이다"라며 사진을 주머니 속에 집어넣었다.

자신을 역사상 인물에 비유하는 감각을 나나오는 도저히 이해할 수 없었다.

"나도 당장 일에 착수해야 하니까 네 놈도 빨리 끝내주지"라며 늑대가 나나오의 목덜미에 칼을 들이댔다.

"무섭냐?"

"무서워."

나나오는 감정을 숨길 필요성조차 못 느꼈다.

"하지 마."

"하지 마세요, 라고 해야지."

"하지 마세요. 늑대님."

승객이 나오면 수상하게 여길 게 뻔하다. 남자 둘이 몸을 찰싹 붙이고 뭐 하는 것인지 칼이 안 보이더라도 수상쩍게 여길 게 틀림없다. 어떡하나, 어떡하나, 열심히 머리를 굴리기 시작했다. 목에 댄 칼은 금방이라도 피부에 상처를 낼 것 같았다. 칼날이 따끔따끔 피부를 자극했지만, 간지럽기도 했다.

칼을 주의하면서 늑대의 자세를 관찰했다. 나나오가 키가 크기 때문에 팔을 뻗은 늑대는 중심이 안정되지 않았다. 허점투성이라고 판단하자마자 나나오는 잽싸게 몸을 반전시켰다. 늑대의 등 뒤로 돌아서며 양쪽 옆구리에 팔을 끼웠다. 늑대를 만세 자세로 고정시키듯 팔을 얽으며 턱으로 정수리를 짓눌렀다. 눈 깜짝할 사이에 형세가 역전되자, 늑대도 동요하며 "어이어이, 스톱, 스톱!" 하고 외쳤다.

"이대로 얌전히 네 자리로 가서 앉아. 나도 쓸데없는 말썽은 사양하니까."

나나오가 늑대의 귓가에 대고 말했다. 목 꺾기 기술은 몸에 배어 있었다. 훨씬 젊은 시절에, 그야말로 축구 리프팅 기술을 연습하듯, 반복 연습을 통해 완전한 특기로 굳혀 놓았다. 머리만 손 안에 들어오면, 각도와 세기를 고려해 힘껏 비틀면 간단히 꺾인다. 물론 늑대의 목을 정말로 꺾을 의도는 없었다. 성가신 일은 더 이상 원치 않았다. 손으로 상대의 머리를 못 움직이게 단단히 고정한 후, 꺾어버리겠다고 위협하는 정도만으로도 충분했다.

알았으니까 머리에서 손 떼, 하고 늑대가 조급한 말투로 호소했다.

바로 그 순간 차량이 흔들렸다. 큰 진동은 아니라고 느꼈지만, 늑대를 구속하고 있던 자세가 불안정했던 탓인지, 아니면 늑대의 신발 바닥이 잘 미끄러지는 소재였던 탓인지, 그 자리에 넘어지고 말았다.

정신을 차렸을 때는 바닥에 엉덩방아를 찧고 있었다. 넘어졌다는 사실이 부끄러워서 나나오의 얼굴이 붉게 달아올랐다. 그러고 나서야 자기가 아직도 늑대의 머리칼을 움켜잡고 있다는 사실을 알아차렸다. 늑대도 엉덩방아를 찧었다. 넘어질 때 칼이 혹시 늑대 자신을 찔렀나 싶어 허겁지겁 오른손을 확인해보니 칼에는 다행히 피 묻은 흔적이 없어서 마음이 놓였다.

"야, 일어나."

나나오가 머리칼에서 손을 떼고, 구부정하게 앉아 있는 늑대의 등을 찔렀는데, 그 순간 목을 못 가누는 갓난아기처럼 머리가 휘청 하고 흔들렸다.

어라. 나나오는 눈을 깜박거렸다. 화들짝 놀라 늑대 앞으로 돌아가 얼굴을 확인했다. 늑대의 표정이 이상했다. 흰자위를 드러낸 채 입을 벌리고 있었고, 다른 무엇보다 목이 부자연스럽게 휘어 있었다.

"거짓말"이라고 중얼거려봤지만, 이미 엎질러진 물이었다. 거짓말이 아니었다. 머리를 움켜쥔 채 넘어지는 바람에 남아돈 힘이 목을 꺾어버린 것이다.

휴대전화가 진동했다. 발신자 번호도 확인하지 않고 귀에 댔다. 전화를 할 상대는 한 사람뿐이었다.

"세상에 간단한 일 따윈 없다고 했지." 나나오가 말했다. 간신히 일어서서 늑대의 시체도 일으켜 세웠다. 자기 몸에 기대게 해 균형을 잡았다. 거대한 꼭두각시 인형을 지탱하는 것처럼 고생스러웠다.

"왜 연락을 안 해. 정말 믿을 수가 없어."

마리아가 초조한 목소리로 말했다.

"지금 어디야? 우에노에서 내렸지? 트렁크는?"

"지금 신칸센 안이야. 트렁크는 있어."

나나오는 최대한 가벼운 말투로 대답할 작정이었다. 맞은편 승강구에 부딪친 채로 멈춰 있는 트렁크를 바라보았다.

"우에노에서는 못 내렸지만."

"왜?" 그녀는 흥분했고, 목소리가 날카로워졌다. "그게 무슨 소리야!"라며 큰소리로 추궁했다. 그러고 나서 자신의 흥분을 필사적으로 억눌렀는지, "넌 도쿄에서 열차를 타고, 우에노에서 내리는 일도 못 하니?"라고 나지막한 목소리로 말했다.

"대체 무슨 일이면 할 수 있겠어? 계산대? 절대 무리야, 계산대는 임기응변으로 판단해야 할 순간이 많은 데다 아주 고된 일이니까. 그럼 도쿄 역에서 신칸센을 타는 것뿐이라면 가능한 거네. 탈 수는 있지만 내릴 수는 없다? 다음번에는 그런 일을 찾아두지."

나나오는 휴대전화를 바닥에 내동댕이치고 싶은 충동에 휩싸였지만 꾹 참아냈다.

"나는 우에노 역에서 내릴 예정이었어. 실제로 문이 열렸고, 한 발짝만 밖으로 내딛으면 끝이었다고. 그런데 바로 그 순간 그 자식이 올라탔지. 하필이면 그 플랫폼의 그 호차로 말이야"라고 말한 후에, 자기에게 기대 있는 늑대를 바라보며, "그 자식이 아니라, 이 자식이라고 해야겠지만"이라고 표현을 고쳤다.

"그 자식이든 이 자식이든, 대체 누군데? 신칸센의 신? 아가야, 여기서 내리면 안 된단다, 하며 말리기라도 했나?"

유치한 빈정거림을 흘려버리고, 나나오가 목소리를 억누르며 "늑대야. 여자나 어린애, 동물한테만 폭력을 휘두르는 그 짜증나는 놈"이라고 말했다.

"아하, 늑대였구나."

마리아는 그제야 간신히 이쪽을 배려하는 목소리로 변했다. 나나오가 무사한지 걱정하는 게 아니라, 말썽이 일어날까 경계하는 말투였다.

"보나마나 엄청 기뻐했겠네. 널 원망하고 있었으니까."

"너무 기쁜 나머지 품속으로 달려들더군."

마리아의 목소리가 끊겼다. 상황을 파악하려는 건지도 모른다. 그러는 사이에 나나오는 휴대전화를 목과 어깨 사이에 끼웠다. 늑대를 어디로 이동시킬까 하는 생각에 잠겼다. 늑대 자신이 말했던 것처럼 화장실이 좋을까? 아냐, 그건 아니지, 하며 곧바로 생각을 바꿨다. 화장실에 시체를 밀어 넣는 건 힘든 일은 아니다. 그렇지만 혹시나 발견되지 않을까 불안에 떨며 자리에 앉아 있는 일은 견딜 수 없을 것 같았다. 정신 못 차리고 화장실 상황을 확인하러 들락거려서 오히려 더 의심을 살게 뻔했다.

"흐음, 그래서 어떻게 됐지?"

탐색하듯이 묻는 마리아의 목소리가 들렸다.

"지금 이 늑대의 시체를 어디에 감출지 고민하는 중이야."

마리아는 또다시 휴대전화 너머에서 침묵했다. 잠시 후 "그 중간 과정을 알려줘. 열차에 탄 늑대가 네 품속으로 달려들었어. 그런데 지금은 시체라니? 그 중간 과정은 뭔데?"라며 아우성을 쳤다.

"중간 과정이고 뭐고 없어. 굳이 설명하자면, 늑대가 먼저 내 목에 칼을 들이댔지, 찔러버리겠다고."

"왜?"

"그야 내가 싫어서겠지. 그러다 형세가 역전되었고, 내가 그의 목을 꺾어버릴 것처럼 겁을 줬어. 어디까지나 겁만 주려던 것뿐이야. 그랬는데 신칸센이 흔들리는 바람에 그만."

"신칸센은 원래 흔들려. 그게 뭐?"

"아 진짜, 늑대는 왜 하필 이럴 때 나타나냐고!"

나나오는 무심코 짜증스러운 마음을 쏟아내버렸다.

"죽은 사람을 나쁘게 말하면 못 써."

마리아가 진지한 말투로 지적했다.

"그렇다고 꼭 죽일 필요까진 없었잖아."

"죽일 생각은 없었다니까. 미끄러지면서 넘어졌는데, 목이 꺾여버린 거야. 그건 실수가 아니라 불가항력이었어."

"변명이나 해대는 남자는 영 아닌데."

"살아 있는 사람을 나쁘게 말하면 못 써."

나나오는 농담처럼 말했지만, 여유가 있었던 것은 아니다.

"난 지금 늑대를 품에 안고 안절부절못하는 중이야. 대관절 이 시체를 어쩌면 좋지."

"통로 승강장에서 부둥켜안고 계속 키스나 하면 되겠네."

마리아는 자포자기 심정인 듯했다.

"오미야까지 남자끼리 붙어 있으라고? 현실적인 의견은 아닌데."

"현실적인 말을 하자면, 늑대를 어느 자리에든 앉혀둘 수밖에 없겠네. 들키지 않게 조심해. 네 자리도 괜찮고, 그 녀석 표를 찾아서 좌석을 찾아봐도 될 테고."

오호, 그러면 되겠군, 하며 나나오가 고개를 끄덕였다.

"이제 살았다. 그렇게 해볼게."

늑대가 입고 있는 싸구려 블루종 앞주머니 사이로 휴대전화가 엿보였다. 혹시 도움이 될지 모른다는 생각에 그것을 빼내어 자신의 카고 바지 주머니에 넣었다.

"트렁크 잊어버리지 않게 조심해." 마리아가 말했다.

"앗, 깜박할 뻔했다."

또다시 마리아의 한숨 소리가 들렸다.

"제발 빨리 좀 끝내. 나, 잠들어버릴지 몰라."

"지금 잘 시간 아니잖아."

"어제부터 내내 영화만 봤어. 집에서. 〈스타워즈〉 6부작."

"일단 끊는다. 다시 전화할게."

매직테이프가 붙은 끈으로 손발을 구속당한 기무라는 어떻게든 풀어낼 방법이 없을까 이를 악물고 팔과 발목을 비틀어봤지만, 헐거워질 기미는 전혀 없었다.

"이런 건 요령이 필요해, 유이치."

불현듯 어릴 적 기억이 되살아났다. 자기 이름을 부르는 목소리였다. 지금껏 거의 떠오른 적조차 없는 그 장면은 기무라의 본가 거실이었고, 이십 대 남자가 끈으로 손발을 묶인 상황이었다.

"자, 탈출할 수 있는지 없는지 한 번 해봐, 시게루"라며 기무라의 아버지가 웃었다. 그 옆에서 기무라의 어머니도 배를 잡고 웃었고, 아직 초등학교도 들어가기 전이었을 기무라도 낄낄거리며 웃었다. 시게루라는 그 젊은이는 기무라의 아버지가 예전에 하던 일을 이어받은 모양인데, 다시 말해 아버지와는 예전 직장의 선후배 관계에 불과했을 텐데도, 이따금 기무라의 집에 놀러오곤 했다. 씩씩하고 시원시원한 운동선수 같은 성실한 외모를 가진 시게루는 기무라의 아버지를 은사로 우러러보는 경향도 있어서, 그의 아들인 기무라도 귀여워했다.

"유이치의 아버지는 일할 때는 정말 무서웠어. 하게타카(일본어로 독수리라는 뜻-옮긴이)가 아니라, 시게타카라고 불렸을 정도라니까. 이름이 기무라 시게루木村茂잖아." 시게루繁가 말했다. 기무라의 아버지와 시게루는 둘 다 이름이 '시게루'라는 계기로 친해진 듯했다. 집에서 술을 마시면 대개는 "일이 너무 힘들어요. 업종을 바꿔볼까 합니다"라며 기무라의 아버지에게 푸념을 늘어놓아서, 역시 어른들도 나약한 소리를 하는구나, 사람은 몇 살이 되어도 고통스럽구나, 하는 것을 배웠다.

그런 시게루와도 어느새 소원해지고 말았다. 기억이 떠오른 장면은 시게루가 텔레비전에 나온 탈출 쇼를 흉내 냈을 때다. 밧줄에 묶인 상태에서 빠져나오는 기묘한 기술이었는데, "저건 나도 할 수 있어요"라고 그가 주장했던 것이다.

그리고 기무라가 멍 하니 텔레비전을 보는 사이에 시게루는 그 끈을 풀어냈다.

그건 대체 어떻게 한 걸까?

내가 지금 처한 이 상황을 타파할 수 있는 실마리가 되지 않을까.

기억이 잠들어 있는 산을 곡괭이로 죽어라 파헤치며 그 속에서 중요한 정보를 캐내려고 시도해봤다. 그러나 끝내 그 기억을 떠올릴 순 없었다.

"아저씨, 잠깐 기다려. 화장실 좀 다녀올게."

왕자가 자리에서 일어서서 통로로 나갔다.

블레이저를 입은 그 모습은 고상한 가정에서 귀하게 잘 자란 중학생으로밖에 안 보여서, '대체 내가 왜 저런 꼬맹이가 시키는 대로 따라야 하나' 하는 생각에 몸부림이라도 치고 싶었다. "아 참, 술 좀 사다줄까. 잔술이라는 것도 팔잖아?"라며 밉살스럽게 빈정거리는 말을 남기고, 왕자는 뒤쪽 차량으로 걸어갔다. 화장실은 반대 방향이 더 가깝다는 걸 기무라는 알고 있었지만, 그걸 알려줄 마음은 전혀 없었다.

그 소년이 고상한 가정에서 귀하게 잘 자란 중학생이라는 것은 거의 틀림없는 사실일 것이다. 고상한 가정에서 귀하게 잘 자란, 악의로 가득 찬 중학생이다. 몇 개월 전 처음으로 왕자와 만났을 때 일이 떠올랐다.

뭉게구름이 하늘을 침식하듯 빽빽이 차 있던 정오 전, 기무라는 구라이초의 병원에서 돌아오는 길이었다. 경비원 일을 마치고 아침에 집으로 돌아오자, 와타루가 복통을 호소해서 곧바로 다시 늘 다니던 소아과병원으로 데리고 갔다. 평상시 같으면 와타루를 유치원에 맡기고 곧장 이불 속으로 들어가는데, 그럴 수 없었기 때문에 졸음이 밀려드는 머리는 무거웠다. 게다가 병원은 놀라울 만큼 붐볐다. 대기실에서 버젓이 술을 마실 수도 없는 노릇이었다. 정신을 차려보니 손가락이 떨리고 있었다.

다른 아이들은 모두 와타루보다 가벼운 증상처럼 보여서, 마스크를 쓰고 고통스러워하는 아이를 바라보며 '요란하게 연극이나 해대고', '정말로 아픈 아이를 우선해야 할 거 아냐'라는 생각에 부아가 치밀었다. 다른 부모들을 하나하나 노려보았다. 한 차례 노려보고 나니 할 일도 없어서 바쁘게 오가는 간호사의 엉덩이를 눈으로 핥듯이 바라보았다. 결국은 와타루야말로 가벼운 증상이었다. 진료를 받기 직전이 되자 갑자기 말짱해져서는 "아빠, 나 이제 괜찮아"라고 속삭이기까지 했다. 그러나 거기까지 가서 그냥 돌아오기도 억울해서 와타루에게는 계속 복통이 나는 것처럼 시키고, 약 처방을 받아 병원에서 나왔다.

"아빠, 술 마셨어?"

건물 밖으로 나온 후 와타루가 말하기 곤란하다는 듯 물었다. 복통이 가라앉았다는 와타루의 말을 듣고 마음이 놓여서 대합실에서 작은 병을 홀짝거렸는데, 그 모습을 들킨 것이다. '혹시 와타루가 계속 배가 아팠다면, 난 충격이 커서 술을 왕창 퍼마셨을 게 뻔해. 그렇게 생각하면 혀를 살짝 축이는 정도야 별 문제도 아니겠지'라고 마음속으로 스스로를 정당화하고, 주머니에서 꺼낸 작은 병의 뚜껑을 열었다. 그리고 진찰을 기다리는 다른 환자들에게 보이지 않게 벽 쪽으로 몸을 비틀고, 병 주둥이를 혀로 핥았다. 작은 병 안에는 싸구려 브랜디가 담겨 있었다. 경비원 일을 하는 중에도 언제든 마실 수 있게 늘 휴대하고 다니는 병이었다.

기무라의 머릿속에서는, '알레르기성 비염 환자가 일에 지장을 주지 않기 위해 스프레이 약을 사용하는 것과 마찬가지 의미다. 술기운이 떨어져 집중력이 흐트러져서 경비가 엉망이 되면 더 큰 문제 아닌가. 손이 떨려서 손전등을 떨어뜨리기라도 하면 곤란하지 않은가. 다시 말해 이것은 지병에 필요한 예방 조치다. 맡은 바 업무를 잘 수행하기 위해 마시는 술이다'라는 논리가 세워져 있었다.

"와타루, 브랜디는 증류주인데, 증류주는 메소포타미아 문명 때부터 만들어진 거야."

와타루는 물론 그런 말을 들어도 이해할 수 없었다. 아빠의 변명이 또 시작됐구나, 하는 눈치였지만, "메소, 포타포타"라고 종알거리며 그 소리를 즐기는 듯했다.

"프랑스어로는 증류주를 '오드비'라고 부르지. 그게 무슨 뜻인지 아니? 생명수라는 뜻이야. 생명의 물이라고, 생명의 물."

기무라는 그렇게 말하면서 스스로 안도했다. 그렇다, 작은 병에 든 브랜디를 입으로 흘려 넣는 것은 생명을 구하는 일이나 다름없다.

"그렇지만 병원 선생님은 아빠한테 술 냄새가 나서 깜짝 놀랐던데."

"그 의사, 마스크 썼잖아."

"마스크를 썼는데도 냄새가 난 거야."

생명의 물인데 냄새가 좀 나면 어때, 의사라면 그 정도는 알고 있겠지, 라고 기무라가 말했다.

"아빠, 쉬 마려워"라고 와타루가 말한 것은 아케이드 거리를 지나고 있을 때였다. 기무라는 젊은이들로 북적이는 가까운 패션 쇼핑몰로 뛰어 들어가 화장실을 찾았다. 1층에는 화장실이 없어서 욕설을 퍼부으며 에스컬레이터를 타고 2층으로 올라갔고, 줄줄이 늘어선 매장을 다 지난 후에야 안쪽 귀퉁이에 있는 화장실에 도착했다.

"혼자 갈 수 있지? 아빠는 여기서 기다릴게" 하며 기무라가 와타루의 엉덩이를 두드렸다. 그리고 화장실 입구 옆에 있는 벤치에 앉았다. 그 맞은편은 여성용 브랜드 옷가게였는데, 그곳 점원의 가슴이 컸고 게다가 가슴 언저리까지 풀어헤친 셔츠를 입고 있어서 그 모습을 찬찬히 음미할 심산이었다.

"응, 혼자 갈 수 있어."

와타루는 자랑스러운 듯이 화장실로 사라졌다.

와타루는 곧바로 돌아왔다. 자기 손에 작은 브랜디 병이 들려 있는 것을 알아차렸다. 언제 꺼냈지? 기억이 나지 않았다. 뚜껑은 안 열렸으니 아직 마시지는 않았겠지, 하며 마치 타인의 행위를 확인하듯 되짚어봤다.

"빨리 왔네. 왜, 오줌이 안 나와?"

"나왔어. 근데 꽉 찼어."

"꽉 차? 오줌이?"

"아니. 형아들이 꽉 찼어."

기무라는 일어서서 "어디, 어디" 하며 화장실로 향했다. 와타루가 "왠지 무서워 보이니까 그냥 가자"라며 팔을 끌어당겼지만 뿌리쳤다. 고작해야 어린것들이 떼 지어 담배를 피우거나 시끄럽게 떠들어대거나 아니면 갈취나 도둑질을 하는 정도겠지. 그렇다면 살짝 놀려주고 싶은 생각이 들었다. 졸음과 부족한 알코올이 기무라를 초조하게 만들었고, 어디서든 그 불쾌함을 발산시키고 싶었기 때문이다.

넌 여기서 기다려, 하며 와타루를 벤치에 남겨두고, 남자 화장실로 들어갔다. 교복을 입은 앳된 얼굴의 중학생이 다섯 명쯤 모여 있었다. 널찍한 화장실에는 벽 두 면에 소변기가 설치되어 있었고, 다른 한 면에는 개인용 화장실 네 개가 늘어서 있었다. 남자 중학생들은 그 개인용 화장실 근처 빈 공간에 둥그렇게 진을 치듯 서 있었는데, 화장실로 들어온 기무라를 힐끔 살피긴 했지만, 곧바로 얼굴을 마주보며 하던 얘기를 계속했다. 기무라는 시치미를 떼고 그들 옆을 지나쳐 소변기 앞에 서서 볼일을 봤다. 바로 뒤에서 주고받는 대화에 귀를 기울였다. 보나마나 시답잖은 상의를 하거나 무슨 장난질이나 꾸미겠지. 살짝 말썽이나 일으켜줄까 하는 생각이 곧바로 들었다. 험한 일에서 손을 씻긴 했지만, 거친 일이 싫어진 건 아니었다.

"어쩔 거야?" 등 뒤의 중학생 중 하나가 성난 말투로 물었다.

"누군가 설명할 수밖에 없잖아, 왕자한테."

"누군가라니, 그게 누군데? 그보다 도중까지 갔다가 도망친 사람은 바로 너잖아."

"그게 아니야. 난 하려고 했어. 근데 다쿠야가 겁먹었단 말이야. 배가 아프네 어쩌네."

"진짜로 배가 아팠다니까."

"그럼 네가 왕자한테 말해. 배가 아파서 시키는 일을 못 했다고."

"싫어. 난 지난번 전기 때도 위험했어. 그보다 강한 걸 당하면 죽는단 말이야."

그쯤에서 나머지 네 사람이 입을 다물었는데, 기무라에게는 예상 밖의 일이었다.

그 애들이 상담하는 구체적인 내용은 알 수 없었다. 그러나 대략적인 구도는 상상할 수 있었다.

이 중학생들한테는 리더가 있다. 그 애가 동급생인지 상급생인지 어른인지는 명확치 않지만, 어떤 명령을 내릴 수 있는 입장에 있는 인간이다. 아마도 왕자라고 불리는 자가 그 남자겠지. 왕자라니, 우스꽝스러운 호칭이다. 그리고 그들은 왕자의 기대를 저버렸겠지. 명령을 실행하지 못한 것이다. 그러니 왕자가 화를 낼지도 모른다. 누가 책임을 질 것인가, 어떻게 해명할 것인가, 이 화장실에 모여서 지혜를 짜내는 중이다. 그런 상황이었다.

왕자를 상대로 서민 나부랭이들이 제아무리 이마를 맞대고 고민해본들 아무 소용 없을 텐데, 기무라는 좀처럼 끊이지 않는 소변을 곤혹스러워하면서도 어이가 없었다. 다만, 그들이 입에 올린 '전기'라는 의미는 이해할 수 없었다. 전기에 당했다고 말할 정도면, 전기 충격 같은 걸까? 기무라의 머릿속에 떠오른 것은 해외에서 사형집행 때 사용하는 처형용 장치였다. 설마 아이들 벌칙에 그렇게 대대적인 장치를 쓸 것 같진 않았다. 게다가 또 한 아이가 "그보다 강한 걸 당하면 죽는단 말이야"라고 흘린 말도 신경이 쓰였다. 십 대 아이들은 '죽는다'거나 '때려 죽인다'거나 '난 죽었다'라는 말들을 아무렇지 않게, 실제 의미보다 가볍게 입에 올리긴 하지만, 그런 말과는 달리 정말로 죽음이 가까이 존재하는 것 같은 심각함이 묻어났기 때문이다.

기무라는 소변을 다 보고 바지 지퍼를 올리면서 중학생들에게 다가갔다.

"야 니들, 더러운 화장실에 모여서 뭘 그리 속닥거려. 거치적거리게. 그건 그렇고, 어떡할래, 왕자님한테는 누가 사과할 거야?"

씻지도 않은 오른손을 앞에 있던 몸집이 작은 남학생의 교복 어깨에 훔치려 했다.

그러자 중학생들이 잽싸게 진형을 바꿨다. 원을 그리고 있었는데, 쫙 퍼지며 기무라와 마주서는 대열을 만들었다. 다섯 명은 똑같은 교복을 입고 있었지만, 물론 당연히 키나 얼굴 생김새는 다 달랐다. 여드름이 눈에 띄는 키 큰 남학생, 빡빡머리, 몸집은 작아도 어깨가 넓은 둔해 보이는 남학생, 기무라는 머릿속으로 관찰했다. 죽어라 위협해보려고 발버둥 치지만, 미숙한 어린애일 뿐이었다.

"중학생 여러분, 여기서 아무리 상의해봤자 결론이 안 나. 얼른 왕자님한테 사과하는 게 낫지 않겠어?"

기무라가 손뼉을 치자, 중학생들은 움찔 하며 몸을 떨었다.

"뭔 상관이야."

"빨리 꺼져."

천진난만함이 채 가시지 않은 아이들이 센 척하는 모습이 우스워서 기무라는 뺨을 부드럽게 풀었다.

"니들, 그런 험상궂은 표정 거울 보면서 연습했지? 나도 중학교 때는 그랬지. 눈썹을 이렇게 비틀어 올리면서 '뭐야, 이 새끼야', '어럽쇼'라느니 어쩌느니. 자발적으로 트레이닝했겠지? 그렇지만 그런 건 아무 소용없어. 사춘기 지나고 나서 생각하면 웃음밖에 안 나와. 인터넷에서 야동이나 찾는 게 훨씬 의미 있는 일이야."

"이 사람, 술 냄새 지독해."

빡빡머리 남학생은 체격이 꽤 좋았지만, 코를 움켜쥐는 과장된 몸짓은 초등학생처럼 보이기도 했다.

"너희, 오늘은 뭘 할 생각이었어? 이 아저씨한테도 알려줘 봐. 아저씨도 끼워줘. 왕자님 명령이 뭔데?"

중학생들이 한순간 입을 다물었다. 한참이 지난 후, 맨 끝에 있던 남학생이 "그걸 어떻게 아는데?"라고 물었다.

"내가 소변보는 동안, 뒤에서 속닥거렸잖아. 훤히 다 들리던데."

기무라는 그렇게 말하고 앞에 있는 중학생 다섯 명을 죽 훑어보았다.

"나한테 상담해 봐. 고민 상담은 들어줄 테니까. 왕자님 얘기든 뭐든 이 아저씨한테 다 털어놔."

그들은 잠시 침묵을 지켰다. 시선을 주고받으며 무언의 상의를 주고받는 듯했다.

"어이어이, 정말 나한테 상담하려고?" 기무라가 웃음을 터뜨렸다.

"농담이야, 농담. 내가 너희 같은 꼬맹이들 상담을 들어줄 리가 있나. 기껏해야 유흥업소에 데리고 가거나 누군가를 혼내주는 정도겠지."

중학생들의 얼굴은 조금도 부드러워지지 않았고, 오히려 한 층 더 진지한 대화를 시작할 것 같은 분위기가 감돌았다. "정말 곤란한 거냐?" 하며 기무라가 얼굴을 찡그렸다. 그러고 나서 세면대로 이동해 손을 씻었다. 등 뒤에서 중학생들이 다시금 서먹서먹하게 원형으로 진을 짜고 작은 목소리로 이야기하는 모습이 거울에 비쳤다.

"놀려서 미안하다. 자, 그럼."

기무라는 인사를 하고 아까와는 다른 남학생 교복에 손을 문질렀지만, 중학생은 화를 내지도 않았다.

"어이, 와타루, 오래 기다렸지. 아빠 왔다"라며 화장실에서 나왔다. 그런데 와타루가 보이지 않았다. 대체 어디 갔지, 하며 고개를 이리저리 돌렸다. 긴 통로로 시선을 던졌지만, 아들의 모습은 어디에도 보이지 않았다.

기무라는 가슴이 큰 여점원에게 성큼성큼 다가가 "이봐" 하고 말을 건넸다. 갈색 빛이 감도는 머리를 틀어 올린, 눈이 큰 그 점원은 노골적으로 불쾌한 표정을 지었지만, 그것이 기무라한테서 풍기는 술 냄새 때문인지, 무례한 태도 때문인지 확실치는 않았다.

"이봐, 요 정도 되는 남자아이 못 봤어?"라며 기무라가 손을 자기 허리 언저리에 댔다.

"아" 하며 그녀는 미심쩍어하는 것 같으면서도, "저쪽으로 갔어요"라며 가게 뒤쪽 방향을 손가락으로 가리켰다.

"저쪽으로? 왜?"

"내가 어떻게 알아요. 어떤 남자애가 데리고 갔어요."

"어떤 남자애는 또 뭐야?" 기무라의 목소리가 거칠어졌다.

"유치원 친구였나?"

"형 아닌가요? 중학생쯤 되어 보였어요. 깔끔한 도련님처럼 생긴 애였는데."

"도련님? 그게 대체 누구야?"

"내가 그걸 어떻게 아느냐고요."

기무라는 점원에게 감사인사도 없이 그 자리를 떠났다. 통로를 돌아 시선을 이쪽저쪽으로 바쁘게 돌렸다.

와타루, 어디 간 거니, 대체 어디야.

"당신이 아이나 제대로 보살필 수 있겠어?"라고 경멸하는 표정으로 힐책했던 전처의 얼굴이 머릿속을 스치고 지나갔다. 초조함이 땀으로 변해 피부로 뿜어져 나왔다. 심장 박동이 점점 빨라졌다.

마침내 하행 에스컬레이터 근처에서 아이를 발견했을 때는 너무 안도한 나머지 그 자리에 털썩 주저앉을 뻔했다. 와타루는 교복을 입은 남자애랑 손을 잡고 있었다.

기무라는 큰소리를 지르며 달려가 와타루의 손을 있는 힘껏 낚아챘다. 붙잡고 있던 손을 강제로 떼어냈는데도 교복 차림의 그 남학생은 별로 놀라는 기색도 없이 태연한 표정으로 "아하, 아버님이세요?"라고 기무라에게 물었다.

키는 160센티미터쯤이나 될까, 약간 마른 체형에 검은 머리칼은 가늘고 살짝 긴 듯했지만, 무게감은 전혀 느껴지지 않았다. 또렷한 쌍꺼풀눈은 매우 커서 어둠 속에서 빛나는 고양이 눈처럼 두드러져 보였다. 여자처럼 생겼군, 하고 기무라는 생각했다. 성적 매력을 풍기는 여자에게 눈길을 받은 것 같은 감각이 들어서 왠지 모르게 움츠러드는 자신에게 쓴웃음이 나왔다.

"너 지금 뭐 하는 짓이야?"

기무라가 와타루의 손을 움켜쥐고 난폭하게 끌어당겼다. 그것은 그 중학생에게 한 말이었는데, 와타루는 자기가 야단을 맞는 줄 알았는지, "아니, 아빠가 이쪽으로 갔다고 해서"라며 겁먹은 표정으로 대답했다.

"늘 말했지, 낯선 사람은 따라가면 안 된다고."

기무라는 강한 어조로 내뱉었지만, 한편으로 자기는 그런 주의를 주지 않았다는 것, 자기 부모, 즉 할아버지와 할머니가 말했을 뿐이라는 것도 알고 있었다.

"넌 뭐야?"

이목구비가 번듯한 중학생을 향해 성난 얼굴로 물었다.

"저는 가노야마 중학교에 다니는 학생이에요."

교복을 입은 소년은 동요하는 기색도 전혀 없었고, 마치 선생님이 시키는 대로 했을 뿐이라고 대답하는 것처럼 흐트러짐 없는 태도였다.

"내 친구들이 화장실에 떼로 몰려 있어서 이런 어린애한테는 무서울 것 같았고, 잠깐 자리를 피하는 게 좋겠다 싶어서 데리고 온 거예요. 그랬는데 이 애가 아빠가 어디 있는지 모른다고 해서 안내데스크로 데리고 갈 생각이었어요."

"난 그 화장실에 있었어. 그건 우리 와타루도 알고 있었고. 말도 안 되는 소리 지껄이지 마."

와타루는 자기가 야단을 맞는 줄 알았는지 목을 움츠리며 주뼛주뼛 고개를 끄덕일 뿐이었다.

"이상하네요. 나한테는 그렇게 말하진 않던데."

중학생은 얼굴색 하나 변하지 않고 태연하게 말했다.

"제 말투가 무서워서 말하기 곤란했을지도 모르겠네요. 걱정스러운 마음에 제가 좀 엄하게 말을 건넸을지도 모르니까."

마음에 안 들었다. 와타루를 끌고 가려 한 행위 자체보다도 놀라울 정도로 침착하고 기무라의 언동에도 전혀 겁을 먹지 않는 태도가 부아를 돋우었다. 예의 없는 녀석이나 장난이 지나친 것과는 다른, 혐오해야 마땅할, 굳이 더 강하게 표현하자면, 교활함이라고 불러도 좋을 뭔가가 감지되었다.

"화장실 안에 있는 중학생들은 어느 왕자님을 기다리는 것 같던데."

기무라는 와타루를 데리고 그 자리를 떠나기 직전에 말했다.

"속닥속닥 수군거리느라 정신이 없더군."

"아 네, 그건 저예요"라고 중학생이 망설임 없이 대답했다. "성이 오우지王子예요. 좀 이상한 성이죠. 놀림을 너무 많이 받아서 좀 곤란하긴 해요. 오우지 사토시입니다. 아 참, 화장실에 모여 있다고 해서 담배 같은 걸 피우는 건 아니니까 걱정 마세요."

그 아이는 가벼운 농담조차도 예의바르게 입에 올리고 화장실 쪽으로 걸어갔다.

차량 저편에서 왕자가 돌아와서 기무라는 회상을 멈췄다.

"넌 그때 와타루를 어떻게 할 작정이었지?"

기무라는 신칸센 좌석에서 밴드에 손발이 묶인 채로 방금 떠올린 상황에 관한 얘기를 꺼냈다.

"확인하고 싶었을 뿐이야." 왕자가 담담하게 대답했다.

"난 그때 화장실 안에 있는 친구들 대화를 도청하고 있었으니까."

"도청? 화장실에 도청 장치를 했다고?"

"아니. 한 아이의 교복 주머니에 몰래 숨겨뒀지."

"스파이라는 뜻인가?" 입 밖에 내뱉고 보니 너무 유치한 말이라 기무라 스스로도 부끄러워졌다.

"다른 애들이 네 험담이라도 할까봐 걱정된 모양이지?"

"조금 달라. 험담하는 건 상관없어. 다만 '도청될지도 모른다', '누군가가 스파이일지도 모른다'고 생각하게 만드는 것만으로도 그들의 행동에 상당한 영향력을 미칠 수 있거든. 다른 무엇보다 친구를 친구로 믿기 어렵잖아. 그건 내게는 유리한 상황이니까.”

“그런데 그게 뭔 상관이야?”

“그러니까 난 그때 화장실 밖에서 훔쳐 듣고 있었다고. 나중에 스파이가 있었다는 걸 모두에게 들통 나게 할 예정이었고. 그러면 그 애들은 의심 노이로제에 걸려 혼쭐이 날 거 아냐. 아니, 실제로도 그렇게 됐어. 그런데 아저씨 아들이 그런 나를 보면서 신경 쓰는 것 같아서 잠깐 놀아주려고 한 것뿐이야.”

“여섯 살짜리 어린애야. 딱히 무슨 뜻이 있어서 널 쳐다본 건 아닐 텐데.”

“그렇긴 하지. 그래도 놀아주고 싶은 걸 어떡해. 어린애한테는 영향력이 어느 정도인지도 확인해보고 싶었고.”

“영향력이라니, 무슨 영향력?”

“전류 말이야. 전기 충격을 주면, 그 또래 어린애는 어떤 반응을 보이는지 궁금했거든.”

왕자는 자기 배낭 속에 들어 있는 전기 충격기를 손가락으로 가리키는 몸짓을 했다.

“시험해보려고 했는데, 아저씨한테 들키는 바람에 망쳐버렸지.”

레몬은 일단 앞쪽인 4호차로 향했다. 잃어버린 트렁크의 모양새를 떠올려 보았다. 어떻게 생긴 트렁크였더라?

손자 분은 자기가 흥미 있는 것 외에는 거의 기억하질 않아요, 하고 초등학교 때 담임선생님이 할아버지 할머니에게 말했다. 《도라에몽》 몇 권에 어떤 도구가 나오는지는 줄줄 외면서 교장선생님 성함은 까맣게 모른다니까요, 하며 어이없어했다. 레몬은 그 담임선생님이 한탄하는 이유를 도무지 이해할 수 없었다. 교장선생님 이름이랑 《도라에몽》 도구 등장 장면 중에서 어느 쪽을 기억하는 게 더 중요한지는 너무나 명백하기 때문이다.

트렁크 크기는 높이 60센티미터, 가로가 40센티미터 정도 느낌이었나. 손잡이가 달려 있었다. 바퀴도 있었다. 검은색의 견고한 소재였고, 손으로 스치면 촉감이 싸늘했다.

트렁크를 열려면 네 자리 숫자를 맞춰야 하는데, 레몬과 밀감은 그 숫자를 몰랐다.

"숫자도 안 가르쳐주고 상대랑 어떻게 거래를 하라는 거야. 내용물 확인도 못 하는데 어떻게 일을 하냐고!"

미네기시의 부하에게 트렁크를 건네받을 때, 레몬은 아무래도 한마디 하지 않을 수 없었다.

상황을 재빨리 파악하고 대답한 사람은 밀감이었다.

"말하자면 적보다 우리의 신용도가 더 낮다는 뜻이겠지. 혹시 몸값을 들고튈까 봐 걱정스러운 거라고."

"야야, 웃기는 소리 작작해. 우리를 신용하지도 않는 놈한테 일을 맡을 순 없어."

"딱히 문제될 건 없잖아. 번호를 알면 열고 싶어질 뿐이야."

밀감은 그러고 나서 "표시라도 붙여둘까"라며 주머니에서 어린이용 스티커 같은 것을 꺼내 숫자 자물쇠 옆에 붙였다.

그렇다, 트렁크에는 밀감 스티커가 붙어 있을 게 틀림없다.

4호차 바로 앞에서 판매원 여자가 보였다. 이동판매차를 멈추고 상품 개수를 확인하는지 작은 단말기를 두드리고 있었다.

"이봐, 이 정도 되는 검은색 트렁크 들고 있는 녀석 못 봤어?"

"네?" 여자는 한순간 깜짝 놀랐지만, 곧바로 "저어, 트렁크라뇨?"라고 되물었다. 쪽빛 앞치마 같은 것을 걸친 제복 차림은 캐주얼해 보였다.

"트렁크는 짐을 넣어서 운반하는 가방이야. 검정 가방. 짐 보관소에 뒀는데 사라졌어."

"죄송합니다. 저는 잘 모르겠는데요."

판매원은 레몬의 시선에 동요하며 이동판매차 뒤로 숨듯이 피하면서 대답했다.

"뭐 하긴, 잘 모를 수도 있지."

레몬은 그 말을 남기고 앞으로 걸어갔다. 4호차로 들어갔다.

조용하면서도 빠르게 열리는 자동문은 옛날 영화에서 본 우주선 내부를 떠올리게 했다.

승객은 많지 않았다. 객차 통로를 지나며 양쪽의 좌석 밑과 위쪽 선반을 바라보았다. 짐이 적어서 확인하기는 쉬웠다. 검은색 트렁크는 어디에도 없었다. 그런데 오른쪽 짐 선반에서 신경 쓰이는 봉지를 발견했다. 문에서 몇 줄쯤 떨어진 좌석 위에 커다란 종이봉지가 올려 있었던 것이다. 내용물은 안 보였지만, 트렁크를 넣어서 저기 올려둔 건 아닐까 하고 레몬은 의심했다. 의심이 드는 이상, 행동에 망설임은 없었다. 그 자리로 곧장 다가갔다. 나란히 늘어선 3인석 좌석인데, 사람이 차 있는 것은 한 자리뿐이었고, 창가 자리에 남자가 앉아 있었다. 레몬이 통로 쪽 좌석에 가볍게 내려앉았다. 그리고 창가 자리의 남자를 바라보았다.

첫인상으로는 나이가 서른 살 남짓으로 보였다. 자기보다 조금 연상일지도 모른다. 학생처럼 보이기도 했지만, 양복 차림이었다. 그는 서점 포장지로 싼 책을 읽고 있었다.

"이봐." 상대 가까이로 오른손을 짚고, 몸을 살짝 기울이며 말을 건넸다. "저기 올린 짐은 뭐야?"라며 머리 위의 선반을 손가락으로 가리켰다.

남자는 그제야 자기에게 말을 건넸다는 걸 알아차렸는지, 레몬을 쳐다보았다. 머리 위로 고개를 들었다.

"아, 저건 그냥 평범한 종이봉지입니다만."

"종이봉지인 건 알아. 내용물이 뭐냐고?"

"네?"

"열차에 들고 탄 짐이 사라졌어. 아직은 이 신칸센 안에 있을 게 틀림없어서 찾아다는 중이지."

남자는 순간 무슨 말인지 이해할 수 없었는지, "찾으면 좋겠군요"라고 말했다. 그러고는 뒤늦게야 레몬의 목적을 알아챘는지, "아하, 저건 아니에요. 전 가져가지 않았습니다. 종이봉지 안에 든 건 평범한 과자예요"라고 말했다.

"저렇게 큰 과자도 있나?"

"양이 많아서요."

예의바르고 소심해 보이는 남자였지만, 예상과는 반대로 레몬에게도 주눅이 들지 않았다.

설명은 됐으니까 잠깐 볼까, 하며 레몬이 일어서서 팔을 뻗었다. 선반 위의 종이봉지를 끌어내리려 했다. 남자는 화를 내지도, 허둥거리지도 않고, 또다시 책으로 시선을 떨어뜨렸다. 온화한 미소까지 머금어서 레몬이 오히려 마음이 편치 않았다.

"내용물 확인이 끝나면, 원래대로 돌려주시면 고맙겠습니다."

레몬은 종이봉지를 좌석으로 내려서 안을 들여다보았다. 도쿄 역에서 산 것으로 보이는 과자 몇 종류가 들어 있었다.

"선물인가? 꽤 많이 들어 있군."

"맛있는 걸 사려고 했더니 좀처럼 결정하기 어려워서요."

"그렇게 진지하게 고를 필요는 없잖아, 애당초 선물이란 건."

"도움을 드리지 못해 죄송합니다."

남자는 조용히 미소를 머금었다.

"종이봉지는 원래 자리로 올려주시겠어요?"

레몬은 종이봉지를 선반 위에 난폭하게 올렸다. 그러고 나서 이번에는 남자 바로 옆자리에 앉았다. 퉁겨 오르듯이 몸이 흔들렸다.

"너 말이야, 사실은 내가 찾는 트렁크가 어디 있는지 알지?"

남자가 말없이 레몬을 바라보았다.

"이런 식으로 느닷없이 자기 물건을 조사하면, 화를 내거나 무서워하는 게 보통이야. 그런데 넌 너무 침착해. 왠지 처음부터 예상했던 것 같은데. 그거랑 똑같잖아. 알리바이를 미리 꾸며둔 범인이 형사가 알리바이를 물어도 동요하지 않고, '나는 그 시간에 그 가게에 있었습니다'라고 대답하는 것과 마찬가지라고. 미리 준비해둔 행동이지. 맞지? 응?"

"말도 안 됩니다."

남자는 눈을 가늘게 뜨며 웃음을 터뜨렸다. 그 바람에 문고본 포장지가 벗겨졌다. 표지에는 '호텔 뷔페'라는 제목이 보였고, 안에는 호텔 요리인지 온갖 사진들이 게재되어 있었다.

"마녀 사냥을 할 때, '마녀라고 인정하지 않는 것이야말로 마녀의 증거'라고 몰아붙이는 것과 마찬가지군요. 당신을 두려워하지 않아서 수상쩍다니"라며 책을 덮었다.

"나도 깜짝 놀랐어요. 난데없이 옆자리에 앉더니 짐을 봐야겠다는데 안 놀랄 사람이 어디 있겠습니까. 너무 놀라서 반응을 못 했을 뿐이에요."

그렇게 보이진 않던데, 하고 생각한 레몬이 질문을 던져봤다.

"당신, 무슨 일해?"

"지금은 학원 강사입니다. 조그만 학원이지만."

"뭐야, 선생이었어? 난 선생하고는 영 안 맞는 체질인데. 단, 내가 아는 선생 놈들은 대부분 날 두려워했지. 너처럼 침착한 적은 없었단 말이지. 혹시 그건가? 불량청소년한테는 익숙하단 뜻이야?"

"두려워하길 바라나요?"

"아니 뭐, 꼭 그런 건 아니지만."

"난 평범한 인간이고, 딱히 두려워하지 않으려는 의도도 없었습니다." 남자는 살짝 곤혹스러워하면서도 "다만 내가 두려워하지 않았다면"이라며 말을 이었다.

"전에 위험한 일에 휘말린 적이 있는데, 그 후로 여러 가지 것들이 깨끗이 날아가버린 면은 있을지도 모릅니다. 마비된 걸까요."

위험한 일? 레몬이 눈썹 끝을 찡그렸다.

"질 나쁜 학생이 덤벼들기라도 했나?"

남자는 또다시 눈을 가늘게 떴다. 눈꼬리에 주름이 잡히고 입술이 벌어지며 소년처럼 변했다.

"아내가 사고로 죽고, 무서운 사람들을 만나고, 여러 가지 일들이 있었죠."

그는 "그렇긴 하지만"이라며 곧바로 목소리를 바꿨다.

"그렇긴 하지만, 마냥 끙끙거려봐야 아무 소용도 없을 테니 사는 것처럼 한 번 살아보기로 했죠."

"사는 것처럼 살아보다니, 무슨 소리를 하는 거야. 그게 그건데."

"아니죠, 의외로 모두들 별 목적도 없이 막연하게 살아가지 않나요? 물론 얘기도 하고 놀기도 하지만, 뭐랄까 좀 더."

"크게 한 번 짖어보기라도 하자는 건가?"

남자는 매우 기쁜 듯이 미소를 지으며 고개를 힘차게 끄덕거렸다.

"그것도 좋겠군요. 크게 한 번 짖어보는 것도 살아 있는 걸 확실하게 실감할 수 있는 한 방법이겠죠. 그리고 또 맛있는 걸 실컷 먹어본다거나"라며 책을 활짝 펼치고 안에 실린 뷔페 요리 사진을 보여주었다.

레몬은 무슨 말을 해야 할지 곤란해하면서도, 이 남자만 상대하고 있을 순 없다는 생각에 통로로 나갔다.

"선생은 왠지 에드워드 같군."

"에드워드? 그게 누구죠?"

"꼬마기관차 토머스의 친구야. 차체에 붙어 있는 번호는 2번이지. '아주 착한 기관차로 누구에게나 친절합니다. 언덕을 못 올라가는 고든을 밀어주기도 하고, 폐기되어 고철이 될 뻔한 트레버를 구해주기도 했습니다. 소도어 섬의 모두에게 깊은 신뢰를 얻고 있습니다'였지."

의식보다 앞서 암기하고 있던 설명이 입 밖으로 줄줄 흘러나왔다.

"대단해요. 그 설명을 다 암기했나요?"

"수험 과목에 토머스 항목이 있었다면, 난 틀림없이 도쿄대학교에 들어갔을 거야."

레몬은 그쯤에서 자리를 벗어나 진행 방향으로 걸어가기 시작했다.

4호차에서 나왔다. 통로의 짐 보관소에는 아무것도 없었다. 눈앞에 소년이 나타난 것은 6호차 한가운데쯤이었다.

어디서 나타났는지는 분명치 않았다. 정신을 차려 보니 통로에 마주 서 있었다. 중학생인가? 요즘 도련님들은 이목구비가 꽤 번듯하군. 이목구비가 지나치게 또렷해서 성별을 구별할 수 없는 인형처럼 보였다.

"뭐야, 넌?"

아이를 상대로 어느 정도 겁을 줘야 할지 판단이 서지 않았다. 애교 있는 소년을 보니 초록색 탱크기관차 퍼시가 떠올랐다.

"으음, 저어, 혹시 뭘 찾고 계세요? 화장실 같은 데를 들여다보셨죠?"

소년은 우등생처럼 보여서 레몬은 마음에 들지 않았다. 똑똑한 녀석이랑 죽이 잘 맞았던 적은 단 한 번도 없었다.

"트렁크야. 검은색이고 이 정도 크기지. 본 적 있어? 없지?"

"아, 그거라면."

레몬이 소년에게 바짝 다가섰다.

"어, 그걸 알아?"

소년은 아무래도 그 기세에 눌린 듯했지만, 두려워하지는 않았다.

"조금 전에 이 정도 되는 트렁크를 든 사람을 봤어요"라며 높이와 폭을 손짓으로 표현해 보였다. "검정색이었고"라며 진행 방향을 가리키며 손가락을 쭉쭉 뻗었다. 그 쭉쭉 뻗는 몸짓에 맞추기라도 하듯 신칸센이 속도를 높여서 레몬은 선 채로 살짝 휘청거렸다.

"어떻게 생긴 놈이야?"

"으음" 하며 소년이 손을 턱에 얹고 고개를 갸웃거렸다. 천장을 올려다보며 기억을 더듬는 그 얼굴은 연극을 하는 소녀처럼 보이기도 했다.

"으음, 수수한 색의 바지에 웃옷은 청재킷을 입었던 것 같은데."

"청재킷이라. 나이는?"

"이십 대 후반이나 삼십 대 초반 정도일까. 아 참, 검은 테 안경을 썼어요. 멋졌어요."

"알려줘서 고맙다."

아뇨, 이 정도야 뭐, 하며 소년이 손을 옆으로 저었고, 주위까지 환하게 밝아질 것 같은 눈부신 미소를 머금었다.

"너의 그 웃는 얼굴은."

레몬이 씁쓸하게 웃으며 말했다.

"어른을 바보로 보거나 정말로 티 한 점 없이 맑은 마음을 가지고 있거나 둘 중 하나겠군."

"둘 다 아니에요." 소년은 곧바로 대답했다. "얼굴이 원래 이렇게 생긴 거예요."

"아이가 신칸센에 탔으면, 좀더 어린애다운 얼굴로 눈빛을 반짝반짝 빛내야지."

"아저씨는 신칸센을 좋아해요?"

"안 좋아하는 놈도 있나? 500계가 더 좋긴 하지만, '하야테'도 물론 싫진 않아. 뭐, 좀더 얘기하자면, 내가 진짜 좋아하는 건 '난 공작님의 전용 열차를 끌지롱'이라며 우쭐대는 녀석이지만."

소년이 의아한 표정을 지었다.

"오호 이런, 스펜서를 몰라? 토머스도 안 보냐?"

"어릴 적에는 좋아했을지도 모르지만."

"지금도 어리잖아. 얼굴은 꼭 퍼시처럼 생겨 가지고."

레몬이 거친 콧김을 내뿜었다. 그리고 소년이 가르쳐준 대로 앞 차량으로 가려고 통로로 나가는 문으로 발을 내딛었는데, 그 순간 문 위에 달린 가로로 긴 전광게시판이 눈에 들어왔다. '○○신문 뉴스'라는 글자가 왼쪽으로 흘러갔다. 별다른 의도도 없이 그 표시를 바라보았다. 도쿄 도내 애완동물 가게에서 뱀을 도난당했다는 기사가 떴다. 뉴스에 나올 만큼 희귀한

뱀인 모양이다. 확실한 동기야 알 수 없지만, "어디다 팔아먹겠지"라고 레몬은 흥미도 없이 중얼거렸다. 그러고 나서 다음 뉴스에 시선이 멎었다.

'후지사와콘고초 살인사건, 사망자 13명. 감시카메라는 인위적으로 파괴'라는 글자가 오른쪽에서 왼쪽으로 표시되었다.

열세 명이었나, 하며 레몬은 특별한 감정도 없이 생각했다. 어둠속에서 총을 든 상대는 모조리 쓰러뜨렸기 때문에 인원수까지는 파악할 수 없었다. 그렇게 피가 많이 튀고 살을 베어냈는데도 막상 문자로 접하니 무미건조하군, 하는 생각이 들었다.

"뒤숭숭하네요." 뒤에 있던 소년도 레몬과 마찬가지로 그 뉴스를 읽었던 모양이다. "열세 명이라니."

"나 혼자 여섯 명은 넘게 상대했겠군. 나머지는 밀감 몫이지. 적진 않지만 많지도 않아."

"네?"

소년이 되묻는 말을 듣고서야 괜한 소리를 지껄였다고 반성했다. "저건 정식으로는 여객 안내 정보처리장치라고 불러. 알고 있었니?" 하며 말을 돌렸다.

"네?"

"저기 뉴스 흘러나오는 장치 말이야."

"아, 네에"라며 소년이 고개를 끄덕였다. "저건 어디서 보내오는 걸까요?"라는 의문을 입 밖에 냈다.

레몬은 자기 뺨이 부드럽게 풀어지는 게 느껴졌다. "가르쳐 줄까?"라며 콧구멍을 벌렁거렸다.

"저건 말이지, 두 종류야. 선두 차량 장치에서 자동적으로 표시하는 거랑 도쿄에 있는 종합지령소에서 보내는 거랑. 차량 안에서 자동으로 표시하는 것은 '현재 ○○역 통과 중'이라거나 하는 정보지. 그 밖의 광고나 뉴스 정보는 종합지령소에서 날아와. 예기치 못한 사건으로 인해 열차 운행 시각표에 차질이 생길 경우가 있잖아? 그런 실시간 안내는 종합지령소에서 입력해서 여기에 표시되는 거지. 그리고 또 저 뉴스 표시라는 것도 꽤 흥미로워. 여섯 신문사의 뉴스가 로테이션으로 흘러나오는 거야. 그러니까 다시 말하면."

"저어, 우리가 방해되고 있어요."

소년의 의젓한 말투에 레몬이 제정신을 차렸다.

이동판매차가 가까이 와 있었다. 여자 판매원이 이 남자를 또 만났네, 왜 가는 곳마다 이 사람이 나타나지, 하고 탄식하듯 표정을 굳혔다.

"에이 뭐야, 좋은 얘기들을 좀더 들려줄까 했는데."

"좋은 얘기."

소년은 그 말에 이어, '뭐가?'라는 뒷말을 덧붙이고 싶었을 게 틀림없다.

"좋은 얘기 아닌가? 여객 안내 정보처리장치 얘기잖아. 눈물 날 정도로 감동적이지 않니?"

레몬이 진지한 표정으로 말했다.

"뭐 어쨌든 알려줘서 고맙다. 트렁크를 찾으면 네 덕분이야. 나중에 사탕이라도 사주지."

지금 막 스쳐 지나간 승객은 작은 몸집에 블레이저를 입은 소년이었다. 나나오는 휴대전화를 접어 카고 바지 뒷주머니에 넣으면서 스스로를 안정시켰다. 창가에는 늑대의 몸이 있었다. 목이 꺾였기 때문에 자칫 방심해서 균형이라도 잃으면, 머리가 부자연스러운 방향으로 떨어질 가능성도 높았다.

"저분, 괜찮으세요?"

소년이 걸음을 멈추고 나나오에게 말을 걸었다. 곤란에 처한 사람이 있으면 도움의 말을 건네라고 학교에서 가르쳤을까. 성가실 뿐이었다.

"괜찮아, 괜찮아. 술을 너무 많이 마셔서 몽롱해진 것뿐이야."

나나오는 말투가 조급해지지 않게 주의하며 늑대 쪽으로 살며시 몸을 비틀고, "야, 정신 차려. 어린애가 겁먹었잖아"라며 시체를 가볍게 두드렸다.

"자리까지 옮기게 도와드릴까요?"

"아냐, 됐어, 됐어. 이렇게 하고 있는 게 좋아."

누가? 뭘 좋아한다고? 시체 곁에 바짝 붙어서 차창 밖을 바라보는 게 좋다고?

"아, 저건." 소년이 바닥으로 시선을 떨어뜨렸다.

뭔가 했더니 신칸센 좌석표였다. 늑대가 가지고 있던 표가 떨어졌을지도 모른다.

"미안, 좀 집어줄래?"라고 나나오가 부탁했다. 시체를 부축하고 있어서 몸을 숙이기 어려운 점도 있었지만, 소년의 마음속에서 샘솟은 '남에게 친절을 베풀고자 하는 욕구'를 채워주는 게 좋을 것 같은 느낌이 들었기 때문이다.

소년이 재빨리 표를 집어주었다.

나나오는 "고맙다"라고 감사인사를 하며 고개를 숙였다.

"그런데 술은 정말 무서운가 봐요. 오늘 나랑 같이 온 아저씨도 술을 못 끊어서 곤란한 사람이거든요."

소년은 또랑또랑하게 말하더니, "자, 그럼" 하고는 6호차 쪽으로 걸어갔다. 그러나 도중에 반대편 문 근처에 오도카니 놓인 트렁크를 알아챘는지, "이것도 형 거예요?"라고 물었다.

도대체 어느 학교야, 하며 나나오는 이낭을 쓸 뻔했다. 제발 빨리 이 자리에서 사라져주길 바랐지만, 뭐가 불만인지 도통 떠날 생각을 하지 않았다. 대체 어느 학교에서 무슨 교육을 받으면 저렇게까지 친절한 아이로 자랄까, 내 자식이 생기면 그 학교에 보내고 싶다고 비아냥거리고 싶을 정도였다.

역시 운이 없다. 하필 이런 상황에 우연히 마주친 승객이 친절을 베풀지 못해 안달하는 소년이라니, 팔자도 참 기구하군.

"응. 그렇긴 한데, 트렁크는 그냥 놔둬. 나중에 내가 치울 테니까."

기분 탓인지 말투가 살짝 강해진 것 같아서 허둥지둥 억눌렀다.

"그렇지만 여기 두면 누가 들고 갈지도 몰라요."

소년은 끈질겼다.

"다들 틈만 보이면 비집고 들어오니까."

"뜻밖인데." 나나오는 무심코 그렇게 말했다.

"너희 학교에서는 틀림없이 남을 믿으라고 가르칠 줄 알았어. 성선설을 부르짖는 줄 알았다고."

"왜요?"라고 묻는 소년은 '성선설'이라는 말뜻은 이미 알고 있는 듯했다. 난 얼마 전에야 마리아한테 배웠는데, 하는 생각에 한심한 기분이 들었다.

"왜냐고 물으면 대답하긴 곤란하지만."

왠지 예의바른 학생들이 다니는 학교 같았으니까.

"전 사람은 태어날 때부터 착하지도 악하지도 않다고 생각해요."

"그건 어느 쪽이든 될 수 있다는 뜻인가?"

"아뇨, 선이나 악은 보는 관점에 따라 달라진다고 생각해요."

보통내기가 아니네, 하며 나나오는 놀라 자빠질 듯한 심정이었다. 중학생이 저런 표현도 할 수 있나, 하며 감탄했다. 소년은 또다시 트렁크 옮기는 거라도 도와드릴게요, 하고 말했다.

"아냐, 됐어."

더 이상 끈질기게 달라붙으면 아무래도 분노가 폭발할 것 같았다.

"걱정 마, 그 정도는 어떻게든 할 수 있으니까."

"으음, 여기 뭐가 들어 있어요?"

"나도 잘 몰라."

엉겁결에 솔직하게 말해버렸지만, 소년은 그 말을 농담으로 받아들였는지 웃었다. 고르게 늘어선 이가 하얗게 반짝였다.

소년은 여전히 뭔가 할 말이 남아 있는 듯 보였지만, 잠시 후 쾌활한 인사를 남기고 6호차 쪽으로 사라졌다.

긴장이 풀린 나나오는 늑대의 시체를 어깨에 기대듯 짊어지며 트렁크 쪽으로 다가갔다. 일단은 시체, 그리고 트렁크, 이 두 가지를 어떻게든 처리해야 한다. 3호차에 있다는 트렁크 주인은 트렁크를 도둑맞은 사실을 아직 알아채지 못했을지 모르지만, 만에 하나 알아챘다면 모든 차량을 샅샅이 뒤지고 다닐 게 틀림없다. 무방비하게 돌아다니다가는 발각될 가능성이 높다.

시체를 껴안고, 트렁크 손잡이를 잡고, 나나오는 좌우로 시선을 던지며 우물쭈물했다. 우선 이 시체부터 어느 좌석에든 앉혀야 할까. 쓰레기 분리수거함이 눈에 들어왔다. 병이나 캔을 넣는 구멍과 잡지 같은 걸 버리는 세로로 긴 구멍, 그리고 활짝 열 수 있는 뚜껑도 있었다.

그리고 그 분리수거함이 설치된 벽에, 잡지용 구멍 옆에 조그맣게 튀어나온 부분이 있다는 걸 알아차렸다. 열쇠 구멍처럼 생겼는데 구멍은 없었다. 돌기가 있을 뿐이었다. 생각보다 앞서 손이 먼저 뻗어나가 그것을 눌렀다. 그러자 찰칵 하며 쇠 장식 같은 것이 튀어나왔다. 이건 뭘까 하고 손가락으로 비틀어 보았다.

열렸다.

벽인 줄 알았던 부분은 문짝 같은 형태로 되어 있었고, 열어 보니 그 안에는 커다란 로커라고 부를 만한 공간이 있었다. 선반 널을 가로질러 위아래 두 칸으로 나뉘어져 있었다. 아래 칸은 분리수거함으로, 업무용처럼 보이는 색깔 있는 쓰레기봉지가 걸려 있었다. 승객이 구멍으로 버리면 그리로 떨어지는 구조겠지. 쓰레기봉지를 치울 때는 이렇게 문을 통째로 다 열어서 끄집어낼 게 틀림없다.

나나오가 기뻤던 것은 그 선반 위 칸에는 아무것도 없다는 사실이다. 고민할 여유도 없었다. 나나오는 시체를 왼팔로 끌어안은 후에 오른팔 하나로 트렁크를 들어올렸다. 힘을 주어 단숨에 선반 위로 올렸다. 쿵 하며 거친 소리가 울렸다. 재빨리 문을 닫았다.

이런 곳에 숨길 장소가 있을 줄이야, 나나오의 마음은 살짝 들떴다.

그리고 시체를 지탱하면서 이번에는 조금 전에 소년이 집어준 좌석표를 확인했다. 6호차 첫 번째 열이었다. 다시 말해 바로 앞 차량이고, 게다가 맨 앞자리였다. 눈에 띄지 않게 운반하기에는 절호의 장소였다.

살았다. 운이 좋아. 그러고 나서 곧바로 생각했다.

"정말?"

평상시에는 늘 불운에 휩싸여 사는 자기에게 웬일로 '운이 좋은' 체험이 두 번이나 잇달아 일어났다. 첫 번째는 분리수거함 벽면 문짝을 열고, 그 속에 트렁크를 감출 수 있었던 행운이다. 두 번째는 늑대의 좌석이 통로에서 가장 가까운 위치라는 행운이었다.

이러다 한방에 당한다, 하고 경종을 울리는 자신과, '고작 이 정도 일로?'라고 비명을 내지르는 또 다른 자신이 있었다.

문에 난 창밖으로 보이는 경치는 잇달아 후방으로 흘러갔다. 건설 중인 빌딩 옥상에 설치된 거대한 크레인, 줄지어 늘어선 집합주택, 하늘에 떠 있는 비행기구름, 하나같이 똑같은 속도로 사라져갔다.

죽은 늑대를 다시 짊어졌다. 다 큰 남자를 업으면 금세 눈에 띄기 때문에 어깨에 기대듯이 세우고 이인삼각 연습이라도 하듯 앞으로 걸어갔다. 그것도 물론 수상쩍은 걸음걸이이긴 하지만, 달리 방법이 없었다.

6호차 문이 열렸고, 안으로 들어가자마자 왼쪽에 있는 2인석에 몸을 숨기듯 쓰러지며 앉았다. 늑대를 창가로 이동시키고,

나나오는 통로 쪽 자리에 앉았다. 옆 자리가 비어 있어서 천만 다행이었다.

안도의 숨을 내쉬는 찰나, 늑대가 휘청 하고 흔들리며 기대 왔다. 허겁지겁 창가로 밀어내고, 균형을 고려해서 손발의 위치를 조정했다. 영혼이 빠져나간 생물의 신체는 언제 봐도 섬뜩하다. 움직이지 않게 고정하고 싶었다. 왼쪽 팔꿈치를 창턱에 올려봤지만, 늑대가 몸집이 작은 탓인지 팔을 올린 자세가 부자연스러웠다. 한동안 시행착오를 되풀이하며, 이젠 됐겠지 하고 손을 뗐지만, 잠시 후면 또다시 서서히 작은 눈사태를 일으키듯 쓰러져 내렸다.

울화통이 터질 것 같은 마음을 억누르며, 다시 한 번 신중하게 시체 방향을 바꿨다. 가까스로 창가에 기대어 잠든 모습처럼 보이게 만들었다. 헌팅캡도 깊숙이 다시 씌웠다.

그때 마리아한테서 다시 전화가 왔다. 나나오는 늑대 옆자리에서 일어서서 뒤쪽 통로로 나갔다. 창 옆에서 휴대전화를 귀에 댔다.

"오미야에서는 반드시 내려야 해."

나나오는 쓴웃음을 웃었다. 굳이 말하지 않아도 그럴 작정이었다.

"그건 그렇고 어때? 신칸센 여행은 즐거워?"

"즐길 여유가 어디 있어. 난 지금 필사적이야. 이제 겨우 늑대를 앉혔어. 자리에서 잠들었지. 트렁크도 감췄고."

"제법인데."

"트렁크 주인이 어떤 녀석인지 몰라?"

"3호차에 있다는 것밖에 몰라."

"좀더 구체적인 정보는 없어? 경계할 상대가 누군지 알면, 그것만으로도 한숨 돌릴 텐데."

"알면 가르쳐주겠지만, 정말 몰라."

"마리아님, 제발 도와주세요."

문 옆에 서자, 열차 달리는 소리가 크게 느껴졌다. 전화기를 귀에 바짝 대면서 유리창에 이마를 붙였다. 싸늘했다. 잇달아 스쳐 지나가는 건물들을 배웅했다.

뒤쪽 차량에서 사람이 다가오는 소리가 들렸다. 문이 열리고 발소리도 났다. 화장실 문이 열리는 소리가 들렸고, 들어가나 했는데 곧바로 다시 나왔다. 분위기가 험악했고, 혀 차는 소리도 들렸다.

화장실 안에 찾는 물건이라도 있나?

힐끔 시선을 던졌다. 키가 크고 마른 체형의 남자였다. 그는 재킷을 걸치고 있었다. 그 안에는 회색빛 셔츠가 엿보였다. 머리는 잠결에 눌린 자국인지 무작위로 이리저리 삐쳐 있었다. 누구든 안 가리고 시비를 걸 듯한 공격적인 눈빛이었다. 본 기억이 있는 남자였다.

초조한 마음을 억누르고, "아 참, 그러고 보니"라며 전화 통화를 하는 평범한 승객인 척 가장하고는 창가를 바라보며 남자에게 등을 돌렸다.

"무슨 일 있어?"

목소리 톤이 바뀐 것을 마리아가 금세 알아챘다.

"그게 말이야" 하며 어정쩡한 대답을 하고는, 남자가 6호차로 사라지는 모습을 지켜보고 나서야 원래 목소리로 되돌렸다.

"아는 사람이 탔네."

"누구? 유명인?"

"그 왜 있잖아, 쌍둥이. 우리랑 비슷한 일을 하는 쌍둥이. 기린이랑 레몬이 아니고."

마리아의 목소리도 긴장했다.

"아아, 밀감이랑 레몬 말이지. 근데 그 두 사람은 쌍둥이가 아니야. 왠지 분위기가 비슷해서 모두 착각하는 모양이지만. 성격도 완전 달라."

"그중 하나가 방금 지나갔어."

"엉성하고 전차랑 토머스를 무척 좋아하는 쪽이 레몬이고, 진지하고 소설 같은 걸 즐겨 읽는 쪽이 밀감이야. 전형적인 B형 스타일과 A형 스타일이지. 부부였으면 벌써 이혼했을 걸."

"겉모습만 보고 혈액형까지 알아맞힐 순 없지."

나나오는 긴장감을 감추기 위해 가벼운 말투로 대답했다. 기관차 셔츠라도 입어주면 간단할 텐데, 하고 생각했다. 그러고 나서 "혹시 트렁크 주인이 그 사람들인가?" 하며 좋지 않은 예감을 입 밖에 냈다.

"그럴지도 모르지. 둘이 같이 있는지 어떤지는 모르겠지만. 하긴, 옛날에는 각자 일했던 모양이야."

"그 사람들이 현재 일을 가장 확실하게 처리하는 업자라는 얘기를 전에 들은 적이 있어."

언제인가, 심야까지 영업하는 찻집에서 약간 뚱뚱한 유명한 중개업자와 만났을 때였다. 옛날에는 자기도 사람을 살해하고 험한 일을 했다고 말하던 그는 몸에 군살이 붙기 시작해서 동작이 둔해졌고, 결국은 그 일에 싫증이 나서 중개업으로 방향을 돌린 듯했다. 당시에는 아직 중개업이 드물었고, 성실하고 의리가 강한 성격이라 그런지 남자는 나름 성공을 거둔 듯했다. 지금은 한눈에 보기에도 살이 오른 중년 체형이니 실무를 그만둔 것은 올바른 선택이었을 것이다.

"원래부터 난 동료들과 연락을 취하는 방법을 구축하는 게 특기였으니까 중개업이 적성에 맞겠지"라며 스스로 납득하듯 말했지만, 나나오는 그런 논리가 잘 이해되지 않았다. 그 무렵에 그가 나나오에게 '마리아가 아니라 내가 외뢰하는 일을 맡아보지 않겠느냐'는 제안을 했다.

"좋은 소식과 나쁜 소식이 있어"라는 게 그의 말버릇인데, 그 때도 그 말을 뱉었다.

"좋은 소식은?"

"때마침 보수가 상당히 좋은 일이 있는데, 나나오 자네한테 그 일을 소개해줄 수 있지."

"나쁜 소식은?"

"대결할 상대가 안 좋아. 밀감이랑 레몬이야. 아마 현재 우리 업계에서는 일을 가장 확실하게 처리하고, 가장 거칠고, 가장 무섭다고 할 수 있겠지."

나나오는 그 자리에서 바로 거절했다. 마리아와 인연을 끊는 데는 별 저항감이 없었지만, 그렇게까지 '가장'이라는 수식어가 마구 붙는 사내들과 맞설 생각은 없었다.

"그런 자들과 대적하긴 싫은데."

전화기 너머의 마리아에게 한탄했다.

"넌 그럴 맘이 없어도 상대는 아닐지도 모르지. 트렁크랑 관계되어 있다면."

마리아가 태연하게 말했다.

"그리고 업계에서 최고라는 표현은 올해 아카데미상 유력 후보라고 떠들어대는 선전 문구랑 똑같아서 먼저 말하는 게 임자야. 수도 없이 많잖아. 그 왜, 푸시맨이라는 말 들어본 적 있지? 자동차나 전차 앞으로 사람을 휙 떠밀어 죽이고 사고사로 위장하는 업자. 그것도 가장 우수한 업자라는 소문이 자자했고, 한때는 말벌도 화제였잖아."

말벌. 이름은 들어본 적 있었다. 6년 전, 업계에서 강력한 힘을 휘두르던 데라하라라는 남자의 회사에 잠입해서 사장인 데라하라를 살해한 건으로 일약 명성을 떨치며 급부상했다. 독침을 목덜미나 손톱 끝에 슬쩍 찌르는 모양인데, 혼자나 둘이서 행동하는 모양이다.

“그렇지만 요즘은 말벌 얘기를 꺼내는 사람은 아무도 없잖아. 마치 붐이 사라져가듯이. 결국 반짝 스타였던 거야. 벌답게 한 방에 끝나버렸을지도 모르고.”

“그런가.”

“옛날 업자들 얘기를 들어보면 거짓말 같은 전설투성이야.”

나나오는 그쯤에서 다시 중개업자의 말을 떠올렸다.

“옛날 영화를 보면 컴퓨터 그래픽도 특수촬영도 없던 시대인데 어떻게 저렇게 멋진 장면을 찍었을까 흥분될 때가 있지. 독일의 무성영화 같은 건 그렇게 오래됐는데도 후광이 비친다니까.”

“그건 오래되어서 후광이 비치는 것처럼 느껴지는 게 아닐까요? 골동품이다 싶어서.”

중개업자는 연극 같은 몸짓으로 고개를 저으며, “아냐. 오래됐는데도 훌륭하단 뜻이지. 〈메트로폴리스〉를 봐. 그것과 마찬가지로 옛날 업자들은 정말 셌어. 기골이 장대하다고 할까, 단단하다고 할까, 강도 자체가 달랐지”라고 열기를 띠며 말했다.

“그리고 그런 옛날 업자들이 절대로 지지 않는 이유가 뭔지 아나?”

“뭘까요?”

“지금은 모두 죽었거나 은퇴했거나 둘 중 하나이기 때문이지. 질 수가 없어.”

"그것도 일리가 있군요."

중개업자는 만족스러운 듯 고개를 끄덕이고, 자기랑 친했다는 전설적인 업자의 활약상에 관해 침을 튀어가며 얘기했다.

"나도 일찍 은퇴하면 전설이 될까?" 나나오가 전화기에 대고 말하자, 마리아가 곧바로 "신칸센 우에노 역에서 내리는 일도 못 한 남자라고 해야 할까, 후세까지 길이길이 회자되겠지"라고 빈정거렸다.

"오미야에서는 내릴 수 있어."

"오미야에서도 못 내린 남자는 되지 않기를."

나나오는 휴대전화를 끊고, 자기가 처음에 앉았던 자리인 4호차로 돌아갔다.

왕자 

"있지, 아저씨, 좀 재미난 일이 생겼어."

왕자가 옆자리에 있는 기무라에게 말했다.

"재미있는 일? 그런 게 있을 리가 있나."

기무라는 이미 자포자기한 모습으로 얼굴 앞으로 손을 들어 올리더니 서로 맞붙은 엄지손가락으로 콧잔등을 긁었다.

"하늘의 계시라도 받았나? 난 왜 이리도 죄 많은 인간일까 하는 생각이라도 들었어? 고작 화장실에 다녀왔을 뿐인데."

"사실 화장실은 이 차량 바로 앞에 있잖아. 잘못 알고 뒤쪽으로 가는 바람에 6호차를 지나서 그 반대편에 있는 5호차 사이 통로까지 갔거든."

"왕자님도 틀리실 때가 있군요."

"그런데 난 늘 행운이 따라주잖아."

왕자는 그 말을 하면서도 자기는 왜 이리 운이 좋을까 하고 새삼 실감했다.

"실수를 해도 결과적으로는 성공으로 이어진다니까. 구태여 먼 화장실까지 간 게 완전 정답이었어. 처음에는 내가 화장실에 가기 전에 그 통로에 두 남자가 서 있었거든. 그때는 별 신경도 안 쓰고 곧장 화장실로 들어갔는데, 나온 후에도 여전히 거기 있는 거야. 남자가 다른 한 남자를 끌어안고서."

"남한테 안겨 있는 놈은 대개 술 취한 놈이야." 기무라가 낄낄 웃었다.

"맞아. 그 남자도 그렇게 말했어. 이 사람은 취했다고. 근데 내가 보기엔 그게 아니야."

"그게 아니면 뭔데?"

"의식이 없었어. 술 냄새도 안 났고, 무엇보다 목이 부자연스러웠거든."

그러더니 왕자는 참을 수 없다는 듯 풋 하고 웃음을 터뜨렸다.

"목이 부자연스러워?"

"검은 테 안경을 쓴 형이 필사적으로 숨기려고 했지만, 혹시

목이 부러진 거 아닐까?"

"참 나." 기무라가 긴긴 한숨을 내쉬었다.

"말도 안 되는 소리 작작해."

"왜?"

왕자는 기무라를 본다기보다 그 너머의 창밖 경치를 바라보았다. 지금부터 자기가 취해야 할 행동이 무엇인지 머리를 굴리고 있었다.

"사람이 죽었으면 난리가 날 게 뻔하지."

"난리 나는 게 싫어서 그 사람은 어떻게든 날 속이려고 했다니까. 나한테도 거짓말을 했다고."

왕자는 조금 전 남자를 떠올렸다. 검은 테 안경의 남자는 착해 보이는 얼굴이었지만, 엉망으로 취한 사람을 옮기게 도와주겠다고 하자 당황했다. 아무렇지 않은 척 애쓰는 기색이 명백했지만, 눈에 띄게 동요해서 동정심까지 들었다.

"게다가 그 사람이 트렁크를 가지고 있었는데."

"그럼, 그 트렁크에 시체를 넣으려고 했겠지."

기무라가 입에서 나오는 대로 아무렇게나 내뱉었다.

"아, 좋은 아이디어네. 그렇지만 아마 안 들어갈걸. 품에 안긴 남자가 작긴 했지만, 아무래도 그건 무리지."

"일단 차장한테 알려. 목이 꺾인 사람이 타고 있어요, 괜찮은가요, 하고. 목이 꺾인 사람은 신칸센 승차권이 얼마예요? 하고 물어보고 와."

"싫어." 왕자는 곧바로 대답했다. "그랬다간 신칸센이 멈춰버릴 텐데, 게다가"라며 뜸을 들였다. "그럼, 재미없어지잖아."

"왕자님은 뭐든 제멋대로군."

"내 얘기 아직 안 끝났어." 왕자가 얼굴에 미소를 머금었다.

"그 후에 곧바로 뒤쪽 통로까지 돌아왔는데, 아무래도 도중에 신경이 쓰여서 다시 돌아갔거든. 그랬더니 6호차로 걸어오는 남자가 보였어, 조금 전과는 다른 사람. 그 사람이 트렁크를 찾고 있더라고."

"무슨 소리야?"

"번득이는 눈빛으로 통로나 좌석 틈새를 노려보면서 뭔가를 찾아다니는 남자가 있었는데."

"조금 전에 술주정뱅이를 안고 있던 검은 테 안경 남자랑은 다른 사람이라고?"

"응. 키가 훤칠하게 크고 눈빛이 사나웠어. 험악한 분위기가 풀풀 풍기는 걸 보면 아마 제대로 된 사회인은 아닐 거야. 그런데 그 남자가 앉아 있는 한 승객한테 '저 짐은 뭐야'라고 물어보잖아. 수상하지? 필사적으로 짐을 찾아다니는 게 훤히 드러났다니까."

기무라는 연극처럼 하품을 했다. 그 모습을 본 왕자는, 이 아저씨도 필사적이군, 하는 생각에 흥이 깨졌다. 왕자가 하는 얘기의 전체 내용을 파악하지 못할 뿐더러 그런 화제를 꺼내는 의도도 알 수 없어서 불안을 느끼는 것이다. 그 불안을 이 나이 어린 적에게 들켜서는 안 된다는 생각에 하품하는 척하며 심호흡을 하는 것이었다. 거의 다 왔다, 하고 왕자는 속으로 생각했다. 기무라가 자신의 무력함을 인정하고, 처지로 보나 상황으로 보나 사방이 가로막혀서 도저히 손쓸 방도가 없다는 것을 인정할 때까지는 얼마 남지 않았다.

인간에게는 자기 정당화가 필요하다.

자기는 옳고, 강하고, 가치 있는 인간이라고 생각하지 않고는 살아갈 수 없다. 그러므로 자기의 언동이 그런 자기인식과 괴리되었을 때, 그 모순을 해소하기 위해 변명을 찾아낸다. 아이를 학대하는 부모, 바람피우는 성직자, 실추된 정치가, 그들은 하나같이 변명을 구축한다.

타인에게 굴복했을 때도 마찬가지다. 자기 정당화가 발생한다. 자신의 무력과 역량 부족, 나약함을 인정하지 않기 위해 다른 이유를 찾아낸다. '나를 굴복시키는 걸 보면, 이 상대는 대단히 뛰어난 인간임에 틀림없다'고 생각하고, 나아가 '이런 상황에 처하면 그 누구도 저항하지 못할 게 틀림없다'며 스스로를 이해시킨다. 자존심이 세고 자신감이 강할수록 자신을 설득시키는 힘은 크게 마련인데, 일단 한번 그렇게 되어버리면 역학관계는 명확하게 굳어진다.

이에 덧붙여서 상대의 자존심을 보호할 수 있는 말을 두세 마디쯤 던져주면, 그다음부터는 이쪽이 시키는 대로 순순히 따른다. 왕자는 지금까지의 학교생활에서도 그런 경험을 충분히 접해왔다.

어른이나 어린애나 다를 게 없네.

"다시 말해 어떤 사람이 트렁크를 찾고 있어. 그리고 다른 사람이 그걸 갖고 있다는 거지."

"그럼 가르쳐줘. 당신이 찾는 트렁크는 저기 있는 검은 테 안경이 가지고 있다고."

왕자는 진행 방향 쪽에 있는 문을 힐끔 쳐다봤다.

"사실은 거짓말로 알려줬어. 그 트렁크를 가진 검은 테 안경은 뒤쪽 화장실에 있었는데, 트렁크를 찾는 사람한테는 '앞쪽에 있었어요'라고 가르쳐줬지."

"넌 대체 뭘 하고 싶은 거야?"

"직감이긴 한데, 그 트렁크는 분명히 중요한 짐일 거야. 적어도 필사적으로 찾아다니는 사람이 있으니까 나름 어떤 가치가 있겠지." 왕자는 말하면서 생각에 잠겼다.

그러고 보니 '트렁크를 찾는 남자'는 걸어오는 도중에 하나 앞선 통로에서 검은 테 안경 남자를 못 봤나? 그 트렁크는 접어서 감출 수도 없는 물건이니 지나쳤으면 금세 발견할 수 있었을 텐데. 못 보고 지나쳤나? 아니면 그 검은 테 안경 남자가 트렁크를 들고 화장실에라도 숨어들었나.

"초등학교 2학년 때였을까."

왕자가 옆에 있는 기무라의 얼굴을 살피며 뺨을 부드럽게 풀었다. 웃을 때는 얼굴 전체로 활짝 웃는다. 그러면 어른들은 자기를 순진하고 천진난만한, 더없이 착한 아이라고 착각하고 경계를 푼다. 왕자는 그것을 익히 알고 있었다. 실제로 지금 이 순간, 기무라 역시 왕자의 웃는 얼굴에 돌연 긴장이 느슨해졌다.

"로봇 카드가 유행한 적이 있었거든. 친구들이 정신없이 모았지. 슈퍼마켓에서 백 엔 정도에 파는 물건이었는데, 그게 대체 뭐가 좋은지 난 도무지 이해할 수 없었어."

"우리 와타루는 카드를 못 사니까 자기가 직접 만들었지. 자기 손으로 만든 카드야. 감동적이지."

"감동적일 게 뭐 있어."

왕자는 거짓말을 할 필요조차 못 느꼈다.

"그래도 나한테는 그쪽이 좀더 이해는 가. 누군가가 상업적으로 만든, 별로 개성적이지도 않은 그림 카드를 사는 것보다는 무료로 자기 그림을 그리는 게 훨씬 의미 있겠지. 아저씨 아이는 그림을 잘 그려?"

"잘 못 그려. 그러니까 더 감동적이잖아."

"못 그린다고? 지질하긴."

기무라는 순간 발끈했고, 뒤이어 아들을 모욕당한 분노를 드러냈다.

왕자는 항상 어휘를 주의 깊게 선택했다. 제아무리 난폭하고 경박한 말이라도 사려 없이 내뱉지는 않았다. 어떤 말을 어떤 말투로 내뱉어야 하는가, 그런 면에서는 늘 의식적으로 깨어 있어야 한다고 생각하기 때문이다. 친구끼리 대화를 나눌 때도

'지질하긴', '별 거 아니네', '시시해' 같은 부정적인 말들을 티 나지 않게 활용함으로써 어떤 유형의 역학관계를 만들어낼 수 있다는 걸 알고 있었다. 가령 그 '지질하긴'이나 '시시해'에 아무런 근거가 없어도 영향력은 있다. '너희 아버지는 지질해'라고 한다거나 '네 감각은 차마 눈 뜨고 봐주기 힘들어'라거나 상대의 중요한 근간을 애매하게 부정하는 말은 효과가 있다.

애당초 자신의 가치관에 확고한 기준이나 자신감을 가진 사람은 많지 않다. 특히 나이가 어리면 그 가치 기준은 늘 흔들리게 마련이다. 다시 말해 주위의 영향을 받을 수밖에 없다. 그래서 왕자는 기회가 있을 때마다 확신을 내비치며 모멸이나 조소를 입에 올리곤 했다. 그러면 그것이 주관을 넘어선 객관적 잣대가 되어 상대와의 입장 차이를 명확하게 굳혀줄 때가 자주 있었다. '저 사람은 어떤 기준이 있고, 판정을 내릴 수 있는 인간'이라고 주위 사람들이 인정해준다. 그런 부탁을 한 적이 없는데도 그런 대우를 받는다. 어떤 집단에서 '가치를 결정할 수 있는 자'라는 위치에 서면 그 후로는 편하다. 야구나 축구처럼 명확한 규칙이 없는데도 친구들은 왕자의 판정을 심판의 그것처럼 신경 썼다.

"어느 날, 가게 주차장에서 카드 한 장을 주웠어. 아직 뜯지도 않은 거였으니까 가게에 물건을 들일 때 떨어뜨린 걸지도 모르지. 그래서 주워보니까 그게 좀처럼 손에 넣기 힘든 카드지 뭐야."

"왕자는 운이 좋군."

"맞아. 그것 역시 행운이었지. 학교에 가서 그 카드를 보여주니까 소년 수집가들이 눈빛을 반짝이며 자기한테 달라고 난리였지. 물론 난 그딴 건 필요치도 않았으니까 사실은 공짜로 줄 생각이었거든. 그런데 원하는 사람이 너무 많은 거야. 누굴 줘야할지 망설여져서 순간적으로, 이건 진짜로 정말인데, 별다른 꿍꿍이도 없고 깊은 의미도 없이 '공짜로는 못 주지'라고 했지. 그랬더니 어떻게 됐는지 알아?"

"보나마나 경매 비슷한 게 벌어졌겠지."

"아저씨도 참 단순해. 귀여워."

왕자는 여기에서도 어휘를 골랐다. 그 발언의 어디가 '귀여운'가는 문제되지 않는다. 일방적으로 '귀엽다'고 판단하는 게 중요하다. 그렇게 함으로써 기무라는 자기가 미숙해보였다는 걸 알아챈다. 그러면 자기의 어떤 점이 미숙한가, 자기의 발상이 미숙한가, 하는 생각을 할 수밖에 없다. 물론 해답은 없다. '귀여운' 이유 따윈 애당초 없었기 때문이다. 그렇게 되면 기무라는 '그 이유를 알고 있을' 왕자의 가치 기준에 신경을 쓰기 시작한다.

"물론 경매 비슷한 게 벌어질 뻔했지. 몇 명이 가격을 붙이기 시작했어. 그런데 그때 누군가가 '왕자, 돈 말고 다른 걸로 하면 어때? 네가 원하는 걸 들어줄게'라고 말했어. 그때부터 완전히 다른 국면을 맞게 된 거야. 그 아이는 아마도 돈보다는 '시키는 일을 해주는' 편이 부담이 적을 거라고 판단했겠지. 실제로 돈이 없었을지도 모르고. 그러자 다른 아이들도 덩달아서 똑같은 제안을 했어. 난 그때 깨달았지. 이 상황을 잘 이용하면 반 전체를 혼란시킬 수 있겠다는 걸."

"그야 물론 할 수야 있겠지."

"누구와 누구를 싸우게 한다거나 의심하게 만든다거나."

"그 무렵부터 넌 자기가 왕자인 줄 알았다는 건가. 왕자님."

"그때 깨달았어. 누군가가 원하는 것은 그만한 가치가 있으니 그걸 가지고 있으면 우위에 설 수 있다는 걸."

"잘나셨네."

"잘난 게 아니야. 난 그저 그 무렵부터 내가 타인의 생활에 얼마나 영향을 미칠 수 있나 하는 문제에 흥미를 갖게 됐지. 아까도 말했지만, 지렛대의 원리처럼 나의 사소한 행동이 누군가의 일상을 우울하게 만들거나 인생을 망쳐버린다는 정말 대단하잖아."

"공감 못 해. 그 결과 사람까지 죽이다니, 그게 말이 되나."

"꼭 사람을 죽이진 않더라도, 예를 들면 감기가 다 나아갈 즈음에 콜록콜록 기침이 나올 때 있잖아. 그럴 때 길을 가다 우연히 유모차에 실린 아기가 보이면, 엄마가 한눈을 파는 사이에 일부러 얼굴을 바짝 붙이고 기침을 해주지."

"뭐야, 그게. 시시하군."

"아기들은 면역이 없으니까 바이러스성 감기에 걸릴지도 몰

라. 나의 그 콜록콜록 때문에 그 아기도, 부모의 생활까지도 뒤죽박죽이 되어버린다고."

"설마 그런 짓을 실제로 했다고?"

"흐음, 글쎄. 장례식장에 가서 유골을 옮기는 유족에게 접근해서 일부러 부딪치는 것도 괜찮지. 넘어진 척하면서 말이야. 그래서 유골이 바닥에 떨어지면 난리도 아니야. 그런 간단한 일로도 누군가의 인생 최후의 순간을 망가뜨릴 수 있어. 아무도 어린애한테 악의가 있었을 거라고 상상하진 않으니까 호되게 야단치진 않아. 하물며 법률로 재판받을 일도 없고. 그것을 떨어뜨린 유족이 더 큰 슬픔에 휩싸이니 잔인한 일인데도 말이지."

"그런 짓을 했다고?"

"잠깐 다녀올게." 왕자가 일어섰다.

"어딜 가려고?"

"트렁크가 어디 있나 보고 올게."

6호차 통로를 뒤쪽으로 걸어가면서 쭉 훑어봤지만, 검은 테 안경 남자는 보이지 않았다. 위쪽의 짐 선반도 둘러보았다. 짐이 올려진 벨트컨베이어처럼 생긴 그곳에는 큼지막한 배낭, 종이봉지, 트렁크 등이 올려 있었다. 그러나 조금 전에 봤던 손잡이가 달린 트렁크와는 모양도 색깔도 달랐다. 검은 테 안경 남자가 자기와 기무라가 있는 7호차보다 앞쪽으로 간 기미는 없었다. 주의 깊게 살펴봤으니 놓쳤을 리는 없다. 그렇다면 이곳보다 뒤쪽, 즉 1호차 방향 차량에 있겠지.

그런 생각을 하며 6호차에서 나갔다.

차량 연결 통로에는 아무도 없었다. 개인 화장실이 두 개 있었는데, 진행 방향 쪽 화장실 문에는 자물쇠가 걸려 있었다. 맞은편 세면대에는 커튼이 쳐 있었다. 누가 사용하는 중이겠지. 그 검은 테 안경 남자가 트렁크를 들고 화장실로 숨었을지도 모른다. 오미야까지 그 속에 틀어박혀 있을 작정일까. 나쁜 아이디어는 아니다. 화장실이 계속 사용 중이라 곤란한 사람도 있겠지만, 붐빌 정도는 아니니 소란이 생길 가능성도 적을 것이다. 그곳에 숨는 것도 한가지 방법이다.

왕자는 한동안 기다려보기로 했다. 사람이 바로 나오지 않으면 차장에게 강제로 열어달라고 하면 된다. 평상시처럼 친절하고 참견하기 좋아하는 우등생 연기를 하면 그만이다.

"화장실이 계속 닫혀 있어요. 혹시 무슨 일이 생긴 건 아닐까요?"

차장은 아마도 아무런 경계 없이 화장실 문을 열어주겠지.

그런데 바로 그 순간, 세면대 커튼이 스르륵 걷혔다. 깜짝 놀라 홱 물러서는 몸짓을 하고 말았지만, 안에서 나온 여자는 딱히 수상쩍어하지도 않고, "아, 미안해요"라며 사과했다. 왕자도 사과의 말을 머릿속에 떠올렸지만, 입 밖에 내지는 않았다. 사과의 말은 사람과 사람 사이에 상하 관계를 만들기 때문에 신중하게 사용해야 한다.

그 자리를 떠나는 젊은 여자의 등을 눈으로 좇았다. 원피스 위에 재킷을 걸친 중간키에 중간 몸집인데, 이십 대 후반쯤이나 됐을까. 문득 초등학교 6학년 때 담임선생이 떠올랐다. 이름이 사쿠라였는지 사토였는지 기억이 가물가물했다. 물론 그 당시에는 알았지만, 학교를 졸업한 후로는 기억할 필요성을 못 느꼈고, 그러다 보니 잊어버렸다. 왕자가 보기에 담임선생은 어디까지나 '담임 선생'이라는 장기짝일 뿐이므로, 예를 들면 야구 선수가 다른 팀의 외야수를 이름이 아니라 포지션으로 부르는 거나 엇비슷한 정도의 의식밖에 없었다.

"담임 선생의 이름이나 개성은 아무래도 상관없어. 개인적인 신념이나 사명감도 다들 거기서 거기야. 이러쿵저러쿵 떠들어대지만, 결국 사람의 개성이나 사고방식은 몇 가지 패턴으로 분류할 수 있지. 어떻게 하면 우리 편이 될까, 그런 패턴도 대개는 결정되어 있어. 선생도 결국은 이렇게 하면 저렇게 움직인다, 저렇게 접근하면 이렇게 반응한다는 식의 도표 같은 존재니까 기계적으로 움직이는 장치나 마찬가지야. 그런 장치에 고유명사 따윈 필요치 않아."

그런 얘기를 하면, 반 아이들 대부분은 의미를 몰라 입을 뻐끔히 벌렸고, 고작해야 "그렇구나. 선생님 이름 따윈 아무래도 좋은 거네"라며 추종하듯 맞장구를 쳤다. 그들은 그쯤에서 '그럼 왕자한테는 우리도 단순한 장치에 불과한 거 아닌가?'라고 캐물어야 할 테지만, 아니면 그것을 알아차려야 할 테지만 그렇지 않았다.

그 여교사는 마지막 순간까지 왕자를 교사와 학생 사이의 균열을 메워주는 가교 역할이자 이해심 많고 우수한 소년이라고 굳게 믿었다. "사토시가 없었다면, 우리 반에 왕따가 있는 줄도 몰랐을 거야"라며 고마워하기까지 했다.

지나칠 만큼 순진하게 자기를 아군이라 굳게 믿는 그 교사가 안타까워서 한 번 힌트를 준 적이 있었다. 독서 감상문을 제출할 때, 얼마 전에 읽은 르완다 학살 관련 책에 관해 썼다. 왕자는 소설보다는 세계정세나 역사 관련 자료들을 읽는 게 더 재미있었다.

초등학생이 그런 책을 읽는 것이 교사에게는 믿기지 않았는지 담임선생은 존경의 마음까지 드러내며 조숙하다고 감탄했다. 아마도, 하고 왕자는 생각했다. 자신에게 뭔가 특별한 재능이 있다면, 그것은 책을 독해하는 힘이 뛰어나다는 거겠지. 책을 읽고 내용을 곱씹어봄으로써 어휘가 풍부해지고 지식이 늘고 이해력은 한층 더 향상되었다. 독서는 사람의 감정이나 추상적인 개념을 언어화시키는 힘으로 이어져서 복잡하고 객관적인 사고를 가능케 해준다. 예를 들면 누구나 품고 있는 심리적인 울적함이나 불안, 초조함을 언어로 표현하기만 해도 감탄하며 의지하는 사람들이 있다.

르완다에서 발생한 학살 이야기는 다양한 암시들로 넘쳐났다.

르완다에는 투치족과 후투족이라는 두 민족이 있다. 양쪽 다 외견적인 차이는 거의 없고, 투치족과 후투족이 결혼한 가정도 적지 않다. 두 민족의 구분은 인위적인 분류에 불과할 뿐이다.

1994년, 대통령의 비행기가 격추된 사건을 계기로 후투족에 의한 학살이 일어났다. 백일 동안, 즉 석 달이 조금 넘는 기간에 약 80만 명의 인간이 학살되었다. 그것도 지금껏 이웃으로 살아오던 상대가 휘두른 손도끼에 맞아 죽어간 것이다. 단순하게 계산하면 하루에 8천 명, 일 분에 대여섯 명꼴이라고 한다.

남녀노소를 가리지 않은 그 끔찍한 학살 사건은 오랜 옛날에 일어난 일이 아니라 불과 십 수 년 전인 현대에 일어났다는 의미에서 왕자에게는 매우 흥미롭게 여겨졌다.

"이런 끔찍한 일이 일어났다는 건 믿기지 않지만, 시선을 돌려선 안 된다고 생각했습니다. 이것은 단순히 어느 특별한 먼 나라의 사건이 아닙니다. 우리가 자기 자신의 나약함과 부족함을 인정하는 데서부터 시작해야 한다는 것을 배웠습니다."

감상문에는 그렇게 썼다. 애매하면서도 왠지 '듣기는 좋을 것 같은' 감상만 늘어놓은 무의미한 내용이었지만, 오히려 그런 것이 어른들에게는 잘 먹힌다는 걸 알고 있었다. 표면적인 말에 지나지 않는다. 그러나 그 글의 후반부는 진심이기도 했다.

사람이 얼마나 선동되기 쉬운 존재인지 배울 수 있었다. 끔찍한 사건이 왜 곧바로 저지되지 않았는지, 학살은 어떻게 성공했는지, 그런 메커니즘은 매우 큰 참고가 되었다.

예를 들면 이렇다. 미국은 르완다 대학살을 좀처럼 인정하려 들지 않았다. 책에는 그렇게 나왔다. 오히려 '이것이 학살이 아닌' 이유를 필사적으로 찾아내려 애썼고, 그 사실을 직시하지 않았다. 대량으로 학살된 투치족 시체가 보도되는데도, '학살인지 아닌지 판정할 수 없다'는 애매한 태도만 취했다.

왜 그랬을까?

학살을 인정해버리면, 조약에 따라 국제연합에서 어떤 행동을 요구할 가능성이 있었기 때문이다.

국제연합도 마찬가지다. 거의 기능하지 않았다.

르완다 외부, 즉 일본에 있는 자기 같은 사람은, '큰 문제가 있다면, 미국이나 국제연합에서 대처하겠지'라고 생각하게 마련이다. 경찰이 있으니 괜찮겠거니 하는 것과 다를 바 없다. 그러나 실제로 미국이나 국제연합의 태도를 결정하는 관건은 사명감이나 도덕과는 다른 논리인 손익계산에서 비롯된다.

이것은 단지 아프리카의 작은 나라에 한정된 이야기가 아니라 자기가 다니는 학교로 바꿔놓아도 통용되는 이야기라고 왕자는 직감적으로 알아챘다.

학생들 사이에서 일어나는 문제, 예를 들면 왕따나 학내폭력을 대학살로 바꿔놓으면, 교사는 미국이자 국제연합이다.

미국이 '학살'이라는 말을 받아들이지 않은 것처럼 교사들도 왕따의 존재를 인정하려 들지 않는다. 혹시라도 인정해버리면 그에 동반되는 여러 가지 정신적·사무적인 번거로움이 발생하기 때문이다.

그러니 그것을 역으로 이용해 교사를 끌어들이면, '왕따가 엄연히 존재하는데도 문제로 인식되지 않는' 상태를 만들어낼 수 있지 않을까, 하고 왕자는 생각했다.

르완다의 어느 전문학교에서 발생한 학살 관련 대목을 읽을 때는 과연 이건 흥미로운 사건이라는 생각에 몸서리까지 쳐졌다. 그 전문학교에는 연합군이 주둔하고 있으니 그들이 지켜줄 것이라는 소문이 돌았다. 국제연합이니 우리를 학살에서 지켜줄 것이다, 그렇게 생각한 투치족 2천 명이 그곳으로 도망쳐왔다. 그러나 안타깝게도 그때 연합군의 임무는 '투치족을 구하는 것'이 아니라 '르완다에 있는 외국인을 피난시키는 것'으로 변경되었다. 국제연합군 병사는 간접적으로 '르완다인을 구하지 않아도 된다'는 지시를 받은 셈이나 다름없다.

국제연합군의 병사들은 안심했다. 그 일에 관련될 필요가 없었기 때문이다. 투치족을 지키려 들면, 자기들까지 끔찍한 일을 당할 가능성이 높았다. 실제로 국제연합군 병사들은 '우리 임무가 아니'라며 후투족이 투치족을 포위한 상태에서 그 학교를 떠나버렸다.

그 직후, 학교에 남겨진 투치족 2천 명은 학살되었다. 평화를 유지해야 마땅할 국제연합군이 있었기 때문에 대량의 피해자가 발생해버린 것이다.

흥미 깊었다.

교실의 학생들도 표면상으로는 어떨지 몰라도 마음속 한구석에서는 교사가 최종적으로 질서를 유지해줄 것이라고 믿고 있다. 보호자들 대부분도 그렇다. 교사를 신용하고, 혹은 책임을 떠넘기며 안심한다. 그러므로 교사만 자기 마음대로 조종할 수 있다면, 반 아이들에게도 얼마든지 절망을 심어줄 수 있다.

그래서 교사에게 다음과 같은 작용을 시도하는 상상을 해보았다.

먼저, 왕따의 존재를 인정하면 성가시고 번거로워진다는 이미지를 심어놓는다.

교사인 자기까지 피해가 올지 모른다는 공포감을 준다.

적극적으로 대처하지 않는데도, 교사의 책임을 다 하고 있다고 자기 정당화를 할 만한 빌미를 마련해둔다.

독서 감상문에는 그런 것을 발판으로 삼아 미국과 국제연합의 어리석고 제멋대로인 논리에 관해서도 언급했다. 그렇게 하면 담임선생이 '이건 내 얘기다', '이 애는 위험한 존재다'라고 알아채지 않을까 예상했다. 힌트를 준 셈이다.

물론 여교사는 알아채지 못했다. 알아채기는커녕 오히려 "사토시는 이렇게 어려운 책을 읽니? 대단하네"라며 감탄했고, "그렇지만 이런 비극이 일어나다니 정말 무서운 일이야. 똑같은 인간인데, 믿을 수가 없어"라며 왕자를 실망시켰다.

왜 그런 학살 사건이 일어나는지 왕자는 간단히 이해할 수 있었다. 인간은 매사를 직감으로 판단하기 때문이다. 게다가 그 직감은 주위 사람들에게서 큰 영향을 받게 마련이다.

왕자가 책에서 알게 된 유명한 실험이 있다. 많은 사람들을 모아놓고 어떤 문제를 낸다. 정답이 매우 쉬운 질문이다. 한 사람씩 차례로 대답해서 누가 어떤 대답을 하는지 모두가 알 수 있는 구조로 진행한다. 그러나 실제로는 그중 한 사람만 실험 대상이고 나머지 사람들은 모두 일부러 틀린 대답을 하도록 지시받은 것이다. 그러면 어떻게 될까. 유일하게 '자기 의사로 정답을 고를 수 있는' 그 인물은 세 번에 한 번은 다른 사람들의 '잘못된 대답'에 동조했다. 피험자의 4분의 3이 자기의 올바른 판단을 한 번은 버렸다.

인간은 동조하는 생물인 것이다.

비슷한 실험은 그밖에도 더 있다. 그에 따르면, 인간이 쉽게 동조하는 것은 다음과 같은 유형이라고 한다. '그 판단이 매우 중요하고, 게다가 정답이 명확하지 않아 대답하기 어려운' 경우다.

그럴 때 인간은 타인의 의견에 쉽게 동조한다.

대답이 쉬운 경우는 문제되지 않는다. 인간은 자신의 대답을 믿을 수 있다.

판단의 결과가 별로 중요치 않은 문제도 상관없다. 가볍게 자신의 대답을 입 밖에 낼 수 있다.

다시 말해 이렇게 생각해볼 수 있다. 인간은 무서운 결단이나 윤리에 반하는 판단을 내려야 할 때야말로 집단의 견해에 쉽게 동조하며, 더 나아가 '그것이 옳다'고 확신하는 게 아닐까.

이를 바탕으로 생각해보면, 학살은 멈추기는커녕 점점 더 격화되는 메커니즘인 것도 이해되었다. 그들은 자신의 판단이 아니라 집단의 판단이야말로 옳다고 믿고, 그에 따랐을 게 틀림없다.

화장실 안에서 소리가 들렸다. 물이 내려갔다. 문이 열렸지만, 안에서 나온 사람은 중년남자였다. 양복 차림이었고, 세면대로 이동했다. 왕자는 재빨리 화장실을 열고 안을 들여다보았다. 허접스러운 변기만 달랑 있을 뿐, 트렁크를 감출 만한 공간은 없어 보였다. 이어서 옆에 있는 화장실도 열어 보았다. 여성전용이지만, 신경 쓰지 않았다.

트렁크는 없었다.

어디로 들고 갔을까? 왕자는 머리를 굴렸다.

어딘가에 숨겼다. 어디에?

그 트렁크는 차량의 좌석 밑에는 숨길 수 없는 크기였다. 짐보관소에도 화장실에도 없었다.

분리수거함으로 다가간 별다른 이유는 없었다. 단지 그 밖의 장소는 모두 둘러봤다는 이유뿐이었다. 병이나 캔을 넣는 동그란 구멍과 잡지 등을 버리는 세로로 긴 구멍을 바라보며, 설마 여기에 트렁크가 들어가진 않겠지 하면서도 얼굴을 가까이 붙였다. 안을 뚫어져라 살펴봐도 찌그러진 도시락 상자가 쌓여 있을 뿐이었다.

돌기를 알아챈 것은 바로 그 직후였다.

잡지 투입용 구멍 옆에 작은 돌기가 보였다. 혹시나 하고 눌러보자, 찰칵 하며 돌출부가 튀어나왔다. 망설임 없이 그것을 비틀었다. 그러자 눈앞의 벽면이 활짝 열려서 왕자는 가슴이 뛰기 시작했다. 이런 곳이 열릴 줄은 꿈에도 몰랐기 때문이다. 그리고 그 안은 선반처럼 되어 있었는데, 아래는 쓰레기봉지가 있고, 위에는 트렁크가 놓여 있었다. 맞다, 트렁크다. 검은 테 안경 남자가 옮기려 했던 가방이 틀림없었다.

찾았다. 벽면 문짝을 닫고, 원래대로 돌려놓았다. 천천히 숨을 내쉬었다.

서두를 필요는 없다. 검은 테 안경 남자는 숨긴 장소에서 트렁크를 섣불리 이동시키진 않을 것이다. 여기 두면 목적지까지 누구도 찾아낼 수 없다고 안심하고 있을 게 틀림없다.

어떻게 하면 일이 더 재미있어질까.

왕자는 짐을 찾아낸 성취감을 느끼며 일단은 다시 7호차로 돌아갔다. 역시 운이 좋다.

기무라의 머릿속에서는 왕자와 관련된 기억이 잇달아 떠올랐다.

백화점 안에서 왕자를 처음 만났을 때, 기무라는 그 중학생과는 두 번 다시 얼굴을 마주칠 일이 없을 거라고 생각했다.

그러나 눈에 보이지 않는 자석이 끌어당기기라도 하듯 기무라는 그로부터 두 주도 채 지나지 않아 왕자와 다시금 얽히게 됐다.

그날도 기무라는 와타루와 함께 있었다. 집 근처 역까지 기무라의 부모, 즉 와타루의 할아버지와 할머니를 배웅하고 돌아오는 길이었다.

그들은 도쿄에서 동창회가 있다고 하루 전에 올라와 기무라의 집 근처에 있는 작은 호텔에서 하룻밤을 묵었고, 유치원에서 돌아온 와타루를 데리고 장난감가게로 가서 '원하는 걸 마음대로 고르라'며 응석을 받아주었다. 와타루는 조심스러운 성격이라 할아버지 할머니의 '골라, 골라' 공격에 눈에 띄게 압도되어 있었다. 가게 앞에서 나눠준 풍선만으로도 만족하는 모습이었다.

"네가 아무것도 안 사주니까 아이가 이렇게까지 금욕적으로 변하지. 딱하기도 해라. 참 나, 가엾어서 못 보겠군."

할아버지가 요란스럽게 탄식하며 기무라를 나무랐다.

"와타루는 워낙에 천성이 그래"라고 설명했지만, 그들은 들은 척도 하지 않았다. 이혼한 전처의 이름까지 들먹거리며, "애 엄마가 있었을 때는 와타루도 훨씬 더 천진난만하고 장난감도 갖고 싶어 했는데"라고 빈정거리듯 말했다.

"네 놈이 한심하니 나가버리지."

"아니라니까. 그 사람은 그 사람대로 빚에 쫓겨서 도망칠 수밖에 없었다고."

"술주정뱅이인 너한테 정나미가 떨어졌겠지."

"그때는 아직 많이 마시지도 않았어."

거짓말은 아니었다. 아내가 떠날 때까지는, 나태한 성격은 별 차이가 없지만, 손에서 술을 못 떼는 생활을 하지는 않았다. 혹시라도 그 무렵부터 지금처럼 술을 마셨으면, 아내도 와타루가 걱정되어서 절대로 친권을 양보하진 않았을 것이다.

"넌 허구한 날 술타령이잖아."

"멋대로 단정 짓지 말라니까!"

그러자 아버지는 진지한 표정으로 "척 보면 알아", "냄새만으로도 훤해"라고 말했다. 생각해보니 기무라가 어릴 때부터 아버지는 툭 하면 그렇게 단정 짓곤 했다. 척 보면 안다, 사람의 못된 부분은 냄새가 풍겨서 금세 들통 나게 마련이라고 잘난 척하며 주장했고, 그것이 아들 눈에는 어른의 한낱 징크스로밖에 안 보여서 마음에 들지 않았다. 어릴 때 집에 자주 놀러왔던 시게루라는 남자도 "기무라 씨는 툭하면 '저 자식은 냄새가 나, 이 자식도 냄새가 풍겨'라고 했죠"라며 씁쓸하게 웃었다.

"그러면서 자기는 만날 방귀만 뀌어대지"라고 말한 사람은 어머니였다.

장난감을 사고, 운동기구들이 잔뜩 설치된 대형 공원에 들렀다. 기무라는 와타루가 거친 숨을 몰아쉬는 할머니를 끌고 높은 미끄럼틀까지 뛰어가는 모습을 벤치에서 바라보고 있었다. 와타루랑 놀아줄 필요가 없으니 다행이라며 한숨 돌리고 있었다. 주머니에서 브랜디가 담긴 작은 병을 꺼내려 했는데, 그 손을 아버지에게 붙잡혔다. 아버지는 어느새 옆에 와서 앉아 있었다.

왜 이래, 하며 억누른 목소리를 화를 냈지만, 아버지는 꿈쩍도 하지 않았다. 하얀 머리는 영락없는 노인네였지만, 살이 꽉꽉 들어찬 몸은 안정감이 있었고 악력도 강했다. 힘을 점점 더 세게 넣었다. 어쩔 수 없이 병을 놓자, 아버지는 그것을 손에 들더니, "너, 알코올 중독이 뭔지나 알아?"라고 말했다.

"나 같은 사람일 테지."

"뭐 하긴, 넌 아직 초입이지만, 이대로 가면 알코올 중독에 빠질 게 확실해. 어떤 상태를 알코올 중독이라고 하는지는 아니?"라며 빼앗은 작은 병을 슬그머니 돌려주었다. 기무라는 그것을 받아들었다.

"그야 뭐 술을 좋아해서 많이 마셔대는 거겠지."

"거칠게 표현하면 그렇겠지. 그렇지만 중독이라고 부를 정도면 일종의 병이야. 술을 좋아한다거나 많이 마시는 거랑은 달라. 한 모금만 입에 대도 계속 마시게 되지. 그건 이미 근성이나 참을성 같은 걸로 해결될 문제가 아니야. 멈출 수 없는 게 알코올 중독이라고. 체질도 관계되니까 그런 녀석이 마시면 끝장이지.”

“내가 유전자 때문이라면 아버지도 마찬가지일 텐데. 아니, 어머니 유전자인가?”

“우리는 술은 안 마셔. 왜 그런지 아니? 알코올 중독은 절대 낫지 않는다는 걸 알기 때문이야.”

“안 나을 리가 있나.”

“뇌에는 말이다, A10 신경이라는 게 있는 모양인데.”

아버지는 말이 너무 많아, 또 무슨 강의야, 하며 기무라가 귀 파는 시늉을 했다.

“아무튼 어떤 실험을 했다는 거야. 스위치를 누르면 그 A10 신경이 자극되는 장치를 이용한 실험이었지. 그랬더니 사람들이 어떻게 했는지 아니?”

“흐음, 글쎄.”

“스위치를 계속 누르더라는 거지.”

“무슨 소리야?”

“A10 신경이 자극을 받으면, 뇌에 편안한 기분이 느껴져. 다시 말해 스위치만 누르면 쉽게 쾌감을 얻을 수 있다는 거지. 그러니 그걸 계속 되풀이할 수밖에. 원숭이가 마스터베이션을 멈추지 못하는 것과 비슷한 이야기지. 그런데 그 쾌감이라는 게 맛있는 음식을 먹거나 일을 잘 마무리지었을 때 느끼는 성취감이랑 비슷한 모양이야.”

“그래서 뭐?”

“술을 마시면 바로 그 A10 신경이 자극을 받지.”

“그래서 뭐?”

“술을 마시면 아무것도 안 하는데도 성취감을 얻을 수 있다는 말이야. 얼마나 편하고 좋겠냐. 편하고 기분도 최고지. 그러면 나중에는 어떻게 될까. 스위치를 계속 누르는 것처럼 술을 계속 마실 수밖에 없어. 그리고 그렇게 계속하는 사이에 뇌 형태가 변하지.”

“뇌가 변한다고?”

“그렇게 되면 두 번 다시 돌이킬 수 없어. 술이 들어가면 바로 스위치가 켜지는 상태지. 예를 들어 어떤 알코올 중독자가 오랫동안 술을 참았다고 해보자. 중독 증상도 사라지고 일반인처럼 생활할 수 있게 됐다고 치자고. 그렇지만 그 사람이 단 한 모금이라도 술을 마시면, 그 순간부터 또다시 술을 멈출 수 없게 돼. 뇌는 변형된 상태 그대로니까. 인내심이나 정신력의 문제가 아니야. 뇌가 그렇게 바뀌어버린 거지. 여자의 알몸을 보면 남자의 동공은 반사적으로 커져. 그거랑 마찬가지로 이 문제만은 어쩔 수가 없단 말이지. 의존 메커니즘이야.”

“메커니즘 좋아하네, 어려운 외래어 좀 쓰지 마. 그래서 뭐가 어떻다는 거야. 그보다 브랜디는 메소포타미아 문명 무렵부터 존재한 유서 깊은 음료라고.”

“참 나, 그게 사실인지 아닌지 확실치도 않아. 정보를 있는 그대로 받아들이면 바보 취급당해. 내 말 잘 들어, 알코올 중독을 고치는 유일한 방법은 금주를 계속하는 것뿐이야. 한 모금이라도 마시면 끝이니까. 다른 무엇보다 성취감이란 술이나 약으로 얻는 게 아니니 성실하게 일할 수밖에 없어. 편하게 쾌감을 손에 넣으면, 인간의 육체는 의존형성을 실행해."

"의존형성은 또 뭐냐고."

"너도 이 애비처럼 일하면 돼. 노동으로 얻는 성취감은 건전하니까."

아버지가 매섭게 쏘아붙였다.

"일이라고 해봤자 아버지는 줄곧 슈퍼마켓 창고지기잖아."

기무라가 철이 들 무렵부터 부모는 이미 은둔 생활에 가까운 삶을 살았다. 집 근처 슈퍼마켓에서 일했지만, 그것도 아르바이트나 다를 바 없었고, 소박하게 일하고 소박하게 생활비를 버는 그런 인생이 기무라는 진절머리가 나게 싫었다.

"창고지기를 우습게보지 마. 재고 관리와 발주 업무야."

아버지는 콧구멍을 벌렁거리며 거친 숨결을 토해냈다.

"그러는 너는 제대로 일한 적도 없을 텐데."

"이보세요, 난 지금 경비회사에 잘 다니고 있습니다."

"그건 분명 훌륭하지. 미안하다."

아버지는 순순히 사과했다.

"그렇지만 그 전까지는 일을 안 했잖아."

"옛날 얘기는 왜 또 들춰내. 그런 식으로 따지면 중학생 때는 아무도 일 안 하잖아. 그리고 경비원 하기 전에도 난 일했어."

"무슨 일을 했지?"

아버지가 진지한 표정으로 얼굴을 들여다봐서 기무라는 기가 꺾였다. 타인의 의뢰를 받아 권총을 사용하며 사람의 생명을 쥐락펴락하는 비인도적인 일을 했다. 그 이야기를 하면, 아무리 아버지라도 부모로써 책임을 통감하겠지. 가는 말이 고와야 오는 말이 곱다고 홧김에 확 받아치고 싶기도 했지만, 아무래도 그 말만은 머뭇거려졌다. 환갑도 지나고 인생도 후반전에 들어선 부모에게 쓸데없이 부정적인 정보를 제공할 필요는 없었다.

"보나마나 드러내놓고 말할 수 없는 일이었겠지."

"늘 입버릇처럼 말하는, 척 보면 안다는 뜻인가?"

"그래."

"아버지가 들으면 기절할 테니, 그냥 덮어두기로 합시다."

"참 나, 나도 젊었을 때는 거친 일을 했어."

"그런 수준이 아니야"라며 기무라가 쓴웃음을 웃었다. 나이 든 사람들의 옛날 고생 이야기나 장난 이야기만큼 따분한 것도 없다.

"아무튼 넌 술을 마시면 안 돼."

"내 몸을 걱정해주니 고맙군."

"네 몸을 걱정하는 게 아니야. 와타루를 위해서지. 모르긴 해도 너란 녀석은 끈질겨서 구둣발로 짓이겨도 안 죽을 거다."

"내가 무슨 바퀴벌레야? 구둣발로 짓밟혀도 안 죽게."

기무라는 웃었다.

"내 말 명심해, 와타루를 생각한다면 술은 반드시 끊어."

"나도 물론 와타루를 위해서 술을 끊고 싶지"라고 말하면서도 기무라는 작은 병의 뚜껑을 비틀기 시작했다. 아버지가 "말이 채 끝나기도 전에"라며 한탄했다.

"다시 한 번 말하지만, 중독을 고치는 유일한 방법은 그것을 멀리하는 것뿐이야. 금주뿐이라고."

"어차피 난 술 냄새나 풍기는 인간이야."

아버지가 기무라를 물끄러미 바라보며, "술 냄새뿐이라면 그나마 낫지. 인간으로서 역한 냄새를 풍기면 끝장이야"라며 코를 실룩거렸다.

"네에, 네에."

기무라는 뚜껑을 딴 작은 병을 입으로 가져갔다. 아버지의 충고가 머릿속에 남아 있어서인지 왠지 머뭇거려져서 입에 머금은 양은 아주 조금뿐이었다. 자기 뇌에 술 성분이 스며들어 스펀지가 비틀리듯 형태가 바뀌는 감각이 느껴져서 섬뜩했다.

그날 역에서 아버지 어머니와 작별을 고하고, 기무라는 와타루와 함께 걸어온 길을 되짚어갔다. 오래된 상점가를 지나 주택가로 걸어갔다.

"어, 누가 울어. 아빠."

와타루가 그렇게 말한 것은 폐점한 주유소 옆길을 지날 때였다. 기무라는 와타루의 손을 잡고 있었지만, 아버지가 남긴 말을 생각하는 중이라서 멍한 상태였다. 알코올 중독은 절대 낫지 않는다는 그 말이 마음속에 줄곧 걸렸기 때문이다. 지금은 중독이지만, 치료만 받으면 다시 정상적으로 술을 마실 수 있을 거라고 기무라는 예상하고 있었다. 예를 들면 성병의 경우, 성기가 부어서 한동안은 성교가 불가능하더라도 치료만 하면 다시 할 수 있다. 그런 것과 똑같은 줄 알았다. 그러나 아버지의 이야기가 사실이라면, 알코올 중독은 성병과는 다르다. 고칠 수 없으니 영원히 술을 마실 수 없다.

"응, 아빠?" 하며 다시 한 번 불러서 와타루의 얼굴을 보며 그 시선 끝을 따라갔다. 폐점해서 밧줄을 둘러놓은 주유소 뒤쪽, 벽과 건물 사이에 교복을 입은 아이들이 보였다.

모두 네 명이었다.

두 명이 한 명의 양쪽 팔을 하나씩 움켜쥐고, 몸을 움직이지 못하게 하고 서 있었다. 그리고 또 한 명은 붙잡힌 학생과 마주 서 있었다. 붙잡혀서 꼼짝 못하는 남자아이는 심각한 표정으로 "야, 그만해" 하며 울상을 지었다.

"아빠, 괜찮을까?"

"뭐, 괜찮겠지. 형들한테도 자기들 사정이 있을 테니까."

기무라는 그냥 지나치고 싶었다. 자기의 중학교 시절만 떠올려 봐도 저런 식으로 어떤 아이가 다른 아이를 못살게 굴거나 남몰래 뒷골목에서 설쳐대는 일은 흔히 있었다. 기무라는 그것을 '하는' 쪽이었기 때문에 잘 아는데, 별다른 동기나 계기가 없어도 일어나는 일이었다. 인간은 자기가 타인보다 높은 지위에 있다는 사실에 안심한다. 상대를 학대함으로써 자신의 안전을 곱씹으며 음미한다. 그런 성질이 있다고 기무라는 해석했다.

"잠깐 기다려. 너희도 죄는 똑같잖아. 왜 나만 가지고 이래."

소년 하나가 아우성치는 소리가 들려왔다. 양팔의 자유를 빼앗긴 중학생이었다.

기무라는 걸음을 멈추고 다시 한 번 시선을 돌렸다. 양팔을 억눌린 남학생은 짧은 머리를 갈색으로 물들이고 길이가 짧은 교복을 입었는데 체격도 좋았다. 약한 아이를 괴롭히는 게 아니라 같은 패거리끼리 싸움이 난 것인지도 모른다. 살짝 흥미가 생겼다.

"그렇지만 어쩔 수 없잖아. 그 자식이 뛰어내린 건 네가 너무 심하게 한 탓이니까"라며 오른팔 담당이라고 부를 만한 교복 차림 학생이 입을 삐죽 내밀었다. 둥근 얼굴에 이마가 넓고, 바위를 연상시키는 얼굴 생김새였지만, 순진함도 묻어났다.

중학생이라고는 해도 역시 어린애에 가깝다. 어린 것들이 불온한 분위기를 흩뿌리고 있어서 현실감은 옅었다.

"그 자식을 노린 건 모두 똑같잖아. 내가 인터넷에 동영상을 업로드하기 전부터 그 자식은 죽고 싶다고 했어."

"죽기 일보 직전에 멈추라고 했잖아. 왕자, 무지 열 받았어."

왼팔 담당 학생이 말했다.

왕자라는 말이 귀에 익어서 기무라는 순간 '어라' 하는 생각이 들었지만, 그것보다는 '죽고 싶다'느니 '죽기 일보 직전'이라느니 하는 말들이 더 신경 쓰였다.

"네가 통전通電당하면, 그걸로 끝이니까 조금만 참아."

"말도 안 돼."

"생각 좀 해봐"라고 말한 학생은 네 사람 중에서는 키가 제일 컸다.

"네가 여기서 뒤로 빼면 어떻게 되겠냐? 우리 모두 통전이야. 넌 어차피 당하게 돼 있어. 그런데 우리까지 당해봐. 그럼 우리는 널 원망하겠지. 그렇지만 이쯤에서 너 혼자 참아내면 우리는 너한테 고마워할 거야. 어차피 당할 바엔 어느 쪽이 낫겠냐. 우리가 고마워하는 거랑 원망하는 거랑."

"그럼 통전했다고 하면 되잖아. 왕자한테는 했다고 우기면 된다고."

"들통이 안 날 것 같냐?" 키 큰 중학생이 씁쓸하게 웃으며 말했다. "왕자한테 들통 안 날 자신 있어?"

"잠깐, 중학생 여러분."

기무라가 일부러 공손한 말투를 쓰며 벽과 건물 사이로 들어섰다. 손을 맞잡은 와타루도 좇아왔다. "학생들이 동급생을 괴롭혀서 죽였나?"라며 다가갔다. "감탄이야, 감탄"이라며 비아냥거리듯 고개를 끄덕여 보였다.

중학생들은 서로 얼굴을 마주 보았다. 3 대 1의 구도가 무너지자, 그들은 순식간에 네 명 패거리로 돌아가 기무라를 경계했다.

"뭡니까?" 키 큰 학생이 불쾌한 표정으로 말했다. 얼굴이 벌겋게 달아오른 이유가 긴장과 불안 때문인지 단순히 화가 난 것인지 확실치는 않았지만, 허세 부리느라 고생이 많겠군, 하고 기무라는 생각했다.

"용건이라도 있나요?"

"용건이라도 있느냐고? 섭섭하게 그게 무슨 소리야. 이건 명백하게 보통 상황이 아니잖아"라며 자유를 구속당한 중학생을 손가락으로 가리켰다.

"통전은 또 뭐야. 전기 충격인가? 그건 또 무슨 장난이고?"

"무슨 소리야?"

"너희가 시끄럽게 떠들어대서 다 들렸어. 너희가 왕따로 동급생을 자살하게 만들었지. 끔찍하군. 그래서 반성 모임이라도 여는 건가?"

기무라가 말하는 중에 와타루가 걱정스러운 듯이 손을 잡아당겼다. 아빠 그냥 가자, 하며 불안한 목소리로 속삭였다.

"시끄럽게 구네, 아이 데리고 얼른 꺼져."

"왕자라는 건 누구지?"

그 순간 중학생 네 명이 동시에 창백해졌다. 무서운 주문이라도 들은 것 같은 표정이라 기무라는 더더욱 흥미가 솟았다. 그러나 그와 동시에, 그제서야라고 말해야겠지만, 전에 백화점에서 만난 중학생을 떠올렸다.

"아하, 그래, 왕자라면 그 녀석이군. 그보다 너희가 그때 화장실에 있었던 녀석들인가? 그때도 비밀 상담을 했지. 이런 상황이면 왕자에게 혼이 날 거라느니 어쩌느니."

기무라는 놀려대면서도 전에 만났던 왕자를 떠올리고, "그런 철부지 도련님 같은 놈이 뭐가 무서워?"라고 입 밖에 내뱉었다.

네 사람은 입을 다물고 있었다.

키 큰 남학생의 손에는 편의점 비닐봉지가 들려 있었다. 기무라가 앞으로 걸음을 내딛는 동시에 그것을 홱 낚아챘다. 너무나 순간적이라 반응이 늦어진 키 큰 중학생은 거품을 물며 필사적인 표정으로 다시 빼앗으려 손을 뻗었다. 기무라는 날렵하게 몸을 움직였다. 왼손으로 중학생의 손을 잡고 새끼손가락을 꽉 움켜쥐며 비틀었다. 비명 소리가 들렸다.

"손가락 부러진다. 어른을 우습게 보는 것도 한계가 있지. 내가 너희보다 얼마를 더 살았는지 알기나 해. 너희보다 몇 배는 더 따분한 시간들을 참아냈어. 남의 새끼손가락을 몇 개나 부러뜨렸는지 알기나 하느냐고."

기무라는 말의 내용에 비해서는 담담한 말투를 쓰며 빼앗은 비닐봉지를 와타루에게 건넸다.

"안에 뭐가 있니?"

야, 멈춰, 하며 술렁거리는 중학생들에게 "조금이라도 움직이면 이 자식 손가락을 부러뜨릴 테니 그리 알아"라고 협박했다. "난 내 입으로 내뱉은 말은 실행하니까."

"아빠, 이게 뭐야?"

와타루가 비닐봉지 안에서 기구를 끄집어냈다. 라디오 컨트롤러와도 비슷하게 생긴, 레버와 코드가 여러 개 달린 단순한 기계였다.

"이게 뭐지?"

기무라는 중학생의 손가락을 풀어주고, 기계를 손에 들었다.

"엔게이지N-gauge(철도 폭이 9밀리미터인 철도모형–옮긴이) 같은 데 달린 파워팩Power Pack처럼 생겼군."

옛날 초등학교 시절 부모가 부자라서 철도 모형을 잔뜩 가지고 있던 친구가 자랑스럽게 작동시키는 걸 그 집에서 구경한 적이 있었다. 선로에 전기를 흘려보내는 파워팩이랑 비슷했다. 그렇다기보다 그 자체로 보였다. 코드 두 개가 달려 있고, 그 끝에는 검 테이프 같은 것이 붙어 있었다. 콘센트 케이블도 달려 있었다.

"이건 어디 쓰는 거야?"

물어봐도 중학생들은 입을 꾹 다문 채 대답이 없었다.

기무라는 그 기계를 내려다봤다. 옆을 바라보니 건물 벽 아래에 콘센트 삽입구가 있었다. 외부 작업을 할 때 쓰는 기계용 전원이겠지. 비를 막아주는 차양 같은 커버가 붙어 있고, 콘센트 구멍이 있었다.

"어이, 이거 혹시 그거야? 저 콘센트에 꽂고 이 코드를 몸에 딱 붙여서 지직지직 전기 충격을 줄 생각이었나?"

기무라는 말은 그렇게 하면서도 조금은 당혹스러울 수밖에 없었다. 기무라가 중학생일 무렵에도 도구를 이용해 누군가에게 고통을 주는 일은 있었지만, 그건 어디까지나 치거나 때리기 위해서였다. 콘센트 전원을 이용해 고통을 주는 행위는 상상조차 해본 적이 없다. 게다가 그 기계는 전기 충격을 주기 위해 개량한 것처럼 보였고, 꽤 빈번하게 사용한 느낌이 들었다.

"니들 이런 짓을 자주했니?"

폭력이나 괴롭힘의 수준을 넘어선 기계를 이용한 고문에 가까웠다.

"이게 혹시 왕자의 취미인가?"

"왕자를 어떻게 알아?"

팔을 억눌린 중학생이 두려워하면서도 입을 열었다.

"지난번에 백화점에서 만났어. 니들이 그 백화점 화장실에서 심각한 얼굴로 왕자님한테 야단을 맞을 거라느니 어쩌느니 징징거릴 때 내가 있었잖아."

"아" 하며 키 큰 중학생이 그제야 기무라의 얼굴이 낯이 익다고 알아차린 듯했다. 다른 세 사람도 그러고 보니 그때 쓸데없이 참견했던 술 냄새 풍기는 남자였다는 걸 떠올린 모양이다.

"그때는 다쿠야라는 아이가 도마에 올랐었지."

우연히 기억이 나서 그 이름을 입에 올렸다.

"다쿠야가 겁을 먹는 바람에 왕자님 명령대로 못했으니 야단을 맞을 거다. 무서워, 무서워, 하고 떠들어댔잖아."

그들은 서로의 얼굴을 마주 보며 무언의 상담을 주고받았다. 잠시 후 얼굴이 둥그스름한 중학생이 불쾌한 표정으로 입을 열었다.

"다쿠야는 죽었어."

쓸데없는 소리 하지 마, 하며 다른 세 사람이 파리한 낯빛으로 노려보았다.

"죽었다는 건 뭐야, 비유냐?"

기무라는 기가 꺾인 걸 인정하지 싫지 않아서 오히려 가볍게 받아치듯 말을 던졌다.

"록은 죽었다느니 어쩌느니 하는 식인가. 프로야구는 죽었다, 다쿠야는 죽었다."

경련이 인 것처럼 어설픈 미소를 머금은 중학생들은 기무라를 바보 취급하는 게 아니라 미덥지 않은 그 모습에 동정과 낙담을 동시에 느끼는 것 같기도 했다.

"설마 정말 죽었어? 아 그래, 조금 전에 뛰어내렸느니 뭐니 했던 게 그 다쿠야 얘기였나?"

기무라는 한숨을 내쉬었다. 이건 또 무슨 암울한 화제인가 싶어 진절머리가 났다.

"잘 들어, 인간은 죽으면 그걸로 끝이야."

"응, 아빠" 하며 와타루가 손을 잡아끌어서, 이쯤에서 자리를 뜨는 게 좋겠다, 별 재미도 없겠다 싶어서 기무라도 몸을 돌렸다.

그런데 바로 그 순간, "아저씨, 도와줘요" 하는 목소리가 날아들었다. 돌아보니 중학생 네 명의 얼굴이 핏기 없이 창백했다. 입술을 바르르 떨었다. "아저씨" 하며 키 큰 학생이 불렀고, "어떻게 좀 해주세요"라고 둥근 얼굴이 말하자, 나머지 두 학생은 동시에 "도와줘요"라고 말했다. 물론 그 아이들이 학예회 발표라도 하듯 대사 순서를 정해놨을 리도 없다. 각자가 자기 의사로 도움을 요청한 것이 우연히 동시에 쏟아져 나온 듯한데, 그것은 또 그것대로 그들의 절박한 심정을 표현하는 것 같아서 기무라 역시 동요할 수밖에 없었다.

"제법 세게 나온다 했더니 이번에는 도와달라니, 대체 어떻게 된 거야."

중학생들은 이미 나약한 소년일 뿐이었고, 봇물이라도 터진 듯 우는소리인지 애원인지 모를 말을 쏟아놓았다.

"아저씨도 어차피 성실한 회사원은 아니잖아요."

"왕자를 어떻게 좀 해줘요."

"우리는 다 살해될 거예요."

"이건 아무래도 이상해요. 왕자 때문에 우리 학교 전체가 이상해졌어요."

기무라는 성가셔서 견딜 수가 없었다. 시끄러워, 니들 대체 뭐야, 하는 심정으로 손사래를 쳤다. 장난삼아 낚싯대를 드리웠는데 깜짝 놀랄 만큼 물고기가 몰려들어서 오히려 자기가 물속으로 끌려들어가는 것 같았다. 그런 공포가 느껴졌다.

"알았다, 내가 왕자를 처리해주지."

될 대로 되라는 식으로 농담 삼아 던졌다. 그러자 그들의 얼굴에 눈에 띄게 환한 빛이 감돌아서 몹시 당혹스러웠다. 주위를 둘러보았다. 담과 건물 사이의 비좁은 틈새이긴 하지만, 등 뒤의 길에서는 잘 보이는 위치였다. 통행인들 눈에는 중학생들에게 부자父子가 협박당하는 상황처럼 보일지도 모른다. 아니면 아이랑 같이 있는 남자가 중학생들에게 도덕 설교를 하는 장면처럼 보일까.

"너희가 한 사람당 백만 엔씩 들고 오면 일을 맡아주지."

거절하기 위해 덧붙인 그 말에도 중학생들은 관심을 내비쳤고, 놀랍게도 그 백만 엔을 현실적으로 계산하기 시작하는 기색이었다. 기무라는 당혹스러웠다.

"설마, 농담일 게 뻔하지. 부모님한테 상의해. 왕자님이 그렇게 두려우면, 부모님에게 의지하라고. 선생도 괜찮을 테고."

중학생들은 갑자기 울음을 터뜨리기 직전인 표정으로 머뭇머뭇 목이 잠긴 소리를 흘렸다.

"니들이 그렇게 필사적으로 나오면 겁나잖아. 난 빠진다."

시선을 떨어뜨리자, 와타루가 물끄러미 이쪽을 바라보고 있었다. 뭘 쳐다보나 했더니 기무라의 손에 들린 병이었다. 브랜디가 담긴 병을 움켜쥐고 있었다. 어느새 꺼냈을까 생각하며 뚜껑을 닫았다. 닫았다는 것은 열려 있었다는 뜻이다. 무의식이었다. 의식하지도 못한 채 병을 꺼내고 뚜껑을 비틀어 열고 술을 입 안에 흘려넣은 것이다. 혀를 차고 싶은 충동을 애써 억눌렀다. 와타루가 걱정스러운 듯, 그리고 서글픈 듯 바라보았다.

중학생들이 이렇게 매달리는데 어쩔 수 없잖아, 하며 기무라는 핑계거리를 찾았다. 이런 상태에서는 술이라도 마셔줘야 마음을 안정시킬 수 있다고. 이쯤에서 술을 마시고 냉정함을 유지하는 게 와타루를 지킨다는 의미에서도 필요한 일이었다.

그렇다, 술은 필요했다. 술을 머금은 순간, 마른 땅에 빗물이 흘러내리듯 몸 안의 모든 신경에 영양이 골고루 퍼지고, 머리도 명석해지는 느낌이 들어서 '거봐, 알코올이 뭐가 나빠?' 하는 생각도 솟구쳤다. 독이냐 약이냐는 사용하는 방법에 달렸다.

"다쿠야네"라며 한 학생이 나지막이 입을 열었다. "다쿠야네 아버지가 지난달에 회사에서 잘렸어요."

"그건 또 무슨 소리야."

기무라는 이야기의 흐름을 파악하지 못해 미간을 찡그렸다.

"다쿠야라면 죽었다는 그 학생이잖아."

"다쿠야가 죽기 전이에요. 다쿠야네 아버지는 우리 학교 여학생한테 손을 대서 체포됐는데, 그게 들통 나서 회사에서 잘렸어요."

"중학생한테 무슨 짓을 했는지는 모르지만, 그거야 자업자득이지." 기무라가 콧구멍을 벌렁거렸다. 그러나 학생들이 할 말을 찾으며 머뭇거리는 몸짓을 보고, "혹시?"라고 묻지 않을 수 없었다.

"너희가 꾸민 짓이야? 설마 다쿠야라는 녀석의 아버지를 함정에 빠뜨렸다는 얘기는 아니겠지?"

그들이 부정하지 않는 것이 긍정의 표시로 여겨졌다.

"실제로는 그 아버지한테 잘못은 없었고?"

그들은 또다시 부정하지 않았다.

"어떤 방법을 썼는지는 모르지만, 그런 일이 잘 풀릴 리가 없지."

"그 여자애도 왕자가 시키는 대로 했을 뿐이에요."

둥그런 얼굴이 나지막이 중얼거렸다.

"다쿠야 아버지가 왕자에 관해 이것저것 조사하려고 해서."

"왕자님에게 맞서려고 했다가 날조된 음행淫行 사건에 휘말려들었단 뜻인가? 왕자님이 그런 생각까지 하나. 왕자님은 정말로 영리하고 가혹하군."

절반은 비아냥거릴 작정으로 말했지만, 중학생 네 명은 고개를 힘차게 끄덕거렸다. 가혹한 왕자의 행위를 곰곰이 곱씹는 듯했다.

"지금까지 교사가 세 사람이나 그만뒀어요"라고 한 학생이 중얼거렸다.

"한 사람은 우울증으로, 한 사람은 치한으로, 한 사람은 사고로."

"설마 그것도 너희가 했다는 말은 아니겠지?"

중학생들은 대답이 없었다.

"아무리 그래도 그렇게까지 겁먹을 필요는 없을 것 같은데. 너희가 한데 뭉쳐서 덤벼들면 왕자님 하나쯤이야 간단히 혼내줄 수 있잖아. 안 그래?"

체격으로 봐도 그 왕자는 강해보이진 않았다. 설령 그 소년이 격투기의 달인이라고 하더라도 여러 명이 한꺼번에 대항하면 문제될 건 없었다.

네 아이의 반응은 기묘했다. 생각지도 못했던 말을 들은 것처럼 멍해졌다. 이 남자가 대체 무슨 말을 하는 걸까, 하며 어이없어하는 것처럼.

중학생들은 그런 생각조차 해본 적이 없는 것이다. 왕자와 대결해서 입장을 역전시키려는 생각조차 안 해본 것이다.

예전에 했던 일이 떠올랐다. 납치 감금된 어떤 남자를 감시하는 일을 맡았을 때다. 어두침침한 낡은 맨션의 한 방에서 남자는 거의 알몸에 가까운 상태로 말도 없이 몽롱해 있었다. 기무라는 그 옆방에서 텔레비전을 보고 술을 마시며 시간을 보냈는데, 그때의 상황이 도무지 이해되지 않았다. 남자는 손발도 묶이지 않았고, 방에는 자물쇠도 채워놓지 않았다. 게다가 놀랍게도 현관까지 열려 있어서 출입도 자유로웠다. 그렇다 보니 '남자가 왜 도망치려 하지 않을까?'라는 의문을 품을 수밖에 없었다.

그 의문에 대답해준 사람은 기무라와 교대로 감시 역할을 맡았던 남자였다. 그가 "학습성 무력감이라고 아나?"라고 물었다.

"학습성?" 기무라가 되물었다.

"원래는 개한테 전기 충격을 주는 실험을 했던 모양이야. 뛰어오르면 전기 충격에서 피할 수 있는 구조를 만들었다고 치자고. 그럼 보통은 도망치는 게 당연하겠지. 그렇지만 그 전에 무슨 수를 써도 전기 충격에서 도망칠 수 없는 체험을 시켜두면, 더 이상 도망치려 들지 않는다더군."

"포기하는 건가?"

"다시 말해 자기는 무력하다는 학습을 받으면, 조금만 노력해도 벗어날 수 있는 상황인데도 아무것도 안 하게 된다는 거지. 그건 인간도 마찬가지야. 가정폭력도 다를 바 없어. 엄마는 당하는 대로 가만히 있어. 무력감이 뿌리 깊게 박혀 있기 때문이지."

"그래서?"라며 기무라는 남자가 감금되어 있는 방으로 시선을 돌렸다.

"그래. 저 자식은 도망치려 들지 않아. 도망칠 수 없다고 믿는 거지. 인간이란 논리적으로 움직이지 않아. 근저에 자리한 건 동물적인 구조지."

그것과 마찬가지일까.

눈앞의 중학생들을 바라보았다. 그들은 이미 자신들의 힘으로는 왕자를 이길 수 없다고 굳게 믿고 있었다. 학습되었을까?

왕자의 지시에 따라 친구나 어른들이 험한 꼴을 당하는 모습을 지금까지 수차례나 경험했을지도 모른다. 그런 축적이 그들에게 무력감을 심어놓았을까. 전기 충격도 그런 요인의 하나였겠지. 전기 충격을 어떻게 실행하고, 왕자가 어떤 지시를 내리는지는 알 수 없지만, 그 전기 충격이 그들의 정신을 궁지로 몰아넣었을 가능성은 있다.

새삼 다시 살펴보니 중학생 넷은 너무나 어렸다. 머리 모양에 집착하고, 눈썹을 다듬고, 나름대로 멋을 부리긴 했지만, 불안으로 가득 찬 강아지 같았다. 조그만 세계 속에서 자기 위치를 잡으려고 필사적인 얼굴들이었다.

'이 녀석들을 조종하는 건 의외로 간단할지 모르겠군.'

기무라는 이 일에는 더 이상 관여하지 않는 게 좋겠다고 깨달았다. 젖은 눈동자로 슬프게 울어대는 버림받은 개는 무시하는 게 최고다.

"뭐 아무튼 어떻게든 해봐, 니들끼리."

"아저씨, 도와줘요"라고 둥근 얼굴의 중학생이 애원하는 소리가 들렸다.

와타루가 불안한 듯이 기무라의 손을 꼭 잡았다. 저쪽으로 가자, 이제 그만 가자, 하며 끌어당겼다.

"내 알 바 아니야. 자 그럼."

기무라는 자기가 어느새 병을 다 비워버린 사실을 알아채고 당혹스러웠다.

"흐음, 이왕이면 훌륭한 어른이 되길 바란다"라는 말을 남기고 그 자리를 떠났다.

"있잖아, 아저씨."

소리가 들려서 기무라는 눈을 떴다. 신칸센 안이라는 걸 알아차리기까지 약간 시간이 걸렸다. 완전히 잠든 건 아니었지만 꾸벅꾸벅 졸고 있었다. 그렇다 보니 바로 옆에 나타난 왕자의 얼굴이 기억 속에서 되살아난 환영처럼 느껴졌다.

"아저씨, 지금 태평하게 잠이나 잘 때가 아니잖아. 앞으로 자기가 어떻게 될지 불안하지도 않나?"

"불안이고 뭐고, 이렇게 묶여 있으니 어쩔 도리도 없잖아. 안 그래?"

"아무리 그래도 위기감은 조금 가지는 게 좋겠지. 내가 이 신칸센에서 아저씨를 기다리긴 했지만, 딱히 사이좋게 도호쿠 여행을 즐기려는 건 아니니까."

"그런 거 아니었나? 에이, 그러지 말고 같이 가자. 모리오카에서 냉면이라도 먹을까. 사줄 수도 있는데."

왕자의 표정은 미동도 하지 않았다.

"아저씨한테 부탁할 일이 있어."

"싫어."

"싫다고 하면 안 되지. 병원에 있는 어린애가 고통스러운 일을 당하는 건 나에게도 괴로운 일이야."

기무라의 위 언저리에서 참아내기 힘든 고통이 느껴졌고, 그와 동시에 피가 소용돌이치듯 분노도 솟구쳤다.

"뭘 시키겠다는 거야, 나한테?"

"모리오카에서 할 일은 조금 더 가서 알려줄게."

"그렇게 거드름 피워서 약이라도 올리려는 건가?"

"누군가를 죽이라는 요청 따윈 미리 알고 싶지도 않을 텐데."

기무라는 소리 나지 않게 혀를 찼다. 어린애가 아무렇지 않게 끔찍한 말을 입에 올리다니, 하는 생각도 들었고, 다른 한편으로는 어른인 척하는 것처럼도 보였다.

"누구야? 누굴 죽여?"

"그 얘기는 나중에 해준다니까."

왕자는 그렇게 말하며 몸을 숙이더니 기무라의 발목에 감았던 매직테이프 밴드를 만지작거리기 시작했다.

"어, 풀어주게?"

"내 말 명심해. 아저씨가 이상한 짓을 했다간 아이가 위험에 처해. 이걸 풀어준다고 해서 자유로워지는 건 아니야. 잊지 마. 나랑 연락이 안 되면, 병원의 아이는 곧바로 안녕을 고하게 될 테니까."

기무라는 불길처럼 치솟는 분노에 몸을 떨었다.

"야, 너, 휴대전화 확인은 제대로 하겠지."

"어?"

"네가 전화를 안 받으면 곤란하다면서"라며 기무라가 얼굴을 찡그렸다.

“아 참, 그렇지. 깜박했네. 신호음이 열 번 울렸는데도 내가 안 받으면, 아저씨 아이는 위험해. 그 말이 맞아.”

“깜박하고 전화 오는 걸 몰랐다는 소리를 지껄였다간 절대 용서치 않아.”

“아저씨, 그것보다.” 왕자는 아무렇지 않은 듯 말을 이었다.

“다른 부탁이 생겼어.”

“왜, 어깨라도 주물러드릴까?”

“짐을 가지러 같이 가줘야겠어.”

왕자가 차량 뒤쪽 방향으로 손가락질을 했다.

나팔꽃

후지사와콘고초의 스크램블 교차점, 남북으로 달리는 도로 신호는 파란색이었다. 차들이 잇달아 달려갔다. 보행자용 신호로 바뀌길 기다리는 사람들이 횡단보도 앞에 서 있었다. 나팔꽃은 그로부터 약 30미터쯤 떨어진 대형서점 앞에 서 있었다. 신호를 바라본다. 보행자에게 시선을 던진다. 남자, 키 큰 사람, 마른 체형, 삼십 대, 아니다. 남자, 큰 덩치, 이십 대, 아니다. 여자, 아니다. 남자, 작은 몸집, 이십 대, 아니다. 여자, 아니다. 남자, 교복 차림, 아니다. 목표로 정한 남자가 나타나기를 기다렸다.

교차점 신호가 바뀌었다. 사람들이 일제히 횡단보도를 건넜다. 가로로 세로로 열십자로 나아갔다. 그러는 중에 보행자 신호가 깜박거리다 빨간불로 바뀌었다. 도로에는 또다시 파란 신호가 켜졌다. 타이밍을 몸에 새겨 넣었다. 중요한 순간은 노란색이 들어오는 타이밍과 그 이후다. 자동차는 파란불일 때보다도 노란불일 때에 속도를 더 올린다. 신중함을 잃고 사정없이 달려든다.

푸시맨은 가마이타치(갑자기 피부가 찢어져 날카로운 낫에 베인 것 같은 상처가 나는 현상. 눈이 많은 지방에서 볼 수 있으며, 공기 중에 생긴 진공眞空 부분 때문에 일어난다고 함-옮긴이) 같은 것이라고 생각해요.

그렇게 말한 여자가 있었다. 그녀는 일 의뢰인으로 나타났다. 나팔꽃은 푸시맨의 대리인이라 자칭하고 그 여자와 접촉했다.

아무것도 안 했는데 손발이 순식간에 찢어지는 상처를, 요괴비슷한 것한테 당했다고들 하잖아요, 사실은 매서운 바람 때문에 찢긴 것뿐인데. 푸시맨도 그거랑 똑같아서 사고로 죽은 사람이나 전차로 뛰어든 사람을 푸시맨이 밀었다고 설명하는 것뿐이지 않을까요. 사실은 존재하지도 않는데, 나중에 만들어낸 거 아닐까요?

흔히들 오해하는데, 가마이타치는 바람이나 진공 때문이 아니야. 바람 탓이라는 설도 결국은 데마('demagogy'의 준말. 선동적 악선전, 헛소문, 유언비어라는 뜻-옮긴이)인 셈이지.

나팔꽃이 그렇게 가르쳐주자, 여자는 기분이 상했다.

기분이 상했으면 그냥 돌아가면 될 테지만, 여자는 그 후에도 한층 더 집착을 보이며 푸시맨에 관해 꼬치꼬치 캐물었다.

나팔꽃은 여자가 마음에 들지 않아서 일 의뢰도 거절하고 그 자리를 떠났다. 그런데도 끈질기게 쫓아왔다. 그래서 도중에 밤길에서 여자의 등을 밀었다. 빨간 신호로 바뀌기 직전에 가속하며 달려온 픽업트럭과 충돌했다. 보수도 없는 작업은 피로감만 남을 뿐이다.

남자, 작은 몸집, 사십 대, 아니다. 여자, 아니다. 남자, 큰 덩치, 이십 대, 아니다. 여자, 아니다. 여자, 아니다. 남자, 큰 덩치, 사십 대. 왼쪽에서 와서 스쳐 지나간 남자를 눈으로 계속 좇았다. 줄무늬가 들어간 회색 양복을 입고 있었다. 머리는 짧고 어깨는 넓었다. 나팔꽃은 걸음을 내디뎠다. 남자가 교차점으로 향했다. 파란 신호를 기다리는 사람들 대열로 섞여들었다. 나팔꽃도 걸어갔다. 의식은 있지만, 스스로 걸어가는 감각과는 다르다.

도로 쪽 신호가 파란색에서 노란색으로 바뀌었다. 남자가 횡단보도 앞에서 멈춰 섰다. 오른쪽에서 오는 통행 차량이 보였다. 검은색 미니왜건, 운전자는 머리가 짧은 여성, 뒷좌석에는 유아용 카시트가 보였다. 타이밍이 안 맞았다. 그다음에 나타난 차 역시 우연히도 똑같은 타입의 미니왜건이었다. 신호가 바뀌었다. 자동차가 달려들었다. 나팔꽃은 오른손을 날렵하게 움직이며 남자의 등을 스쳤다.

충돌 소리와 자동차가 고꾸라지듯 도로를 긁어대는 타이어 소리가 울려 퍼졌다. 비명은 곧바로 솟구치진 않는다. 사람들의 무언이 투명한 무음의 폭발을 일으키는 것 같다.

나팔꽃은 이미 그 자리를 떠나고 있었다. 걸어온 길을 거리의 흐름에 몸을 내맡기듯 거침없이 쭉쭉 걸어갔다. 등 뒤에서 "구급차!"라고 외치는 소리가 들렸지만, 나팔꽃의 가슴속에는 호수에 가라앉은 작은 돌멩이의 파문 같은 흔들림조차 없다. 꽤 오래전에도 이 교차점에서 일한 적이 있었지, 라고 어렴풋이 떠올릴 뿐이었다.

"야 밀감, 토머스 친구들 이름 좀 대봐."

트렁크를 찾으러 갔던 레몬은 빈손으로 돌아와 그에 관한 설명은 뻥끗도 않고 3인석 통로 쪽에 털썩 내려앉더니 태평하게 그런 말을 내뱉었다.

밀감은 창가에 앉혀둔 미네기시 도련님의 시체를 힐끗 쳐다보았다. 레몬이 너무나 느긋하게 굴어서 자기들이 놓인 현재 상황을 확인하고 싶어졌다. 시체는 있다. 사태에 별다른 변화는 없다. 그런데도 레몬은 전혀 관계없는 화제를 입에 올렸다.

"트렁크는 찾았어?"

"토머스 친구들 이름 알아? 네가 아는 것 중에 제일 안 유명하다 싶은 걸로 대봐."

"그게 트렁크 보고랑 무슨 관계라도 있어?"

"관계있을 리가 있나."

레몬이 아래턱을 살짝 내밀며 어이없는 표정을 지었다.

"트렁크 따윈 이제 아무래도 상관없잖아."

말인즉슨 못 찾았다는 뜻이군.

레몬과 함께 일한 지 어느덧 5년이 넘었다. 운동능력이 뛰어나고, 어떤 사태에 처해도 패닉에 빠지지 않고 냉정하게, 아니 그렇다기보다 냉혹하게 행동할 수 있어서 험한 일을 하는 데는 더할 나위 없이 믿음직한 동료라고 할 수 있다. 그러나 다른 한편, 섬세한 작업은 버거운지 일 처리가 거칠고 무책임한 구석도 있었다. 게다가 남한테 지고는 못 사는 성격이라 실수를 저지르고도 온갖 변명을 늘어놓으며 자신의 실수를 인정하려 들지 않는다. 인정할 수밖에 없는 상황에 맞닥뜨리면 "이번 일은 그만 잊자"고 우겨댄다. 사실에서 의식을 분리시키고, 실제로 잊어버리려 한다.

뒤치다꺼리는 늘 자기 차지라는 것을 밀감은 잘 알고 있었다. 그러나 그런 태도에 항의해봐야 입만 아플 뿐이고, 오히려 더 뻔뻔하게 나올 게 빤하다는 것도 익히 알고 있었다.

밀감이 한숨을 내쉬며, "고든"이라고 말했다.

"분명히 있었지, 고든이라는 캐릭터. 꼬마기관차 토머스에?"

"참 나." 레몬이 곧바로 의기양양한 표정을 지었다.

"고든은 엄청 유명한 친구잖아. 거의 주역이라고, 주역. 내가 낸 과제는 안 유명한 이름이라니까."

"과제는 또 뭐야."

밀감이 고개를 돌렸다. 레몬을 상대하는 게 일 못지않게 더 중노동처럼 느껴졌다.

"그럼, 말해봐. 대체 뭐가 모범답안이지?"

레몬은 콧구멍을 살짝 벌렁거리며 의기양양한 기색을 애써 감추려 했다.

"뭐, 최소한 헨델 경卿 정도는 말해주길 바랐지. 옛날 이름은 팔콘이고."

"그런 이름을 가진 친구도 있었나?"

"그게 아니면, 네드라거나."

"기관차도 다양한가보군."

별 탈 없는 맞장구를 칠 수밖에 없었다.

"그건 기관차가 아니라 차지만."

"대체 무슨 소리를 하는지 의미를 모르겠군."

밀감은 시체 옆으로 창밖을 내다보았다. 바깥 풍경이 흘러갔다. 거대한 맨션이 스쳐 지나갔다.

"이봐" 하며 밀감이 옆자리에서 콧노래를 부르며 잡지를 읽기 시작한 레몬에게 타이르듯이 말을 건넸다.

"네 실수를 인정하고 싶지 않은 마음은 이해해. 그렇지만 지금은 그렇게 태평하게 있을 상황이 아니야. 너도 잘 알잖아? 미네기시의 아들은 호흡을 멈추고 차갑게 식어버렸고, 트렁크는 감쪽같이 사라졌어. 다시 말하면 우리는 채소가게로 심부름을 갔는데 채소는 못 사고 지갑까지 잃어버린, 뭣 하나 도움이 안 되는 어수룩한 어린애나 마찬가지라고."

"넌 말을 너무 빙빙 돌려서 도통 알아먹을 수가 없어."

"요약하자면, 우리는 지금 매우 곤란한 상태에 처했다는 뜻이야."

"나도 알아. '곤란한 상태' 다섯 글자잖아."

"아는 것 같질 않으니까 이런 소리를 하지. 잘 들어, 우리는 훨씬 더 초조해야 해. 아니, 난 이미 초조하니까 문제는 너지. 넌 좀더 초조해야 한다고. 다시 한 번 확인한다. 트렁크는 못 찾았지?"

"뭐, 그렇지"라며 레몬이 무슨 까닭인지 외려 당당하게 나와서 그런 태도를 다시 비판하려 하는데, 그보다 앞서 "그런데 꼬마가 거짓말을 하는 바람에 나도 꽤 애먹었다니까"라고 변명했다.

"꼬마가 거짓말을 해? 그건 또 무슨 소리야?"

"형이 찾는 트렁크를 든 사람이 저쪽으로 갔다고 착한 애처럼 말해서 나도 그 말을 믿고 '하야테' 선두까지 그 남자를 찾으러 갔다고."

"그 꼬마가 꼭 거짓말을 했다고 단정할 순 없잖아. 누군가가 트렁크를 들고 있었던 건 틀림없어. 그러니 꼬마가 그것을 본 건 아마 사실이겠지. 네가 그놈을 못 찾아냈을 뿐이야."

"그렇지만 이상하잖아. 그 큰 트렁크가 감쪽같이 사라질 리도 없고."

"화장실은 살펴봤어?"

"대부분."

"대부분? 대부분이라니, 그게 무슨 소리야?"

밀감은 아무래도 강한 말투로 되물을 수밖에 없었다. 농담이 아니라는 게 확실했기 때문에 더더욱 어처구니가 없었다.

"전부 살피지 않으면 의미가 없잖아. 트렁크를 가로챈 놈이 화장실에 숨어 있을 가능성도 있는데."

"사용 중인데 어떻게 조사해."

한숨을 내쉬는 것조차 아까울 지경이었다.

"전부 뒤지지 않으면 의미가 없어. 내가 다녀와야겠군."

밀감이 손목시계를 보았다. 앞으로 오 분 후면 오미야에 도착한다.

"난처하게 됐군."

"왜? 난처하긴 뭐가?"

"곧 오미야에 도착해. 미네기시의 부하가 점검할 거야."

미네기시라는 남자는 오랫동안 험악한 조직을 운영해온 탓인지, 의심이 매우 많고 사람을 신용하지 않았다. '인간은 배반할 수 있는 상황만 되면 반드시 배반한다'고 굳게 믿었고, 그래서 타인에게 일을 의뢰할 때도 배신을 방지하기 위해 점검 역할이나 감시 장치를 준비해둔다.

이번에도 밀감과 레몬이 때를 노리다 미네기시를 배신하지 않을까, 돈을 들고 도망치지 않을까 두려워하고 있었다. 그게 아니면 아들을 인질로 잡아 다른 곳으로 끌고 가는 사태가 벌어질까 염려했다.

"그렇기 때문에 너희가 배신하지 않았다는 것을 조사한다."

일을 의뢰할 때, 얼굴을 맞대고 그런 선언까지 했다.

신칸센 정차역에 자기 부하를 대기시켜서 밀감과 레몬이 아들을 데리고 정말로 모리오카 행 신칸센 차량에 탔는지, 수상쩍은 낌새는 없는지 조사한다고 했다. 물론 그 설명을 들을 때는 밀감과 레몬도 배신할 속셈 따윈 털끝만큼도 없었고, 의뢰받은 대로 일을 처리할 작정이었기 때문에 "그렇게 하시죠. 얼마든지 조사하세요"라고 가볍게 고개를 끄덕였다.

"설마 하니 이런 일이 벌어질 줄은 꿈에도 몰랐으니까."

"사고는 일어나게 마련이야. 토머스 노래에도 나오잖아. 사고가 나도 침울해지면 안 돼요, 라고."

"넌 좀 침울해지는 게 좋아." 밀감의 말도 들리지 않는지, 레몬은 가락을 붙여가며 경쾌하게 노래를 읊조렸다. 정말 좋은 노랫말이야, 토머스 노래는 심오해, 하며 감탄까지 했다.

"아, 그건 그렇고"라며 그제야 밀감을 쳐다보았다.

"오미야 플랫폼에서 기다린다는 점검 담당 녀석이 열차 안에까지 올라오나?"

"글쎄, 어떨지." 그런 세부 사항까지는 알 수 없었다.

"어쩌면 플랫폼에서 창 너머로 우리 좌석만 확인할지도 모르지.”

“혹시 그렇다면.” 레몬이 상반신을 일으키며 창가의 시체를 손가락질했다.

“이 녀석이 잠든 것처럼 위장해서 슬쩍 시치미 떼면 속아 넘어갈 거야.”

레몬의 낙관적인 주장에 반감이 느껴졌지만, 동의할 만한 구석도 있었다. 분명 그 말대로 승차하지 않으면 속일 수는 있었다.

“다른 무엇보다 미네기시의 아들이 죽어서 여기 앉아 있다는 건 상상조차 못할 거 아냐.”

“그야 그렇지. 나도 깜짝 놀랐으니까.”

“그렇지? 그럼, 속일 수 있어.”

“그래도 수상쩍게 여기면, 열차에 탈 가능성도 있어.”

“오미야에서 정차 시간은 일 분 정도야. 느긋하게 행동할 여유가 없어.”

“그렇군.”

밀감은 상상했다. 내가 미네기시라면 어떤 지시를 내릴까.

“아마도 그 부하들은 플랫폼에서 이쪽을 확인하고, 수상쩍다고 여기면 미네기시에게 연락을 취하기로 되어 있겠지.”

“‘보스, 아드님 얼굴이 꼭 죽은 사람 같았습니다. 술 취한 걸까요’라거나? 그럼 어떻게 되지?”

“미네기시는 아마도 ‘내 아들이 술 취했을 리가 없어. 그 녀석한테 이상한 일이 생긴 게 분명해'라며 순간적으로 낌새를 알아채겠지."

"낌새를 알아챌까?"

"미네기시 같은 거물들은 그런 면에서는 아주 민감해. 그러면 보나마나 다음 정차역인 센다이에도 부하들을 대량으로 풀어놓겠지. 신칸센에 투입시켜서 인정사정 볼 것 없이 우리를 잡아들이라고 할 거라고."

"그럼 그 연락 담당자의 전화기를 뺏는 건 어떨까? 미네기시에게 보고를 못 하게 만들면, 우리한테 화가 날 일도 없잖아. 이 도련님 역시 '죽었다'는 정보가 발표되지 않는 한 안 죽은 거고."

"미네기시쯤 되면 전화가 아니라도 연락 수단이야 얼마든지 있겠지."

"파발꾼 같은 거?"

레몬은 무슨 까닭인지 저 혼자 그 발언을 마음에 들어하며, 그렇지 파발꾼 맞지, 하며 끈질기게 되풀이했다.

"예를 들면 빌딩의 전광게시판 같은 것도 있잖아. 거기에 메시지를 입력할 수도 있겠지. '아들이 살해당했습니다'라고 알려주지 않을까."

레몬이 눈을 빠르게 깜박거리며 밀감을 바라보았다.

"그 말, 진심이야?"

"농담이야."

"네 농담은 진짜 재미없어."

레몬은 재미없다고 말하는 것치고는 활기가 넘쳐났다.

"그럼 다음번에는 우리도 큼지막한 야구장 전광판 같은 걸 전언판 대신 사용해볼까. 그 커다란 판에 '무사히 일을 마쳤습니다'라고 써서 의뢰인에게 전달하는 거야."

"그렇게 하면 무슨 메리트가 있는지 모르겠군."

"재미있잖아." 레몬은 어린아이처럼 웃었다. 그리고 주머니에서 천천히 종잇조각을 꺼내더니 역시나 어디선가 꺼내든 펜으로 뭔가를 적어 넣기 시작했다.

"야, 이걸 들고 가"라며 내밀었다.

받아들고 보니 슈퍼마켓에서 기획한 제비뽑기 추첨권이었다. "뒤쪽이야, 뒤쪽"이라고 레몬이 말해서 뒤집자, 동그란 얼굴의 기관차 그림이 그려 있었다. 잘 그렸다고도 못 그렸다고도 할 수 없는 그림이었다.

"뭐야, 이게?"

"아서야. 이름도 썼잖아. '부끄러움을 많이 타는 자홍색 기관차입니다. 일을 아주 열심히 하고, 무사고가 자랑거리입니다.' 사고를 일으킨 적이 없는 완벽한 기관차야. 무사고 기록을 갱신 중이지. 스티커에는 없어서 내가 그렸어."

"이게 뭐?"

"무사고 기관차라니까. 부적 대신 들고 가."

어린애를 속아 넘기기도 어려워 보이는 그 말에 밀감은 어처구니가 없었지만, 말을 되받아칠 기력도 없어서 한 번 접어 뒷주머니에 꽂았다.

"뭐 하긴, 그런 아서도 결국은 토머스한테 속아서 사고를 일으키게 되지만."

"그럼 소용없잖아."

"그렇지만 그때 토머스가 멋진 말을 했어."

"뭐라고?"

"기록이란 깨지기 위해 존재하는 거야!"

"상대를 속여서 기록을 깨뜨리게 만든 녀석이 입에 올릴 만한 말은 아니군. 그렇게까지 심금을 못 울리는 대사도 드물어."

나나오는 4호차의 첫 번째 열 좌석으로 돌아갔다. 마리아의 말이 사실이라면, 트렁크의 주인은 3호차에 있다. 가까운 차량에 앉아 있는 게 불안하긴 했지만, 그건 어디나 마찬가지일 것 같았고, 그렇다면 단순하게 지정된 좌석을 선택하기로 했다.

레몬과 밀감을 머릿속에 떠올렸다.

그들은 지금 트렁크를 찾고 있을까? 자기가 앉아 있는 좌석의 바닥이 내려앉고 천장이 무너지며 압박해오는 기분이 들었다. 그들 두 사람은 냉담한 데다 험악하며, 정신적으로도 기능적으로도 난폭하게 일하는 게 특기다. 통통한 중개업자에게 들은 말을 떠올렸다.

트렁크를 좀더 가까운 장소, 3호차와 4호차 사이 통로에 있는 분리수거함으로 이동시킬까 하는 생각도 들었지만 그만두었다. 트렁크를 들고 이동하다 누군가에게 발각될 가능성도 있었기 때문이다. 트렁크 장소는 바꾸지 않는 게 상책이다.

괜찮아, 잘 풀릴 거야, 문제없어. 나나오는 스스로를 타일렀다. 돌발적인 사고는 더 이상 일어나지 않을 거라고. '정말 그럴까?'라고 야유하듯 내면의 또 다른 자기가 속삭였다. 무슨 일만 하려고 들면, 예기치 않은 사건에 휘말리는 게 너의 평소 모습이잖아. 초등학생 때 학교에서 돌아오는 길에 유괴된 사건부터 시작된, 네 인생의 저항할 수 없는 거대한 운명 같은 거 아냐?

스쳐 지나간 이동판매차 판매원을 불러 세우고, "오렌지 주스, 주세요"라고 말했다.

"어머 어쩌죠, 다 떨어졌네요. 평소에는 이런 일이 없는데, 정말 우연히."

그녀가 그렇게 설명을 해도 나나오는 동요하지 않았다. 그럴 줄 알았다고 대답하고 싶을 정도였다. 이런 유형의 불운에는 익숙했다. 예를 들어 신발을 사러 가면 좋아하는 색깔은 다 팔리고, 남은 것들은 크기가 안 맞는다. 계산대에 줄을 서면 옆줄은 쭉쭉 나갔고, 엘리베이터에서 노인 먼저 태워주려고 친절을 베풀면 자기 차례에서 중량 초과 경보음이 울린다. 일상다반사였다.

탄산음료를 달라고 하고, 돈을 지불했다.

"넌 항상 머뭇거리고 벌벌 떨며 도망칠 생각만 하니까 일 년 내내 공망살空亡殺이 끼는 거야." 전에 마리아가 그렇게 말했다.

"그러니까 마음을 좀더 느긋하게 먹고, 당혹스러울 때는 차를 마시거나 심호흡을 하거나 손바닥에 한자로 '인人'이나 '장미薔薇'라도 쓰면서 마음의 안정을 찾는 게 좋아."

"내가 항상 머뭇거리는 이유는 소심하거나 생각이 많아서가 아니야. 경험상 알아서 그래. 내 인생은 지독히도 운이 없으니까"라고 나나오가 대답했다.

캔 뚜껑을 따서 탄산음료를 마셨다. 톡톡 쏘는 감촉이 입 안에 퍼지면서 사레가 들렸다.

트렁크는 숨겼다. 이제 곧 오미야에 도착한다. 침착하게만 행동하면, 골인 지점이 우에노에서 오미야로 변경되긴 했어도 거의 예정에 맞게 임무를 완료할 수 있다. 마리아를 만나서 "이게 무슨 간단한 일이냐"고 불평을 퍼부어주면 그걸로 끝이다.

그렇게 강하게 다짐하면 할수록 불안해지는 또 하나의 자아가 또다시 고개를 쳐들었다.

나나오는 마음을 안정시키기 위해 좌석 깊숙이 허리를 파묻었다. 그리고 마음을 다잡으며 왼손을 펼치고 오른손으로 한자라도 써볼까 하는 생각에 검지로 '薔薇'라고 쓰기 시작했는데, 예상 외로 너무 간지러워서 손을 탈탈 털었다.

그 바람에 그 왼손이 앞 받침대 위에 올려둔 캔을 건드렸다. 캔은 바닥으로 굴러떨어졌다. 주행 중이라 그런지 작은 캔은 데굴데굴 경쾌하게 회전하며 차량 앞쪽으로 굴러갔다. 나나오는 허겁지겁 일어서서 그것을 쫓아갔다.

곧바로 멈추겠거니 낙관했는데, 캔은 뜻밖에도 좌우로 진로를 바꿔가며 계속해서 굴러갔다. 나나오는 허리를 굽히고, 통로를 정신없이 걸어가고, 승객들에게 사과를 하고……. 허둥지둥 어쩔 줄을 몰랐다.

차량의 절반 이상을 지나서야 가까스로 캔이 멈춰서 재빨리 웅크려 앉아 집어 들었다. 한숨을 몰아쉬며 일어서는데 옆구리로 통증이 훑고 지나갔다. 나나오는 신음을 흘렸다. 무슨 일이 벌어졌는지 알 수 없었고, 그것은 어떤 적이, 예를 들면 트렁크 주인이 공격해온 것이라는 생각이 들어서 순식간에 식은땀이 솟구쳤는데, "아이고, 미안해요"라는 할머니의 목소리가 들려와서 그런 상황은 아니라는 걸 알아챘다. 키가 작은 노파였다. 좌석에서 막 일어선 참이라 지팡이를 앞으로 내밀었는데, 그 지팡이가 캔을 집어든 나나오의 옆구리에 부딪친 것이다. 잘못 맞았는지 매우 고통스러웠다.

"잠깐만." 노파는 통로로 나와 이동하는데 정신이 팔렸는지, 나나오는 더 이상 안중에도 없었고, "미안한데, 나 좀 지나갑시다"라며 그대로 가버렸다.

나나오는 좌석 등받이에 기대고 서서 배를 어루만지며 호흡을 가다듬었다. 그럭저럭 참아볼 만한 통증이 아니라서 몸을 배배 꼬며 꿈틀거리는데, 뒤쪽 좌석에 앉은 남자와 눈이 마주쳤다. 자기랑 비슷한 또래거나 아니면 조금 연상, 양복 차림이라 그런지 성실한 회사원으로 보이기도 했다. 숫자 계산을 꼼꼼히 잘하는 특기를 가진, 예를 들면 경리 담당이나 세무서 직원일 거라고 나나오는 곧바로 상대의 직업을 상상했다.

"괜찮아요?" 그가 걱정스러운 듯이 물었다.

"괜찮아요"라며 꼿꼿이 일어섰지만, 날카로운 통증이 훑고 지나가서 또다시 자세가 무너졌다. 긴급히 피난하는 심정으로 남자의 옆자리에 앉았다.

"조금 아픈 것 같기도 하네요. 방금 저쪽 할머니랑 부딪치는 바람에. 단지 이 캔을 주우러 온 것뿐인데."

"운이 없군요."

"뭐, 하긴, 운이 없는 거야 어제오늘 일도 아니니까."

남자의 손에 들린 책으로 시선을 던지니 여행안내서인지 호텔 사진이 잔뜩 실려 있었다.

나나오는 그럭저럭 통증도 가라앉아서 다시 일어서려고 했지만, 불현듯 생각이 떠올라서 "예를 들면"이라며 얘기를 하기 시작했다.

"예를 들면, 난 초등학교 2학년 때 유괴된 적이 있어요."

남자는 살짝 멍한 표정을 지으면서도, "갑자기 무슨 애기죠?"라며 살며시 미소를 머금었다.

"부잣집이었나요?"

"설마." 나나오는 곧바로 고개를 저었다.

"부자랑은 거리가 멀었어요. 초등학교 때도 체육복 말고는 새 옷을 입은 적도 없고, 친구들 장난감도 손가락만 빨며 쳐다볼 수밖에 없었죠. 정말로 손가락을 빨았다니까. 그 무렵에 같은 반에 부잣집 아들이 있었는데, 그 애는 나랑 정반대라 뭐든 다 있었어요. 용돈도 무진장 많아 보였고, 만화책도 프라모델도 엄청 많았죠. 뭐, 한마디로 '가진 자'라고 해야겠죠. 부자 친구. 그런 부자 친구가 어느 날 나에게 이러더군요. '너희 집은 가난하니까 축구선수나 범죄자의 길을 선택하는 게 좋을 거야'."

"어어" 하며 남자가 애매하게 중얼거렸다. 그 당시의 나나오에게 동정하듯 서글픈 표정을 지었다.

"그런 애도 다 있군요."

"있었다니까. 깡패나 축구선수 길밖에 없다니, 너무 난폭한 말이긴 했지만, 그때 난 너무 순진해서 그 말이 맞는 줄 알고 양쪽 다 했죠."

"양쪽 다? 축구랑."

남자가 눈을 크게 뜨며 고개를 갸웃거렸다.

"범죄. 축구공을 훔친 게 첫 번째 범죄였어요. 그리고 양쪽 다 열심히 연습해서 나름대로 달인이 되었고, 그것이 내 인생을 만들어줬으니 그 부자 친구는 어찌 보면 은인인 셈이기도 하죠."

나나오는 평소에는 말이 별로 없는 자기가 첫 대면하는 남자에게 이렇게 말을 많이 하는 게 당혹스럽게 느껴졌지만, 온화한 표정이면서도 왠지 생기가 없는 남자는 이쪽 얘기를 조용히 흡수해주는 듯한 분위기가 감돌았다.

"아 참, 무슨 얘기였지?"라며 기억을 떠올렸다.

"그래 맞아, 유괴였지."

얘기를 계속하겠다는 거야, 하며 스스로도 어이가 없었지만, "유괴될 확률은 그 부잣집 친구가 더 높지 않나요?"라는 말을 듣자, "예리해"라며 의욕이 넘치는 목소리로 "바로 그거죠"라면서 얘기를 계속하고 말았다.

"난 오해받은 거였어요. 유괴범이 그 부잣집 애랑 나랑 헷갈린 거지. 부잣집 친구랑은 집에 돌아가는 방향이 같았어요. 게다가 그날은 가위바위보에 져서 내가 그 애 가방을 메고 있었죠. 부잣집 친구의 가방 색깔은 다른 애들이랑 달랐는데, 뭐라고 해야 할까?"

"특별했나요?"

"그래요. 아마도 부잣집 사양이었겠죠." 나나오가 웃었다.

"그래서 잘못 유괴된 바람에 험한 꼴을 당했죠. 그때 난 부잣집 아이가 아니라고 호소했지만, 믿어주질 않았어요."

"그래도 풀려났네요."

"내 힘으로 도망쳤어요."

범인들은 부잣집 친구 부모에게 몸값을 요구했다. 그러나 그 부모는 진지하게 상대해주지 않았다. 자기 아들은 멀쩡히 집에 있으니 당연한 결과였다. 범인들은 길길이 날뛰며 나나오를 점점 더 난폭하게 다루기 시작했다.

"글쎄 난 그 애가 아니라니까요!"

범인들은 나나오의 말을 믿게 되었고, 나나오의 집으로도 전화를 걸었다. 모르긴 해도 '돈만 들어온다면 어느 집 부모든 상관없다'고 생각했겠지.

"우리 아버지는 범인에게 지극히 옳은 말을 했어요."

"뭐라고 했나요?"

"가진 게 없으니 내놓을 것도 없다."

"아아."

"범인들은 어처구니없어하며 지독한 부모라고 비난했지만, 난 이해되었어요. 가진 게 없으니 내놓을 것도 없다. 그 말이 정답이죠. 아이는 구하고 싶지만, 지불할 돈이 없다. 어쩔 수 없는 일이에요. 난 어떻게든 내 힘으로 헤쳐 나가야 한다는 걸 깨달았죠. 그래서 도망쳤어요."

기억의 벽장문이 잇달아 열렸다. 덜컹, 덜컹, 열렸다 닫혔다. 그 사이로 엿보이는 과거의 장면들은 먼지가 뒤덮이긴 했지만, 일정한 생생함을 갖추고 있어서 어릴 적 체험으로 여겨지지 않을 만큼 현장감이 느껴졌다. 범인들의 부주의와 나나오의 운동능력과 배짱, 그리고 전차 건널목의 차단기 내려가는 타이밍과 버스 도착 시간의 도움을 받았다. 정신없이 올라탄 버스가 출발한 순간, 안도감과 동시에 차비가 없다는 사실을 알아차리고 불안감에 휩싸였다. 어쨌든 초등학생이긴 했지만, 나나오는 무사히 자기 힘으로 도망칠 수 있었다.

덜커덕거리며 머릿속 문들이 잇달아 열렸다. 쓸데없이 기억이나 더듬다가는 위험하다고 깨달았을 때는 열지 말았어야 할 문까지 이미 열려 있었다. 기억의 문 속에서 튀어나는 장면은 "도와줘" 하며 애원하는 시선으로 매달리던 소년의 얼굴이었다.

"왜 그래요?"

나나오의 변화를 민감하게 알아챘는지, 양복 남자가 물었다.

"마음의 상처."

나나오는 마리아가 놀려댔던 말을 입에 올렸다.

"사실은 그때 나 말고도 유괴된 아이가 더 있었어요."

"누구죠?"

"글쎄요."

나나오는 실제로 그 애가 누구인지 몰랐다. 감금된 장소에 있었던 아이다.

"그곳은 유괴한 아이들을 모아놓는 창고 같은 곳이었을지도 몰라요."

빡빡머리의 낯선 소년은 혼자서 도망치려 하는 나나오에게 "도와줘"라고 말했다. 그러나 나나오는 그 소년을 도와줄 수 없었다.

"방해되기 때문인가요?"

"그 이유는 이젠 기억나지 않아요. 어쩌면 직감 같은 것이었을지도 모르죠. 아무튼 그 당시 나에게는 그 애를 구해내겠다는 생각은 없었어요."

"그 아이는 어떻게 됐죠?"

"글쎄요." 나나오는 정직하게 대답했다.

"내 마음에 상처만 생겼을 뿐이에요. 떠올리고 싶지도 않아요."

어쩌자고 이런 기억을 다시 떠올리고 말았을까, 하며 기억의 벽장문을 닫았다. 자물쇠까지 채우고 싶은 심정이었다.

"범인은?"

"못 잡았어요. 아버지도 귀찮다고 경찰에 신고하지 않았고, 나도 아무래도 상관없었으니까. 살아 돌아온 것과 내 힘으로도 어떻게든 할 수 있다는 걸 알았다는 것만으로도 큰 수확이었죠. 어, 무슨 얘기하다 이렇게 됐지?"

나나오는 왜 갑자기 이런 얘기를 쏟아놓았는지 너무나 신기했다. 버튼을 누르면 자동으로 말하기 시작하는 로봇 같기도 했다.

"어쨌든 착각으로 유괴된 사건을 시작으로 내 인생은 온통 그런 일투성이었어요. 고등학교 시험 때는 모처럼 예상했던 시험문제가 나와서 좋아했는데, 옆자리 남학생이 재채기를 하도 해대는 바람에 결국은 불합격됐죠."

"집중이 안 돼서 그랬나요?"

"아뇨. 그 녀석 콧물인지 침인지가 내 답안지로 무지막지하게 튀었어요. 그래서 허겁지겁 닦아냈는데, 죽어라 칠해놓은 답안지가 번져서 엉망이 된 거예요. 이름까지 지워지고."

경제적으로 여유가 없었던 나나오의 집에서는 진학하려면 공립학교 말고는 다른 선택의 여지가 없었지만, 생판 모르는 어느 수험생의 알레르기성 비염 때문에 허사가 되었다. 아버지나 어머니나 감정의 기복이 거의 없는 사람들이라 그 일에 화를 내지도 않았고 한탄하지도 않았다.

"운이 없군요."

"세차하면 비가 오죠. 단, 비가 오길 바라고 세차할 때는 예외고."

"그건 또 뭐죠?"

"옛날에 유행했던 머피의 법칙이에요. 내 인생은 바로 그런 일들의 연속이었죠."

"머피의 법칙이라, 옛날 생각이 나네요."

"혹시라도 나중에 당신이 줄을 선 계산대 앞에 내가 보이거든 얼른 옆줄로 옮기는 게 좋을 거예요. 장담하건대 그쪽이 훨씬 빠를 테니까."

"기억해두겠습니다."

휴대전화가 울렸다. 발신자 표시를 보니 마리아한테 걸려온 전화였다. 마음이 푹 놓이는 것 같기도 하고, 발끈 화가 치밀어 오르는 것 같기도 하고, 간만에 얘기하는 중인데 웬 방해냐 싶은 생각에 혀를 차고 싶은 충동에 휩싸이기도 했다.

"지팡이에 찍힌 통증은 이제 어느 정도 가라앉았군요. 얘기 들어줘서 고마워요."

"난 아무것도 한 일이 없는데요." 남자가 황송해했다. 그 표정에는 겁을 먹은 기색도 없고, 그렇다고 해서 침착한 척 가장하는 것 같지도 않았다. 그런 것과는 달리 중요한 감정의 회로가, 그 플러그가 빠져 있는 것처럼 여겨졌다.

"당신은 남의 이야기를 끌어내는 능력이 뛰어날지도 몰라요."

나나오는 문득 떠오른 느낌을 전했다.

"그런 말 들어본 적 없어요?"

"네?" 남자는 비난이라도 당한 줄 알았는지 동요했다.

"그렇지만 난 아무것도 한 게 없는데요."

"신부님처럼 옆에 있기만 해도 저절로 말을 하게 된다고 할까. 걸어 다니는 고해성사실이라고 할까, 걸어 다니는 신부라고 해야 할까."

"걸어 다니는 신부라뇨, 신부는 대체로 걸어 다니는데. 게다가 난 그저 평범한 학원 강사일 뿐이고."

나나오는 그 말을 등 뒤로 들으면서 통로로 나갔다. 휴대전화를 귀에 대기가 무섭게 "왜 이렇게 늦게 받아?"라는 마리아의 목소리가 날아들었다.

"화장실 갔었어." 큰소리로 외쳤다.

"여유 있으시네. 네가 화장실에 갔으니 보나마나 화장실 휴지가 떨어졌거나 오줌이 손에 튀었거나 했겠지."

"부정하진 않아. 근데 무슨 일이야?"

불만이 가득한 마리아의 콧김 소리가 또렷하게 들려왔지만, 그것도 신칸센이 주행하는 진동 소리로 여기면 거슬릴 것도 없었다. 차량 연결 부분 위에 섰다. 겹쳐진 마룻바닥처럼 생긴 연결판이 생물의 관절처럼 꿈틀거렸다.

"무슨 일이냐고? 꽤 태평하네. 이제 곧 오미야잖아. 이번엔 제발 제대로 좀 내려. 무서운 늑대님 시체는 어디에 뒀지?"

"떠올리게 하지 마."

발밑이 흔들려서 몸으로 균형을 잡았다.

"하긴, 혹시 늑대 시체가 발견되어도 네가 한 일인 줄은 모르겠지만."

바로 그거라고 나나오는 생각했다. 늑대의 정체는 본명을 포함해 아는 사람이 거의 없을 테고, 경찰이 그 시체를 발견한 시점에서 신원 파악만 하는데도 꽤 고생할 게 틀림없다.

"그건 그렇고 뭐랬지, 오미야에서는 제대로 내리라고 했나. 그건 나도 알아."

"물론 다음 역에서야 아무 문제없겠지만, 혹시 몰라서 압력을 행사해두는 거야."

"압력?"

"그래, 조금 전에 의뢰인한테 전화했어. 우리 우수한 선수가 트렁크를 들고 우에노 역에서 내리는 임무에 실패했다고. 뭐 하긴, 오미야에서는 틀림없이 내릴 테니 별로 문제될 건 없겠지만, 그래도 일단은 알리는 게 좋잖아. 그게 사회인의 상식이겠지. 곤란한 사항이나 실수한 일은 정직하게 보고해야 할 테니까."

"상대가 화냈어?"

"퍼렇게 질렸어. 얼굴은 안 보이지만, 그건 분명히 핏기가 싹 가시는 느낌이었다고."

"왜 퍼렇게 질리지?"

화를 낸다면 그나마 이해된다. 안 좋은 예감이 들었다. 이건 결코 단순한 일이 아닐 것 같은 예감과 이 예감은 맞을 거라는 예감이었다.

"그 의뢰인도 다른 의뢰인한테 부탁을 받은 모양이야. 말하자면 우리는 2차 하청인 셈이지."

"그야 흔한 일이잖아."

"그래 맞아. 그런데 그 첫 번째 의뢰인이 모리오카에 사는 미네기시라는 성을 가진."

그 순간 열차가 한 단계 더 심하게 좌우로 흔들렸다. 나나오는 균형을 잃고 비틀거리며 가까이 있던 손잡이에 매달렸다.

"누구라고?" 전화기를 다시 귀에 붙이며 물었다. "지금 못 들었어"라고 되묻는 순간, 열차가 터널 속으로 들어갔다. 창밖이 어두워졌다. 나지막이 으르렁거리는 듯한 격렬한 소리가 열차를 휘감았다.

나나오는 어릴 적에 열차가 터널로 들어설 때마다 공포를 느꼈다. 어두워진 틈에 거대한 짐승이 거친 콧김을 내뿜으며 열차로 얼굴을 들이밀고, 차 안의 승객들을 품평하듯 훑는 것처럼 느껴졌기 때문이다. 어디 못된 아이가 없나, 붙잡아 가기에 딱 좋은 아이는 없나 눈으로 핥듯이 들여다보는 것만 같아서 어깨를 움츠린 채 꼼짝도 할 수 없었다. 잘못 알고 유괴된 사건의 공포가 남아 있었을지도 모른다. 승객 중에 불운한 한 사람이 선택된다면, 그건 틀림없이 자기일 거라는 생각이 들었다.

"미네기시 알아? 이름 정도는 알겠지?"

나나오는 순간, 마리아가 무슨 말을 하는지 이해할 수 없었지만, 그 말을 이해하는 동시에 위가 따끔거렸다.

"미네기시라면, 그 미네기시 말인가?"

"'그'가 뭘 의미하는지는 모르겠지만."

"지각한 여자의 팔을 잘랐다느니 어쩌느니 하는."

"응, 오 분. 단지 오 분 늦었을 뿐인데."

"무시무시한 옛 이야기에 자주 등장하는 남자잖아. 소문은 들어본 적 있어. 미네기시 씨는 일을 제대로 못 하는 놈을 지독히 싫어한다는 소문."

나나오는 자기 입으로 그렇게 말한 후, 우뚝 선 채로 현기증에 휩싸였다. 발밑의 열차 진동까지 겹쳐져서 금방이라도 그 자리에 쓰러질 지경이었다.

"그렇지." 마리아가 말했다.

"그렇지, 위험하지? 우리는 일처리를 제대로 못 하고 있으니까."

"왠지 남 얘기하는 것처럼 들린다. 정말로 첫 번째 의뢰인이 미네기시야?"

"확실하진 않지만, 아무래도 그런 분위기가 감돌아."

"분위기뿐이면 아직은 모르잖아."

"그렇긴 하지. 어쨌거나 우리 의뢰인은 이대로라면 자기는 미네기시한테 된통 당할 거라면서 퍼렇게 질렸어. 이미 벌어진 일은 어쩔 수 없고, 오미야에서 내리면 큰 문제는 안 될 테니 징징거리지 말고 확실하게 대기나 하라고 말해두긴 했지만."

"미네기시도 이 일을 아나? 내가 우에노에서 못 내린 걸 알아? 내가 일처리를 제대로 못 했다는 걸 아냐고?"

"글쎄, 어떨까. 중간 의뢰인이 어떻게 했는지에 달렸지. 소식을 전하기 두려워서 아직 말을 못 했는지, 아니면 말 안 했다간 큰일 날 테니 부랴부랴 보고했는지."

"아 참, 그러고 보니, 너한테 트렁크가 있는 장소를 전화로 알려준 사람이 있었을 텐데."

나나오는 그제야 생각이 떠올랐다. 신칸센이 출발하자마자 '트렁크는 3호차와 4호차 사이에 있다'고 마리아한테서 연락이 왔었다.

"그렇다면 이 차 안에 그 연락을 해준 사람이 있다는 거잖아."

"그럴지도 모르지. 그럼 뭐가 달라지는데?"

"그렇다면 그 사람은 내 편, 즉 트렁크를 가로채는 쪽에 선 사람이라고 생각해도 되겠지."

차 안에 아군이 있으면, 조금은 마음의 위안이 된다.

"기대하지 않는 게 좋을걸. 보나마나 트렁크 위치를 확인하고 전화를 거는 역할만 맡았을 테니까. 벌써 우에노에서 내렸을지도 모르고."

그건 분명 일리 있는 얘기였다.

"그건 그렇고, 어때? 긴장감은 좀 생겼어? 일처리를 제대로 못 하면 곤란하다는 위기감은 생겼느냐고."

"난 처음부터 일은 제대로 처리할 작정이었어."

나나오는 그렇게 말하면서, 스스로도 그 말이 맞는다고 고개를 힘차게 끄덕거렸다. 이렇게까지 제대로 살려고 발버둥치는 인간은 거의 없지 않을까. '제대로'의 정의에 따라 달라질 수는 있겠지만, 지나치게 위를 쳐다보지도 않고 착실하게, 집안의 가난도 저주하지 않고, 자포자기하지도 않고, 훔친 축구공으로 리프팅 연습에만 매진하며 살아왔다. 다른 사람들이 롤 모델로 삼고 존경해도 이상할 건 없겠지.

"넌 제대로 일하고 있어. 그렇지만 운이 없지. 그러니 무슨 일이 생길지 모르잖아."

"괜찮을 거야."

그것은 물론 마리아에게 하는 대답은 아니었다. 자기 자신에게, 자신의 운명에게 다짐을 받는 것이었다.

“트렁크는 숨겼어. 이제 곧 오미야에 도착해. 내리면 끝이야. 미네기시가 화낼 이유도 없지.”

“물론 나도 그렇게 되길 기원하지. 다만, 너랑 같이 일하게 된 후로 여러 가지를 배웠어. 세상에는 뜻하지 않은 불운도 널려 있구나. 실패할 리 없는 일인데도 예상치 못한 사건이 생겨서 실패할 수도 있다. 실패하진 않더라도 큰일을 당할 수 있다. ‘아아, 그런 식으로 실패하는 방법도 있었구나’ 하고 매번 공부하게 돼.”

“그런데도 넌 언제나 간단한 일이라고 하지.”

“그것도 사실이잖아. 넌 무슨 일이든 말썽에 휘말리니까 어쩔 수가 없다고. 쇠망치로 돌다리를 두드리며 건너라고 해도 쇠망치가 벌을 건드려서 쏘이고, 그 바람에 다리에서 떨어져버리지. 그런 일투성이였잖아. 너, 골프해본 적 없지?”

나나오는 느닷없이 뭔 소린가 싶었다.

“없는데, 왜?”

“안 하는 게 좋을 거야. 홀컵에 들어간 공을 빼내려고 하면, 아마도 그 속에서 쥐가 튀어나와서 네 손을 꽉 물어버릴 테니까.”

“말도 안 돼. 골프 홀컵에 웬 쥐야.”

“네 경우는 그런 일이 일어날 수도 있다는 뜻이지. 일을 그르치는 방법을 찾아내는 데는 천재니까.”

"'일을 그르치라'는 의뢰가 들어오면 잘 해결할지도 모르지."

나나오는 농담으로 그렇게 말했다. 그러자 마리아는 뜻밖에 진지한 말투로 "그러면 거의 실패하지 않겠지"라고 지적했다.

"머피의 법칙이야."

"배우 이름? 에디 머피?"

그쯤에서 나나오는 갑자기 불안에 휩싸였다.

"트렁크가 잘 있는지 걱정되기 시작했어"라며 진행 방향으로 시선을 던졌다.

"그럴 테지. 숨겨둔 트렁크가 사라지는 일도 너의 경우라면 충분히 있을 법하니까."

"겁주지 마."

"조심해. 트렁크가 잘 있는지 확인하러 가는데도 무슨 일이 생길지 모르니까."

그럼 나더러 대체 어쩌라는 거냐고 아우성치고 싶었지만, 마리아가 걱정하는 이유도 알 것 같았다.

왕자 

매직테이프를 떼어내고 기무라의 손발을 자유롭게 풀어줬지만 불안하진 않았다. 감정이 시키는 대로 폭력을 행사했다간 아들의 목숨이 위험해진다. 그것은 기무라도 이미 이해하고 있다. 아무렇게나 지껄인 말이나 허세라고 여기진 않겠지. 왕자가 안이하게 그런 거짓말을 하는 타입은 아니라는 것은 알고 있을 게 틀림없다. 게다가 왕자는 기무라에게 '부탁할 일이 있다'고 했다. 다시 말해 그 일만 수행하면, 아이가 해방된다는 것도 그는 알고 있을 것이다. 이 난관을 해결할 다른 방법이 있는데도 아들을 위험에 노출시킬 각오로 자기에게 덤벼들 가능성은 낮다. 인간은 아직 길이 남아 있다는 것을 아는 한, 그렇게까지 자포자기하진 않는다.

"대체 뭘 어쩌라고?"

묶여 있던 발목을 어루만지고 나서 기무라가 불만이 가득한 표정으로 입을 열었다. 증오스러운 상대에게 지시를 묻는 것은 너무나 굴욕적이었지만, 그것을 애써 참아냈다. 왕자는 기분이 좋아서 견딜 수가 없었다.

"지금 나랑 같이 뒤쪽 차량으로 가자. 차량 사이 통로에 쓰레기 분리수거함이 있잖아. 거기에 트렁크가 숨겨져 있어."

"분리수거함 속에 들어가는 트렁크도 있나?"

"나도 몰랐는데, 분리수거함 벽면이 문짝처럼 열리게 되어 있더라니까."

"검은 테 안경 남자가 거기에 감췄나. 그건 그렇고, 그걸 가로채서 뭘 어쩔 셈이야. 트렁크라면 나름 꽤 클 텐데. 여기까지 끌고 와서 발밑에 두면 금세 들통 나. 좌석 위에 올려서 감출 수도 없는 노릇일 테고."

왕자는 그 의견은 지당하다고 생각했다. 해외여행용 대형 트렁크는 아니지만, 좌석 옆에 뒀다간 금세 발각된다.

"방법을 두 가지 정도 생각해봤는데"라면서 통로로 나갔다. 그리고 일단 문 쪽으로 가서 기무라와 마주섰다.

"하나는 차장한테 맡기는 방법이야."

"차장한테?"

"응. 트렁크를 들고 가서 설명하고 맡기는 거야. 승무원실이나 그 근처에 업무용 창고 같은 게 있을 테니 거기에 두면 주인은 못 찾겠지."

"주인을 알 수 없는 짐이라고 말할 작정인가? 아니면, 트렁크가 떨어져 있었다? 곧바로 차내 안내방송을 해서 승객 모두가 알게 될 텐데. 트렁크를 탐내는 놈들이 승무원실 앞에 줄을 늘어설 거라고."

"그보다는 좀더 그럴 듯한 거짓말을 해야지. 예를 들면 이건 내 트렁크인데, 옆자리 승객 아저씨가 자꾸 장난을 치려고 해서 불안하다. 그러니 내릴 때까지 좀 맡아 달라."

옆자리 승객이라고 말하면서 왕자가 손가락으로 기무라를 가리켰다.

"괜한 의심만 살 뿐이야."

"나 같은 중학생이 성실하게 설명하면 의심하진 않아."

기무라는 흥 하고 거친 콧김을 내뿜었다. 웃어넘기고 싶은 모양이지만, 그도 마음속으로는 '차장도 이 중학생한테는 속아 넘어가겠지'라고 예상하는 게 확실했다.

"그렇지만 차장한테 맡기면, 네 물건은 될 수 없을걸."

"모리오카에서 내릴 때 돌려받아도 되고, 그게 어렵겠다 싶으면 못 찾아도 상관없어. 트렁크 내용물이 뭔지 알고 싶긴 하지만, 그보다는 트렁크를 감추는 게 더 중요해. 그것을 원하는 상대를 유도하거나 동요시킬 수 있으니까."

"반에서 유행했다는 로봇 카드랑 똑같군."

"맞아. 그리고 또 한 가지, 다른 방법도 생각해냈어. 트렁크의 내용물만 빼내는 거지."

검은 테 안경 남자가 소중하게 다뤘던 트렁크에는 네 자리 숫자 다이얼이 늘어선 자물쇠가 있었다.

"그런 자물쇠는 다이얼을 맞춰가다 보면 언젠가는 열리게 되어 있어."

"전부 시도해보겠다고? 경우의 수가 몇 개인지나 알아? 꽤 고생스럽겠군."

기무라는 아이의 제안을 바보 취급하는 것 같았다. 이 남자는 여전히 선입견에서 벗어나지 못하네, 하며 왕자는 그를 동정했다.

"시도하는 사람은 아저씨야. 화장실에 들어가서 죽어라 다이얼만 돌리는 거지."

"내가 미쳤냐. 화장실에서 그런 짓이나 하게."

금세 냉정함을 잃는 기무라를 보자, 왕자는 웃음이 터져 나올 것만 같았다. 어금니를 깨물며 웃음을 참아냈다.

"아저씨, 몇 번씩 말하기도 힘들다. 시키는 대로 안 하면 아저씨 아이가 위험해진다니까. 화장실에서 트렁크 자물쇠를 만지작거리는 일 정도는 하는 게 좋아. 아니, 그렇게 하는 게 반드시 이로워."

"화장실에 계속 틀어박혀 있으면 차장이 의심해."

"내가 화장실 주위를 정기적으로 점검할 테니까 사람이 줄을 서면 알려줄게. 그러면 일단 나와서 상황을 본 후에 다시 들어가면 돼. 그리고 트렁크 자물쇠를 만지는 것 자체는 나쁜 짓이 아니니까 얼마든지 변명할 수 있어."

"죽을 때까지 다이얼이나 돌리게 될 거다. 트렁크 자물쇠나 돌리면서 나이 먹긴 싫어."

왕자는 다시 걷기 시작했다. 다음 차량으로 들어가 객차 통로를 지났다. 뒤에서 쫓아오는 기무라의 심리 상태를 상상해봤다. 자기 아들을 옥상에서 떨어뜨린 장본인, 그 조그만 육체가 눈앞에 있으니 당장이라도 덤벼들고 싶을 건 불을 보듯 훤하다. 주위 상황이 허락한다면, 목을 조르고 팔을 비틀고 닥치는 대로 폭력을 휘두르고 싶어 견딜 수가 없을 것이다. 그러나 기무라는 지금 그렇게 할 수가 없다. 신칸센 안이고, 사람들 눈이 많은 공공장소라는 이유도 있겠지만, 그보다는 아이의 목숨이 달려 있기 때문이다.

기무라가 이를 가는 상황을 상상하는 것만으로도 왕자의 가슴에는 기쁨이 가득 차올랐다.

"아저씨"라고 부르며 6호차를 통과하면서 고개를 뒤로 돌렸다. 상상했던 대로 분노의 충동을 필사적으로 억누르는, 추하게 일그러진 기무라의 얼굴이 보였다. 너무 통쾌했다.

"네 자리 숫자를 맞춰 나가는 일은 그렇게 시간이 오래 걸리진 않을 거야. 0000에서 9999까지니까 만 번이야. 한 번 돌리는데 대략 1초가 걸린다고 가정하면 만 초. 약 167분. 두 시간 오십 분 남짓이지. 그리고 아마도 실제로는 그보다 빠를 거야. 한 번에 1초도 안 걸릴 것 같기도 하고, 게다가."

"암산이 빠른 훌륭한 학생이로군."

기무라가 비아냥거렸지만, 왕자에게는 그 모습조차도 어리석게 보였다.

"스스로도 놀랄 정도지만, 난 정말 행운을 타고났어. 아무렇게나 행동해도 대부분 좋은 방향으로 흘러가고, 제비뽑기도 잘 맞아. 난 태어나서부터 줄곧 신기할 정도로 운이 좋았거든. 그러니까 아마 네 자리 숫자도 비교적 빠른 단계에서 정답에 도달할 거라고 믿어. 처음 삼십 분, 0000부터 1800 사이쯤에서 자물쇠가 열리지 않을까?"

통로로 나갔다. 인기척은 없었다. 왕자는 망설이지도 않고 분리수거함으로 이동했다.

"여기야?" 기무라가 그렇게 물으며 옆에 나란히 서자, "봐, 저거야"라며 분리수거함의 들기 부분을 손가락으로 가리켰다.

"누른 후에 비틀어서 당겨봐."

기무라는 시키는 대로 손을 뻗었고, 벽면 문짝을 힘껏 당겼다. 기무라가 놀라서 "어" 하는 소리를 냈다. 왕자도 옆에서 들여다보았다. 분리수거함 선반 위에 검은 트렁크가 들어 있는 것을 확인하고, "저거야, 빨리 꺼내"라고 말했다.

기무라는 생각지도 못했던 곳이 열리자 어안이 벙벙했지만, 왕자가 재촉하는 말을 듣고 몸을 뻗어 트렁크를 힘껏 끌어당겼다. 바닥에 내리는 동시에 왕자가 재빨리 문짝을 닫았다.

"자, 아저씨, 당장 저 화장실에서 열어보자"라며 곧바로 통로에 있는 화장실을 손가락으로 가리켰다.

"신호를 정해두는 게 좋겠지. 무슨 일이 있으면 밖에서 노크할게. 혹시 다른 손님이 노크할 가능성도 있으니까 구별해야겠지. 다른 손님이 기다려서 일단 밖으로 잠시 나오는 게 좋겠다고 판단한 경우에는 똑똑똑똑똑 다섯 번 노크할 거야. 보통은 다섯 번까지 두드리진 않을 테니까. 그리고 혹시 위험해 보이는 사람이 가까이 다가오면, 그때는 똑똑, 똑 하고 두드릴 거야. 한 박자 띄어서."

"위험한 놈은 누구야?"

"검은 테 안경 형이라거나."

왕자는 그렇게 말하면서도 자신감 없어 보이는 그 남자라면 혹시 짐을 훔친 게 들통 나더라도 그럴 듯하게 구워삶을 수 있을 거라고 상상했다. 인간은 다루기 만만한 상대와 그렇지 않은 상대가 있다. 지식이나 신체 능력도 관계가 있지만, 기본적인 정신 구조, 성격에 의해 결정된다. 잘 구슬려지는 인간은 나이를 먹어도 성장하지 않으며, 그렇기 때문에 세상의 온갖 사기와 범죄도 줄어들지 않는 것이다.

"아니면 그 트렁크를 찾아다니는 남자라거나."

그쪽 남자는 사려가 부족해서 험악한 짓도 쉽게 저지를 것 같은 위험으로 가득 차 있었다.

"어쨌든 그런 사람이 다가오면 두 번과 한 번으로 나눠서 두드릴게."

"'똑똑, 똑'이란 말이지. 그러면 어떻게 하지?"

왕자는 기무라의 질문에 자기도 모르게 웃고 말았다. 이미 이쪽에 기대며 판단을 기다리는 시점으로 입장이 확정되었다. 자기 힘으로 생각해보라고 격려하고 싶어졌다.

"상황에 따라 달라질 거야. 그러니 경계하면서 안에서 기다려. 그 사람이 그냥 사라졌다는 신호는 노크 한 번으로 할 테니까."

"사라지지 않으면 어떡하고?"

"내가 어떻게든 정신을 딴 데로 돌려볼게. 무엇보다 아저씨가 화장실 안에서 트렁크를 열고 있다는 상상은 아무도 못 할 테니까 그렇게 끈질기게 기다리진 않을 거야."

"너도 의외로 엉성한 구석이 있구나."

기무라는 바보 취급하듯 말을 내뱉었을지도 모르지만, 왕자는 특별한 감정은 품지 않았다. 계획은 그렇게까지 면밀하게 세울 필요가 없다는 걸 알고 있었다. 무슨 일이 벌어졌을 경우에는 당황하거나 허둥거리지 않고 유연하게 다음 행동을 선택할 수 있는 여유가 더욱 중요하다.

"자, 아저씨, 지금부터 바로 숫자 맞추기야. 자물쇠를 열어. 준비, 시작!"

왕자는 기무라의 옷을 잡아끌며 화장실 쪽으로 데리고 갔다.

"잘난 척하면서 지시하지 마. 내가 순순히 그 지시에 따를 줄 아나."

"따를 거야. 혹시 아저씨가 화장실에서 사라져서 어딘가로 도망친다면, 난 곧바로 전화할 거야. 병원에 있는 동료한테 연락할 거라고. 그럼 아저씨 아이는 분명 그 전화 한 통에 끝나겠지. 휴대전화는 정말 무섭네. 뭐든 할 수 있잖아."

기무라가 괴물 같은 형상으로 노려봤지만, 왕자는 전혀 개의치 않았다. 화장실 문을 열었다. 기무라는 저항하지도 않고 어정쩡하게 화장실 안으로 들어갔다. 걸쇠를 내리는 소리가 들렸다.

손목시계를 보았다. 오미야 역이 가까워졌다. 모리오카에 도착할 때까지는 아직 시간이 있다. 아마도 그렇게까지 오랜 시간이 걸리지 않아도 트렁크는 열릴 것이다.

왕자가 통로에 서 있는데, 뒤쪽 5호차 문이 바람을 내뿜는 소리를 내며 열렸다.

거기서 나온 사람은 검은 테 안경을 쓴 남자였다. 길이가 짧은 청재킷을 걸쳤고, 카고 바지도 잘 어울렸다. 눈가에는 마음씨 좋은 사람의 상징처럼 보이는 주름이 새겨져 있었다. 왕자는 부자연스럽게 보이지 않게 주의하면서 화장실 문으로 다가가 두 번, 그리고 사이를 두고 한 번 더 노크했다. 화장실을 쓰고 싶은데 앞서 들어간 사람이 있어서 포기하는 시늉을 했다. 그리고 나서 불현듯 생각이 떠오른 것처럼, "아, 아까 봤던"이라며 왕자가 말을 건넸다.

"술에 잔뜩 취했던 그 사람은 괜찮아요?"

"아아, 너였구나."

남자의 얼굴에는 어렴풋하긴 하지만 피로의 빛이 슬며시 감돌았다. 날 귀찮아하는구나, 하고 왕자는 알아차렸다. 그런 반응은 낯설지 않다. 왕자를 감탄할 만한 우등생으로 보는 어른도 있지만, 감탄할 만한 우등생만큼 짜증나는 존재도 없다고 생각하는 어른도 있다.

"그 사람은 그대로 잠들었어. 술주정뱅이는 정말 성가셔."

검은 테 안경 남자는 관자놀이를 긁적이며 멈춰 섰다. 그리고 분리수거함 앞에 서려다가 왕자를 힐끔 쳐다봤다.

"왜 그러세요?"

말은 그렇게 건넸지만, 곧이어 남자가 취할 행동은 상상이 갔다. 트렁크가 있는지 확인할 생각인 것이다. 예상보다 빠르군, 하고 생각했다. 트렁크는 조금 전에 감췄으니 확인하러 오더라도 좀더 시간이 지난 다음일 거라고 추측했다. 이 남자는 자기가 생각했던 것보다 훨씬 소심하고 신경질적인지도 모른다. 다시 평가했다. 집에서 나오자마자, 문은 잘 잠갔는지 가스불은 껐는지 신경 쓰는 타입일 게 틀림없다.

"아니, 그냥 좀."

남자는 왕자가 빨리 사라져주길 바라겠지. 짜증까지는 아니었지만, 불만스러운 분위기가 고스란히 전해졌다.

왕자는 일부러 휴대전화를 바라본 후, "어, 전화왔네"라고 거짓말을 하고 전화를 받는 척하며 문 가까이로 이동했다. 자기가 쳐다보지 않아야 남자가 분리수거함을 열기 쉬울 거라 예상했다. 역시나 남자가 조급하게 움직이는 모습이 시야 한쪽에 어른거렸다. 약간 큰 소리가 났다. 분리수거함 문짝을 열었겠지. 일부러 그쪽은 쳐다보지 않았지만, 트렁크가 사라져서 멍해진 남자의 얼굴이 눈앞에 훤히 떠올랐다. 애써 웃음을 참았다.

"아아, 제발."

울먹이는 듯한 소리가 들려서 왕자는 전화 통화를 끝낸 척하며 화장실 앞으로 돌아갔다. 왜 그러세요, 하며 시치미를 뚝 떼고 묻자, 남자는 분리수거함 문짝을 열어젖힌 채 핏기를 잃고 멍 하니 서 있었다. "어, 그게 열려요?"라며 속이 빤히 보이는 질문을 던졌다.

남자는 머리를 마구 헝클어뜨렸다. 안경을 벗고 눈을 벅벅 비비는 몸짓은 만화 속 등장인물도 하지 않을 듯한, 너무나 진부한 황당함의 표현으로밖에 안 보였지만, 본인에게는 심각함 그 자체인 듯했다. 어안이 벙벙해 있었다. 그런데 정작 그의 입에서는 "역시나"라는 말이 흘러나왔고, 왕자에게는 그 말이 뜻밖이었다.

"역시나? 뭐가요?"

남자는 충격이 너무 커서 몽롱해졌는지, 경계도 하지 않고 "여기에 트렁크를, 아 참, 너도 봤지, 내가 가지고 있던 트렁크, 그걸 넣어뒀어"라고 설명했다.

"왜 그런 데 넣어뒀어요?"

왕자는 무지하고 순진한 중학생인 척하며 질문을 던졌다.

"이런저런 사정이 있어서지."

"그게 없어졌나요? 근데 '역시나'는 무슨 뜻이죠?"

"이렇게 될지도 모른다고 생각했으니까."

빼앗길 걸 알고 있었다고? 왕자는 불쾌해졌다. 자기가 트렁크를 빼앗을 거라는 걸 예상이라도 했단 말인가. 훤히 내다보고 있었다는 듯한 그 말투에 거짓말 마, 하고 지적하고 싶은 마음을 애써 참았다.

"트렁크가 없어질 줄 알았다고요?"

"그걸 알고 있었다는 뜻은 아니야. 그랬다면 트렁크를 넣지도 않았겠지. 그렇지만 늘 이 모양이야. 하는 일마다 나쁜 결과가 나와. 이렇게 되면 곤란한데, 싫은데 생각하면 반드시 그렇게 되지. 트렁크가 없어졌으면 큰일이다 걱정하며 왔더니 역시나 트렁크는 사라지고 없군."

남자는 말을 하면서도 금방이라도 엉엉 울음을 터뜨릴 것 같았다.

아하 그런 얘기였구나, 하고 왕자는 마음을 놓은 후, "힘드시겠어요"라며 동정을 표했다.

"트렁크가 없으면 곤란한가요?"

"곤란해. 매우 곤란해. 오미야에서 내릴 예정이었는데."

"트렁크가 없으면 못 내려요?"

남자는 그쯤에서 왕자를 찬찬히 쳐다보았다. 그런 선택지는 상상조차 안 해봤는지, 눈을 깜박거리며 '그런 선택지'를 고른 자신의 미래를 그려보는 듯했다.

"내리고 나서 영원히 도망자 생활을 할 각오라면 그럴 수도 있겠지."

"그렇게 중요한 게 들어 있어요?"

왕자가 손으로 입을 가렸다. 연극 같은 몸짓이라 스스로 생각하기에도 우스꽝스러웠지만, 그렇게 하면 상대가 이쪽을 얕보지 않을까 하는 뒷 계산이 깔려 있었다.

그쯤에서 "아" 하며 서서히 소리를 높였다.

"그러고 보니 조금 전에 봤어요. 그 트렁크."

"뭐?" 남자가 눈을 휘둥그레 떴다.

"어, 어디서?"

"내가 여기로 올 때, 검은 트렁크를 든 사람이 있었어요. 키가 크고 재킷을 걸치고 있었는데. 머리는 좀 길고."

왕자는 차 안에서 우연히 마주쳤던 트렁크를 찾아다니던 남자의 외모를 떠올리며 설명했다.

처음에는 의심스러운 표정을 짓던 남자도 서서히 얼굴을 찡그리기 시작했다.

"밀감이랑 레몬인가."

과일 이름을 입에 올리는 이유를 왕자는 알 수 없었다.

"어디로 갔지?"

"글쎄요, 정신을 차려보니 사라져버려서."

"그렇군." 남자는 그렇게 말하더니 진행 방향과 뒤쪽으로 번갈아 시선을 던졌다. 어느 쪽으로 찾으러 가야 할지 고민했다.

"넌 어느 쪽으로 갔을 것 같니? 직감이라도 좋으니 말해봐."

"네?"

직감이라도 좋다니, 그건 또 무슨 소리지?

"난 무슨 일을 하든 대체로 나쁜 결과가 나와. 그러니 6호차 쪽으로 가면 아마도 짐을 가진 상대는 반대 방향에 있을 테고, 반대로 5호차로 돌아가면 상대는 앞쪽에 있겠지. 내 생각대로 고르면 덫에 걸릴 거야."

"누구 덫에 걸려요?"

남자는 말문이 막힌 듯 숨을 삼켰다. 성가시다는 듯이 "누군가 있겠지. 위에서 아래를 내려다보며 인간의 운명을 조작하는 녀석이 있지 않을까"라는 말을 덧붙였다.

"전 그렇게 생각하진 않아요." 왕자가 말했다.

"조작 같은 건 아무도 안 할 것 같은데요. 운명의 신은 어디에도 없고, 만에 하나 그런 신이 있다고 해도 우리 인간들을 유리 상자 안에 던져놓을 뿐, 관찰도 안 하고 내동댕이칠 것 같아요."

"그럼 내가 운이 나쁜 건 신 탓이 아니라고?"

"논리적으로 설명하긴 어렵지만, 예를 들어 경사진 언덕을 만들고 그 위에서 구슬이나 돌멩이를 굴린다고 가정해보죠. 그러면 그것들이 각각 다른 방향으로 여러 코스를 지나며 떨어지겠지만, 그건 딱히 굴러가는 동안에 누군가가 진행 방향을 조작했기 때문은 아니잖아요. 속도나 모양 같은 걸로 어디로 굴러갈지 결정되니까 가만 놔둬도 그렇게 되는 거예요."

"그럼 내가 불행한 건 그런 성질을 가지고 있기 때문이니 아무리 발버둥 쳐봐야 변할 순 없다는 얘긴가."

불쾌하게 여기거나 화를 내면 즐거울 테지만, 남자는 왕자의 말에 예상했던 것 이상으로 풀이 죽어버려서 맥이 빠졌다.

"으음, 좋아하는 숫자가 뭐예요?"라고 당돌하게 물었다.

"어?"라며 남자는 동요했고, 그 동요로 인해 사고가 흐트러진 상태로 '7'이라고 명료하게 대답했다.

"성이 나나오七尾라서 7을 좋아해. 러키세븐이잖아."

"그럼 7호차 쪽에 걸어보면 어때요?"라며 왕자가 앞 차량으로 손가락질했다.

"그것도 결과가 안 좋을 것 같은 예감이 드는데"라고 말한 그는 "역시 반대쪽으로 가봐야겠어"라며 뒤쪽으로 걸어가기 시작했다. 이제 곧 오미야 역에 도착할 예정이었다.

"찾길 바랄게요."

화장실로 가까이 다가서서 손등으로 문을 한 번만 두드렸다. 찾고 있는 트렁크는 이 안에 있는데 그것도 모르고 그냥 지나치다니 정말로 운이 없네요, 하고 남자에게 말을 건네고 싶었다.

과일 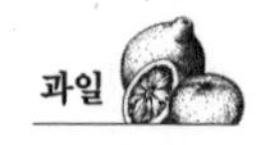

차 안에 오미야 역 도착을 알리는 멜로디가 흘러나오기 시작했다. 안내방송도 이어졌다. 옆 좌석에서 레몬이 "긴장돼?"라고 말을 건네며 히죽히죽 웃었다.

"약간. 넌 긴장 안 돼?"

오미야 역에는 미네기시의 부하가 기다리고 있을 터였다.

"별로."

한숨을 내쉬고 말았다.

"단순한 네가 부럽다. 애당초 이 모든 게 너의 부주의 때문에 생긴 일인데."

"뭐, 그렇지"라고 말하면서도 레몬은 과자를 집어 먹었다.

"그렇지만 오로지 나 때문만은 아니야. 트렁크를 잃어버린 건 분명 내 탓일지 모르지만, 저 자식이 죽은 건 나랑 너 때문이라기보다 저 자식 탓이야."

"저 자식? 이 자식 말이야?"

밀감이 창가 자리에서 꿈쩍도 안 하는 시체를 손가락으로 가리켰다.

"그래. 저 자식이 제멋대로 죽어버린 게 잘못이지. 안 그래? 도무지 어떻게 죽은지도 모르겠고."

신칸센의 속도가 느려지기 시작했다. 밀감이 자리에서 일어섰다. "야, 어디 가?"라고 레몬이 불안한 듯 물었다.

"이제 곧 오미야에 도착해. 미네기시의 부하한테 이상 없다고 설명해야 하잖아. 그래서 통로로 나가는 거야."

"설마 그대로 내빼진 않겠지."

밀감은, 과연 그런 방법도 있구나, 하고 생각했다.

"뭐, 도망쳐도 큰일이긴 마찬가지겠지."

"네가 도망치면 당장 미네기시한테 전화해서 전부 네 탓으로 돌리고, 내가 자진해서 네 놈 추적을 떠맡을 테니 그리 알아. 미네기시의 신발이라도 핥듯이 꼬리를 흔들며 '그 밀감 놈을 반드시 잡아올 테니 저는 제발 용서해주십시오. 목숨만이라도'라며 매달릴 거라고."

"넌 그렇게까지는 못할 것 같은데."

밀감은 자리에 앉아 있는 레몬과 앞자리 등받이 틈새로 빠져

나갔다.

신칸센에 브레이크가 걸리기 시작했다. 선 채로 오른쪽 창으로 눈을 돌리자, 커다란 스타디움이 보였다. 거대한 요새 같은 그 박력은 현실감이 없었다. 왼쪽으로는 백화점 간판이 뒤로 스쳐 지나는 순간이었다.

"너무 과신하지는 마." 레몬이 뒤에서 말을 건넸다.

"토머스 노래에도 나와. 자신감이 과잉이면 집중력이 산만해져요라고."

"억지로 명랑한 척하는 말로밖에 안 들려."

밀감은 어이가 없었다.

"게다가 그 노래는 너 자신에 관한 내용이고."

"난 자신감이 과잉인 적 없어. 과잉이 아니야. 내 자신감은 과부족이야."

"집중력 산만이라는 부분 말이야. 넌 늘 얼렁뚱땅 넘어가고 매사를 귀찮아하지. 집중력도 없고, 주의력도 없어."

"어럽쇼, 내 주의력을 우습게보지 마. 예를 들면 말인데, 토머스 친구 중에."

"또 그 소리냐."

"올리버라는 이름을 가진 녀석이 둘이나 있어. 그거 알아? 더글러스가 도와준 탱크기관차랑 다른 하나는 굴착기지. 보통 올리버라고 하면 탱크기관차만 떠올리지만, 엄밀히 말하면 두 개나 존재한다고, 똑같은 이름으로."

"그게 뭐?"

"내 주의력은 대단하다는 이야기지."

알았다, 알았어, 밀감은 손사래를 치며 대충 흘려 넘기려 했다. 그런 식으로 따지면, 《안나 카레니나》에는 니콜라이라는 이름을 가진 등장인물이 세 사람쯤은 나온다고 받아칠까 했지만, 그런 말을 해봤자 레몬은 "안나 카레는 무슨 맛인데?"라며 엉뚱한 소리나 지껄일 게 뻔했다.

신칸센이 오미야 역 플랫폼으로 들어갔다.

통로로 나오자, 출구는 왼쪽이라는 안내방송이 흘러나와서 밀감은 왼쪽 출입구 앞에 섰다. 플랫폼이 왼쪽으로 흘러갔다. 열차 도착을 기다리는 승객들의 모습이 띄엄띄엄 눈에 띄었다.

미네기시의 부하가 어떤 외모인지, 인원수는 얼마나 되는지조차 알 수 없었다. 과연 제대로 찾을 수나 있을까 하는 불안이 머릿속을 훑고 지나간 순간, 거의 정차하기 직전인 신칸센 유리창 너머로 상식과 법률을 지키는 사회인과는 거리가 먼, 한눈에도 떳떳치 못한 뒷골목이나 어슬렁거릴 것처럼 보이는 외모를 한 남자가 보여서, '저놈이군' 하고 확신했다. 키가 크고 머리는 모두 뒤로 넘겨 붙였다. 양복 차림이긴 했지만, 새카만 색깔에 안에 입은 셔츠는 파랗고, 넥타이는 매지 않았다. 순식간에 왼쪽으로 사라져버려서 얼굴은 정확히 보지 못했다.

숨을 토해내는 듯한 소리와 함께 문이 흔들리며 열렸다.

밀감은 곧바로 플랫폼에 내려섰다. 왼쪽을 바라보니, 조금 전에 스친 검은 양복에 파란 셔츠 남자가 플랫폼 가장자리까지 다가와 신칸센 차량으로 얼굴을 들이미는 중이었다. 두 손을 눈썹 위로 올려 차양을 만들었다. 창가의 젊은 여자 승객 두 사람이 화들짝 놀라는 데도 개의치 않고, 차 안을 기웃거렸다. 미네기시 도련님이 앉아 있는 좌석을 확인하는 거겠지.

"어이." 밀감이 그 남자를 향해 말을 건넸다.

뒤를 돌아본 남자는 미간에 주름을 잡았다. 예상했던 것보다는 들뜬 느낌이 없는, 똘마니로는 보이지 않는 관록이 붙은 남자였다. 나이는 사십 대일 테고, 회사원이라면 부하직원을 관리하는 지위에 있을 법했다. 뒤로 넘긴 머리도 잘 어울렸다. 눈빛이 날카롭고 군살도 안 보여서, 그냥 서 있을 뿐인데도 찌릿찌릿한 살벌한 공기가 밀감의 신경을 자극했다.

"넌 뭐야?" 파란 셔츠 남자는 말을 하면서도 차 안으로 시선을 던지며 밀감을 힐끔거렸다.

"난 밀감. 당신은 미네기시 의뢰로 우리가 그의 아들을 잘 데리고 가는지 점검하러 온 사람 맞지?"

아아, 네가, 하며 파란 셔츠는 순간 경직된 표정을 풀었고, 곧바로 다른 종류의 긴장감을 드러냈다.

"신칸센 여행은 순조로운가?"

"뭐 그런대로. 남자 셋이 나란히 앉아 있으니 재미있을 건 없으니까"라며 창을 가리켰다. 시선을 던지자, 차 안에 앉아 있는 레몬이 이쪽을 알아채고 어린애처럼 천진난만하게 손을 흔들었다. 쓸데없는 짓 좀 하지 마, 하고 마음속으로 빌 수밖에 없었다.

"잠들었나?" 파란 셔츠가 창으로 엄지를 가리켰다.

"도련님? 맞아. 우리가 구해냈을 때는 의자에 칭칭 휘감겨 있어서 잠도 못 잤던 것 같더군. 피곤하기도 할 테지."

밀감은 설명하면서 자기 말투가 부자연스럽게 들리지 않도록 바짝 긴장했다. 정차 시간은 길지 않다. 이제 슬슬 신칸센이 출발할 게 틀림없다.

"그렇게 많이 지쳤나?"

파란 셔츠는 팔짱을 끼더니 쉽게 납득하기 어렵다는 표정으로 창 가까이 얼굴을 붙였다. 차 안에서 창가 자리의 여자 승객이 굳은 얼굴로 뒤로 물러났다. 레몬은 여전히 손을 흔들고 있었다.

"아 참, 그러고 보니 미네기시는."

밀감이 말을 건넸다. 너무 찬찬히 미네기시 도련님의 시체를 살피게 놔둘 순 없었다.

"미네기시가 아니라, 미네기시 씨겠지."

파란 셔츠는 창에 코가 닿을 정도로 얼굴을 바짝 들이댔고, 말투는 온화했지만 가타부타 토를 달 수 없게 만드는 위압감을 풍겼다.

"미네기시 씨는." 밀감은 말씨를 고쳤다.

"미네기시 씨는 무서운 사람인가? 소문은 많이 들었는데, 자세한 건 잘 몰라서 말이야."

"약속만 잘 지키면 무서울 건 없어. 제대로 못 하는 놈한테는 무섭지. 당연한 거 아닌가. 안 그래?"

플랫폼에서 발차를 알리는 멜로디가 흘러나오기 시작했다. 긴장이 풀리는 마음을 애써 숨기고, "이제 슬슬 가봐야겠군"이라며 아무렇지 않은 척 가장했다.

"흠, 그렇군." 파란 셔츠가 창에서 몸을 떼고 밀감을 마주보았다.

"미네기시한테는 확실하게 보고해줘."

"미네기시 씨겠지."

밀감은 발길을 돌려 신칸센 문으로 돌아갔다. 이걸로 적어도 다음 역인 센다이까지는 시간을 벌 수 있다며 가슴을 쓸어내렸지만, 자기 뒷모습을 뚫어져라 관찰하는 파란 셔츠의 시선이 느껴졌다. 긴장을 풀면 안 돼, 하고 스스로를 타일렀다. 뒷주머니를 만졌다. 레몬이 준 추첨권 감촉을 확인했다. 무사고 기관차 그림이 그려진 추첨권이었다. 과연 효과는 있는 걸까.

"아, 이봐."

뒤에서 파란 셔츠가 불러 세워서 걸음을 멈췄다. 통로에 한쪽 발을 올린 순간이었다. 최대한 자연스러움을 가장하며 다른 한쪽 발을 차 안에 올리고 나서 뒤를 돌아보았다.

"뭐야?"

"트렁크는 잘 챙겼겠지?"

파란 셔츠의 표정에는 의심하는 기색은 없었고, 경계하는 것처럼 보이지도 않았다. 그저 사무적인 확인이라는 게 명백해서 밀감도 호흡이 흐트러지지 않게 주의하며 "당연하지"라고 대답했다.

"설마 좌석에서 떨어진 장소에 보관하진 않겠지."

파란 셔츠 제법 예리한데, 하며 밀감은 속으로 혀를 찼다.

"물론이지, 좌석 옆에 뒀어."

천천히 몸을 돌려 차 안으로 들어갔다. 때마침 문이 닫혔다.

3호차로 들어가서 좌석까지 돌아갔다. 자리에 앉아 있는 레몬과 시선이 마주쳤다. 엄지를 치켜세우고 "낙승이네"라며 들뜬 표정을 지어서, 밀감은 허겁지겁 "그만둬"라고 작은 목소리로 주의를 주었다.

"손 내려! 아마 그 녀석이 아직 감시하고 있을 거라고."

그러자 레몬이 반사적으로 창으로 고개를 돌렸는데, 그 반응은 침착하지 못한 데다 부자연스럽기까지 했다. 그만두라는 주의를 다시 한 번 주지도 못하고, 그에 이끌리듯 밀감도 창으로 시선을 던졌다. 파란 셔츠는 창밖에 서서 허리를 앞으로 굽힌 자세로 이쪽을 바라보고 있었다.

레몬이 또다시 손을 흔들었고, 기분 탓인지 몰라도 상대가 아까보다도 수상쩍게 여기는 것처럼 보였다.

"야, 너무 나대지 마. 의심받아." 밀감은 입술을 최대한 움직이지 않으면서 속삭였다.

“괜찮아. 이미 출발인데, 뭐. 열차가 움직이기 시작하면 아무도 못 세워. 뚱보 사장님 ‘토팜 햇 경’이 아니면 무리라고.”

파란 셔츠는 서서히 움직이기 시작한 신칸센 밖에서 뚫어져라 쳐다보고 있었다. 밀감은 업무 동료끼리 인사를 건네는 분위기로 손을 살짝 들어 보였다.

파란 셔츠 남자도 오른손을 펴고, 자 그럼, 하고 말하듯 흔들면서도 천천히 걸으며 열차를 쫓아왔다. 그러더니 곧이어 눈을 휘둥그레 뜨며 경직된 표정을 지어서 밀감도 눈썹을 찡그렸다. 대체 무슨 일이지, 하는 의아한 생각에 고개를 옆으로 돌렸다. 그리고 믿을 수 없는 광경을 목격하고 말았다. 레몬이 창가 좌석에 앉혀둔 미네기시 도련님 시체의 왼손을 잡고 인형 손을 강제로 흔들듯 좌우로 흔들고 있었던 것이다. 창가에 머리를 기대고 몸을 그쪽으로 향한 상태에서 왼손이 흔들리는 상태는 보통 사람에게는 부자연스러운 각도였다.

밀감도 급기야 거품을 물며 허둥거렸고, “야, 당장 멈춰!”라며 레몬의 팔을 잡아끌었다. 그러자 시체가 흔들리며 레몬 쪽으로 픽 쓰러졌다. 목이 휘청 흔들리며 무거운 머리가 아래로 툭 떨어졌다. 도저히 잠든 사람처럼 보이지는 않았다. 깜짝 놀란 밀감은 부랴부랴 시체를 지탱했다. “어어” 하며 레몬도 초조함을 드러냈다.

속도를 높이는 신칸센 안에서 뒤로 흘러가는 플랫폼을 확인했다. 파란 셔츠 남자는 몹시 심각한 표정으로 휴대전화를 귀에 대고 있었다.

시체의 방향을 다시 조정해 가까스로 안정시켰다.

밀감은 등받이에 몸을 기댔다. 그와 동시에 레몬도 좌석에 기대앉았다.

"큰일이군."

밀감은 그런 말을 하지 않을 수 없었지만, 레몬은 그 옆에서 "만약 사고가 나도 침울해지면 안 돼~"라며 작은 목소리로 노래를 불렀다.

멀어져 가는 오미야 역을 바라보면서, 이게 대체 어찌된 일일까, 하고 나나오는 생각했다. 머릿속에서 짙은 연기가 소용돌이치는 느낌이라 머리도 잘 돌아가지 않았다.

자기 자리로 돌아갈 기분도 아니라서 통로에서 휴대전화를 물끄러미 바라보았다. 마리아에게 연락해야 한다는 건 알지만 마음이 내키지 않았다. 그러나 전화가 걸려오는 것은 시간문제였다.

결심을 굳히고 전화를 걸었다.

마리아는 곧바로 받았다. 신호음이 거의 울리기도 전에 달려들듯 전화를 받는 그 신속함에 나나오의 마음은 한층 더 무거워졌다. 낙관적이고 어떤 상황에서도 대범함을 잃지 않는 마리아마저도 이렇게 초조해하는 것이다. 미네기시의 무서움을 잘 알고 있기 때문이 틀림없다.

마리아는 먼저 "지금 무슨 선 타고 이쪽으로 오지?"라고 귀찮다는 듯 물었다. 오미야에서 내린 나나오가 어떤 경로로 오는지 확인하려는 거겠지.

"아까랑 다를 바 없어. 도호쿠 신칸센 '하야테'야."

나나오는 절반쯤은 오히려 더 뻔뻔하게 나가는 심정으로 대답했다. 통로도 조금 시끄러워서 살짝 강한 말투로 변했다. 마리아의 목소리가 선명하게 들리지 않았다.

"오미야에 아직 안 도착했나?"

"오미야는 지났어. 그리고 내가 타고 있는 건 여전히 '하야테'야."

그 순간 마리아는 절규했고, 곧이어 말문이 막혀버린 듯했다. 그러나 그녀도 지금까지 나나오와 일해온 경험이 있어서 곧바로 무슨 일인지 추측했는지 땅이 꺼져라 한숨을 몰아쉬었다.

"그럴지도 모른다는 생각은 했지만, 설마하니 정말 이럴 줄이야. 과연 너답다, 나나오."

"트렁크가 사라져버렸어. 그래서 못 내렸어."

"트렁크는 잘 숨겨뒀다고 하지 않았나?"

"그런데 사라졌어."

"결혼해야겠네."

"어?"

"차라리 불행의 여신이랑 결혼하는 게 좋겠단 말이야. 그토록 사랑받을 순 없잖아. 사실은 기뻐해야 할 일일지도 모르지만, 진짜 어이없다."

"기뻐해야 할 일이라니, 그게 무슨 소리지?"

"보나마나 넌 못 내릴 거라는 내 예감이 적중했다고 기뻐해야겠지만, 실제로 이 지경인 걸 알고 나니 맥이 풀린다."

비아냥거리는 자포자기식 말투에 발끈한 나나오는 불평 한마디라도 쏘아붙이고 싶었지만, 자기에게는 오늘 그럴 여력이 없다는 것도 잘 알고 있었다. 눈앞에 닥친 이 위기를 어떻게 극복할 것이냐가 가장 중요했다.

"나나오 선생, 질문이 있어. 트렁크가 사라졌다는 건 알았어. 납득한 건 아니지만 상황은 이해했다는 뜻이야. 그런데 오미야에서 못 내린 이유는 뭐지? 트렁크가 사라졌다는 건 누군가가 가로챘다는 뜻이잖아. 그럼 오미야에서 신칸센이 멈췄을 테니 생각해볼 수 있는 패턴은 두 가지 아냐. 트렁크를 가로챈 인간이 그곳에서 하차하느냐, 아니면 여전히 승차한 상태냐."

"네 말이 맞아."

오미야 역에 도착하기 직전에, 돌관공사 수준이긴 했지만, 나나오도 그 점에 관해 허둥지둥 검토를 해봤다. 나도 오미야 역에서 내려야 하나, 아니면 신칸센에 계속 머물면서 트렁크를 찾아내야 하나.

"그런데 오미야에서 안 내린 이유는 뭐지?"

"양자택일이잖아. 어느 쪽이든 선택해야 했어. 다만, 조금이라도 가능성이 높은 쪽을 선택하고 싶었지."

나나오가 역점을 둔 사항은 어느 쪽이 트렁크를 다시 찾을 가능성이 높은가 하는 것이었다. 가령 오미야 역에서 내렸다 치고, 트렁크를 가진 자를 찾아내서 붙잡을 수 있을까 생각해보니 자신이 없었다. 다른 열차로 뛰어오르거나 길거리로 사라져버리면 손쓸 방법이 거의 없었다. 그와는 반대로 신칸센에서 내리지 않으면, 그리고 그 트렁크를 가진 상대가 차 안에 그대로 있다면, 다시 가로챌 가능성은 있었다. 그쪽도 달리는 신칸센에서는 내릴 수 없을 테니, 이 잡듯이 뒤지면 찾아낼 수 있을지도 모른다. 그렇게 생각해보면 차 안에 남아 있는 게 이득이라고 나나오는 결론을 내렸다. 다른 무엇보다 신칸센에 계속 있는 한, 나나오의 임무는 '수행 중'이니 '실패했다'고 결정되지 않을 것이라는 기대도 있었다. 가령 미네기시에게 상황을 설명해보라고 하더라도 '아직 신칸센 안에서 분투 중'이라고 대답할 수 있다.

그렇게 결정한 직후에 신칸센은 오미야 역에 멈췄고 문이 열렸다.

나나오는 재빨리 플랫폼으로 내려섰다. 트렁크를 든 승객이 내리나 안 내리나 정도라도 확인해야 한다고 생각했기 때문이다. 혹시라도 수상쩍은 승객이 내리면 추적할 필요는 있을 것이다. 플랫폼을 따라 차체가 완만하게 구부러져서 앞쪽 차량까지 다 보이지는 않았지만, 보이는 범위 내에서라도 최대한 살펴보려고 목을 이리저리 돌리며 기웃거렸다.

뒤쪽 차량, 3호차와 4호차 중간쯤에서 신경이 쓰이는 두 사람을 발견했다. 한 사람은 키가 크고 검은 양복을 입고 있었다. 남자치고는 머리가 길었다.

밀감인지 레몬인지, 아무튼 검은 머리에 키가 큰 남자가 나나오 쪽으로 등을 돌린 자세로 누군가와 마주 서 있었다. 상대는 역 플랫폼까지 마중을 나온 남자처럼 보이기도 했다. 파란 셔츠가 눈에 띄는 나이 든 남자였다. 앞머리를 모두 뒤로 빗어 넘겼다. 그 올백 머리는 외국영화에 나오는 노파의 머리 스타일과도 비슷해서 귀여운 느낌마저 풍겼다.

잠시 후 키 큰 남자가 신칸센 안으로 돌아갔다. 한순간 보인 옆얼굴만으로는 밀감인지 레몬인지, 아니면 전혀 다른 사람인지 판단할 수 없었다. 플랫폼에 남은 파란 셔츠 남자는 창밖에서 차 안을 들여다보았다. 배웅만 하러 온 것 같지는 않았지만, 그렇다고 해서 뭘 하러 거기까지 왔는지도 알 수 없었다. 분명한 것은 그곳이 3호차라는 정황 정도였다.

"네가 트렁크 주인은 3호차에 있다고 했지?"

오미야에서 일어난 일을 설명한 후에 나나오가 마리아에게 물었다.

"그랬지. 난 연락을 그렇게 받았으니까. 그런데 밀감이랑 레몬도 3호차에 있다는 거야?"

"아직은 그렇게 보이는 사람일 뿐이지만. 어쨌거나 그들이 트렁크 주인이라는 설은 유력해진 셈이지."

"설은 무슨, 그렇게 요란 떨 건 아니잖아."

"어, 뭐라고?" 나나오는 딴청을 부릴 생각은 없었다. 신칸센의 흔들림은 부드럽긴 했지만, 그래도 통로라서 몸의 균형을 잃기 쉬웠고, 진동도 끊임없이 계속되어서 시끄러웠다. 나나오의 집중력을 흩뜨려서 유일한 아군이라 할 수 있는 마리아와의 통화를 방해하려는 것 같았다.

"아무튼 난 신칸센을 계속 타고 가는 게 트렁크를 발견할 가능성이 높다고 봐"라고 또렷한 목소리로 말했다.

"그래, 가능성이야 높겠지. 그렇다면 밀감 일행이 너한테 트렁크를 다시 가로챘다는 뜻인가?"

"그들의 트렁크를 내가 가로챘어. 그런 나한테서 그들이 다시 트렁크를 되찾아갔다. 아마도 그렇게 된 거 아닐까. 또 다른 제삼자가 얽히는 복잡한 상황은 딱 질색인데."

"네가 그렇게 생각하면, 대체로 그대로 이뤄지잖아."

"겁주지 마."

희망이나 꿈은 이뤄지지 않지만, 두려워하는 일은 현실로 눈앞에 그 모습을 드러냈다.

"겁주는 거 아니야. 너한테는 흔한 일이잖아. 사랑받는 거라니까, 불운의 신한테. 여신한테."

신칸센의 진동을 이겨내며, "불운의 여신은 미인일까?"라고 목소리를 높였다.

"대답을 듣고 싶어?"

"아냐, 됐어."

"그건 그렇고, 이제 어쩌지."

마리아도 꽤 곤란한지 필사적으로 궁리하는 게 느껴졌다.

"어떡해야 할까."

"음, 내 말 잘 들어."

마리아가 그렇게 말했지만, 나나오는 그 순간 신칸센 진동에 흔들려 발을 다시 디디는 바람에 그 말을 놓쳤다.

"넌 일단 밀감 일행에게서 트렁크를 빼앗을 것."

"어떻게?"

"난들 알아. 단, 그건 무슨 일이 있어도 반드시 해내야 해. 너는 트렁크를 손에 넣는다. 그게 대전제야. 그리고 그동안 의뢰인한테는 적당히 거짓말을 둘러댈 수밖에 없어."

"어떤 거짓말?"

"트렁크를 손에 넣었다. 그런데 오미야에서 못 내렸다. 센다이까지는 신칸센이 멈추지 않으니 그때까지만 기다려 달라. 그렇게 말해둘게. 중요한 건 트렁크를 손에 넣었다는 부분이니까. 일은 제대로 하고 있다는 점만 티 나지 않게 강조할게. 다만, 불운하게 못 내린 것뿐이지. 그렇게 말해두면 그나마 좀 낫지 않을까."

"그나마 낫다니, 뭐가?"

"미네기시의 분노가."

나나오는 일리 있는 말이라고 생각했다. 채소가게로 심부름을 간 아이가 '채소도 못 사고 돌아갈 수도 없다'고 우는소리를 하는 것보다는 '채소는 샀는데, 길이 공사 중이라 좀처럼 돌아갈 수가 없다'고 설명하는 쪽이 신뢰를 얻을 수 있을 것 같았다. 야단을 맞는 강도도 달라질 게 틀림없다.

"그건 그렇고, 밀감 일행이 네 얼굴을 모르나?"

마리아의 목소리가 긴장되었다. 이제는 나나오와 밀감 일행의 대결을 정식으로 상정하기 시작한 것이다.

나나오는 기억을 더듬었다.

"아마 모를 거야. 일 관계로 만나본 적도 없어. 난 예전에 한번 어느 술집에서 옆 사람이 가르쳐줘서 본 적이 있긴 해. 저 남자들이 그 유명한 밀감과 레몬이라고. 업계에서 가장 유능하다느니 어쩌느니. 첫인상도 험악해 보였고, 그때도 실제로 난동을 부려서 오싹했지. 그러니까 얼굴만 확실하게 보면 알아볼 수 있어."

"그럼, 반대 경우도 있을 수 있잖아."

"반대?"

"누군가가 밀감 일행한테 널 살짝 소개했을지도 모르지. 저쪽에 검은 테 안경을 쓴 젊은이가 바로 업계에서 가장 불운한 업자라고. 그러니 그쪽도 네 얼굴은 알고 있을지도 모르지."

"그럴 리가"라고 입을 열었던 나나오가 말을 삼켰다. 그럴 리가 없다고 단언할 수는 없었다. 나나오의 속마음까지 꿰뚫어봤는지 마리아가 "안 그래? 그럴 리가 있기도 하는 게 네 인생이잖아. 못난 불운의 여신한테 사랑받는 몸이니까"라며 의기양양하게 말했다.

"아, 지금 그 못난 여신이라는 표현은?"

"그런 데 신경 쓸 여유 없어. 당장 3호차로 가."

그쯤에서 나나오는 전화 통화를 하는 마리아 주변이 어수선한 분위기를 알아차렸다.

"지금 밖이야?"

"아!" 마리아가 큰 소리를 냈다.

"왜 그래?"

"말도 안 돼. 이게 대체 어떻게 된 거지?"

"무슨 일인데?" 하며 나나오가 전화기를 귀에 바짝 붙였다.

"아 진짜, 이젠 의욕마저 완전히 사라진다."

마리아가 혼자 투덜거리며 한탄했다.

나나오는 어이가 없어서 전화를 그냥 끊었다.

전차 안의 화장실은 왜 이리도 찜찜할까. 기무라는 허리를 굽히고 트렁크를 만지작거리며 얼굴을 찡그렸다. 물론 청소도 깨끗하게 했고 딱히 불결한 것도 아니지만, 왜 그런지 불쾌감이 앞섰다.

앞에 내려놓은 트렁크의 숫자 자물쇠를 조작했다. 다이얼 하나를 돌리고 힘을 주며 가방을 열었다. 꿈쩍도 하지 않았다. 다음이다, 하며 작은 다이얼을 다시 돌렸다. 숫자 하나를 바꾼 후, 다시 열어보았다. 그러나 열리지 않았다.

신칸센은 일정한 간격으로 가볍게 흔들렸다.

비좁은 공간에 갇힌 압박감 때문인지 정신의 한계점까지 억눌리는 기분이 들었다.

얼마 전까지의 자신의 모습을 떠올렸다. 술을 못 끊어서 단 시간이라도 술기운이 떨어지면 불안하고 초조하고 화가 났다. 와타루는 할아버지와 할머니에게 지시를 받았는지 집 안의 술을 몰래 감추기도 했지만, 기무라는 발광하듯 그것을 찾아 헤맸고, 못 찾으면 헤어토닉이라도 마시고 싶은 심정이었다. 그나마 유일한 위안이라면 아직은 와타루에게 폭력을 휘두른 적이 없다는 거겠지. 와타루를 때리기까지 했다면, 그야말로 몸 안에 후회의 고름이 가득 차서 죽어버렸을 것이다.

술을 참아내고 알코올 중독의 밀림에서 죽을힘을 다해 튀어

나왔건만 정작 중요한 와타루는 병원에서 의식을 잃은 채 누워 있다. 정확하게 말하면, 와타루가 병원에 실려 갔기 때문에 기무라는 알코올 중독에서 탈출할 결의를 다질 수 있었지만, '내가 정신을 차렸는데, 와타루는 왜 없는 거야. 새로 시작할 의미가 전혀 없잖아'라고 한탄하고 싶어지는 심정도 사실이었다.

차체의 흔들림이 일정한 간격으로 미세하게 기무라의 몸을 위로 들어올렸다.

트렁크 숫자판을 손가락으로 조작했다. 열기 위해 힘을 넣었다. 그러나 열리지 않았다. 0000에서 0261까지 시도해봤다. 이제 갓 시작일 뿐인데, 벌써부터 조잡하고 단조로운 이 작업에 짜증이 났다. 도대체 왜 그 왕자를 위해 이런 시시한 짓거리를 해야 하나. 굴욕과 분노로 감정이 폭발해서 변기를 세 번이나 걷어찼다. 그럴 때마다 제정신을 차리고 '지금은 냉정해야 한다'며 마음을 다스렸다. 냉정하게 왕자의 지시에 따르는 척하면서 기회를 엿보자. 그 꼬맹이를 응징할 수 있는 기회를 기다려야 한다.

그러나 금세 또다시 신경이 곤두서서 발광하고 싶어졌다. 그것이 반복되었다.

왕자가 한 번 신호를 보냈다. 노크를 두 번, 그러고 나서 한 번, 똑똑, 똑 하고 문을 두드렸다. 조금 전에 정해둔 대로라면 트렁크를 찾아다니는 검은 테 안경 남자라도 나타났을까. 밖이 신경 쓰였지만, 할 수 있는 일은 오로지 숫자판을 계속 맞춰나

가는 것뿐이었다. 얼마 후 다시 한 번 노크 소리가 울려 퍼져서 남자가 자리를 떠났다는 걸 알았다.

0500까지 맞췄을 때, 기무라는 반사적으로 '05:00'의 숫자 배열을 보며 그날 오후 다섯 시를 가리켰던 시계 표시를 떠올렸다.

그날 기무라는 거실에서 와타루가 보는 어린이용 프로그램이 끝나가는 시간에 와타루 옆에서 병술을 마시며 드러누워 있었다. 월요일이었지만, 경비원 일이 휴일이라 온종일 드러누워 술로 시간을 보냈다. 그때 초인종이 울렸다. 신문 구독 권유일 것이라고 예상했다. 평소에는 손님 대응은 와타루에게 시켰다. 술 취한 남자가 현관으로 나가는 것보다는 어린애이긴 해도 똑똑한 소년이 상대하는 게 상대방에게도 기분 좋을 게 틀림없기 때문이다.

그러나 그때는 기무라가 직접 현관으로 나갔다. 와타루는 텔레비전에 푹 빠져 있었고, 아무래도 슬슬 일어나야 할 시간이었기 때문이다.

현관문 너머에는 교복 차림을 한 소년이 서 있었다.

중학생이 방문할 만한 이유가 떠오르지 않아서 순간적으로 종교단체 권유일 거라 단정 짓고, "우리 집은 됐어"라고 내뱉듯이 말했다.

"아저씨." 중학생은 첫 대면이라고 여겨지지 않을 만큼 친숙하게 불렀는데, 그렇긴 하지만 넉살이 좋다기보다는 울먹거리는 표정이었다.

“넌 뭐야?” 술 때문에 급기야 현실에는 존재하지도 않는 헛것이 보이나, 이건 중학생의 환영 같은 건가 하는 생각도 들었지만, 그제야 간신히 기억이 떠올랐다. 소년의 얼굴은 낯이 익었다. 언제인지는 잊었지만, 길거리에서 우연히 마주친 중학생이었다. 껑충하게 마른 체형이었고, 희고 길쭉한 얼굴 생김새는 오이를 떠올리게 했다. 코는 높고 살짝 휘어 있었다.

“네가 여긴 왜 나타났어?”

“아저씨, 도와주세요.”

“뭐 하는 짓이야.”

귀찮아서 문을 닫으려 했지만, 아무래도 신경이 쓰였다. 기무라는 현관문 밖으로 나갔다. 중학생의 목덜미, 교복 옷깃을 움켜쥐고 잡아끌며 바닥에 있는 힘껏 내동댕이쳤다. 눈 깜짝할 사이에 나뒹군 오이 얼굴 소년은 “아야” 하며 더욱 울상을 지었다. 인정사정 봐줄 생각도 없었다.

“이 집을 어떻게 알았지? 너, 전에 나랑 밖에서 만났던 놈이지. 가만, 왕이 아니고 뭐였더라, 왕자였나, 왕자님 기분을 상하게 했다고 벌벌 떨던 중학생 맞지? 그런데 여긴 어떻게 알았어?”

“뒤를 밟았어요.”

중학생은 신음하면서도 분명하게 말했다.

“뒤를 밟아?”

"학원 갈 때 자전거로 이 근처를 지나는데, 아저씨가 걸어가는 모습을 보고 뒤를 밟았어요. 그래서 집이 있는 곳을 알아냈어요."

"미행할 거면 좀더 섹시한 여자를 골라. 그게 아니면, 혹시 그쪽 취미라도 있는 거냐? 아저씨를 좋아해?"

기무라는 농담처럼 말했지만, 그 이면에는 이 중학생이 불길하고 음울한 일을 끌어온 게 아닐까 하는 불안이 있었다. 두려움을 감추기 위해 무의식이 기무라로 하여금 시시껄렁한 농담을 던지게 만들었다.

"그런 거 아니에요. 그렇지만 이제 아저씨밖에 의지할 사람이 없어요."

"또 왕자님 얘긴가."

기무라는 오이 얼굴 소년에게 숨결을 토해냈다. 술 냄새가 나는지 어떤지 자기 자신은 알 수 없지만, 소년의 거북한 표정을 보니 냄새가 제법 났을지도 모른다.

"죽을 거예요."

"술 냄새로 죽는다면, 담배보다는 술을 더 심각하게 금지하겠지."

"그게 아니에요. 다케가 죽는다고요."

"다케는 또 누구야. 네 동급생이냐?"

기무라가 진절머리를 내며 말했다.

"지난번에도 누군가가 자살했다며. 도대체 너희 학교는 어떻게 생겨먹은 곳이야. 우리 애는 절대로 입학시키지 말아야겠어."

"이번에는 자살도 아니고." 오이 얼굴 소년은 흥분해 있었다.

"난 너희 따윈 어떻게 되든 상관없어."

기무라는 그 소년을 발로 걷어차버리고, 내 알 바 아니라고 소리치며 현관문을 닫을 수도 있었다. 그런데 오이 소년이 그쯤에서 "사람이 아니라 개예요. 다케는 도모야스가 키우는 개인데"라고 말해서 마음이 바뀌었다.

"뭐? 그건 또 뭔 소리야. 정말 골치 아프군."

기무라는 그렇게 말했지만, 호기심이 발동했다. 집 안에 있는 와타루에게, "와타루, 아빠 밖에 나갔다 올 테니 얌전히 텔레비전 보고 있어"라고 전했다. 와타루의 예의바른 대답이 들려왔다.

"하는 수 없군, 잠깐 살펴보러 가주지."

주택가 한쪽에 자리한 공원은 기무라도 자주 찾는 장소였다. 놀이기구와 모래밭이 있는 공간과 그 안쪽의 잡목림이 세트를 이루고 있었다. 동네 안에 있는 것치고는 널찍하고 윤택한 공원이었다.

그 공원까지 가는 동안 기무라는 소년에게 그동안의 내막을 들었다.

첫 발단은 반 친구 중 한 아이의 부모가 개인병원을 경영하는데, "우리 집에 의료용 전기 충격기가 있어"라는 말을 꺼낸 것이었다. AED(자동 심장충격기)처럼 심실세동으로 인해 멈춘 심장에 충격을 주는 도구인 듯한데, 그보다 약간 강력한 기구로 아직은 프로토타입 제품이었다.

AED와 마찬가지로 사용법은 간단해서 심장 위치에 끼우듯이 두 개의 전극 패드를 접착하면 기계가 심전도를 분석한다. 전기 충격이 필요하다고 판단된 경우에 버튼을 누르면 전기가 통한다.

"왕자가 그 말을 듣자마자 말했어요. '그게 얼마나 센지 실험해보자'고."

오이 얼굴 소년은 입술을 일그러뜨렸다.

기무라 역시 벌레라도 씹은 것처럼 불쾌한 표정을 지었다.

"왕자님은 그런 생각까지 하는 대단한 분이로군"이라며 비웃었다.

"그래서 실제로는 어떻게 됐지?"

"자동이라 정상적인 사람한테는 작동하지 않을 거라고 그 의사 아들이 말했지만."

"그런 거였군."

오이 얼굴 소년은 얼굴을 찡그리며 고개를 저었다.

"그렇게 말하면 왕자가 포기할 줄 알았나 봐요."

"그런데도 왕자는 그걸 시험해볼 생각이군."

소년은 괴로운 듯이 고개를 끄덕였다.

그리고 왕자는 오늘 의사 아들에게 충격용 기계를 가져오라고 시켰다.

"지금 공원에서 그걸 시도한다는 거지?"

"모두 모아놓고."

"그런데 그건 심장이 멈춘 사람한테만 사용하는 기계잖아."

"맞아요."

"혹시 정상적인 사람한테 그걸 사용하면 어떻게 되지?"

소년의 얼굴이 일그러졌다.

"제가 살짝 의사 아들한테 물어봤어요. 그랬더니 '우리 아빠한테 물어보니까 죽을지도 모른대'라는 거예요."

"그렇군."

"AED는 자동이라 그런 일은 없지만, 그것은 프로토타입이고 강력해서."

기무라는 우웩 하며 혀를 내밀었다.

"그래서 왕자님은 그 다케라는 개를 실험대상으로 삼겠다는 건가? 흐음 과연. 왕자님도 처음부터 인간에게 시도할 배짱은 없다는 뜻이겠지."

오이 얼굴 소년은 고개를 옆으로 흔들었다. 그건 단순한 부정이라기보다 기무라의 상상이 왕자의 사고를 뛰어넘지 못한 데 대한 낙담이기도 했다. 이 남자는 왕자를 이기지 못할지도 모른다는 실망이었다.

"그게 아니에요. 왕자는 처음에 도모야스한테 시도하려고 했어요."

"도모야스라는 아이가 무슨 잘못이라도 했나?"

아마도 그럴 거라는 추측이 가능했다. 기무라는 자기가 과거에 관련되어 있던 흉흉한 집단을 떠올렸다. 집단을 인솔하는 인간은 동료에게 폭력을 휘두를 때, 대개는 벌칙이나 본때를 보여주기 위한 목적을 연결 짓는 경우가 많다. 그러는 편이 집단을 긴장시키고 공포를 침식시켜서, 말하자면 동료들을 순종시키는 효과를 발휘할 수 있기 때문이다. 동급생에게 이렇게까지 두려움을 사는 왕자라면, 똑같은 짓을 할 게 틀림없다. 전기 충격으로 벌을 주어 주위에 그 공포를 재인식시킨다.

"도모야스는 동작이 좀 둔해요. 지난번에 서점에서 만화를 훔칠 때도 늦게 도망치는 바람에 붙잡힐 뻔했어요."

도모야스가 점원에게 붙잡혔는데, 다른 친구들이 그 점원 뒤에서 발길질을 해서 간신히 구해냈다고 설명했다.

"쓰러졌는데도 계속 발길질을 해서 그 점원이 기절하는 바람에 일이 커진 모양이지만."

"기껏해야 도둑질인데 그렇게 필사적으로 임할 건 없잖아."

"그런 일들이 잇달았고, 그런데도 도모야스는 조금 시건방진 면도 있어서."

"둔한 데다 시건방지기까지 하면 왕자도 당연히 화가 나겠지. 우리 아빠는 변호사이고 훌륭해라고 말하는 타입인가, 혹시 그 도모야스라는 애가?"

기무라는 대충 머릿속에 떠오른 대로 변호사라고 말했을 뿐인데, 직감이란 때로는 기막히게 맞아떨어지는지 오이 얼굴 소년은 "맞아요. 그 녀석 아버지는 변호사예요"라고 말해서 매우 놀랐다.

"그렇지만 변호사가 딱히 무서울 건 없을 텐데. 무엇보다 왕자는 법률 테두리 밖에 있잖아."

"그런데 도모야스의 아버지는 무서운 사람들을 많이 아는지, 은근히 그걸 자랑하기도 했어요."

"아하, 그러면 당연히 미움을 살 수밖에. 단순한 자랑도 거슬리지만, 더 짜증나는 건 아는 사람에 관해 자랑하는 거지. 뭐, 그런 녀석이라면 따끔한 맛을 보여주는 게 좋겠군."

"그래서 도모야스가 그 의료기구 실험에 뽑혔는데, 당연한 일이겠지만 도모야스가 난리를 쳤어요. 공원에서 울고, 무릎을 꿇고, 용서해달라고 아우성을 치고."

"그래서 왕자님은 어떻게 했지?"

"그럼, 넌 봐줄 테니 개를 데리고 오라고 시킨 거죠. 도모야스가 키우는 다케를요. 전 초등학교 때부터 도모야스를 알았는데, 그때부터 키웠던 개고, 굉장히 귀여워했어요."

기무라는 흥 하고 코웃음을 쳤다. 왕자의 속셈을 알아챘다. 의료기구 실험 따윈 이미 안중에도 없겠지. 도모야스가 자기 몸을 지키기 위해 소중히 키워온 개를 내주는 상황을 즐기고 싶은 것이다. 그렇게 함으로써 도모야스의 마음을 짓밟고 싶을 뿐이다. 불을 보듯 훤했다. 그렇지만, 설마 정말로 그렇게까지 할까 싶은 동요도 있었다.

“왕자님은 좋겠군. 그렇지만 성격이 그 정도까지 나쁘면 오히려 더 알기 쉽잖아.”

“아저씨, 왕자는 그렇게 알기 쉬운 애가 아니에요.”

걱정스러운 듯이 오이 얼굴 소년이 말했을 때, 공원 입구가 보였다.

“저어, 전 같이 갈 순 없으니까 여기서 돌아갈게요. 일러바친 걸 들키면 곤란하니까.”

제멋대로군, 배짱도 없어, 하고 놀려댈 기분도 아니었다. 실제로 그 소년도 필사적이었다. 친구들을 배반한 걸 들키면 무슨 짓을 당할지 모를 일이었다. 최소한 의료기구 실험대상으로 뽑히는 건 불을 보듯 훤하겠지.

기무라는 “그럼, 얼른 돌아가. 난 우연히 지나치다 본 것처럼 할 테니까”라며 손을 휘저었다.

소년은 겁에 질린 어린애처럼 고개를 꾸벅 숙이고 그 자리를 떠나려고 했다. 아, 잠깐, 하며 기무라가 불러 세웠다. 소년이 뒤를 돌아보았다. 그 순간 왼쪽 주먹을 날렸다. 뺨을 노리며 있는 힘껏 날렸다. 소년의 얼굴이 휘청하고 흔들렸다. 눈을 희번덕거리며 바닥에 손을 짚었다.

“너도 나름대로 나쁜 짓은 했겠지? 지금 이건 그에 대한 처벌이야. 맞아둬.”

기무라가 거칠게 내뱉었다.

"그건 그렇고 왜 하필 나야. 왜 나한테 도움을 청하러 왔느냐고. 다른 어른은 없나?"

하필이면 술주정뱅이에 자식까지 딸린 남자에게 도움의 손길을 요청하다니, 명맥하게 잘못된 선택이다.

"없는 걸 어떡해요."

소년은 맞은 턱을 몇 번이나 어루만지며 피가 묻어나는지 확인했다. 화가 난 기색도 없었고, 쇠주먹 한 방으로 끝난다면 오히려 감지덕지라는 기미조차 엿보였다.

"달리 없단 말이에요. 왕자를 말려줄 사람이."

"경찰에 신고해."

"경찰은." 소년이 말을 머뭇거렸다. "무리예요. 경찰 쪽이 더 무리라고요. 저런 상황은 증거 같은 게 많이 필요하잖아요. 경찰은 알아보기 쉬운 나쁜 놈만 잡아들인다고요."

"알아보기 쉬운 나쁜 놈은 또 뭐야"라고 말은 했지만, 기무라도 이해할 수 있었다. 물건을 훔치거나 남을 때리거나 하는 인간에게는 법률이 기능한다. 법조문에 적용해 벌을 주면 끝나기 때문이다. 그러나 그렇지 않은, 훨씬 애매모호한 악의는 간단치가 않다. 법률은 효력이 없다.

"뭐 하긴, 왕자님이란 본래 자기 성 안에서 법률을 만들기도 하고 바꾸기도 하는 위치에 있으니까."

"그렇다고요." 소년은 턱을 어루만지며 천천히 멀어져갔다.

"아저씨는 그런 성 안의 규칙과는 관계없어 보이잖아요."
"술주정뱅이라서?"
소년은 그 말에는 대답하지 않고 사라졌다. 알코올 때문에 보인 환상이 아닐까 하는 생각이 또다시 고개를 쳐들었다.

공원 안으로 발을 들여놓았다. 똑바로 걸어갔다. 자기는 그럴 생각이었지만, 실제로도 똑바로 걸었는지 어떤지는 알 수 없다. 넌 애당초 인생을 똑바로 걸어오지도 않았잖아, 하는 부모의 한탄 소리가 들려오는 것만 같았다. 손에 입김까지 불어가며 술 냄새가 나는지 확인해봤지만, 도무지 판단할 수가 없었다.
안으로 들어가서 나무들이 늘어선 어스름한 장소로 걸음을 옮기자, 안쪽에서 목소리라고도 소리라고도 할 수 없는, 침울한 웅성거림 같은 것들이 떠돌았다.
완만한 내리막길, 숲의 밑바닥이라고 할 수 있는 장소에 떨어진 나뭇잎들이 수북이 쌓여 있었다. 검은 그림자가 모여 있었다. 중학생 교복을 입은 아이들이 무슨 의식이라도 치르는 수상쩍은 집단처럼 보였다.
처음에 기무라는 나무 그늘에 몸을 숨겼다. 신발 밑으로 나뭇잎이 밟혔다. 얇은 종이가 스치는 듯한 소리가 났다. 아직 거리가 있는 탓인지 알아챈 기미는 보이지 않았다.
얼굴을 내밀고 다시 한 번 중학생들에게 시선을 던지며 관찰했다. 취기가 날아갔다. 열 명 가까운 교복 차림 소년들이 개를 옭아매고 있었다. 처음에는 어디에 묶는지 알 수 없었지만, 곧바로 그것이 다른 중학생의 몸이라는 걸 알았다. 아마 개 주인이라는 도모야스일 테지. 잡종견을 도모야스에게 안기게 하는 형태로 붙이고 검은 테이프로 빙글빙글 휘감고 있었다. "괜찮아, 다케. 괜찮아"라고 달래는 도모야스의 목소리가 들려왔다. 자기 개의 불안을 달래주기 위해 죽어라 불러대는 거겠지. 그 기특한 마음이 심금을 울리는군, 하고 기무라도 생각했다.

다시 한 번 나무 뒤로 몸을 숨겼다. 개와 도모야스를 둘러싼 다른 중학생들은 말이 없었다. 흥분과 긴장으로 가득 차 있었다. 개가 안 짖는 게 신기해서, 다시 한 번 얼굴을 내밀고 바라보았다. 개의 주둥이는 커다란 천 같은 것으로 꽁꽁 묶여 있었다.

"야, 빨리 붙여."

중학생 중 한 명이 말했다. 의료기구의 패드를 개에게 붙이는 듯했다.

"붙이고 있잖아. 이게 이쪽으로 가는 거 맞지?"

"근데 이거 정말로 쓸 수 있냐?"

"당연하지. 내가 거짓말이라도 했다는 거야. 너야말로 조금 전에 도모야스 때릴 때, 미안하다고 사과했잖아. 너, 싫은데 어쩔 수 없이 한 거지. 왕자한테 다 불어버린다."

"그런 말 안 했어. 웃기는 소리 작작해."

이건 말기적이다, 왕자님의 지배는 정말 대단하군, 하며 기무라는 감탄했다. 공포로 집단을 통솔해나가면, 그것이 잘 풀릴수록 집단을 구성하는 말단들은 서로를 신용할 수 없게 된다. 폭군에 대한 분노나 반발을 동료끼리 공유하며 반항의 불씨로 키울 수 없게 된다. 자기만 야단맞지 않으려고, 자기만 벌받지 않으려고, 오로지 거기에만 집착해서 말단 동료끼리 서로를 감시하게 되는 것이다.

기무라가 권총을 쓰며 비합법적인 일을 했을 무렵에는 데라하라라는 남자의 존재를 자주 귀에 접했는데, 그 데라하라의 집단에서는 사원들이 밑도 끝도 없는 의심의 덫에 포로가 되었던 모양이다. 자기가 실수를 저지르지 않아서 데라하라의 주목이 다른 사원에게 향하기만을 기도하는, 말하자면 동료들 사이에서 늘 산 제물을 찾는 상태였을 것이다.

그와 똑같은 상황 아닌가.

기무라는 얼굴을 찡그렸다. 낙엽 위에서 부스럭거리며 의료기구로 위험한 실험을 시도하려는 소년들은 못된 장난을 즐길 여유도 없을뿐더러 스릴을 맛보는 고양감도 없을 게 틀림없다. 오로지 공포만 존재할 뿐이다. 자신을 지키기 위해 끔찍한 일을 하려는 것뿐이다.

기무라는 자기 발밑을 내려다보고, 그제야 신고 나온 신발이 샌들이라는 것을 알아챘다. 앞으로 무슨 일이 벌어질지, 공원에서 어떤 상황이 벌어질지 상상은 갔지만, 그에 대한 준비는 허점투성이였다. 차라리 샌들을 벗을까? 아니, 맨발은 움직이는 데 한계가 있다. 총을 가지러 돌아갈까, 그러는 게 손쉬운 방법일지도 모른다, 하지만 귀찮은데, 하며 이런저런 생각을 떠올리고 있는데, "미안, 미안해. 역시 안 되겠어. 다케가 죽는 건 싫어"라고 테이프에 묶인 도모야스가 소리쳤다. 숲에 펼쳐진 온갖 나뭇잎들이 그 소리를 흡수하는 것 같기도 했지만, 기무라의 귀에는 확실하게 와 닿았다. 그러나 그런 비통한 목소리는 집단의 행동을 견제하기는커녕 재촉하는 결과만 초래할 뿐이다. 산 제물의 비명은 가학성을 자극하기 때문이다.

기무라는 나무 그늘에서 나가 완만한 내리막길을 천천히 걸어서 중학생 집단으로 다가갔다.

"어, 아저씨"라며 중학생 중 하나가 금세 알아봤다. 낯이 익지는 않았지만, 아마도 공원까지 기무라를 데리고 온 오이 얼굴 소년과 마찬가지로 길거리에서 마주쳤던 무리 중 하나겠지.

샌들로 낙엽을 밟으며 천천히 다가갔다.

"어이쿠 저런, 개를 괴롭히면 쓰나. 다케, 풀어줘라"라며 기무라가 집단을 바라보았다. 의료기구처럼 보이는 것이 바닥에 놓여 있었다. 거기에서 연결된 패드가 개 몸뚱이에 붙어 있었다.

"다케, 가엾게도 이런 꼴을 당하다니. 동정을 금할 길이 없구나. 이 술주정뱅이 아저씨가 왔으니 이젠 괜찮아."

주위 소년들이 우두커니 서 있기만 해서 기무라가 개에게 다가가 패드를 벗겨냈다. 도모야스와 개를 묶었던 테이프도 벗겨

나갔다. 점착력이 강한 테이프에 털이 들러붙는 바람에 개가 날뛰었다. 그래도 그럭저럭 뜯어냈다.

야, 곤란해, 하는 소리가 등 뒤에서 들렸다.

“저 아저씨, 말려야 해.”

“소년이여, 맘껏 고민할지어다. 내가 너희 일을 방해했으니 얼른 손을 쓰지 않으면 왕자님한테 야단맞을 텐데”라고 기무라는 놀리듯 말했다.

“그건 그렇고, 왕자는 어디 있나”라고 테이프를 끊으면서 말했다.

“이봐, 아저씨, 왜 그렇게 세게 나와.”

그쯤에서 유달리 맑고 온화한 목소리가 들렸다.

기무라는 고개를 들었다. 조금 떨어진 곳에 눈이 부실 듯한 왕자의 웃는 얼굴이 보였다. 돌이 날아왔다.

찰칵하며 트렁크가 열려서 기무라의 회상은 중단되었다. 숫자 자물쇠는 0600까지 도달해 있었다. 왕자님은 역시 운이 좋은가. 네 자리 숫자를 다 시도해보는 경우의 수를 생각한다면, 상당히 빨리 정답에 다다른 것이다. 일단은 트렁크를 닫아 변기 위에 올린 후, 다시 한 번 열어보았다.

안에는 가지런하게 늘어선 만 엔짜리 지폐가 가득했다. 별다른 감개는 없었다. 새 지폐가 아니라 사용하던 지폐들이 늘어서 있었고, 그 두께도 나름 두툼했지만, 동요할 만한 액수는 아니었다. 과거에는 이보다 몇 배 많은 액수를 운반한 적도 있었다.

기무라는 다시 뚜껑을 닫으려다 뚜껑 안쪽에 카드 여러 장이 꽂혀 있는 걸 알아챘다. 꺼내보니 은행 현금카드였다. 다섯 종류가 있었고, 모두 다른 은행 카드였다. 각각의 카드 표면에는 유성 펜으로 썼는지 네 자릿수 숫자가 적혀 있었다.

이 카드로 원하는 만큼 고액을 인출할 수 있다는 뜻인가. 지폐 더미에 카드까지 덤으로 붙는 것은 호화로운 선물이다. 요즘에는 비합법적인 거래에도 이런 방식이 유행하나.

퍼뜩 생각이 떠올라 지폐 다발 속에서 지폐 한 장을 뽑았다.

"이런 건 어차피 한 장쯤은 없어져도 문제될 건 없겠지"라고 중얼거리며 갈기갈기 찢었다. 한 번쯤 해보고 싶었다는 이유뿐이었다. 트렁크 뚜껑을 닫아 한쪽으로 밀어내고, 변기 속에 찢은 지폐를 던졌다.

센서 위에 손을 올리자, 변기 속으로 거센 물살이 소용돌이치며 흘러내렸다. 화장실에서 나왔다. 기무라는 무의식적으로 눈앞의 왕자에게 잘했다고 칭찬받기를 기대하고 있었다.

"자, 이젠 어떻게 하지, 밀감짱."

레몬은 창가의 시체와 통로 쪽 밀감 사이에 끼여 앉는 게 갑갑해서 “잠깐 자리 좀 바꾸자. 난 한가운데는 싫어”라고 말했다.

“너, 도대체 생각이 있어 없어?”

밀감이 매서운 눈빛으로 입을 열었다. 자리를 내줄 생각은 없는 듯했다.

“그게 무슨 소리야?”

“너도 플랫폼에 미네기시 쪽 녀석이 서 있다는 건 알았잖아.”

“알았지. 사람 바보 취급하지 마. 그래서 손까지 흔들어줬잖아.”

“저 녀석 손은 왜 흔들었지?”

밀감이 필사적으로 화를 억누르며 창가에서 눈을 감고 있는 미네기시 도련님을 가리켰다. 흥분했는데도 주위를 신경 쓰며 작은 목소리로 말했는데, 레몬은 그 모습이 우스워서 견딜 수가 없었다.

“네 말투, 딱 그거네, 스타 잠 깨우기 몰래카메라에서 잠 깨우러 다니는 리포터 같다. 속삭이는 그 말투 말이야”라고 말한 레몬은 전에 들었던 이야기를 떠올렸다.

“잠 깨우는 얘기가 나왔으니 말인데, 잠투정이 몹시 사나운 살인청부업자 얘기 들어본 적 있냐?”

밀감은 가벼운 농담이나 주고받을 기분은 아니었지만, “있어”라고 짧게 대답했다.

“잘 때 깨우면 열 받아서 그놈을 꼭 죽인다던데. 게다가 다른 사람을 깨우는 모습만 봐도 화를 낸다니 성질 한번 더럽지."

"동료가 깨워도 화를 냈다더군. 그래서 그자랑 일하는 녀석들은 직접 만나지 않고 연락을 취하게 됐지. 그렇게 들었어. 역 게시판에 지시를 써둔다거나 하는 방식으로."

"자기가 무슨 사에바 료(호조 쓰카사北条司의 만화 《시티 헌터》, 《엔젤 하트》에 등장하는 가공의 인물-옮긴이)라도 되는 줄 아나?"

레몬은 꽤 오래 전에 읽은 만화를 떠올렸다. 보나마나 밀감은 모를 거라 생각했는데, 아니나 다를까 "그게 누군데?"라고 물었다.

"옛날 살인청부업자야. 아무리 그래도 역 게시판은 너무 고리타분해."

"여하튼 이런 일은 연락 수단 확립이 제일 번거롭지. 증거를 안 남기고, 상대에게 확실하게 정보를 전할 수 있는 방법을 고안해내는 일 말이야. 게다가 그런 방법에만 너무 집착하다 보면 일은 대개 실패하지."

"그렇군."

"예를 들면, 조금 전에도 말했지만, 건물 전광게시판을 이용해서 연락을 취한다고 해보자. 가령 그렇게 하기로 결정했다면, 메시지 발신지로 동료를 보내거나 그게 아니면 발신지 담당자를 포섭해야겠지."

"반대로 말하면 발신지 사람만 조종할 수 있으면 어떻게든 된다는 뜻이잖아."

"그렇게까지 집착할 의미가 없어."

"그렇지만 잠투정이 사나운 그 살인청부업자는 우수했잖아. 나도 얘기는 들었어. 엄청 셌다며. 전설의 업자."

"전설이란 본래 먼저 떠들어대는 사람이 임자야. 그런 업자는 애당초 존재하지도 않아. 전설은 전설이라도 도시전설 같은 거겠지. 아니면 그 자식은 연락 수단을 너무 고민한 나머지 꿈속에서 거래를 주고받는 게 아닐까. 그러니 지금도 여전히 잠든 채로 있겠지."

얘기를 하는 중에 밀감의 목소리가 자연스레 커졌다.

"난 잠든 널 깨우진 않잖아. 친절하지?"

"네가 나보다 항상 더 많이 자니까."

"뭐 여하튼, 이 자식을 시체로 안 보이게 하려면, 움직이는 모습을 보이는 게 좋잖아."

"잠든 상태에서 손만 흔드는 남자가 있다면, 그건 인형이거나 아니면 죽은 남자의 손을 누군가가 대신 흔들어줄 때뿐이겠지."

"까다롭긴. 분명히 나름 효과가 있다니까 그러네."

레몬이 다리를 떨어대기 시작했다.

"아까 본 올백 남자가 지금쯤 미네기시한테 보고하고 있을 거야. 네 글자지. '이상 없음'."

"보고야 틀림없이 하겠지. '미네기시 씨 아드님의 상태가 이상합니다. 아무래도 매우 곤란한 사태가 벌어졌는지도 모르겠습니다'."

"넌 대체 몇 글자냐."

"글자 숫자가 중요한 게 아니야."

레몬은 진지하게 대답하는 밀감의 옆얼굴을 바라보면서, 이 자식은 왜 이렇게 늘 어깨에 힘이 들어가 있을까, 하고 생각했다.

"됐다, 그만두자. 그럼 밀감, 넌 지금 상태를 어떻게 생각해?"

밀감은 시계로 시선을 던졌다.

"내가 미네기시라면 다음 정차역인 센다이로 부하들을 보내겠지. 무기를 잔뜩 챙긴 험악한 놈들로. 그리고 안에 있는 두 사람이 도망치지 못하게 플랫폼에 세워둘 거야. 두 사람이 열차 안에 남아 있으면 안으로 들여보내겠지. 다행히 이 신칸센에는 빈자리가 많아. 지금쯤 남은 좌석을 정신없이 사들이지 않을까?"

"그들이 노리는 두 사람은 비참하겠군."

"어디 사는 누굴까."

"그럼 센다이에 도착하면 지저분한 놈들이 우글우글 신칸센에 올라탄다는 건가. 그건 좀 괴롭겠는데."

차량 전체에 총과 칼을 든 수염 기른 사내들이 출현한 상태를 떠올린 레몬은 부르르 몸서리를 치고 싶었다.

"미네기시 부하는 젊은 여자는 없나. 수영복 차림으로 타줄 순 없을까."

"어느 쪽이든 총을 들고 타면 마찬가지야. 아, 수영복이다, 하고 생각한 순간 총에 맞을지도 모르지."

차량의 앞쪽 문이 열렸다. 진행 방향인 4호차에서 남자 승객 하나가 이쪽으로 다가왔다. 젊은 남자였다.

"레몬 선생." 밀감이 갑자기 진지하게 말을 걸어서 레몬은 살짝 놀랐다.

"뭔가, 밀감 군."

"짧은 내 콩트를 한번 들어보겠나?"

"싫어. 너같이 진지한 녀석이 '웃기는 얘기'라면서 시작하는 이야기의 90퍼센트는 전혀 웃기질 않으니까."

밀감은 그 말은 들은 척도 않고, "얼마 전에 우리 집 근처에서 아는 사람을 만났어"라며 이야기를 시작했다. 밀감이 무슨 말을 하고 싶어 하는지 그 순간 알아챘다. 레몬은 얼굴에 미소가 번지지 않도록 주의하며 "나도 알아"라고 말했다.

"그렇군."

대화가 끊겼다.

신칸센 밖의 풍경이 잇달아 스쳐 지나갔다. 골프 연습장과 맨션이 뒤로 흘러가는 경치를 지켜보는 사이, 레몬은 또다시 꼬마기관차 토머스를 떠올렸다.

"으음, 꼬마기관차 토머스 이야기에서 소도어 철도국의 뚱보 사장인 토팜 햇 경이 토머스와 퍼시 일행에게 이런 말을 하지.

'너희는 정말로 도움이 되는 기관차로구나'라고. 햇 경이 그렇게 말했어."

"햇 경은 또 누구야?"

"뚱보 사장님이라니까. 몇 번을 말해줘야 직성이 풀리겠냐. '늘 검은 실크 모자를 쓰고 다니는 소도어 철도국의 사장님입니다. 열심히 일하는 기관차를 격려하거나 나쁜 일을 한 기관차를 야단칩니다. 기관차들에게 존경을 받아요.' 소도어 철도국의 국장 같은 존재야. 뭐 그건 그렇다 치고, 참 좋은 말이잖아."

"어디가?"

"너희는 정말로 도움이 되는 기관차라는 대사 말이야. 도움이 된다는 말을 들으면 누구나 기쁘잖아. 나도 그런 말을 듣고 싶다, 넌 정말로 좋은 기관차로구나, 하는 말."

"그렇다면 확실하게 도움이 되는 일을 하면 되겠네. 잘 들어, 오늘 우리는 도움이 되는 기관차랑은 거리가 아주 멀어."

"우린 기관차가 아니니까."

"기관차 얘기를 먼저 꺼낸 사람이 누구지?" 밀감이 거친 콧김을 내뿜었다.

"밀감, 아까 내가 준 스티커 좀 꺼내봐."

"너한테 돌려줬잖아."

"어, 그랬나."

레몬은 주머니에서 접힌 스티커를 꺼내서 펼쳤다.

"퍼시가 어떤 건지 알아?"

"몰라."

"나랑 일한 지 몇 년째냐. 꽤 길 텐데. 이제 제발 토머스 친구들 이름 정도는 외워두란 말이지."

"그러는 너는 내가 추천한 《금색禁色》은 읽었어? 《악령》은 읽었냐고?"

"싫다니까 그러네. 네가 추천하는 건 문학뿐이잖아."

"네가 추천하는 건 증기기관차뿐이야."

"디젤기관차도 있어. 뭐, 그건 됐고. 그보다 지금 번뜩 떠오른 아이디어가 있어."

"뭔데?"

"명안이야."

"너같이 얼렁뚱땅한 인간이 '명안이 있다'면서 시작하는 이야기의 90퍼센트는 별 볼일 없는 아이디어겠지만, 들어는 주지."

"으음, 좋아. 넌 미네기시 도련님을 살해한 범인을 찾아내자고 했지. 아니면 사라진 트렁크를 찾아내자고. 미네기시가 가만있진 않을 테니까."

"그래. 그런데 우리는 양쪽 다 찾아내질 못했지."

"그런데 그 방침은 잘못됐어. 아니, 잘못된 건 아니지만, 현명한 방법은 아니었지. 뭐, 그렇다고 기죽을 것까진 없고. 누구나 실수는 하는 법이니까."

"그것 말고 다른 해결 방법이라도 있다는 소리야?"

"있지."

레몬은 입매가 저절로 풀어지려는 것을 애써 참아냈다.

밀감이 눈을 살짝 크게 떴다.

"야, 옆에 있는 아는 사람한테 안 들리게 말해."

"나도 알아"라고 레몬이 대답했다.

"'범인은 찾아내는 게 아니다. 만들어내는 것이다'라는 명언을 한 사람이 누군지 알아?"

"보나마나 네가 좋아하는 꼬마기관차 토머스에 나오는 누구일 테지."

"허구한 날 토머스 얘기만 하진 않아. 나야, 나. 내 대사라고. '범인은 찾아내는 게 아니다. 만들어내는 것이다'라는 말이지."

"무슨 뜻이야?"

"이 신칸센 안에서 적당한 인간을 골라서 그 녀석을 범인으로 만들면 돼."

밀감의 얼굴에 변화가 생겼다. 레몬은 자신의 명안에 놀란 게 틀림없다는 생각에 기뻤다.

"나쁘진 않군." 밀감이 나지막이 말했다.

"그렇지?"

"미네기시가 과연 그 말을 믿을지 어떨지는 모르지만."

"뭐, 그렇긴 하지. 그래도 아무것도 안 하는 것보단 낫잖아. 나랑 너는, 아니 너랑 나는 일을 실패했어. 도련님은 죽게 내버려뒀고, 트렁크는 잃어버렸지. 그건 그것대로 혼쭐이 날 일이야. 그렇지만 범인을 잡아가면 그나마 좀 낫지 않을까."

"트렁크는 뭐라고 핑계를 대지?"

"그거야 뭐 범인이 어딘가에 버렸다고 해도 될 테고. 물론 그걸로 모두 해결되진 않겠지만, 이렇게 된 원인을 제공한 누군가를 한 사람 준비하면, 으음, 뭐라고 해야 할까."

"미네기시의 분노가 분산될지도 모른다?"

"그래, 내가 하고 싶은 말이 바로 그거야."

"누구로 하지?" 밀감이 자기 제안을 받아들여 곧바로 실행에 옮기려는 것에 만족하면서도 한편으로는 귀찮은 마음도 들었던 레몬은 "어, 진짜 하게?"라고 무심코 말해버리고 말았다.

"네가 꺼낸 말이잖아. 야, 레몬, 계속 장난이나 치면 나도 화낸다. 잘 들어, 내가 좋아하는 소설에 이런 문장이 있어. '나는 그 남자를 경멸한다. 발밑의 대지가 갈라지고, 머리 위에서는 거대한 바위가 굴러 떨어지는데도 이를 드러내며 미소 짓기 때문이다. 화장 상태를 확인하기 때문이다. 나의 경멸이 폭풍우가 되어 이곳을 엉망으로 휩쓸어버린다 해도 그는'."

"알았다, 알았어." 레몬이 손을 좌우로 흔들었다.

"화내지 마."

밀감이 화가 나면 얼마나 무서운지 레몬은 익히 알고 있었다. 평소에는 까다로운 책이나 읽고, 최소한 필요한 만큼의 폭력만 휘두르며 담담하게 생활하지만, 일단 화가 나면 그 냉혹함을 걷잡을 수 없어서 도무지 손쓸 방법이 없다. 표정만 봐서는 화가 났는지 어떤지 확실히 알 수 없으니 훨씬 더 까다로웠다. 조짐이나 경고도 없이 별안간 화산이 분화하는 것 같은 공포가 휘몰아친다. 그러나 밀감이 소설이나 영화 내용을 인용하기 시작하면, 주의가 필요하다는 정도는 레몬도 알고 있었다. 흥분으로 인해 머릿속의 기억 상자가 뒤집혀버리는지, 자기가 좋아하는 소설 문장 같은 걸 줄줄 쏟아놓기 시작한다. 그게 바로 화낼 징조나 다름없었다.

"알았어. 진지하게 얘기해보자."

레몬은 양손을 살짝 들어 올렸다.

"난 그 누명을 씌우기에 딱 좋은 남자를 발견했어."

"누구야?"

"너도 이미 알아챘을 텐데. 미네기시를 알고 있을 법한 녀석이지."

"내가 아는 놈인가? 이웃에 사는?"

"그렇지, 이웃에 사는 우리가 아는 놈이지."

"과연 괜찮은 아이디어로군." 밀감이 그쯤에서 자리에서 일어섰다.

"화장실 좀 다녀올게."

"야, 그게 무슨 소리야?"

"미리 소변을 봐둔다고."

"혹시라도 그 전에 기회가 생기면 어떡하지. 이웃에 사는 아는 사람이랑 말할 기회가 생기면? 네가 돌아올 때까지 못 기다리면 어떡하느냐고."

"너한테 맡길게. 너 혼자서도 문제없잖아. 둘이 하는 것보다 조용하게 끝날 테니까."

레몬은 자기가 신뢰받는 것 같아서 은근히 기분이 좋았다.

"뭐, 하긴."

"다른 사람들한테 피해 가지 않게 처리해."

밀감이 차량 밖으로 향하는 모습을 레몬이 눈으로 좇으며 배웅했다. 옆에 있는 미네기시 도련님 시체로 다가가 그 머리를 손으로 잡은 후, 인형을 움직이듯 위아래로 고개를 끄덕거렸다. "레몬, 넌 정말 도움이 되는 기관차로구나"라며 복화술 흉내를 내듯 중얼거렸다.

마리아는 고민할 여유가 없다고 말했다. 그러나 나나오는 고민했다. 고민하면서 3호차로 향했다.

밀감과 레몬을 떠올렸다. 그러자 금세 위가 따끔거렸다. 험한 일에는 익숙했지만, 우수한 업자가 얼마나 성가신 존재인지는 익히 알고 있었다.

3호차 문이 열린 순간, 각오를 다졌다. 이 안에 그들이 있겠지. 자연스러움을 가장해야만 한다. 나는 화장실에 다녀오는 3호차 승객이다, 의심받을 리가 없다, 하고 스스로를 타일렀다. 반드시 그런 표정으로 들어가야 한다. 차 안에 빈자리는 많았다. 시치미 뗀 얼굴로 어딘가에 자리를 잡기는 수월하지만, 수많은 사람 속에 몸을 숨기기에는 적합하지 않은 상황이었다. 고개를 들고 아무렇지 않은 척 가장하며 좌석을 둘러보았다. 마주 보이는 왼쪽 3인석 좌석 한가운데쯤에 남자 셋이 앉아 있었다. 창가에 앉은 남자는 창에 기대어 죽은 듯이 잠들어 있었지만, 그 옆의 두 사람은 깨어 있었다. 통로 쪽 남자는 진지한 얼굴이었고, 가운데 좌석의 남자를 추궁하는 듯한 분위기였다. 두 사람은 키와 덩치가 비슷했다. 머리는 조금 길었고 마른 체형에다 꼰 다리가 남아돌 정도로 키가 커 보였다.

어느 쪽이 밀감이고 어느 쪽이 레몬인지는 알 수 없었다.

그들과 가까운 자리에 앉기로 한 것은 순간적인 판단이었다. 그들 세 사람의 뒷좌석이 때마침 비어 있었다. 그 뒷자리도 비어 있었다. 안전을 확보하기 위해서는 좀더 떨어져야 하겠지만, 쉽고 빠르게 상황을 파악하기 위해서는 가능한 한 가까운 편이 유리했다. 마리아에게 협박당한 일도 있고, 실수만 연발하는 데 따른 동요도 있었다.

그 순간, 나나오의 머릿속에 자기 실수로 인한 실점을 만회하기 위해 보통 때는 하지 않는 무모한 돌파를 시도하는 축구 선수의 모습이 떠올랐다. 실수를 만회하기 위해, 리스크를 감당해야 하는 플레이를 하는 것이다. 그런 상황에서 실수한 선수가 활약하는 장면은 본 적이 없다. 헛바퀴는 헛바퀴의 결과만 남길 뿐이다. 그럼에도 실수를 저지른 선수는 그렇게 할 수 밖에 없는 것이다.

그들 바로 뒷자리에 앉았다. 차량에 들어섰을 때, 한순간 눈이 마주친 밀감 혹은 레몬에게 나나오의 정체가 발각 난 기미가 없었다는 것도 뒷심이 되었다.

됐어, 저들은 나를 몰라, 하며 안도했다. 자기 경험으로 볼 때 뒤쪽 좌석에는 무관심해진다는 판단도 있었다.

숨을 죽이고 눈에 띄지 않게 주의하며 앞좌석 등받이 그물망 속에 꽂혀 있던 책자를 꺼내서 펼쳤다. 통신판매 카탈로그 같은 책자였는데, 다양한 상품들이 늘어서 있었다. 그것을 뒤적거리며 앞에 앉은 두 사람의 대화에 귀를 기울였다.

몸을 조금 앞으로 굽히자, 전부는 아니었지만, 주고받는 말이 띄엄띄엄 들렸다.

가운데 앉은 남자가 토머스가 이러니저러니 기관차가 이러니저러니 하는 말을 입에 올렸다. 마리아 얘기에 따르면, 꼬마기관차 토머스를 좋아하는 사람이 레몬일 터였다. 그렇다면 뒤에서 볼 때, 왼쪽에 앉은 남자가 문학을 좋아한다는 밀감이라는 뜻이다.

의심받지 않게 신경을 바짝 곤두세우면서도 가방 사진이 늘어선 페이지를 뒤적거렸다. 여기에 '미네기시 트렁크'라는 상품이 실려 있으면, 당장 구입할 텐데, 하는 생각을 했다.

"으음, 좋아. 넌 미네기시 도련님을 살해한 범인을 찾아내자고 했지. 아니면 사라진 트렁크를 찾아내자고. 미네기시가 가만있진 않을 테니까."

레몬의 목소리에 흠칫 놀란 나나오는 하마터면 움찔하며 몸을 움직일 뻔했다. 트렁크는 그들의 수중에도 없다. 그것을 알 수 있었다. 그리고 '미네기시'라는 말에도 반응할 뻔했다. 미네기시가 아니라 미네기시 도련님이라니, 그건 대체 누구지? 말뜻 그대로 받아들이면, 미네기시의 아들이라는 의미다. 미네기시한테 아들이 있었나? 마리아가 그런 말을 했던가? 기억이 나지 않았다. 게다가 레몬은 '살해한 범인'이라고 말했다. 미네기시의 아들이 살해된 것이다. 몸이 부르르 떨려올 것 같았다. 대체 누구야? 누가 감히 그런 대담한 짓을 저질렀을까.

예전에 선술집 주인이 나나오와 다른 사람들 앞에서 "세상에는 두 종류의 인간이 있어"라는 말을 꺼냈을 때 기억이 떠올랐다. 그런 표현은 도무지 신선함이라곤 없어서 나나오는 씁쓸하게 웃었지만, 예의상 "어떤 인간이죠?"라고 물었다.

가게 주인이 말했다. "미네기시를 모르는 놈과 미네기시를 두려워하는 놈이지."

주위 반응은 그다지 좋진 않았다.

그것을 알아챈 가게 주인이 말을 이었다. "그리고 미네기시 본인이지."

"그럼, 세 종류잖아"라며 주위에서 비난을 퍼부었다.

나나오는 그런 대화를 듣고 웃으면서도 미네기시는 역시 무섭군, 계속 조심하는 제일이야, 엮이지 않는 게 최고지, 하는 생각을 강하게 품었다.

“범인은.” 레몬이 밀감 쪽으로 손가락을 세워 보이며 자랑스럽게 말하는 소리가 들렸다. 그 뒷말은 잘 들리지 않았지만, 마지막 말이 ‘만들어내는 것이다’라는 건 알아들었다.

잠시 후 통로 쪽 남자, 즉 밀감이 자리에서 가볍게 일어서서 나나오는 깜짝 놀랐다. 얼굴을 창으로 돌리며 몸을 딱딱하게 굳혔다. “화장실 좀 다녀올게”라는 소리가 들렸다. 밀감은 화장실이 있는 앞쪽, 4호차 사이의 통로를 향해 걸어가는 듯했다.

레몬이 “야, 그게 무슨 소리야?”라며 불러 세웠다.

“미리 소변을 봐둔다고”라고 밀감이 대답했다.

“혹시라도 그 전에 기회가 생기면 어떡하지. 이웃에 사는 아는 사람이랑 말할 기회가 생기면? 네가 돌아올 때까지 못 기다리면 어떡하냐고.”

“너한테 맡길게. 너 혼자서도 문제없잖아. 둘이 하는 것보다 조용하게 끝날 테니까.”

“다른 사람들한테 피해 가지 않게 처리해.”

밀감은 그 말을 남기고 등을 돌리더니 3호차에서 모습을 감췄다.

그가 떠나고 나자, 차 안은 쥐 죽은 듯 가라앉았다. 나나오에게는 그렇게 느껴졌다. 물론 열차가 흔들려서 창 너머로 흘러가는 풍경이 덜컹덜컹 소리를 냈지만, 밀감과 레몬의 대화가 사라진 순간, 차 안이 정적에 휩싸이며 시간이 멈춰버린 듯한 착각에 휩싸였다.

나나오는 책자를 뒤적였다. 글씨를 좇지만 이해되지는 않았다. 문장을 수박 겉핥기식으로 멍하니 훑어가면서 '지금이라면' 하는 생각을 했다. '지금이라면 레몬 혼자다. 접촉을 시도한다면 지금이 기회가 아닐까'라며 필사적으로 생각에 잠겼다.

'접촉해서 뭘 어쩌지?'라고 물어오는 또 다른 자신도 있었다.

'나는 트렁크를 찾아내야 하니까 트렁크가 없는 저자들과 얘기해봐야 아무 의미도 없어.'

'그렇지만 달리 의지할 상대도 없잖아.'

'저 녀석들한테 의지하겠다고?'

'미네기시를 역으로 이용해서 교섭할 수 있을지도 모르지. 흔히 말하듯 적의 적은 아군이야.'

전모를 파악할 순 없지만, 밀감 일행도 미네기시를 위해 트렁크를 옮기고 있었던 게 틀림없다. 그리고 나나오는 미네기시에게 밀감 일행의 트렁크를 가로채라는 지시를 받았다. 요컨대 미네기시는 밀감 일행에게 의뢰를 했으면서도 나나오 쪽에 또다시 그 트렁크를 빼앗으라고 부탁한 것이다. 거기에는 뭔가 꿍꿍이가 있을 거라는 상상이 갔다. 그러니 '사실은 나도 미네기시한테 일을 의뢰받았다'고 밝히면, 수상쩍게 여기며 경계하면서도 일종의 동료 의식을 갖게 되지 않을까. '트렁크를 찾아 헤맨다'는 의미에서는 똑같은 목적을 가지고 있으니, 맨 처음

가로챈 사실만 무시하면, 서로 협력할 수 있는 가능성도 있다. 예를 들면 단 한 번뿐인 외도는 서로 용서하고 평생 동안 해로하는 부부가 수없이 많을 테며, 그것과 비슷하게 앞으로는 태그 팀을 짤 수 있지 않을까. 그런 제안을 하고 싶었다.

책자를 팔랑팔랑 넘기다 덮었다. 앞 등받이 망 속에 집어넣었다. 잘 들어가지 않아서 고생했지만, 그래도 간신히 집어넣은 후, 의지를 굳혔다. 불시에 들이닥쳐 선제공격을 하면, 레몬의 동작을 차단할 수 있을지도 모른다. 그러고 나서 이쪽 사정을 설명한다. 좋아, 하며 나나오는 자리에서 몸을 일으켰다.

"어이."

눈앞에 레몬의 얼굴이 있었다.

무슨 일이 벌어졌는지 곧바로 이해할 수는 없었다. 그것은 분명 아는 얼굴이긴 했다.

"어이, 잘 지냈나"라며 마치 옛날부터 잘 알고 지내는 사람처럼 말을 건넸다. 레몬은 나나오가 앉은 좌석의 바로 옆 통로를 가로막듯이 서 있었다.

머리에 떠오른 의문부호를 풀어내기보다 앞서 몸이 먼저 움직였다. 일단 고개를 숙였다. 그러자 머리 위로 레몬의 주먹이 날아오는 게 느껴졌다. 한 박자만 늦었어도 그 훅에 머리를 맞았을 것이다.

나나오는 재빨리 고개를 들었다. 레몬의 오른손을 움켜잡았다. 그리고 있는 힘껏 비틀었다. 레몬을 등 뒤에서 억눌렀다.

다른 승객들에게 들키지 않게 최소한의 동작으로 그치고 싶었다. 여기서 소란을 피우는 일만은 피하고 싶었다. 경찰 사건이나 뉴스거리가 되면, 미네기시에게 자기들의 실패가 알려지는 속도도 그만큼 빨라진다. 아직은 시간이 필요했다.

그나마 다행스러운 것은 레몬도 눈에 띄는 것을 피하고 싶어 한다는 점이었다. 최소한 필요한 동작밖에 하지 않았다.

레몬이 부들부들 경련을 일으키듯 오른손을 떨었다. 움켜쥐고 있던 나나오의 팔을 있는 힘껏 뿌리쳤다.

순간의 방심이 생명을 앗아갈 수도 있다는 것은 잘 알고 있다. 그러나 아무래도 주위가 신경 쓰여서 시선을 돌리고 말았다. 승객 대부분은 잠을 자거나 휴대전화나 잡지에 시선을 던지고 있었다. 그러나 차량 뒤쪽 자리에서 일어서 있던 어린애가 이쪽을 뚫어져라 바라보며 흥미진진한 눈빛을 던지고 있었다. 곤란해. 레몬의 가슴을 팔꿈치로 내리찍었다. 치명적인 타격을 주려는 게 아니라 균형을 흐트러뜨리기 위해서였다. 상대가 피하는 순간에 나나오는 몸을 미끄러뜨리며 조금 전까지 자기가 앉아 있던 창가 좌석에 다시 앉았다. 계속 서 있으면 늦든 빠르든 주목을 끌게 마련이다.

레몬도 좌석에 내려앉았다. 가운데 자리를 사이에 두고 두 사람의 손이 정신없이 오갔다. 뒤로 젖혀진 앞좌석 등받이가 거슬렸지만, 어쩔 도리가 없었다.

앉은 채로 누군가와 싸우는 건 처음 경험하는 일이었다.

상반신을 흔들며 손을 내질렀다. 상대의 주먹은 몸을 뒤로 젖히거나 팔로 막아냈다. 상대도 비슷한 상황이었다. 레몬이 나나오의 옆구리를 노리며 밑에서부터 퍼올리듯 날카로운 펀치를 날렸다. 그 타이밍을 노리고 팔걸이를 이용했다. 접혀 있던 팔걸이를 왼손으로 있는 힘껏 내렸다. 레몬의 오른팔이 팔걸이에 부딪치며 쿵 하는 둔탁한 소리를 울렸다. 혀 차는 소리가 레몬 쪽에서 들려왔다.

좋았어, 하는 생각도 한순간, 어느새 레몬은 왼손에 칼을 움켜쥐고 있었다. 작긴 해도 예리한 빛을 번득이는 그것은 허공을 날카롭게 옆으로 갈랐다. 나나오는 앞의 등받이에 들어 있던 책자를 꺼내 들었다. 그 책을 두 손으로 활짝 펼치며 칼날을 받아냈다. 칼날이 종이를, 인쇄되어 있던 전원 풍경 사진을 찔렀다. 재빨리 그 종이로 칼을 휘감으려 했지만, 상대가 그보다 앞서 칼을 잡아 뺐다.

총이 아닌 게 그나마 다행이었다. 총성을 신경 쓰는 건지 아니면 이렇게 가까운 격투에서는 총보다는 칼이 유효하다고 판단했는지, 아니면 애당초 총이 없는 건지 알 수 없었다. 어느 쪽이든 레몬은 총을 쓰지는 않았다.

상대가 다시 한 번 칼날을 내질렀다. 나나오는 조금 전과 마찬가지로 책자로 막아낼 작정이었지만, 생각대로 몸이 움직여지지 않았다. 칼날이 왼팔을 찔렀다. 통증이 훑고 지나갔다. 한순간 그 상처로 시신을 던졌다. 깊지는 않았다. 또다시 레몬을 바라보았다. 나나오는 팔을 뻗어 레몬의 왼쪽 손목을 움켜쥐는 데 성공했다. 자기 앞으로 레몬의 그 손을 끌어당기고, 다른 한 쪽 손으로 팔걸이를 있는 힘껏 내리쳤다. 손에서 칼이 떨어지며 좌석 밑으로 굴러갔다. 신음소리가 들렸다. 나나오는 잇달아 공격을 가했다. 오른손 손가락 두 개를 내밀며 레몬의 두 눈을 노렸다. 힘을 조절할 여유도 없어서 상대의 안구를 꿰찌를 작정이었지만, 레몬은 간발의 차이로 그것을 피했다. 손가락이 닿은 곳은 눈꺼풀 옆이었다. 레몬이 얼굴을 심하게 찡그렸다.

나나오가 다시 한 번 눈을 노리려는 순간, 레몬의 손이 자기 옆구리로 뻗어왔다. 뭔가가 와 닿는 건 알았지만, 나나오가 눈을 깜박였다 떴을 때에는 어느새 총을 들이밀고 있었다. 나지막한 위치로 총을 겨눴다.

"사실은 쓰고 싶진 않았는데, 이젠 귀찮군."

작은 목소리로 레몬이 말했다.

"쏘면 큰 소동이 벌어질 텐데."

"어쩔 수 없지. 긴급수단이야. 밀감도 설명하면 이해해줄 거야. 애당초 다른 녀석들한테 피해를 안 주고 싸울 순 없으니까."

"날 알고 있었나?"

"네가 긴장해서 차량으로 들어올 때부터 알았어. '아, 산 제물, 드디어 발견!'이라는 기분이랄까."

"산 제물? 무슨 산 제물이지?"

"너, 마리아 쪽에서 일하는 녀석 맞지?"

"마리아를 알아?"

나나오는 그렇게 물으면서 레몬의 얼굴과 허리 위치에 있는 총을 번갈아 쳐다보았다. 당장 총을 맞아도 이상할 게 없는 상황이었다.

"그야 동업자니까 당연히 알지. 맥도널드는 모스버거에 관해선 잘 알잖아. 야마다가 요도바시를 잘 아는 것과 마찬가지지. 그렇잖아도 좁은 업계인 데다 뭐든지 청부를 맡는 업자는 한정되어 있으니까. 어느 중개업자한테 얘기를 들은 적도 있고."

"좋은 소식과 나쁜 소식이 있다고 하는 사람?"

"그래, 그래. 하긴, 그자가 말하는 건 대개 나쁜 소식투성이지만. 그래도 마리아 이름은 자주 들었어. 최근 몇 년간 마리아가 안경 청년의 매니저를 맡고 있다는 얘기도 들었지."

"안경 청년의 평가는 어떨까?"

나나오는 집중력을 잃지 않게 주의하면서도 최대한 여유 있는 척했다.

"나쁘진 않아. 토머스 친구들로 비유하자면, 머독 수준이랄까."

"그건 캐릭터 이름인가?"

"음, 그렇지. 머독은 잘생겼어"라고 말하고 나서, "동륜이 열 개나 달린 아주 큰 기관차입니다. 매우 침착하고, 조용한 장소를 좋아합니다. 그래도 차고에서 친구들과 대화하는 건 즐거워합니나"라고 말을 이었다.

"어?"

"머독에 관한 설명이야."

나나오는 갑작스러운 낭독에 당혹스러웠지만, '조용한 장소를 좋아합니다'라는 부분은 자기랑 들어맞아서 씁쓸한 웃음이 배어 나왔다. 평온한 시간을 원한다. 그런데도 이런 처지에 처했다며 자조했다.

"안경 청년의 얼굴은 사진으로 본 적이 있지. 그건 그렇고, 이런 데 어슬렁어슬렁 나타날 줄은 꿈에도 몰랐어. 우연인가?"

"우연 같기도 하고, 아닌 것 같기도 하고."

"아, 그래, 바로 너였구나, 트렁크를 가로챈 놈이."

레몬은 그제야 퍼뜩 알아차린 듯했다.

"마침 잘됐군. 그럼 너한테 억울한 누명을 씌울 필요도 없겠지. 네가 범인이니까."

"내 얘기 좀 들어봐. 너희도 미네기시한테 트렁크를 옮겨달라는 부탁을 받았지?"

"오호라, 역시 너도 관계되어 있었군. 알고 있었어."

"나도 미네기시한테 의뢰를 받았어. 트렁크를 가로채라는 의뢰."

"무슨 소리야?"

"미네기시는 너희에게 숨기고 날 고용했어. 이유는 모르겠지만."

"진짜냐?"

레몬이 무슨 근거가 있어서 그렇게 물은 건 아닐 테지만, 나나오는 그 "진짜냐?"라는 확인에 동요되었다. 정말로 미네기시의 의뢰인지 아닌지 완전하게 확인하진 못했기 때문이다.

"미네기시가 왜 너한테 트렁크를 가로채라고 하지? 우리가 미네기시에게 트렁크를 운반할 예정인데."

"거봐, 이상하잖아." 그 이상함을 더욱 강조하고 싶었다.

"잘 들어, 예를 들면 꼬마기관차 토머스가 화물차 짐을 다른 기관차에 옮길 때는 딱 두 가지 이유뿐이야. 토머스가 고장 나서 못 움직이거나 아니면 토머스가 신뢰를 얻지 못한 경우지."

"너희가 고장 났나? 아니잖아. 첫 번째 이유는 아니야."

레몬이 혀를 찼다.

"그럼 미네기시가 우리를 신용하지 못한다는 뜻인가."

그가 쥔 총구가 바짝 조여드는 것 같았다. 레몬은 눈에 띄게 기분이 상했고, 그런 언짢은 기분이 방아쇠에 걸친 손가락에 힘을 넣을 것 같았다.

"너 말인데, 트렁크는 빨리 내놓는 게 좋아. 어디 있어? 내 말 잘 들어, 난 여기서 널 쏜다. 괴로움에 신음하는 네 놈 옷을 뒤적거리면 좌석표가 나오겠지. 네 자리로 가보면 트렁크는 찾을 테고. 안 그래? 그러니 총 맞기 전에 우리한테 트렁크를 넘기는 게 좋아."

"그게 아니야. 나도 트렁크를 찾고 있어. 내 자리에도 트렁크는 없어."

"좋아, 그럼 쏴주지."

"진짜야. 혹시 트렁크를 가지고 있다면 굳이 이 차량까지 올 필요도 없잖아. 난 틀림없이 너희가 트렁크를 가져간 줄 알았어. 그래서 위험하다는 걸 알면서도 이리로 찾아온 거라고. 그랬더니 정말로 위험하게 됐지만."

나나오는 말을 하면서도 마음속으로는 스스로에게 침착하라고 외쳐댔다. 두려움이나 흥분은 상대를 우위에 올려놓는다. 자신의 불운, 운이 따라주지 않는 상황에는 아직 익숙해지지 않지만, 총부리에는 충분히 익숙했다. 허둥거릴 정도는 아니었다.

레몬은 나나오의 말을 믿지 않는 게 확연했다. 그러면서도 이리저리 생각을 굴렸다.

"그럼 트렁크는 누가 갖고 있지?"

"그걸 알면 나도 곤란할 게 없겠지. 다만, 단순하게 생각해보면, 또 한 사람, 또 한 패가 있다는 뜻 아닐까."

"또 한 패?"

"나랑 너희 말고도 트렁크를 차지하고 싶어 하는 인간이 있고, 지금 그걸 가지고 있다고."

"그것도 미네기시가 관계되어 있다는 말인가. 대체 무슨 생각을 하는 거야?"

"몇 번이든 말할 수 있지만, 나도 이 상황을 이해할 순 없어. 머리도 나빠."

남들보다 뛰어난 게 있다면 축구 기술과 험한 일을 한다는 것 정도였다.

"안경을 썼는데 머리가 나쁘다고?"

"안경 쓴 기관차는 없나?"

"위프가 그렇지. 안경을 쓴 탱크기관차인데, 나쁜 말을 들어도 화내지 않는 착한 녀석이야. 하긴 뭐, 머리는 그다지 안 좋을지도 모르겠군."

"미네기시는 어쩌면 업자를 못 믿는지도 몰라. 나든 너희든."

나나오는 생각이 떠오르는 대로 말했다. 이쪽이 얘기를 계속하는 한, 총은 맞지 않을 거라는 기대도 있었다.

"그래서 트렁크를 옮기는 일에도 몇 개 업자를 경유시킬 속셈인지도 모르지."

"일을 왜 그렇게 성가시게 하지?"

"옛날에 어릴 때 이웃에 사는 남자가 심부름을 시킨 적이 있어."

"뜬금없이 무슨 얘기야?"

"역에 가서 잡지를 사다주면 심부름 값을 준다고 하기에 신이 나서 사다줬지. 그랬더니 그 남자가 '잡지가 구겨졌잖아. 이래서는 심부름 값은 못 줘'라고 태연하게 말하더군."

"그게 무슨 뜻이야?"

"치사한 어른은 처음부터 심부름 값을 안 줄 핑계거리를 만들어둔다는 거야. 그러니까 미네기시도 너희에게 '트렁크는 어떻게 됐지? 일을 그르쳤으니 용서할 수 없다'고 말할 수도 있다고."

"그러기 위해서 너한테 트렁크를 가로채게 했다고?"

"예를 들면 그렇다는 얘기야."

나나오는 그렇게 말하면서도, 어쩌면 실제로 그럴지도 모른다는 생각이 들었다. 다시 말해 미네기시는 고용한 업자에게 '수고했다'며 보수 전액을 지불하길 원치 않는 게 아닐까. 그래서 업자가 부담을 느낄 수밖에 없는 상황을 일부러 만들어내려 했는지도 모른다.

"용서할 수 없다니, 구체적으로 어떻게 용서를 못 한다는 거지?"

"돈을 지불하지 않거나 아니면 총으로 쏜다거나. '성가신 일은 누군가에게 시키자', '그렇지만 돈을 지불하긴 싫다', '일회용으로 쓰고 버리면 좋겠다'는 속셈이었던 거 아닐까."

"우리를 방해하기 위해 다른 업자를 고용하면, 결국은 그쪽 비용도 드니까 득이 될 게 없을 텐데."

"간단한 일이니 좀더 싼 업자한테 맡길 수 있지. 아마도 합계를 따져보면 지출은 줄어들겠지."

"열심히 일한 기관차에게는 넌 정말 도움이 되었다고 칭찬해줘야 마땅한데."

"남을 칭찬하는 걸 죽기보다 싫어하는 인간도 있어. 미네기시도 그렇지 않을까."

되도록 총부리로 레몬의 의식이 향하지 않게 하기 위해 나나오는 주의를 기울였다. 레몬의 머리에서 방아쇠를 당기는 행위를 최대한 잊게 만들고 싶었다.

"네 친구 밀감은 화장실에서 아직도 안 돌아오나."

"듣고 보니 늦는군"이라고 말하면서도 레몬은 시선을 이동시키지 않았다. "화장실이 붐비나?"

"혹시 그가 널 배신할 가능성은 없나?" 생각나는 대로 입 밖에 내뱉었다.

"밀감은 배신하지 않아."

"어쩌면 그가 처음부터 트렁크를 다른 곳에 감췄을지도 모르잖아."

상대를 동요시키는 게 목적이었다. 그렇긴 하지만 괜한 화를 돋우어서 방아쇠를 당기게 해버리면 득이 될 건 하나도 없었다. 그 균형을 암중모색했다.

"밀감은 배신하진 않아. 나랑 그 녀석 사이에 신뢰감이 있다는 뜻은 아니야. 단, 그 녀석은 늘 냉정해. 나를 속여봐야 성가셔질 뿐이라는 걸 잘 알아."

"네가 지금 여기서 격투 중인 것도 모르고, 태평하게 화장실 줄이나 서고 있는데 열 받지 않나?"

동료 사이를 갈라놓을 방법이 없을까 시도해보았다.

레몬의 표정이 살짝 일그러졌다.

"잘 들어, 밀감도 널 알아챘어."

"뭐?"

"네가 들어온 순간, 그 녀석이 '우리 집 근처에서 아는 사람을 만났어'라고 말했지. 그것도 느닷없이. 그건 신호야. 가까이에 낯익은 놈이 있다는 뜻이지. 상대에게 들통 나지 않게 그렇게 말한 거야. 그 녀석은 화장실에 갈 때도 넌 나한테 맡긴다는 말을 남겼어."

"어, 그런 거야?"

나나오는 자신의 무능함을 눈앞에 들이민 것 같은 기분에 휩싸였다. 비밀 대화나 암호 같은 것은 업자라면 누구나 사용한다. 그들의 대화 속에 그런 말이 오고갔는지 어떤지는 떠오르지 않지만, 아마도 거짓말은 아닐 것이다.

그와 동시에 초조함이 밀려들었다. 자기를 알고 있다면, 밀감이 언제 달려와도 이상할 상황이 아니었다. 2 대 1이면 승산이 있을 것 같진 않다.

"야, 너." 레몬이 말했다. "혹시 잠투정이 심하진 않겠지?"

"잠투정?"

"잠투정이 심한 사나운 무서운 업자가 있다는 얘기를 들었어. 혹시 네가 그 놈인가 해서. 아니야?"

나나오는 그런 얘기는 들어본 적이 없었다. 아니 그보다, 잠투정이 심하다는 건 업자의 특징치고는 웃기는 얘기였다.

"센가?"

"전설의 기관차 셀러브리티 같은 존재일지도 모르지. 고든까지도 한 수 위로 봤을 정도니까."

"미안, 예로 든 얘기가 잘 이해가 안 가는군."

"잘 들어, 넌 날 쓰러뜨릴 수 없어. 설령 네가 날 죽인다고 해도 난 죽지 않아."

"무슨 뜻이야?"

"레몬님은 불사신이라 죽어도 다시 부활해. 네 앞에 다시 나타나서 깜짝 놀라게 해주지."

"그런 협박은 그만뒀으면 좋겠군."

나나오가 얼굴을 찡그렸다.

"유령이니 사후세계니 하는 건 딱 질색이야."

"우리는 유령보다 훨씬 무서워."

그때 그들이 앉아 있는 자리와는 반대편 창으로 스쳐 지나가는 신칸센이 보였다. 한순간이긴 하지만, 어마어마한 소리를 울리며 후방으로 쏜살같이 내달렸다. 온화하게 질주하는 건 용서 못해, 인생은 자극이 있어야 제 맛이지, 하며 서로를 뒤흔들어놓는 것 같았다.

"아, 저게 머독인가?"라고 중얼거린 말에는 별다른 깊은 의도는 없었다. 전략이라 부를 만한 것도 아니었고, 하물며 승산도 없었다. 그저 조금 전에 밀감이 입에 올렸던 머독이라는 기관차가 머릿속에 남아 있었고, 그것이 어떻게 생겼는지 궁금하기도 해서 입에 올렸을 뿐이다.

레몬이 "어떤 거?"라며 아무런 경계심도 없이 뒤를 돌아본 것은 나나오에게는 깜짝 놀랄 만한 결과였다. 레몬은 총을 손에 쥐고 있긴 했지만, 아주 평범하게 세상사는 이야기에 응하듯이 어깨 너머로 반대쪽 창을 바라보았다. 그 기회를 놓칠 수 없다는 것 정도는 알아챘다. 권총을 쥔 레몬의 오른손을 위에서 짓눌렀다. 그와 동시에 다른 손으로 상대의 턱을 날렸다. 날카로운 주먹이 레몬의 턱을 날려 의식을 잃게 만들었다. 십 대 무렵 축구와 함께 범죄 훈련을 시작했을 때, 여러 번 연습한 기술이었다.

근육이 끊기는 듯한, 스위치가 켜지는 듯한 소리가 들렸다. 레몬이 흰자위를 드러내며 좌석에 털퍼덕 쓰러졌다. 나나오는 그 몸을 창가로 끌어다 앉혔다. 쓰러지지 않게 기울기 각도를 조절하다 이쯤에서 목뼈를 부러뜨려야 할까 한순간 생각했다. 그러나 망설여졌다. 늑대에 이어 이 열차 안에서 또다시 살인을 일으키는 것은 위험하게 느껴졌다. 게다가 여기서 레몬을 살해하면, 남은 밀감이 불같이 화를 낼 게 뻔했다. 레몬 일행을 적으로 돌려선 안 된다. 아군이라고 하기는 곤란하지만, 그래도 일단 이 시점에서는 완전히 적대시하면 유익하진 않을 것 같았다.

이제 어떡하지, 어떡하나? 어떡하나?

머릿속이 뜨거워지며 톱니바퀴가 급속하게 회전하기 시작했다.

레몬이 들고 있던 권총을 빼앗아 자기 등 뒤 허리띠에 찔러 넣었다. 그리고 청재킷 속에 입은 셔츠로 덮었다. 휴대전화도 들고 가기로 했다. 허리를 구부려 바닥에 떨어진 칼 위치를 확인했다. 주울까 하다 그만두었다.

어떻게 하나. 사고의 도르래가 빙글빙글 돌아가고 잇달아 꼬리를 물며 온갖 생각이 떠올랐다. 떠올랐다 사라졌다. 어떡하지, 어떡하지, 하며 자기 안에서 누군가가 속삭였다.

앞과 뒤, 어느 쪽 차량으로 가야 할까? 밀감이 화장실에서 돌아올지도 모른다. 그 생각이 들자, 앞으로는 갈 수 없었다. 반대편인 뒤쪽으로 갈 수밖에 없었다.

자기가 취해야 할 행동, 도망치는 절차에 관해 상상력을 발휘하며 궁리하기 시작했다. 뒤쪽으로 도망치는 나, 그 뒤를 따라오는 밀감, 그대로라면 붙잡힌다. 결국은 독 안에 든 쥐다. 어디선가 무슨 수를 써서든 밀감을 따돌려야 한다.

히프색을 열었다. 우선 튜브에 들어 있는 연고를 꺼내 뚜껑을 연 다음, 레몬에게 찔린 칼자국에 약을 발랐다. 피는 별로 안 났지만, 지혈은 빠를수록 좋다. 팔 안쪽과 바깥쪽에 통증이 훑고 지나갔다. 맞은 부위에 내출혈이 생겼겠지. 레몬의 주먹은 정확하게 상대의 살과 뼈에 타격을 가했다. 움직이거나 스칠 때마다 욱신욱신 쑤셨지만, 어쩔 도리가 없었다.

히프색 안에서 디지털시계를 꺼냈다. 깊이 생각할 여유도 없었다. 알람 소리를 최대로 높여서 시각을 맞춰놓았다. 시간이 얼마나 걸릴까. 너무 빠르면 의미가 없지만, 너무 늦어도 곤란하다. 혹시 몰라서 시계를 하나 더 사용하기로 했다. 첫 번째 것보다 십 분 늦은 시각으로 설정했다.

그 손목시계 하나를 레몬이 앉아 있는 좌석 밑바닥에 내려놓았다. 나머지 하나는 일어서서 머리 위 선반에 올렸다.

그러고 나서 자리를 뜨려 하는데, 한 칸 앞의 좌석이 눈에 들어왔다. 레몬 일행이 원래 앉아 있던 3인석인데, 창가의 남자는 여전히 꿈쩍도 않고 앉아 있었다. 수상쩍어서 자리를 이동해 그 남자를 만져보았다. 경계하며 어깨 위에 손을 얹었지만 반응이 전혀 없었고, 설마 하는 마음으로 목덜미에 손을 대보니 맥박이 뛰지 않았다. 죽어 있었다.

누구지? 나나오는 너무 혼란스러운 나머지 한숨을 내쉬었지만, 그 자리에 마냥 서 있을 상황도 아니었다. 그러나 그 순간, 레몬이 앉아 있던 좌석 앞의 그물망에 먹다 남은 것으로 보이는 페트병이 보였다.

또 한 가지 계략이 떠올랐다. 히프색에서 작은 약봉지를 꺼냈다. 수용성 최면유도제, 수면제다. 포장지를 뜯어 페트병에 쏟아 부었다. 재빨리 흔들고 뚜껑을 닫아서 그물망에 다시 넣었다. 레몬이 이것을 마실지, 그리고 수면제가 효과를 발휘할지 어떨지 예상할 순 없지만, 가능성의 씨앗은 여기저기 뿌려놓는 게 좋다.

뒤쪽 2호차를 향해 걸어갔다. 자, 이제 어떡하나.

일단은 다시 내 자리로 돌아가야 하나 망설이는 중에 화장실에서 소리가 들리더니 기무라가 밖으로 나왔다. 잔뜩 골이 난 표정이었다.

"몇 번이었어?"

"열린 걸 어떻게 알아?"

"그 얼굴을 보면 모를 수가 없잖아."

"놀라지도 않지만, 기쁜 것 같지도 않군. 왕자님은 정말로 행운을 타고났어. 0600이야."

기무라는 그렇게 말하면서 옆에 있는 트렁크를 내려다봤다.

"일단 다시 닫아놨어."

"그럼, 돌아가자." 왕자가 말하더니 자기 차량 쪽으로 발걸음을 돌렸다. 트렁크는 기무라에게 들게 했다. 가는 도중에 주인이 수상쩍게 여기고 캐물으면 모든 걸, 트렁크도 책임도 다 기무라에게 덮어씌우면 그만이다.

자리에 도착했다. 기무라를 창가에 앉혔다. 지금 이 순간이 중요하다는 생각에 왕자는 신경을 날카롭게 세웠다. 지금 기무라를 다시 구속해두면 한동안은 안심할 수 있다.

"아저씨, 손발을 다시 묶을 거야. 아저씨 아이의 목숨이 걸린 일이니 아저씨가 난동을 부릴 리는 없겠지만, 그래도 일단은 조금 전 상태로 돌아갈 거야."

구속하느냐 마느냐가 중요한 건 아니야. 어느 쪽이든 상관없어. 그렇게 믿게 만드는 게 가장 중요했다. 사실대로 말하면, 상대의 손발을 자유롭게 두는 것과 그렇지 않은 것은 상황이 크게 다르다. 기무라와 자기는 체격 차이가 난다. 아무리 아이의 생명을 보험으로 잡아뒀다 해도, 어떤 계기로든 기무라가 자포자기를 하거나, 예컨대 너 죽고 나 죽자는 식으로 부딪쳐온다면, 힘으로는 대적할 수 없다. 상대가 폭력으로 대항할 경우에는 예기치 못한 성가신 일이 벌어지지 않는다는 보장은 없었다. 안전을 확보하기 위해서는 조금 전과 마찬가지로 신체의 자유를 구속해야 했다. 다만, 이쪽의 그런 사정이나 속마음을 상대가 알아채면 안 된다.

그것이 바로 누군가를 우위에 서서 조종하는 데 필요한 요령의 하나라는 것을 왕자는 이미 알고 있었다. '바로 지금이 상황을 바꿀 수 있는 중요한 전환 단계다', '형세를 뒤집으려면 바로 이 순간이다, 그러니 전력을 다해 맞서라'라고 가르쳐주면 누구든 행동할 것이다. 지금이 유일한 기회라는 걸 알면, 죽자 사자 저항하겠지. 따라서 그와 반대로 상대가 그것을 알아채지 못하게 만들면 승산이 있다. 그런 점이 대부분의 통치자가 가진 특기다. 자기들의 의도를 숨기고, 말하자면 그 열차의 종착역에 관해서는 덮어둔 채, 승객을 아주 자연스럽게 이송해간다. 승객들은 도중에 정차한 역에서 내릴 수 있지만, 그것을 알아채지 못하게 만든다. 자연스럽게 가장하고 열차를 통과시킨다. 사람들이 '그때 거기서 내렸어야 했어'라며 후회할 때는 이미 늦다. 학살이든 전쟁이든 그리고 우리에게는 아무런 이득도 없는 법 개정이든, 그 대부분은 '정신을 차려 보니 어느새 그렇게 되어 있는' 것이며, '이렇게 될 줄 알았으면 저항했을 텐데' 하는 식이다.

그러므로 기무라의 손발에 또다시 밴드를 감았을 때, 왕자는 상당히 안도했다. 기무라는 저항할 기회가 사라진 것조차 알아채지 못했다.

왕자는 발밑에 둔 트렁크를 열었다. 꽉꽉 들어찬 지폐를 보고, "흐응" 하고 중얼거렸다.

"뭐, 예상도 기대도 저버리지 않는 짐이네. 트렁크에 돈다발이라니 너무 평범하잖아. 그나마 카드가 들어 있는 게 조금은 혁신적이랄까."

그 말대로 뚜껑 안쪽 수납 주머니에는 현금카드 다섯 장이 들어 있었다. 각각의 카드에는 펠트펜으로 쓴 네 자릿수 숫자가 적혀 있었다.

"이걸로 인출할 수 있다는 뜻이겠지?"

"아마 그렇겠지. 현물 지폐와 카드, 두 가지 방법을 마련했다는 건가. 번거롭겠군."

"그렇지만 이 카드로 인출하면, 자기 행방이 발각나지 않나?"

"경찰이 아니니 그건 불가능하겠지. 게다가 이걸 건넨 쪽이나 받는 쪽이나 떳떳한 업종은 아닐 테니 암묵적인 합의 같은 것도 있을 테고. 배신은 없다는 식으로."

"그럴까." 왕자가 다발로 묶인 지폐를 한두 장 들척거렸다.

"으음, 아저씨, 이거 한 장 정도는 빼봤지?"

기무라의 얼굴이 경직되었다. 얼굴이 일그러지며 뺨이 벌겋게 달아올랐다.

"그게 무슨 소리야?"

"왠지 아저씨는 이런 걸 눈앞에 두면 그럴 것 같은 기분이 들어. 모처럼 생긴 기회니까 지폐 다발에서 한두 장쯤 빼내 갈기갈기 찢어서 화장실에 흘려보낸 거 아닌가?"

기무라의 표정이 서서히 어두워지며 얼굴에서 핏기가 가시는 걸 알아챌 수 있었다. 적중한 모양이다. 김이 빠졌다.

기무라는 그제야 손발을 움직이기 시작했다. 이미 매직테이프에 구속됐는데. 움직이려면 그 전에 움직였어야지.

"있잖아, 아저씨, 세상에서 올바르다고 하는 게 뭔지 알아?" 왕자는 신발을 벗고 무릎을 접어 올리더니 두 팔로 감싸 안았다. 좌석에 등을 붙이고 엉덩이로 균형을 잡았다.

"올바른 게 어딨어."

"맞았어, 바로 그거야." 왕자가 고개를 끄덕였다.

"세상에는 옳다고 여겨지는 것은 존재하지만, 그것이 정말로 옳은지 어떤지는 알 수 없어. 그러니까 '이것은 올바른 거다'라고 믿게 만드는 사람이 제일 센 거지."

"이해하기 어렵군. 서민들 말로 얘기해주시죠, 왕자님."

"으음, 예를 들면 〈원자 카페The Atomic Cafe〉라는 영화가 있잖아. 유명한 다큐멘터리 영화. 거기에 핵무기를 이용한 작전 훈련 같은 게 나오거든. 핵폭발을 일으킨 후에 병사들이 그곳으로 걸어 들어가서 공격하는 훈련이야. 사전事前 설명에서, 리더처럼 보이는 사람이 병사들 앞에서 칠판에 쓰면서 이렇게 말해. '주의할 것은 세 가지뿐이다. 폭발과 열과 방사능이다'라고. 그리고 '이중에서 낯선 것이 방사능일 텐데, 이거야말로 가장 신경 쓸 것 없다'고 가르쳐."

"신경 쓸 것 없다고?"

"방사능은 눈에 보이지도 않고 냄새도 없다. 명령대로만 따르면 속도 울렁거리지 않는다고 병사들에게 가르치는 거지. 그래서 핵무기가 폭발하고 아직 버섯구름이 솟구치고 있는 장소를 향해 병사들이 걸어가기 시작해. 평상시랑 똑같은 군복 차림으로."

"그게 무슨 소리야. 방사능이 별것도 아니란 말이야?"

"그럴 리가 있나. 모두 피폭당해서 큰일이 벌어지지. 결론적으로 말하면, 인간이란 존재는 어떤 설명을 해주면 그것을 믿으려 들고, 높은 사람이 자신만만하게 '걱정할 것 없다'고 말하면, 어느 정도는 납득한다는 뜻이야. 그리고 높은 사람들은 사실 그대로 다 말할 의도가 없어. 같은 영화 속에서 어린이용 교육 프로그램이 나오는데, 거기에서는 만화로 그린 거북이가 이렇게 말해. '핵폭발이 일어나면 얼른 숨어!'라고. 책상 밑에 엎드려서 숨으면 괜찮다고."

"어처구니가 없군."

"우리가 볼 때는 어처구니없는 얘기지만, 국가에서 냉정하고 자신 있게 단언하면, 그게 옳다고 생각할 수밖에 없잖아. 안 그래? 실제로 그 당시에는 그게 올바른 거였다니까. 왜, 지금은 건강에 피해를 준다는 이유로 금지된 석면도 옛날에는 내화성, 내열성이 뛰어나서 귀중한 보물처럼 여겨졌잖아. 건물을 지을 때는 석면이 최고라고 여겨졌던 시대도 있었다고."

"너 진짜 중학생이냐. 말투가 그게 뭐야?"

어리석긴, 하며 왕자는 코웃음을 쳤다. 중학생다운 말투는 대체 어떤 건데? 책을 많이 읽고 다양한 정보들을 얻게 되면, 자연스레 이야기하는 어휘도 변화한다. 연령 따윈 상관이 없다.

"게다가 석면은 위험성이 있다고 일컬어진 후로도 금지되기까지 몇십 년이나 걸렸어. 그동안 사람들은 이렇게 생각하지 않았을까. '정말로 위험하면 이보다 훨씬 소란스러울 테고, 법률로 금지시켰을 거다. 그렇지 않다는 건 별 문제가 없다는 뜻이겠지'라고. 지금은 석면 대신 다른 소재를 쓰게 됐지만, 그것 역시도 앞으로 건강에 무슨 피해가 있다고 밝혀질지 누가 알겠느냔 말이지. 공해라든가 음식물 오염, 약물 피해도 마찬가지야. 뭘 믿어야 좋을지는 아무도 몰라."

"'국가는 지독해, 무서워. 정치가들은 글렀어'라는 말이라도 하고 싶은 건가. 흔해빠진 의견이로군."

"그런 뜻이 아니야. 다시 말해 '전혀 올바르지 않은 것'을 '올바른 것'으로 믿게 하는 건 간단하단 얘기지. 대체로 국가나 정치가는 그 당시에는 그게 '옳다'고 굳게 믿을 뿐이고, 속일 의도 따위는 없었을지도 몰라."

"그래서 뭐?"

"중요한 것은 내가 '믿게 만드는 쪽'이 되어야 한다는 거지."

왕자는 이야기를 하면서도 이런 설명을 해봐야 기무라는 영원히 이해하지 못할 것이라고 생각했다.

"그리고 국가를 움직이는 주체는 정치가가 아니야. 정치가 이외의 힘, 즉 관료나 기업 대표, 그런 사람들의 의도가 사회를 움직이는 거라고. 그런 사람들은 텔레비전에 안 나와. 보통 사람들은 텔레비전이나 신문에 나오는 정치가의 얼굴이나 태도밖에 못 봐. 그러니 그 뒤에 숨은 사람들에게는 유리한 상황이지."

"관료 비판도 흔한 얘기일 텐데."

"그렇긴 하지, 우수한 관료가 있으니 나라가 별 탈 없이 돌아갈 테니까. 그렇지만 설령 '관료가 나쁘다'고 생각해도 구체적으로 그 관료가 누구인지 알 수 없기 때문에 불만이나 분노를 터뜨릴 수가 없어. 얼굴이 보이지 않으니 그저 말뿐이지. 그에 비해 정치가는 눈에 보여. 그렇기 때문에 관료들은 그것을 이용하지. 공격받는 사람은 앞에 나선 정치가고, 자기들은 그 뒤에 숨어 있어. 방해가 되는 정치가가 있으면, 그 사람에게 불리한 정보를 매스컴에 몰래 흘릴 수도 있고."

왕자는 이야기를 하는 도중에 자기가 말이 너무 많았다는 사실을 알아차렸다. 트렁크가 열렸다는 사실에 살짝 흥분했을지도 모른다는 생각이 들었다.

"결국은 정보가 많고, 그것을 자신의 상황에 유리하게 제공할 수 있는 인간이 가장 강한 거야. 예를 들면 이 트렁크가 어디에 있는가, 그것만 알아도 사람은 얼마든지 조종할 수 있어."

"그럼, 그 돈은 어떻게 할 거지?"

"어떡하긴 뭘 어떡해. 이건 단순한 돈일 뿐이야."

"단순한 돈이라니, 그야 물론 그렇지만."

"아저씨도 딱히 갖고 싶진 않겠지? 제아무리 돈이 많아도 아저씨의 그 멍청한 아이를 어떻게 해볼 도리도 없으니까."

기무라 얼굴의 주름이 깊어졌다. 증오가 어둠을 새겨 넣는 것 같았다. 단순하긴, 하고 왕자는 생각했다.

"넌 대체 왜 이런 짓을 하지?"

"질문이 너무 애매해. 이런 짓이라니, 어떤 짓? 트렁크? 아니면 아저씨를 묶고 모리오카까지 가려는 짓?"

기무라가 대답을 머뭇거렸다. 역시나 자기 자신도 모르는 것이다. 자기가 질문하고 싶은 게 뭔지도 확실히 모르면서, 그저 막연하게 '대체 왜 이런 짓' 같은 말을 입에 올리는 것이다. 이런 사람은 절대로 자기 인생의 궤도를 바꿀 수 없다고 왕자는 생각했다.

"도대체 왜 와타루에게 그런 짓을 했지?"

곧이어 기무라가 그렇게 물어왔다. 그제야 뭘 물어야 할지 결정한 듯했다.

"몇 번이나 말하지만, 와타루는 옥상에 있는 우리를 멋대로 쫓아와서 멋대로 떨어졌다니까. 형, 같이 놀자, 놀아줘, 하면서. 위험해서 안 된다고 몇 번이나 주의를 줬는데."

기무라는 몸에서 연기를 뿜어낼 것처럼 얼굴이 붉어졌지만, 곧바로 "뭐, 그건 이제 됐어"라며 분노를 가라앉혔다.

"그런 터무니없는 주장은 듣고 싶지도 않아. 내가 묻고 싶은 말은 왜 하필 와타루에게 눈독을 들였냐는 거야."

"그야 물론 아저씨를 괴롭히고 싶었으니까."

왕자는 그렇게 말하고 나서 일부러 익살을 떨며 손가락을 입술 앞에 세우고 "비밀이야"라고 속삭였다.

"너." 기무라가 그쯤에서 입을 열었다. 그 순간, 기무라의 얼굴에서 갑자기 긴장감이 사라지며 아주 자연스럽게 부드러워졌다 싶었는데, 눈빛이 번득였다. 그와 동시에 젊어진 기무라가 십 대, 예를 들면 왕자랑 같은 중학교에 다니는 동급생들 같은 표정으로 변했다. 왕자는 별안간 옆에 있는 기무라가 자기와 대등한 입장이 된 듯한 착각에 휩싸였다.

"너 혹시 내가 무서웠던 거냐?"

남에게 얕보이는 건 왕자에게 드문 일이 아니었다. 중학생이라는 점, 외모가 무섭지 않다는 점, 체격이 크지 않다는 점, 그런 이유로 왕자를 내려다보고 놀려대는 상대는 많았다. 왕자는 늘 상대방의 그런 업신여김을 공포로 바꿔가는 과정을 즐겼다.

그러나 그 순간 기무라의 말은 왕자를 조금은 동요시켰다.

몇 개월 전의 일이 떠올랐다.

오후의 공원, 나무가 늘어선 조그만 숲, 살짝 오목하게 내려앉은 땅 언저리에서 왕자는 친구들과 같이 의료기구로 실험을 하고 있었다. 늘 우둔해서 친구들의 발목을 잡는 도모야스에게 전기 충격을 주자고 왕자가 제안했기 때문이다. 제안이라기보다는 지시였다. AED와는 달라서 심장이 움직이는 상태에서 그 기구를 사용하면 죽을 가능성도 있었다. 왕자는 그 사실을 알고 있었지만, 설명하지는 않았다. 제공해주는 정보는 필요 최소한으로 제한해야 한다. 만에 하나 도모야스의 생명에 무슨 일이 생기면, 좋은 기회가 될 거라는 사실도 알고 있었다. 공황 상태에 빠지고 혼란스러워진 그들은 점점 더 자기에게 의지할 수밖에 없기 때문이다.

그런데 도모야스가 너무 요란하게 울며 애원해서 그 애가 키우는 개를 실험대상으로 삼기로 했다. 그 시점에서 왕자의 관심은 이미 의료기구의 효과와는 다른 쪽으로 옮겨가 있었다.

자기가 사랑하고 오랜 세월 같이 생활해온 애완견을 산 제물로 내놓은 도모야스가 과연 어떤 정신 상태를 보일까. 그것이 알고 싶었다.

도모야스는 개에게 애착을 가지고 있었다. 그러면서도 그 애완견을 학대하는 셈이다. 그런 상반되는 행동을 어떻게 정당화할까? 필사적으로 변명거리를 찾아내며 자기는 나쁜 인간이 아니라고 납득하려 들 게 틀림없었다.

친구들을 조종하려면 가장 먼저 각자의 자존심을 흔들어놓는 게 효과적이다. 자신이 인간으로서 얼마나 뒤떨어졌는가를 실감하게 만든다. 그러기 위해서 가장 쉽고 간단한 방법은 성적인 면을 이용하는 것이다. 상대의 성욕을 폭로해 굴욕감을 안긴다. 아니면 그들 부모의 성행위를 어떤 형태로든 들이밀면, 그들은 자신이 버팀목으로 삼았던 기둥을 잃어버린 것처럼 동요한다. 인간에게 성욕이 있다는 사실은 일일이 놀랄 필요조차 없지만, 그들은 열등감을 품는다. 간단하군, 왕자는 그런 생각을 품지 않을 수 없었다.

그다음으로 유효한 것은 그들에게 누군가를 배신하게 만드는 것이다. 부모나 형제, 친구라도 상관없다. 소중한 누군가를 버리게 만들어서 자신의 가치를 폭락시킨다. 도모야스의 개를 학대하는 것도 그런 일환이었다.

그런데 개를 묶고 전기 충격을 주려는 순간, 기무라가 나타났다.

전에 백화점에서 마주친 적이 있는 남자라는 건 금방 알아챘다. 아이랑 같이 있었는데, 불량소년이 그대로 나이를 먹은 듯한 외모에 품위가 없고 직선적인 사고밖에 못 하는 남자라는 인상이 남아 있었다.

그때도 기무라는 단순히 개와 도모야스를 구하려 했는지, "어허 저런, 개를 괴롭히면 쓰나"라고 말했다.

"소년이여, 맘껏 고민할지어다. 내가 너희 일을 방해했으니 얼른 손을 쓰지 않으면 왕자님한테 야단맞을 텐데. 그건 그렇고, 왕자는 어디 있나."

그러면서 웃는 모습이 마음에 들지 않았다. 왕자는 "아저씨, 왜 그렇게 세게 나와?"라고 말하고, 주워든 돌을 집어던졌다.

얼굴에 돌을 맞은 기무라는 뒤로 넘어지며 엉덩방아를 찧었다.

"꼼짝 못 하게 만들어볼까."

왕자가 조용히 말하자, 그 말을 들은 교복 차림 친구들이 재빨리 움직였다. 기무라의 양쪽 옆구리에 한 사람씩 서서 팔을 움켜잡으며 매달렸다.

"아프잖아, 뭐 하는 짓이야?" 기무라가 아우성을 쳤다.

왕자는 정면에 섰다.

"아저씨, 그러면 안 되지. 주위는 좀더 잘 살펴야지."

개 짖는 소리가 들려서 옆을 바라보니 도모야스와 개가 있었다. 기무라에게 모두 정신이 팔린 사이에 도모야스가 일어선 듯했다. 몸을 떨어대며 우뚝 서 있었다. 개는 도망치려고도 하지 않고, 마치 주인인 도모야스를 지키겠다는 듯 용감하게 짖어댔다. 거의 다 왔었는데, 하는 생각에 왕자는 안타까웠다. 개와 도모야스의 신뢰 관계를 무너뜨리는 데는 조금 더 결정적인 것, 예를 들면 조금 더한 아픔이나 조금 더한 고독, 조금 더한 배신이 필요했다.

"왕자님, 너 이렇게 친구들을 거느리고 다니면 재밌냐?"

아무리 중학생이라도 셋씩이나 한꺼번에 덤벼들면, 기무라도 자유롭게 몸을 움직일 순 없다. 뒤에서 하나가 겨드랑이를 껴잡았고, 양 옆구리에 한 사람씩 들러붙어 있었다.

"자기가 처한 입장도 무시하고 무작정 강한 척하는 건 한심하고 시시해." 왕자가 말했다.

"이봐, 자기 입장이란 행동하는 데 따라 계속 변해가는 법이야."

기무라는 양팔의 자유를 잃었음에도 아무렇지도 않은 듯 느긋한 태도를 보였다.

"이 아저씨, 배 때리고 싶은 사람 있니?"

왕자가 친구들에게 시선을 던졌다. 그 순간, 바람이 불어오며 바닥에 떨어져 있던 낙엽들이 바스락바스락 굴러갔다. 그들은 갑작스러운 명령에 깜짝 놀라 서로를 바라보았고, 그 후 앞다투어 기무라 앞으로 다가와 허겁지겁 주먹을 날렸다. 배를 맞은 기무라는 "우억" 하며 고통스러운 듯 신음했지만, "술을 마셔서 속이 울렁거려. 토할 것 같아"라고 내뱉은 말에는 여유가 있었다.

"야, 니들, 왕자가 명령했다고 해서 그렇게 죽어라 따를 필요는 없잖아."

"자 그럼, 아저씨가 실험대상이 되어줄래?"

왕자가 바닥에 있는 의료기구로 시선을 떨어뜨렸다.

"전기 충격기인 모양인데."

"좋지." 기무라는 태연하게 말했다.

"난 자기 몸을 희생하면서까지 연구를 계속한 퀴리부인을 존경하니까, 바라던 바야."

"강한 척해봐야 이로울 건 없어."

이 사람은 어리석구나, 하고 왕자는 생각했다. 이 남자는 지금까지 이런 식으로 살아왔겠지. 노력이나 인내와는 무관하게, 자기 욕망이 시키는 대로 멋대로 행동했을 게 틀림없다.

"그래 맞아. 강한 척하는 건 이제 그만두지. 무서워, 무서워요. 왕자님."

기무라가 우는 시늉을 했다.

"살려줘, 살려줘, 왕자님. 키스 미, 키스 미."

화도 안 났고, 재미있지도 않았다. 이런 인간이 어떻게 지금까지 무사히 살아남았을까, 그게 오히려 더 신기했다.

"자 그럼, 해보자."

왕자는 친구들에게 시선을 던졌다. 그들은 지시에 따라 기무라를 때리긴 했지만, 그 후에 어떤 행동을 취해야 할지 몰라 멍하니 서 있었다.

왕자의 말에 몇 명이 움직이며 의료기구를 들고 기무라에게 다가섰다. 기구에 달린 코드를 잡아당겨서 그 끝의 전극 패드 두 개를 상반신에 붙여야 했다. 그것을 든 한 사람이 허리를 굽히며 기무라의 셔츠를 들어 올리고 맨살에 패드를 붙이려 했다. 그때 기무라가 "야, 그렇게 무방비하게 내 앞에서 허리를 굽히면 어떡해. 발로 차버린다. 내 다리는 자유롭게 움직일 수 있잖아. 어이, 왕자님, 내 다리도 못 움직이게 붙잡아두라고 하는 게 좋겠는데"라고 말했다.

여유 있는 척을 하는 건지, 자포자기한 건지 알 수가 없었다. 그러나 그 조언에 따라 왕자는 다른 한 사람에게 기무라의 두 다리를 붙잡으라는 지시를 내렸다.

"야, 니들 친구 중에 여자애는 없냐? 남자 애들한테 끌어 안겨봤자 전혀 기쁘질 않잖아. 니들 모두 정자 냄새만 풀풀 풍긴다고."

왕자는 기무라의 말을 흘려들었다. 패드를 붙이라고 시켰다.

혹시라도 여기에서 기무라가 죽는 일이 생긴다면, 하는 상상을 떠올렸다. 그런 일이 벌어지면 경찰한테 "이 낯선 아저씨가 어디서 의료기구를 들고 나타나서 자기 몸에 붙이고 놀기 시작했어요. 많이 취한 것 같았어요" 정도로 말해두면 끝날 것이다. 죽은 사람이 알코올 중독에 걸린 위험한 남자라면, 세상은 별로 의심의 눈초리도 치켜세우지 않을 것이다.

"그럼, 시작해볼까."

왕자가 기무라 앞에 섰다. 교복 차림 중학생 네 명에게 결박당한 기무라의 모습은 보는 관점에 따라서는 자유를 빼앗긴 십자가 위의 그리스도처럼 보이기도 했다.

"아, 잠깐만 기다려." 기무라가 그쯤에서 불쑥 입을 열었다. "곤란한 일이 떠올랐어"라며 힘없는 목소리를 흘렸다. 그러고는 얼굴을 옆으로 돌리더니, 거기 서 있는, 다시 말해 왼쪽 팔을 움켜잡고 있는 학생을 바라보았다.

"야. 너, 내 입에 뾰루지 같은 게 생겼는데 보이니?"

"어" 하며 그 왼팔 담당자가 눈을 깜박거렸고, 얼굴을 가까이 들이댔다. 그 순간, 기무라의 입에서 뭔가가 튀어나왔다. 입에 고여 있던 침을 강하게 내뱉은 것이다. 얼굴에 세차게 날아든 침 때문에 왼팔 담당자는 순식간에 혼란에 빠졌다. 팔을 놓고 자기 얼굴을 닦아내려고 허둥거렸다.

기무라는 자유로워진 왼팔을 가차 없이 휘둘렀다. 몸을 웅크리고 다리를 붙잡고 있던 학생의 정수리 부분을 주먹으로 있는 힘껏 내리쳤다. 머리를 맞은 남학생은 눈을 희번덕거리며 머리를 덮듯이 감싸 안았다. 기무라의 두 다리가 해방되었다.

기무라는 무릎을 접으며 뒤에 선 학생의 정강이를 걷어찼다. 마지막으로 오른팔 담당자에게 박치기를 날렸다. 눈 깜짝할 사이에 고통에 신음하는 중학생 네 명이 생겨났다.

"짜잔! 어이, 왕자님, 봤어? 중학생쯤은 몇 명이 달려들어도 새 발의 피야. 다음은 널 좀 손봐주지."

기무라가 손바닥을 두드리며 왕자에게 다가왔다.

"야 니들, 이 아저씨 좀 어떻게 해봐"라고 왕자가 동급생들에게 명령했다. "부상을 입혀도 전혀 상관없어."

신음하는 네 명 말고도 동급생 세 명이 그 자리에 서 있었다. 기무라의 행동을 방금 목격한 탓인지 두려워하는 기색이 역력히 드러났다.

"여기서 확실하게 안 하는 놈은 벌칙 게임이야. 부모도 형제자매도 모두 벌칙 게임이라고. 그래도 괜찮지?"

왕자가 그렇게 말하자, 동급생들이 앞 다투어 움직이기 시작했다. 전기 충격기만 살짝 내비쳐도 정신없이 흐트러지며 지시를 따르는 그들은 로봇 그 자체였다.

그러나 기무라는 눈 깜짝할 사이에 모조리 때려눕혔다. 칼을 든 중학생을 잇달아 주먹으로 날려버렸다. 멱살을 움켜쥐어 단추가 튀어올랐고, 팔을 마구 휘둘러대며 폭행했다. 절도도 조심성도 없는 방식이었다. 쓰러진 아이들 입에서 피가 흘러나오는 데도 개의치 않고, 몇 번이고 팔꿈치와 손바닥과 손목 사이의 단단한 부분으로 내리쳤다. 한두 명은 일부러 손가락뼈까지 부러뜨렸다. 술 탓인지 지친 탓인지 다리는 휘청휘청 불안정했고, 그것이 더더욱 이상한 인간의 행동처럼 보이게 만들었다.

"어이, 왕자님, 어때? 네가 제아무리 잘난 척해봐야 나 한 사람도 못 막잖아."

기무라는 침이라도 흘릴 것처럼 반쯤은 황홀한 표정으로 말했다.

왕자는 뭐라고 대답해야 할까 머리를 굴려봤지만, 곧바로 말이 튀어나오지 않았다.

그런저런 사이에 기무라는 어느새 왕자 앞에 서서 양손을 난폭하게 움직였다. 무슨 일이 벌어졌는지 곧바로 알 수는 없었다. 교복이 거세게 좌우로 잡아당겨졌다. 단추가 튀어오르며 떨어져 나갔고, 천이 찢어지는 소리가 들렸다. 그리고 기무라는 어느새 의료기구를 끌어안고 있었고, 그 패드를 왕자의 몸에 붙이려 했다.

왕자는 그것을 뿌리쳤다.

"너 내가 두려웠던 거 아냐?"

신칸센 좌석에 앉아 있는 기무라는 은근히 자랑스러운 듯 그렇게 말했다.

"그래서 앙갚음을 하려고 했다. 두려움에 떨었던 자기를 없던 것으로 하고, 지워버리고 싶었던 거지. 안 그래?"

왕자는 곧바로 "아니야"라고 대답하려 했지만, 말을 삼켰다. 감정적으로 변하면 인간은 이미 그 시점에서 패배다.

두려웠나? 하고 스스로에게 물었다.

그 공원에서 종횡무진 움직이며 튀는 피도 개의치 않고 폭력을 발산시킨 기무라에게 열등의식을 품었던 것은 분명하다. 기무라에게는 육체적 힘이 넘쳐났고, 지식이나 상식에게 얽매이지 않는 분방함이 있었다. 부족한 사회 경험을 머리로 보충하던 왕자로서는 자기에게는 없는 여러 가지 것들을 목격한 충격에 휩싸이지 않을 수 없었고, 다시 말하면 눈앞에서 친구들을 때려눕히는 기무라야말로 본연의 인간이고, 자기는 가짜, 단지 무대배경일 뿐이라고 지적당한 기분이었다.

그래서 그 순간, 왕자는 그 공원에서 도망치기로 했다. 도모야스와 개가 달아나기 시작한 것을 기회 삼아 마치 그 뒤를 쫓는 척하며 그 자리에서 벗어났다.

물론 금세 냉정을 되찾았다. 기무라는 인생의 낙오자일 뿐이며, 무턱대고 폭력을 휘둘러대는 행위도 앞뒤 생각이 없기 때문이라는 것도 알았다. 다만, 한순간일지언정 자신에게 낭패감을 느끼게 한 기무라를 증오하는 마음은 나날이 커져갔다. 무슨 수를 써서든 기무라에게 공포를 안기고, 무릎을 꿇게 만들지 않으면 분이 풀릴 것 같지 않았다.

기무라를 제어할 수 없다면, 자신의 힘도 별것 아니다. 이것은 자신의 힘을 확인하기 위한 실력 테스트나 마찬가지라고 이해했다.

"아저씨 따윈 두렵지 않아"라고 왕자가 대답했다.

"아저씨 아이는 실력 테스트 같은 거였어. 퀴즈라고 해야 할까."

기무라는 의미를 이해하지 못해 멍한 표정을 지었지만, 소중한 아들을 함부로 놀려댔다는 것을 알아차렸는지 얼굴이 붉어졌다. 조금 전 떠올랐던 여유로운 표정은 눈 깜짝할 사이에 무너져 내렸다. 이 정도면 됐어, 하고 왕자는 생각했다.

트렁크를 자기 발밑으로 끌어온 후, 숫자 자물쇠가 0600에 맞춰진 걸 확인하고 가방을 열었다.

"왜, 돈이 욕심나나? 아무리 왕자님이라도 세뱃돈을 이렇게 많이 받진 못할 텐데."

기무라의 가벼운 비아냥거림은 한 귀로 흘렸다. 안에 들어 있던 현금카드를 꺼내서 자기 바지 뒷주머니에 찔러 넣었다. 그러고 나서 트렁크를 닫았다. 손잡이 부분을 움켜잡았다.

"뭐해?"

"주인한테 돌려줄까 하고."

"무슨 뜻이야?"

"무슨 뜻이긴, 말 그대로지. 맨 처음에 있었던 장소, 그 분리수거함으로 갖다 놓을까 하는데. 아 참, 그럴 게 아니라 찾기 쉽게 짐 보관소에 대충 던져놓는 게 좋을지도 모르겠다."

"대체 뭘 하고 싶은 거야?"

"내용물이 뭔지도 알았고, 솔직히 어떻게 되든 알 바 아니라는 생각이 들었을 뿐이야. 이제는 이 트렁크를 빼앗으려고 서로 싸우는 구경을 하는 게 더 재미있겠어. 안에 든 현금카드는 챙겼으니까 분명히 곤경에 처할 사람은 생기겠지만."

기무라가 얼굴을 찡그리며 뚫어져라 쳐다보았다. 왕자의 생각과 행동 원리를 이해할 수 없어 곤혹스러워했다.

돈이나 명예가 아니고, 좀더 다른, 인간의 행위를 관찰하고 싶어 하는 욕구가 그에게는 희한하게 여겨질지도 모른다.

"다녀올게" 하며 왕자가 자리에서 일어섰다. 트렁크를 끌고 이동했다.

나팔꽃

전화를 걸어 일은 끝냈다고 알렸다. 상대는 같은 업계에 종사하는, 중개업자라고 부를 만한 남자였다. 옛날에는 자기도 직접 일을 했지만, 몸에 군살이 붙고 동작이 둔해지자, 쉰 살을 넘긴 후로는 창구 역할에만 충실했는데, 그것이 나름 성공을 거두었다.

나팔꽃은 개인적으로 일을 받았지만, 최근에는 그 남자한테 소개받은 일도 받아들였다. 6년 전, '영양'이라는 회사에 타격을 가하는 대대적인 계획이 있었는데, 그 일을 처리할 때 다른 업자랑 접촉하는 게 번잡하고 귀찮게 느껴진 영향도 있었다.

그 일련의 사건도 조금 전에 지나친 스크램블 교차점에서 시작되었다. 당시의 기억이 되살아났다. 가정교사를 하고 싶다며 찾아온 남자, 두 아이와 여자, 브라이언 존스와 파스타, 기억들이 맥락도 없이 스쳐 지나갔다. 기억의 장면들이 머릿속에서 두둥실 부유한 후에 먼지처럼 하늘하늘 춤추다 떨어져 내리듯 가라앉았다.

중개인 남자는 전화기 너머에서 수고했다고 말한 후, 마침 잘됐다는 말을 꺼냈다.

귀찮은 예감이 들었다.

좋은 소식과 나쁜 소식이 있어, 하며 뒷말을 이었다.

씁쓸한 미소가 배어나왔다. 그것은 그 중개업자의 말버릇이었다.

양쪽 다 알고 싶지 않아.

그런 소리 하지 마, 자 그럼 나쁜 소식부터 먼저 얘기하지. 남자가 말했다. 실은 지금 아는 사람한테 급한 전화가 걸려왔어. 조금 성가신 일이고, 게다가 시간도 없지.

곤란하겠군. 나팔꽃은 감정 없이 예의상 대꾸했다.

그럼 이번에는 좋은 소식이야. 그 급한 일의 현장이 네가 지금 있는 곳과 아주 가까워.

나팔꽃은 멈춰 섰다. 주위를 둘러봤지만, 폭이 넓은 도로와 편의점이 있는 정도였다.

양쪽 다 나쁜 소식으로 들렸다.

의뢰라기보다 예전에 신세를 진 지인의 부탁이라 도저히 거절할 수가 없어. 그는 솔직하게 털어놓았다.

나와는 관계없는 일이야. 딱히 일을 안 받고 싶은 건 아니지만, 하루에 두 건이나 처리하는 건 탐탁지 않았다.

아니, 실은 대선배한테 온 의뢰야. 클래식, 고전이나 다름없는 존재지 하며 중개업자가 힘주어 말했다. 게임으로 비유하면, '하이드라이드'나 '제나두' 같다고 할까, 경의를 표해야 마땅하겠지, 하며 밀어붙였다.

알기 쉬운 비유를 해달라고 말하자, 음악에 비유하면 '롤링 스톤스'야 하는 대답이 돌아왔다.

그거라면 알고 있었다. 나팔꽃은 살짝 웃었다.

아니, '후'일지도 모르겠군. 해산했지만, 이따금 부활하는 느낌으로 치면 그거지.

그거라는 말은 또 무슨 뜻인지.

옛날 건 싫어하나?

오래전부터 존재하는 것에는 경의를 느껴. 오래 살아남았다는 건 그것 자체만으로도 우수하다는 의미지. 그런데 대체 무슨 의뢰야? 일단 용건이라도 들어보기로 하지.

중개업자는 일을 맡아준 것처럼 기뻐하며 이야기를 꺼냈다.

의뢰 내용을 들은 나팔꽃은 웃음이 터져 나올 뻔했다.

너무나 애매한 데다, 아무리 생각해도 자기는 적임자가 아니었기 때문이다.

어째서? 왜 적임자가 아니야?

내가 일하는 곳은 도로나 역 플랫폼이야. 자동차나 기차는 건물 안을 꿰뚫을 순 없어. 실내는 내 분야가 아니라고. 다른 업자에게 돌리는 게 낫겠군.

그렇긴 한데, 시간이 촉박해. 때마침 나팔꽃이 있는 장소 바로 옆이라니까. 다른 사람에게 부탁할 시간이 없어. 실은 나도 그곳으로 향하는 중이야. 최근 몇 년간은 중개업에만 전념하고 직접 일을 한 적은 한 번도 없지만, 오늘만은 어쩔 도리가 없군. 내가 실행 부대가 될 수밖에.

가끔은 괜찮겠지. 대선배한테 온 의뢰라면서.

불안해, 하며 상대는 사회에 나가기가 두렵다고 털어놓은 젊은이처럼 나약하기 이를 데 없는 목소리로 말했다. 너무 오랜만에 해보는 일이라 불안해. 그러니 나팔꽃도 와줄 수 없을까.

가서 뭘 어쩌라고. 나는 속칭 푸시맨이라 불리는 사람이야. 그건 일의 성격이 달라. 투포환 던지기 선수한테 마라톤을 시키는 거나 다름없다고.

와주기만 해도 돼. 난 곧 도착할 거야.

건투를 빈다.

그래, 고마워, 나팔꽃. 이 은혜는 잊지 않을게.

어디를 어떻게 들으면, 일을 받아들인 것으로 해석할 수 있을까.

과일

밀감은 화장실에서 나와 세면대를 벗어날 때까지는 전혀 허둥거리지 않았다.

조금 전 3호차에 들어온 사람이 동업자라는 건 금방 알아챘다. 자기들보다 조금 젊고, 검은 테 안경을 써서 그런지 지적으로 보였다. 게다가 순진한 구석이 있어서 본인은 태연한 척 가장할 생각이었겠지만, 주뼛거리는 기색이 훤히 드러났다. 옆으로 지나치면서도 이쪽으로 시선을 던지고 싶어서 어쩔 줄 몰라 했다. 밀감은 부자연스러운 그 모습에 웃음이 터져 나오는 것을 애써 참아냈다.

절묘한 타이밍이 놀라웠다.

그야말로 산 제물에 딱 들어맞는 인물이 아닌가. 레몬 말대로 누군가에게 죄를 뒤집어씌운다면, 그 만한 적임자도 없었다. 막다른 길목의 암담한 어둠 속에 한 줄기 빛줄기가 비친 것 같아 살짝 감동했다.

레몬을 남겨두고 자리에서 일어선 이유는 실제로 단지 화장실에 가고 싶었기 때문이다. 요의를 참으면 동작에 지장이 생긴다. 일이 벌어지기 전에 볼일을 봐둬야겠다고 판단했다. 레몬에게만 맡겨도 문제없을 거란 생각도 있었다.

그 검은 테 안경은 마리아에게 고용된 남자다. 화장실에서 소변을 보며 기억을 더듬었다. 자신들과 마찬가지로 딱히 일을 고르지 않아서, 진부하지만 알기 쉽게 표현하자면 '만물상'이라 불릴 만한 유형의 업자였다. 지금까지 일하는 중에 맞닥뜨린 적은 없지만, '신인인데 유능하다'는 소문은 접한 적이 있었다.

유능해도 레몬이 감당 못 할 정도는 아니겠지. 지금쯤 그 안경 남자는 레몬에게 맞아서 얌전히 앉아 있을 게 틀림없다. 밀감은 그렇게 생각하며 천천히 손을 씻었다. 비누로 손가락을 정성껏 문지르며 씻었다. 물을 털고 손 건조기 송풍구로 손을 내밀었다.

전화기가 울렸다. 뒷주머니에 넣어둔 얇은 휴대전화가 조용하게 진동으로 흔들렸다. 발신 표시를 보니 아는 사람 이름이 떴다. 도쿄에서 조그만 서점을 경영하는 뚱뚱한 여자였다. 사진집부터 노출 수위가 높은 책에 이르기까지 수많은 성인물 잡지를 골고루 갖춘 가게인데, 시대에 뒤처진 종이 매체를 고집하는 장사를 계속하고 있었다. 나름대로 고정 고객은 있었지만, 매출은 빤한 수준이었다.

그런데 무슨 영문인지 그 가게 여주인에게는 비합법적인 일이나 거기에 관계된 업자들의 정보가 모여들었다. 그런 정보를 얻기 위해 사람들이 들르기도 하고, 그 대신 다른 정보를 알려주고 갔다. 그런 순환으로 인해 복숭아라 불리는 그 가게 주인은 다양하고 다채로운 정보의 거점이 되었다. 밀감이나 레몬도 일의 성격에 따라서는 복숭아를 찾아가 필요한 정보를 샀고 때로는 팔았다.

"밀감, 당신 지금 좀 곤란한 상황에 처한 거 아니야?"

전화기 너머에서 복숭아의 목소리가 들려왔다. 열차 진동이 심해서 밀감은 통로 창가로 이동해 목소리를 살짝 높였다. "무슨 소리야?"라며 시치미를 뗐다.

"미네기시 쪽에서 사람을 모으는 것 같던데. 센다이랑 모리오카에."

"센다이? 미네기시가 왜 사람들을 그런 데로 모으지. 혹시 그건가? 흔히 말하는 오프라인 모임인가 뭔가 하는 거?"

복숭아의 한숨소리가 들려왔다.

"레몬한테 듣긴 했지만, 당신 농담은 진짜 재미없다. 진지한 남자의 필사적인 농담만큼 안 웃긴 것도 없네."

"미안하게 됐군."

"자기 부하들에 한정된 게 아닌 모양이야. 무조건 솜씨 좋은 사람 중에 센다이로 바로 갈 수 있는 업자들을 아주 급하게 구하나 봐. 우리한테도 여러 군데서 연락이 왔어. 그렇지만 몇 십 분 후에 센다이에 모이라니, 일반적인 아르바이트라도 그건 무리지. 대기하고 기다리는 것도 아닌데, 그쪽 상황에 딱딱 맞게 집합할 순 없잖아."

"그래서 우리한테 그 아르바이트를 해줄 수 있느냐고 타진하는 건가?"

"설마. 그게 아니라 당신들이 미네기시 아들이랑 같이 있는 모습을 봤다는 정보가 들어왔어. 그래서 당신들이 혹시 미네기시를 상대로 싸움이라도 벌일 작정인가 싶어서."

"싸움?"

"예를 들면 미네기시 아들을 감금하고 거래를 한다거나."

"설마, 우리도 그게 얼마나 위험한 일인지 정도는 알아."

밀감이 씁쓸하게 웃었다. 뼈저리게 알고 있는데도 지금 그런 위험한 사태에 빠져버린 것이다.

"반대야. 미네기시한테 아들을 구해달라는 의뢰를 받았어. 그래서 지금 신칸센으로 이동하는 중이지."

"그런데 미네기시가 왜 사람들을 불러 모을까?"

"우리를 환영해주려고 준비하는 거 아닌가."

"그럼, 다행이겠지. 난 당신들을 좋아해. 그래서 혹시 위험한 상황에 처하진 않았는지 걱정되어서 일단은 충고라도 해둘 작정으로 연락했어. 남에게 도움이 되는 건 역시 기분 좋은 일이니까."

또 무슨 새로운 정보가 들어오거든 알려줘, 라고 밀감이 말하려는 순간, "그러고 보니, 마리아 쪽에서 고용한 녀석도 거기 있지?"라고 물어왔다.

"무당벌레 군 말이야."

"무당벌레?"

"칠성무당벌레. 그 친구도 귀여운 남자라 좋아해."

"복숭아가 좋아하는 업자는 대체로 사라진다는 소문은 들은 적 있는데."

"예를 들면?"

"매미."

"아아, 그 일은 정말 안타까웠어."

복숭아가 침울하게 말했다.

"그건 그렇고, 무당벌레라는 녀석은 어떤 놈이야?"

"공짜로는 못 가르쳐주지."

"조금 전에 남에게 도움이 되고 싶어 하는 사람이 있었는데. 그 사람 좀 잠깐 바꿔줄래?"

복숭아의 웃음소리가 진동에 흔들리는 열차의 문소리와 뒤섞였다.

"나나오 군은 예의바르고, 주뼛거리긴 하지만 쉽게 얕볼 순 없는 상대지. 세니까."

"세다고?"

그렇게 보이진 않았다. 사무 처리 업무나 어울릴 것처럼 보였다.

"세다고 할까, 빠르다고 해야 할까. 그런 말을 한 사람이 있었어. '격투를 시작하려 했을 때는 이미 당한 후였다'고. 동작이 용수철 같대. 왜 대개 그렇잖아, 성실해보이는 인간일수록 흥분하면 손을 못 쓰잖아. 천성적으로 거친 인간보다 성질이 더 고약하다고 할까. 굳이 나누자면 나나오는 그런 타입이야. 성실하지만 열 받으면 무섭지."

"아무리 그래도 레몬이랑 호각을 겨룰 만하진 않겠지."

"적어도 우습게보지 않는 게 좋을걸. 얕보다가 따끔한 맛을 본 녀석들도 꽤 많대. 그쪽이야말로 나나오한테 당한 업자들끼리 오프라인 모임이라도 가질 정도인 것 같던데."

"재미없어."

"으음, 당신도 무당벌레 잡아본 적은 있지? 벌레 말이야. 검지를 세워주면 귀엽게 올라오잖아."

어릴 적에 벌레 같은 걸 잡았는지 어땠는지 기억이 나지 않았다. 어렴풋하게 괴롭힌 기억도 나고, 울면서 죽은 벌레를 땅에 묻어준 광경도 떠올랐다.

"그런데 무당벌레가 손가락 끝까지 다 올라가면 어떻게 하는지 알아?"

자기 검지에 작은 다리를 미세하게 움직이며 기어 올라가는 벌레의 감촉이 떠올랐다. 오싹오싹 섬뜩한 느낌과 근질거리는 어렴풋한 쾌감이 뒤섞였다. 아아, 나도 그렇게 해본 적이 있구나, 하고 밀감은 알아차렸다. 손가락 끄트머리에 도착한 벌레는 숨을 훅 들이마시는 것처럼 뜸을 들이고, 그런 후에는 날개를 활짝 펼치며 손가락에서 떠오른다.

"날아가잖아."

"그렇지, 그렇지. 나나오도 날아가는 모양이야."

밀감은 아무래도 답변을 망설일 수밖에 없었다.

"날 수 있는 인간이 있나?"

"무슨 소리야, 밀감. 당신 진짜 진지하네. 비유라고, 비유. 궁지에 몰리면 머리가 획획 돌아간다는 뜻이야."

"이상해진다는 뜻인가?"

"머리 회전이 빨라진다고. 집중력이라고 해야 하나. 궁지에 몰린 후의 순발력이라고 할까 반사 신경이라고 할까, 아무튼 발상이 심상치 않은 모양이야."

밀감은 전화를 끊었다. 설마하면서도 초조함이 물밀 듯 스쳐 가며 등골이 오싹했다. 갑자기 레몬이 무사한지 걱정되었다. 잰걸음으로 3호차로 돌아갔다. 문을 열자마자 눈에 들어온 것은 눈을 감고 있는 레몬의 얼굴이었다. 조금 전까지 앉아 있던 좌석보다 하나 뒤쪽 좌석, 즉 영혼이 빠져나간 미네기시 도련님 바로 뒤에 레몬이 앉아 있었다. 움직이지 않았다. 밀감은 레몬이 당했다는 걸 금세 알아챘다. 가까이 다가가서 자리에 앉은 후, 레몬의 목덜미에 손부터 얹었다. 맥박은 뛰었다. 그렇지만 잠든 것 같진 않았다. 눈꺼풀을 강제로 벌렸다. 정신을 잃은 상태였다.

"야, 레몬"이라고 귓가에 소리를 내봤지만, 움직이지 않았다.

손등으로 뺨을 두드렸다.

일어서서 주위를 둘러보았다. 나나오의 모습은 보이지 않았다.

때마침 이동판매차가 등 뒤에서 다가와서 불러 세웠다. 목소리를 낮추고, "차가운 음료로 줘"라고 말하고 캔에 들어 있는 탄산음료를 샀다.

이동판매차가 3호차에서 나가는 모습을 지켜본 후, 그 캔을 레몬의 뺨에 댔다. 목에도 갖다 댔다. 차가워서 눈을 뜰 거라 기대했는데, 꿈쩍도 하지 않았다.

"아 정말, 한심하긴. 도움이 되는 기관차는커녕 쓰지도 못하는 기관차잖아"라고 나지막이 중얼거리고, "뭐 하긴, 애당초 기관차도 아니니까"라고 뒷말을 덧붙였다.

레몬이 후다닥 깨어났다. 상반신이 튀어 올랐지만, 눈빛은 여전히 흐리멍덩했다. 옆에 있는 밀감의 어깨를 움켜잡으며 "누가 못 쓰는 기관차야?"라며 큰 소리를 냈다. 밀감이 허겁지겁 레몬의 입을 틀어막았다. 차 안에서 그런 말을 큰 소리로 외쳐대면 곤란하다. 그러나 다행히 신칸센이 터널로 들어가 진동음이 커진 덕분에 레몬의 목소리는 별로 도드라지지 않고 잦아들었다.

"진정해. 나야."

밀감이 손에 든 탄산음료 캔을 레몬의 이마에 붙이며 말을 건넸다.

"어?" 그제야 레몬이 제정신이 들었다. "차갑게 왜 이래"라며 캔을 낚아채더니 멋대로 뚜껑을 따고 마시기 시작했다.

"뭐야?"

"뭐긴 뭐야, 탄산이지."

"그런 말이 아니야. 여기서 무슨 일이 있었냐고. 아는 사람은 어디 있어?"라고 반사적으로 은어를 쓴 후 다시 고쳐 말했다.

"나나오는 어디 갔어? 마리아 쪽에서 일하는 녀석."

"그 자식." 레몬이 기세 좋게 자리에서 벌떡 일어섰다. 밀감을 밀쳐내며 통로로 튀어나가려는 것을 가까스로 멈춰 세웠다.

"기다려, 대체 무슨 일이야?"라며 자리에 앉혔다.

"방심했어. 내가 잠깐 어떻게 됐나봐."

"약 떨어진 건전지처럼 잠들었던데. 실신당한 건가?"

"내가 당할 리가 있나. 건전지가 다 됐을 뿐이야."

"설마 네가 죽이려고 했어?" 밀감이 상정한 상황은 폭력을 휘둘러서 구속하는 것이었다.

"순간적으로 흥분하는 바람에 그만. 그 녀석, 의외로 세더라니까. 센 적이 나타나면 자기도 모르게 고조되게 마련이잖아. 고든이 '난 소도어 섬에서 가장 빠른 기관차야'라고 잘난 척을 하며 가속했던 심정이 이해가 갔어."

"복숭아한테 전화가 와서 잠깐 들었는데, 그 녀석을 우습게

보면 따끔한 맛을 보는 모양이야."

"그래. 우습게봤어. 머독이 있을 리가 없지."

레몬은 그렇게 말한 후 시선을 돌리더니 "뭐야, 내 자리는 저쪽이잖아"라며 미네기시 도련님이 앉아 있는 3인석 좌석으로 휘청휘청 이동했다. 여전히 머리가 멍하다는 게 한눈에 드러났다.

"넌 잠깐 여기서 쉬어. 내가 찾으러 가지. 신칸센에서 내리진 못했어. 내가 저쪽 화장실에 갔다는 걸 아니까 틀림없이 뒤쪽 2호차로 도망쳤겠지."

밀감은 자리에서 일어서서 통로로 걸어갔다. 문이 열렸다. 2호차로 이어지는 통로에는 화장실이나 세면대가 없었다. 사람이 숨을 만한 공간이 없다는 것은 한눈에 알아볼 수 있었다.

나나오가 뒤쪽으로 향했다면, 1호차 끝까지 가면 따라잡을 수 있다. 몸을 숨길 만한 장소는 많지 않다. 좌석에 앉아 있거나 통로에 웅크리거나 객차 좌우에 있는 천장 짐칸 선반에 드러눕거나, 그것도 아니면 통로 틈새나 화장실, 세면대 정도다. 2호차와 1호차를 이 잡듯 샅샅이 뒤져나가면 붙잡을 수 있다.

조금 전에 봤던 나나오의 외모를 떠올렸다. 검은 테 안경에 청재킷, 밑에는 옅은 갈색 바지였던가.

2호차로 들어갔다. 승객들이 보였다. 좌석의 3분의 1 정도가 차 있었고, 당연하겠지만 진행 방향, 즉 밀감 쪽으로 얼굴을 향하고 있었다.

한 사람 한 사람의 모습을 확인하기 전에 전체를 하나의 영상으로 잡아 대충 파악했다. 자기가 들어온 순간의 공간 상태를 카메라로 촬영하는 감각이다. 부자연스러운 움직임이 없는지 파악한다. 갑자기 일어서거나 고개를 돌리거나 몸을 긴장시키는 것만으로도 눈에 띄게 마련이다.

밀감은 천천히 객차 통로로 걸어갔다. 눈에 띄지 않게 조심하면서도 각 열을 주의 깊게 확인했다.

신경이 쓰인 것은 차량 한가운데쯤, 밀감 쪽에서 보면 오른쪽 2인석에 앉아 있는 남자였다. 창가 자리에서 등받이를 최대한 뒤로 젖히고 잠들어 있었다. 모자를 깊게 눌러써서 얼굴이 완전히 감춰져 있었는데, 서부극에서 막 끌어낸 것 같은 챙 넓은 카우보이모자가 왠지 미심쩍었다. 불그스름한 갈색이라 상당히 눈에 띄었다. 옆에는 아무도 없었다.

나나오일까? 저런 방법으로 숨으면 들키지 않을 줄 알았나? 아니면 허를 찌를 속셈일까.

언제 달려들더라도 대응할 수 있게 의식을 집중시키고 가까이 다가갔다. 옆에 선 순간, 그 카우보이모자를 살짝 들어올렸다. 상대가 달려들 거라 각오했지만, 그런 일은 벌어지지 않았다. 그저 잠에 푹 빠진 남자였다. 나나오와는 얼굴도 다르고 나이 차이도 많이 났다. 생판 다른 사람이었다.

너무 예민했나 생각하며 멈추고 있던 숨을 내쉬었다. 그러자 곧이어 2호차 앞쪽, 1호차로 이어지는 통로에서 녹색 옷이 서성거리는 모습이 눈에 들어왔다. 밀감은 자동문을 지나 바깥 통로로 나갔다. 녹색 민소매 옷을 입은 그 승객은 막 화장실로 들어가려고 문에 손을 올렸다.

"잠깐" 하며 밀감이 엉겁결에 불러 세웠다.

"뭐야?" 이쪽을 돌아본 사람은 여자 차림새를 하고 있었지만, 성별은 명백한 남자였다. 키가 크고 어깨도 넓었다. 훤히 드러난 위팔도 근육질이었다.

뭐 하는 놈인지는 모르지만, 적어도 나나오가 아닌 것은 분명했다.

"아무것도 아니야." 밀감이 대답했다.

"당신 괜찮은 남자네. 화장실 안에서 잠깐 놀다 갈래?"라며 상대가 놀리듯 말했다.

밀감은 그 자리에서 그 여장 남자를 날려버리고 싶은 충동에 휩싸였지만 꾹 참았다.

"검은 테 안경을 쓴 젊은 녀석 못 봤어?"

여장 남자가 씩 웃었다. 콧구멍이 벌어졌다. 코밑의 수염도 푸르스름했다.

"내 가발 들고 튀어버린 젊은 애?"

"어디로 갔지?"

"난들 알아. 만나거든 내 물건이나 돌려달라고 해." 여장 남자는 그렇게 말하더니 "오줌 싸겠다"라며 화장실 안으로 모습을 감췄다.

정말 뒤숭숭한 세상이군, 하며 밀감은 어이없어했다.

자물쇠가 걸렸다.

다른 화장실 하나는 비어 있었다. 안을 들여다봤지만, 아무도 없었다. 세면실과 남자용 화장실도 비어 있었다.

여장 남자가 말한 가발이 신경 쓰였다. 나나오가 가발을 훔쳐서 변장했다는 말인가? 그렇다고 하더라도 스쳐 지나간 승객은 한 명도 없었다.

그렇다면 1호차에 있다고 생각할 수밖에 없었다.

만약을 위해 짐 보관소도 살펴보기로 했다. 스티커가 더덕더덕 붙은 트렁크가 있었다. 옆에는 종이상자도 보였다. 뚜껑이 열려 있었다. 안을 들여다보니, 플라스틱 재질의 상자가 들어 있었다. 여섯 면 전체가 투명해서 수조처럼 훤히 들여다보였지만, 안은 비어 있었다. 들어 올리려고 했는데, 윗부분이 벗겨져서 그만두었다. 위에 투명한 판이 끼워져 있었는데, 그것이 벗겨진 것 같았다. 독성 기체라도 들어 있나 하는 마음에 살짝 공포심이 느껴졌지만, 그런 것을 상대할 여유도 없었다.

다시 일어서서 통로로 걸어갔다. 1호차로 이어지는 문이 열렸다. 또다시 그 광경을 전체적으로 파악했다. 이쪽으로 향한 좌석과 몇몇 승객들의 모습이 눈에 들어왔다. 제일 먼저 신경이 쓰인 것은 3인석 한가운데쯤에 놓인 검은 그림자였다. 거대한 사람 머리인가 싶어서 깜짝 놀랐지만, 곧바로 펼쳐놓은 우산이라는 걸 알아챘다. 접이식 우산인가? 아무도 없는 좌석에 덩그러니 놓여 있었다.

우산보다 두 열 앞좌석에 잠든 승객이 보였지만, 그것은 나나오가 아니었다. 펼쳐둔 우산에는 무슨 의미가 있을까. 폭발할 것 같진 않았다. 미끼의 일종일 거라고 밀감은 직감했다. 저 우산으로 주의를 끌어서 다른 데로 눈길을 못 돌리게 하려는 의도가 아닐까? 퍼뜩 생각이 떠올라 우연히 시선을 떨어뜨렸는데, 그 순간 통로에 짧은 줄이 드리워져 있는 모습을 발견했다. 발이 걸리지 않게 뛰어넘은 후 확인해보니 그것은 포장용 비닐 테이프였다. 맞은편 왼쪽 3인석과 오른쪽 2인석의 양쪽 팔걸이에 동여매서 좌석 아래로 늘어뜨려 바닥 근처에 쳐둔 것이다. 다른 데 썼던 걸 다시 이용했는지 테이프 끝이 조금 갈라져 있었다.

아하 과연, 하며 밀감은 추측했다. 우산으로 시선을 끌어서 발밑으로 향하는 주의를 빼앗은 후, 밧줄에 걸려 넘어뜨릴 속셈이 아니었을까.

너무나 단순한 작전이라 밀감은 씁쓸한 웃음이 배어 나왔지만, 그와 동시에 정신을 바짝 긴장시켰다.

나나오는 궁지에 몰리면 두뇌 회전이 빨라진다. 복숭아는 그렇게 말했다.

한정된 시간 안에 가능한 일은 모두 했을지도 모른다. 레몬을 기절시킨 후로 시간은 별로 지나지 않았다. 그 사이에 밧줄을 쳤다. 우산도 나나오가 한 짓이겠지. 쫓아올 적을, 밀감을 넘어뜨리려고 했을 게 틀림없다. 그렇다면 넘어뜨려서 뭘 어쩔 셈이었을까? 패턴으로 치면 두 가지를 상상할 수 있다. 넘어진 상대에게 기습공격을 가하거나 아니면 넘어진 틈을 이용해 도망치거나. 그렇다면 당사자는 이 근처에 있을 게 틀림없다. 재빨리 주위로 시선을 돌렸다. 그러나 가까운 좌석에 있는 사람은 요란하게 몸치장을 한 십 대 여자 두 명과 노트북 컴퓨터에만 푹 빠져 있는 빡빡머리 남자였다. 여자들은 밀감에게 살짝 신경을 썼지만, 소란을 떨 것 같지는 않았다. 불륜 여행으로밖에 안 보이는 남녀도 있었다. 중년 남자와 젊은 여자였다. 나나오의 모습은 보이지 않았다.

그 바로 뒤쪽, 맨 뒷줄 제일 안쪽 자리에서 슬쩍 움직이는 머리만 보였다. 2인석 창가 자리였다. 이쪽을 보고 황급히 허리를 낮추는 동작을 밀감은 놓치지 않았다.

잰걸음으로 걸어갔다.

가발이었다. 가발을 쓴 머리가 들쑥날쑥 오르락내리락했다. 광택이 나는 그 모발 같은 물체는 인공적이었다. 밀감을 보더니 갑자기 자는 척하는 것 같아서 더더욱 수상쩍었다.

나나오일까? 밀감은 재빨리 차 안을 둘러보았다. 좌석은 모두 등을 돌리고 있었고, 가까이에는 다른 승객도 없었다.

재빨리 다가가 곧바로 공격을 퍼붓기로 했다. 그러나 그 순간 가발이 벌떡 일어섰다. 밀감은 순간적으로 한 발 뒤로 물러섰다. 가발 남자는 힘없이 두 손을 드는가 싶더니 "죄송합니다"

라고 말했다. 머리에 덮어쓴 가발이 비스듬히 떨어져 내리는 것을 손으로 눌렀다.

나나오가 아니었다. 명백하게 다른 사람이었다. 둥근 얼굴에 수염을 기른 중년남자인데, 시실시실 알랑거리는 미소를 지었다.

"죄송합니다, 저어, 실은 저도 부탁을 받았어요"라며 얼굴을 굳혔다. 손에는 휴대전화를 들고 있었고, 불안한 모습으로 그것을 만지작거렸다.

"부탁을 받아, 누구한테?" 밀감은 다시 한 번 차 안을 둘러보았다.

"너한테 부탁한 놈은 어디 있어? 검은 테 안경을 쓴 젊은 남자 맞지."

밀감이 작은 목소리로 말하며 남자의 멱살을 움켜쥐었다. 싸구려 줄무늬 셔츠 옷깃을 비틀어 짜듯 움켜쥐고 팔에 힘을 넣었다. 약간이긴 하지만, 남자의 몸이 떠올랐다.

"몰라요, 모릅니다"라고 남자가 곧바로 대답했다. 밀감은, 조용히 해, 하고 타일렀다. 남자가 거짓말을 하는 것 같지는 않았다. "그 남자가 가발을 훔치려고 해서 무슨 짓이냐고 따졌더니만 엔을 주면서"라고 억누른 목소리로 설명하기 시작했다. 소리는 크지 않았지만, 이쪽의 술렁거림을 눈치 챘는지 승객 한 사람이 일어서서 등받이 너머로 돌아보는 모습이 보였다. 밀감은 곧바로 상대의 옷깃에서 손을 뗐다. 남자는 좌석에 쿵 하고 엉덩방아를 찧었고, 머리 위에서 가발이 흘러내렸다.

이 남자도 함정이었나?

밀감은 다시 2호차로 돌아가기로 했다. 1호차를 되짚어가는 차량 한가운데쯤 통로에서 밀감이 불륜 여행으로 보이는 남자에게 무람없이 손을 얹었다. 상대가 화들짝 놀랐다.

"저쪽 우산, 누가 펴놨는지 아나?"라며 차량 안에 오브제처럼 놓인 검은 우산을 가리켰다.

남자는 눈에 띄게 동요하며 눈을 희번덕거렸다. 옆에 앉은 여자가 태연한 척하며 "아까 검은 테 안경을 쓴 남자가 놓고 갔어요"라고 대답했다.

"저게 무슨 의미가 있지?"

"잘은 모르지만, 펼쳐서 말리려는 거 아닐까요."

"어디로 갔어?"

"돌아갔을 거예요"라며 여자가 진행 방향으로, 즉 2호차 방향으로 손가락을 가리켰다.

대체 어디서 엇갈렸을까?

2호차부터 1호차까지 뒤지는 동안, 그럴 만한 인간은 눈에 띄지 않았다.

2호차로 이어지는 바깥 통로로 시선을 돌리자, 화장실에서 조금 전 여장 남자가 나왔다. 큰 몸을 흔들어대며 곧장 1호차로 들어왔다. 성가시게 됐군, 하고 생각하는데, 아니나 다를까 열린 자동문에서 모습을 드러내자마자, "어머, 웬일이야. 여기서 기다리고 있었어?"라며 앞을 가로막았다.

정말 거슬리는군, 밀감은 속으로 그렇게 생각하면서도 "손은 씻었나?"라고 일단은 말을 건넸다.

"어머나, 깜빡했네." 여장 남자는 천연덕스럽게 대답했다.

3호차 밖으로 나온 나나오는 어떡하나, 어떡하나 하며 스스로에게 끊임없이 질문을 던졌다. 기절한 레몬은 한동안 잠들어 있을 게 틀림없다. 그러나 밀감은 화장실에서 곧 돌아온다. 무슨 일이 생겼는지 알아채는 건 시간문제다. 그러면 당장에 쫓아올 것이다. 4호차 쪽, 진행 방향으로 가준다면 다행이겠지만, 아마 그런 일은 없을 것이다. 보나마나 나나오가 뒤쪽으로 도망쳤다고 생각할 가능성이 높다. 분명 이쪽으로 다가올 것이다.

2호차와 3호차 사이의 통로에는 화장실도 세면실도 없다. 분리수거함 앞에 멈춰 서서 돌기를 움켜쥐고 벽면 문짝을 열었다. 트렁크는 감출 수 있지만, 사람이 들어가긴 어렵다. 그것은 한눈에도 훤히 알 수 있었다.

여기는 숨을 수 없다. 그렇다면? 어떡하나. 어떡해야 하나.

나나오는 자기의 시야가 좁아지는 느낌이 들었다. 초조할 때문에 심장 박동이 사정없이 빨리 뛰기 시작했다. 숨이 차오르고, 이루 말할 수 없는 불안에 가슴이 조여들었다. 머리를 흔들었다. 어떡하나, 어떡하나, 하고 중얼거리는 소리가 머릿속에 가득했다. 사고가 범람한 물처럼 흘러넘쳤다. 소용돌이를 일으키며, 떠오른 말이나 감정을 세탁이라도 하듯 무질서하게 뒤섞어버렸다. 나나오는 그 초조함의 홍수에 몸을 내맡겼다. 격류가 머릿속을 휘저었다. 물론 아주 짧은 시간에 불과했고, 굳이 예를 들자면 눈을 수차례 깜박이는 정도였겠지만, 그 홍수가 멈춘 순간, 기분이 확 바뀌었다. 머릿속의 탁한 안개가 말끔히 사라지고, 생각이나 머뭇거림도 없이 몸이 먼저 움직였다. 조금 전과는 완전히 달라져서 시야가 넓어졌다.

뒤로 향해가는 나나오 앞에서 2호차 문이 열렸다. 세차게 뿜어내듯 열리는 문소리가 위세 좋은 한숨 소리 같았다. 좌석은 모두 진행 방향을, 나나오가 들어선 쪽을 향하고 있었다.

통로를 걸어 나갔다.

오른쪽 2인석 좌석에 잠든 남자가 보였다. 머리와 눈썹에 흰 털이 섞인 중년남자였는데, 등받이를 최대한 뒤로 젖히고 입을 반쯤 벌린 채 잠들어 있었다. 금방이라도 코고는 소리가 들려올 것처럼 깊이 잠들어 있었다. 그 옆자리에 모자가 놓여 있었다. 불그스름한 갈색 카우보이모자는 상당히 눈에 띄었다. 어울릴지 어떨지는 모르지만, 아마도 그 남자의 모자일 테지. 나나오는 스쳐 지나는 순간, 모자를 집어서 잠든 남자의 얼굴에 덮었다. 혹시 깨지 않을까 염려했는데, 워낙에 깊이 잠들었는지 꿈쩍도 하지 않았다.

밀감은 저 카우보이모자를 보고 수상쩍게 여길까. 그 결과 무슨 일이 일어날지는 알 수 없다. 아무 일도 안 일어날지도 모른다. 그러나 설령 도움이 되지 않더라도 몇 가지 장치들을 마련해두는 건 중요했다. 상대가 억측하고, 의미 깊게 받아들이고, 어쩌면 뒷걸음질까지 쳐서, 요컨대 선수를 빼앗기고 수세에 몰릴지도 모른다. 그런 자잘한 축적들로 승부를 걸 수밖에 없었다.

1호차로 이어지는 통로로 나간 후, 주위로 시선을 돌렸다. 쓸 만한 것을 찾아봤다. 짐 보관소에는 해외여행용 트렁크가 있었다. 스티커가 더덕더덕 붙은 오래 쓴 흔적이 남아 있는 트렁크였다. 나나오는 그것을 움켜잡고 끌어내리려 했지만, 너무 무거워서 포기했다.

그 옆에는 종이상자가 있었는데, 비닐 테이프로 포장되어 있었다.

나나오는 붙어 있는 테이프를 뜯었다. 상자를 열자, 그 안에 또 다른 상자가 들어 있었다. 투명한 플라스틱 케이스였는데, 그 속에는 검은 끈이 아무렇게나 뭉쳐 있었다.

저런 끈을 구태여 수조 같은 용기에 소중하게 담아놓은 이유가 뭘까 하는 유쾌한 생각에 눈을 가까이 들이대던 나나오는 나지막이 비명을 질렀다. 안에 들어 있는 것은 끈이 아니라 뱀이었다. 끈적끈적한 느낌이 감도는 번쩍거리는 가죽에 얼룩무늬가 보였고, 똬리를 틀고 있었다. 놀라서 뒤로 물러나다 통로 바닥에 엉덩방아를 찧었다. 여기에 웬 뱀이 출현한단 말인가, 이것 역시 자신의 불운의 하나일까, 불운의 여신의 취향일까. 하도 어처구니가 없어서 한탄을 쏟아놓고 싶었다. 그런데 한술 더 떠서 나나오가 놀라 움직이는 바람에 케이스 뚜껑이 열렸고, 그 안에서 뱀이 기어 나오고 말았다. 놀라움을 넘어서서 아연할 수밖에 없었다.

미끄러지듯 기어서 진행 방향으로 사라져가는 뱀을 바라보며 돌이킬 수 없는 짓을 저질러버린 죄의식에 사로잡혔다. 그렇다고 한가하게 뱀이나 쫓을 여유는 없었다. 뒤에서 언제 밀감이 나타날지 모른다. 나나오는 케이스를 정리하려고 일어섰다. 종이상자를 둘러쌌던 비닐 테이프도 원래대로 돌려놓으려 했지만, 도중에 생각을 바꾸고 상자에서 뜯어냈다. 그것을 움켜쥐고 손에 감았다. 사라져버린 뱀의 행방은 잊어버리자. 지금은 도망칠 수밖에 없다.

통로의 화장실이나 세면실은 비어 있었다. 개인 화장실을 확인해봤지만, 몸을 숨길 수 있을 것 같진 않았다. 밀감이 뒤따라왔을 때, 사용 중인 화장실이 나타나면 경계할 게 틀림없다. 독 안에 든 쥐다.

1호차로 들어갔다.

좌석과 승객이 눈에 들어 들어왔다. 2인석과 3인석 사이 통로를 잰걸음으로 걸어갔다.

왼쪽 3인석에 잠든 남자가 보였다. 머리 위 짐 선반에 우산이 비어져 나와 있었다. 접이식 우산인데 아무렇게나 대충 꽂혀 있었다. 망설임 없이 그것을 빼내어 곧바로 펼쳤다. 퍽 하는 소리와 함께 우산이 펼쳐졌다. 승객들의 시선이 집중됐지만, 나나오는 시치미 뗀 얼굴로 그것을 두 칸 뒤쪽 등받이에 걸었다.

그러고 나서 손에 감고 있던 비닐 테이프를 3인석 한가운데 좌석 팔걸이에 묶기 시작했다. 무릎을 바닥에 대고 웅크려 앉아서 그 끈을 좌석 밑을 통과시켜 통로를 가로질러서 맞은편 2인석 좌석 아래까지 끌어당겼다. 좌석과 좌석 사이로 팽팽하게 잡아당긴 후, 이쪽에도 역시 팔걸이에 동여맸다. 발밑에 끈을 쳐둔 형태였다.

넘어지지 않도록 조심했다. 자기가 하는 일인 만큼 제 덫에 걸려들 가능성도 충분히 높았기 때문에 주의하며 끈을 넘었고, 뒤도 돌아보지 않고 1호차 끝까지 들어갔다. 맨 마지막 줄을 지나 바깥 통로로 나갔지만, 거기에도 숨을 만한 장소는 없었다. 다시 1호차로 돌아왔다.

우산과 비닐 테이프, 손을 써둘 수 있는 방법은 그 정도뿐이었다. 그러나 도저히 그것만으로는 충분할 것 같지 않았다.

우산에 주의를 빼앗긴 밀감이 발밑의 테이프 줄을 알아채지 못하고 나동그라지는 광경을 떠올렸다. 그러면 가까운 좌석에 숨어 있다 모습을 드러낸 자기가 자세가 흐트러진 밀감의 머리를 날리고, 가능하면 턱을 후려쳐서 기절시킨 후, 그 틈을 이용해 다시 반대 방향 차량으로 도망친다. 그런 절차를 상상해보았다. 현실적일까? 물론 그렇게 여겨지진 않았다. 밀감이 그런 단순한 술수에 걸려들 것 같지도 않았다.

1호차 안을 한 바퀴 휙 둘러보았다.

시선을 들자, 차량 맨 끝 출입구 위쪽 벽에 전광표시판이 보였다. 옆으로 긴 그 표시판에는 신문사에서 보낸 뉴스가 한 줄로 흘러갔다. 지금 이 차 안에서 벌어지는 일이 훨씬 큰 뉴스거리일 게 틀림없다는 생각에 나나오는 씁쓸한 웃음을 흘리고 싶어졌다.

객차 안에서는 역시나 숨을 만한 공간을 찾아낼 수 없었다.

그렇다면, 하고 생각하며 나나오는 열린 문을 지나 밖으로 나갔다. 2호차로 돌아가기로 했다. 그 순간 머릿속에 떠오른 것은 도쿄 역 플랫폼에서 우연히 마주쳤던 커플의 모습이었다. "왜 특실이 아니야"라며 화장이 짙은 누군가가 말했던 장면이었다. 여자 옷을 입은 남자, 즉 여장 남자가 화를 냈다. 그리고 그 여장 남자 옆에서 작은 몸집에 검은 수염이 난 남자가 곤혹스러워하던 모습이 떠올랐다.

"특실은 무리잖아. 그래도 이것 봐, 2호차 두 번째 열로 끊었어. 네 생일이랑 똑같잖아. 2월 2일."

화장실과 세면실 옆을 스쳐 지났다. 뱀이 언제 튀어나올지 몰라 흠칫흠칫 떨리긴 했지만, 뱀은 어디에도 보이지 않았다.

분리수거함 속에라도 들어갔을까.

2호차로 발을 들여놓았다. 두 번째 열에 두 사람이 앉아 있었다. 여장 남자는 주간지를 읽고 있었고, 검은 수염 남자는 휴대전화를 만지작거렸다. 머리 위 짐 선반으로 시선을 던지자, 종이봉지가 보였다. 도쿄 역 플랫폼에서 본 물건이었다. 그 안에는 화려한 빨간색 재킷과 가발이 들어 있었다. 저것을 이용해서 변장이라도 해야 하지 않을까. 그들 바로 뒷자리에는 아무도 없어서 몸을 날렵하게 미끄러뜨리며 등을 쭉 펴면서 종이봉지를 움켜쥔 후, 단숨에 끌어내렸다. 살짝 소리가 났다. 등을 돌리고 있는 두 사람이 알아챈 기미는 보이지 않았다.

문을 지나 바깥 통로로 나갔고, 창가로 이동하자마자 허겁지겁 종이봉지를 뒤적거렸다. 재킷, 원피스, 가발이 들어 있었다. 가발만 꺼냈다. 빨간 재킷은 눈에 너무 띌지 모른다. 가발로 어느 정도나 변장할 수 있을까.

그런데 바로 그 순간, "이봐, 도둑질은 그만두시지"하는 소리가 별안간 들려와서 나나오는 깜짝 놀라 펄쩍 뛰어오를 뻔했다.

뒤에 여장 남자와 검은 수염 남자가 서 있었던 것이다. 두 사람 다 험악한 표정으로 종이봉지를 왜 훔쳤냐고 추궁하듯 한 발 한 발 다가왔다. 사실은 나나오의 동작을 아까부터 알아차렸고, 통로까지 쫓아 나온 것 같았다.

나나오는 머뭇거릴 여유가 없었다. 시간이 없었다. 남자의 오른손을 날렵하게 움켜잡고 몸을 뒤집으며 검은 수염 남자의 손목을 순식간에 비틀어 올렸다. "아, 아파!"라고 비명을 질러 대서 나나오는 "쉿, 조용히 해요"라고 귓가에 대고 날카롭게 속삭였다. 그러는 사이에도 자기가 궁지에 몰리고 있다는 사실을 실감했다. 밀감이 다가오는 발자국소리가 귓가에 울리는 것 같았다. 지금 당장 나타나도 이상할 게 없었다.

"잠깐, 이게 무슨 짓이야, 오빠?"

체격이 좋은 여장 남자가 말했다.

"시간이 없어. 내가 시키는 대로 해줘요."

나나오가 다급하게 말한 뒤, "시키는 대로 해"라고 익숙지 않은 명령조로 말투를 바꿨다.

"시키는 대로만 하면 돈을 주지. 그렇지만 협력하지 않으면 목뼈를 부러뜨릴 거야. 진짜야."

"당신, 지금 뭔 소리야?"

여장 남자가 꽤 놀라며 물었다.

나나오는 먼저 검은 수염 남자의 손을 풀며 자기 쪽으로 획 돌린 다음 들고 있던 가발을 씌웠다.

"넌 1호차 맨 뒤로 가. 이걸 그대로 쓰고 있어. 그러면 나중에 사람이 올 거야. 그자가 가까이 오거든 이 여자한테 휴대전화를 걸어."

나나오는 순간적으로 여장 남자를 이 여자라고 부르고 말았지만, 두 사람에게 특별한 위화감은 없어 보였다.

어떡하나? 어떡하나?

머릿속이 정신없이 휙휙 돌아갔다. 절차를, 미래 계획도를 머릿속 종이에 데생하고, 지웠다가 재빨리 다시 그렸다.

"전화는 왜 걸어야 하지?"

"몇 번 울리다 그냥 끊어도 돼."

"신호만 울리다 끊으라고?"

"말할 필요는 없어. 단순한 신호야. 시간이 없어. 어쨌든 그렇게 해. 자, 얼른."

"이봐, 형씨, 지금 무슨 말도 안 되는 소리를 지껄여?"

나나오는 그 말은 흘려듣고, 뒷주머니 지갑에서 지폐를 꺼냈다. 그 속에서 만 엔짜리 지폐를 꺼내 남자의 셔츠 앞주머니에 찔러 넣었다.

"이건 감사 표시야."

검은 수염 남자의 눈빛이 살짝 빛났다. 나나오는 속으로 기뻐했다. 돈으로 마음을 움직일 수 있으면 편하다.

"잘만 해주면 나중에 2만 엔 더 줄게."

사고가 얕은 건지, 남자는 돌연 의욕이 넘쳐났다.

"언제까지 숨어 있어? 대체 누가 오는데?"

"키가 크고 멋진 남자가 찾아올 거야."

나나오는 빨리 가라며 남자를 가볍게 밀었다. "알았어. 하면 되잖아"라며 남자는 어울리지 않는 가발을 뒤집어쓰고는 1호차로 가려고 했다. 그러다 도중에 한 번 멈춰 서더니, "이봐, 설마 위험한 일은 아니겠지?"라며 뒤를 돌아보았다.

"걱정할 거 없어." 나나오는 자신 있게 단언했다.

"믿기지 않을 만큼 안전한 일이야."

거짓말투성이로군, 나나오는 죄의식에 사로잡혔다.

지시를 제대로 이해했는지 못 했는지, 남자는 찌푸린 얼굴로 1호차로 사라졌다. 여장 남자와 마주섰다.

"넌 이쪽으로 와."

다행히 여장 남자도 나나오에게 저항이나 반감을 드러내진 않았다. 오히려 마음이 내켜한다고 해도 좋을 정도였다. 나나오는 통로를 조금 걸어가 화장실 앞으로 이동하기로 했다. "오빠, 역시 잘생겼다. 좋았어, 도와줄게"라며 교태를 부려서 나나오는 순간적으로 살짝 움츠러들었지만, 곧바로 빠른 말투로 말을 이었다.

"훨씬 더 멋진 남자가 올 거야. 잘 들어, 바로 저기서 남자가 올 거야. 그러니 넌 이 통로에 서 있다가."

"꽃미남 모델이라도 오나?"

"그러면 넌 이 화장실로 들어와. 그 꽃미남 모델에게 네가 화장실에 들어오는 모습을 확실하게 목격하게 만들어야 해."

"왜?"

"그건 알 거 없어." 나나오는 초조했다.

"그다음에는 어떡하고?"

"화장실에서 가르쳐줄게."

"화장실에서라니, 그게 무슨 뜻이야?"

나나오는 말하면서 화장실 문을 열고 안으로 한쪽 발을 들여놓았다.

"난 이 안에 먼저 들어가 있을 거야. 넌 나중에 그 남자를 보고 나서 들어와. 물론 내가 안에 있는 건 들키지 않게."

여장 남자는 지시를 완전하게 납득한 것 같지는 않았지만, 더 이상 시간을 끌면 위험하다는 판단이 섰다.

"시키는 대로 해. 만약 십 분을 기다려도 아무도 안 나타나면, 그때도 안으로 들어와도 돼"라는 말을 남기고 화장실 안으로 들어간 나나오가 문을 닫았다. 변기 옆에 섰다. 일이 잘 풀릴지 어떨지는 알 수 없다. 문이 열렸을 때 사각死角 위치를 잡아 입구 쪽 벽에 등을 붙였다.

잠시 후에 문이 열렸다. 나나오의 온몸에 긴장이 훑고 지나갔다. "오줌 싸겠다"라는 말과 함께 여장 남자가 안으로 들어오더니 문을 닫고 자물쇠를 걸었다.

화장실 안에서 나나오는 여장 남자와 마주섰다.

"왔어?"

"멋진 남자야. 정말 모델 같고 다리도 길었어."

역시나 밀감이 쫓아왔다. 각오는 하고 있었지만, 위가 욱신거렸다.

"이렇게 좁은 곳에 우리 둘뿐이네."

여장 남자는 어디까지가 진심인지 몸을 배배 꼬며 접근하려 했다. 키스해줄 수도 있는데, 하며 입술을 내밀었다.

"조용히 해"라며 나나오는 최대한 위엄을 드러냈다. 그것은 가장 자신 없는 일 중 하나였지만, 어떻게든 상대를 조용히 시키기 위해 날카로운 목소리로 말했다. 밖의 소리는 알 수 없었다.

머릿속으로 밀감의 움직임을 상상해보았다. 바깥 통로를 한 차례 둘러본 후, 1호차로 들어갈 게 분명하다. 일단은 차 안을 샅샅이 확인하겠지. 사용 중인 화장실이든 사용하지 않는 화장실이든 모두 점검할 게 틀림없지만, 지금 막 여장 남자가 들어온 화장실에는 경계가 느슨해질 거라고 나나오는 내다보고 있었다. 레몬의 이야기로 추측하자면, 밀감도 나나오의 외모는 알고 있다. 그렇다면 지금 화장실에 들어온 여장 남자가 '나나오는 아니라는' 것은 알고 있을 터였다. 화장실 안에 두 사람이 있을 거라는 데까지는 곧바로 생각이 미치지 못할 게 틀림없다.

이제 슬슬 1호차로 들어선 무렵일까. 머릿속에 그려보았다. 밀감은 펼쳐진 우산에 정신이 팔린다. 과연 바닥에 쳐놓은 비닐테이프 줄은 알아차릴까.

알아차린다.

그것을 설치한 사람이 나나오라고 확신한다. 나나오가 그 차량에 온 것은 틀림없다고 판단한다.

그러면 더더욱 1호차의 마지막 줄까지 확인하러 갈 게 틀림없다.

그런데 검은 수염 남자는 나나오가 시킨 대로 행동할까. 첫 번째 열에 앉아 있다가 밀감이 다가오는 모습이 보이면 전화를 건다. 그렇게 약속해두었다. 제발 부탁이야, 아저씨, 하고 나나오가 기도한 순간, 여장 남자가 메고 있던 작은 핸드백에서 전화벨 소리가 들려왔다. 그리고 곧바로 꺼졌다. 정확한 타이밍이었다.

"좋았어." 나나오가 말했다. 우물쭈물 고민할 필요는 없다. 직감에 따를 수밖에 없다. "화장실에서 나가서 1호차로 가"라고 여장 남자에게 말했다.

"어?"

"여기서 나가서 곧장 1호차로 가라고."

"가서 어떡하라고?"

"조금 전 남자가 말을 걸지도 몰라. 당신들은 무조건 아무것도 모른다고 대답하면 끝이야. 나한테 협박당해서 시키는 대로 했을 뿐이라고 해."

"당신은 어쩔 건데?"

"알 거 없어. 그 남자가 질문을 해도 모르는 일이라고 딱 잡아떼면 돼"라고 나나오가 말했다. 기회는 한 번뿐이다. 여장 남자와 같이 화장실에서 나간 후, 신칸센의 진행 방향으로 갈 수밖에 없다. 밀감이 이쪽을 쳐다보더라도 여장 남자의 몸이 나나오를 가려준다. 분명히 그럴 것이다.

"아, 참." 나나오는 뒷주머니에서 꺼낸 휴대전화를, 그것은 늑대에게 빼앗은 전화기였는데, 여장 남자에게 건네주었다.
"이걸 그 남자에게 전해줘."

"아 참, 돈 줘야지."

그렇군, 하고 생각을 떠올린 나나오는 지갑에서 2만 엔을 꺼낸 후 접어서 건넸다. "고마워. 덕분에 살았어"라고 말은 하면서도, 살았는지 어떤지 아직은 모른다고 생각하며, "자, 나가자" 하고는 화장실 문을 열었다.

왼쪽 방향, 즉 1호차 쪽으로 여장 남자가 걸음을 내딛었고, 나나오는 반대편인 오른쪽으로 쏜살같이 곧장 걸어갔다.

왕자가 트렁크를 들고 뒤쪽 차량으로 모습을 감췄다.

기무라는 창가로 다가가 바깥 경치를 내다보았다. 생각보다 속도가 빨랐다. 의식해서 바라보고 있으니, 건물이나 지면이 뒤쪽으로 휙휙 날아가버렸다. 두 손과 두 발이 묶인 상태는 당연히 부자연스러워서 편한 자세를 찾아보지만 뜻대로 되진 않았다. 신칸센이 터널 속으로 들어갔다. 웡웡거리는 우울한 울림이 차체를 휘감으며 덜컹덜컹 창을 흔들었다. '눈앞이 캄캄하다'는 말이 머릿속에 떠올랐다. 병원에 누워 있는 와타루의 머릿속도 사실은 이런 상태가 아닐까, 사방팔방이 암흑에 둘러싸여 온통 불안뿐이지 않을까. 그런 상상을 떠올리자, 가슴이 아팠다.

왕자는 트렁크를 어디에 두러 갔을까? 주인 남자랑 딱 맞닥뜨리면 좋겠군, 하고 생각했다. 무서운 형님들에게 "너, 남의 트렁크를 갖고 뭐해?"라고 야단을 맞고, 따끔한 맛을 보면 좋겠다고. 그러나 곧바로 깨달았다. 왕자의 신변에 무슨 일이 생기면 와타루의 신변도 위험해진다.

그 말은 사실일까?

정말로 병원 근처에서 왕자의 명령을 기다리는 사람이 대기하고 있을까?

기무라는 의심하고 싶어졌다.

허세를 부리는 건 아닐까. 거짓 허세로 기무라를 위협하고 조롱하는 건 아닐까.

그럴 가능성은 있다. 그러나 단정할 순 없었다. 가능성이 제로가 아닌 한, 왕자를 지킬 수밖에 없다. 그런 생각만으로도 분노가 들끓어 온몸이 뜨겁게 달아올랐다. 묶인 두 손을 휘두르며 주위를 미친 듯이 내리치고 싶었다. 이를 악물고 거칠어진 호흡을 안정시켰다.

와타루를 혼자 놔두는 게 아니었어.

뒤늦게 후회가 밀려들었다.

와타루가 의식을 잃고 입원한 지 한 달 반, 기무라는 줄곧 병원에서 밤낮을 보냈다. 계속 잠든 상태였기 때문에 와타루와 대화를 나누거나 격려해줄 수는 없었지만, 그래도 옷을 갈아입히고 몸의 자세를 바꿔주는 등 해야 할 일은 끝이 없었고, 게다가 밤에도 좀처럼 잠을 잘 수가 없어서 기무라는 피로가 쌓일 대로 쌓여 있었다.

6인실 병실에는 다른 입원 환자도 있었다. 모두 다 소년 소녀로 부모가 곁에 붙어서 간병을 했다. 그들은 말이 없고 무뚝뚝한 기무라에게는 적극적으로 말을 걸지는 않았지만, 그렇다고 해서 거리를 두려는 분위기도 없었고, 기무라가 깨어나지 않는 와타루에게 나지막이 혼잣말을 흘리듯 말을 건네면, 그런 기무라의 심정을 헤아리며 똑같은 심정을 공유하는 듯한, 같은 적을 상대하는 동지의 건투를 비는 듯한 눈빛을 던지곤 했다.

기무라는 지금껏 자신의 주위 사람들은 늘 자기의 적이거나 자기를 멀리하는 사람들뿐이었기 때문에 처음에는 마음을 허락하지 않았지만, 그들은 분명 기무라 쪽, 스포츠로 치자면 같은 벤치에 앉아 있는 선수들이라는 생각이 들기 시작했다.

"내일 하루, 일 때문에 꼭 가봐야 할 곳이 있어서 그런데, 와타루에게 무슨 일이 생기면 전화 좀 부탁드릴 수 있을까요."

기무라는 하루 전에 병원 의사 외에도 같은 병실에 있는 부모들에게 익숙하지 않은 정중한 말투를 쓰며 부탁했다.

그러나 자기 부모인 와타루의 할아버지와 할머니에게 연락할 생각은 없었다. 와타루만 혼자 놔두고 어딜 가느냐, 대체 뭘 하려는 거냐며 시끄럽게 설교나 늘어놓을 게 뻔하기 때문이다.

하물며 와타루의 원수를 갚기 위해 중학생을 살해하러 간다고 하면, 그 유유자적하고 마음 편한 노인들은 이해조차 불가능하겠지.

"물론이죠, 걱정 마세요."

같은 병실 부모들은 흔쾌히 부탁을 받아주었다. 그들은 매일 병원에 있는 기무라가 수입은 대체 어디서 얻는지, 장기 휴가를 낸 건지, 그게 아니면 혹시 엄청난 자산가인지, 그런 것치고는 1인실이 아니라 6인실에 있는 게 이상하다고 생각하고 있었는지, 기무라의 입에서 '일 때문에 가봐야 할 곳이 있다'는 말이 나오자 안도하는 것처럼 보이기도 했다. 대부분은 병원 쪽에서 돌봐주긴 하지만, 그럼에도 필요한 세세한 일들은 부탁할 수밖에 없었는데, 그들은 기분 좋게 선뜻 받아주었다.

"최근 한 달 반 동안 와타루는 줄곧 의식을 잃은 채로 별 문제가 없었으니, 내일도 딱히 별다른 일은 없을 겁니다."

기무라가 설명했다.

"뜻밖에 아빠가 없는 날에 의식이 깨어날지도 모르죠."

엄마 중 한 사람이 농담을 건넸다. 그것은 비웃음이 아니라 희망이 담긴 말이라는 것을 기무라도 충분히 이해할 수 있어서 고맙게 느껴졌다.

"그런 일도 생길 수 있겠군요."

"그럼요, 생길 수 있죠"라고 어머니가 힘차게 말했다.

"혹시 하루 만에 일이 안 끝날 것 같으면 연락주세요. 이쪽은 걱정 마시고요."

"하루 만에 끝날 겁니다." 기무라는 곧바로 대답했다.

해야 할 일은 단순하다. 신칸센에 타서 시건방진 중학생에게 총을 겨눈 뒤 발포하고 돌아온다. 그것뿐이다. 그렇게 생각했다.

설마하니 이런 상태에 놓일 줄은 상상조차 하지 못했다. 묶인 두 손과 두 발을 바라보았다. 예전에 집에 놀러왔던 시게루가 어떻게 탈출 묘기를 흉내 냈는지 떠올려 보려고 애를 써봤지만, 기억에 없는 것이 떠오를 리가 없었다.

여하튼 와타루는 잠든 채로 내가 돌아오기만 기다리고 있다. 마음이 불안해져서 견딜 수가 없었다. 정신을 차려보니 어느새 자리에서 일어나 있었다. 무슨 계산이 있었던 건 아니지만, 이대로 여기 있을 수는 없다는 생각에 몸이 저절로 통로 쪽으로 움직이고 있었다. 병원으로 돌아가야 한다.

누구에게 전화를 걸어야 할까 고민하며 주머니에 손을 넣으려 했지만, 양손이 묶여 있어서 균형을 잃는 바람에 통로 쪽 좌석 팔걸이에 허리를 부딪쳤다. 훑고 지나가는 날카로운 통증에 또다시 혀를 차며 웅크려 앉았다.

뒤에서 누군가가 다가왔다. 젊은 여자였는데, 통로를 가로막은 꼴이 되어버린 기무라 때문에 곤란해 하면서도 두려움이 깃든 목소리로 "저어"라며 살피듯 말을 건넸다.

"아아, 미안하게 됐군, 아가씨."

기무라는 그렇게 말하며 일어섰다. 그 순간 퍼뜩 생각이 떠올라서 "저어 아가씨, 휴대전화 좀 빌릴 수 있을까?"라고 물었다.

상대는 깜짝 놀랐다. 수상쩍어하는 게 확연했다. 밴드에 묶인 손목을 감추기 위해 두 팔을 부자연스럽게 무릎 사이로 넣었다.

"긴급한 일로 전화를 해야 하는데, 내 전화기는 전원이 나가버렸어."

"어디, 로요?"

말문이 막혔다. 부모님 댁 전화번호는 떠오르지 않았다. 번호는 모두 휴대전화에 등록해둬서 외울 수가 없었다. 몇 년 전에 요금이 싼 전화로 바꿨으니 보나마나 집 번호도 새로 바뀌었을 것이다. "으음, 병원이야"라며 기무라가 와타루가 입원해 있는 병원 이름을 말했다. "거기 내 아들이 입원해 있는데."

"네?"

"아이의 신변이 위험해. 병원에 연락을 못 하면 곤란해."

"저, 그럼 병원 번호는?" 여자 승객은 기무라의 기세에 눌렸는지 자기 휴대전화를 꺼내면서 부상자라도 대하는 것처럼 기무라에게 다가와 "괜찮으세요?"라고 말을 건넸다.

기무라는 얼굴을 찡그리며 "병원 전화번호도 몰라"라고 내뱉었다. 그러자 여자는 "아 네, 그렇군요. 그럼 이만 실례할게요"라며 도망치듯 그 자리를 떠났다.

화를 내며 쫓아갈 마음도 들지 않았다. 여기서 "어쨌든 지금 당장 경찰에 전화해서 와타루를 지키라고 해!"라고 소리치면 해결될까 싶은 생각도 한순간 들었지만, 그럴 수도 없는 노릇이었다. 왕자의 지령을 받아 행동하는 자가 어떤 인간인지 아직 파악하지 못했다. 중학생인지 아니면 의료 관계자인지, 지나친 생각일지도 모르지만 경찰 관계자 중에 아는 사람이 숨어 있을 가능성도 있었다. 기무라가 신고한 걸 알면, 왕자가 강경 수단을 취할지도 모른다.

"아저씨, 왜 그래? 화장실 가고 싶어?"

왕자가 돌아와서 통로 쪽에 앉아 있는 기무라에게 물었다.

"그게 아니면, 혹시 이상한 생각이라도 한 건가?"

"화장실이야."

"다리도 묶여 있는데? 조금만 기다려. 설마 쌀 정도는 아니겠지. 자, 얼른 창가 자리로 돌아가"라며 왕자가 자리에 앉으며 기무라를 밀쳐냈다.

"트렁크는 어떻게 했지?"

"두고 왔어. 원래 있던 곳 옆에 있는 짐 보관소에."

"그런 것치고는 시간이 꽤 걸렸군."

"전화가 와서."

"전화?"

"아이 참, 내가 말했잖아. 내 친구가 아저씨 아들 병원 근처에서 대기하고 있다고. 그래서 정기적으로 전화를 건다니까. 오미야 지나서 한 번 통화했는데, 연락이 또 와서 무슨 일인가 했더니, '내가 움직일 차례는 아직 멀었나? 얼른 아이의 숨통을 끊어버리는 게 낫잖아'라는 거 있지. 아무래도 일하고 싶어서 근질근질한가 봐. 그렇지만 내가 확실하게 말렸으니까 걱정 마. 혹시라도 내가 '슬슬 움직일 차례예요'라고 말하거나 전화를 안 받으면."

"와타루에게 못된 장난질을 한다는 뜻인가?"

"장난질이 아니지"라며 웃었다. "지금은 숨만 쉬는 와타루를 숨도 못 쉬게 한다는 거야. 이산화탄소를 내뱉지 못하게 한다는 의미에서는 친환경적이라고 할 수도 있겠지. 기무라 와타루를 죽이는 것은 죄인가? 아뇨, 친환경적인 일이죠"라며 과장되게 웃었다.

이건 일부러 하는 짓이다, 하며 기무라는 자신의 분노를 억눌렀다. 왕자는 고의로 신경을 건드리는 말만 골라서 하는 것이다. 왕자는 이야기를 할 때, '아저씨 아들'이라고 말할 때도 있는가 하면 '와타루'라고 부를 때도 있다. 아마 거기에도 어떤 의도가 깔려 있을 거라고 기무라도 눈치 채기 시작했다. 상대를 좀더 불쾌하게 만들기 위해 어휘를 고르는 게 틀림없을 테니 그런 페이스에 휘말리면 안 된다고 스스로를 타일렀다.

"자기 차례를 기다린다는 그자는 어떤 놈이지?"

"아저씨, 신경 쓰이나 보지? 근데, 어쩌지, 실은 나도 잘 몰라. 돈으로 의뢰한 사람이니까. 이미 하얀 가운 차림으로 병원 안에 있을지도 몰라. 제복을 입고 당당하게 병원 안에 있으면 별로 의심받지 않잖아. 당당하게 거짓말을 하면 신뢰를 얻지. 그렇지만 지금은 진짜 괜찮으니까 안심해. 아저씨 아이한테는 아직 손대지 말라고 단단히 말해뒀어. '좀더 기다리세요. 그 애를 죽이면 안 돼요. 워워!'라고."

"부탁이니, 네 전화기 전원이 끊어지는 일이 없게 주의해라."

절반은 농담처럼 가볍게 말했지만 진심이었다. 왕자랑 전화 연결이 안 된다는 이유만으로 왕자의 동료가 착각하고 험악한 짓을 저지른다면, 차마 눈뜨고 볼 수 없는 일이다.

기무라는 분을 삯이기 힘든 눈빛으로 옆에 있는 왕자의 얼굴을 노려보며 "넌 삶의 목적이 뭐야?"라고 물었다.

"그런 질문을 왜 해. 그런 건 나도 몰라."

"너에게 목적이 없진 않을 텐데."

왕자는 그쯤에서 미소를 머금었다. 천진난만함이 환하게 펴져 나가는 듯한 티 한 점 없는 미소여서 기무라는 한순간이나마 이 연약한 존재를 보호해야 한다는 착각에 휩싸였다.

"과대평가야. 난 그렇게 똑똑하지 않아. 다만, 여러 가지를 시험해보고 싶을 뿐이지."

"인생 경험을 위해서?"

"모처럼 맞은 단 한 번뿐인 인생의 추억으로."

딴청을 부리는 게 아니라, 진심처럼 들렸다.

"엉뚱한 짓거리만 하면, 한 번뿐인 그 인생도 짧아질 텐데."

"그렇겠지."

왕자는 또다시 사심 한 점 없는 표정을 드러냈다.

"그렇지만 그렇게는 안 될 것 같은 예감도 들어."

기무라는 그 근거가 뭐냐고 묻지는 않았다. 아이다운 유치한 설명이 돌아올 것이라고 생각했기 때문이 아니다. 이 왕자에게는, 통치자가 태어나면서부터 모든 사람의 생살여탈 권리를 갖고 그에 대해 의문조차 품지 않은, 그런 소박한 확신이 있는 것처럼 여겨졌다. 나라의 왕자란 절대적인 강운强運을 타고난 존재임에 틀림없다. 운의 규칙까지도 왕자가 만들어내기 때문이다.

"아저씨, 그거 알아? 오케스트라 같은 데서 연주가 끝나면 박수소리가 일잖아."

"가본 적이나 있어?"

"있어. 근데 그 박수는 맨 처음부터 모두 같이 치는 게 아니야. 몇 사람이 먼저 치기 시작하면 그에 동조해서 주위 사람들이 손뼉을 치기 시작해. 그리고 그 소리가 점점 커졌다가 곧이어 다시 잦아들지. 손뼉을 치는 사람이 줄어들면서."

"내가 클래식 콘서트 같은 데 갈 거라고 생각하나."

"그 소리의 강약을 그래프로 그려보면, 당연히 작은 산 모양이 되겠지. 맨 처음에는 소수였다가 차츰 늘어나 정점에 달했다가 다시 줄어드니까."

"내가 그래프 따위에 흥미가 있을 것 같나."

"그런데 그것과는 완전히 다른, 예를 들면 휴대전화가 보급

되는 양상을 그래프로 그려봐도 오케스트라 박수 그래프랑 똑같이 겹쳐진대."

"내가 무슨 말을 해주길 바라지? 대단하구나, 자유 연구 주제로 발표하면 어떨까? 하는 말이라도 해줘야 하나."

"인간은 결국 주위 사람들의 영향을 받아서 행동한다는 거야. 인간은 이성이 아니라 직감으로 행동해. 그러니까 자기 의사로 뭔가를 결단한 것처럼 보여도 사실은 주위 사람들에게 자극이나 영향을 받는 거지. 나는 독립했다, 오리지널한 존재다, 하고 생각하지만, 그래프를 구성하는 일원에 불과한 거야. 알겠어? 예를 들어 어떤 사람한테 '당신 좋을 대로 행동해도 좋다'고 말하면, 그 사람이 가장 먼저 뭘 하는지 알아?"

"알 게 뭐야."

"다른 사람들을 살펴."

왕자는 매우 유쾌한 듯이 말했다.

"너 좋을 대로 해도 된다고 했는데도 그렇다니까. 자유의사로 행동하면서도 타인을 신경 쓰는 거지. 특히 '정답이 분명치 않은 중요한 문제'일수록 사람들은 타인의 대답을 흉내 내. 우습지? 그런데 인간이란 본래 그렇게 생겨먹었어."

"그건 다행이군."

기무라는 아까부터 왕자의 이야기를 좇아가지 못했기 때문에 적당히 대꾸했다.

"나는 사람들이 그렇게 자기도 모르는 사이에 큰 힘에 조종당하는 게 재밌어. 자기변호나 정당화의 덫에 걸려들고, 타인의 영향을 받으면서, 인간은 자연스레 어떤 방향으로 나아가지. 그런 모습을 바라보는 게 즐거워. 내가 그걸 조종할 수 있다면 최고지. 안 그래? 르완다 학살이든 정체로 인한 교통사고든, 나도 잘만 하면 만들어낼 수 있다니까."

"정보 조작인가 뭔가 하는 건가?"

"어, 아저씨도 잘 아네." 왕자가 또다시 부드러운 미소를 머금었다.

"그런데 그것뿐만은 아니야. 정보에만 한정되진 않아. 인간의 감정이란 당구 같아서 누군가를 불안하게 만들거나 공포를 주거나 아니면 화나게 만들거나 하면, 특정한 인간을 궁지로 몰아넣을 수도, 치켜세울 수도, 무시할 수도 있어. 아주 간단해."

"나를 모리오카로 데려가려는 것도 그런 자유 연구의 일환인가?"

"그렇지." 왕자는 시원스럽게 인정했다.

"도대체 나한테 누구를 죽이게 할 속셈이야?"

기무라는 그렇게 말한 순간, 기억이 떠올랐다. 그 얘기를 들었다는 것조차 잊어버린 것 같은 먼 기억 속의 소문이었다.

"옛날에 도쿄에서 유명했던 남자가 시골로 돌아가 생활하기 시작했다는 말을 들은 적이 있지."

"아, 좋아. 좀더 노력해봐. 거의 다 왔어."

기무라는 놀리는 듯한 왕자의 말투가 끔찍이도 싫었다. 얼굴을 찡그리며 그 구겨진 얼굴에서 말을 쥐어짜내듯 물었다.

"너 설마 미네기시 씨한테 손댈 생각은 아니겠지?"

왕자의 입가가 저절로 솟구치는 기쁨에 방긋이 피어오르는 것 같았다.

"미네기시라는 아저씨가 그 정도로 유명해?"

"유명하니 어쩌니 하는 수준이 아니야. 험악한 인간들을 거느린 험악한 사장이야. 돈은 어마어마하게 많고, 상식이나 도덕심은 놀라울 정도로 없어."

기무라는 물론 미네기시를 만난 적도 없고, 위험한 일을 맡아 할 때도 직접 의뢰를 받은 적은 없었다. 그러나 당시의 그런 평탄치 못한 비합법적인 업계에서 미네기시 요시오의 힘은 막강해서, 예를 들면 누구에게 받아들인 일이든 그 원천을 거슬러 올라가면 미네기시에게 도달한다는 말이 떠돌았고, 기무라가 한 일들도 대부분은 미네기시의 2차 하청 내지는 3차 하청이었을 가능성이 높다.

"예전에 데라하라 씨라는 사람도 있었다며."

왕자는 옛날이야기를 졸라대듯 천진난만하게 말했다.

"그렇지, 할머니가 강으로 빨래하러 갔잖아, 그 다음에 어떻게 됐어?"

"그걸 네가 어떻게 알아."

"그런 정보야 얼마든지 얻을 수 있지. 정보란 어느 한정된 좁은 범위에서만 공유할 수 있고, 자신들의 비밀은 절대 밖으로 새나가지 않는다고 굳게 믿으며 태평하게 사는 건 노인네들뿐이야. 정보는 차단할 수 없어. 마음만 먹으면 얼마든지 긁어모을 수도 있고, 일부러 누군가에게 소중한 정보를 흘릴 수도 있지."

"인터넷 얘긴가?"

왕자는 또다시 서글프게 웃는 듯한 표정을 지었다.

"인터넷도 물론 그런 종류의 하나이긴 하지만 그것만은 아니야. 노인들은 극단적이야. 인터넷을 경멸하거나 두려워하지. 어떤 꼬리표를 붙이고 안심하려 들어. 그리고 제아무리 인터넷을 많이 사용해도 정작 중요한 건 정보를 다루는 방식이야. '텔레비전이나 신문은 거짓말만 흘려보낸다! 그것을 의심 없이 받아들이는 사람은 바보다'라고 외치는 사람들도 어쩌면 '텔레비전이나 신문은 거짓말만 흘려보낸다!'는 정보를 비판 없이 받아들인 바보일지도 몰라. 어떤 정보든 사실과 거짓이 뒤섞여 있는 건 빤한데, 어느 한쪽이 옳다고 단정하는 건 말이 안 돼."

"왕자님께서는 그 진위를 판별해낼 수 있다는 말인가?"

"진위 판별이니 뭐니 할 만큼 대단한 건 아니야. 정보는 여러 통로로 얻어서 취사선택하고, 나머지는 자기가 확인할 뿐이지."

"미네기시가 너한테 방해라도 됐나?"

"방해라고 해야 할까."

왕자는 입술을 삐죽 내밀었다. 토라진 아이와도 같은 천진함이 묻어났다.

"거슬리는 애가 있었어. 아, 맞다, 아저씨도 알잖아. 우리가 공원에서 놀 때, 개 데리고 있던 애."

아아, 하고 기무라가 반응했다. 기억을 떠올리려고 얼굴을 찡그렸다. 잠시 후 "도모야스였던가"라고 이름이 불쑥 튀어나왔다.

"그건 놀았던 게 아니지. 학대였지."

도모야스라는 애가 뭘 어쨌는데, 하고 말하려다가 기억이 떠올랐다.

"아빠한테 일러서 무서운 사람들한테 혼내주겠다는 말이라고 했나?"

"그저 센 척하는 거라고 신경도 안 썼는데, 도모야스가 정말로 자기 아빠한테 상의를 한 모양이야. 진짜 웃기지. 부모한테 상의를 하다니. 그러니 그 아빠는 화가 났겠지. 아이들 일로 정색하는 건 한심하지 않나? 변호사가 그렇게 대단해?"

"그런 아버지는 되고 싶지 않군."

기무라는 일부러 그렇게 대답했다.

"그래서 그 아빠가 어떻게 했지?"

"놀랍게도 정말 고자질을 한 거야."

"누구한테?"

"누구긴, 그 미네기시 씨한테지."

기무라는 순간 놀랐지만, 과연 하고 이해가 갔다. 그래서 왕자랑 미네기시가 이어지는구나, 하고.

"아빠가 안다는 무서운 사람이 정말로 무서운 사람이었네."

"아저씨처럼 혼자 힘으로 행동하는 게 훨씬 훌륭해. 도모야스 아버지는 완전 글렀어. 나는 어이가 없었고, 실망이 이만저만이 아니었지"라고 말하는 왕자는 무리하는 기색도 없었고, 마치 산타클로스가 아빠라는 사실을 알고 낙담했다고 한탄하는 것 같았다.

"게다가 더더욱 실망스러운 건 미네기시 아저씨도 날 우습게 봤다는 거야."

"무슨 소리야."

미네기시 요시오를 미네기시 아저씨라고 부르며 태연하게 구는 태도가 기무라에게는 도무지 믿기질 않았다. 게다가 그 침착함은 무지에서가 아니라 자신감에서 우러나왔다.

"전화뿐이었어. 우리 집으로 전화를 걸어서 나한테 '도모야스를 괴롭히지 마. 이 아저씨는 무서우니까 내 말을 안 들으면 후회하게 될 거다'라는 거야. 마치 어린애한테 다짐을 받는 것처럼 취급하더라니까."

"넌 어린애 맞잖아." 기무라는 웃어 보였지만, 이 왕자가 단순한 어린애가 아니라는 것은 익히 알고 있었다.

"하는 수 없어서 무서워하는 척해줬어. 죄송해요. 앞으로는 안 할게요, 하면서 울먹이는 목소리로 사과했더니 그걸로 끝이었지."

"천만다행이군. 미네기시도 중학생이나 상대할 만큼 한가롭진 않겠지. 진심이었으면 울먹이는 정도로는 안 끝났겠지."

"그 말 정말이야?"

어리둥절한 표정으로 묻는 왕자는 머릿결이 부드러웠고, 체구가 가냘픈 소년은 행실 바른 우등생으로밖에 안 보였다. 도둑질은커녕 귀갓길에 군것질조차 하지 않을 것 같은 우등생이다. 기무라는 문득 자기가 조카를 데리고 신칸센으로 도호쿠 여행이라도 떠나는 착각에 사로잡혔다.

"정말로 그렇게 무서워?"

"그야 당연히 무섭지."

"모두가 그렇게 생각하는 것뿐이지 않을까. 영화에서 미국 병사가 방사능은 대단한 게 아니라고 믿은 것처럼 정보나 소문을 있는 그대로 받아들인 것뿐이지 않을까. 그게 아니면 옛날 텔레비전은 재미있었다, 옛날 야구선수는 대단했다고 고집스럽게 말하는 노인이나 마찬가지 아닐까. 단순한 노스탤지어일지도 몰라."

"너, 우습게보다간 죽는다."

"그러니까 그게 바로 미신에 너무 사로잡힌 거라고. 미네기시 아저씨를 우습게보면 목숨이 위험하다는 미신. 그런 왜곡된 선입견이 집단적인 견해를 만들고, 더 나아가 현실을 왜곡해가는 거나 마찬가지야. 난 그렇게 생각해."

"중학생답게 말하라니까."

"사람은 누군가가 무섭다고 가르쳐준 것을 두려워하게 되어 있어. 테러든 병이든. 자기가 판단할 능력도 여유도 없지. 미네기시 씨라는 그 사람도 돈과 협박과 폭력과 인해전술 비슷한 능력밖에 없을 게 뻔해."

"그게 무서운 거지."

"실제로 날 우습게봤잖아. 그것도 내가 중학생이라는 이유 하나만으로."

"그래서 어쩔 생각인가, 왕자님."

왕자는 계속 태연하게 신칸센 앞쪽을 손가락으로 가리켰다.

"모리오카로 가서 미네기시 아저씨를 만나야지. 그거 알아? 미네기시 아저씨는 한 달에 한 번 애인과의 사이에 태어난 아이를 만나러 가거든. 아내가 낳은 아들은 자기 후계자지만, 바보에다 철부지이고 무능한 모양이야. 그래서인지 애인이 낳은 딸을 귀여워하나 봐. 아직 초등학생인 것 같지만."

"그런 것까지 조사했군. 칭찬해주지."

"그게 아니야. 중요한 건 놀랍게도 여기에서도 아이가 등장한다는 거지."

"무슨 뜻이야." 기무라가 눈썹을 찡그렸다.

"옛날 어린이 프로그램을 보면, 제아무리 강한 적이라도 마지막에는 대개 약점이 발견되잖아. 그래서 난 얘기를 저렇게 적당히 풀어나가는 건 좀 억지스럽다고 어릴 적부터 생각했어."

"지금도 어린애야."

"그런데 현실이 그랬던 거야. 어떤 인간이든 약점이 있고, 그것은 대체로 자식이나 가족이지."

"그렇게 단순할까."

"아저씨가 나한테 들이닥친 것도 아들 때문이잖아. 인간은 자기 자식에 관해서는 놀라울 정도로 나약해. 미네기시 아저씨한테도 자식은 있지. 그 부분을 건드리면 나름대로 약점이 드러날 것 같기도 해."

"미네기시의 자식한테 나쁜 짓을 할 생각이라고?"

기무라는 복잡한 감정을 동시에 품었다. 하나는 단순한 분노다. 왕자가 죄 없는 어린애를 저 편할 대로 농락한다면, 아무래도 용서할 수 없는 분노를 품을 수밖에 없다. 또 하나는 미네기시가 과연 자식 일로 나약함을 드러낼까 하는 의문이다.

"그런 일이 가능할 거라고 생각하나?"

"안 해."

"안 한다고?"

"아직은. 오늘은 첫 번째니까 안 해. 첫 선을 보인다고 할까, 사전조사를 해두는 셈이지."

"네가 미네기시를 만날 수나 있을 것 같아?"

"어제부터 그 애인이랑 딸이 이와테에 왔나봐. 그래서 목장 근처 별장지에 있는 모양이야."

기무라는 미간을 찡그렸다.

"조사했어?"

"그런 건 비밀도 아니야. 숨기지도 않는걸, 뭐. 다만, 그 별장 주변에는 수많은 경비원들이 있어서 들어갈 순 없어."

"그럼, 어떡할 건데?"

"그러니까 사전조사지. 그렇지만 아무리 사전조사라도 빈손으로 돌아오긴 아까우니까 아저씨가 활약을 좀 해줘야겠어."

그렇군, 하고 기무라는 그제야 중대한 사실을 떠올렸다. 왕자는 기무라가 미네기시 요시오를 살해하게 만들 속셈인 것이다.

"그건 사전조사가 아니잖아. 실전이지."

"별장까지 가면 내가 경비원들의 주의를 끌 테니까 아저씨는 안으로 들어가서 미네기시 아저씨를 해치워봐."

"그게 가능할 거라고 생각해?"

"반반이랄까, 승리할 확률은 20퍼센트 정도라고 봐. 아마도 실패하겠지. 괜찮아, 실패해도."

"까불지 마."

"승산이 있다면 그 딸을 볼모로 삼는 경우겠지. 자식의 안전을 위해서라면 미네기시도 과감하게 행동하진 못할 테니까."

"자식 일로 열 받은 부모가 폭발하면 눈에 뵈는 게 없어."

"아저씨처럼? 자식을 위해서라면 목숨도 아깝지 않다? 죽었다가도 아이가 걱정되어서 다시 살아나려나?"

"그럴지도 모르지." 기무라는 그렇게 대답하면서 묘지에 묻힌 엄마들이 땅속에서 기어 나오는 장면을 떠올렸다. 부모 심정으로 보면, 충분히 있을 법한 일처럼 여겨졌다.

"인간은 그렇게까지 강하진 않아." 왕자가 웃었다.

"아무튼 미네기시도 딸을 위해서라면 뭐든 할 거야. 그리고 아저씨가 어떻게 되든 난 상관없어. 난 어디까지나 아저씨한테 명령받은 중학생이라고 계속 우길 테니까."

"난 실패 따윈 안 해." 허세일 뿐이었다.

"소문은 들었어. 미네기시 아저씨는 총을 맞아도 안 죽는다는 얘기." 그렇게 말하면서 왕자는 이미 절반쯤은 될 대로 되라는 식이었다.

"그럴 리가 있나."

"그치? 뭐 하긴, 총을 맞은 게 아니라, 공격을 받을 뻔했다가 살아남은 사실이야 있겠지. 보나마나 억세게 운이 좋은 사람일 거야."

"그렇게 말하자면, 나도 옛날에 일할 때는 행운의 연속이었지."

기무라가 정색을 하듯 말했다. 거짓말은 아니었다. 험한 일을 할 때, 사소한 실수로 심각한 위기에 빠진 적이 두 번쯤 있었는데, 그때마다 다른 업자가 도와주러 오거나 운 좋게 경찰이 들이닥쳐서 살아남았다.

"그건 그렇고, 미네기시랑 왕자님이랑 어느 쪽이 운이 더 좋을지는 모르겠군."

"그걸 알아보고 싶은 거야."

왕자가 기쁜 듯이, 호적수를 발견한 운동선수처럼 눈빛을 반짝거렸다.

"그래서 오늘은 아저씨가 그 사람 목숨을 노려야 해. 운이 얼마나 좋은지 일단은 살짝 시험해보는 거지. 그 결과가 어떻게 나오든 미네기시 아저씨의 정보를 또 하나 얻을 수 있는 건 확실하니까. 최소한 나는 미네기시 아저씨의 별장까지 접근할 수 있고, 경비 상황도 알아낼 수 있어. 미네기시 아저씨의 행동을 견학할 수 있단 말이지. 사전조사 1탄치고는 나쁘지 않아."

"내가 배신하면 어쩔래?"

"아저씨는 자식을 위해서 열심히 할 거야. 아버지니까."

기무라는 턱에서 소리가 날 것처럼 좌우로 거세게 움직였다. 무슨 말을 해도 태연하게 척척 대답하는 소년에게 화가 나서 견딜 수가 없었다.

"너 말인데"라고 입을 열었다. "너 만약에 이번에 미네기시 씨한테 장난질을 했다가 그게 잘 풀리면, 뭐 하긴 너에게 잘 풀린다는 게 어떤 의미인지는 모르겠지만, 아무튼 네 뜻대로 어른들 허를 찔러 한 방 먹인다면."

"한 방 먹이고 싶은 게 아니라니까. 그게 아니라, 그보다 훨씬, 뭐라고 해야 할까, 모두에게 절망적인 기분을 맛보게 하고 싶은 거야."

절망적이라니, 기무라는 그것 역시 막연하다는 생각이 들었다.

"너 같은 꼬맹이한테 무슨 일을 당하든 어른들은 상대도 안 해."

"바로 그거야, 아저씨."

왕자는 입을 활짝 벌리며 희고 가지런한 이를 드러냈다.

"나 같은 꼬맹이가 시키는 대로 따라야 하고, 그러면서도 아무런 반박도 할 수 없는 자신들의 무력함을 깨닫게 하는 거지. 그로 인해 절망하게 만들고 싶은 거라고. 자기가 살아온 인생이 얼마나 무의미했는지 깨달아서 남은 인생을 살아갈 의욕마저 잃어버리게 될 정도로."

레몬의 머리는 여전히 약간 멍한 상태였다. 창밖을 바라보았다. 바람에 휩쓸리듯 뒤쪽으로 스쳐 지나는 건물을 눈으로 좇으며 턱을 어루만졌다. 통증은 없지만, 순식간에 의식을 잃었던 모양이다. 그 안경 자식, 얼굴은 얌전하게 생겼어도 우습게 볼 순 없겠군.

옆에 있는 미네기시 도련님에게 "야, 하마터면 너랑 같은 곳으로 갈 뻔했잖아"라고 말을 건넸다. 대답은 없었다.

"뭐야, 사람이 말하는데 무시나 하고."

퍼뜩 정신을 차리고, 자기 몸을 더듬었다. 조금 전에 꺼내들었던 총이 사라지고 없었다. 남의 물건을 훔쳐 가면 안 되지, 머독, 하며 얼굴을 찌푸렸다.

그리고 조금 전에 나나오가 했던 말을 떠올렸다.

그는 자기도 미네기시한테 일을 의뢰받았다고 말했다. 게다가 자기가 가로챘던 트렁크도 다른 누군가에게 빼앗겼다고. 그렇다면 트렁크는 지금 어디에 있을까?

밀감이 어떤지 살펴보러 가봐야 할 것 같아서 자리에서 일어나 통로 뒤쪽으로 걸어가려고 했지만, 그럴 필요까지 있을까, 그냥 느긋하게 쉬는 게 낫겠지, 하며 생각을 고쳤다. 밀감에게 연락하고 싶어도 휴대전화가 없었다. 그 안경 자식, 남의 전화기까지 가로채다니. 휴대전화에 달아놓은 기관차 토머스 액세서리가 아까웠다.

소리가 들렸을 때, 처음에는 신경 쓰지 않았다. 차체의 진동 소리에 뒤섞이듯 들려오는 전자음은 어느 좌석에서 울리는 휴대전화 벨소리 같았다. 시끄럽네, 누구 전화야, 하며 남의 일처럼 여겼는데, 그 소리가 한참 동안 멈추지 않는다는 걸 알아차렸다. 게다가 그 소리는 생각보다 가까운 곳에서 들렸다. 소리가 나는 곳으로 의식을 집중시켰다.

아래였다.

좌석 밑, 약간 뒤쪽에서 들려왔다. 레몬은 허리를 굽히고 바닥을 살폈지만, 잘 보이지 않았다. 바지가 더러워지는 건 싫었지만, 그냥 내버려둘 수도 없어서 무릎을 바닥에 꿇고 몸을 굽히며 좌석과 바닥 틈새를 살펴보았다. 아무것도 없었다. 더 뒷자리인가 싶어서 뒤로 이동해 다시 몸을 웅크렸다.

소리가 한층 크게 울려서 바닥을 더듬었다.

작은 시계였다.

싸구려 디지털 손목시계였고, 화면이 점멸하고 있었다. 누가 떨어뜨렸나. 떨어뜨렸으면 제대로 주워가란 말이지. 레몬은 독설을 퍼붓고 나서 '이건 혹시 수상쩍은 도구일까?'라며 경계했다. 폭탄으로까지 보이진 않지만, 이 알람 소리를 신호로 예기치 않은 일이 벌어질 가능성은 있었다. 그러나 그대로 계속 방치할 수도 없는 노릇이었다. 몸의 각도를 궁리해서 손이 닿는 자세를 잡은 후 시계를 끌어당겼다. 조금 고생스럽긴 했지만, 간신히 주워들었다. 몸을 일으키고 자리에 앉았다.

"도련님은 이런 싸구려는 본 적도 없겠지?"

레몬은 자기 자리로 돌아가 검은 시곗줄이 달린 디지털 손목시계를 미네기시 도련님 시체에 슬쩍 보여주었다. 버튼을 만지작거리자 소리는 멈췄다. 특별한 시계 같지는 않았다. 도청기인가? 하고 의심했다. 뒤집어서 귀에 대고 소리를 확인했다. 단순한 시계였다.

버릴까 말까 고민하는데, 때마침 2호차 쪽에서 밀감이 돌아왔다.

"안경 군은 찾았나?"

레몬이 물었다. 그러나 시무룩한 밀감의 표정이 이미 대답을 한 것이나 마찬가지였다.

"당했어."

"그럼, 반대였나? 앞으로 도망친 거야?"

레몬은 4호차로 통하는 문을 손가락으로 가리켰다.

"아니, 1호차 쪽으로 도망친 건 확실해. 그런데 어디선가 놓쳤어."

"어디선가 놓쳐? 너도 모르는 사이에?"

레몬은 그렇게 물으며 입매가 저절로 벌어지는 것을 느꼈다. 냉정하고, 침착하고, 매사를 꼼꼼하게 처리해나가는 파트너가 저지른 실수는 유쾌하기 이를 데 없는 소식이었다.

"어이, 이봐, 별로 어려운 일도 아니었잖아. 넌 이쪽에서 1호차를 향해 걸어갔어. 안경 군은 뒤쪽 어딘가에 있었을 테니 독 안에 든 쥐야. 어디에선가는 반드시 맞닥뜨리게 될 텐데. 일을 그르치는 게 더 어렵지. 그게 아니면, 또 화장실에 가서 시간 죽이다 온 거야? 그것도 아니면, 눈 깜박이는 시간이 너무 길어서 안 보였나."

"화장실엔 안 갔고, 눈 깜박이는 시간도 길지 않았어. 다만, 그 자식한테 협력한 놈들이 있었지."

밀감이 못마땅한 듯이 얼굴을 일그러뜨렸다. 아아, 이건 기분이 안 좋다는 신호인데, 성가시게 됐군, 하며 레몬은 정신을 바짝 긴장시켰다. 평소에 진지한 남자가 화를 내면 감당하기 버겁기 때문이다.

“그럼 그 협력자를 닦달하면 되겠네.”

“협박당한 모양이야. 여장 남자랑 평범한 아저씨, 두 사람이 었어.”

“협박당했다는 말은 사실이고?”

“둘 다 멍청하긴 했지만, 거짓말 같진 않더군.”

밀감은 그렇게 말하더니, 부아가 치밀어 오르는지 자기 오른쪽 주먹을 왼손으로 어루만졌다. 그 두 사람에게 철권제재를 내렸을지도 모른다.

“그럼 안경 군은 반대쪽으로 도망쳤다는 뜻인가?”

레몬이 진행 방향으로 시선을 던졌다.

“근데, 아무도 안 지나갔는데.”

“눈 깜박이는 시간이 길었던 건 아니고?”

“난 초등학교 때, 전교 학생들이 모여서 한 ‘눈싸움 대회’에서 우승했던 사람이야.”

“너랑 같은 초등학교가 아니길 다행이다. 그건 그렇고, 정말 아무도 안 지나갔어? 한 사람도?”

“그야 물론 한두 사람이야 지나갔지. 승객도 이동할 테고, 이동판매차 누나도 지나가잖아. 그렇지만 그 안경 군 비슷한 남자는 안 지나갔어.”

“넌 계속 여기 앉아서 앞을 보고 있었고?”

“물론이지. 어린애도 아니니까 창가에 매달리지도 않아.”

레몬은 그렇게 말하다가 자기 손에 쥐어 있던 손목시계의 감촉을 알아채고, "아아" 하며 탄식을 흘렸다.

"이걸 주웠네."

그게 뭔데, 하며 밀감이 몹시 수상쩍어했다. 레몬은 "이게"라며 손목시계를 흔들고, "알람이 울렸어. 그리고 저쪽에 떨어져 있었고"라며 뒷자리 좌석 밑을 손가락으로 가리켰다. "그래서 주웠지"라고 말했지만, 그쯤에서 밀감의 눈빛이 이쪽을 깔보는 듯한 시선으로 변해서, "단지 그것뿐이었어"라고 뒷말을 덧붙였다.

"그거야." 밀감이 단정했다.

"그거라니, 무슨 뜻이야?"

"그 녀석이 놓고 갔겠지. 안경 군은 머리 회전이 빠른 모양이니 무슨 꿍꿍이속이 있었겠지."

"이걸로 뭘 어쩌려고?"

"다양한 도구를 좋아하는 녀석이군. 자 봐"라며 밀감이 자기 손에 있는 휴대전화를 보여주었다.

"전화기 바꿨어?"

"그놈이 보냈어. 여장 남자를 시켜서 나한테 전해주라고 한 모양이야."

"대체 무슨 속셈이지? 혹시 그건가, 전화 걸어서 '이제 그만 용서해줘요'라고 울며 매달리기라도 하려나."

레몬은 농담으로 던진 말이었는데, 그 순간 밀감이 들고 있던 전화기의 액정 부분이 반짝거리며 경쾌한 소리가 울리기 시작했다.

"말이 끝나기가 무섭게 오는군."

밀감이 어깨를 실룩 움직였다.

1호차 통로에서 밀감을 따돌리고, 3호차 앞까지 돌아왔다. 통로에서 문에 달린 창을 들여다보며 안쪽 상황을 엿보는데 문이 열렸다. 문에 달린 감지기가 나나오의 신체에 반응해서 작동한 것이다. 그것조차도 불운으로 여겨졌다. 그런 흐름에는 거스를 수 없다는 것을 나나오는 경험상 잘 알고 있었기 때문에 슬며시 3호차로 들어갔다. 첫 번째 좌석이 비어 있어서 그곳에 허리를 낮추며 몸을 숨겼다.

들키지 않게 주의하며 앞자리 등받이 사이로 얼굴을 내밀고 앞을 바라보자, 레몬이 일어서는 모습이 보였다.

잠든 게 아니었다. 수면제를 넣어둔 페트병은 입에 대지 않은 듯했다. 레몬이 그걸 마시고 잠들었으면 다행일 테지만, 아무래도 거기까지는 계획대로 풀리지 않았다. 낙담하지는 않았다. 어차피 필사적으로 뿌려둔 장치들 중 하나일 뿐이니, 그중 하나가 어긋났다고 해서 실망할 여유는 없었다.

다시 한 번 앞으로 시선을 던졌다.

레몬이 몸을 움직였다. 설정해둔 손목시계 알림이 울렸겠지. "누구 전화야?"라고 레몬이 소리를 높였다. 나다, 하고 나나오는 대답하고 싶었다. 내가 바닥에 던져둔 시계야, 하고.

워낙에 불운한 자기가 한 일이니 어쩌면 알람을 설정해둔 손목시계가 고장이 난다거나 아니면 끊어질 리 없는 전지가 끊어진다거나 아니면 레몬이 발견하기 전에 다른 사람이 먼저 줍는 불운도 상상하고 있었지만, 다행히 그런 일은 없었다.

타이밍을 엿봤다.

언제 일어나서 언제 레몬 옆을 빠져나가야 할까. 당장이라도 뒤에서, 1호차 쪽에서 밀감이 돌아올 것 같아 초조했다.

살짝 걸터앉은 좌석에서 미끄러져 떨어질 듯한 자세로 머리만 간신히 위로 내밀고 앞을 바라보았다.

시끄러운 알람은 멈추지 않았다. 그렇다면 레몬은 어떻게 할까. 아마도 주워 들 게 틀림없다.

예상했던 대로라고 할까, 레몬이 일어나서 하나 뒤쪽 좌석으로 이동해 허리를 굽히는 모습이 보였다.

지금이다.

나나오는 내면에서 울리는 자기 신호에 따라 일어섰다. 망설임 없이 잰걸음으로 걸어갔다. 잽싸게 통로를 지나 통과했다. 레몬이 시계를 줍느라 정신이 팔린 틈에 그 옆으로 빠져 나갔다. 호흡을 멈추고 인기척이 나지 않게 조심했다.

3호차 밖으로 나온 후, 숨을 몰아쉬었다. 걸음을 멈출 수는 없었다. 앞으로 계속 나아갔다.

4호차를 통과해 5호차까지 빠져나가자마자 휴대전화를 만지작거렸다. 방금 등록해둔 늑대의 전화번호로 전화를 걸었다. 통로는 콸콸히 흘러가는 거센 강줄기처럼 시끄러웠지만, 전화기를 귀에 바짝 붙이면 소리는 파악할 수 있었다. 창가로 다가가며 말했다.

"지금 어디야. 어쩔 작정이야?" 상대는 전화를 받자마자 그렇게 물었다.

"차분하게 들어주세요. 나는 적이 아닙니다."

나나오는 곧바로 설명하기 시작했다. 어떻게 해서든 상대가 이쪽으로 달려오는 것만은 막고 싶었다.

"당신들의 트렁크를 가로챘지만, 그건 미네기시한테 의뢰받은 일일 뿐이고."

"미네기시한테?"라며 밀감이 수상쩍어하는 말투로 물었다. 옆에서 레몬이 뭐라고 말하는 소리가 어렴풋하게 들렸다. 아마도 나나오가 조금 전에 설명한 내용을 밀감에게 전해주는 거겠지. 그렇다면 밀감은 이미 레몬이 있는 장소까지 돌아왔다는 뜻이군.

"우리끼리 적대시하고 반발하면, 그거야말로 미네기시가 쳐놓은 덫에 제대로 걸려드는 셈이죠."

"트렁크는 어디 있어?"

"나도 찾는 중입니다."

"그 말을 믿으라고?"

"트렁크를 가지고 있다면, 조금 전 오미야 역에서 진즉에 내렸어요. 이렇게 위험한 상황임에도 내가 당신들과 접촉해서 얘기를 나눠야 할 메리트가 없단 말입니다. 그럴 리가 없잖아요. 서로 손을 잡는 게 좋다고 생각하니까 나도 이렇게 필사적인 겁니다."

"난 말이야." 밀감의 말투는 냉정해서 적극적이고 활동적인 레몬의 성향과는 정반대처럼 느껴졌다. 조심성이 많고, 간단한 유혹에는 넘어가지 않으며, 논리적인 판단을 중요시하는 타입일지도 모른다.

"돌아가신 아버지가 남겨주신 말이 있지. 소설에서 체언으로 끝맺는 문장을 많이 쓰는 작가와 대화중에 '~에도 불구하고'라는 표현을 자주 쓰는 상대는 신용하지 말라는 거였어. 게다가 이런 생각도 해볼 수 있겠지. 넌 트렁크를 가로채는 것뿐 아니라 우리도 없애라는 의뢰까지 받은 거 아닌가? 위험을 무릅쓰고 접촉을 시도한 이유는 우리한테 접근해서 목숨을 노리기 위해서겠지. 네가 필사적인 이유는 그게 네가 맡은 일이기 때문이지."

"혹시라도 당신들을 없애라는 의뢰를 받았다면, 조금 전에 레몬 씨가 의식을 잃었을 때 이미 손을 썼겠죠."

"그러면 날 처리하기 번거롭다고 생각했기 때문이 아닐까? 우리 둘을 한꺼번에 무너뜨릴 속셈 아니었느냐고?"

"그렇게 의심이 많아서 어쩌자는 겁니까."

"그 덕분에 지금까지 살아남았어. 이봐, 지금 어디야? 몇 호 차야?"

"이동했어요. '하야테'가 아니라 '고마치'로."

나나오는 반쯤은 자포자기한 심정으로 말했다. 도호쿠 신칸센인 '하야테'와 '고마치'는 서로 연결해서 주행하지만, 차량 간 이동은 할 수 없었다.

"유치원 아이도 속아 넘어가지 않을 거짓말은 그만두시지. '하야테'에서 '고마치'로 갈 순 없어."

"유치원 아이는 힘들어도 어른은 속일 수 있는 일도 있잖습니까."

나나오는 전화기를 귀에 대고, 몸이 흔들리지 않게 다리를 벋디뎠다. 진동이 심해졌다.

"그건 그렇고, 어떻게 할 생각이죠? 나나 당신들이나 할 수 있는 일은 한정되어 있어요."

"그렇지. 할 수 있는 일은 적어. 우리는 너를 미네기시한테 넘길 거야. 전부 네 탓으로 돌릴 거라고."

"트렁크를 잃어버린 책임을 떠넘긴다고요?"

"그리고 미네기시의 소중한 아들을 죽인 책임이지."

나나오는 절규했다. 조금 전 뒷좌석에서 그들의 대화를 언뜻 들었을 때, 혹시나 하고 상상은 했지만, 그게 현실이라는 걸 알고 나자 머릿속이 혼란스러웠다.

"말 안 했던가. 우리랑 같이 있던 미네기시의 아들이 갑자기 죽어버렸어."

"무슨 소립니까, 그게?"

나나오는 그렇게 말한 직후, 밀감과 레몬 옆에 앉아 있던 남자를 떠올렸다. 숨도 쉬지 않고, 꿈쩍도 하지 않는, 명백한 사망 상태였다. 그가 미네기시의 아들이었단 말인가. 도대체 왜 이 신칸센에서 이런 일들이 벌어지는 거냐고 닥치는 대로 분노를 터뜨리고 싶었다.

"그건 곤란하겠군요."

"아무래도 곤란하겠지."

밀감은 시치미를 떼는 말투로 대답했다.

나나오는 웃기는 소리 집어치워, 라는 말이 튀어나오기 일보 직전이었다. 어떤 인간이든 자기 자식을 잃으면 이루 말할 수 없이 슬프고 제정신을 잃게 마련이다. 그것이 누구의 짓인지 밝혀지면, 분노의 불꽃으로 상대를 다 태워버릴 것처럼 격노할 게 뻔하다. 게다가 상대가 미네기시 요시오라면, 그 불꽃의 열기는, 타 죽는 고통은 어느 정도나 될까. 상상만으로도 살갗이 오그라들며 눌어붙는 공포가 느껴졌다.

"왜 죽였죠?"

그 순간 차체가 한층 크게 흔들렸다. 안 돼, 넘어져, 하며 다리를 벋디뎠다. 흔들림에 저항하듯 몸을 기울이자, 얼굴을 창에 딱 붙이는 자세가 되었다. 그 순간, 그 유리창 바깥쪽으로 액체가 날아들며 찰싹 들러붙었다. 새똥인지 어디 뭉쳐 있던 진흙인지 알 수는 없지만, 나나오는 눈앞에 날아든 그 물체 때문에 깜짝 놀랐다. 놀라서 뒤로 물러서며 "으아악" 하고 한심스러운 비명을 지르며 엉덩방아를 찧었다.

역시 운이 나빠, 하며 나나오는 한숨을 내쉬었다. 바닥에 굴러떨어진 통증보다도 자신의 불운에 대한 어이없는 한탄이 더 오래도록 남았다.

휴대전화가 손에서 떨어졌다.

지나가던 남자가 그것을 주워들었다. 생기가 없으면서도 말끔한 얼굴을 가진 그 남자는 아까 차 안에서 만났던 학원 강사였다. 지팡이에 차여 비틀거리던 나나오 옆에 있었다. "아, 선생" 하고 무심코 말하고 말았다.

그는 휴대전화를 주워들더니, 딱히 의도한 행동은 아니겠지만, 전화기를 얼굴에 대고 들려오는 말에 귀를 기울였다.

나나오는 허둥지둥 일어서서 전화기를 돌려달라고 손을 뻗었다. "늘 힘들어 보이네요"라고 남자가 가볍게 농담을 던지며 휴대전화를 건네주었다. 그리고 화장실로 사라졌다.

"여보세요?"라고 말을 건넸다.

"전화기를 떨어뜨렸어요. 얘기를 계속하죠. 방금 뭐라고 했죠?"

혀 차는 소리가 울려 퍼졌다.

"우리가 미네기시 도련님을 죽인 게 아니야. 좌석에 앉아 있는 줄 알았는데, 어느새 죽어 있었어. 쇼크사인지 뭔지. 잘 들어, 그건 우리가 한 일이 아니야."

"미네기시한테 그런 변명은 안 통할 걸요."

나 역시 믿을 수 없다고 마음속으로 중얼거렸다.

"그래서 너를 그 범인으로 넘기겠다는 거야. 나름대로 신빙성도 있잖아."

"없어요."

"아무것도 없는 것보단 낫겠지."

나나오는 한숨을 내쉬었다. 밀감 일행에게 공동 투쟁을 하자는 제안을 하긴 했지만, 트렁크뿐 아니라 미네기시 아들의 죽음까지 공유하게 된다면 좋은 계획이라고 하긴 어려웠다. 도둑질 죄를 피하기 위해 살인범에게 '손잡고 사법에 맞서자'고 주장하는 거나 다름없는 어리석은 일처럼 여겨졌다. 손실이 너무나 컸다.

"어이, 왜 말이 없어?" 밀감이 물었다.

"설마 당신들에게 그렇게 큰일이 벌어진 줄은 몰랐기 때문에 놀랐습니다."

"'당신들'이 아니야. 이건 전부 네가 한 짓이라니까, 안경 군." 밀감은 웃지도 않았다.

"넌 트렁크를 잃어버리고, 미네기시의 소중한 아들을 죽였어. 우리는 그런 너를 죽인다. 미네기시는 물론 화를 내겠지만, 그 분노의 창끝은 너를 향하겠지. 어쩌면 우리에게는 잘했다고 칭찬해줄 가능성도 있어."

어떡하나. 어떡하나. 나나오는 필사적으로 머리를 굴렸다.

"그렇지 않아요. 어쨌든"이라며 빠르게 입을 열었다. 시선이 창으로 향했다. 유리창에는 조금 전에 날아든 액체 얼룩이 남아 있었다. 신칸센이 달려가는 기세에 따라 형태가 변하며 슬금슬금 퍼져 나갔다.

"어쨌든 이 열차 안에서 서로를 죽이는 건 영리한 행동이 아닙니다. 그렇게 생각하지 않나요?"

밀감은 대답이 없었다.

나나오 앞에 남자가 서 있었다. 조금 전에 휴대전화를 집어준 학원 강사가 화장실에서 나온 듯했다. 감정을 읽어내기 어려운 표정으로 이쪽을 바라보고 있었다.

"협력을 원치 않는다면, 최소한 휴전 협정이라도 맺지 않겠습니까?"

눈앞의 남자를 신경 쓰면서도 나나오가 말했다.

"어차피 나도 신칸센에서 내릴 순 없어요. 모리오카까지는 이대로 얌전하게 타고 갑시다. 모리오카 역에 도착한 후에 결말을 지어도 시간은 충분할 테니까."

신칸센이 덜컹하며 짧지만 거세게 진동하며 흔들렸다.

"두 가지." 밀감의 목소리가 귓속으로 휙 날아들었다.

"두 가지, 짚고 넘어가고 싶은 게 있다. 하나는 네 말투를 들어보니, 넌 모리오카에서 결말을 지으면 승산이 있다고 예상하는 것 같군."

"그건 아닙니다. 인원수만 봐도 불리하죠. 2 대 1이니까."

"2 대 1임에도 불구하고."

"어, 지금 '에도 불구하고'라고 말했죠."

밀감이 살짝 웃는 걸 전화기 너머로도 느낄 수 있었다.

"두 번째. 우리는 모리오카까지 기다릴 수 없어. 센다이에서 널 넘기지 않으면 위험하기 때문이지."

"센다이 역에서 무슨 일이라도 있나요?"

"미네기시 패거리가 역까지 확인하러 올 거야."

"뭘요?"

"미네기시 도련님이 무사한지 어떤지."

"무사하진 않죠."

"그래서 센다이에 도착하기 전에 안경 군에게 책임을 떠넘기지 않으면 곤란한 거야."

"말도 안 돼."

나나오는 통화를 하면서도 학원 강사가 여전히 눈앞에 서 있는 게 신경 쓰였다. 아이의 못된 계획을 목격한 교사가 떠나고 싶어도 못 떠나고 우뚝 서 있는 모습과 비슷했다.

"죄송합니다, 잠깐 끊어도 될까요. 금방 다시 걸겠습니다."

"'알았어. 그럼 우리는 안경 군한테 전화가 다시 올 때까지 느긋하게 경치 감상이라도 할까'라고 말할 줄 알았나? 전화를 끊으면 바로 그쪽으로 가지."

밀감이 살짝 가시가 돋친 말투를 던지는 옆에서 "좋잖아. 경치 감상이라도 좀 하자"라는 레몬의 목소리가 날아들었다.

"어차피 똑같은 신칸센 안에 있으니 조바심 낼 건 없잖아요. 센다이까지는 삼십 분이나 남았고."

"그런 태평한 소리나 하고 있을 상황이 아니야." 밀감이 말했지만, 레몬이 또다시 "뭐 어때. 귀찮으니까 끊어버려"라고 시끄럽게 말참견을 했다.

그리고 실제로 전화가 끊어졌다.

너무 갑작스럽게 끊겨서, 교섭이 결렬된 것 같은 불안한 마음에 나나오가 다시 전화를 걸려고 했지만, 밀감은 선불리 경솔한 행동을 취할 타입은 아닐 거라는 생각도 들었다. 허둥거릴 필요는 없다. 차분하게 행동하자고 스스로에게 타이르고, 일단은 문제를 하나씩 해결해야 한다는 생각에, 이쪽을 살피는 학원 강사에게 "으음, 무슨 용건이라도?"라고 물었다.

"아, 아닙니다." 그는 자기가 움직이지 않았던 것을 그제야 알아차린 듯했다. 건전지를 갈아 끼운 장난감처럼 부자연스럽게 인사를 했다.

"조금 전에 내가 전화기를 집었을 때, 상대가 한 무서운 말이 마음에 걸려서 나도 모르게 생각에 잠겨버렸어요."

"무서운 말?"

"누군가가 살해당한 것처럼 말해서. 무서운 생각에 그만."

분명 미네기시의 아들 이야기를 할 때였다.

“그런데 선생은 별로 무서워하는 것처럼 보이진 않던데.”

“대체 누가 어디서 살해됐나요?”

“이 신칸센 안에서지.”

“네?”

“그렇다면 어떡하게? 차장한테 달려가는 게 좋을까. 아니면 방송이라도 내보내나? ‘승객 중에 경찰관계자는 안 계십니까?’ 라고.”

“그렇다면.” 남자는 흐릿한 미소를 입가에 머금었지만, 그것은 손가락으로 스치면 물에 녹아들 것처럼 한없이 여린 미소였다. “‘승객 중에 범인은 안 계십니까?’가 더 낫겠죠.”

나나오는 뜻밖의 대답에 소리를 내며 웃었다. 분명 그쪽이 간단할 거라고.

“농담이야. 이 신칸센에서 그런 무서운 사건이 발생했다면 내가 이렇게 침착할 수 있겠어. 당장 화장실로 뛰어 들어가서 종점까지 틀어박혀 있겠지. 아니면 차장한테 매달려 있거나. 이런 폐쇄된 공간에서 나쁜 짓을 했다간 금세 큰 소란이 벌어질 텐데.”

거짓말이었다. 실제로 나나오는 늑대를 살해했고, 레몬과 격투까지 벌였다. 그러나 차 안에서는 큰 소란이 벌어지지 않았다.

“그렇지만 아까도 말했잖아요. 당신은 운이 없다고. 그래서 그런 법칙이 아닌가 생각했어요. ‘신칸센에 타면 늘 사건에 휘말린다. 단, 사건에 휘말리고 싶어서 신칸센에 탔을 때는 예외다'."

그는 그렇게 말하더니 나나오 쪽으로 한 발짝 가까이 다가섰다. 나나오는 한순간, 그 남자의 눈이 돌연 박력을 띠며 두드러져 보이는 것처럼 느껴졌다. 거대한 나무에 뚫린 구멍 같았다. 자기와 남자 사이에 눈에 보이지 않는 거대한 나무가 출현하고, 그 나무 기둥에서 빈 구멍 두 개가 검은 빛을 발산하는 것이다.

물끄러미 바라보고 있으니 그 속으로 빨려 들어가 그 끝에 있는 암흑에 녹아버릴 것 같은 느낌이 들었다. 두려움에 가득 차 있으면서도 나나오를 끌어당겼다. 불길한 징조가 느껴졌다. 그런데도 나나오는 남자의 눈동자에서 눈을 뗄 수 없었고, 눈을 떼지 못하는 것 자체가 불길한 예감을 더더욱 부채질했다. "당신도"라고 입을 열었다. 그리고 곧바로 "당신은"이라고 말을 고쳤다.

"당신은 험한 일을 하는 사람인가?"

"무슨 소립니까. 아니에요." 그는 살짝 웃었다.

"당신이 있던 곳은 4호차 뒤쪽이었어. 화장실은 3호차 사이에 있지. 굳이 이렇게 먼 데까지 올 필요는 없었잖아?"

나나오가 탐색하는 눈빛으로 상대를 관찰했다.

"단순히 잘못 알았을 뿐이에요. 앞으로 걷기 시작하는 바람에 도중에 돌아가기도 귀찮고 해서 이쪽까지 온 겁니다."

흐음, 하며 나나오가 여전히 의심이 가시지 않은 채로 맞장구를 쳤다.

"나도 험한 일에 휘말린 적은 있었죠."

"난 지금 한창 휘말린 상태야."

나나오는 반사적으로 그렇게 내뱉었고, 그러자 자기 가슴 언저리에서 말들이 잇달아 꼬리를 물며 솟아오르는 게 느껴졌다.

"무시무시한 남자의 아들이 살해된 모양이야. 내가 목격한 건 아니지만. 쥐도 새도 모르는 새에 그 도련님이 죽어버렸나 봐."

"무시무시한 남자의 아들이라."

학원 강사는 혼잣말을 하듯 중얼거렸다.

"그렇다니까. 감쪽같이 죽어버린 모양이야."

어쩌자고 이런 말을 하는 걸까, 오히려 절대로 해서는 안 될 말인데도 술술 이야기를 털어놓는 자신의 모습이 매우 놀라웠지만, 멈출 수도 없었다. 역시 이 남자에게는 사람의 내면을 끄집어내는 힘이 있을지도 모른다는 생각이 들었다. 굳이 표현하자면, 자기 주변 몇 미터쯤 범위는 고해실로 바꿔버리는 힘이다. '이 남자에게 쓸데없는 얘기는 그만하자'라는 내면의 충고에 막이 둘러쳐져서 제대로 받아들일 수가 없었다. 남자의 눈 때문이라는 생각이 들었다. 그러나 그 '눈 때문'이라는 의식 역시 보이지 않는 막에 둘러싸이고 말았다.

"그러고 보니 내가 휘말렸던 소동 때도 무시무시한 남자의 장남이 살해되었죠. 무시무시한 남자 본인도 살해당했지만."

"누구 얘기지?"

"말해도 모를 겁니다. 그쪽 계통에서는 유명인이었던 모양이지만."

남자는 그 순간만큼은 고통스러운 표정으로 변했다.

"그쪽 계통이 어떤 계통인지는 모르지만, 어쩌면 나도 아는 계통일지도 모르지."

"데라하라라는 사람인데."

"데라하라. 아아, 유명인이지." 나나오는 곧바로 말을 받았다. "독 때문에 죽었어"라고 무심코 말하고 나서야 그런 말을 당돌하게 입에 올린 것을 후회했다.

그러나 학원 강사는 담담했다.

"그렇죠. 아버지는 독이었죠. 아들은 차에 치였지만."

나나오의 머릿속에서 '독'이라는 말이 작은 빛을 발했다. "독살"이라고 중얼거리고 나서, "벌?"이라고 스스로에게 묻듯이 말했다. 데라하라를 살해한 사람은 말벌이라고 불리는 업자였다.

"벌이요?" 남자가 고개를 갸웃거렸다.

"미네기시의 아들도 벌한테 당했을지 몰라. 아, 혹시 당신이 말벌이야?"

엉겁결에 앞에 서 있는 남자에게 손가락질을 하고 말았다.

"잘 보십시오. 난 인간입니다." 학원 강사는 목소리를 높였다. "학원 강사, 평범한 스즈키 선생입니다"라고 자조하듯 말했다. "벌은 곤충이에요."

"당신이 곤충이 아닌 건 분명하지." 나나오도 진지한 얼굴로 대답했다.

"당신은 걸어 다니는 신부야."

말벌이라 불리는 업자가 구체적으로 어떤 인간인지, 어떤 외모인지, 어떤 특징이 있는지 나나오는 모른다. 마리아는 알고 있을까 싶어서 휴대전화를 꺼내 번호를 찾으려 했다. 고개를 드니 남자는 어느새 사라지고 없었다. 방금 자기가 마주했던 상대는 이 세상에는 없는 존재였을까 하는 두려운 마음에 나나오는 전화를 걸면서 문에 달린 창을 통해 5호차로 시선을 던졌다. 그러자 학원 강사인 그가 걸어가는 뒷모습이 보여서 가슴을 쓸어내렸다. 환상은 아니었다.

창밖 경치에 얼굴을 가까이 붙이며 전화기를 귀에 댔다. 창에 들러붙었던 얼룩은 꽤 많이 떨어져 나갔다.

신호가 갔지만, 마리아는 좀처럼 전화를 받지 않았다. 금방이라도 등 뒤에서 밀감 일행이 쫓아올 것 같은 불안한 마음에 자기도 모르게 통로를 우왕좌왕하고 말았다. 차량과 차량의 연결부는 파충류의 몸짓을 모방하듯 꿈틀꿈틀 좌우로 흔들렸다.

"지금 어디야?"

그제야 간신히 마리아의 목소리가 들려왔다.

"어라?" 나나오는 엉겁결에 소리를 질렀다.

"왜 그래?"

"있어."

어안이 벙벙했다.

"있다니? 뭐가?"

나나오는 자기가 먼저 전화를 걸었지만, 이미 통화나 하고 있을 상황이 아니었다. 눈앞에 검은 트렁크가 있었기 때문이다. 통로 짐 보관소에, 원래부터 여기 있었잖아, 하고 말하듯이 버젓이 들어 있었다.

"트렁크가."

찾아 헤매던 것이 너무나 뜻밖에 눈앞에 출현해서 실감이 나지 않았다.

"트렁크라니, 의뢰받은 그 가방? 어머, 어디 있었어. 용케 찾아냈네."

"찾아냈다기보다 지금 너랑 전화하려고 하는데 눈앞에 보였어. 평범한 짐 보관소에서."

"아까 잃어버린 곳이야?"

"제일 먼저 확인했던 장소야."

"그게 무슨 소리야."

"돌아온 거지."

"주인 곁으로 다시 돌아온 개처럼? 감동적이네."

"누가 잘못 알고 들고 갔다가 돌려놓았을까."

"너한테 트렁크를 가로챘다가 두려워진 게 아닐까? 그래서 돌려놓기로 한 거지."

"미네기시가 두려워서?"

"어쩌면 네가 두려웠을지도 모르지. '나나오가 얽혀 있다니,

이건 너무 위험해. 악운을 빨아들이는 항아리 같은 존재니까'
라거나. 어쨌든 다행이다. 이젠 그 트렁크를 손에서 놓으면 안
돼. 그럼 다음 센다이 역에서 내리면 끝이겠네."

마리아는 무척 안심이 되었는지 나지막이 한숨을 토해냈다.

"위험했는데 가까스로 살았네. 그럭저럭 무사히 끝날 것 같
지."

나나오는 얼굴을 찡그렸다.

"그건 그런데, 밀감이랑 레몬이 문제지."

"혹시 찾았어?"

"고민하지 말고 3호차로 가라고 했던 사람은 너야."

"기억 안 나."

"내 기억에는 선명하게 남아 있어."

"백보 양보해서 내가 3호차로 가라고 했다손 치자. 밀감 일
행을 찾아내서 위기에 몰리라고 했던가? 그런 말은 안 했을
텐데."

"아니, 넌 그렇게 말했어." 나나오는 정색을 하며 억지를 부
렸다. "내 기억으로는 그래."

마리아가 실소를 흘리는 소리가 들렸다.

"뭐 하긴, 이미 일어난 일은 어쩔 수가 없으니 어떻게든 도망
칠 수밖에 없겠네."

"어떻게?"

"어떻게든."

"도망치라고 하지만, 신칸센 안에서는 한계가 있어. 화장실에 줄곧 처박혀 있나?"

"그것도 한 가지 방법이겠지."

"이 잡듯이 뒤지면, 찾아내는 건 시간문제야."

"그렇지만 신칸센 화장실 문을 강제로 열기도 힘들 테니 시간은 벌 수 있잖아. 그러다 보면 다음 역인 센다이에 도착해."

"센다이에 도착해서 화장실에서 나온 순간, 밀감 일행이 화장실 앞에서 진을 치고 있으면 아웃이지."

"그때는 뭐 기세로 어떻게든 밀어붙여봐야지."

애매한 데다 도저히 작전이라고는 부를 수 없는 지시였다. 그렇지만 완전히 생뚱맞은 아이디어는 아니라는 생각도 들었다. 화장실 출입구는 넓지 않으니 안에서 잠복하다 공격을 가할 수는 있다. 칼을 쓸까 아니면 목을 노릴까, 어느 쪽이든 넓은 장소에서 두 사람을 상대하는 것보다는 좁은 공간에서 대기하는 게 승산은 높았다. 센다이에 도착하면, 상대의 허를 찌르며 화장실에서 튀어나가 플랫폼으로 도망칠 수도 있다. 그럴 수 있을지도 모른다.

"게다가 사용 중인 화장실이 몇 개나 있을 수도 있잖아. 그런 것까지 일일이 확인하려면 꽤 시간이 걸리겠지. 운이 좋으면 화장실 여러 개가 사용 중이라 밀감 일행도 전부 조사하긴 힘들지도 몰라. 네가 숨어 있는 화장실에 다다르기도 전에 센다이에 도착하지 말라는 법도 없고."

"운이 좋으면? 설마 농담이겠지."

나나오는 웃음을 참아냈다.

"내가 누군지 몰라서 그래. 나에게 '운이 좋으면'이란 말은 '절대 그런 일은 없다'랑 같은 의미야."

"뭐, 그렇긴 하네." 마리아는 시원스럽게 인정했다.

"아, 승무원실도 괜찮을지 모르겠다. 차장이 있는 곳."

"승무원실?"

"아니면 특실 끝에 다목적실이라는 게 있을 거야. 9호차가 특실이니까 거기랑 10호차 사이지. 갓난아기에게 젖을 먹이거나 할 때 사용하는 방이야."

"그곳을 어떻게 쓰라고?"

"혹시 수유하고 싶으면."

"수유하고 싶어지면 이용해보지."

"그리고 혹시 몰라서 말해두는데, 네가 타고 있는 '하야테'에서 '고마치'로 이동할 순 없어. 연결되어 있어도 차 안에서는 통할 수 없으니까 '고마치'로 도망치려 해도 소용없다고."

"유치원 아이라도 그 정도는 알아."

"유치원 아이는 알아도 어른은 모르는 것도 있잖아. 아, 그건 그렇고, 용건이 뭐야? 전화는 그쪽에서 했는데."

"아 참. 깜박했군. 아까 통화할 때 말벌 얘기 했었지. 곤충 말고. 업자 중에서 독침을 쓰는 사람."

"데라하라를 살해한 쪽 말이지. 고래랑 매미도 말벌이 처리했다는 소문도 떠돌긴 해."

"어떤 녀석일까. 무슨 특징이라도 있나?"

"자세한 건 몰라. 남자 같긴 한데 여자도 있다는 소문도 들었어. 한 사람이나 두 사람. 뭐 그렇지만, 별로 눈에 띄는 외모는 아닐 거야."

그야 그럴 테지, 하는 생각이 들었다. 업자라는 게 한눈에 드러나는 외모일 리는 없다.

"어쩌면 내가 탄 신칸센 승객 중에 그 말벌이 섞여 있을지도 몰라."

마리아가 한순간 입을 다물었다.

"그게 무슨 소리야?"

"아니, 물론 확정된 건 아니야. 다만, 외상도 없이 죽은 남자가 있는데, 어쩌면 독침에 찔렸을지도 몰라."

"늑대를 죽인 건 너잖아."

"늑대 얘기가 아니야. 다른 사람."

"다른 사람이라니, 그건 또 무슨 소리야?"

"아 글쎄, 다른 시체 얘기라니까."

차마 미네기시의 아들이라는 말은 할 수 없었다. 그 순간 나나오의 머릿속 한 귀퉁이에서 '늑대'의 이름이 떠올랐다.

"있지."

마리아가 너무나 기가 막힌다는 목소리로 말했다.

"뭐가 어떻게 된지는 모르지만, 대체 그 신칸센은 왜 그 모양이야. 문제투성이잖아."

대답할 말이 없었다. 나나오도 동감이었다. 밀감과 레몬, 미네기시의 아들 시체에다 늑대 시체, 위험한 인간들로 득실거렸다.

"그렇지만 신칸센에 잘못이 있는 건 아니야. 잘못은 나한테 있지."

"그야 그렇지."

"말벌이 있으면 어떡해야 할까?"

"최근에는 이름이 통 안 들려서 폐업한 줄 알았는데."

그 말을 듣는 순간, 나나오의 머릿속에 한 가지 억측이 떠올랐다. 말벌은 데라하라를 살해했듯이 이번에는 미네기시의 아들을 살해함으로써 자기들 일에 다시금 불을 붙이려는 게 아닐까. 그와 동시에 늑대가 떠올랐다. 늑대는 데라하라라면 무작정 사모하지 않았던가.

"독침은 아프니까 겁쟁이인 넌 울어버리겠지."

"이래봬도 옛날에 이웃집 할머니가 당뇨병이라서 인슐린 주사를 놔드린 적도 있어. 몇 번씩이나."

"그건 의료 행위니까 가족 이외의 사람이 주사를 놓으면 안 될 텐데."

"어, 그런 거야?"

"그렇지."

"아, 그건 그렇고, 밀감 일행의 의뢰인도 미네기시인 것 같아."

"뭐, 그게 무슨 소리야?"

"그들도 미네기시의 의뢰로 트렁크를 운반했나 봐."

나나오는 그렇게 말한 뒤, 자신의 생각을 빠르게 풀어놓았다.

"미네기시는 누구도 신용하지 않는지도 몰라. 그래서 업자를 여럿 고용해서 그들을 실패하게 유도한 뒤에 우위에 서려는 속셈 아닐까. 보수를 아끼려는 건지, 그걸 구실 삼아 모두 처분할 생각인지는 모르겠지만."

한동안 생각에 잠겨 있던 마리아가 "있지" 하며 입을 열었다. "혹시 그런 거라면 무리할 필요 없이 항복하는 것도 선택지의 하나일 수 있겠다."

"항복?"

"그래. 항복이라고 할 수도 있겠고, 업무 방기인 셈이지. 트렁크 운반은 그만 포기하고, 밀감 일행에게 넘겨버려. 대신에 너의 안전을 보장받아. 밀감 일행도 트렁크만 돌려받으면 문제는 없을 테고, 혹시 미네기시가 배후에서 뭔가를 획책했다면, 우리가 실패해도 별로 화를 내진 않겠지? 보수를 포기하고 사죄하면 용서받을지도 몰라."

"갑자기 왜 이래?"

"왠지 그렇게 복잡한 일이면 차라리 빨리 손을 빼는 게 피해가 적을 것 같은 예감이 들었어."

실제로는 트렁크뿐이 아니고, '미네기시 아들의 죽음'이라는 중대한 문제가 가로놓여 있었지만, 마리아에게 전할 마음은 내키지 않았다. 그녀의 한숨과 비아냥거림만 늘어날 게 뻔했다.

"감격했다. 일은 두 번째로 제쳐놓고 나의 안전을 먼저 걱정해주는 건가?"

"최악의 경우는 그렇다는 얘기야. 혹시 노력했는데도 위험하단 판단이 설 때는 그런 선택도 있다는 뜻이라고. 일은 두 번째가 아니야. 첫 번째지. 그래도 최악의 경우에는 어쩔 수 없다는 뜻이야."

"응, 알았어."

"내 말 이해했어? 일단은 트렁크를 빼낼 수 있도록 최대한 노력해야 해. 그게 무리일 때는 어쩔 수 없다는 말이니까."

"이해했어"라고 대답하고, 나나오는 전화를 끊었다.

노력할 리가 있나. 당장 항복이다.

뒤쪽 문이 열리고 사람이 걸어오는 게 느껴졌다. 왕자는 자연스러움을 가장하며 등받이에 몸을 기댔다.

트렁크를 든 남자가 통로로 지나갔다. 검은 테 안경을 쓴 남자였다. 멈춰 서지도 않고, 주위도 둘러보지도 않고 급한 발걸음으로 걸어갔다. 기무라도 그것을 알아챈 듯했지만, 말없이 그의 모습을 바라보았다.

안경 남자는 7호차에서 나갔다. 자동문이 그의 등을 감춰주듯 닫혔다.

"저 녀석인가?" 기무라가 나지막이 중얼거렸다.

"맞아. 트렁크를 찾아서 흥분하지 않았을까. 그리고 또 한 그룹, 저 트렁크를 찾아다니는 사람들이 있으니 이제부터 숨바꼭질이 시작된 셈이지. 앞으로 쭉쭉 도망치잖아. 재밌다."

"넌 어쩔 거야?"

"어떻게 할까." 왕자는 실제로 어떻게 할지 한창 고민하는 중이었다. "어떻게 하면 좀더 즐길 수 있을까?"

"어른들 싸움에 중학생이 끼어들었다간 따끔한 맛을 볼 거다."

그런데 그 순간 왕자가 안고 있던 배낭 속에 든 전화기가 흔들렸다. "아저씨 전화네"라며 끄집어냈다. 화면에는 '기무라 시게루'라고 떴다. "이건 누구야?"라며 손을 결박당한 기무라의 얼굴 앞으로 들이밀었다.

"알 게 뭐야."

"아저씨 가족? 혹시 아버님이라거나?"

흥 하며 뺨을 꿈틀꿈틀 실룩거리는 기무라의 반응은 정답이라고 대답하는 것 같았다.

"무슨 연락일까?"

"보나마나 와타루의 상태가 궁금한 것뿐이야."

흐응 하며 진동으로 흔들리는 전화기를 내려다보던 왕자가

"아, 그렇지. 아저씨, 우리 게임이나 해볼까"라고 말했다.

"게임? 내 전화기에는 게임 같은 건 없어."

"아저씨가 부모에게 얼마나 신용을 받는지 시험해보자."

"너, 지금 무슨 소리를 하는 거야?"

"이 전화를 받아서 도움을 요청해봐. 붙잡혀 있으니까 도와달라고."

"정말 그래도 된다고?" 기무라가 의심스러운 듯 물었다.

"물론, 아이 일은 말하면 안 돼. 할아버지, 할머니는 손자 일이라면 무턱대고 마음이 약해지니까."

왕자는 자기 할머니를 떠올렸다. 친척과 교류가 거의 없는데다 다른 세 조부모는 왕자가 어릴 때 돌아가셨기 때문에 실질적으로 왕자한테는 그 친할머니가 유일한 나이든 친족이라 할 수 있었다. 할머니 역시 전혀 알아채지 못했다. 왕자는 그렇게 생각했다. 왕자는 당연히 할머니 앞에서도 예의바르게 행동했고, 적당히 아이답게 처신하며 뭘 사주면 순수하게 기뻐하는 척했다. 착한 아이로구나, 하며 눈을 가늘게 떴고, 몰라보게 컸다며 점점 쇠약해져 가는 자신의 미래를 손자에게 의탁하듯 눈물을 글썽거렸다.

초등학교 고학년 여름방학 때였다. 할머니 집에서 단 둘이 있을 때, "왜 사람을 죽이면 안 돼?"라는 질문을 던진 적이 있었다. 그 무렵에는 이미 어른들이 그 질문에 제대로 대답하려 하지 않고, 그렇다기보다 제대로 대답할 수 없다는 걸 알고 있었기 때문에 할머니에게도 별다른 기대를 하지 않았지만, “사토시, 그런 무서운 말을 하면 못 써요”라며 서글픈 표정을 지었고, “사람을 죽이는 건 끔찍한 일이란다”라는 신선함이라곤 찾아볼 수 없는 설명을 시작해서 또다시 낙담하지 않을 수 없었다.

“그럼 전쟁은 뭐야? 사람을 죽이면 안 된다면서 전쟁은 하잖아.”

“그러니까 전쟁은 끔찍한 거지. 게다가 그 뭐냐, 살인은 안 된다고 법률로도 정해놨잖니.”

“살인은 안 된다고 법률로 정한 나라가 전쟁을 하거나 사형을 집행한다니까. 이상하지 않나.”

“너도 크면 알게 돼.”

그 자리만 대충 넘기려는 할머니의 그 말이 너무 지겨워서 왕자는 결국, “그건 그래. 누군가에게 상처를 주는 건 혹독한 일이니까”라고 대답했다.

왕자는 전화기의 통화 버튼을 눌렀다. “어이, 와타루 상태는 좀 어떠냐?”라는 고령으로 짐작되는 남자의 목소리가 들렸다. 수화기를 손으로 막고, “아저씨, 연결됐어. 아이 얘기는 하면 안 돼. 규칙을 깨면 와타루는 두 번 다시 깨어날 수 없어”라고 재빨리 설명하며 전화기를 기무라의 왼쪽 귀에 대주었다.

기무라는 곁눈질로 왕자를 살피며 어떻게 할까 고민하면서도 “와타루는 별일 없어요”라고 대답했다. 그러고 나서 “아버지, 그보다 지금부터 내가 하는 말을 잘 들으세요”라며 얘기를 시작했다.

왕자는 옆에서 그 소리를 들으며 쓴웃음을 머금었다. 원래는 신중하게 대비하고, 상황이나 내용부터 확인해야 마땅할 텐데, 왜 이렇게 간단히 흐름에 타버리는 걸까. 왕자는 ‘게임’이라는 말은 했지만, 그 규칙은 설명하지 않았다. 게임은 자세한 내용을 들은 후에 시작해야 하잖아, 하며 기무라를 딱하게 여겼다. 자유의사로 행동하는 줄 알지만, 결국은 타자에게 조종당하는 것이다. 도착한 전철에 난데없이 “올라 타” 하며 등을 떠밀면, 원래는 ‘열차의 목적지’를 확인하고 승차했을 경우의 위험을 검토해야 옳다. 그런데 그런 절차도 없이 일단 올라탄다. 이 얼마나 어리석은 행동인가.

“실은 지금 신칸센을 탔어. 모리오카까지 갈 예정이고.”

기무라가 말을 이었다.

“뭐라고? 와타루랑은 관계없어. 괜찮다니까 그러네. 와타루는 병원 사람한테 봐달라고 부탁했다고.”

아무래도 기무라의 아버지는 와타루를 혼자 남겨두고 신칸센을 탔다고 기무라에게 화가 난 듯했다. 기무라가 필사적으로 그 흥분을 가라앉히려고 설명했다. “아무튼”이라고 말했다.

“아무튼 난 지금 나쁜 놈한테 붙잡혀 있어. 그렇다니까. 뭐? 그럼, 당연히 정말이지. 내가 뭣 하러 거짓말을 해.”

왕자는 터져 나오는 웃음을 간신히 참아냈다. 그런 말투로 얘기하면 믿어줄 리가 없다. 누군가에게 신용을 얻어내려면 그에 상응하는 대안이 필요하다. 말투나 설명 방식도 고려해서 어떻게든 상대가 '믿게' 만들어야 한다. 기무라는 자기는 노력하려 들지도 않고, 상대에게만 노력을 강요했다. 그저 믿어달라고 밀어붙일 뿐이다.

왕자는 전화기 가까이로 얼굴을 갖다 댔다.

"너, 또 술 마셨지?" 전화기 너머에서 아버지의 목소리가 들렸다.

"아니라니까. 제발 내 말 좀 믿어주세요, 난 지금 붙잡혀 있다고."

"경찰에 붙잡혔냐?"

하긴 '붙잡혔다'고 말하면, 경찰에 붙잡혔다고 생각할 수밖에 없겠네, 하고 왕자는 그 말에 동의하고 싶어졌다.

"그게 아니야."

"그럼 누구한테 붙잡혔다는 거야. 너란 놈은 대체 왜 그 모양이야?"

기무라의 아버지가 지긋지긋하다는 목소리로 내뱉었다.

"왜 그 모양이냐니, 무슨 말을 그렇게 해. 날 구할 생각도 없는 거야?"

"슈퍼마켓에서 창고지기나 하면서 연금 받아 생활하는 우리한테 도움을 요청하겠다고? 네 엄마는 무릎이 아파서 목욕탕에 웅크려 앉기도 힘들어. 그것보다 신칸센에 있다는 널 대체 어떻게 도우라는 소리야. 무슨 신칸센인데?"

"도호쿠 신칸센이야. 앞으로 이십 분쯤 후면 센다이에 도착해요. 그리고 내 말은 신칸센까지 와서 도와달라는 뜻도 아니야. 감정적인 문제라고."

"내 말 잘 들어라. 무슨 목적인지는 모르지만, 와타루를 내팽개치고 신칸센에 타다니, 넌 도대체 생각이 있냐 없냐? 정말이지 나도 네 놈을 도무지 이해할 수가 없다."

"아 글쎄, 난 지금 붙잡혀 있다니까."

"널 붙잡아서 누가 무슨 득을 보겠다고? 이게 무슨 장난질이야!"

기무라의 아버지 말을 들은 왕자는, 예리하네, 하고 작은 목소리로 말했다. 이것은 단순한 게임이니 장난질이라는 말이 맞다.

"아니, 그게." 기무라가 얼굴을 일그러뜨렸다.

"혹시 네가 붙잡혀 있다고 치자. 신칸센 안에서 붙잡혔다는 게 무슨 뜻인지 난 도통 이해가 안 돼. 설령 그렇다고 치자고. 그건 보나마나 너의 자업자득이란 생각밖에 안 들어. 그보다 붙잡힌 사람이 어떻게 전화를 받아?"

기무라가 말문이 턱 막히는 모습을 보고 왕자는 미소를 머금었다. 그리고 귀에 전화기를 갖다 댔다. "아, 실례합니다. 저는 지금 기무라 씨 옆자리에 있는 중학생이에요"라고 입을 열었다. 발음은 정확하지만, 어린애다운 말투로 얘기했다.

“중학생?” 기무라의 아버지는 난데없이 등장한 왕자의 목소리에 당혹스러워했다.

“우연히 옆자리에 앉게 됐는데, 아저씨가 장난을 치는 것 같아요. 그쪽에서 전화가 걸려오자마자, ‘내가 문제에 휘말린 척해서 노인네를 당황하게 만들어주지’라는 거예요.”

기무라 아버지의 한숨이 전파를 타고 이쪽 휴대전화까지 흘러나올 것 같았다.

“그렇군. 내 아들이지만 대체 무슨 생각을 하는지 통 알 수가 없어. 폐를 끼쳤으면 미안하게 됐구나. 못된 장난을 좋아해서 그래.”

“유쾌한 아저씨예요.”

“그 유쾌한 아저씨가 술을 마시는 건 아니겠지? 혹시라도 마시려고 하면 말려줄 수 있겠니.”

“네, 말려 볼게요”라고 씩씩하게 대답했다. 대부분의 연장자들은 호의적으로 받아들일 만한 말투였다.

전화를 끊은 후에 왕자는 기무라의 팔을 잡았다.

“아저씨, 역시 실패했네. 부모자식 간인데도 전혀 믿어주질 않잖아. 그렇다기보다 아저씨의 그 말투로는 절대 무리야”라고 말하고 나서, 배낭 주머니에서 작은 봉지를 꺼내더니 안에 들어 있던 재봉 바늘을 집어 들었다.

“야, 뭐해?”

"벌칙 게임이야. 아저씨는 게임에서 졌으니 뭐든 벌칙을 받아야지."

"그건 일방적이야."

왕자는 재봉 바늘을 다시 움켜쥐고 몸을 앞으로 구부렸다. 인간을 지배하는 것은 통증과 고통이다. 이 열차 안에서 전기 충격은 가할 수 없겠지만, 바늘로 찌르는 정도는 가능하다. 구실은 뭐든 상관없다. 규칙을 정하고 강제로 실행함으로써 입장의 차이를 각인시킬 수 있다. 황당해하는 기무라를 모른 체하고 바늘을 재빨리 손가락과 손톱 사이에 찔렀다. "아아" 하며 기무라가 비명을 질렀다. 왕자가 "쉿!" 하며 어린애를 야단치듯 말했다.

"아저씨, 시끄럽잖아. 조용히 안 하면 더 찌른다."

"까불지 마."

"준비됐어? 소리 내면 훨씬 아픈 데를 찌를 거야. 입 다물고 참는 게 제일 빨리 끝나는 방법이야."

왕자는 그렇게 말하면서 또다시 바로 옆 손가락과 손톱 사이로 바늘을 갖다 댔다.

기무라가 콧구멍을 벌렁거렸다. 눈에 쌍심지를 켰고, 금방이라도 소리를 지를 것 같았다. 하는 수 없어서 왕자는 "또 소리 지르면 와타루 손톱에 찌른다. 그렇게 하라고 전화할 수도 있어. 난 진심이야"라고 귓가에 속삭였다.

기무라의 얼굴이 분노로 붉게 물들었다. 그러나 왕자가 허풍을 떠는 인간이 아니라는 것은 알고 있기 때문에 창백해지며 어금니를 깨무는 표정으로 변했다. 분노를 삭이고, 동시에 바늘의 통증에 대비하는 표정이었다.

이제는 완전히 자기의 지배하에 놓였다고 왕자는 생각했다. 이미 이쪽 지시를 따르고 있다. 한 번 명령을 따른 인간은, 내리막 계단으로 한 발 내딛은 인간이 계속 아래로 내려가듯이, 점점 더 이쪽이 원하는 대로 다룰 수 있게 된다. 내려간 계단에서 다시 올라오는 것은 쉬운 일이 아니다.

"자 그럼, 간다."

왕자는 일부러 천천히 손가락을 찌르러 다가갔다. 손톱과 피부 사이의 볼록한 부분을 찌르는 것은 인간의 육체의 빈틈을 더듬어가며 불필요한 부스럼딱지를 벗겨내는 것 같은 쾌감이 있었다.

기무라는 나지막이 신음했다. 통증을 이겨내는 표정이 울음을 참아내는 초등학생처럼 우스꽝스러워서 참을 수가 없었다. 도대체 왜, 하는 신기한 생각까지 들었다. 도대체 왜 타자에 불과한 인간을 위해서, 그것이 설령 자기 아들이라도 이런 고통을 참아내려 하는 걸까. 타인의 아픔을 자기가 받아들이는 것보다는 자기의 아픔을 타인에게 밀어붙이는 게 훨씬 편하다.

그런데 바로 그 순간, 왕자의 머리에 쿵 하는 충격이 느껴졌다. 한순간 눈앞이 캄캄해지며 아무것도 보이지 않았다. 바늘이 손에서 떨어져 바닥으로 굴러갔다.

곧 자세를 바로잡았다.

고통을 참지 못한 기무라가 무릎과 팔을 이용해 왕자의 머리를 때린 것이다. 고개를 들고 바라보니 기무라의 얼굴에는 '한 방 먹였다'는 흥분과 '일을 저질렀다'는 후회와 초조함이 드러나 있었다.

머리가 아팠다. 왕자는 화를 내진 않았다. 그 대신 동정의 미소를 띠며, "너무 아파서 엉겁결에 폭발해버렸어?"라고 놀렸다. "상대가 나였길 다행이네. 난 우리 반에서도 '늘 느긋하고 침착하다'고 담임 선생님한테 칭찬을 듣거든. 다른 사람이었으면 당장 전화해서 아저씨 아이에게 뭔 짓을 시키고도 남았겠지."

흥 하며 기무라가 콧김으로 대답했다. 그도 어떻게 해야 좋을지 판단이 안 서겠지.

7호차 뒤쪽 문이 또다시 열렸다. 의식을 그쪽에 집중시켰다. 두 남자가 옆으로 스쳐 지나갔다. 늘씬하고 팔다리가 긴 체형인데, 차 안 구석구석까지 시선을 던지며 살폈다. 눈빛이 사납고 불만스러운 표정을 지은 남자가 왕자 쪽을 보며, "어, 펴시 아니야. 아까 나랑 만났었지"라고 말을 걸어왔다. 머리는 사자 갈기처럼 비죽비죽 뻗쳐 있었다. 낯익은 남자였다.

"아직도 찾아다녀요? 뭐였더라?"

"트렁크. 아직 찾는 중이지."

그가 갑자기 얼굴을 불쑥 들이댔다. 왕자는 기무라의 손발을 묶어놓을 걸 들킬까봐 경계했다. 주의를 돌리고 싶어서 가볍게 일어서며 남자와 마주 섰다. 진행 방향으로 손가락을 내밀고, "조금 전에 트렁크를 든 남자가 저쪽으로 가는 걸 봤어요. 안경을 썼던데"라고 의식적으로 순진한 말투를 쓰며 말했다.

"야, 설마 이번에도 거짓말은 아니겠지."

"거짓말한 적 없어요."

다른 한 남자가 뒤를 돌아보며, "얼른 가자"라고 머리가 부스스한 남자에게 나지막이 말했다.

"저쪽에서는 어떤 전개가 펼쳐졌을까"라고 머리가 부스스한 남자가 말했다.

"대결 중일지도 모르지."

대결? 대체 무슨 대결이지? 왕자의 마음속에서 호기심이 뭉게뭉게 피어오르며 고개를 쳐들었다.

"머독과 벌님의 대결이라. 아, 그건 그렇고, 벌하면 제임스지."

"또 기관차 토머스 얘긴가."

"제임스가 코에 벌을 쏘였던 얘기는 유명해."

"일반적으로는 유명하지 않아."

그리고 두 사람은 앞으로 걸어갔다. 대화의 의미는 전혀 알 수 없었다. 그런 만큼 흥미는 더욱더 솟아났다.

"음, 우리도 잠시 후에 앞으로 가볼까?"라고 기무라에게 물었다.

기무라는 무뚝뚝한 표정으로 대답하지 않았다.

“모두 집합할지도 몰라.”

“그래서 뭐.”

“가보자.”

“나까지?”

“내 신변에 무슨 일이 생기면 곤란하잖아. 지켜줘야지. 친아들을 지키듯이 날 지켜야 해, 아저씨. 말하고 보니 난 와타루의 생명을 구해주는 셈이네. 생명의 은인이야.”

과일 

그보다 조금 전, 왕자가 있는 7호차로 가기 직전의 일이다. 5호차 밖으로 나갈 무렵, 레몬이 “센다이까지 삼십 분밖에 안 남았어”라며 손목시계를 보았다. 통로에 멈춰 섰다.

“안경 군은 삼십 분이나 있다고 하더군.” 밀감이 말했다.

화장실 자물쇠 부분을 살펴보니, 여자 화장실이 사용 중이었다. 다른 화장실은 비어 있었고, 아무도 없는 걸 확인했다.

“여자 화장실에 숨을 가능성도 있나?” 레몬이 성가시다는 듯이 말했다.

“나한테 묻지 마. 그렇지만 당연히 있겠지. 안경 군도 필사적일 테니 남성용이든 여성용이든 안 가리고 숨을 가능성은 충분해.” 밀감이 말했다. “혹시 그렇더라도 금방 찾아내겠지만.”

나나오와 통화한 후에 "차 안에 숨는 건 한계가 있어. 안경 군도 금방 찾아낼 수 있을 거야"라고 말한 사람은 레몬이었다.

"찾아내서 어쩌려고?"

"내 총은 빼앗겼으니까 네 걸로 쏴버려."

"차 안에서 소동이 일면 곤란해."

"그럼 화장실에서 몰래 죽여서 처박아둘까?"

"소음기를 들고 왔으면 좋았을걸."

밀감은 그것이 정말로 안타까웠다. 권총 끝에 장착해서 총소리를 억제시키는 소음기, 즉 서프레서가 밀감 일행에게는 없었다. 이번 일에서는 사용할 필요가 없다고 생각했기 때문이다.

"어디서 구할 방법이 없을까?"

"이동판매차에서 팔면 좋을 텐데. 산타클로스한테라도 빌어보지 그래."

"이번 크리스마스에는 총에 다는 소음기를 갖고 싶어요."

레몬이 기도하듯 손을 모아 쥐었다.

"농담은 그만두고, 상황 정리나 하자. 우리는 일단 미네기시에게 도련님을 살해한 범인을 넘기려 한다."

"그게 바로 그 안경 군이지."

"그렇지만 그 녀석을 죽인다면 들키지 않게 시체를 운반하는 건 상당히 고생스러운 일이야. 미네기시한테 데리고 가려면 산 채로 끌고 가는 게 편할 거야. 죽이면 뒷일이 골치 아파질 테니까."

"그렇지만 안경 군이 미네기시 앞에 가서 자기는 아무 짓도 안 했다, 누명이다, 하고 울고불고 난리를 칠 수도 있잖아."

"어떤 인간이든 누명이라고 우기게 되어 있어. 그런 건 신경 쓸 거 없어."

차 안을 샅샅이 점검하며, 나나오를 찾아내기로 했다. 좌석이나 짐 보관소, 화장실이나 세면실 등을 이 잡듯이 뒤져 나가면 언젠가는 찾아낼 게 틀림없었다. 사용 중인 화장실이 있으면, 안에서 사람이 나올 때까지 기다리기로 했다.

"그럼, 사용 중인 이 화장실은 내가 확인할 테니 너 먼저 가."

레몬이 그렇게 말하며 진행 방향으로 손가락을 가리켰다.

"아, 그렇지만 역발상도 할 수 있잖아."

"역발상?" 별로 좋은 아이디어는 아닐 거라는 걸 알면서도 밀감이 되물었다.

"내가 화장실을 처음부터 끝까지 잠그는 작전이지. 그러면 그 녀석을 찾아내진 못하더라도 숨을 장소는 점점 줄어가는 셈이잖아."

조금 전에 둘이서 미네기시 도련님의 시체를 3호차와 4호차 사이에 있는 화장실에 막 감춘 후였다. 자신들이 자리를 비운 동안 좌석에 그냥 남겨두기는 불안했기 때문이다. 화장실 안, 변기 안쪽으로 기대어놓듯이 미네기시 도련님을 들여놓고, 레몬이 가느다란 구리줄을 이용해 밖에서 자물쇠를 걸었다. 자물쇠 걸쇠의 불룩 튀어나온 부분에 구리줄을 휘감아 화장실 밖에까지 끄집어낸 후, 문을 닫는 동시에 그 구리줄을 세게 끌어내리면, 각도 조정이 필요하긴 하지만, 자물쇠가 제대로 걸린다. "이렇게 하면 밀실 살인 완성이지"라고 레몬이 의기양양하게 말했다. 그리고 "그러고 보니 옛날 영화에서 커다란 자석을 이용해서 자물쇠를 밖에서 여는 장면도 나왔는데"라고 서둘러 뒷말을 덧붙였다.

"'리스본 특급'이었나."

한눈에도 매우 강력해 보이는 커다란 U자형 자석으로 문 밖에서 자물쇠 체인을 움직이는 장면은 우스꽝스러웠다.

"시걸이 나온 영화였나."

"알랭 드롱이야."

"그래? 〈폭주 특급〉(언더 씨즈 2) 아니었어?"

"폭주하진 않아."

화장실 앞에서 잠시 기다리자, 예상보다 빨리 문이 열렸고, 안에서 비쩍 마른 부인이 나왔다. 하얀 블라우스를 입어서 옷차림새는 젊었지만, 짙은 화장으로 가렸는데도 깊게 패인 입가 주름선이 선명하게 드러났다. 밀감은 시든 식물을 떠올렸다. 뒤쪽으로 사라져가는 부인의 뒷모습을 바라보았다.

"저건 아니지. 무당벌레 군은 아니야. 알아보기 쉬워서 다행이군."

그들은 6호차로 들어가 좌석에 앉아 있는 승객 한 사람 한 사람을 살피며 나나오가 없는 것을 확인한 후, 앞으로 나아갔다. 그럴 가능성은 희박했지만, 좌석 밑이나 짐칸 선반에 수상쩍은 물건은 없는지, 아니면 그 트렁크가 혹시 없는지 살피며 걸어갔다. 다행히 승객들은 힐끔 쳐다보는 것만으로도 나나오와는 다른 인물임을 쉽게 구별할 수 있었다. 연령이나 성별이 확연하게 달랐다.

"아까 전화 통화한 복숭아 얘기에 따르면, 미네기시가 센다이 역으로 업자들을 정신없이 불러 모으는 모양이야."

"역 플랫폼에 인상 더러운 녀석들이 빽빽이 늘어서 있을지도 모르겠군. 기분 안 좋겠는데."

"갑작스럽게 모았으니 그렇게 많이 모이진 않았겠지. 실력 있는 놈들은 예정이 꽉 차 있을 테고."

6호차에서 벗어난 곳에서 레몬에게 말했다.

"미네기시의 부하들이 올라타서 가타부타 말도 없이 우리를 쏴버리면 어쩌지."

"있을 수 있는 일이긴 하지만, 가능성은 낮을지도 몰라."

"왜 낮아?"

"미네기시 도련님한테 일어난 일에 관한 한, 우리가 유일한 증인이니까. 상황을 아는 사람은 너랑 나뿐이야. 그러니 실마리가 되잖아, 곧바로 죽일 순 없을 거야."

"과연, 그렇겠군. 우리는 도움이 되는 기관차네."

레몬은 순순히 고개를 끄덕였다.

"아!"

"왜 그래?"

"내가 그쪽이라면, 둘 중 하나는 죽일 텐데."

"그쪽이니 이쪽이니 지시어만 남발하는 소설은 별 볼일 없어."

"잘 들어. 미네기시한테 끌려가는 건 나나 너, 둘 중 어느 한쪽이라도 괜찮다는 뜻이야. 증인은 한 사람이면 충분해. 안 그래? 두 사람이 같이 있으면 위험할지도 모르니 일찌감치 어느 한쪽은 제거하는 게 낫겠지. 객차는 한 대만 있으면 돼."

전화가 왔다. 자기 전화인 줄 알았는데, 나나오가 여장 남자를 시켜 건네준 휴대전화였다. 낯선 번호가 떴다. 받아보니 나나오의 목소리가 들렸다.

"밀감 씨? 레몬 씨?"

"밀감"이라고 대답했다. 눈앞에 서 있는 레몬이, 누구한테 왔어, 라고 묻는 표정을 지어서 한 손으로 눈가에 원을 만들어서 '안경'을 표시했다.

"지금 어디야?"

"신칸센 안입니다."

"기이한 우연이로군, 우리도 신칸센 안인데. 무슨 일이야, 전화까지 걸고. 거래를 제시해봐야 소용없다니까."

"거래라고 할까, 항복입니다."

나나오의 목소리에서는 필사적인 심정이 묻어났다.

차량 안과 비교하면, 바깥 통로의 진동은 훨씬 심해서 허허벌판 속을 달려가는 것처럼 울림이 심했다.

“항복?” 잘 들리지 않아서 밀감이 되물었다. 소리가 커지고 말았다. 옆에 있던 레몬의 눈빛이 날카로워졌다.

“항복?”

“실은 방금 전에 트렁크를 찾았습니다.”

“어디서?”

“통로 짐 보관소에서. 정신을 차려 보니 눈앞에 있더라고요. 아까는 분명히 없었는데.”

그건 심히 수상쩍군, 하며 밀감은 정신을 긴장시켰다.

“트렁크가 어떻게 돌아왔지. 누군가의 함정 아닌가?”

나나오가 순간 입을 다물었다.

“그럴 가능성은 부정할 수 없지만, 아무튼 트렁크는 돌아왔습니다.”

“내용물은?”

“내용물은 몰라요. 숫자 자물쇠를 여는 방법도 모르고, 애당초 뭐가 들어 있는지도 모르니까. 그렇지만 어쨌든 트렁크는 당신들에게 넘길 생각입니다.”

“우리한테? 이유가 뭐야?”

“신칸센 안에서 이렇게 계속 도망칠 자신도 없고, 당신들에게 목숨을 위협당해 흠칫흠칫 떠는 것보다는 항복하고 편안해지고 싶으니까. 트렁크는 차장에게 맡겼어요. 아마 머지않아

차내 안내방송이 나갈 테니 거짓말이 아니라는 건 알게 될 겁니다. 그걸 가지고 뒤쪽 차량으로 돌아가주세요. 난 이대로 센다이에서 내릴 겁니다. 이 일에서도 내릴 거고."

"일을 완수하지 못하면 마리아가 화낼 텐데. 그리고 의뢰인인 미네기시는 훨씬 더 화낼 테고."

"그래도 당신들의 표적이 되는 것보다는 낫겠죠."

밀감은 그쯤에서 휴대전화를 잠깐 옆으로 치우고, "안경 군이 항복할 모양이야"라고 말하고, 나나오의 말을 요약해서 들려주었다.

"영리하군. 우리가 무섭다는 건 알았나보지"라며 레몬이 만족스러운 듯 고개를 끄덕였다.

"그렇지만 미네기시 도련님 쪽은 해결되지 않아."

밀감은 전화기를 다시 입가로 되돌렸다.

"우리 시나리오에서는 네가 범인이라 말이지."

"진짜 범인을 찾아내는 게 훨씬 신빙성이 높겠죠."

"진짜?" 밀감은 예상 밖의 말에 목소리가 살짝 커졌다.

"네에, 말벌을 아시나요?" 나나오가 물었다.

"안경 군이 뭐래?" 옆에서 레몬이 고개를 갸웃거렸다.

"말벌을 아느냐고 묻는데."

"그야 당연하지."

레몬이 휴대전화를 가로채더니 "난 옛날에 장수풍뎅이를 잡으러 갔다가 쫓긴 적도 있어. 새겨들어, 말벌은 엄청나게 무서워"라고 침을 튀며 말했다. 그러나 곧이어 전화기 너머의 나나오의 대답에 눈썹을 찡그렸다.

"뭐? 그게 뭔 소리야, 진짜 말벌이 아니라니. 그럼 네가 말하는 건 가짜 말벌이란 소리야. 말벌이 가짜가 어디 있어."

밀감은 짐작이 갔다. 나 바꿔, 하는 몸짓을 하며 다시금 전화기를 손에 들었다.

"그거 말인가, 독으로 죽이는 업자, 말벌?"

"맞아요." 나나오가 또렷한 목소리로 대답했다.

"정답을 맞히면 무슨 상품이라도 있나?"

"범인을 손에 넣을 수 있죠."

밀감은 처음에는 무슨 의미인지 몰라서, 까불지 말라고 화를 내려 했지만, 곧바로 번뜩이는 뭔가가 있었다.

"말벌이 이 신칸센에 탔다는 뜻인가?"

"야, 진짜야. 난 벌은 무섭단 말이야."

레몬이 머리를 감싸듯이 손을 올리더니 벌이 어디 있냐며 경계했다.

"아마 그 말벌이 미네기시의 아들을 찌르지 않았을까요. 그러면 눈에 띄는 외상이 없는 것도 이상한 일은 아니죠."

나나오가 말을 이었다.

말벌이라는 업자가 어떤 기구로 일을 하는지는 모르지만, 인위적으로 아나필락시스anaphylaxis(심한 쇼크 증상처럼 과민하게 나타나는 항원 항체 반응. 알레르기가 국소성 반응인 데 비하여 전신성 반응을 일으킴―옮긴이) 쇼크를 일으킨다는 소문은 들은 적이 있었다. 말벌에게 한 번 쏘이는 분량으로는 문제가 안 되지만, 그 첫 번째에 생긴 면역이 두 번째에 쏘일 때에는 과잉반응을 일으켜서 쇼크사에 이르게 한다. 그것을 과민증, 즉 아나필락시스 쇼크라고 하는데, 말벌이라는 업자는 고의로 그런 쇼크를 일으킨다고 들었다. 그것을 설명하자, 나나오가 "말벌은 두 번째 쏘였을 때가 더 위험한가요?"라며 놀라워했다.

"그럼, 그 녀석은 어디 있지?"

"모릅니다. 외모가 어떻게 생겼는지도 모르지만, 어쩌면 사진이 있을지도 몰라요."

"사진? 있을지도 모른다?" 나나오의 용건을 좀처럼 파악할 수 없어서 밀감은 초조해졌다.

"빨리 정리해서 얘기해."

"6호차 맨 뒤쪽, 도쿄 방향 좌석 창가에 중년남자가 있습니다. 그가 입은 블루종 안주머니에 사진이 들어 있는데."

"그게 말벌이라고? 그 아저씨는 누구야?"

밀감이 등 뒤의 6호차로 돌아가려고 몸을 돌렸다. 분명 잠든 남자가 있었던 것 같긴 했다.

"업자 중 한 사람입니다. 최악의 인간이긴 하지만. 그리고 사진 속의 인물은 그 남자가 맡은 이번 일의 표적인 것 같아요. 지금 생각해보면 이 차 안에 있는 여자가 아닌가 싶은데."

"왜 그 여자가 말벌이라고 생각하지?"

"딱히 근거는 없습니다. 다만 그 남자는 데라하라를 사모했어요. 자기 이름을 지어준 두목이라느니, 자기가 그 사람 눈에 들었다느니 떠들고 다녔죠. 그런데 데라하라는."

"말벌에게 살해당했지."

"그렇죠. 그리고 오늘 신칸센에 탄 그 남자는 복수를 하기 위해 그 여자를 죽인다고 했어요. 은혜에 보답하는 일이라는 말까지 했죠. 별로 신경 쓰진 않았는데, 어쩌면 그건 데라하라를 살해한 말벌에게 복수를 한다는 의미였는지도 모르죠."

"억측에 억측을 보태는 것뿐이야."

"아, 그러고 보니 아케치 미쓰히데가 어쩌니 저쩌니 하는 말도 했어요. 데라하라를 죽인 말벌을 노부나가를 죽인 아케치 미쓰히데에게 비유했을지도 모르죠."

"뭐 좋다, 납득한 건 아니지만, 일단은 그 남자한테 사진을 빌려서 얘기를 들어보지."

"아, 얘기는 못 들어요."

밀감은 나나오가 허둥거리는 말을 가로막으며, "잠깐 기다려. 사진을 보고 나서 다시 걸 테니"라고 말하고 전화를 끊었다. 무슨 일이야, 하며 레몬이 조급하게 다그쳤다.

"내 말이 정답이었을지도 몰라."

"네 말이 정답이라고? 무슨 소리야?"

"미네기시 도련님이 죽은 건 알레르기 쇼크일지도 모른다고 내가 말했지. 그 말이 맞았을지도 모른다고."

6호차로 돌아가서 통로를 곧장 걸어갔다. 이쪽으로 향한 좌석에 앉아 있는 승객들은 아무래도 키 큰 남자 둘이 왔다 갔다 하는 게 수상쩍었는지 따가운 시선을 던졌다. 개의치 않고 맨 뒷좌석까지 갔다.

2인석 창가 자리에 중년 남자가 기대어 앉아 있었다. 헌팅캡을 깊게 눌러 쓰고 있었다.

"잠든 이 아저씨가 무슨 상관이냐고?" 레몬이 불만스럽게 말했다.

"이 자는 아무리 봐도 안경 군은 아니잖아."

"마치 죽은 듯이 잠들었군"이라고 입 밖에 낸 순간, 밀감은 이 남자가 죽었다고 확신했다. 옆자리에 앉아서 남자가 입고 있는 블루종으로 손을 가져갔다. 딱히 더럽지는 않았지만, 왠지 모르게 불결함이 느껴져서 손가락 끝으로 집어 올리듯이 옷자락을 들췄다. 주머니에는 정말로 사진이 들어 있었다. 그것을 빼냈다. 창가로 기울어져 있던 머리가 툭 하고 떨어졌다. 목이 부러져 있었다. 손으로 받쳐 들고 다시 창에 기대놓았다.

"꽤 당당한 소매치기로군." 레몬이 속삭였다.

"게다가 아저씨는 깨지도 않고."

"죽었잖아." 밀감이 남자의 목을 손가락질했다.

"잠자다 목이 결려도 죽는 모양이지."

뒤쪽 문을 지나 통로로 나갔다. 휴대전화를 조작해 전화를 걸었다.

"여보세요"라는 나나오의 목소리가 들렸다.

윙윙거리는 주변의 주행 소리가 자기 귓가를 어루만지는 것 같았다.

"사진은 찾았다."

레몬도 차량 밖으로 나왔다.

"어이, 저렇게 목을 꺾는 게 요즘 유행인가?" 밀감이 전화기에 대고 물었다.

"원래 그런 놈입니다."

나나오는 곤혹스러운지 대답이라고 할 수 없는 대답으로 말을 받았다.

네가 한 짓이지, 하고 공격하지는 않았다. 그 대신 사진을 보았다.

"이게 말벌이란 말이지."

"이거라고 해도 난 안 보여요. 그렇지만 그럴 가능성이 있어요. 혹시 그 사람이 차 안에 있다면 그렇게 의심해보는 게 좋겠죠."

당연한 얘기겠지만, 사진 속의 여자는 낯설었다. 레몬도 사진을 들여다보러 다가왔다.

"말벌은 어떻게 물리치지? 스프레이를 쓰나?"라고 거칠게 내뱉었다.

"버지니아 울프의 《등대로》에는 말벌을 숟가락으로 죽였다는 문장이 나와."

"숟가락으로? 대체 어떻게 한 거야?"

"나도 매번 읽을 때마다 그 한 문장이 신경 쓰여. 정말 어떻게 죽였을까?"

그쯤에서 나지막이 웅얼거리는 나나오의 목소리가 들렸다. 잘 안 들려서 "뭐?" 하고 물었다. 한동안 대답이 없었다. "뭐냐니까?" 하고 다시 한 번 말을 건넸다. 잠시 후, "아, 목이 말라서 지금 차를 샀어요. 이동판매차가 마침 와서"라고 나나오가 말했다.

"쫓기는 신세에 여유롭군."

"수분이나 영양은 취할 수 있을 때 미리 취해둬야죠. 화장실도 마찬가지고."

밀감은 "자, 그런데"라며 얘기를 시작했다. "네 말을 믿는 건 아니지만, 일단은 이 여자가 있나 없나 조사는 해보지. 승객들을 일일이 살피는 건 힘들겠지만, 못 할 일은 아니니까."

그렇게 말한 순간, 밀감은 이게 혹시 나나오의 작전은 아닐까 하는 생각에 정신이 번쩍 들었다. 센다이에 도착할 때까지 시간을 벌기 위한 수단일지도 모른다.

"아아" 하며 레몬이 길게 늘어지는 감탄사를 흘렸다. 사진 속의 얼굴을 손가락으로 찍으면서 "이건 그 여자잖아"라며 입술을 삐죽 내밀었다.

"누구?"

이 여자를 어떻게 모를 수 있지, 하며 레몬이 담담하게 설명했다.

"판매원 여자잖아. 이동판매차를 끌고 아까부터 오락가락거리는 여자."

그보다 조금 앞서 나나오는 트렁크를 차장에게 맡겼다. 8호차를 통과하자, 통로 오른쪽에 '승무원실'이라는 간판이 붙은 작은 방이 있었고, 때마침 거기서 나온 차장과 부딪칠 뻔했다. "아, 죄송합니다"라며 나나오가 사과했다. 이런 데서 충돌할 뻔하다니, 역시 운이 지지리도 없다. 예복 같은 멋진 더블재킷 제복을 차려입은 차장은 상상했던 것보다 젊어 보였지만, 나나오와는 반대로 침착하게 "무슨 일이 있으십니까?"라고 말을 건네왔다.

나나오는 깊이 생각해보기도 전에 들고 있던 트렁크를 앞으로 내밀었다.

"이거, 이 짐을 맡아주실 수 있을까요?"

차장은 순간 놀란 표정을 지었다. 제복 모자가 커서 그런지, 철도를 무척이나 좋아하는 소년이 곧바로 신칸센에서 일하기 시작한 것 같은 분위기도 풍겼다. 더블재킷 제복은 격조 높게 보였지만, 태도는 부드러웠다.

"그 트렁크 말인가요?"

"화장실 안에 있었어요. 5호차 통로에 있는 화장실에."

거짓말이 입 밖으로 툭 튀어나왔다.

"아, 그렇습니까."

젊은 차장은 나나오를 수상쩍게 여기는 기색은 없었고, 트렁크를 오른쪽 왼쪽으로 확인하며 숫자 자물쇠가 걸려 있는 상태를 점검한 후, "안내방송을 해보겠습니다"라고 약속했다.

나나오는 인사를 한 후 특실로 들어갔고, 그 건너편에 있는 바깥 통로로 나갔다. 늑대를 떠올리며 말벌과의 연관성을 상상했다. 잠시 후 휴대전화를 걸었다. 특실과 10호차 사이로, '하야테'는 그곳이 맨 앞이었다.

전화를 받은 밀감에게 빠른 말투로 용건을 전했다. 항복한다는 말, 트렁크를 포기한다는 말, 차장에게 맡겼다는 말, 미네기시의 아들을 죽인 범인은 말벌일지 모른다는 말, 그 얼굴 사진은 6호차 맨 뒷좌석에 있는 남자, 즉 늑대가 가지고 있다는 말, 그런 내용들을 필사적으로 전했다.

밀감이 전화를 끊었다. 나나오는 창에 몸을 붙이고 애인의 연락이라도 기다리듯 휴대전화를 꼭 움켜쥐고 밖을 내다보았다. 터널로 들어갔다. 캄캄한 터널 속은 물속으로 들어가 숨을 멈춘 것 같은 기분에 사로잡히게 했다. 바깥 경치가 나타나는 순간, 숨을 계속 쉬어도 된다는 허락을 얻은 것처럼 해방감이 느껴졌다. 그러나 곧바로 다시 들어갔다. 나왔다, 들어갔다, 나왔다, 들어갔다, 어둡고, 밝고, 어둡고, 밝고, 불행, 행운, 불행, 행운이 잇달아 머릿속에서 연상되었다. 길흉은 배배 꼬인 새끼줄 같다는 표현을 쓰는데, 자기에게는 흉투성이라는 생각에 마음이 허전했다.

여자 판매원이 이동판매차를 밀며 다가온 것은 바로 그 순간이었다. 물건이 빽빽이 들어차 있었다. 탑처럼 층층이 쌓아올린 종이컵이 눈에 띄었다.

차 좀 주세요, 라고 부탁하는 동시에 밀감에게서 전화가 걸려왔다. 휴대전화를 귀에 대고 판매원에게 동전을 건넸다. 무슨 소리냐며 밀감이 궁금해 해서 지금 막 차를 사는 중이라고 설명했다.

"쫓기는 신세에 여유롭군."

"수분이나 영양은 취할 수 있을 때 미리 취해둬야죠. 화장실도 마찬가지고."

"감사합니다" 하고 여자 판매원이 인사를 하고 10호차 쪽으로 향했다.

그쯤에서 전화기 너머에서 밀감의 목소리가 날아들었다.

"이봐, 나나오, 좋은 정보야. 이동판매차 여자가 말벌인 것 같아."

"어?"

예상치도 못한 말에 어안이 벙벙해진 나나오는 무심코 큰 소리를 내고 말았다.

이동판매차가 멈춰 섰다.

여자 판매원은 등을 돌린 채 고개만 이쪽을 향해 돌렸다. 뺨이 살짝 통통하고 앳된 얼굴이 남아 있는 그녀는 부드럽게 미소를 지었다. 무슨 일 있으세요? 괜찮아요? 하고 묻듯이 이쪽을 신경 써주는 표정은 매우 자연스러웠다.

나나오는 휴대전화를 끊고 그녀를 뚫어져라 쳐다보았다. 이 여자가 말벌이라고? 그렇게 보이진 않았다. 그녀의 발끝부터 손까지 관찰했다.

"무슨 일 있으세요?"

여자 판매원이 천천히 이쪽을 향해 돌아섰다. 앞치마 같은 것을 두른 그 모습은, 당연한 일이겠지만 이동판매차를 끄는 직원으로밖에 안 보였다.

나나오는 휴대전화를 카고 바지 뒷주머니에 찔러 넣었다. "아뇨, 아무것도 아닙니다"라고 긴장감을 들키지 않게 주의하며 "이 방은 누구나 사용할 수 있나요?"라고 왼쪽에 있는 '다목적실' 간판이 걸린 방을 손가락으로 가리켰다. 미닫이문이 달려 있었고, '이용하실 때는 승무원에게 신청해주십시오'라는 글귀가 적혀 있었다. 마리아가 말했던 수유할 때 쓰는 방이 여기겠지. 손을 얹어보니 사용 중은 아닌지 가볍게 열렸다. 안에는 앉을 자리가 마련되어 있지만, 살풍경한 분위기였다.

"자녀분들을 돌보기 위해 사용하는 분들이 많긴 하지만, 차장이나 승무원에게 문의해보시죠"라고 여자 판매원이 대답했다. 얼굴에 박혀 있는 듯한 그 미소는 인공적이었다. 단순히 판매원의 업무용 미소인지 아니면 다른 긴장감 때문인지 명백히 구별할 수 없었다.

다목적실 맞은편, 통로 오른쪽에는 화장실이 있었다. 다른 통로의 화장실과는 달리 대형 타입이었다. 주먹보다 큰 동그란 화장실 개폐용 버튼이 벽에 붙어 있었다. 휠체어 이용자가 누르기 쉽게 설치했을 것이라고 나나오는 납득했다.

여자 판매원은 여전히 미소를 머금고 있었다. 어떡하나, 어떡하나, 나나오의 머릿속에서 자신의 절박한 목소리가 울려 퍼졌다. 이 여자의 정체를 확인해야 할까? 혹시 이 여자가 말벌이면, 어떻게 하지?

찍찍거리는 소리가 났다.

무슨 소리인가 했더니 자기가 녹차 페트병에 감긴 라벨을 찍찍거리며 뜯어내는 소리였다. 의식보다 앞서 손가락이 움직인 것이다.

"저어, 혹시 벌이 열차 안에 들어오지 않았나요?"

다목적실 문에서 벗어난 후, 퍼뜩 떠오른 생각을 입 밖에 내듯 나나오가 물었다. 포장 라벨은 완전히 뜯겨졌다.

"네?" 여자 판매원이 허를 찔린 듯 되물었다.

"벌이요?"

"그 왜 있잖습니까, 독이 있는 벌이요. 아무래도 열차 안에 있는 것 같아서."

넌지시 속을 떠보았다.

"날아다니던가요? 역에 정차했을 때 들어왔나? 무섭네요. 나중에 차장에게 전달할게요."

시치미를 떼는 건지 정말로 아무것도 모르는 건지, 상대의 반응만으로는 별다른 동요를 파악할 수 없었다.

여자 판매원은 빙그레 미소를 머금더니 나나오에게 다시 등을 돌리고 10호차로 가려고 했다.

"아, 아뇨. 제가 차장한테 얘기하겠습니다."

나나오는 그렇게 말하고, 자기도 그녀에게서 등을 돌렸다. 그리고 특실로 다시 돌아가는 척했다. 신경을 곤두세우고, 등 뒤로 의식을 집중했다.

손에 쥐고 있던 페트병을 살짝 들었다. 거울 대신 쓸 수 있을까, 하는 생각을 한 순간, 녹차가 흔들리는 그 빛깔 속으로 여자의 그림자가 비쳤다. 발소리도 없이 순식간에 다가온 것이다.

나나오는 몸을 홱 돌렸다.

여자 판매원이 서 있었다.

상대의 얼굴을 향해 페트병을 집어던졌다. 여자는 그것을 피하기 위해 몸을 옆으로 기울였다. 나나오는 잽싸게 상대의 몸을 밀어냈다. 인정사정없이 거칠게 밀쳐버렸다. 자세가 흐트러진 여자는 비틀비틀 뒤로 밀리다 판매차에 부딪쳐 요란한 소리가 울렸고, 높다랗게 쌓아둔 종이컵이 떨어져 내렸다. 그와 동시에 판매차 아래쪽에 들어 있던 선물상자 몇 개가 바닥으로 쏟아지며 굴렀다. 여자는 미끄러져서 허리부터 떨어지듯 바닥에 엉덩방아를 찧었다.

그 순간, 나나오의 눈에 판매차 밑에서 끈처럼 생긴 것이 꿈틀거리며 기어 나오는 모습이 보였다. 뱀이라는 걸 알아챘다. 맨 뒤쪽 차량 통로의 종이상자에서 튀어나온 뱀이 틀림없었다. 판매차 밑에 휘감겨서 여기까지 이동했는지도 모른다. 뱀은 스르륵 통로 바닥을 기어서 벽 쪽으로 이동했고, 눈 깜짝할 사이에 시야에서 사라졌다.

여자가 판매차를 잡으며 일어섰다. 오른손에 번득이는 무언가가 들려 있었다. 바늘이었다.

귀여운 하늘색 셔츠 위에 쪽빛 앞치마 같은 걸 둘러서 한눈에 보기에도 운동을 하기에는 적합하지 않은 차림새였지만, 여자는 날렵했다. 성큼성큼 앞으로 걸어왔다. 망설임이 없었다. 바늘이 이쪽으로 향하는 속도는 어느 정도나 될까, 들이밀까 아니면 던질까, 다음 동작을 짐작할 수 없었다.

어떡하나. 어떡하나. 나나오는 자신에게 물었다.

여자가 점점 다가왔다.

나나오는 먼저 오른손을 슬쩍 움직이며 통로 오른쪽에 있는 휠체어용 화장실에 달린 문 개폐 버튼을 두드렸다.

문이 스르륵 옆으로 열렸다.

여자는 무슨 일인가 하며, 한순간이긴 하지만 그쪽으로 시선을 돌렸다.

나나오는 그 순간을 놓치지 않았다. 왼쪽으로 돌아서듯 몸을 이동시켜 막 열린 화장실 안으로 밀어넣듯 여자를 걷어찼다. 여자든 아이든 상대가 프로인 이상, 인정사정 봐줄 순 없었다.

여자가 휘청거리며 화장실로 들어가자, 나나오도 따라 들어갔다. 화장실은 비좁고 바로 앞에 변기가 보였다. 왼쪽 주먹을 잽싸게 앞으로 뻗었다. 상대의 얼굴을 노렸는데 그것을 팔로 가로막아서 이번에는 잇달아 오른쪽 주먹을 옆구리로 날렸다. 맞은 줄 알았는데, 몸을 옆으로 돌리며 등으로 받아냈다.

여자는 민첩했다. 초조함은 있겠지만, 나나오의 동작에 반응했다.

이번에는 바늘이 날아오는 예감이 들었다.

문이 자동으로 닫히는 순간이었다. 나나오는 안쪽 버튼을 두드려 다시 문을 열었다. 튕겨 나오듯이 화장실 밖으로 나왔다. 통로 건너편에 있는 다목적실 문에 등이 부딪쳤다. 아까 레몬에게 찔린 팔 상처에 통증이 훑고 지나갔다.

등 뒤에서 권총이 떨어졌다. 레몬에게 빼앗은 권총이었다. 허리띠에서 튕겨 나간 듯했다. 허둥지둥 집으려는 순간, 자기의 등, 즉 다목적실 벽에 금속이 부딪치는 소리가 났다. 문에 맞았다 바닥으로 떨어지는 것이 보였다. 바늘이었다. 여자가 순식간에 던진 것이다.

여자도 통로로 나왔다. 그녀가 권총을 발로 걷어차 멀리 미끄러뜨렸다.

그 사이 나나오는 급히 판매차 쪽으로 다가갔다. 바닥에 상자가 흩어져 있었다. 포장지에 싸인 선물상자였다. 그것을 집어서 여자 쪽을 향해 방패 대신 들었다. 그와 동시에 선물상자가 찢어지며 뚫렸다. 여자가 바늘로 찍어 누른 것이다. 간발의 차이로 상자가 위기를 모면하게 해주었다. 여자는 바늘을 손가락 사이에 끼고 있었다. 그 주먹을 일단은 뒤로 뺐다. 뺐다가 다시 한 번 나나오를 향해 손을 휘둘렀다. 팔이 쭉 뻗어왔다. 들고 있던 상자로 다시 막아냈다.

그와 동시에 상자를 옆으로 밀쳐냈다. 여자의 오른팔이 상자와 함께 옆으로 벗어났다.

곧이어 오른발로 여자를 걷어찼다. 발끝으로 배를 가격했다. 타격을 입힌 감각이 느껴졌다. 여자가 배를 움켜쥔 채, 엉덩방아를 찧으며 뒤로 넘어졌다.

좋았어. 나나오는 공격을 더 퍼붓기 위해 앞으로 나갔다.

그런데 차량과 차량 연결 부위 바닥에 발을 내딛는 순간, 갑자기 신칸센이 크게 흔들렸다. 아주 짧은 순간이었지만, 짐승이 털에 묻은 물기를 털어내기 위해 몸뚱이를 부르르 떨어대는 것 같은 흔들림이었다. 짐승의 등에 올라탄 무당벌레라면, 거센 지진에 놀라면서도 가볍게 날아오를 수 있겠지만, 나나오는 그럴 수 없었다. 정신을 차렸을 때는 그 자리에 미끄러져 있었다. 균형을 잃고 눈 깜짝할 사이에 바닥에 엉덩방아를 찧고 말았다.

하필 이럴 때, 라는 생각보다는, 역시 이 모양이군, 하고 느껴지는 부분이 더 컸다. 한창 긴박한 접근전이 벌어지는 상황에 미끄러져 넘어지다니, 불운의 여신은 언제나 빈틈이 없고 눈치가 빠르다.

필사적으로 일어서려 했다. 여자는 여전히 걷어차인 배를 움켜쥐고 신음하고 있었다.

일어서려고 손을 바닥에 짚으며 힘을 넣는 순간, 통증이 느껴졌다. 어 하는 생각에 핏기가 싹 가셨고, 허둥지둥 손을 바라보니 손 바깥쪽에 바늘이 꽂혀 있었다. 자신의 눈이 의심스러웠다. 온몸의 솜털이 거꾸로 솟구쳤다. 조금 전에 여자가 던진 바늘이 문에 부딪쳐 바닥에 떨어질 때 끝이 꺾여서 낚싯바늘처럼 휜 듯했다. 나나오의 손이 위를 향해 곧추서 있던 그 바늘 끄트머리에 찔린 것이다. 단순한 바늘일 리 없다는 것은 나나오도 알고 있었다. 독이 들어 있을 게 틀림없었다.

한순간이긴 하지만, 온갖 생각들이 동시에 머릿속에 떠올랐다. 정확히 말하면 단어나 표제어에 불과한 것들이다. '이 무슨 불행이란 말인가', '말벌', '독', '왜 이리도 운이 없을까'라는 생각들이 스쳐간 후, '이대로 죽는 건가?' 하는 마음에 그 자리에 주저앉아버릴 뻔했다. '이렇게 허망하게?'

어떡하나, 어떡하나, 하고 속삭이는 목소리가 머릿속을 휘저었다. 시야가 좁아진 상태이긴 했지만, 필사적으로 주위를 둘러보았다. 쓰러진 여자와 이동판매차, 떨어진 상품들이 있었다. 독이 온몸으로 퍼지는 느낌이 들었다. 살갗에 찍힌 독은 어떻게 퍼져 나갈까? 늘 그렇듯 초조함이 홍수를 일으키며 사고를 휘저었다. 어떡하나, 어떡하나, 스스로에게 던지는 질문으로 머릿속이 가득 찼다.

한순간 눈이 번쩍 뜨이며 사고의 홍수가 끝나고 시야가 맑아졌다. 머릿속이 텅 비었다. 해야 할 일은 하나뿐이라는 생각이 들었다.

나나오는 찔린 바늘을 뽑아냈다.

망설일 시간이 없었다.

여자 바로 옆에도 바늘 하나가 떨어져 있는 모습이 보였다. 일어서서 다가갔다.

명치를 움켜쥔 여자가 가까스로 상반신을 일으키는 순간이었다. 허둥지둥 바닥 위로 손을 더듬었다. 뭘 하나 했더니 나나오가 조금 전에 들고 있던 권총, 통로에 굴러 떨어진 권총을 집으려는 것이었다.

나나오는 조바심에 황급히 달려가 그 총을 주워들었고, 곧이어 떨어져 있던 주사기를 움켜쥐고 한 치의 망설임도 없이, 마치 상대를 격려하기 위해 어깨를 두드리듯이 자연스럽게 여자의 어깨에 꽂았다. 여자는 먹이를 받아먹는 새끼 새처럼 입을 쩍 벌렸고, 그러고 나서 자기를 찌른 바늘을 보며 눈을 휘둥그레 떴다.

나나오는 한 발 두 발 뒤로 물러났다.

여자는 자기가 독침에 찔렸다는 사실에 어안이 벙벙해 있었다.

독이 어느 정도 시간에 어떤 증상을 일으키는지 나나오는 알 수 없었다. 서 있는 지금 이 순간에 호흡이 거칠어지며 의식을 잃고, 다시 말해 영원히 자아가 사라져버리는 건 아닐까 하는 공포를 느꼈다. 전원이 뚝 끊어지듯 이대로 끝나버릴지도 모른다고 생각하니 서 있는 것조차 한계처럼 버거웠고, 여기저기서 식은땀이 배어 나왔다. 부탁이야, 빨리, 제발 빨리 해 하고 나나오는 속으로 빌었다. 그러자 여자가 허겁지겁 자기 앞치마를 더듬기 시작하더니 그 주머니 속에서 작은 펠트펜 같은 것을 끄집어냈다. 필사적인 기색이 역력했다. 펜처럼 생긴 그 기구의 뚜껑을 땄다. 바닥에 넘어진 채로 무릎을 꺾고 허벅지를 들어 올리더니 거기에 펜을 갖다 대려 했다.

나나오는 머뭇거리지 않았다. 성큼성큼 다가가 여자 옆에 웅크리자마자 여자의 목을 순식간에 꺾었다.

여자의 손에서 펜처럼 생긴 그 기구를 낚아챘다. 주사기 같았다. 어릴 때 이웃집 노인에게 인슐린 주사를 자주 놔줬던 기억을 떠올렸다. 과연 그것과 같은 방법으로 해도 좋은지 어떤지 망설여지기도 했지만, 고민하는 시간도 아까워서 곧바로 행동으로 옮겼다. 카고 바지 왼쪽 무릎에 뚫린 작은 구멍에 손가락을 걸고 난폭하게 찢었다. 그 사이로 드러난 허벅지에 펜 형태의 주사기를 찔렀다. 이것이 해독제일까 아닐까. 과연 피부

밑 주사로 괜찮을까? 아니 그보다 이미 늦은 건 아닐까? 나나오는 자기 안에서 뽀글뽀글 솟구쳐 오르는 의문의 거품에서, 불안의 알갱이에서 애써 눈을 돌렸다.

허벅지에 꽂은 주삿바늘은 각오했던 것보다는 아프지 않았다. 한참 동안 찌르고 있다가 나중에야 주사기를 뽑아냈다. 일어섰다. 기분 탓인지 심장 박동이 빨라지는 감각이 몰려들었다.

목이 꺾인 여자의 몸을 일으켜 다목적실 안에 넣었다. 여자의 몸을 안쪽 벽에 기대어 앉혀서 미닫이문이 잘 안 열리게 해두었다. 나나오는 살짝만 열어둔 틈새를 통해 밖으로 나왔다.

과연 얼마 동안이나 속일 수 있을지 장담할 순 없지만, 문이 잘 안 열리면 승객들도 고장이나 사용 중이라고 판단할지 모른다. '사용 중'이라는 팻말을 문손잡이에 걸어놓았다.

그러고 나서 나나오는 떨어진 상품들을 이동판매차에 올렸다. 격투의 흔적이 남아 있으면 곤란하다. 정리한 판매차를 통로 한쪽 구석으로 옮겨놓았다.

권총 손잡이에서 탄창을 빼서 분리수거함 속에 버렸다. 자기의 불운으로 볼 때, 권총이 도움이 되는 상황보다는 적에게 빼앗겨서 오히려 무기를 제공하는 꼴을 당하는 상상이 먼저 떠올랐기 때문이다. 지금도 하마터면 여자에게 총을 빼앗길 뻔했다. 총이 없는 게 위험이 더 적겠지? 나나오는 순간적으로 그런 판단을 내렸다.

총알이 없는 권총을 등 뒤 허리띠에 꽂았다. 총알은 없어도 위협이나 협박에는 사용할 수 있을지 모른다.

나나오는 분리수거함 옆 벽에 등을 기대고, 무릎을 꺾으며 주저앉았다.

숨을 내쉬었다.

바늘에 찔린 손을 내려다보았다.

바로 그 순간 10호차에서 중년남자 승객이 밖으로 나왔다. 멈춰 있는 이동판매차로 시선을 힐끗 던지긴 했지만, 딱히 신경 쓰는 기색도 없이 화장실로 사라졌다. 아슬아슬했다. 조금만 시간이 더 걸렸으면, 소동을 목격했을 게 틀림없다. 운이 좋은 걸까 나쁜 걸까 생각하며 자기의 호흡과 대화라도 나누듯 무사함을 확인했다. 아직 살아 있다. 아직 살아 있다. 살아 있는 거 맞지? 스스로에게 물었다. 신칸센의 진동이 바닥에서 몸을 밀어 올렸다.

"얼른 가보자. 분명히 재미있는 일이 벌어졌을 거야."

왕자가 기무라의 등을 떠밀었다. 손발의 밴드는 풀어졌지만, 자유로워진 감각은 없었다. 물론 왕자에 대한 증오는 온몸을 뒤덮고 있었다. 그러나 그것을 폭발시킬 수도 없었다. 때려죽이고 싶어 부들부들 떠는 자기를, 마치 유리창 너머에서 바라보는 듯했고, 그것은 자신과 아주 비슷한 타인의 감정을 제멋대로 상상해보는 느낌 같기도 했다.

7호차 통로를 앞을 향해 걸어갔다. 뒤에 있는 것은 고작해야 중학생이었지만, 방심할 수 없는 짐승에게 쫓기는 것 같은 공포를 느꼈다. 내가 정말 중학생을 두려워하나? 그것마저도 안개가 낀 감정이었다. 이 중학생에게는 정말로 남을 위협해 공포를 심어주는 능력이 있는 걸까. 머리를 흔들며 그 생각을 떨쳐냈다.

바깥 통로로 나가자, 키 큰 남자가 보였다. 출입구 문 쪽에 등을 기대고 무료한 듯 팔짱을 끼고 있었다. 눈빛은 사납고, 부스스한 머리는 어린애들이 그린 해님 같은 윤곽을 띠고 있었다.

조금 전에 7호차를 빠져나간 두 남자 중 한 사람이었다.

"오호, 퍼시였네." 남자가 따분한 듯 입을 열었다. 무슨 소리인지 잘은 모르겠지만, 어딘가에 나오는 캐릭터겠지 추측했다.

"이런 데서 뭐하세요?" 왕자가 남자에게 물었다.

"나? 나야 화장실이 빌 때까지 기다리지"라며 남녀공용 화장실을 손가락으로 가리켰다. 손잡이 부분은 안 보였지만, 아마도 사용 중이겠지.

"안에서 나올 때까지 기다리는 중이야."

"또 한 형은?"

"밀감은 먼저 앞으로 갔어. 볼일이 있으니까."

"밀감?"

"으응." 남자는 경계심도 보이지 않고 의기양양한 표정을 지었다.

"내 이름은 레몬, 그 녀석은 밀감이야. 시큼한 놈이랑 달달한 놈이지. 넌 어느 쪽이 좋니?"

왕자는 질문의 의미를 모르겠다는 듯 말없이 고개를 갸웃거렸다.

"넌 뭐해? 아빠랑 같이 화장실 왔니?" 레몬이 말했다.

그렇군, 이 약아빠지고 섬뜩한 중학생이 다른 사람들 눈에는 내 아들로 보이는군. 기무라는 그런 가당치 않은 오해에 현기증을 느꼈다.

신칸센이 흔들렸다. 거세게 날뛰는 바람을 죽어라 끌어안으며 달려가는 분위기였다. 그것은 곧바로 술에 대한 충동을 끊어내기 위해 필사적이었던 무렵의 자신을 떠올리게 만들었다. 알코올을 참아낼 때, 기무라는 내달리는 이 신칸센 못지않게 몸을 떨어대며 난동을 부렸다.

"이 사람은 아빠가 아니에요." 왕자가 말했다. "아, 난 잠깐 다녀올 테니까 아저씨는 여기서 기다려"라며 천진난만한, 보는 사람의 가슴에까지 햇살이 비쳐드는 듯한 순진무구한 미소를 머금고 소변용 화장실로 향했다. 논리적이지 않은 동물적인 반응일지도 모르지만, 그 상큼한 웃는 얼굴에 긴장이 풀어져버릴 것만 같았다.

"아저씨, 꼭 기다려야 해."

꼭 기다리라는 그 말은 쓸데없는 소리 하지 말고 얌전히 기다리라는 의미라는 걸 기무라도 이해할 수 있었다. 통로에 머리가 부스스한 남자랑 둘이만 서 있으려니 마음이 편치 않았다. 언짢은 듯한 눈빛으로 이쪽을 빤히 쳐다보았다.

"형씨, 알코올 중독이지." 레몬이 짧게 말했다.

기무라는 상대의 얼굴을 돌아보았다.

"내 말이 맞았나? 왜 그런지 내 주위에는 알코올 중독자가 많아서 잘 알지. 우리 아버지랑 어머니도 알코올 중독이었어. 부모가 둘 다 중독이라니, 대단하잖아. 말리는 사람이 없으니 브레이크도 없이 점점 더 가속할 뿐이지. 기관차 토머스에서 덕이 화물차에 밀리는 바람에 못 멈추고 이발소에 충돌한 얘기 있잖아. 그거랑 똑같아. 도와줘, 못 멈추겠어, 그거라니까. 인생을 직활강으로 쏜살같이 미끄러지는 셈이지. 난 하는 수 없이 부모에게 벗어나 구석에 숨어서 죽어라 토머스만 보면서 살아왔어."

기무라는 레몬이 하는 말을 파악할 수 없었지만, "난 이제 안 마셔"라고 대답했다.

"그야 당연하지. 알코올 중독은 마시면 그걸로 아웃이야. 날 보라고. 유전자는 거역할 수 없을 테니까, 난 알코올 따윈 한 방울도 입에 안 대. 항상 물이야. 똑같이 투명해도 물이랑 알코올 차이는 엄청나지"라며 손에 들고 있던 생수병을 흔들어 뚜껑을 따더니 마셨다.

"알코올은 머리를 혼란시키지만, 물은 반대로 머리를 정리해 주지."

처음에는 별로 의식하지 않았는데, 아무 생각 없이 바라보는 사이 그 액체가 알코올로 보였고, 레몬의 목젖이 맛있는 것을 삼키듯이 꿈틀거려서 기무라도 무심코 빨려 들어갈 것 같았다.

신칸센의 동요는 단조롭지 않았고, 생물처럼 불규칙적으로 꿈틀거렸지만, 이따금 아래에서 밀어 올리며 몸을 붕 떠올렸다. 그렇게 붕 치솟는 흔들림이 기무라를 현실에서 떼어내려 했다.

"오래 기다렸어요"라며 왕자가 돌아왔다. 머뭇거리지도 않고, 그렇다고 무람없이 친한 척하지도 않으며, "특실 쪽에 가보자"라고 기무라에게 말했다. "특실에는 보나마나 부자들이 앉아 있겠지"라며 호기심 많은 천진난만한 어린애 흉내를 냈다.

"꼭 그렇다고 할 순 없지. 뭐, 그래도 나름 여유 있는 녀석들이겠지." 대답한 사람은 레몬이었다.

화장실 문이 열리고, 안에서 양복을 입은 남자가 나왔다. 기무라 일행 세 명을 쳐다봤지만, 별로 신경 쓰는 기색도 없이 세면실로 들어가 손을 씻고 7호차로 갔다.

"역시 나나오가 아니었군." 레몬이 말했다.

"나나오?"

기무라는 당연히 그게 누구의 이름인지 몰랐다.

"자 그럼, 나도 앞으로 가봐야겠군."

레몬이 그렇게 말하더니 앞으로 나아가려 했다.

우리도 가자, 하며 왕자가 기무라에게 시선을 돌렸다. 그러고 나서 "트렁크가 어디 있는지 같이 찾아드릴게요" 하고 말했다.

"퍼시한테까지 도움 받을 일은 아니야. 어디 있는지는 이미 알아냈으니까."

"어디 있어요?"

레몬은 그쯤에서 입을 다물고, 왕자를 물끄러미 쳐다보았다. 차가운 그 눈빛은 노골적인 의혹으로 가득 차 있었고, 상대가 중학생인데도 조심스러운 느낌은 전혀 없었다. 육식동물이 포획물을 노릴 때 연령을 고려하지 않는 거나 마찬가지일지도 모른다.

"네가 그걸 왜 묻지? 너도 트렁크를 노리나?"

왕자는 동요를 드러내지 않았다.

"노리는 건 아니지만, 보물찾기 같아서 재미있잖아요."

레몬은 경계를 풀지 않았다. 왕자의 내면까지 꿰뚫어서 그 심리를 캐내려는 것처럼 날카롭고 매섭게 쏘아보는 눈빛이었다.

"됐어요, 나랑 아저씨랑 알아서 찾으면 되지, 뭐."

왕자는 토라진 말투로 내뱉었다. 물론 일부러 그러는 것이다. 그렇게 함으로써 어린애처럼 연출해서 다른 꿍꿍이가 없다는 걸 드러내려는 속셈이겠지.

"방해하지 마. 퍼시가 열심히 하려 들면 별로 좋은 일이 안 생겨. 예를 들면, 그래, 퍼시가 머리에 초콜릿을 뒤집어쓴 적이 있었지. 그게 아니면 석탄투성이가 되지. 퍼시가 의욕 넘치게 설쳐대면 대부분 그런 결과뿐이야."

레몬이 앞으로 가려고 했다.

"혹시 우리가 먼저 트렁크를 찾으면 칭찬해줘야 해요."

왕자는 철저하게 어린애다운 반응만 보였다. "그렇지, 기무라 아저씨?"라고 왕자가 재촉해서, 기무라도 반사적으로 "안에 든 돈의 10퍼센트라도 받고 싶군"이라고 말했다. 별다른 의미는 없었다. 왕자가 동의를 구하기에 별 지장 없는 말로 받아쳤을 뿐이다. 머릿속 한구석에 트렁크를 열었을 때 봤던 지폐 다발과 현금카드 이미지가 남아 있었던 탓이기도 했다.

"트렁크 내용물을 어떻게 알지?"

레몬이 그쯤에서 황급히 뒤를 돌아보며 도끼눈을 떴다. 공기에 긴장감이 가득 차는 것을 기무라도 느낄 수 있었다.

왕자는 그런데도 당황한 기색을 보이지 않았다. 기무라 쪽으로 힐끗 시선을 한 번 던졌고, 그 눈빛에는 실수한 인간을 경멸하는 가시가 박혀 있었지만, 눈에 띄는 동요는 보이지 않았다. "어, 트렁크 속에 진짜로 돈이 들어 있어요?"라고 천진난만한 말투로 레몬에게 물었다.

대화가 끊기자, 신칸센이 흔들리는 진동 소리만 울려 퍼졌다. 레몬은 기무라를 노려보고, 왕자를 노려보았다.

"나도 내용물이 뭔지 몰라."

"그럼 내용물이 아니라 트렁크 자체가 고급인가 보죠. 다들 찾아다니는 걸 보니."

기무라는 옆에서 그 얘기를 들으며 왕자의 약삭빠른 대응과 배짱에 감탄했다. 자기들에게 쏟아진 경계심을 조금씩 다른 쪽으로 벗어나게 유도했다. 어린애라는 걸 무기 삼아 상대의 주의를 분산시키는 전술은 아무에게나 가능한 건 아니다.

그러나 레몬은 뜻밖에 의심이 많은지, "다들 찾아다니는 건 어떻게 알았어?"라고 물었다.

왕자의 얼굴이 긴장되었다. 아주 짧은, 눈을 깜박이는 정도의 순간일 뿐이었지만, 왕자가 그런 표정을 보이는 것은 처음이었다.

"맨 처음 만났을 때 말했잖아요." 왕자는 다시 느긋한 중학생으로 돌아갔다. "다들 찾고 있다고."

"그런 말 안 했어." 레몬이 발끈하며 턱을 치켜들었다. "정말 마음에 안 드네"라며 귀찮다는 듯 머리를 긁적였다.

기무라는 어떻게 대답해야 좋을지 몰랐다. 속마음이야 그 자리에서 당장 "이 꼬맹이는 위험해. 어떻게든 선수를 쳐서 처리해두는 게 좋아"라고 레몬을 부추기고 싶었다. 그러나 그건 불가능했다. 왕자가 다음 센다이 역에서 동료와 연락이 닿지 않으면, 도쿄 병원에 있는 와타루의 목숨이 위험해진다. 사실인지 아닌지 아직 확실하진 않지만, 사실일 게 틀림없다고 기무라는 느끼고 있었다.

"아저씨." 왕자가 말을 건넸지만, 멍하니 있다 보니 반응할 수 없었다.

“아저씨, 기무라 아저씨”라고 반복해서 부르는 소리에 정신이 퍼뜩 들었다.

“왜?”

“아저씨, 우리가 무슨 실례되는 말을 했나 봐. 레몬님이 화난 것 같아.”

“나쁜 뜻은 없었지만, 거슬리게 했다면 미안하오.”

기무라는 일단 고개를 숙이기로 했다.

“기무라 아저씨라.” 레몬이 불쑥 입을 열었다.

“당신은 아무리 봐도 성실한 어른으로는 안 보여.”

“알코올 중독이니까.”

기무라는 상대가 대체 무슨 말을 꺼내려는 건지 불안해졌다. 동시에 등에 식은땀이 솟는 게 느껴졌다. 험한 일을 하던 시절에 몇 번이나 맞닥뜨린 적이 있는 장면과 비슷했다. 대적한 누군가에게 자기의 정체를 의심받는 패턴이다. 기분 나쁜 긴박감이 기무라와 레몬 사이에 팽팽하게 줄을 당기듯 퍼져나갔다.

“아 참, 그렇지. 형씨, 혹시 잠투정은 없나?”

갑작스런 질문에 기무라는, 뭐 하고 되물었다.

“자는데 깨우면 화내느냐고.”

“그게 뭔 소리야.”

“잠은 잘 깨나?”

“잠에서 깰 때 기분 안 좋은 거야 누구나 마찬가지지.”

순간 불꽃이 튀었다. 동시에 머리가 뒤쪽으로 휘청 흔들렸다.

맞은 것이다. 입으로 주먹이 날아들었다는 걸 뒤늦게야 알아챘다. 팔이 어떻게 움직였는지, 주먹이 어떻게 날아왔는지 전혀 보이지 않았다. 자기 입 속에 작은 덩어리가 떨어지는 감촉이 느껴졌다. 혀로 핥아보니 앞니가 부러져 있었다. 손으로 입을 막았다. 흘러내리는 피를 닦아내고, 이를 꺼내 주머니에 넣었다.

"왜 이래요! 아저씨, 괜찮아?" 왕자는 여전히 아무것도 모르는 중학생 연기를 했다. 레몬을 향해 "그만하세요. 왜 때려요. 경찰을 부를 거예요"라고 말했다.

"혹시 당신이 위험한 업자라면 이 정도 펀치는 피할 거라 생각했는데, 너무 쉽게 맞아버리는군. 예감이 빗나갔어."

"그야 당연하죠, 이 아저씨는 평범한 사람이니까."

"그렇군."

레몬은 입에서 피를 흘리는 기무라를 바라보며 허탈해하는 분위기까지 드러냈다.

"그렇지만 분명히 내 직감이 속삭였는데. 이 아저씨는 우리랑 비슷한 일을 할 게 틀림없다고."

"잘못 짚었군." 기무라는 솔직하게 말했다.

"옛날에는 험한 일을 한 적도 있지만, 여러 해 전에 그만뒀어. 지금은 성실한 경비원이야. 솔직히 몸도 이미 녹슬었고."

"자전거 타기랑 똑같아서 몇 년을 쉬어도 몸은 움직여."

기무라는 엉터리 같은 소리 집어치우라고 쏘아붙이고 싶었지만 참았다.

"이제 슬슬 앞 차량으로 가보는 게 어때."

기무라는 잇몸에서 뿜어져 나오는 피를 신경 쓰며 말했다.

"아저씨, 괜찮아?"

왕자가 등에 메고 있던 배낭을 내리더니 바깥에 달린 주머니에서 손수건을 꺼내 기무라에게 건넸다.

"손수건까지 들고 다니다니, 고상한 도련님이시군."

레몬이 입술을 일그러뜨렸다.

왕자가 배낭을 다시 멨다. 그리고 기무라는 그 배낭 속에 자기가 들고 온 자동권총이 들어 있다는 걸 알아차렸다. 왕자가 등에 멘 배낭으로 슬쩍 손을 뻗어 지퍼를 열고 끄집어낼 수 있다. 그런 생각이 들었다.

곧이어 두 가지 생각이 머릿속을 훑고 지나갔다.

하나는 권총을 되찾아서 뭘 어쩌겠다는 것인가 하는 의문이다. 권총으로 위협하나? 아니면 쏘나? 쏜다면 대체 누구를 향해 쏴야 하지. 레몬인가, 왕자인가? 물론 본심이야 양심이라곤 털끝만큼도 없는 왕자에게 총부리를 겨누고 방아쇠를 당기고 싶지만, 그것이 가능하다면 이렇게 고생할 필요도 없다. 와타루에게 위험이 닥치는 상황에 변화는 없었다.

신경 쓰지 마. 그냥 해치워버려. 차량의 흔들림은 여전히 기무라를 쿡쿡 찌르는 것 같았다. 인내의 사슬을 끊어내듯 부추졌다. 늘 단순하게 살아왔잖아. 하고 싶을 때는 그냥 저질러버려. 인생은 나날이 줄어갈 뿐이야. 참을 필요 없어. 증오스러운 중학생은 이것저것 따질 것 없이 따끔한 맛을 보여주면 그만이야. 아마도 왕자의 말은 허풍일 테고, 병원 근처에서 대기한다는 인간은 존재하지도 않고, 와타루도 위험하지 않아. 안이한 행동으로 치닫는 자기를 필사적으로 억눌러보지만, 그 뚜껑을 있는 힘껏 열려고 하는 또 다른 자신도 있었다.

'이 모든 게 왕자의 속셈이 아닐까?'

두 번째 생각은 그것이었다.

배낭은 지금 기무라의 눈앞에 있다. 그래서 총의 존재를 알아차린 것이다. 왕자는 어쩌면 그것을 노렸을지도 모른다. 기무라가 총을 꺼내들어 레몬과 대항하길 기대한 게 아닐까. 결국은 이것 역시 왕자의 의도가 아닐까'?

생각하면 할수록 늪 속으로 빠져 들었다. 의혹은 또 다른 의혹을 불러일으켰고, 늪에 빠지지 않으려고 긴 장대에 매달려보지만, 과연 그 장대가 애당초 신용할 수 있는 것이었는지 불안해졌다. 한편에는 인내의 뚜껑 틈새를 파헤치고 앞뒤 생각 없이 행동해버리길 원하는 또 다른 자기도 있었다. 긴장을 조금만 늦춰도 모든 게 산산조각으로 흩어져버릴 것 같았다.

"좋아, 그렇다면 화물차의 짐을 확인하도록 할까요."

가볍게 익살을 떠는 말투를 듣고, 무슨 소리인가 했는데, 레몬이 왕자 어깨에서 배낭을 가로챘다. 어, 하며 왕자가 멍하니 놀란 표정을 지었다. 그 정도로 빨랐다. 손을 뻗어 허공을 슬쩍 어루만지는 것처럼 자연스러웠는데, 어느새 짐을 가로채버린 것이다.

기무라는 얼굴에서 핏기가 가시는 게 느껴졌다. 이번에는 왕자도 긴장감을 드러냈다.

"퍼시랑 아저씨, 내 말 잘 들어, 이 배낭 속에 뭐가 들었는지 난 아직 몰라. 그렇지만 아저씨가 힐끔힐끔 시선을 던지는 걸 보아하니, 어쩌면 당신들이 우위에 설 수 있는 도구가 들어 있을지도 모른다는 상상은 가."

레몬이 배낭을 집어 들며 지퍼를 열었고, 곧이어 "오호" 하고 기쁨의 감탄사를 내뱉었다.

"이렇게 좋은 물건이 들어 있었군."

기무라는 그 속에서 끄집어낸 총을 그저 말없이 바라볼 뿐이었다.

"지금 내 기분을 열다섯 글자로 말하면 이거야. '아빠, 산타클로스는 정말 있었네!' 글자 수가 틀렸나?"

어디까지가 진심인지, 혼자 거침없이 연설하듯 떠들어대던 레몬은 배낭 속에서 꺼낸 소음기가 달린 소형 자동권총을 바라보았다.

"열차 안에서 보통 총을 쏘면 시끄럽고 눈에 띄잖아. 그렇잖아도 지금 곤란하던 참인데. 이게 웬 행운이야, 열차 안에서도 소음기를 구할 수 있었네. 산타클로스한테 빌 필요도 없었어."

왕자는 그 모습을 뚫어져라 바라보고 있었다. 기무라 역시 너무나 갑작스러운, 마치 물이 흐르는 듯한 동작에 반응할 수 없었다.

"으음, 한 가지만 질문하지."

레몬이 총의 안전장치를 풀더니 기무라에게 총부리를 돌렸다.

"나야?"라고 기무라는 엉겁결에 묻고 말았다. 날 노린다고? 정말 사악한 인간은 내가 아니라 이 중학생인데. 그런 말이 목구멍까지 올라왔지만, 입 밖으로 나오지는 않았다.

신칸센은 기무라의 긴장을 증폭시키듯 거세게 내달렸다.

"너희가 권총을 가지고 있었던 건 사실이야. 소음기까지 준비한 걸 보니 아마추어라고 볼 순 없지. 꼬맹이랑 아저씨 그룹은 드물지만, 놀랄 일도 아니지. 험한 일을 하는 녀석들 중에는 온갖 조합이 있으니까. 중요한 건 너희가 무슨 목적으로 여기 있느냐는 거야. 자기 의사인가, 아니면 누군가에게 의뢰를 받았는가. 무엇을 할 속셈이었는가. 우리와는 어떻게 연관되어 있는가."

사실대로 말하면, 기무라와 왕자는 이 레몬 일행과는 직접적인 관계는 없었다. 권총만 해도 기무라가 왕자를 없애기 위해 가져 왔을 뿐이고, 트렁크에 흥미를 품고 장난질을 하려 든 것도 어디까지나 왕자의 변덕일 뿐이다. 그러나 그렇게 설명해도 도저히 믿어줄 것 같지 않았다.

왕자가 기무라를 살펴보았다. "아저씨, 어떡해. 무서워"라며 울음을 터뜨릴 것 같은 표정을 지었다.

그 연약한 모습에 순간적으로 보호해줘야 한다는 사명감까지 느껴졌지만, 속아선 안 된다며 곧바로 자신을 다잡았다. 겁에 질린 듯 보이는 이 중학생은 어디까지나 그런 척 연기하는 인간일 뿐이다. 겁에 질린 시늉을 하는 교활한 존재다.

"너희도 혹시 미네기시한테 의뢰를 받았나?" 레몬이 물었다.

"미네기시?"

기무라가 왕자의 얼굴을 쳐다보았다. 여기서 왜 미네기시의 이름이 나오는지 놀라웠다.

"잘 들어, 이제 난 둘 중 한 사람을 쏜다. 너나 너. 두 사람을 한꺼번에 해치우지 않는 이유는 아마도 밀감이 화를 낼 것 같아서야. 그 녀석은 정보를 캐낼 상대를 죽이면 불같이 화를 내지. A형 인간들은 진짜 까다롭다니까. 뭐, 아무리 그래도 둘 다 남기면 성가시겠지. 그러니 어느 한쪽은 쏠 거야. 그럼, 질문을 하지."

레몬은 일단 총을 아래로 내렸다. 한쪽 무릎을 살짝 굽히며 껄렁껄렁한 자세를 취했다.

"너희 중에 누가 리더냐? 난 외모에 속진 않으니 꼬맹이가 리더일 가능성도 배제하진 않아. 으음, 내가 하나둘 하고 셀 테니 리더가 손을 들어. 나머지 한 사람은 리더를 가리키고. 혹시 두 사람의 대답이 모순되면, 예를 들어 두 사람 다 손을 들거나 아니면 각자 상대를 가리키면, 그건 거짓말일 테니 그때는 하는 수 없이 둘 다 쏠 수밖에 없겠지."

"두 사람 다 쏘면 야단맞는다고 하지 않았나?"

기무라는 절반쯤 자포자기 심정으로 말했다.

"댁도 A형이야? 까다롭게 굴긴. 밀감한테 야단맞긴 싫지만, 야단맞는다고 죽는 것도 아니니까 상관없어. 이쪽 놀이가 더 중요해."

"놀이였군."

기무라가 입술을 일그러뜨렸다. 조금 전에 왕자는 게임을 하자는 말을 꺼냈고, 레몬도 놀이를 즐기려 한다. 왜 이런 인간들 투성이일까 하는 생각에 진절머리가 났다. 술만 마시면 만족하는 자기가 가장 성실한 사람이라는 생각까지 들었다.

"그럼, 시작한다. 둘 다 정직하게 대답해."

레몬이 입을 삐죽 내밀었다.

그때 통로로 젊은 엄마와 세 살쯤 된 아이가 지나갔다. 레몬은 입을 다물고, 기무라와 왕자에게 말을 건네지도 않았다. "엄마, 빨리 가자"라며 천진난만한 사내아이가 기무라의 등 뒤를 스쳐 지나갔다. 와타루가 떠올랐다. 엄마는 통로에 마주선 세 사람을 수상쩍게 여기는 기색이 역력했지만, 조용히 7호차로 들어갔다.

아이 목소리를 귀에 접하자, '살아남아야 한다'는 생각이 들었다. 와타루를 위해서라도 살아남아야 한다. 어떤 일이 벌어지든 난 죽지 않는다. 암시를 걸듯이 몇 번씩이나 마음속으로 외쳤다.

잠시 후 아이가 사라진 차량의 자동문이 천천히 닫혔다.

그것을 확인한 후, "누가 리더냐?"라고 레몬이 유쾌한 목소리로 물었다.

"하나, 둘, 셋."

기무라는 망설이지 않았다. 자기 오른팔을 팔꿈치부터 접으며 들어 올렸다. 옆을 보니 왕자가 검지로 기무라의 가슴 언저리를 가리키고 있었다. 시선을 앞으로 돌렸다. 레몬이 움켜쥔 총구가 보였다.

바로 옆 세면실에서 손 건조기 바람 소리가 들렸다. 아직 누군가가 있는 듯했다. 기무라는 그 소리가 들려오는 세면실로 시선을 돌렸다.

총성은 들리지 않았다. 열쇠를 돌리는 것처럼 찰칵 하는 가벼운 소리만 들렸고, 세면실의 건조기 바람 소리가 귀에 남았다. 찰칵, 찰칵 하는 소리가 이어졌다. 총소리라는 걸 알기까지 시간이 걸렸다. 소음기로 총소리가 줄어들었다. 총에 맞은 줄도 몰랐을 정도다. 가슴이 뜨겁다는 생각이 먼저 들었다. 통증은 없고, 몸에서 액체가 흘러나오는 감각뿐이었다. 눈앞이 흐릿해졌다.

"형씨, 쏴서 미안해." 레몬이 웃으며 사과했다.

"흠, 이걸로 끝이군."

그 소리가 들려온 때에 기무라는 이미 아무것도 보이지 않았다. 머리 뒤쪽에 단단한 감촉이 느껴졌다. 쓰러졌나?

통증이 머릿속으로 퍼져갔다. 그리고 신칸센의 흔들림만 느껴졌다. 암흑 속에 내동댕이쳐진 것처럼 눈앞이 원근감 없는 시커먼 세계로 변했다. 과연 바닥은 있는 걸까 없는 걸까?

의식이 멀어져갔다.

잠시 후 허공으로 떠오르는 감각이 느껴졌다. 끌려가는 걸까?

무슨 일이 벌어지는지 알 수 없었다. 총을 맞은 후로 시간이 얼마나 지났는지도 판단할 수 없었다.

잠에 빠져드는 것과는 완전히 다른 불안감이 기무라를 공포에 떨게 했다.

비좁고 어두운 장소에 갇혔다.

어디선가 "아저씨, 아저씨" 하고 부르는 소리가 들렸다.

기무라는 자기의 의식이 금방이라도 안개처럼 흩어지며 그대로 소실되어버릴 것 같은 불안 속에서도 어떻게든 의식을 붙잡고 있으려 애를 했다. 술이 그리웠다. 육체의 감각은 사라졌다. 불안과 공포가 가슴 한복판을 꽉 움켜쥐었다. 거세게 조여들어 고통스러웠다. 그렇다, 마지막으로 확인해야 할 일이 있다는 생각이 들었다. 부성애만이 마지막 남은 유일한 마그마처럼 솟구쳐 올랐다.

와타루는 무사할까?

무사하겠지.

자신의 이 죽음이 아들의 인생을 길게 이어줄 게 틀림없다.

차라리 잘된 일이다.

멀리서 왕자의 목소리가 집 밖에서 울리는 바람소리처럼 들려왔다.

아저씨는 이대로 죽을 거야. 아쉬워? 무서워?

와타루는? 하고 묻고 싶었지만, 숨도 쉴 수 없었다.

"아저씨 아들은 구해낼 수 없어. 나중에 내가 지시를 내릴 테니까. 말하자면 아저씨의 이 죽음은 개죽음인 셈이지. 실망했어?"

상황은 알 수 없지만, 와타루를 구할 수 없다는 말이 기무라를 불안하게 만들었다.

와타루를 살려달라고 말하려 했지만, 입이 움직이지 않았다. 핏기가 서서히 가셨다.

"뭐라고? 아저씨, 지금 뭐라고 했어? 응?"

왕자의 가벼운 말투가 어딘가에서 들려왔다.

와타루를, 하고 말하고 싶었지만, 말이 나오지 않았다. 숨을 못 쉬는 고통을 견딜 수가 없었다.

"아저씨, 힘내. 아이를 살려달라고 확실하게 말하면 살려줄게."

왕자에 대한 분노는 이미 없었다. 아들을 구해준다면, 그 상대에게 매달릴 수밖에 없다. 의식이 몽롱한 와중에도 기무라는 그렇게 생각했다.

입을 움직이려 했다. 입 안에서 피가 흘러넘쳐 헛구역질이

나올 것 같았다. 호흡이 거칠어졌다. '와타루'라고 발음하려 했지만, 안간힘을 다하는데도 목소리는 나오지 않았다.

"어, 뭐? 아저씨, 안 들리잖아."

이제는 그렇게 말하는 상대가 누구인지도 기무라는 알 수 없었다. 미안합니다, 지금 당장 확실하게 말할 테니 제발 아들만은 살려주세요, 하고 기원할 뿐이었다.

"아저씨도 참 한심하네. 와타루가 죽는다니까. 다 아저씨 탓이야."

기쁨에 겨워하는 목소리가 들렸다. 기무라는 나락으로 떨어져 내리는 감각에 휩싸였다. 기무라의 영혼이 뭐라고 소리를 쳐보지만, 그것은 밖에까지 가 닿지 않았다.

왕자 

"다 됐어."

왕자의 눈앞에 있는 레몬이 그렇게 말하며 일어섰다.

"이걸로 자물쇠가 잠겼어요?"

화장실 안에 숨이 다 끊어져가는 기무라는 밀어 넣은 후, 레몬은 가느다란 구리줄을 이용해 안쪽 자물쇠를 밖에서 잠갔다. 문을 닫는 동시에 있는 힘껏 구리줄을 젖혔다. 첫 번째는 실패했지만, 두 번째에는 덜컥하며 자물쇠 걸리는 소리가 들렸다.

가느다란 구리줄을 이용해 밖에서 자물쇠를 끌어당기는 물리적이고도 원시적인 방식이었다. 구리줄은 문에 낀 채로 아래로 늘어져 있었다.

"여기 줄이 나왔는데?"

"그대로 둬도 괜찮아. 신경 쓸 녀석도 없을 테고, 이 구리줄을 다시 위로 끌어올리면 문을 열 수도 있으니까." 레몬은 그렇게 말하더니, "이리 내"하며 손을 뻗었다. 왕자는 맡아뒀던 생수 페트병을 건네주었다. 레몬은 그것을 받아들자마자 물을 벌컥벌컥 들이켰다.

"그건 그렇고, 너 마지막에 뭐라고 중얼중얼 떠든 거야."

마주선 레몬이 물었다. 조금 전 피를 흘리는 기무라를 화장실로 끌고 들어가 문을 닫기 직전에 "마지막으로 하고 싶은 말이 있어요"라며 왕자가 안으로 들어가 기무라에게 말을 건넸던 것이다.

"별 거 아니에요. 저 아저씨한테 아이가 있어서 그 아이 얘기를 했어요. 그리고 아저씨가 무슨 말을 하고 싶어 해서 들어주려 한 것뿐이고."

"들었어?"

"거의 말을 못 했어요"라고 하면서도 왕자는 '와타루가 죽는다'고 했을 때 기무라가 보인 반응을 떠올렸다. 이미 의식을 잃고 얼굴이 허옇게 창백해진 기무라가 자기의 한마디에 더더욱 파리해졌고, 그 순간 이루 표현할 길 없는 만족감을 얻었다.

죽음을 눈앞에 둔, 절망적일 게 틀림없을 인간에게 훨씬 더 깊은 절망을 부여했다. 좀처럼 쉬운 일은 아니지, 하며 왕자는 속으로 자화자찬했다. 고통을 참아가면서도 '아들을 살려달라'고 호소하려 했던 기무라의 모습이 너무나 우스웠다. 말도 제대로 못하는 주제에 그렇게 필사적이라니, 왕자는 그저 웃길 뿐이었다.

르완다에서 벌어진 학살, 그에 관해 썼던 책을 떠올렸다. 투치족은 주로 도끼로 살해되었다. 매우 잔인한 공격을 받은 사람도 적지 않았다. 그래서 어떤 사람들은 막바지 순간이 닥쳐오면 자신의 재산을 상대에게 건네주리라 결심했다. 그 이유는 '총으로 죽여달라'고 매달리기 위해서다. 살려달라는 게 아니라 편안하게 죽여달라고 애원하며 뇌물을 건넸다. 그토록 낮은 소망이 또 있을까, 하며 왕자는 감동했다. 전 재산까지 내놓으며 '편안하게 죽여달라'고 애원한다는 데에는 흥분을 느끼지 않을 수 없었다.

죽음은 절망적인 것이지만, 그것이 종점은 아니다. 죽음을 눈앞에 둔 시점에서도 훨씬 더한 절망을 줄 수 있다고 이해한 왕자는 자신도 그것을 실행해야겠다고 생각했다. 그것은 음악가가 좀더 난이도가 높은 곡에 도전하는 기분에 가까웠다.

그런 의미에서 보면, 기무라의 태도와 표정은 이상적이었을지도 모른다. 인간은 죽는 순간까지도 타인을 걱정하나, 자식을 염려하나, 하는 생각에 우스웠다. 그리고 그 순간 또 다른 아이디어도 떠올랐다. 기무라의 죽음을 이용해 다른 인간을, 그 인간의 인생까지 학대할 수 있지 않을까 하는 착상이었다. 예를 들면 기무라의 아들이나 기무라의 부모가 있다.

"됐어, 그만 가자. 따라와."

레몬이 머리를 앞쪽으로 기울였다.

레몬의 솜씨가 좋아서인지 피는 바닥에 별로 튀지 않았다. 민달팽이가 지나간 흔적처럼 화장실까지 어렴풋한 빨간 선이 뻗어 있었지만, 레몬이 물티슈 같은 것으로 닦아내자, 금세 사라졌다.

"왜 따라가야 해요?"

왕자는 자기가 겁을 먹은 것처럼 보이기 위해, 그러면서도 부자연스럽게 보이지 않기 위해 주의하면서 말했다.

"난 저 아저씨가 시키는 대로 했을 뿐이고, 아무것도 몰라요. 이 총도 어떻게 해야 좋을지 모르겠고."

레몬이 쏜 총은 왕자의 배낭 속에 다시 넣어두었다.

"난 널 아직 믿지 않아. 너도 업자의 한 사람일지 모르니까."

"업자?"

"돈 받고 일해주는 녀석 말이야. 우리처럼 위험한 일을 하는 사람."

"내가요? 난 중학생이에요."

"중학생도 종류가 여러 가지지. 자랑은 아니지만, 난 중학교 때 사람을 죽였어."

왕자는 입에 손을 얹으며 놀란 표정을 지어 보였다. 마음속으로는 살짝 실망했다. 왕자가 사람을 죽인 것은 초등학교 때였다. 레몬이라는 이 남자는 자기의 상상을 뛰어넘지 않을까 기대했는데, 갑자기 그 기대가 무너지기 시작했다.

"저어, 형. 왜 사람을 죽이면 안 돼요?"

왕자가 별안간 그런 질문을 던졌다.

이미 걷기 시작한 레몬이 우뚝 멈춰 섰다. 통로를 지나는 남자가 나타나서 길을 비켜섰다. "퍼시, 이쪽으로 와"라고 말하며 출입문 근처의 비교적 넓은 공간까지 이동했다.

"왜 사람을 죽이면 안 되느냐니, 퍼시가 그런 귀엽지 않은 질문을 하면 쓰나"라며 불쾌감을 내비쳤다.

"퍼시는 아이들한테 인기가 많아."

"전부터 이상했어요. 안 그래요? 전쟁 같은 데서 사람을 죽이고 사형 같은 것도 있잖아요. 그런데 살인은 안 된다니."

"지금 막 사람을 쏜 나한테 그런 질문을 던진다는 것 자체가 우습군."

레몬은 말과는 반대로 표정을 풀지도 않고 말을 이었다.

"잘 들어, 살인을 하면 안 된다는 건 살해되고 싶지 않은 녀석들이 만든 규칙일 뿐이야. 자기는 아무것도 할 수 없는 주제에 보호받고 싶은 녀석들이 만든 거지. 나한테 묻는다면, 살해되고 싶지 않으면 살해되지 않게 처신하면 된다. 남에게 원한을 사지 않는다거나 신체를 단련한다거나. 방법은 여러 가지야. 너도 그렇게 하는 게 좋을 테고."

홍미로운 대답이 아니라서 왕자는 그쯤에서 "에이, 그게 뭐야"라고 말할 뻔했다. 이 남자는 조금 유별나긴 하지만, 그 밖에는 살아갈 길이 없었기 때문에 비합법적인 일을 선택한 것뿐이었다. 딱히 희한할 것도 없는 타입의 인간이며 철학은 어디에서도 찾아볼 수 없었다. 기대를 배신당했다는 생각에 분노까지 느껴졌다. 내면을 충실하게 다진 후에 폭력을 휘두르고 인간에게 고통을 준다면 깊이가 느껴지겠지만, 내면이 텅 빈 채로 앞뒤 분간도 없이 날뛰는 인간은 단지 천박할 뿐이다.

"너 왜 웃어." 레몬의 날카로운 목소리가 날아들어서 왕자는 "아니에요"라며 황급히 고개를 저었다. "마음이 놓여서요"라고 이유를 밝혔다.

왕자가 생각하기에 이유나 논리를 만들어내는 것은 다른 사람을 조종할 때 기초라고 부를 만했다. 이유를 밝힌다, 이유를 밝히지 않는다, 규칙을 설명한다, 규칙을 숨긴다, 그에 따라 많은 사람들이 재미있을 정도로 간단히 유도된다. 농락당한다.

"그 아저씨한테 협박당해서 무서웠으니까."

"넌 내가 총을 쏴도 별로 두려워하지 않던데."

"그런 일을 당했으니 평범할 순 없겠죠."

"그 정도로 그 아저씨가 심했나?"

왕자는 두려움에 떠는 모습을 연기했다.

"정말 무서웠어요. 지독한 사람이에요."

레몬이 그쪽에서 물끄러미 바라보았다. 날카로운 눈빛으로 이쪽의 얼굴 피부를, 감귤류의 두꺼운 껍질을 한 꺼풀씩 까듯이 벗겨나갔다. 왕자는 자기 껍질 속의 본심이 드러날까 두려워서 마음속으로 애써 밀어넣었다.

“네가 하는 말은 왠지 미심쩍단 말이야.”

왕자는 뭐라고 대답해야 할까 머리를 굴린 후에 힘없이 고개를 저었다.

“아, 그러고 보니 비슷한 얘기가 있었지.”

레몬이 가느다란 눈을 반짝였다. 입매는 기쁜 듯이 살짝 일그러졌다.

“비슷한 얘기?”

“소도어 섬에 검은 디젤이 찾아 왔을 때 얘기야. 그런데 그 디젤이 말이야, 녹색 증기기관차인 덕을 마음에 들어 하지 않았어. 그래서 쫓아내려고 작정하고 덕의 나쁜 소문을 퍼뜨리기로 했지.”

“무슨 얘기예요?”

왕자는 레몬이 살짝 고양되어 이야기하는 모습을 경계하면서도 자기가 취해야 할 행동을 필사적으로 고민했다.

“‘덕이 다른 기관차들의 나쁜 소문을 퍼뜨려’라고 그 못된 디젤이 떠들고 다닌 거야. 소도어 섬의 증기기관차들은 몹시 단순해서 덕이 그런 나쁜 말을 했느냐며 불같이 화를 냈지. 뭐, 쉽게 말하면 누명이지.”

왕자는 연설하듯 줄거리를 풀어놓는 레몬에게 살짝 빨려들 것 같았지만, 레몬이 얘기를 하는 와중에도 손에 총을 들고, 일단 떼어냈던 소음기를 초밥이라도 쥐듯 능숙하게 회전시켜서 눈 깜짝할 사이에 장착하는 모습을 보고 적잖이 놀랐다. 의식儀式을 거행하기 전에 의상을 갖춰 입는 듯한, 느긋하면서도 익숙한 손놀림이었다. 어느 틈에 총을 꺼냈는지조차 알 수 없었다.

"덕은 깜짝 놀랐지. 자기도 모르는 새에 미움받는 기관차가 되어버렸으니까. 그런데 자기가 나쁜 말을 하고 다닌다는 누명을 썼다는 사실을 알게 된 덕이 뭐라고 했는지 알아?"

레몬은 왕자에게 설교를 늘어놓는 선생 같은 표정으로 말했다. 손에 든 총에 소음기를 다 끼우고, 총부리를 아래로 내렸다. 탄창을 확인하려는 듯이 슬라이드를 한 번 당겼다.

왕자는 몸을 움직일 수 없었다. 동화를 들려주면서 차근차근 발포 준비를 하는 행위에서는 현실감이 느껴지지 않았다.

"잘 들어, 덕은 이렇게 말했어. '난 생각조차 할 수 없어요!'라고. 그야 물론이지. 그런 약삭빠른 험담은 애당초 생각조차 할 수 없지."

레몬은 오른손을 축 내려뜨렸다. 총을 쥔 채였다. 준비 완료, 언제든지 쏠 수 있어요, 하며 총이 대기하고 있었다.

"그게." 왕자는 총에서 시선을 떼고 레몬을 똑바로 쳐다봤다.

"그게 뭐요?"

"이어서 덕이 감동적인 대사를 뱉지. 너도 기억해두는 게 좋을 거다."

"뭐라고 했는데요?"

"'증기기관차는 그런 비겁한 짓은 하지 않아!'"

왕자 앞에 총부리가 있었다. 레몬이 뻗은 손에 들린 총이 자기 이마 언저리를 향하고 있었다. 총은 끝에 끼운 기구 때문에 꽤 길어서 마치 눈에 보이지 않는 꼬챙이에 찔리는 감각이 들었다.

"왜요?"라고 왕자가 말했다. 어떻게 해야 할지 머리를 굴렸다. 이건 상당히 곤란한 상황이다. 물론 그것은 알고 있었다.

철저하게 순진무구한 어린애를 가장해야 할까? 사람의 감정을 조종하는 데 '겉모습'은 중요한 역할을 한다. 예를 들어 갓난아기가 그토록 귀엽지 않다면, 즉 인간의 '사랑스러운' 감각을 자극하지 못한다면, 힘든 수고를 하면서까지 키울 생각은 아무도 하지 않을 것이다. 제아무리 코알라가 포악하다고 해도 머리로는 그것을 알지만, 새끼를 등에 업고 느긋하게 지내는 코알라에게 경계심을 품기는 힘들다. 반대로 기괴하고 섬뜩한 모습을 한 대상에게 제아무리 우호적인 태도를 취한다 해도 마음을 완전히 놓을 수는 없을 것이다. 동물적인 반응일 뿐이지만, 바로 그렇기 때문에 외모는 상대를 유도하는 데 효과를 발휘한다.

인간의 행동은 머리가 아니라 직감으로 결정된다.

생리적인 감각은 사람의 마음을 조작할 때 지렛대가 된다.

"왜 나를 쏴요? 아까 한 사람은 살려준다고 했으면서"라고 일단은 말해보았다. 조금 전에 자기가 한 말을 잊어버렸을지도 모르니, 그것을 떠올리게 해줄 작정이었다.

"지금 깨달았어."

"뭘요?"

"넌 남을 괴롭히는 디젤이야."

"그 디젤이라는 게 도대체."

"잘 들어. '뚱보 사장님 토팜 햇 경의 철도국을 도와주러 온 디젤기관차입니다. 몹시 심술궂고 자만심이 강한 녀석입니다. 기관차들을 바보 취급하고, 약삭빠른 짓만 하지만, 결국에는 못된 계획이 들통 나서 벌을 받고 맙니다.' 그게 바로 디젤이야. 어때, 너랑 똑같지?"

조금도 웃지 않고 암송했다.

"넌 아까 그 아저씨를 지독한 놈이라고 했지만, 그 아저씨는 아마도 덕이랑 똑같아서 '그런 건 생각조차 할 수 없어요'라는 타입이겠지. 아니야? 지혜를 발휘할 수 없는 인간이라고. 알코올 중독에 별 볼일 없는 어른이긴 하지만, 못된 짓은 할 수 없는 인간이야."

"무슨 뜻이죠?"

왕자는 냉정함을 되찾으려 했다. 총부리에서 의식을 떼어냈다. 이 총은 두렵지만, 두렵다고 느낄 여유가 있다면, 살아남을 방법을 궁리해야 마땅하다. 공황 상태에 빠진 순간, 패자가 된다. 거래냐, 애원이냐, 협박이냐, 유혹이냐, 왕자는 이런저런 선택지를 머릿속에 떠올렸다. 일단은 시간을 버는 게 우선일지도 모른다. 도발을 유도해야 할까? 남자가 가장 흥미 있어 하는 화제를 찾았다.

"저어, 트렁크 말인데."

"뭐, 하긴." 레몬은 왕자의 말을 듣고 있지 않았다. "그 사람이 덕처럼 좋은 녀석 같진 않지만, 단지 누명을 썼을 뿐이라는 의미에서는 마찬가지지."

레몬의 긴 손가락처럼도 보이는 그 총이 왕자를 겨냥한 채 움직이지 않았다.

"잠깐만요. 무슨 말인지 모르겠어요. 저어, 전 트렁크 얘기를."

"넌 퍼시가 아니라 심술궂은 디젤이었어. 나란 녀석도 참 한심하지. 그걸 알아채는 데 이렇게 시간이 오래 걸리다니."

그 순간, 총에 맞을 것이라는 생각이 들었다. 눈앞이 캄캄해져서 자신이 눈을 감고 있다는 것을 알아차렸다. 황급히 눈을 떴다.

자신이 여기서 죽게 된다면, 그 순간을 목격하지 않고 어쩌겠다는 말인가. 위험이나 공포에서 눈을 돌리는 것은 나약한 인간이나 하는 짓이다.

왕자는 자기가 공포를 느끼지 않는다는 사실에 만족했다. 이걸로 끝인가? 하는 허전함과 허망함이 느껴지는 듯한, 그런 유사한 감각뿐이었다. 인생의 최후를 앞에 두고, 게임이 중간에 끝나는 기분에 휩싸였다. 보나마나 시시한 프로그램이 이어질 뿐이니, 사는 것은 여기서 종료합니다, 라고 선언당한 데 대해 별반 곤란할 건 없다는 생각이 들었다. 그것은 거짓 없는 진심이었고, 최후의 순간에 직면해서도 낭패감이 들지 않는 자기 자신이 자랑스럽게 여겨지기도 했다.

"넌 디젤이야."

레몬의 목소리가 들렸다.

저 구멍에서 내 인생을 파괴하는 탄환이 나오나 하며 총부리를 뚫어져라 응시했다. 눈을 피할 생각은 없었다.

잠시 후 왕자는 자기가 여전히 총을 맞지 않은 사실에 의문을 품었다.

총을 든 오른팔이 휘청 하며 아래로 떨어지는 모습이 보였다.

레몬의 얼굴로 시선을 돌렸다. 눈을 깜박거렸고, 표정이 일그러져 있었다. 왼손을 눈앞에 얹고 있었다. 한눈에 보기에도 평범하지 않은 모습이었다. 머리를 좌우로 흔든 후, 하품을 늘어져라 두 번이나 했다.

졸리나? 설마. 왕자는 옆으로 한 발 두 발 이동하며 서서히 총구에서 벗어났다. "왜 그래요?"라고 말을 건넸다.

약인가. 순간적으로 감이 왔다. 전에 같은 반 여학생을 함정에 빠뜨리기 위해 강력한 수면유도제를 사용한 적이 있는데, 그때랑 거의 비슷한 증상을 보였다.

"빌어먹을."

레몬이 총을 휘청휘청 흔들었다. 위기감이 들었는지, 의식이 완전히 흐려지기 전에 왕자의 움직임을 차단할 생각인 듯했다.

"왜 이렇게 졸린 거야."

왕자는 잽싸게 두 손으로 레몬의 오른팔에 매달리며, 상대의 동작이 둔한 틈을 이용해 무아몽중으로 총을 가로챘다. 레몬이 날뛰듯이 왼팔을 휘둘렀다. 왕자는 그것을 피하며 뒤로 물러나 반대편 문 앞으로 피신했다.

레몬이 무릎을 꺾으며 문에 몸을 기댔다. 쏟아지는 수마에 허물어지기 직전이었다. 두 손으로 주위 벽을 더듬는 몸짓을 하나 싶더니, 실이 툭 끊어져버린 꼭두각시 인형처럼 그 자리에 무너져 내렸다.

왕자는 손에 들고 있던 총을 등에 멘 배낭 속에 집어넣었다. 소음기를 떼어낼 여유는 없었다.

레몬의 발밑에 페트병이 있었다. 천천히 다가가 집어 들었다. 흔하디흔한 생수병인데, 이 안에 약이 들어 있었나. 안을 살펴보았다. 약을 여기에? 누가? 의문이 솟아나지만, 곧바로 다른 생각에 덮여버렸다.

난 정말 운이 좋아. 그렇게 생각할 수밖에 없었다.

위기일발의 궁지에 몰린 이 상황에서 이런 대역전극이 펼쳐질 줄이야, 하며 감탄했다.

레몬의 등 뒤로 돌아가서 양쪽 겨드랑이 사이로 손을 넣었다. 들어 올려보니 무겁긴 했지만, 끌지 못할 정도는 아니었다. 됐어, 하며 왕자는 일단 레몬을 내려놓고 조금 전에 기무라를 밀어 넣은 화장실로 향했다. 밖으로 비어져 나온 구리줄을 잡고 손에 상처가 나지 않게 조심하며 위로 끌어올렸다. 그러자 자물쇠가 풀렸다.

그러고 나서 레몬이 있는 곳으로 다시 돌아갔다. 화장실로 레몬을 옮기기 위해 조금 전과 마찬가지로 등 뒤로 돌아가서 안아 올렸다.

그 순간 공격을 당했다.

잠든 줄만 알았던 레몬이 두 손을 휙 뻗으며 등 뒤에 있는 왕자를 붙잡은 것이다. 블루종 옷깃을 움켜잡았다. 왕자는 앞으로 고꾸라지며 바닥에 나뒹굴었다. 눈앞의 풍경이 한 바퀴 회전하는 바람에 상황을 파악할 수 없었다. 허둥지둥 다시 일어섰다. 레몬이 곧바로 공격을 가했다. 이번에야말로 끝장인가 싶은 생각에 온몸의 털이 곤두서는 느낌이었다.

"야, 너." 레몬은 여전히 바닥에 주저앉은 채였다. 눈의 초점이 맞지 않았고, 손을 흔들흔들 앞으로 내밀며 술주정뱅이 같은 모습으로 입을 열었다. "밀감한테 말 좀 전해"라고 혀가 잘 안 돌아가는 부정확한 발음으로 말했다.

아무래도 약효가 강해서 의식을 유지하기 버거운 듯했다. 노를 저으면서도 육지에 머무르려 애쓰는 듯한, 그 필사적인 우스꽝스러운 모습에 왕자는 웃음이 터져 나올 지경이었다. 수면 유도제가 아니고 훨씬 더 질이 안 좋은 약이었을지도 모른다. 왕자는 총을 든 채로 레몬에게 다가갔다. 얼굴을 살짝만 가까이 붙였다.

"밀감에게 '네가 찾는 물건은, 그 열쇠는 모리오카의 코인로커에 있다'고 전해."

레몬은 의식을 잃지 않으려고 이를 악물었지만, 그 말만 남기고 머리를 툭 떨어뜨리더니 더 이상 움직이지 않았다.

죽었나 했는데, 호흡은 있었다.

다시 한 번 레몬을 끌어당기려 했을 때, 레몬의 손 밑에 작은 그림에 있는 걸 알아차렸다. 바닥에 스티커가 붙어 있었던 것이다. 녹색의 작은 기관차에 얼굴이 그려진, 어린이 프로그램의 캐릭터였다.

어지간히 좋아하는 모양이군, 하며 어이없어하는 한편, 여기에 스티커를 붙여서 동료인 밀감에게 신호를 남길 생각인지도 모른다는 상상이 갔다. 곧바로 뜯어내 둥글게 말아서 쓰레기통에 버렸다.

그러고 나서 레몬의 몸을 질질 끌었다. 화장실로 들어갔다. 안에는 기무라가 쓰러져 있었다. 그의 몸에서는 서서히 피가 번지고 있었다. 검붉은 피가 바닥에 말라붙은 오줌과 뒤섞이는 듯한 불쾌감을 느낀 왕자는 자기도 모르게 "지지야, 기무라 씨"라고 중얼거렸다.

다른 사람이 오면 곤란하기 때문에 일단은 문을 닫고 자물쇠를 걸었다. 변기 위에 힘이 빠진 레몬을 앉힌 후, 배낭에서 총을 꺼내 망설임도 없이 레몬의 머리에 총부리를 겨눴지만, 피가 튈까 걱정스러워서 문 가장자리까지 최대한 물러섰다.

거리를 확보하고, 목표 겨냥을 마친 후 방아쇠를 당겼다. 찰칵하고 울리는 소리가 났다. 소음기와 신칸센 진동 때문인지 총소리는 작았다. 레몬의 머리가 휘청하고 흔들렸다. 총을 맞은 부분에서 쿨렁쿨렁 피가 솟구쳤다.

잠이 든 상태에서 총을 맞고 인생을 마감했기 때문에 정신은 나가 있었다. 아프다는 느낌도 없었을까.

활기 없이 궁색하게 흘러가는 핏줄기를 바라보며 왕자는 미소를 짓지 않을 수 없었다. 건전지가 다 된 장난감이 훨씬 더 존엄성이 있었다.

이런 최후는 싫다는 생각이 절실하게 들었다.

잠시 생각한 결과, 권총은 화장실에 그대로 남겨두기로 했다. 들고 다닐까 하는 생각도 들었지만 위험도 있다. 전기 충격기는 보호용이라고 핑계를 댈 수 있지만, 권총은 그런 말이 통할 리 없다. 게다가 기무라와 레몬이 총에 맞아 죽었다는 것을 생각하면, 권총이 이 화장실 안에 존재하는 게 짧은 설명으로도 상황이 이해될 수 있을 것이다.

화장실에서 나온 후, 문을 닫고 구리줄을 이용해 자물쇠를 걸었다.

8호차 쪽으로 걸음을 내딛으려는 순간, 문득 생각이 떠올라서 배낭 바깥 주머니에서 휴대전화를 꺼냈다. 기무라의 전화기였다. 통화 내역을 불러내어 곧바로 버튼을 눌렀다.

몇 번인가 신호음이 울린 후에 "네"라고 대답하는 무뚝뚝한 남자 목소리가 들렸다.

"기무라 씨의 아버님인가요?"

차량 진동이 통화에 방해가 되긴 했지만, 신경 쓰일 정도는 아니었다.

"네?"라고 다시 한 번 되물은 후에야 남자는, "아하, 조금 전에 전화 받았던 중학생인가?"라며 목소리를 부드럽게 풀었다.

느긋하게 텔레비전이나 보면서 차라도 마시는 듯한 한가로운 분위기에 왕자는 웃음이 터져 나올 뻔했다. 당신 아들이 당신이 차를 마시는 사이에 죽었어요, 하고 말하고 싶었다.

"실은 기무라 씨가 조금 전에 한 말은 사실이에요."

기무라의 아버지는 말이 없었다. 정보를 낯선 상대에게, 그리고 중요한 사실을 알려줄 때, 왕자는 늘 가슴이 설렜다.

"기무라 씨는 이쪽에서 위험한 상황에 처했어요. 기무라 씨의 자녀분도 위험한 것 같고."

"무슨 뜻이지? 와타루는 병원에 있을 텐데."

"저도 잘은 몰라요."

"유이치를, 그놈을 바꿔봐."

"아저씨는 이제 전화를 받을 수 없어요."

"이제라니, 그게 무슨 소리야. 신칸센에 있잖아."

"할아버지, 할머니가 태평하게 있었던 게 잘못인 것 같아요."

왕자는 감정을 넣지 않고, 사실을 전하듯 담담하게 말했다. 그리고 마지막에는 "경찰에는 알리지 않는 게 좋을 거예요"라고 덧붙였다.

"무슨 소리야?"

"아, 죄송합니다. 더 이상 말할 순 없으니 그만 끊을게요."

왕자는 전화기 버튼을 눌렀다.

이거면 됐어, 하고 생각했다. 기무라의 부모는 지금 이 순간부터 이루 말할 수 없이 고민하겠지. 아들과 손자에게 무슨 일이 생겼는지 몰라 불안에 휩싸여 허둥거릴 것이다. 할 수 있는 일이라면 고작해야 병원으로 전화를 거는 정도다. 그러나 지금 시점에서는 무슨 일이 일어났는지 모르기 때문에 병원에서는 "아무 문제 없는데요"라는 대답이 돌아올 게 뻔하다. 먼 시골에 사는 그들은 그 이상 어쩔 도리가 없다. 경찰에 신고할 것 같진 않았다. 신고를 해봤자 '이상한 전화가 걸려왔다'는 정도겠지.

모든 것이 판명된 후에야 그들은 후회할 게 틀림없다. 왕자는 즐거워서 견딜 수가 없었다.

온화한 노후를 보내고자 했던 노부부의 소중한 여생을 후회와 분노로 가득 채우는 것이다. 타인의 인생을 사정없이 으깨어 거기서 흘러나오는 과즙을 마신다. 그보다 맛있는 것은 없다.

8호차로 들어갔다. 레몬님도 별 거 아니네, 하고 생각했다. 어른이든 아이든 인간은 나약하고, 보잘 것 없는 존재다, 시시하다.

나팔꽃

택시의 기본 요금 미터기가 변하지 않을 정도로 짧은 거리를 이동해서 목적지에 도착했다.

택시비를 내고 차에서 내려 택시가 떠나는 모습을 지켜보았다. 편도 2차선 도로를 사이에 둔 맞은편에 그 건물이 있었다. 건물 외관은 높고 새로 것처럼 보였다.

중개업자는 이미 도착했을까? 늘 책상에서 전화로만 일하던 사무형 남자가 익숙지 않은 외부 현장 일에 긴장했을 모습을 상상하니, 나팔꽃은 저절로 웃음이 번졌다.

자신은 그런 일은 못 한다는 틀을 만들어놓고, 그곳에서 나오려 들지 않는 인간과 비교하면 훨씬 호감이 갔다.

전화를 걸었다. 중개업자는 받지 않았다. 자기가 불러내놓고 왜 전화를 안 받을까. 화가 나진 않았다. 다만, 어찌 해야 좋을지 몰랐다. 그냥 가버릴까 하는 생각도 들었다. 그런데 정신을 차려보니 도로를 건너 건물로 향하고 있었다.

횡단보도 신호가 파란색으로 바뀌길 기다렸다. 차도를 바라보았다. 나팔꽃에게는 그것이 강처럼 보였다. 시야가 좁아지고 풍경의 채도가 떨어지더니 차도 위로 부정형의 물결을 융기시키며 강물이 오른쪽에서 왼쪽으로 유유히 흘러갔다. 보도와의 경계에 설치된 가드레일은 온화하게 흔들리는 그 강이 제 길을 벗어나지 않도록, 강둑이 되어 꼬박 붙어서 지키는 역할을 다하고 있었다.

강물은 때로는 폭풍우에 그 기세를 더하기도 하지만, 그때를 제외하면 눈에 띈다고도 띄지 않는다고도 할 수 없는 흔들림과 물결 소리를 일으키는 정도다.

시야가 되살아났다. 강은 사라지고 도로가 나타났다. 경치가 또렷해지며 제 색깔을 드러냈다.

옆에 있는 화단에는 교통안전 깃발을 꽂는 알루미늄 재질 통이 설치되어 있었다.

그리고 시선을 아래로 던졌다. 바닥 쪽에 민들레꽃이 보였다. 조그맣고 노란 꽃잎은 지치는 것도 두려워하지 않고 마냥 떠들어대다 어느새 푹 곯아떨어진 아이처럼 순진무구한 생명력을 발산했다. 수수한 초록빛을 띤 줄기가 비칠비칠 흔들거리면서도 그 꽃잎을 지탱하고 있었다. 노란색 조그만 꽃을 감싸는 푸른 꽃받침, 그 꽃받침 아래 겹이 밑으로 늘어져 있었다.

서양민들레다.

외래종인 서양민들레가 예부터 내려오는 토종민들레를 몰아냈다.

그런 이야기가 떠올랐다.

사실이 아니다.

토종민들레가 감소한 원인은 인간이 꽃이 자라날 환경을 침입했기 때문이다. 서양민들레는 그 빈 토지로 들어왔을 뿐이다.

재미있는 일이라고 나팔꽃은 생각했다.

인간은 서양민들레가 토종민들레를 감소시킨 범인인 양, 자신들이 마치 그 목격자라도 되는 양 잘난 척을 하지만, 실제로는 자신들이야말로 범인인 것이다. 서양민들레는 거칠기 때문에 많이 살아남았을 뿐이고, 오히려 서양민들레가 들어오지 않은 곳에서는 토종민들레까지 사라져갔다.

샛노란 꽃 옆에 붉은색이 눈에 들어왔다.

손톱 끝만큼이나 작은 스포이트로 떨어뜨린 물방울처럼 생긴 무당벌레가 있었다. 붉은 물방울 위에 날카로운 펜 끝으로 검은 잉크 반점을 찍어놓은 것 같은 섬세한 그 껍질을 바라보며 나팔꽃은 가늘게 실눈을 떴다.

곤충의 저 디자인은 대체 누가 고안해냈을까.

환경에 순응하며 진화한 결과로만 여겨지진 않았다. 빨간색에 검은 반점, 거기에 과연 어떤 필연성이 존재하기나 할까. 기괴하다고도 기발하다고도 표현하기 어려운 곤충들의 형태는 자연의 산물로는 여겨지지 않는 모양새로 넘쳐났다.

바지런히 잎을 기어 올라가는 무당벌레를 바라보았다. 손가락을 가까이 대자, 줄기 뒤쪽으로 숨어들었다.

정신을 차려보니 어느새 파란 신호여서 나팔꽃은 횡단보도를 건너갔다.

중개업자에게서 전화가 왔다.

과일

밀감은 좀처럼 나타나지 않는 레몬이 신경 쓰였지만, 9호차 앞쪽 문이 열리고 바깥 통로로 걸음을 내딛는 순간, 안경을 쓴 남자가 주저앉아 있는 모습을 발견하는 바람에 그런 걱정을 할 상황이 아니었다.

터널로 들어서서 열차 달리는 소리가 변했다. 주위가 갑자기 어두워졌다. 물속으로 잠수해 들어가는 듯한 압박감이 차 안을 뒤덮었다.

나나오는 출입구 부근에서 진행 방향과는 반대로 벽에 등을 붙이고 무릎을 꺾은 자세로 앉아 있었다. 처음에는 기절이라도 한 줄 알았다. 눈은 뜨고 있었지만, 의식이 또렷하지 않은 것 같았기 때문이다.

밀감은 권총을 꺼내려고 셔츠 안주머니로 손을 넣었지만, 그 순간 나나오가 어느새 총을 들고 있는 모습이 눈에 들어왔다.

"움직이지 마"라고 나나오가 말했다. 주저앉은 채로 총을 똑바로 겨눴다.

"쏠 겁니다."

신칸센이 터널을 빠져나갔다. 문의 유리창 너머를 힐끔 시선을 돌리니 수확을 앞둔 벼이삭이 늘어선 논이 펼쳐져 있었다. 곧바로 다시 터널로 들어갔다.

밀감은 두 손을 살짝 들었다.

"허튼 생각은 안 하는 게 좋아. 난 많이 지쳐서 바로 쏠 테니까." 나나오가 총을 다시 겨냥했다.

"결론부터 말하겠는데, 미네기시의 아들을 죽인 범인은 이미 찾아냈어요. 말벌을."

밀감의 시야 한쪽으로 안쪽 출입구 옆에 서 있는 이동판매차가 잡혔다. 여자 판매원 모습은 보이지 않았다.

"낙승이었나? 어디 있어?"

"저기 다목적실에 넣어뒀어요. 신승辛勝이었죠." 나나오가 말했다. "그러니 이제 날 처리할 필요는 없겠죠. 안 그래요? 여기서 굳이 나랑 실랑이를 벌여봐야 아무런 메리트도 없어요."

"그럴까."

밀감은 뚫어져라 나나오의 동작을 응시했다. 틈은 있을 것 같았다. 잘만 하면 총을 빼들 수 있을지도 모른다며 머릿속으로 동작 예행연습을 해보았다.

"아까도 말했지만, 서로 협력할 수밖에 없어요. 여기서 서로 총질을 해도 소용없다고요. 기뻐하는 건 다른 놈일 테니까."

"그게 누구야?"

"그건 모르겠지만, 어쨌든 다른 누군가."

밀감은 나나오와 마주선 채 한동안 꼼짝도 않고 생각에 잠겼다. 이윽고 "알았어"라며 고개를 끄덕였다.

"총은 넣지. 일단은 휴전이야."

"이쪽은 개전한 기억도 없는데요."

나나오가 천천히 무릎을 세우더니 벽에 손을 짚으며 일어섰다. 자기 가슴에 손을 얹고 심호흡 비슷한 동작을 반복했다. 여자와 대결하느라 지쳤을지도 모른다. 나나오는 몸이 무사한지 조심조심 확인했다. 카고 바지도 찢겨 있었다. 바닥에 장난감 주사기 같은 것이 굴러다녔다. 밀감이 시선을 던지자, 나나오는 허둥지둥 그것들을 집어 쓰레기통에 버렸다.

총을 등 뒤 허리띠에 꽂았다.

"약이라도 했나?"

"프로니까 해독제도 준비해뒀을 거라 생각했죠. 정말 아슬아슬했어요. 자기가 찔렸으니 해독제를 꺼낼지 모른다는 기대는 했었지만, 거의 도박이나 다름없었죠."

"무슨 소리야."

"지금 이렇게 살아 있는 건 늦지 않은 덕분이랄까요"라고 말하더니, 나나오는 손을 쥐었다 폈다 하며 확인했다. 그리고 몸을 살짝 구부리고, 찢어진 바지 천을 매만졌다.

밀감의 주머니 속에서 휴대전화가 흔들렸다. 얼른 꺼내 액정 화면을 확인한 밀감은 마음이 무거워졌다.

"우리와 너의 두목한테 걸려온 전화로군."

"미네기시한테?"

나나오의 눈이 휘둥그레졌다. 조금씩 생기를 되찾아갔지만, 그 이름을 입 밖에 낸 순간, 또다시 얼굴이 파리해졌다.

"이제 곧 센다이잖아. 최종 확인이겠지."

"무슨 확인이죠?"

"사실대로 말 안 하면 슬슬 화가 날 것 같은데, 그래도 괜찮겠나? 뭐, 그런 확인이겠지."

"괜찮을 리 없죠."

"그럼 전화를 바꿔줄 테니 네가 말해."

밀감이 전화를 받았다.

"질문이 있다."

미네기시는 이름도 안 밝히고 다짜고짜 입을 열었다.

"네."

"아들은 무사한가?"

직구로 날아오는 질문에 밀감은 한순간 말문이 막혀버릴 뻔했다.

"조금 전에 연락이 왔다"라고 미네기시가 말했다. "차 안에 있는 아들 상태가 이상하다는 연락이지. '댁의 아드님 상태가 좀 이상하던데, 신경 좀 쓰시는 게 어떨까요'라더군. 그래서 내가 대답했지. '아들 혼자 신칸센에 탄 게 아니다. 내가 신뢰하는 두 남자에게 동행을 의뢰했다. 걱정할 필요 없다'고. 그러자 상대가 다시 이러더군. '그 신뢰를 뿌리부터 다시 살피는 게 좋겠다는 얘깁니다. 동행은 하더라도, 숨을 쉬는 아드님인지 아니면 꿈쩍도 안 하는 아드님인지 알 수는 없으니까요.'"

밀감은 씁쓸하게 웃으며 "오미야에서 미네기시 씨의 부하가 착각한 겁니다. 잠든 아드님이 숨을 안 쉬는 것처럼 보였던 게 아닐까요"라고 말했다. "그럼 당장 아들을 바꿔"라고 지시하면 어쩌나? 하는 생각이 문득 떠올랐다. 움찔하며 소름이 끼쳤다.

앞에 선 나나오도 불안한 표정으로 이쪽을 바라보고 있었다.

"지금 얘기하다 알았는데, '아들(일본어로 '무스코息子'-옮긴이)'이라는 말에는 '숨 쉴 식息' 자가 들어 있군요. 숨을 쉬어야만 아들이라는 뜻인가."

미네기시는 밀감의 말 따윈 듣지도 않았다. 원래부터 그는 오로지 의뢰나 지시를 내릴 뿐, 타인의 충고나 변명 같은 건 귀에 들어오지도 않는지 모른다. 받아들일 필요가 있는 것은 보고뿐이다.

"그래서." 미네기시가 말을 이었다.

"만약을 대비해 센다이 역에서 조사하기로 한다."

역시 그렇군, 하며 정신을 긴장시켰다.

"조사한다고 해도 신칸센은 기다려주지 않습니다."

"내리면 되겠지. 너희가 아들과 트렁크를 들고 센다이 역에서 내린다. 플랫폼에는 내 부하 몇 명이 기다릴 거야. 너희 동업자들도 고용했어."

"역에 있는 사람들이 깜짝 놀랄 텐데요. 그렇게 잘생긴 청년들만 쭉 늘어서 있으면."

다음 역 도착을 알리는 음악이 울리기 시작했다. 경쾌한 멜로디가 태평하게 울려 퍼져서 밀감은 쓴웃음을 머금었다.

"물론 예정대로 와준다면 그보다 좋은 일은 없겠지만, 어쩔 수 없는 경우에는 하는 수 없지. 그리고 다시 한 번 묻겠는데, 아들은 무사하겠지? 트렁크도?"

"그야 물론." 밀감은 대답했다.

"그럼 확인은 금방 끝나. 트렁크랑 아들을 부하들에게 보여주고, 바로 다시 타면 돼."

"숨 쉬는 아드님을."

자동 방송 후, 차장인 듯한 남자가 마이크로 안내방송을 시작했고, 이제 곧 센다이에 도착한다고 알렸다.

"말이 없는데, 무슨 일 있나?"

전화기 너머에서 미네기시가 물었다.

"도착 안내방송이 시끄러워서요. 이제 곧 센다이에 도착할 모양입니다."

"너희 차량은 3호차였지. 부하들이 그쪽 출입구 근처에서 기다릴 거다. 알았나, 센다이에 도착하면 바로 내려."

"아, 방금 아드님이 화장실에 갔는데."

밀감은 엉겁결에 그렇게 말하고 나서 속으로는 스스로에게 욕설을 퍼붓고 싶었다. 뭐야 이게, 형편없는 핑계나 대고. 넌 이보다는 머리가 좋았잖아. 스스로를 딱하게 여기듯 중얼거렸다.

"너희가 할 일을 다시 한 번 말한다. 3호차에서 내려서 트렁크와 아들을 부하에게 보인다. 그것뿐이야."

"실은 지금 차장이랑 약간 실랑이가 벌어져서."

밀감이 필사적으로 얘기했다.

"9호차까지 이동했습니다. 지금부터 3호차로 돌아가도 시간이 안 맞을 겁니다."

"그럼 6호차로 하지. 3호차와 9호차의 한가운데다. 그 정도까지는 이동할 수 있겠지? 부하들한테도 6호차 밖에서 기다리라고 지시를 내려두지. 그러니 너희도 6호차 플랫폼으로 내린다. 아들을 데리고 가."

"이건 단지 흥미 위주로 여쭤봅니다만."

평정을 가장하고 휴대전화에 대고 말했다.

"센다이에 있는 부하들이 혹시라도 우리를 수상쩍다고 판단하면 어떻게 됩니까? 설마 그 자리에서 쏘거나 하진 않겠죠."

"아들이랑 트렁크는 무사하다면서? 그럼, 걱정할 필요 없어."

"미네기시 씨의 부하가 판단을 그르칠지도 모릅니다. 혹시라도 그런 일로 플랫폼에서 소동이 벌어지면 곤란하지 않습니까."

"누가 곤란해?"

밀감은 곧바로 대답할 수 없었다. '죄 없는 일반시민'이라는 말은 너무 빤해서 설명이 안 될 것 같았다.

"차 안에는 수많은 승객들이 있어요. 발포하면 공황 상태에 빠지겠죠."

"승객이 그렇게 많진 않을 텐데."

미네기시의 말투는 단정적이었다.

"아뇨, 만석입니다."

밀감이 주저 없이 거짓말을 했다. 미네기시가 이쪽의 좌석 상황을 알 리 없다고 생각했기 때문이다. 그러나 미네기시에게 들키고 말았다.

"만석일 리가 없어. 대부분의 좌석은 내가 확보했다."

"확보했다?"

"너희가 그 신칸센으로 아들을 데리고 올 거라는 게 판명된 후에 빈자리로 남아 있던 건 모두 확보했어."

"빈 자리를 모두?"

예상 밖의 대답에 평소 침착한 밀감도 목소리가 뒤집히지 않을 수 없었다. 불가능한 일은 아니겠지만, 구태여 그렇게까지 할 필요가 있나 하는 의문이 솟구쳤다.

"리스크를 최대한 줄이기 위해서야. 신칸센 안에서 무슨 일이 일어날지 몰라. 너희도 승객이 적은 편이 아들을 지키기 쉽잖아. 안 그런가?"

지키기 쉽고 말 것도 없어, 당신 아들은 눈 깜짝할 사이에 사망했어, 하고 가르쳐주고 싶은 충동에 휩싸였다. 그리고 그 많지 않은 승객 중에도 업자가 몇 명이나 섞여 있었으니 미네기시가 남은 표를 사들인 작전은 효과가 있어 보이진 않았다.

"대체 얼마나 듭니까?"

"몇 푼 안 돼. 한 차량에 백 명이 탄다고 잡아봐야 천 명 몫이지."

밀감은 얼굴을 찡그렸다. 금전 감각이 서로 다른 거야 새삼 놀랄 일은 아니었다. 왜냐하면 그들에게 일을 의뢰하는 인간들의 대부분은 금전 감각이 크게 다르기 때문이었다. 그러나 아무리 그래도 미네기시가 돈을 쓰는 용도, 사용처의 우선순위를 매기는 방법은 이상했다. 신칸센의 남은 좌석을 다 사들이다니 그게 말이 되는가. 혹시 그렇다면 차장도 이상하게 여기지 않았을까. 분명히 팔린 좌석들인데, 빈자리 투성이니 조금은 이상하지 않았을까.

전화기 너머에서 어린 여자아이가 재잘거리는 소리가 들렸다. 미네기시의 딸, 내연의 처가 낳은 딸일까. 그 흐뭇한 부녀 관계와 지금 이 신칸센에서 벌어지는 살벌한 사건과는 너무나 격차가 커서 당혹스러웠다. 미네기시라는 남자는 친아들의 안전을 걱정하는 이 마당에 어떻게 딸과 함께 평온한 시간을 보낼 수 있을까. 일반적인 잣대로는 측정할 수 없는 왜곡된 정신구조를 가진 사람이라고 생각할 수밖에 없었다.

"어쨌든 네가 만석이라고 한 말은 거짓이다. 안 그래? 만석일 리가 없어. 거짓말이나 과장된 표현은 하지 않는 게 좋아. 금세 들켜. 들키면 겸연쩍어지지. 그리고 안심해. 너희만 저항하지 않으면 센다이에서 위험한 일은 일어나지 않아."

전화가 끊겼다.

신칸센의 속도가 늦춰지기 시작했다. 부드러운 곡선을 그리며 차체가 기울어졌다.

고민할 여유가 없었다. 밀감은 9호차를 빠져나가 8호차로 들어갔다.

"어떻게 됐어요?"

나나오가 머뭇머뭇 뒤에서 따라왔지만, 대답은 하지 않았다. 다리를 벋디디고 차체의 흐름을 어르듯이 앞으로 걸어갔다. 이따금 좌석 모퉁이를 붙잡으며 균형을 잡았다.

센다이 역에 내리기 위해서일까, 승객들 몇 명이 선반에서 짐을 내렸다. 맞은편 문에서 소년이 들어와서 가까이 다가왔다. 거치적거리게 뭐야, 속으로 중얼거리며 옆을 스쳐 지나려 하는데, "저어, 밀감님이죠. 레몬님이 조금 전에 찾던데"라고 그 소년이 말했다.

그렇다, 레몬을 잊고 있었다. 그러나 고민할 여유도 없었다.

"레몬은 어디 있지?"

"볼일이 있다면서 뒤쪽으로 갔어요."

다시금 소년을 바라보았다. 찰랑찰랑한 검은 머리에는 가르마가 없었고, 고양이처럼 긴 눈에 콧날이 오뚝하고, 귀하게 잘 자란 도련님처럼 보였다.

그러나 소년이나 상대하고 있을 순 없었다. 밀감은 통로로 나갔다. 신칸센에 브레이크가 걸리기 시작했다는 걸 느낄 수 있었다.

"대체 어쩔 거예요. 어디 가요? 뭘 할 거냐고요?"

나나오가 시끄럽게 캐물었다.

통로에는 내릴 승객들이 몇 사람 모여 있었다. 허둥거리는 밀감 일행에게 수상쩍은 시선을 던졌다.

밀감은 짐 보관소에 있는 트렁크를 발견하자마자 한 치의 망설임도 없이 끄집어냈다. 해외여행용 크기라 밀감 일행이 운반하던 것과 비교하면 많이 크고 상당히 견고했다.

"그 트렁크를 어쩌게요?" 나나오가 물었다.

"시간이 없어. 이걸로 대체해야지."

밀감은 움켜쥔 트렁크를 집어 들고 7호차로 나아갔다. 트렁크는 견고해보이긴 했지만, 무겁지는 않았다.

사람들을 피하며 7호차 안을 걸어갔다. 자리에서 일어나 출구로 향하던 승객들은 역행하는 형태로 통과하는 밀감에게 노골적으로 거슬린다는 시선을 보냈다.

다시 통로로 나갔다. 내리려는 사람들이 줄을 서 있었다. 6호차와 7호차 사이에 있는 통로까지 도착했다. 통로 한가운데쯤에 멈춰 섰다. 나나오도 멈춰 섰다. 그 뒤로 소년도 따라왔다.

"내 말 잘 들어, 센다이 역에 도착하면 일단 이 문으로 플랫폼에 내리기로 했다."

밀감은 빠른 말투로 나나오에게 설명했다.

"미네기시가 그러라고 했나요?"

"부하들이 기다리고 있어. 난 트렁크를 들고 미네기시의 아들과 함께 플랫폼에 내려야 해. 그러면 부하들이 확인할 거야."

"이건 다른 트렁크예요."

나나오가 밀감이 들고 있는 짐을 손가락으로 가리켰다.

"그래, 맞아. 그리고 넌 미네기시의 아들이 아니지."

"어?"

"이렇게 된 이상, 거짓으로 밀고 나갈 수밖에 없어. 트렁크도 미네기시의 아들도 다 가짜야. 잘 들어, 넌 아무 말도 하지 말고 그냥 가만히 서 있어."

나나오는 밀감이 하는 말을 이해할 수 없었는지 한순간 멍해 있었다.

"내가?"

신칸센이 앞으로 고꾸라지듯 속도를 낮추더니 곧바로 다시 뒤로 흔들렸다. 벋디딘 다리가 휘청거려서 밀감은 손을 벽에 짚으며 몸을 지탱했다.

"네가 미네기시 아들인 척해."

신칸센의 속도는 서서히 늦춰졌다. 센다이 역 플랫폼으로 진입한다는 걸 알 수 있었다.

"말도 안 돼."

나나오의 눈이 허공을 헤매기 시작했다.

"나더러 대체 어쩌라고."

"잠자코 따라와."

그쯤에서 소년이 끼어들었다.

"차라리 무시하면 어때요? 안 내리면, 부하들도 판단하기 곤란하지 않을까요? 상황을 파악하기 전까지는 대담한 짓도 못할 거예요. 그냥 시치미 뚝 떼고 계속 신칸센을 타고 가는 방법도 있을 텐데."

어린애답지 않군, 밀감은 소년의 말이 마음에 들지 않았다. 하고자 하는 말에 일리는 있었지만, 방침을 바꿀 생각은 없었다.

"우리가 안 내리면, 부하들이 신칸센으로 우르르 몰려들어. 그건 그것대로 성가신 일이야."

문이 열렸다.

늘어선 승객들이 차례대로 앞으로 내려가기 시작했다.

"자, 간다"라고 나나오에게 말을 건넸다.

센다이 역에서는 안내방송이 울려 퍼지고, 짐을 든 승객 여러 명이 신칸센에 올랐다. 나나오는 그 모습을 곁눈으로 보며

플랫폼에서 밀감과 나란히 서 있었다. 앞에는 양복을 입은 세 남자가 있었다. 이쪽은 둘, 저쪽은 셋, 하고 마음속으로 중얼거렸다. 조금 떨어진 곳에 빡빡머리에 키가 껑충하게 큰 남자가 한 명, 그보다 더 떨어진 곳에는 격투기 선수처럼 체격이 좋은 남자가 두 명, 이쪽을 바라보며 꿈쩍도 않고 서 있었다.

"축구 프리킥 같은데. 떼로 몰려 벽이나 쌓고."

밀감은 침착한 척했다. 그렇게 보였다. 호흡도 흐트러지지 않고, 말투도 차분했다.

"밀감 씨죠."

양복을 입은 세 사람 중 가운데 서 있던 남자가 말했다. 눈썹은 거의 없고 눈이 가늘었다.

"밀감 씨와 레몬 씨 소문은 많이 들었습니다. 오늘은 갑자기 미네기시 씨에게 전화가 와서 아무래도 확인을 좀 해야 할 것 같군요."

말의 내용에 비해 말투는 담담하고 의례적이었다.

고개를 살짝 들자, 뒤쪽 차량에서 차장이 내려서서 발차를 준비하며 플랫폼 상황을 확인하고 있었다. 나나오 일행을 신경 쓰는 기색이 역력했다. 남자들이 여러 명이나 마주서 있으니 당연히 경계하겠지, 하고 나나오는 생각했다. 어디를 어떻게 본다 해도 이별을 아쉬워하는 원거리 연인처럼 보이진 않는다. 친구의 출발을 배웅하러 나온 것 같지도 않다. 그러나 괜한 부스럼은 만들지 말자고 읊조리기라도 하는지 차장은 가까이 다가오지는 않았다.

"자, 이쪽이 미네기시 씨의 아들이고, 이게 그 트렁크다. 확인했나? 신칸센이 곧 출발해. 이젠 타도 되겠지."

밀감이 성가시다는 듯이 말했다.

검은 트렁크는 이렇다 할 수상쩍은 점도 없는 단순한 가방이었다. 이것이 너희가 찾는 짐이라고 끝까지 우기면 어떻게든 믿게 만들 수 있을지도 모른다. 문제는 나나오다. 나나오는 고개도 못 들고 자기 신발코만 내려다봤다. 미네기시의 아들 노릇을 하라고 강제로 떠밀었지만, 뭘 어떻게 하면 좋을지 알 수가 없었다.

"이 트렁크 좀 열어주시겠습니까?"

"못 열어. 우리는 여는 방법을 몰라. 그것보다 내용물이 뭔지 네가 알기나 해?"

밀감이 말했다.

"오히려 여는 방법을 좀 가르쳐주면 좋겠군."

양복 남자는 입을 다물고 검은 트렁크로 손을 뻗었다. 웅크려 앉는가 싶더니 손잡이 부분과 숫자 자물쇠를 만졌다. 찬찬히 도자기 감정이라도 하는 듯한 태도였지만, 겉만 보고서는 그 사람 역시 트렁크의 진위 여부는 판가름해낼 수 없는 것 같았다.

"이 이니셜은?"

남자가 앉은 채로 고개를 비틀며 밀감을 올려다보았다.

트렁크 밑에 'MM'이라는 알파벳 스티커가 붙어 있었다. 반짝거리는 핑크색 형광펜 글씨였고, 십 대 아가씨들이 즐겨 쓸 것 같은 유형의 스티커였다.

"미네기시의 'M'이겠지." 밀감은 동요하지 않고 말했다.

"그다음 'M'은 뭘까요? 미네기시 씨의 이름은 요시오인데."

"미네기시의 'M' 아닌가?"

"두 번째 'M' 말입니다."

"그쪽도 마찬가지야. 애당초 미네기시의 이름이 요시오良夫라는 것도 아이러니한 농담 같지 않나? 게다가 이 스티커는 내가 붙인 게 아니야. 나한테 묻지 마. 이제 곧 열차가 출발해. 타도 되겠나?"

신칸센에서 내리는 승객은 이제 없었다. 플랫폼에서 올라타는 승객도 보이지 않았다. 이제는 발차를 기다리는 것뿐이다.

양복 남자는 일어서더니 이번에는 나나오의 정면으로 이동했다. "전에도 안경을 썼나요?"라고 물었다. 나나오는 당황해서 그 자리에서 펄쩍 뛰어오를 뻔했다. 당장 안경을 벗어던지고 싶었다. 그런 충동을 꾹 참아냈다.

"내가 안경을 씌웠어. 내막을 어디까지 아는지는 모르지만, 이 도련님은."

밀감이 그렇게 말하자, 양복 남자의 눈썹 없는 얼굴이 살짝 굳었다. "이 아드님은"이라며 밀감이 표현을 고쳤다.

"험악한 놈들에게 감금되었다 풀려났어. 다시 말해 표적이 되었다는 뜻이지. 신칸센 안에서도 노리는 놈들이 없다고 장담할 순 없잖아. 변장쯤은 기본 아닌가."

"그래서 안경을?"

"그 밖에도 몇 가지 더 있어. 평상시 아드님과는 분위기가 많이 다를 텐데."

밀감은 기가 꺾인 기미도 전혀 없었고, 침착하고 느긋했다.

"글쎄, 어떨까요."

눈썹 없는 남자는 예의가 발랐다. 그러나 그쯤에서 휴대전화를 열고, "조금 전에 아드님 사진이 왔는데"라고 말했다. 휴대전화 화면에 미네기시 아들의 사진이 떴겠지. 그것을 나나오의 얼굴 옆에 나란히 대보려 했다.

"이봐, 이제 정말 출발한다니까."

밀감이 한숨을 몰아쉬었다.

"별로 안 닮았군요."

"그야 당연하지. 금세 알아채지 못하게 우리가 분위기를 바꿨으니까. 머리도 그렇고, 안경도. 자, 우리는 그만 간다. 미네기시 씨한테는 연락 잘 해주길."

밀감은 나나오의 어깨에 손을 얹고 "그만 가지"라며 머리를 휘휘 흔들었다. 나나오는 고개를 끄덕이며, 이젠 살았다, 연극도 끝이다, 하며 안도했지만, 최대한 그런 속내가 드러나지 않게 얼굴을 찡그리며 짐짓 무게 있는 태도를 취했다.

그때 눈썹 없는 남자가 낯선 이름을 불렀다. 누구 이름인가

하며 흘려들을 뻔하다가 그게 미네기시 아들의 이름이 아닐까 추측하고 고개를 들자, 예감이 적중했는지 눈썹 없는 남자가 곧바로 "트렁크는 역시 아버님이 아니면 열 수 없나요?"라고 물었다.

나나오는 눈썹을 찡그린 채 고개를 끄덕이며 "저는 전혀"라고 대답했다. 그러나 거기서 아무 행동도 안 하는 것도 이상할 것 같았다. 불안해진 것이다. 그래서 별 생각도 없이 플랫폼에 놓인 트렁크로 손을 뻗었다. 숫자 자물쇠를 적당히 돌리며, "이런 식으로 쉽게 열리면 고생할 일도 없겠죠"라며 숫자판을 잘각잘각 움직였다. 그런 행동이 설득력이 높을 거라고 생각했기 때문이다. 그러나 아무렇지 않게 행동하려 하는 인간은 반드시 부자연스러운 언동을 하게 마련인데, 그런 전형적인 예였다. 그런 행동은 완벽하게 쓸데없는 짓이었다.

네 자릿수 숫자 자물쇠를 대충 조작해봐야 '맞아떨어질' 리가 없었다. 행운의 여신에게 버림받은 자기 같은 인간이라면 두말할 것도 없다고 나나오는 생각했다. 그러나 머피의 법칙으로 표현하자면 이렇다.

"엉터리로 맞춘 숫자 자물쇠가 열릴 리가 없다. 단, 열리면 곤란한 경우는 예외다."

트렁크가 열렸다.

거칠게 다뤘기 때문에 찰칵하며 열렸을 때는 그 속에서 여성용 속옷이 산사태를 일으키듯 쏟아져 나왔다.

눈썹 없는 남자를 비롯한 양복 차림 남자들과 빡빡머리 남자, 격투기 선수처럼 생긴 남자, 모두가 얼어붙어버렸다. 너무나 갑작스러운 광경에 사고가 일시 정지되어버린 게 확연했다.

이 속옷 투성이 트렁크가 미네기시 가방이 아니라는 것쯤은 그들도 알아챘을 것이다. 밀감도 어안이 벙벙한 표정이었고, 그 자리에서 가장 침착한 사람은 나나오였다. 그런 불운한 말썽을 일으키는 자신에게 익숙해 있었기 때문이다. 약간의 놀라움, 그리고 '또 이 모양이군' 하는 느낌도 들었다. 좀더 덧붙인다면, '이렇게 될지도 모른다고 생각했어'라고 할 정도였다.

나나오는 반사적으로 땅을 박차며 차 안으로 뛰어들었다. 밀감도 그에 이끌리듯 통로로 올라섰다. 거의 동시에 등 뒤에서 문이 닫혔고, 신칸센이 움직이기 시작했다.

창밖으로 시선을 돌리니 눈썹 없는 남자가 플랫폼에서 휴대전화를 귀에 대고 있었다.

"자, 이제."

출발하기 시작한 신칸센 통로에서 큰 숨을 몰아쉬는 밀감을 보며 나나오가 말했다.

"어떡하죠?"

신칸센은 나나오 일행의 혼란이나 소동 따윈 나 몰라라 하고 점점 더 속도를 높여갔다.

"대체 어쩌자고 거기서 트렁크를 열어?"

밀감이 의아해하는 눈빛을 던졌다. 속을 떠보는 듯했지만, 싸늘한 그 눈빛과 망령 같은 얼굴빛으로는 감정을 읽어낼 수 없었다.

"조금 만지작거리는 게 진짜처럼 보일 것 같아서."

"진짜처럼?"

"그래야 내가 못 여는 걸 믿을 것 같았는데."

"그런데 열렸다?"

"운이 너무 좋았어."

실제로 그것은 단지 운이 없는 일일 뿐이었지만, 나나오는 일부러 그렇게 표현했다.

"그나저나 그 사람들이 수상쩍게 여겼겠죠. 가짜 트렁크라는 것도 들통 났으니까."

"아마 그럴 테지. 이미 오미야 단계에서 우리의 호감도는 떨어졌지만, 여기에서는 급강하야."

나나오는 "그래도 일단 모리오카까지는 신칸센이 서지 않으니 무사하다는 얘긴가" 하고 말했다. 억지로 찾아낸 광명에, 그건 광명이라기보다는 단순한 환상에 불과했지만, 매달리는 심정이었다.

"레몬 같은 소리나 지껄이고."

밀감은 그렇게 말한 후, "그건 그렇고, 레몬은 어디 갔지?"라며 좌우를 둘러보았다. 그리고 "야, 너, 레몬이 뒤쪽으로 갔다고 했지?"라며 가까이에 우뚝 서 있는 중학생을 손으로 가리켰다. 아직도 있었나, 하고 나나오는 생각했다. 나나오와 밀감의 대화를 들었고, 지금 센다이 역에서 생긴 일을 보고, 위험한 문제가 발생했다는 것까지 알았을 텐데, 도망치려고도 하지 않고, 누군가에게 이상한 상황을 알리려고도 하지 않고 여전히 가까이에 있었다.

부모는 대체 어디 있을까? 이 소년은 성실하고 일반적인 평범한 남자 중학생처럼 보이긴 하는데, 어쩌면 나름대로 답답한 마음을 품고 있어서 비일상적인 장면에 매력을 느끼는 걸까? 나나오는 상상했다. 아니면 단순히 "신칸센 안에서 그런 일을 목격했어. 내 눈으로 똑똑히 봤다니까"라고 나중에 친구들에게 자랑해서 만만하게 보이지 않으려는 기대를 품은 것뿐일까?

"응" 하며 소년이 고개를 끄덕였다. "그 사람이 갑자기 뭔가가 떠오른 듯이 부랴부랴 저쪽으로 갔어요"라며 6호차 너머를 손가락으로 가리켰다.

"센다이 역에서 내렸을지도 모르겠네."

나나오는 머릿속에 떠오르는 대로 중얼거렸다.

"왜?"

"이유는 잘 모르겠지만, 이젠 이런 일이 싫증이 났다거나?"

"그 녀석은 그런 타입이 아니야."

밀감이 조용히 대답했다.

"도움이 되는 기관차가 되고 싶어 하는 녀석이야."

"저도 같이 타고 있던 아저씨가 사라져서 곤란한 상황이에요."

중학생이 나나오와 밀감을 번갈아 쳐다보았다. 학급 상황을 파악하고, 역할 분담 지시를 내리는 반장이나 운동부 주장처럼 보이기도 했다. "저어"라며 손을 살짝 들었다.

"뭐야, 꼬마 도련님."

"조금 전 얘기 말인데, 이 열차의 다음 정차역은 모리오카가 아니에요."

"뭐?" 나나오는 뜻밖의 말에 놀라 큰 소리를 냈다.

"그럼, 다음이 어딘데?"

"이치노세키예요. 이십 분만 있으면 도착해요. 그다음은 미즈사와에사시, 신하나마키에 서고, 맨 마지막이 모리오카죠."

"'하야테'는 센다이 다음 역이 모리오카 아니었나?"

"아닌 것도 있어요. 이건 아닌 쪽이고."

"그렇군." 밀감도 착각했던 모양이다.

휴대전화가 와서 나나오가 주머니에서 전화기를 꺼내자, 밀감이 재빨리 "받아"라고 말했다.

"보나마나 너의 마리아님이겠지."

받지 않을 이유도 없었다.

"보나마나 센다이에서도 못 내렸겠지"라는 마리아의 목소리가 날아들었다.

"어떻게 알았어?"

"그보다 무사해? 밀감 일행한테 당했나 싶어서 불안하던 참인데."

"지금 밀감 씨랑 같이 있어. 바꿔줄까?"

나나오가 자조하듯 말했다.

마리아가 순간 입을 다물었다. 걱정된 모양이다.

"붙잡힌 거야?"

"그건 아니야. 서로 곤란한 상황이라 조금씩 협력하는 중이지."

그렇게 말하며 쳐다보니 밀감이 어깨를 움찔거렸다.

"네 말대로 트렁크는 이제 그에게 넘겨줄 생각이야."

"그건 최후의 순간에 어쩔 도리가 없을 때 얘기였는데."

"지금이 바로 어쩔 도리가 없는 최후의 순간이야."

마리아가 다시 입을 다물었다. 그러는 사이에 밀감에게도 전화가 왔는지 휴대전화를 귀에 대고 조금 떨어진 곳으로 이동했다. 중학생은 그 자리에 남겨진 상황이었지만, 자기 자리로 돌아가지도 않고 통로 이곳저곳을 관찰했다.

"다음 역이 어디지?"

"마리아, 그거 알아? 난 모리오카인 줄 알았는데 아니래. 다음 역은 이치노세키야."

"그럼, 거기서 내려야겠네. 트렁크는 이제 됐으니 그쯤에서 끝내. 상황이 이 지경까지 이르니까 불길한 열차에 탔다는 생각밖에 안 들어. 너무 무서워. 그만 끝내자."

"평범한 신칸센에 불길한 남자가 탄 것뿐일지도 모르지."

나나오가 씁쓸하게 웃었다.

"밀감이랑 레몬한테 긴장을 풀면 안 돼. 무서운 사람들이니까."

"나도 알아."

나나오가 전화를 끊고 얼마쯤 지나자, 밀감이 돌아왔다. "미네기시한테 온 전화야"라고 말했다. 그 표정에 변화는 없었지만, 약간 귀찮아하는 느낌은 전해졌다.

"뭐래요?" 중학생이 물었다.

밀감은 중학생에게 날카로운 시선을, '어린애가 끼어들 일이 아니야'라고 못을 박는 듯한 눈빛을 던지고, "모리오카까지 오라는군"이라고 나나오에게 말했다.

"모리오카까지?"

미네기시는 화를 내기보다는 오히려 동정하는 말투로 "왜 부하들에게 가짜 트렁크를 보였지?"라고 질문한 모양이다.

"순간적으로 난 고민했지. 사과할까, 딴청을 부릴까, 뻔뻔하게 나갈까. 그러고 나서 '미네기시 씨의 부하들이 잘난 척을 해서 놀려주고 싶었다'고 설명했어."

"왜 그런 거짓말을."

오히려 더 불같이 화를 내지 않았을까.

"아니지, 그렇게 해야 미네기시도 판단하기 곤란할 거야. 내가 배반했는지 아니면 단순한 장난인지 헷갈리겠지. 사실 우리는 배반할 생각은 없어. 실수를 저지르긴 했지만."

그러나 그 실수가 치명적이었다. 미네기시의 아들을 죽게 내버려뒀으니까. 나나오는 위 언저리를 감싸 쥐었다.

밀감의 말을 들은 미네기시는 살짝 웃으며, "그렇다면"이라고 말한 모양이다. "뒤가 켕기는 게 없으면 모리오카까지 오겠군. 도중에 다른 역에서 하차하면, 그 즉시 도망친 것으로 간주한다. 그리고 그때 도망치지 말고 모리오카까지 갈걸, 다시 되돌릴 순 없을까 라며 몇 만 번이고 후회할 만큼 따끔한 맛을 보게 될 거다."

"당연히 모리오카까지 가야죠. 아드님도 미네기시 씨를 빨리 만나고 싶어 하니까." 밀감이 대답했다.

나나오에게 통화 내용을 설명한 후 밀감이 어깨를 실룩 움직이며, "미네기시도 직접 모리오카 역까지 나올 모양이야"라고 덧붙였다.

"미네기시가 직접?"

"별장에서 휴가를 즐기시는 중일 텐데 말이야."

밀감은 어이가 없었다.

"안 좋은 일이 생긴 것 같은 예감이 드니 자기 눈으로 직접 확인하러 오겠다는군. 그런 전화가 왔던 모양이야."

"그런 전화라니, 어떤 전화요?"

"아까 센다이 역에서 보고한 녀석이 '플랫폼까지 직접 나가 보는 게 좋겠습니다'라고 충고했대."

나나오는 대답할 말이 궁했다. 부하가 미네기시에게 그런 말을 조언할 수 있을까?

"그럼"이라고 말문을 열었던 나나오가 잠시 뜸을 들였다 말했다.

"그럼, 건투를 빕니다. 난 다음 이치노세키 역에서 내릴 테니까."

밀감이 움켜쥔 총을 나나오에게 겨냥했다. 총은 별로 안 커서 총을 들었다기보다 변칙적인 형태의 디지털카메라를 내민 것처럼 보이기도 했다.

중학생이 눈을 살짝 크게 뜨며 한 발짝 물러섰다.

"무당벌레, 넌 우리랑 같이 가야 해."

"무리예요. 난 이제 내릴 겁니다. 이 일에서도 내릴 거고, 신칸센에서도 내린다고요. 트렁크는 승무원실에 있고, 미네기시의 아들을 처리한 여자는 특실 앞에 있는 다목적실에 넣어뒀으니까 나중에 미네기시 씨한테 그렇게 설명하면 돼요."

"안 돼."

밀감은 가타부타 토를 달 수 없는 확고한 말투였다.

"너한테 선택지가 있다고 생각하나? 내가 겁주려고 총을 겨누는 것 같아?"

나나오는 고개를 끄덕일 수도 가로저을 수도 없었다.

"저어, 빨리 레몬님을 찾으러 가야 하지 않을까요?"

대화가 복잡하게 뒤얽혀서 갈팡질팡하는 학급회의를 정리

하는 반장 같은 분위기로 중학생이 말했다. 속 편한 아이들이 부럽군, 하고 나나오는 생각했다.

귀에서 떼어낸 수화기를 전화기에 내려놓은 기무라 시게루에게 아내 기무라 아키코가 "무슨 전화예요?"라고 물었다.

4번 국도를 곧장 북상해서 이와테 현으로 들어가 한참을 더 달려간 곳에 낡은 주택가가 있었다. 경기가 한창 좋을 때 지역 개발업자가 의욕을 가지고 조성한 주택지였다. 그러나 해가 지날수록 경기 악화가 가속화되어 젊은 주민들은 도시로 떠났고, 인구는 줄어서 당초 미래도에 그려 있던 수많은 시설이나 건물들은 영원히 그림으로만 남아 새로운 주택들은 들어서지도 못하고 살풍경한 고장으로 변해버렸다.

늘어선 건물 벽들은 빛이 바래고, 성장 도중에 노년기로 돌입해버린 것 같았지만, 기무라 시게루와 아키코에게는 경년열화經年劣化(세월이 흘러감에 따라 제품의 품질이나 성능이 약화되는 현상 – 옮긴이)라는 의미에서 보면 자신들과 마찬가지라 자극이나 유행과는 동떨어진 이 고장이 살기에는 분명 편하게 느껴졌다. 10년 전에 헌 단독주택을 발견하고, 고민도 없이 곧바로 구입한 이후로 큰 불만 없이 생활해왔다.

“신칸센 안에서 전화가 왔어.” 기무라 시게루가 대답했다.

어머나, 하고 아키코가 반응했다. 매운 맛 과자와 찹쌀떡이 담긴 쟁반을 탁자 위에 올려놓았다.

“자 그럼, 먹어볼까요. 매운 맛과 단 맛을 교대로. 여기에 과일만 더 있으면 완벽할 텐데”라고 태평하게 말했다. “그런데 무슨 전화예요?”라고 다시 한 번 물었다.

“아까 유이치한테 전화했을 때, 그 녀석이 ‘붙잡혔으니 도와달라’고 했잖아.”

“맞아요, 당신이 그랬잖아요. 신칸센 타고 못된 장난이나 친다고.”

“그랬지. 그런데 그게 못된 장난이 아닐지도 몰라.”

기무라 시게루는 머릿속이 정리되지 않아서 애매한 설명밖에 할 수 없었다.

“아까 전화를 받았던 중학생이 지금 다시 걸었어.”

“유이치가 또 무슨 이상한 짓이라도 했어요?”

“묘한 말을 하더군.”

기무라 시게루는 그쯤에서 전화 내용을 아내에게 전했다. 아키코는, 어떻게 된 영문일까, 하며 고개를 갸웃거리고 과자를 집어 입에 넣더니, “별로 맵지도 않네”라며 먹었다.

“다시 한 번 유이치에게 전화를 걸어보면 어떨까요?”

기무라 시게루는 곧바로 전화기 버튼을 눌렀다. 걸려온 전화번호로 재발신하는 방법을 가까스로 기억해내 미덥지 않은 손놀림으로 버튼을 눌렀다. 신호음이 들리지 않았다. 휴대전화의 전원이 꺼져 있다는 메시지가 흘러나왔다.

"왠지 예감이 안 좋네요."

아키코는 또다시 과자를 입 안 가득 넣고 우물거렸다.

"와타루가 걱정이군."

기무라 시게루는 가슴속에 암울한 상상이, 윤곽이 확실치 않은 무겁고 답답한 덩어리가 부풀어 오르는 느낌이 들었다. 전화 통화한 그 아이가 애매한 말만 했기 때문에 억측은 온갖 방향으로 퍼져 나갔다.

"와타루도 위험해요?"

"모르지"라고 말하고, 곧바로 병원으로 전화를 걸었다.

"도대체 유이치는 와타루만 혼자 놔두고 어딜 간 거야? 신칸센 타고 우리 집이라도 올 작정인가?"

"그랬으면 말했겠죠. 말은 안 하더라도 우리가 집에 있는지 없는지는 확인했을 거예요."

"간병하기 귀찮아서 도망친 건가?"

"알코올 중독에 근성도 없지만, 그런 애는 아니에요."

병원으로 전화를 걸었다. 좀처럼 연결되지 않았다. 끈질기게 신호음을 울리며 기다렸다. 이윽고 직원 목소리가 들렸다. 몇 번인가 만난 적이 있는 간호사라 기무라가 이름을 밝히자 정중하게 응해주었다. "와타루 상태에 변화는 없습니까?"라고 묻자, "조금 전에 봤을 때는 딱히 변화는 없었어요. 지금 다시 살펴볼게요" 하고 말했다. 기다리고 있자, 잠시 후 간호사가 다시 수화기를 집어 들었다.

"특별한 변화는 없는 것 같아요, 혹시 무슨 일이 생기면 연락 드릴게요."

"고맙습니다."

기무라 시게루는 인사말을 한 후, "실은 조금 전에 낮잠을 자는데 안 좋은 꿈을 꿨지 뭡니까. 그쪽 병원에 험악한 남자가 침입해서 와타루가 위험에 처하는 꿈이었어요"라고 농담처럼 말했다.

"어머나 세상에."

간호사도 어떻게 대응할지 난감해했다.

"그럼, 걱정되시겠네요."

"노인네들은 무슨 꿈이든 맞을 거라고 생각하니까요, 면목 없습니다."

"저희도 주의해서 살필게요."

그렇게 말하는 게 최선이겠지, 하고 기무라 시게루도 이해했다. 수상쩍게 보거나 성가셔하는 분위기를 노골적으로 드러내는 것보다는 훨씬 다행이었다. 감사히 여기며 전화를 끊었다.

"무슨 위험한 일이 벌어질 거라고 상상하는 거예요?"

아키코가 눈썹을 찡그리며 찻잔을 입에 댔다. 차를 마셨다.

"벌어지는 게 아니라 이미 벌어졌을 가능성도 있어. 내 직감은 잘 맞아."

기무라 시게루가 턱을 어루만졌다. 하얀 수염의 감촉을 손끝으로 느끼며 머리를 굴렸다.

"그건 아무래도 수상해."

"그게 뭔데요?"

"전화를 건 녀석 말이야. 아까는 지극히 평범한 중학생인 것 같았는데, 이번 전화에서는 좀더 알아보기 쉬워졌어."

시게루는 자리에서 일어서더니 양팔을 올리며 기지개를 켰다. 관절에서 우두둑 소리가 났다. 몸 구석구석이 삐걱거리는 것 같았다.

그리고 방금 걸려온 전화를 떠올렸다. 중학생이라고 밝힌 남자아이는 또랑또랑한 말투와는 반대로 막연한 얘기만 했다. "할아버지, 할머니가 태평하게 있었던 게 잘못인 것 같아요"라며 이쪽으로 죄의식을 전가시키듯 말하고, "더 이상 말할 순 없으니 그만 끊을게요"라며 마무리도 짓지 않고 어중간하게 전화를 뚝 끊어버렸다.

"당신, 지금 그 애를 의심하는 거예요?"

아키코는 여전히 과자를 먹었다.

"이건 매운 맛보다는 단맛이 강하네."

"내 예감이 잘 맞는 건 당신도 알잖아."

"그럼, 이제 어쩌죠? 유이치한테는 연락이 안 돼요? 경찰에 전화할까요?"

기무라 시게루는 그쯤에서 벌떡 일어서더니 옆방으로 가서 벽장을 열었다. 선반 위 칸에는 이불이 가득했다.

"또 낮잠이에요? 불안한 일이 생기면 잠자는 건 예나 지금이나 똑같다니까."

아키코가 어이가 없다는 듯이 말하며 과자를 베어 먹었다.

"그렇지만 낮잠을 자면 정말로 나쁜 꿈이나 꿀 텐데."

아마도 악몽은 이미 벌어졌겠지, 하고 기무라 시게루는 상상했다. 가슴속이 검고 자욱한 불안의 안개로 가득 찼다.

레몬은 어디로 갔을까?

뒤쪽으로 통로를 걸어가면서 밀감은 속으로 고개를 갸웃거렸다. 아직까지도 레몬의 모습은 보이지 않았다.

"무슨 급한 볼일이 생겨서 센다이에서 내렸을지도 모르죠."

안경을 쓴 나나오가 뒤에서 말했다.

"급한 볼일이 뭔데?"

통로 언저리에 멈춰 서며 뒤를 돌아보자 나나오도 걸음을 멈췄다. 몸을 긴장시키며 머뭇거렸지만, 자기와의 거리를 절묘하게 확보하는 순발력을 보며 밀감은 마음속으로 감탄했다. 갑작스러운 공격에도 대처할 수 있는 공간이 자연스럽게 벌어져 있었다. 주눅이 잘 들고 미덥지 않아 보이긴 하지만, 험한 일을 직업으로 가진 특징은 여실히 드러났다. 그 뒤에 중학생이 따라왔다. 몹시 성가셨지만, 쫓아버리기도 귀찮았다.

"예를 들면 레몬 씨가 수상쩍은 승객을 발견했다. 그래서 그를 따라 센다이에서 내렸다거나." 나나오가 말했다.

"그건 나도 생각해봤어."

레몬은 화장실에서 나온 인물을 수상히 여기고 따라가기로 했을지도 모른다. 그 수상쩍은 인물이 어떤 자인지는 알 수 없지만, 레몬은 매사를 논리보다는 감각적으로 판단하기 때문에 순간적으로 미행을 결단한다. 있을 법한 일이긴 하다. 밀감도 나나오와 함께 플랫폼에 내렸지만, 주위를 둘러볼 여유는 없었기 때문에 다른 쪽으로 내려서 출구로 향했다 하더라도 알아채지 못했을 가능성은 있다.

"그렇다고 해도 연락은 반드시 했을 거야"라고 밀감은 스스로에게 들려주듯 말했다.

"과거에도 그런 일은 있었어. 매사를 귀찮아하고 얼렁뚱땅한 면이 있는 녀석이긴 하지만, 시간이나 예정이 어긋나는 데는 민감해서 나한테는 늘 전화를 했어."

도움이 되는 기관차는 시각표대로 운행하기 위해 늘 조심하게 마련이지, 하고 레몬은 자주 말했다. 노선을 변경하는 경우에는 사전에 알린다. 시간이 좀 늦어져도 나중에라도, 최대한 서둘러 보고한다. 그것이 신조였다.

밀감은 휴대전화를 꺼내서 확인했다. 연락은 없었다.

그러는 중에 중학생의 휴대전화가 울렸다. 통로에서는 신칸센의 진동 소리가 시끄러워서 실제 벨소리는 들리지 않았지만, 중학생이 흠칫하고 반응하더니 휴대전화를 귀에 대고 문 쪽으로 이동했다. 어린애가 자꾸 따라와서 짜증스러웠던 밀감은 그대로 앞으로 걸어갔다.

자동문을 지나 다음 차량으로 들어가서 또다시 승객들의 얼굴과 짐으로 시선을 던졌다. 레몬처럼 보이는 사람은 없었다. 레몬과 관계가 있어 보이는 물건도 눈에 띄지 않았다.

"아무래도 센다이에서 내린 것 같은데."

통로로 나오자, 나나오가 다시 말을 건넸다.

밀감은 걸음을 멈추고, "난 그런 생각이 안 들어"라며 마주보았다. 열차가 주행하는 소리는 심장 고동소리와 비슷하다. 철로 된 거대한 혈관 위로 실려 가는 건 아닐까. 그런 기분이 들었다.

"이봐, 무당벌레."

밀감은 그쯤에서 불현듯 생각이 떠올랐다.

"너, 혹시 차 안에서 레몬이랑 무슨 얘기라도 나눴어?"

"얘기를 나눠요? 언제?"

"언제든."

"얘기야 조금 나누긴 했겠죠."

"내 열쇠가 어쩌니 저쩌니 하는 얘기 안 하던가? 찾고 있는 열쇠야. 아니면 나한테 전할 말이 있다고 했다거나."

나나오는 뻐끔한 얼굴로 "열쇠?"라며 고개를 갸웃거렸다. 어찌 할 바를 모르겠다는 표정으로 "그게 어디에 필요한가요?"라며 불안을 드러냈다.

아무것도 아냐, 하고 밀감이 대답했다.

혹시나 했다. 어쩌면 레몬이 죽었을지도 모른다는 상상이 그제야 머릿속에 떠올랐다. 그렇다, 레몬이 사망했을 가능성도 없지는 않았다. 오히려 이 신칸센 안에서는 충분히 있을 법한 일이건만, 왜 그런 생각조차 하지 못했을까, 밀감은 자신의 둔감함에 놀랐다.

가령 레몬이 죽었다고 가정한다면, 그것은 분명 살해일 테고 손을 쓴 자가 있다. 그자가 나나오가 아니라고 단언할 수는 없었다. 그리고 나나오가 벌인 짓이라면, 레몬이 어떤 증거를 메시지로 남겨놓지 않았을까 기대했다.

"레몬이 아무 말도 안 했어?"

"열쇠 같은 말은 전혀"라고 대답하는 나나오는 뭔가를 숨기는 기색은 아니었다. 그러고 나서 밀감은 퍼뜩 깨달았다. 다시 생각해보니 레몬과 헤어진 후로 자기 혼자만 앞으로 갔고, 나나오와는 앞쪽 통로에서 맞닥뜨린 것이다. 나나오가 자기도 모르는 새에 레몬을 살해할 만한 기회는 없었다. 냉정하게 생각하면 금방 알 수 있는 일이었다. 씁쓸한 미소가 떠올랐다.

"그 녀석이 부상을 당할 리는 없는데."

"정말 센 것 같았어요."

나나오가 절절한 목소리로 말했다.

"레몬 씨가 말했어요. 내가 만약 죽더라도 꼭 부활할 거라고."

한순간 그것이 레몬이 보낸 메시지라고 의심할 뻔했지만, 그건 아니라고 판단했다. 그것은 늘 입에 달고 살던 말이다. 누구를 만나든 "난 불사조다", "부활해"라고 큰소리를 쳤고, "부활한 후에는 레몬 Z다"라느니 어쩌느니 뜻 모를 소리도 자주 입에 올렸다.

"나랑 레몬은 한 고집하니까. 무슨 일이 있더라도 둔갑해서 다시 나타나겠지."

차장이 뒤쪽 차량에서 다가온 것은 바로 그때였다. 자동문이 열리고, 젊은 차장이 등줄기를 곧게 뻗은 자세로 꼿꼿하게 걸어왔다. 더블재킷 정장 차림은 믿음직한 차장으로서의 자신감을 표현하는 것처럼 보이기도 했다.

나나오가 곧바로 반응하며, "아, 실례합니다. 조금 전에 맡긴 트렁크 말인데요"라고 말을 건넸다. "이 분 물건이었습니다"라며 밀감을 손가락으로 가리켰다.

차장이 밀감을 바라보며, "아, 그거요. 조금 전에 안내방송을 한 번 했는데 찾으러 오시질 않아서 난처하던 참이었습니다"라고 말했다.

"승무원실에 아직 있으니 같이 가실까요?"

"그렇군요." 나나오가 이쪽을 쳐다보며 물었다.

"지금 가지러 갈 건가요?"

밀감은 잠시 고민했다. 레몬을 찾는다는 의미에서는 아직 모든 차량을 조사한 게 아니었다. 그렇다고 해서 트렁크를 뒤로 미루기도 저항감이 느껴졌다. 손에 넣을 수 있을 때 챙겨두는 게 옳을지 모른다.

밀감님, 하고 부르는 소리를 듣고서야 거기에 중학생이 있다는 걸 알아차렸다. 전화 통화를 끝내고 다시 쫓아온 것이다. 끈질긴 꼬마로군, 밀감은 몹시 불쾌한 수준을 넘어서서 증오감까지 품을 지경이었다. 어른들 얘기에 끼어들며 자기도 어른이 된 것 같은 기분을 맛보고 있을지는 모르지만, 거치적거릴 뿐이다. 쫓아버려야겠다고 생각했다.

그런데 그때 중학생이 "으음, 저쪽에서 좀 마음에 걸리는 걸 발견했는데"라고 말했다.

차장은 중학생의 말은 수상쩍게 여기지도 않고, "그럼, 승무원실까지 같이 가실까요?"라고 말했다. 그리고 앞장서듯 진행 방향으로 걸어가기 시작했다.

차장을 선두로 나나오, 밀감, 중학생이 한 줄로 서서 앞으로 걸어갔다.

7호차를 지나 바깥 통로로 나갔을 즈음, 뒤에서 중학생이 밀감의 웃옷을 잡아당겼다. 휙휙 잡아끌며 신호를 보냈다. 뒤를 돌아보니 옆에 있는 화장실로 의미심장한 눈길을 보냈다.

"이 봐." 밀감이 나나오에게 말을 건넸다.

"먼저 가서 트렁크 좀 받아줘. 난 이 녀석이 화장실에 간다니까 지켜줘야 할 것 같군"이라며 중학생을 턱으로 가리켰다.

차장은 그런 부자연스러운 분위기를 알아챈 기척도 없었고, 나나오도 상황을 이해했는지 고개를 끄덕이고 앞으로 사라졌다.

차장과 나나오가 8호차로 사라지자마자, "여기가 마음에 걸린다고?"라며 중학생에게 물었다.

중학생이 얌전한 표정으로 화장실 문으로 손짓을 하더니 "봐요, 저기 이상한 선이 있잖아요"라며 문에서 비어져 나온 구리줄을 가리켰다.

밀감도 눈을 휘둥그레 떴다. 레몬이 가지고 다니던 구리줄이었다. 틀림없다. 미네기시 도련님의 시체를 감추고, 화장실 자물쇠를 밖에서 잠글 때도 똑같은 구리줄을 늘어뜨렸다.

"이게 왠지 신경 쓰여요. 화장실은 일단 사용 중이긴 하지만, 인기척도 없고. 수상하다고 할까, 무서워요."

중학생은 세상모르는 어린애가 땅거미 드리워진 어둠을 두려워하듯 그 화장실을 두려워했다. "레몬이 했나"라며 그 구리줄을 움켜쥐고 있는 힘껏 추켜올렸다. 달그락거리는 손맛이 느껴지며 자물쇠가 열렸다.

"열어도 괜찮을까요?"

그 말은 개의치도 않고 밀감이 문을 옆으로 밀었다. 눈앞에 들이닥친 모습은 평범한 화장실의 광경과는 달랐다. 변기는 있었다. 그러나 그것뿐만이 아니었다. 사람의 몸뚱이가 똬리를 튼 뱀처럼 나뒹굴고 있었다. 섬뜩하게 비틀린 인체였다. 두 사람의 몸이 거기에 있었기 때문에 팔다리 숫자가 많았고, 끔찍한 덩어리처럼 보였다.

밀감의 주위에서 소리가 사라졌다.

다 큰 어른 두 사람이 변기에 얽히듯 쓰러져 있었다. 한순간이긴 하지만, 부자연스럽게 꺾인 육체가 역겨워 보였다. 거대한 낯선 곤충을 눈앞에 접한 기분이었다. 바닥에 피가 고이고, 그것이 흔들흔들 움직여서 소변처럼 보였다.

"이게 뭐야."

등 뒤에서 중학생이 갈라진 목소리를 내며 뒤로 물러섰다.

"레몬"이라고 밀감이 나지막이 이름을 입에 올렸다.

귓가에 소리가 되살아났다. 신칸센이 달리는 울림이 밀감의 몸 한가운데를 부르르 흔들었다. 레몬의 얼굴이 떠올랐다. 지금 눈앞에서 눈을 감고 그 눈꺼풀을 피로 뒤집어쓴 남자가 아니라, 옆에서 늘 시끄럽게 떠들어대던 레몬의 얼굴이다. "나도 그런 말 듣고 싶어, 넌 정말 도움이 되는 기관차로구나, 하는 말"이라며 아이처럼 눈빛을 반짝이던 표정이 떠올랐다. 밀감은 가슴이 갈기갈기 찢기고 그 틈새로 차디찬 바람이 불어 닥치며 나지막이 웅성거리는 느낌이 들었다. 게다가 그런 웅성거림은 난생처음이라 동요할 수밖에 없었다.

소설 문장이 머릿속에서 울려 퍼졌다.

“우리는 사라져간다, 제각각 홀로.”

함께한 시간이 제아무리 길더라도 사라져갈 때는 모두 혼자일 뿐이다.

밀감 뒤에서 화장실 상황을 들여다보고 있던 왕자는 한 발 두 발 뒤로 물러났다. 겁에 질린 척하며 밀감의 표정을 확인했다. 파리해지면서 굳어가는 밀감의 표정을 왕자는 놓치지 않았다. 유리를 걷어차 산산이 부숴버리는 것 같은 쾌감이 느껴졌다. ‘에이 뭐야, 나약하네’라고 중얼거릴 뻔했다.

밀감은 화장실 안에 들어간 채 문을 닫았다. 왕자는 통로에 홀로 남겨졌다.

본심을 밝히자면, 화장실 안에서 밀감이 어떤 반응을 보이는지 구경하고 싶었다. 레몬의 시체를 눈앞에 둔 그는 당혹스러워할까 아니면 필사적으로 낭패감을 감추려 할까, 늘 냉담함을 잃지 않는 그 남자의 모습을 관찰하고 싶었다.

얼마 지나지 않아 문이 열리고 밀감이 다시 나타났다. 표정에 변화가 없어서 왕자는 조금 실망스러웠다.

“또 한 사람, 아저씨 쪽이 너랑 같이 왔다는 남자지. 아니야?”라며 손을 뒤로 돌려 화장실 문을 닫고, 엄지로 그 문을 가리켰다. 기무라 얘기겠지.

"가슴에 맞았어. 심장은 아니지만. 어떡할래?"

"어떡할래?"

"레몬은 죽었지만, 그 사람은 아직 숨이 남아 있어."

왕자는 그 의미를 곧바로 이해할 수 없었다. 기무라가 살아 있다고? 레몬이 쏜 총에 맞아 죽었다고 믿고 있었다. 흘러나온 피의 양이 적었던 건 분명하지만, 그런 상황에서도 살아남았다면 기무라는 영원히 죽지 않을 것처럼 여겨졌다.

집념 강한 인간 같으니, 하는 말이 튀어나올 뻔했다.

"착각하지 마. 그렇다고 그 사람이 팔팔하다는 뜻은 아니야." 밀감이 설명했다.

"죽지 않았다는 의미일 뿐이고, 죽은 목숨이나 다름없어. 어떡할래? 뭐 하긴, 신칸센 안에서는 치료도 못할 테니 어쩔 도리도 없겠지. 네가 엉엉 울면서 차장한테 매달리면, 신칸센을 세울 수 있을지도 모르지. 구급차를 불러줘요! 하고 울며 매달리면."

왕자가 어떻게 대답해야 할지 고민한 것은 한순간뿐이었다. 여기서 신칸센을 멈추고 경찰 사건으로 확대시킬 생각도 추호도 없었다.

"난 그 아저씨한테 붙잡혔던 거예요."

왕자는 기무라에게 유괴 비슷하게 끌려 다녀서 사실은 불안했다는 말을, 그건 물론 날조한 내용이지만, 밀감에게 들려주었다. 그렇기 때문에 기무라가 죽어간다는 것을 안 지금, 혼란과 공포는 느끼지만, 해방된 기분도 든다고. 이대로 기무라가 죽어주면 기쁘겠다는 심정도 넌지시 드러냈다.

밀감은 그 얘기에는 흥미가 없어 보였다. 쌍꺼풀눈은 날카로웠지만, 무슨 생각을 하는지 읽어내긴 힘들었다. 원래는 "아무리 그래도 경찰에 연락하는 게 도리지"라고 비난할지도 모르지만, 밀감도 신칸센을 멈추고 싶지는 않은지 그에 관해서는 입을 다물었다.

밀감은 문을 닫은 화장실 앞에서 움직이려 하지 않았다. 그 통로에서 왕자와 마주섰다.

"화장실 안에는 두 사람의 시체가 있다. 아저씨는 아직 시체는 아니지만, 머지않아 그렇게 되겠지. 그런데 레몬의 몸은 그 사람 위에 기대듯이 쓰러져 있어. 다시 말해 레몬이 죽은 건 그 아저씨보다 나중이야. 아저씨를 쏜 사람은 레몬이겠지. 그 후에 레몬이 총에 맞았을 테고."

"누구한테요?"

"권총은 있었어. 그렇지만 하나뿐이었지."

"하나뿐이라고요? 누가 쐈나요?"

"먼저 레몬이 아저씨를 쏘고, 그 후에 아저씨가 죽기 직전에 그야말로 죽을힘을 다해 권총을 빼앗았다. 그리고 레몬을 쐈다. 현실적이냐 아니냐 하는 문제는 제쳐두고, 그런 가능성은 있을지도 모르지."

그렇게 생각해주시면 고맙죠, 하고 왕자는 말하고 싶었다. 경계하면서도 웃음이 나올 것 같았다. 밀감이라는 이 남자는 역시 머리가 좋다. 사고가 논리적이다. 머리 좋은 인간은 대환영이다. 이치에 맞게 행동하는 사람일수록 자기 정당화의 굴레에서 벗어나기 어렵기 때문에 왕자가 사고한 길대로 따라주었다.

밀감은 몸을 기울이며 화장실에서 비어져 나온 구리줄을 보았다.

"그런데 우선 마음에 걸리는 게 이거야."

"그 구리줄은 뭔데요?"

"레몬이 자물쇠를 잠그기 위해 사용했겠지. 밖에서 자물쇠를 잠그는 기술이야. 레몬이 자주 쓰는 방법이지."

밀감은 비어져 나온 그 구리줄을 끌어당겼다. 감개무량하게 친구를 그리워하는 기색도 없이, 그저 구리줄의 감촉과 강도를 확인하는 것으로만 보였다.

"이게 여기 걸려 있다는 건 화장실 안의 아저씨 말고 또 한 사람, 다른 누군가가 있었다고 보는 게 좋겠지."

"왠지 탐정 같네요."

왕자는 장난칠 마음은 없었고, 현실적으로 그렇게 느꼈기 때문에 입을 열었다. 냉정하고 침착하게, 감정에 휘둘리지 않으며, 시체를 앞에 두고 막힘없이 사고를 펼치는 그 모습은 옛날에 읽은 어느 책에 등장한 명탐정과 겹쳐졌다.

"난 범인을 찾아내기 위해 포커를 치거나 하진 않아. 다만 나에게 보이는 실마리를 가지고 가장 개연성 있는 장면을 상상할 뿐이지." 밀감이 말했다.

"아마도 레몬은 아저씨를 쏜 후에 시체를 이 화장실에 감추고 자물쇠를 채웠겠지. 그때 사용한 게 이 구리줄이야."

왕자는 밀감의 진의를 파악하지 못해 애매하게 대응할 수밖에 없었다.

"그런데 그 후에 누군가 다른 인간이 레몬을 쐈지. 그 범인은 레몬을 숨기기 위해 또다시 이 화장실을 쓰기로 했고. 아저씨랑 같이 숨겨두면 된다고 생각한 거야. 그리고 자물쇠를 잠그기 위해 이 구리줄을 사용했지."

"무슨 뜻인가요?"

"아마도 그 범인은 레몬이 구리줄을 어떻게 쓰는지 지켜봤겠지. 그래서 이 구리줄을 끌어당겨 다시 한 번 여닫은 거야. 구리줄 사용법을 아니까 흉내 낸 거지."

"레몬님이 하는 방법을 가르쳐줬다는 뜻인가요?"

"가르쳐주진 않았겠지. 그렇지만 레몬이 자물쇠를 잠그는 모습을 그 누군가가 지켜보고 있었을지도 모르지."

밀감은 구리줄을 손가락으로 어루만진 후, 허리를 굽히고 통로를 잠시 오가며 바닥을 응시한 채 무슨 증거라도 남아 있는지 얼굴을 가까이 들이댔다. 벽에 난 흠집을 만져보기도 했다. 사건 현장을 둘러보는 경찰 같았다.

"그러고 보니, 네가 레몬이랑 얘기할 기회가 있었던가?"

밀감이 바로 눈앞까지 다가와 있었다. 불현듯 생각이 떠오른 듯한 말투였다.

"네?"

"레몬이랑 잠깐이라도 얘기는 나눴을 거 아냐."

"살아 있을 때 말인가요?"

"죽은 후에 얘기를 나눴냐고 물어볼 수야 없겠지. 혹시 무슨 말 못 들었어?"

"무, 무슨 말이요?"

흐음 그렇지, 하며 밀감이 잠시 생각에 잠긴 후, "열쇠 얘기"라고 말했다. 고개를 살짝 기울이고 있었다.

"열쇠?"

"난 어떤 열쇠를 찾고 있어. 레몬이 뭔가를 알고 있는 것 같았는데, 혹시 그런 말 못 들었나?"

그 얘기라면, 하고 왕자는 대답할 뻔했다. 레몬과 마지막으로 나눈 얘기를 떠올렸다. 수마에 허물어지는 몽롱한 상태에서도 젖 먹던 힘까지 쥐어짜내며 "열쇠는 모리오카의 코인로커에 있다"고 그는 말했다. 밀감에게 그 말을 전해달라고. 무슨 열쇠인지는 모르지만, 그래서 왕자도 그 얘기가 은근히 마음에 걸렸다. 여기서 밀감에게 그것을 가르쳐주면, 열쇠의 정체를 포함해 재미있는 정보를 끌어낼 수 있을지 모른다는 생각이 들었다.

입 밖에 내기 직전이었다. "열쇠 얘기는 했어요. 무슨 말인지는 모르겠지만"이라는 말이 금방이라도 튀어나올 순간이었다.

함정일지도 모른다는 경보가 머릿속에서 울린 것은 입을 막 열기 직전이었다. 별다른 근거는 없었다. 직감이라고 해야 할지도 모르지만, 어쨌거나 왕자를 붙들어 세웠다.

"그런 말은 전혀 안 했는데요."

"그렇군."

밀감은 아쉬워하는 기색도 없이 조용히 중얼거릴 뿐이었다.

왕자는 밀감의 반응을 보며 생각했다. 모리오카의 코인로커 얘기는 해도 괜찮았을까. 그러나 그 말을 하지 않았다고 해서 불리해진 것 같진 않았다. 처지는 여전히 동등하거나 어쩌면 자기가 조금 올라갔을지도 모른다고 왕자는 분석했다.

"조금 마음에 걸리는 게 있는데."

밀감이 불쑥 내뱉었다.

"뭐가요?"

"넌 조금 전에 전화를 받기 위해 우리랑 떨어졌어. 그건 6호차 뒤쪽 통로였지."

"그랬죠."

"그리고 네가 원래 앉아 있던 자리는 7호차였을 게 분명해."

별걸 다 기억하시네요, 하고 왕자는 무심코 말할 뻔했다. 밀감이 좌석 옆을 통과해간 것은 단 한 번뿐이었다. 그렇게 순간적으로 스쳐 지나면서도 몇 호 차인지 기억했단 말인가.

밀감의 눈이 뚫어져라 왕자를 노려보았다.

왕자는 동요해선 안 된다고 스스로를 타일렀다. 괜한 엄포에 불과하다는 걸 알고 있었다. "그건"이라며 겁에 질린 듯이 말했다.

"일단 자리로 돌아갔는데."

"갔는데?"

"화장실에 가고 싶어서 이리로 온 거예요."

됐어, 하며 왕자는 마음속으로 고개를 힘차게 끄덕거렸다. 모범 답안이야.

아아, 그렇군, 하며 밀감도 고개를 끄덕였다.

"아 참, 이걸 본 기억이 없나?"

이어서 밀감이 어딘가에서 컬러 인쇄된 종이를 꺼내더니 펼쳐 보였다. 큰 종이는 아니었다. 기관차 토머스의 캐릭터가 늘어선 스티커였다.

"그게 왜요?"

"지금 찾아봤더니 레몬의 재킷 주머니에 들어 있더군."

"토머스를 좋아하나 보죠."

"어이가 없을 정도지."

"그게 무슨 문제라도 있나요?" 다시 한 번 묻고 말았다.

"여기 스티커가 없어"라며 손가락으로 가리킨 부분은 정말로 스티커가 뜯겨 있었다. 두 군데 공백이 있었다.

왕자는 레몬이 통로에 주저앉았을 때 스티커를 바닥에 붙였던 것을 떠올렸다. 녹색 기관차 그림이 그려 있었는데, 그것은 왕자가 떼어내서 쓰레기통에 버렸다.

"네가 받은 거 아니야?"

밀감의 몸에서 눈에 보이지 않는 무색투명한 촉수가, 식물의 기다란 덩굴 같은 뭔가가 뻗어 나와 왕자의 뺨과 목덜미를 휘감는 기분이 들었다. 왕자의 본심을, 속마음을 꿰뚫어보기 위해 더듬거렸다.

왕자는 머리를 굴렸다. 어떻게 대답해야 할지 판단이 서지 않았다. 시치미를 뗄 것인가, 아니면 그럴 듯한 대답을 꾸며내야 할 것인가.

"한 장 받긴 했는데, 무서워서 조금 전에 쓰레기통에 버렸어요."

왕자는 자신이 중학생이라는 사실이 고마웠다.

밀감이 가타부타 말도 없이 자신의 직감만 믿고 왕자를 공격해올 가능성도 있었다. 레몬의 죽음에 관해 뭔가 알고 있을 거라며 고문 비슷한 짓을 한다고 해도 이상한 일은 아니었다. 이 남자는 지금껏 그런 난폭한 짓을 일삼으며 살아왔을 게 틀림없다.

그러나 왕자에게는 그렇게 하지 않았다. 왜일까? 왕자가 아직 어린애이기 때문이다. 상대가 어린애라서 주저하는 것이다. 확증도 없이 몰아세우기에는 너무 어리고 연약한 존재라고 생각하고, 조금 더 자신의 직감을 뒷받침할 만한 증거를 찾아낸 후에 행동해야 한다는 자기 양심의 조언을 받아들였을 게 틀림없다. 양심 따윈 아무런 도움도 안 되는데 말이다.

레몬에 비하면 밀감은 머리가 좋고 내면도 충실한 것처럼 여겨졌다. 내면의 충실함은 상상력을 풍부하게 해준다. 상상력이 단련되면 타인에게 공감하는 힘이 강해진다. 다시 말해 그만큼 나약해진다. 그러니 레몬보다 밀감을 조종하기가 더 쉽다. 그렇다면 난 아마 지지 않겠지, 하고 왕자는 생각했다.

"그렇군, 쓰레기통에 버렸단 말이지. 무슨 스티커였지?"

밀감이 진지한 표정으로 질문을 던졌다.

"네?"

신칸센의 흔들림 때문에 균형이 흐트러진 왕자는 옆으로 비틀거리며 벽에 손을 짚고 지탱했다.

"여기서 뜯어서 너에게 준 스티커는 어떤 캐릭터였냐고? 이름이 뭐야?"

밀감이 든 종이에는 희미하게 피가 묻어 있었다.

왕자는 고개를 옆으로 저었다.

"그것까진 몰라요."

그 순간, 왕자는 배 언저리에 구멍이 휑하니 뚫리는 감각에 휩싸였다. 외줄타기 줄 위로 걸음을 내딛은 것처럼 한기가 느껴졌다. 그와 동시에 밀감이 "이상한데"라는 말을 흘렸다.

"이상한가요?"

"그 녀석은 늘 기관차 토머스 친구들의 이름을 가르쳐주고 싶어 했어. 스티커나 장난감을 건넬 때는 항상 이름을 말했지. 반드시. 말없이 건네줬을 리가 없다고. 네가 혹시 스티커를 받았다면 이름을 들었을 거야. 기억이 안 날지는 몰라도 틀림없이 듣긴 했겠지."

왕자는 대답할 말을 고민했다. 바로 대답하면 안 된다는 생각은 들었다. 외줄 위에서 발을 헛디디면, 허둥거리지 말고 천천히 다시 자세를 바로잡을 수밖에 없다.

"내가 보기에는."

밀감이 종이를 내려다봤다. 스티커는 두 개가 뜯겨 나갔고, 그 윤곽만 남아 있었다. "네가 받은 건 이쪽일 텐데"라며 손가락으로 가리켰다.

"녹색이었지?"

"아, 맞아요."

실제로 쓰레기통에 버린 것은 녹색 기관차였다.

"아마 퍼시겠지. 귀여운 탱크기관차 퍼시인데, 레몬이 꽤 좋아했지."

"그런 이름 같기도 하네요."

왕자는 애매하게 대답하며 분위기를 살폈다.

"그렇군."

밀감의 표정만으로는 그 속마음을 읽어낼 수 없었다.

"이쪽에 있었던 것은 무슨 캐릭터였는지 아나?"라며 스티커가 벗겨진 다른 쪽 흔적을 손가락으로 가리켰다.

"몰라요." 왕자는 또다시 고개를 저었다.

"그쪽은 받은 적이 없으니까."

"난 알아."

"뭐가 붙어 있었는지 안다고요?"

"알지." 밀감이 그렇게 대답하는가 싶더니 단숨에 코앞까지 다가섰다. "여기에 붙어 있잖아"라고 말하는가 싶더니 왕자가 입고 있는 블레이저 옷깃을 휙 스치고 곧바로 놓았다.

왕자는 꼼짝도 못하고 우두커니 서 있었다.

"봐. 이게 검은 디젤이야. 심술꾸러기 디젤."

밀감의 손에는 분명 검은 차체에 네모진 얼굴을 한 캐릭터 스티커가 있었다.

예상치도 못했던 일이라 왕자는 그 스티커의 출현에 깜짝 놀랐다. 그러나 그런 감정이 밖으로 드러나지 않게 필사적으로 마음을 억눌렀다. "밀감님도 토머스를 잘 아시네요"라고 간신히 말했다.

그러자 밀감이 아주 살짝 표정을 부드럽게 풀었다. 뜻하지는 않았겠지만, 미소도 녹아들어 있었다. "그거야"라고 입을 열었다. "그 녀석한테 그렇게 매일같이 지겹게 듣다 보면 어느 정도는 기억하게 마련이지"라며 씁쓸한 표정을 지었다. 그리고 자기 바지 주머니에서 둥글게 만 문고본을 꺼냈다.

"지금 시체를 뒤졌더니 그 녀석 재킷에서 이게 나왔어."

책등은 주황색이고, 표지에는 책 제목과 저자 이름뿐이었다.

살풍경하다고 할 만한 그 문고본을 어루만지고, 갈피표 위치를 확인하면서 "애써서 여기까지는 읽었던 모양이야"라고 담담하게 말했다. "그 녀석이나 나나 지는 건 질색이니까"라고 중얼거리더니 더욱 작아진 목소리로 말했다.

"순박하지 못했던 거지."

"저어."

"잘 들어, 검은 디젤은 못된 놈이야. 레몬은 나에게 자주 말했어. 검은 디젤만큼은 신용하면 안 된다고. 거짓말을 하고 남의 이름도 기억하지 못해. 그런데 그게 네 옷에 붙어 있었지."

"아마 어쩌다 우연히."

왕자는 말을 하면서 힐끔힐끔 좌우를 살펴보았다.

레몬이 마지막 순간에 자기에게 달려들었을 때, 그 스티커를 붙였을지도 모른다. 전혀 몰랐다.

열세에 몰릴 뿐이었다. 왕자는 그렇게 직감했다. 그러나 아직은 희망이 있다. 왕자 자신의 직감으로 보면 충분히 있었다.

밀감은 아직 손에 총을 쥐지는 않았다. 언제든 꺼낼 수 있어서일까, 자신이 있어서일까, 아니면 총을 안 꺼내는 게 좋다고 생각하기 때문일까? 어느 쪽이든 아직 기회는 있어 보였다.

밀감이 천천히 이야기를 시작했다.

"도스토옙스키의 《죄와 벌》에 이런 말이 있지. '일단은 자기 한 사람을 사랑하자, 왜냐하면 이 세상 모든 것은 그 기초를 개인의 이해利害에 두고 있기 때문이다'라고. 다시 말해 가장 소중한 것은 자신의 행복이란 뜻이야. 그것이 돌고 돌아 모두의 행복으로 이어지지. 나는 타인의 행복이나 타인의 괴로움에 관해서는 별로 생각해본 적이 없어서, 그야 그럴 테지 하는 생각밖에 안 들었는데, 넌 어때?"

왕자는 그 말에 대답하는 대신 "왜 사람을 죽이면 안 되나요? 그런 말을 물으면 어떻게 대답하시겠어요?"라며 또다시 그 질문을 입에 올렸다.

밀감은 별로 고민하는 모습도 보이지 않았다.

"도스토옙스키는 《악령》에서 이렇게 말해. '범죄는 이미 정신착란은커녕 다름 아닌 건전한 상식 그 자체, 아니 거의 의무, 적어도 고결한 항의 행동이 아닌가. 지성 있는 살인자가 돈을 필요로 하는 이상, 어떻게 살인을 저지르지 않을 수 있겠는가!' 라고. 인간이 죄를 범하는 것은 이상한 일이 아니야. 극히 자연스러운 거지. 나도 동감이야."

소설에서 제법 그럴 듯한 인용을 끄집어내는 것이 과연 그 질문에 대한 답이 될지 어떨지 왕자는 납득할 수 없었다. 그리고 '범죄는 상식 그 자체'라는 말에는 동의하지만 '고결한 항의 행동'이라는 표현에서는 나르시시즘과도 같은 표층적인 재미밖에 느낄 수 없어서 역시나 하며 낙담했다.

이것 역시 감정적이며 강경한 의견일 뿐이었고, 입에 발린 그럴 듯한 말에 불과했다. 자신이 알고 싶은 것은 '살인 금지'에 관한 냉정한 의견이었다.

한편, 조금 전에 센다이 역을 막 지난 무렵에 전화를 걸어온 사람을 떠올렸다. 기무라의 아들에게 해를 가하기 위해 병원 근처에서 대기하고 있는 남자다.

"이미 병원 안으로 들어왔어. 간호사 차림을 했지. 슬슬 센다이에 도착할 때 아닌가? 연락이 없는데, 난 계속 대기만 하면 되나?"라고 그가 확인했다. 빨리 일을 시작하고 싶어서 좀이 쑤시는 기척마저 느껴졌다.

"아직은 아무것도 안 해도 돼요"라고 왕자는 대답했다.

"그냥 규칙대로 하세요. 열 번 이상 신호가 울려도 내가 안 받으면 행동해도 좋아요."

"그렇군, 알았어"라고 흥분을 드러내며 대답한 그 남자야말로 자기 자신만을 사랑하고, 돈만 손에 넣을 수 있다면 어린 아이를 살해해도 문제될 게 없다고 생각할지도 모른다. 모르긴 해도 '이건 험악한 일이 아니다, 아이에게 연결된 의료기기의 작동을 살짝 불안정하게 만드는 것뿐이다'라고 스스로를 합리화할 것이다. 인간은 자기 정당화에 여념이 없다.

"넌 중학생이지? 몇 살이야?"

눈앞의 밀감이 다시 말을 이으며 물었다.

"열네 살이에요"라고 왕자가 대답했다.

"딱이군."

"딱이요?"

"형법 41조를 아나?"

"네?"

"형법 41조, 열네 살이 되지 않은 자의 행위는 처벌하지 않는다. 알고 있나? 열네 살부터는 형법으로 처벌할 수 있다는 말이지."

"아니오."

물론 거짓말이었다. 왕자는 그런 쪽 정보는 잘 알고 있었다. 그러나 열네 살이라고 해서 위축되었냐 하면 전혀 그렇지 않았다. 지금까지 죄를 저질러온 것도 딱히 '형법의 심판을 받지 않는 연령이기 때문'은 아니었다. 그건 고작해야 자기가 하고 싶은 일에 따라붙는 제약이나 특전 종류일 뿐이다. 형법 따윈 자기가 범하는 죄와는 전혀 다른 차원의 사사로운 사항이었다.

"내가 좋아하는 문장을 또 하나 가르쳐주지. 《오후의 예항曳航》에 나오는 말이야."

"무슨 말인데요?"

"네 또래 어린애가 말하지. '형법 41조는 어른들이 우리에게 품는 꿈의 표현이며 동시에 그들이 이룰 수 없는 꿈의 표현이기도 하다. 우리는 아무것도 할 수 없다는 방심 덕분에, 그곳에서만이라도 언뜻 푸른 하늘의 한 조각을, 절대 자유의 한 조각을 슬쩍 엿보게 해둔 것이다.' 황홀한 문장이라 내가 아주 좋아하는데, 왜 사람을 죽이면 안 되는가에 대한 대답의 암시가 여기에도 들어 있지.

사람을 죽이면 안 된다는 말은 어른들이 품고 있는 꿈의 표현일 뿐이야. 꿈이라고, 꿈. 산타클로스가 있기를 바라는 거나 마찬가지지. 현실에서는 절대 볼 수 없는, 아름다운 파란 하늘을 죽어라 종이에 그려놓고, 두려워지면 이불 속으로 파고들어가 그것을 바라보며 현실에서 도망치지. 법률이란 대개 그런 거야. 이게 있으니 괜찮을 거라고 자신을 위로하는 표현에 지나지 않아."

왜 갑자기 소설 문장들을 인용하기 시작하는지 왕자는 이해할 수 없었다. 타인의 말에 기대는 순간부터 이미 별 것도 아니라는 환멸까지 느껴졌다.

어느새 권총이 보였다.

게다가 두 개였다. 총 두 개가 눈앞에 있었다.

그중 하나는 밀감이 똑바로 그 구멍을, 총부리를 왕자에게 뻗고 있었다. 다른 하나는 살며시 내미는 구원의 손길처럼 밀감의 왼손에 올려 있었고, 이쪽을 향해 내밀었다.

무슨 뜻이지, 하며 왕자는 당혹스러워했다.

"잘 들어. 난 상당히 화가 많이 났어. 너 같은 어린애한테는 특히 더 화가 나. 그렇지만 나 혼자만 일방적으로 총을 쏴서 네 생명을 빼앗는 건 도저히 내키질 않아. 약한 존재를 괴롭히는 건 성격에 안 맞으니까. 그러니 이 총을 네게 주지. 둘 다 권총을 들고 죽느냐 죽이느냐 결판을 짓는 거야."

왕자는 바로 움직일 수 없었다. 상대의 생각이 뭔지 곧바로 판단할 수 없었다.

"자, 얼른 받아. 쏘는 방법은 가르쳐줄 테니까."

왕자는 상대의 동작을 경계하면서도 밀감의 왼손에서 권총을 받아들었다. 그리고 한 발 두 발 뒤로 물러섰다.

"이 뒤쪽 부분에 있는 슬라이드를 당겨. 손잡이를 움켜쥐고 레버를 이렇게 내려. 안전장치야. 그다음에는 나를 향해 방아쇠만 당기면 끝이야."

밀감은 무표정인 채로 흥분도 긴장도 내비치지 않고 말했다. 정말 화가 난 건지 고개를 갸웃거리고 싶어질 정도였다.

왕자는 권총을 손에 들고, 시키는 대로 조작하려 했다. 그런데 그 순간 손이 미끄러지는 바람에 권총을 바닥에 떨어뜨리고 말았다. 화들짝 놀라 순간적으로 핏기가 싹 가셨다. 그 틈에 밀감이 결국 총을 쏠 거라 생각했다. 그러나 밀감은 살며시 웃으며, "진정해. 주워서 다시 하면 돼. 난 비겁하게 먼저 총을 쏘진 않아"라고 말했다.

왕자는 그 말에 거짓은 없다고 생각했다. 그래서 허리를 굽혀 총을 주워들었지만, 그 순간 불현듯 '내가 이런 중요한 순간에 총을 떨어뜨리다니 가당키나 한 일인가' 하는 의문이 솟구쳤다. 행운을 타고났고, 늘 넘쳐나는 그 행운의 보호를 받아온 경험으로 보건대, 이 실수는 부자연스러웠다. 그리고 나서야 생각이 미쳤다. '이건 아마도 필연이다. 필요한 실수였던 것이다.'

"이 권총, 필요 없어요."

왕자가 주워든 권총을 밀감에게 내밀었다.

밀감의 얼굴에 그늘이 드리워지며 미간에 주름이 잡혔다.

형세가 변해가는 예감을 느끼며 왕자는 여유를 되찾기 시작했다.

"왜 필요 없어? 맨주먹이면 살려줄 줄 아나?"

"아니에요." 왕자가 단호하게 말했다.

"이건 아마 함정이겠죠."

밀감은 잠시 입을 다물었다.

역시 그랬군, 하며 왕자는 기쁨보다도 성취감을 느꼈다. 나는 역시 여전히 보호를 받는 거라고. 구조나 장치는 알 수 없지만, 이 권총은 통상적인 것과는 다를지도 모른다. 쏘면 오히려 피해를 입게 될지도 모른다는 상상이 갔다.

그러자 밀감이 "용케 눈치 챘군. 그건 방아쇠를 당기면 폭발해. 죽진 않더라도 팔이나 신체 부위가 손상될 게 틀림없지"라고 말했다.

난 역시 행운에 둘러싸여 있다. 왕자는 이제 밀감이 무섭지 않았다. 반대로 밀감이 나를 두려워하기 시작하지 않았을까?

그런데 그 순간, 밀감 등 뒤에서 문이 열리며 사람이 나오는 모습이 보였다.

"도와주세요!" 왕자가 소리를 질렀다.

"날 죽이려고 해요!"

왕자는 매달리는 심정으로 "도와줘요"라고 호소했다.

그 직후였다. 왕자의 눈앞에서 밀감의 목이 휘청 하며 꺾였다. 꼿꼿이 서 있던 머리가 옆으로 홱 돌아갔다. 밀감이 쓰러지며 권총이 굴러떨어졌다.

신칸센 바닥은 쓰러진 그 몸을 안고 중요한 장소로 운반하듯 덜컹덜컹 요란한 소리를 내며 흔들렸다. 나나오가 서 있었다.

이젠 한숨도 나오지 않았다. 나나오는 목이 꺾인 밀감의 시체를 내려다보며 망연히 서 있었다.

어쩌다 이런 일이 벌어졌을까 하고 스스로에게 질문을 던졌다.

"지금 이 사람이 날 죽일 뻔했어요."

중학생이 떨리는 목소리로 말했다.

지긋지긋하다는 생각도 마비되기 시작했다.

"대체 무슨 일이 있었던 거야?"

"지금 이 사람들이 서로 총으로 쐈어요."

중학생이 설명하기 시작했다.

"이 사람들?" 복수형이라는 걸 알아채고 되묻자, 중학생이 손가락으로 화장실을 가리켰다. "그 구리줄을 잡아당기면 열리나 봐요"라고 말했다. 그 말대로 따라하자 정말로 문이 열렸다.

문 너머에서 사람이 변기를 에워싸듯 나뒹굴고 있어서 눈이 휘둥그레졌다. 그것도 두 사람이었다. 현기증이 났다. 불필요한 쓰레기가, 예를 들면 세탁기나 컴퓨터가 아무렇게나 내동댕이쳐진 광경과 비슷했다.

"이런 짓 좀 그만하자니까."

나나오는 더 이상 어른답게 행동할 여유도 없어서 억지 처사에 우는소리를 쏟아놓는 어린애처럼 나약한 소리를 내뱉었다.

"아아, 제발 좀 봐줘."

"저도 뭐가 뭔지 모르겠어요."

막 목을 부러뜨린 밀감을 그대로 둘 수는 없다는 판단은 할 수 있었다. 화장실로 옮겨 벽에 기대어놓았다. 화장실은 이미 꽉 들어찼다. 그곳은 이제 시체 전용 보관소 같았다.

밀감의 옷 주머니를 뒤져서 휴대전화를 꺼냈다. 혹시라도 벨소리가 울려서 시체가 발견되면 곤란하기 때문이다. 바지 뒷주머니에서 종이쪽지가 나와 펼쳐보니 슈퍼마켓 추첨권이었다. 이런 게 왜 들어 있나 하며 바라보는데, "뒤에 뭐가 적혀 있어요"라고 중학생이 말했다.

뒷면에는 가느다란 펜으로 그린 기관차가 있었다. '아서'라고 쓴 손글씨도 보였다.

"그게 뭐예요?"

"기관차 그림이야"라고 말하고, 나나오는 그대로 자기 주머니 속에 종이를 집어넣었다.

화장실 정리를 한 차례 끝내고 통로로 나오자, "덕분에 살았어요"라며 배낭을 어깨에 다시 멘 중학생이 말했다. 조금 전까지 총 비슷한 물건을 손에 든 것처럼 보였는데, 이미 사라지고 없었다. 잘못 봤나. 문을 닫고, 시행착오를 반복하며 구리줄을 잡아당겨서 자물쇠를 걸었다.

방금 일어난 일을 다시 떠올려 보았다.

승무원실에서 트렁크를 받아들고 원래 있던 자리로 돌아오자, 밀감이 중학생에게 총을 겨누고 있었다.

그 소년이 불안에 떨며 "도와주세요"라고 외치는 모습에 순간적으로 반응하고 말았다. 무력한 영혼이라고 할 수 있는 어린애가 구원을 요청하는 눈빛은 나나오가 과거에 못 본 척했던 유괴된 그 소년의 모습과 겹쳐졌다.

머릿속이 텅 비고 무아몽중에 가까웠다. 등 뒤에서 밀감에게 다가가 그 목을 꺾어버린 것이다. 밀감이 강하다는 게 머릿속에 새겨 있어서 숨통을 완전히 끊어놓지 않으면 자기가 오히려 위험에 빠진다는 두려움에 몸이 저절로 판단하고 행동했다.

"그가 왜 널 쏘려고 했지?"

"몰라요. 이 화장실에서 시체를 발견하더니 갑자기 흥분했는지."

동료의 시체를 눈앞에 접하고, 평정심을 잃어버린 걸까? 가능성으로 보자면 있을 법한 일이기도 했다.

"대체 누가 누굴 죽였는지 도통 모르겠군."

나나오는 화장실로 시선을 던진 후, 한숨을 내쉬었다. 상세한 사실은 이제 아무래도 상관없다. 한시라도 빨리 영문을 알 수 없는 이 장소에서 벗어나고 싶었다. '불행'이 시속 200킬로미터 이상으로 질주한다는 생각밖에 안 들었다. '불행'과 '불운'이 연결되어 나나오를 싣고 달리고 있었다.

밀감의 손에서 떨어진 권총을 어떻게 할까, 잠시 고민했다. 그러나 쓰레기통에 버렸다.

"아." 중학생이 입을 열었다.

"왜 그래?"

"권총을 가지고 있는 게 마음이 든든할 것 같은데."

"가지고 있어봐야 성가신 일만 생길 게 틀림없어."

위험한 물건은 아예 손에서 멀리하는 게 최고라고 나나오는 생각했다. 밀감의 휴대전화도 쓰레기통에 넣었다. "버리는 게 제일이야"라고 말하고, 통로 끝에 놔둔 트렁크를 움켜쥐었다.

"이젠 질렸다. 빨리 내리고 싶어."

중학생의 얼굴이 살짝 굳었다. 불안한 눈빛이었고, 한순간이지만 눈동자가 젖어들었다.

"내릴 거예요?"

"어떻게 해야 할지도 모르겠고."

밀감과 레몬이 사라진 지금, 미네기시의 의뢰에 대한 책임은 어떻게 되는 건지 짐작조차 할 수 없었다. 그러나 벌을 받는 것은 밀감 일행이고, 자기는 아마도 문제 삼지 않을지도 모른다.

나나오가 의뢰받은 일은 트렁크를 가로채서 신칸센에서 내리는 것이다. 이대로 트렁크를 들고 다음 역에서 내리면 문제될 일은 거의 없을 것이다. 감점은 있을지 몰라도 합격점은 받을 수 있다. 그런 생각이 들었다. 아니, 정확히 말하면 그렇게 생각하려 애썼다.

타이밍이 좋다고 해야 할까, 다음 정차역인 이치노세키에 도착한다는 안내방송이 들려왔다.

"저어, 모리오카까지 같이 가주실 수 없어요?"

중학생이 거의 울상을 지으며 말했다.

"전 너무 무서워요."

나나오는 귀를 틀어막고 싶었다. 더 이상 무슨 일에 휘말리는 건 질색이었다. 모리오카까지 간다고 해서 얻을 건 없었다. 하지만 위험이라면 얼마든지 열거할 수 있었다.

"사실 저는."

중학생이 무겁게 입을 열었다.

좋지 않은 예감이 나나오를 휘감았다. 듣고 싶지 않은 진실이 소년에게서 튀어나와 자기를 칭칭 얽어맬 것 같아 두려웠다. 당장 귀를 틀어막아야 한다는 생각에 두 손을 얼굴 양옆으로 가져갔다.

"내가 모리오카까지 가지 않으면, 아이가 위험에 처해요."

"무슨 소리야?"

귀를 막기 직전에 손이 멈췄다.

"인질이라고 할까요. 아직 다섯 살 정도밖에 안 됐는데, 아는 사람의 아이가 병원에 입원해 있어요. 그런데 내가 모리오카까지 안 가면 그 아이의 목숨이 위험해지나 봐요."

"목숨이? 대체 어떻게 된 상황인데?"

"저도 전혀 몰라요."

나나오는 곤란했다. 이 중학생이 반드시 모리오카까지 가야 하는 이유를 알았고, 무사하게 갈 수 있을지 걱정이 되는 건 사실이었지만, 한시라도 빨리 이 신칸센에서 내리고 싶은 것도 사실이었다.

"괜찮아, 모리오카까지는 이제 더 이상 아무 일도 생기지 않을 거야."

나나오는 자기 자신도 믿지 않는 말을 진심도 담지 않고, 효력이 불분명한 염불을 외는 심정으로 말했다.

"그러니까 지금부터는 자리에 얌전히 앉아 있으면 돼."

"정말 아무 일도 없을까요?"

"절대 없다고 장담할 순 없겠지만."

"모리오카에 도착하면 무슨 일이 일어날지 몰라서 무서워요."

"나도 어쩔 수가 없어."

7호차의 문이 열리고 남자가 나왔다. 나나오는 입을 다물었다. 수상쩍게 보이지 않으려고 몸을 바짝 긴장시켰지만, 그 모습이 훨씬 더 수상쩍어 보이기도 했다.

"아아" 하며 그 남자가 아는 체를 했다.

누군가 했더니 학원 강사였다. 손으로 만지려 해도 그냥 몸을 통과해버릴 것 같은, 반투명한 상태와도 비슷한 분위기는 여전히 망령 같았다.

아 실은, 하며 그가 머리를 긁적였다.

"학원 학생들한테 특실 타고 여행한다고 거짓말을 했어요. 그런데 지금에야 특실이 어떤지 봐두지 않으면 거짓말에 리얼리티가 없다는 걸 알아챘죠. 그래서 잠깐 들여다보려고."

쑥스러워하는 표정으로 얼굴을 일그러뜨리는 남자에게는 농담을 하는 기미는 없었다. 나나오가 왜 여기까지라고 캐묻기도 전에 설명했다.

"선생 노릇하기도 힘들겠군."

나나오가 씁쓸하게 웃었다.

"아는 사람이에요?"

중학생이 경계하듯 물었다.

이 아이에게는 차 안에 있는 사람이 모두 무서운 인간으로 보일지도 모르겠다고 나나오는 생각했다. 하기야 이렇게 시체를 발견하거나 총으로 위협당할 줄은 상상조차 못했을 게 틀림없다. 아이는 그저 아이답게 미니어처 가든에서 뛰노는 게 최고다.

"아는 사람은 아니야. 조금 전에 우연히 얘기를 나눴을 뿐이지. 학원 선생님인가 봐."

나나오가 중학생에게 설명했다.

"스즈키라고 해"라며 그가 이름을 밝혔다. 이름까지 밝힐 필요는 없을 텐데 굳이 입 밖에 내는 것은 그의 올곧은 성격 때문이겠지.

나나오는 그제야 퍼뜩 생각이 떠올랐다.

"스즈키 씨, 어디까지 간다고 했지?"

"모리오카까지 가는데요."

나나오는 깊이 검토한 건 아니었다. 그렇지만 여기서 스즈키와 우연히 마주친 것은 운명이라고 자기 편할 대로 해석했다.

"스즈키 씨, 그럼 이 중학생이랑 같이 가줄 수 있을까?"

"네?"

"난 다음 역인 이치노세키에서 내려야 해. 그다음부터 이 아이를 좀 부탁하고 싶은데."

스즈키는 나나오의 말을 듣고 깜짝 놀랐다. 중간 과정 설명도 없이 느닷없이 해답을 불쑥 내민 거나 마찬가지니 당연한 반응이겠지. 중학생 역시 한순간 표정이 굳었다. 날 버릴 거야? 하고 묻는 듯한 표정이었다.

"미아예요?" 스즈키가 가까스로 입을 열었다.

나나오는 고개를 갸웃거렸다.

"그건 아닌데, 모리오카까지 혼자 가긴 불안한가 봐."

"난 형이랑 같이 가고 싶은데."

중학생은 눈에 띄게 불만스러워 보였다. 불안도 뒤섞여 있었다.

"난 이걸 들고 다음 역에서 내려야 해."

나나오가 트렁크를 들어 보였다.

"그래도."

"이 아이랑 같이 갈 수는 있지만, 그것으로는 아이의 불안이 해소될 것 같진 않군요."

학원 강사 스즈키가 곤혹스러워하며 말했다.

나나오는 한숨을 내쉬었다.

신칸센이 속도를 늦췄다. 이치노세키가 가까워졌다. 나나오는 창밖으로 흘러가는 경치를 바라보았고, 그러고 나서 별 생각도 없이 옆에 있는 중학생의 옆얼굴을 바라보았다. 그제야 중학생이 예상외로 침착하다는 걸 알아챘다. 약간 수상쩍은 생각이 들었다. 시체와 권총을 눈앞에 접한 직후치고는 너무 태연한 거 아닌가. 아니, 그렇게 따지면 나나오는 방금 그 아이 앞에서 밀감의 목뼈를 부러뜨린 남자다. 사고가 아니라 고의로, 그것도 익숙한 방식으로 처리한 남자다. 좀더 경계하고 두려워하고, 아니면 정체를 추궁하는 게 맞지 않을까. 사람을 죽인 나나오에게 모리오카까지 동행해달라고 부탁한다는 것 자체가 상식 밖이지 않은가.

그러나 나나오는 곧이어 그렇지, 하고 결론을 내렸다. 이 중학생은 너무 큰 충격을 받은 나머지 멍해진 거야, 하고. 총부리를 들이대는 위협을 당한 것이다. 그로 인한 동요는 이루 말할 수 없을 것이다. 딱하기도 하지, 하며 동정하는 마음으로 변했다.

기무라 시게루는 벽장 안을 뒤적거린 후, "당신 또 다른 데 넣어뒀지?"라며 뒤에 있는 아내를 돌아보았다.

"어머, 당신, 낮잠 잘 거 아니었어요?" 과자를 우물거리며 아키코가 말했다.

"이불 꺼내려는 거 아니었어요?"

"당신, 지금 내 말을 듣기나 한 거야. 그렇게 태평하게 있을 때가 아니야."

"아직 무슨 일인지도 모르는데."

아키코는 귀찮다는 듯 말하더니, 거실에 놓여 있던 작은 의자를 끌어안고 벽장으로 다가왔다. 잠깐 비켜봐요, 하며 기무라 시게루를 밀어낸 후, 의자를 놓고 그 위에 올라섰다. 등을 쭉 펴며 벽장 위 칸에 달린 천장 바로 밑 수납장을 열었다.

"거기 있었나?"

"당신이 제대로 치우질 않잖아요."

아키코가 그 속에서 보자기를 끌어내며 말했다.

"이거 말하는 거죠?"

기무라 시게루는 그것을 받아들고 다다미 위에 내려놓았다.

"진심이에요?"라며 의자에서 내려온 아키코가 아랫입술을 삐죽 내밀었다.

"마음에 걸려."

"마음에 걸린다니, 뭐가요?"

"오랜만에 냄새가 나." 기무라 시게루가 얼굴을 찡그렸다.

"뭐가 썩었나?"

부엌을 돌아본 아키코가, 오늘은 딱히 새로 만든 음식도 없는데, 하고 중얼거렸다.

"그게 아니라 악의야. 전화기 너머인데도 냄새가 풀풀 풍겼다고."

"옛날 생각나네. 당신은 툭하면 그런 소릴 했잖아요. 악의는 냄새가 고약하다고. 악의의 정령이라도 씌었는지, 원" 하며 아키코가 사뿐히 무릎을 꿇더니 보자기에 싸인 물건을 내려다보았다.

"내가 그 일을 그만둔 이유를 아나?"

"유이치가 태어나서 그만뒀잖아요. 당신이 그랬잖아요. 아들이 성장할 때까지 살고 싶으니 일을 바꾸자고. 나야 원래부터 그만두고 싶었으니 마침 잘된 일이었지만."

"그것 말고 다른 이유도 있었어. 30년 전에 난 진절머리가 났었지. 주위의 인간들이 하나같이 지독한 냄새를 풍겨서 견딜 수가 없었다고."

"악의의 정령인가요?"

"남을 학대하려 들고, 남을 모욕하고, 어떻게든 남보다 우위에 서려고 하는 녀석들은 정말로 냄새가 지독해."

"난 그런 건 몰라요."

"주위가 지독한 악의의 냄새로 가득해서 지긋지긋해졌던 거야. 그래서 일을 바꿨지. 슈퍼마켓 일은 힘은 들지만, 다행스럽게도 악의의 냄새와는 무관했지."

설마 하니 친아들이 내가 그만둔 업계에서 일을 시작할 줄은 꿈에도 몰랐지만, 하며 기무라 시게루는 마음속으로 씁쓸하게 웃었다. 아는 사람한테 아들이 험악한 일을 돕는 것 같다는 얘기를 들었을 때는 너무 걱정이 된 나머지 몰래 일하는 모습을 살피러 가고 싶을 정도였다.

"그게 무슨 관계라도 있어요?"

"방금 전화 상대가 이루 말할 수 없이 역한 냄새를 풍겼다는 뜻이야. 아, 그건 그렇고, 신칸센은 조사해봤나?"

아들 유이치와 통화했을 때, "지금 신칸센 안이에요"라는 말을 들은 기무라 시게루는 수상쩍은 마음이 들었다. 물론 그때도 근거라고는 자신의 직감, 전화 목소리에서 전해오는 미세한 악취에 불과했지만, 아내에게 "유이치는 이십 분쯤 후면 센다이에 도착한다고 했어. 그런 하행 신칸센이 정말 있는지 알아봐"라고 지시를 내렸다. 아키코는 "별 걸 다 시키네"라고 씁쓸하게 웃으면서도 곧바로 텔레비전 옆 선반에서 시각표를 꺼내

페이지를 뒤적거렸다.

"아, 정말 있네. 열한 시 정각에 센다이 역에 도착하는 열차가 있어요. 이치노세키에는 열한 시 이십오 분, 미즈사와에사시에는 열한 시 삼십오 분. 으음, 그거 알아요? 요즘에는 이런 두툼한 시각표를 안 봐도 인터넷 같은 걸로 쉽게 조사할 수 있대요. 예전에 당신이랑 일할 때는 내가 시각표를 숱하게 조사하고, 전화번호까지 받아 적어서 이렇게 두툼한 메모를 만들곤 했잖아요."

아키코가 손가락으로 두께를 표시하며 말했다.

"요즘은 그런 것도 필요 없겠죠."

기무라 시게루는 벽에 걸린 낡은 시계를 올려다보았다. 열한 시 오 분을 지날 무렵이었다.

"지금 나가면 미즈사와에사시에서는 여유 있게 탈 수 있겠지."

"신칸센을 타게요? 진심이에요?"

기무라는 방금 회람판을 건네주러 이웃집에 다녀와서 잠옷이 아니라 옅은 갈색 바지와 짙은 녹색 재킷 차림이라 곧바로 출발할 수 있었다. 마침 잘됐다고 중얼거렸다.

"당신도 갈 거지?"

"안 가요."

"내가 가면 당신도 당연히 가야지."

"나도 가야 해요?"

"옛날에는 당신도 같이 움직였잖아."

"그야 그렇죠. 내가 있어서 위기를 모면한 상황도 아주 많았잖아요. 기억나요? 감사 인사는 했던가? 30년 전이라고요."

아키코가 일어서더니, 이것 좀 봐요, 이젠 근육도 없고 무릎도 아파서 죽을 맛이라니까, 하고 중얼거리며 다리를 어루만졌다.

"자전거 타기나 마찬가지야. 옛날에 익힌 기억은 몸에 배어 있어."

"자전거랑은 완전히 달라요. 신경을 바짝 곤두세워야 하는 일이잖아요. 우리의 신경은 이미 날카롭기는커녕 솜처럼 물렁물렁하다고요."

기무라 시게루는 의자를 딛고 올라가 천장 밑 수납장을 들여다보며 둥글게 말아놓은 옷가지를 끄집어 내렸다.

"그 조끼도 정말 오랜만이네. 그러고 보니 요즘에는 조끼가 아니라 베스트라고 부르던가."

아키코가 그렇게 말하며 그 베스트 하나에 팔을 끼워 넣었다. 이게 당신 거네요, 하면서 다른 하나를 기무라 시게루에게 건네주었다.

"그건 그렇고, '베스트 텐' 같은 말을 '조끼 텐'이라고 하면 웃기겠어."

기무라 시게루는 어이없어하면서도 재킷을 벗고 가죽 소재인 그 베스트를 걸쳤다. 그 위에 다시 재킷을 입었다.

"지금 신칸센을 타서 뭘 어쩌게요?"

"유이치의 상황을 확인해야지. 모리오카까지 간다고 했으니까."

"보나마나 못된 장난일 게 뻔한데."

"그 중학생이, 뭐 하긴 실제로 중학생인지 아닌지도 모르지만, 그 녀석이 수상해."

"그렇다고 이런 준비까지 필요해요?"

아키코는 자기가 입은 베스트를 어루만진 후, 다다미 위에 펼쳐둔 보자기에서 비어져 나온 도구들을 집어 들고 바라보았다.

"내 직감이 경보를 울렸어. 준비는 필요해. 다행히 비행기랑은 달라서 신칸센 승객의 짐은 검사하지 않아. 이봐, 이쪽 해머는 망가졌어"라며 공이치기를 쓰다듬었다.

"당신은 리볼버는 안 쓰잖아요. 탄피가 남는 걸 싫어하고, 옛날부터 대체로 바로 쏴버리니까 안전장치가 없는 건 위험할 테고."

아키코가 보자기 위의 자동소총 하나를 집어 들더니 탄창을 들어 그립에 끼웠다. 찰칵하는 소리가 났다. 아키코는 재빨리 슬라이드를 뒤로 내렸다.

"이건 아직 쓸 만하네요. 이쪽이 낫겠어요."

"정기적으로 손질해뒀으니까."

기무라 시게루는 아키코에게 받아든 자동소총을 안에 걸친 베스트 홀더에 꽂았다. 좌우에 총을 두 개씩 수납할 수 있는 조끼였다.

"총은 제대로 작동할지 몰라도 우린 30년 만이에요. 당신, 제대로 쓸 수 있겠어요?"

"누구한테 감히 그런 소릴 해."

"와타루는 괜찮은가요. 그쪽이 더 걱정돼요."

"병원에 있으니 큰 문제는 없겠지. 그리고 와타루한테까지 위험이 미칠 만한 이유가 없잖아. 안 그래?"

"옛날에 우리한테 험한 꼴을 당한 누군가가 원한을 갚으려고 하는 짓 아닐까요?"

기무라 시게루는 일단 동작을 멈추고 아내를 뚫어져라 쳐다보았다.

"상상도 못했군."

"30년이나 지났고 우리도 이렇게 노인네가 됐잖아요. 예전에는 무서워했을지 모르지만, 지금은 기회라고 생각할지도 모르죠."

"우습게 본 거로군. 우리의 무서움을 잊어버리다니."

기무라 시게루가 말했다.

"뭐 하긴, 최근 몇 년 동안은 손자 녀석 재롱에 빠져서 정신이 나가 있긴 했지."

"그랬죠."

아키코가 찰칵찰칵 하며 다른 자동소총도 만지작거렸다. 그리운 옛 장난감을 만지기 시작하자, 흥이 나고 옛 감각이 되살아나서 손을 못 떼는 모습이었다. 옛날부터 아내 아키코는 총기 취급에는 신경질적으로 집착했고, 게다가 사격 정밀도도 높았다. 선택한 총을 베스트에 꽂았다. 그리고 재킷 단추를 잠갔다.

전화기로 다가가 방금 걸려온 착신번호를 메모장에 옮겼다. 혹시 몰라서 병원 번호도 적었다.

"시게루 전화번호는 외우나? 도쿄에 있는 친구는 시게루뿐인데."

"시게루 씨는 잘 지내려나? 여보, 이제 그만 나가요. 서두르지 않으면 신칸센을 놓칠지도 몰라요."

신칸센 '하야테'가 이치노세키 역으로 다가갔다. 플랫폼이 나타나고, 뒤로 흘러가고, 도착이 얼마 남지 않았을 때, "그럼, 선생. 이 아이를 모리오카까지 부탁해"라고 나나오가 말하고, 검은 테 안경 위치를 바로잡으며 문으로 향했다.

"괜찮겠어요?" 스즈키라고 이름을 밝힌 학원 강사가 말했다. 나나오에게 한 말인지 왕자에게 한 말인지 확실치 않았지만, 어느 쪽이든 의미 없는 질문이긴 마찬가지라 왕자는 흘려들었다.

"정말 갈 거예요?"라고 나나오의 등에 대고 물었다. 머리를 굴렸다. 나나오를 이대로 신칸센에서 하차시켜도 될까, 저지해야 할까. 모리오카에 가는 본래 목적은 미네기시라는 남자를 보기 위해서다. 이왕 나선 길이니 기무라에게 장난이라도 치게 할 생각이었지만, 그 기무라는 이미 없다. 화장실 안에서 꺼져가는 숨결로 밀감과 레몬 두 사람의 시체 밑에 깔려 있다.

기무라 대신 나나오를 내세워야 하지 않을까. 그런 생각이 떠올랐다. 그러기 위해서는 나나오의 의사意思를 조종해야 한다. 그의 의사에 목줄이라도 걸어서 억지로라도 잡아끌어야 했다. 그러나 그 목줄로 쓸 열쇠를 준비하지 못했다. 기무라의 경우는 아들의 생명이 그 열쇠가 되었고, 나아가 왕자에 대한 증오심도 이용할 수 있었지만, 나나오의 약점이 무엇인지는 아직 파악하지 못했다. 물론 나나오도 밀감이라는 남자의 목뼈를 간단히 부러뜨린 걸 보면 성실한 인간이 아닌 건 명백했고, 조금만 더 파헤치면 건드리길 꺼려하는 약점이 튀어나올 가능성이 높다고 상상할 수 있었다.

신칸센에서 내리지 마세요, 하며 억지로 붙들어 세워야 할까? 아니, 그러면 수상쩍게 여길 게 뻔하다. 이대로 내려도 어쩔 도리가 없는 걸까? 왕자는 자문자답을 계속했다.

오늘은 그냥 얌전히 모리오카에서 내려서 미네기시의 별장 주위를 관찰하는 정도로 끝내고 도쿄로 돌아가자. 준비를 다시 한 뒤에 미네기시와 대결하자. 그게 좋겠다고 결론을 내렸다.

기무라는 없지만, 쓸 만한 장기짝은 충분히 확보해뒀으니 나중에 다시 도전하는 게 이득일 거라고.

"저어, 전화번호라도."

왕자는 나나오에게 전화번호를 가르쳐줄 수 없느냐고 물었다. 나나오라는 남자와 연결고리를 남겨둬야 유익할 것 같은 생각이 들었기 때문이다.

장기짝은 많이 챙겨둘수록 좋다.

"혹시 무슨 일이 일어날지 걱정되니까 전화라도 걸게 해주세요."

옆에 있던 스즈키도 "그렇군요. 모리오카에 무사히 도착하면 알려드려야 할 테니까"라며 거들어주었다.

어, 하며 나나오가 당혹감을 드러냈다. 반사적으로 주머니에서 휴대전화를 꺼내더니, "벌써 역에 다 도착해가는데"라고 나지막이 말했다.

그리고 그 순간, 신칸센이 정차했다. 앞으로 고꾸라질 듯하다가 뒤로 기울었다. 생각했던 것보다 많이 흔들려서 왕자도 비틀거렸다.

볼썽사납게 허둥거린 사람은 나나오였다. 벽에 부딪치나 싶더니 들고 있던 휴대전화를 떨어뜨렸다. 그 휴대전화는 바닥에서 살짝 튀어 오르며 미끄러지더니 짐 보관 선반 속으로 쏙 들어가버렸다. 커다란 해외여행용 트렁크 두 개가 늘어서 있었는데, 그 사이로 빨려 들어간 것이다. 나무에서 굴러 내려온 다람

쥐가 나무 밑동 구멍으로 도망치는 것 같았다.

나나오는 트렁크를 그 자리에 두고, 굴러간 휴대전화를 잡기 위해 짐 보관소로 허둥지둥 달려갔다.

신칸센 문이 열렸다.

"어어." 나나오는 당황해서 부산을 떨며 바닥에 무릎을 꿇고 몸을 숙이며 트렁크 안쪽으로 손을 뻗어 필사적으로 휴대전화를 꺼내려 했다. 손이 안 닿는지 다시 일어서서 트렁크를 밖으로 끄집어낸 후에야 가까스로 휴대전화를 찾을 수 있었다. 황급히 상반신을 일으켰다. 그러다 이번에는 짐 보관소에 질러둔 선반에 뒤통수를 호되게 부딪쳤다. 머리를 감싸 안고 주저앉으며 으으윽 하고 신음했다.

왕자는 눈을 휘둥그레 뜨지 않을 수 없었다. 대체 혼자서 뭘 하는 건지 어안이 벙벙했다.

머리에 손을 얹고서도 부랴부랴 일어난 나나오가 트렁크를 잡아끌어 원래대로 단단히 붙잡고, 연극처럼 보일 만큼 비틀거리며 출구로 향했다.

플랫폼으로 내려서는 문은 자비심이라곤 털끝만큼도 없이 나나오의 눈앞에서 매정하게 문을 닫아버렸다.

차에서 내리지 못한 나나오는 어깨를 축 늘어뜨렸다.

왕자와 스즈키는 뭐라고 말을 건네야 할지 몰랐다.

신칸센이 천천히 출발했다.

트렁크를 움켜쥔 채로 뒤를 돌아본 나나오는 부끄러워하지도 않았고, 오히려 후련한 표정까지 머금으며 “늘 이 모양이라니까”라고 말했다.

“딱히 놀랄 일도 아니야.”

“계속 서 있기도 그러니 일단 앉으실까요?” 스즈키가 말했다.

원래부터 한가했던 차량은 센다이를 지나자 빈자리가 더욱 많아져서 굳이 자기 자리까지 찾아갈 필요 없이 바로 옆 8호차에 나란히 자리를 잡기로 했다. “혼자 있기 불안해요”라고 왕자가 그럴 듯하게 보이게 호소하자, 어른 두 사람은 그 말을 믿었다. 맨 뒤쪽 3인석이었고, 창가에는 나나오, 그 옆에는 왕자, 통로 쪽에는 스즈키가 앉아 있었다.

차장이 다가오자, 스즈키가 좌석을 이동한 취지를 전했다. 젊은 차장은 차표를 보자는 말도 없이 친절하게 허가해주었다.

옆에 앉은 나나오는 고개를 살짝 숙이고, “별것도 아니야”라고 나지막이 중얼거렸다.

“무슨 말이에요?”

“으응, 이런 일은 늘 따라다니는 내 불운으로 치면 대단한 일도 아니라는 뜻이야.”

그 말투는 그야말로 필사적으로 자기 자신을 설득하는 분위기라 비통함마저 감돌았다. 이 남자가 잃어버린 운이 살며시 내 운 위에 겹쳐진 건 아닐까. 운 없는 사람의 심정을 알 길이 없으니 왕자도 무슨 말을 건네야 할지 몰랐다.

"이왕 이렇게 됐으니 그냥 모리오카까지 같이 가주는 게 좋겠네요."

통로 쪽에 앉은 스즈키가 부드러운 말투로 입을 열었다. 실수한 학생을 위로하고 격려하는 듯한 그 말투에서 교사 특유의 겉만 번지르르한 느낌을 받은 왕자는 불쾌했다. 그러나 물론 그런 불쾌감은 얼굴에 드러내지 않고, "맞아요. 같이 가주시면 저야 기쁘죠"라며 동조했다.

"그럼 저는 잠시 특실 좀 둘러보고 오겠습니다."

스즈키는 문제가 완전히 해결되어 자기가 인솔할 책임에서 벗어나서 마음이 놓인 것처럼 보이기도 했다. 이 학원 강사는 신칸센 안에서 벌어진 수상쩍은 사내들의 행동이나 시체, 총은 전혀 보지 못했다. 그러니 저렇게 아무렇지 않겠지. 선생, 모르는 게 약이에요, 하고 앞으로 걸어가는 스즈키의 등에 대고 마음속으로 중얼거렸다.

"정말 고마워요."

두 사람만 남자, 왕자가 다시 한 번 나나오에게 말했다. 최대한 방심 상태를 가장하고 싶었다.

"모리오카까지 같이 가주시면 제 마음이 든든해요."

"그렇게 말해주는 건 고맙지만."

나나오가 자조하듯 말했다.

"내가 너라면 나 같은 사람이랑은 동행하고 싶진 않을 텐데. 운 나쁜 일투성이니까."

왕자는 입술을 깨물었다. 조금 전에 통로에서 보았던 나나오의 좌충우돌 소동이 떠올랐고, 그 우스꽝스러운 모습에 웃음이 터져 나올 것 같았다.

"나나오 씨는 무슨 일을 해요?"

흥미 있을 리 없었다. 보나마나 밀감이나 레몬이랑 비슷한 일이겠지 하는 예상도 갔다. 범죄를 거들어주는 단락短絡적인 인간 유형일 게 틀림없다.

"나는 신칸센 안에서 살아가고 있지."

나나오가 얼굴을 찡그렸다.

"어느 역에서도 내리지 못해. 혹시 저주받은 게 아닐까. 방금 이치노세키 역에서도 봤잖아. 늘 해프닝이 벌어지고, 그런 세월이 어느덧 10년째야"라고 말했다. 그러더니 자기 스스로도 기막힌 심정을 견딜 수 없었는지, "그만하자"라며 얘기를 중단했다.

"봤으니까 알 거 아냐? 조금 전에 본 것 같은 일이야."

"역에서 못 내린 거요?"

"농담하지 마. 그 전에 말이야. 험악한 일을 한다는 뜻이지."

"그렇지만 나나오 씨는 좋은 사람 같아요."

왕자가 그런 말을 던져 보았다. 나는 연약한 소년이니 당신에게 기댈 수밖에 없어요, 당신을 신뢰해요, 하는 메시지를 보냈다. 무슨 수를 써서든 이 남자에게 '이 중학생을 지켜줘야 한다'는 생각을 심어놓아야 했다.

이토록 운이 없고, 스스로에게 자신이 없는 남자라면, 자유의사를 빼앗고 유도하는 일도 간단하겠지.

"넌 지금 혼란한 상태라 뭐가 뭔지 모르겠지만, 난 절대 선한 사람이 아니야. 정의의 편이 아니라고. 사람도 죽였어."

혼란스러운 건 너야, 하고 왕자는 말할 뻔했다. 나는 혼란도 없고, 또 명석하며 모든 상황을 파악하고 있다고.

"그렇지만 날 구해주기 위해서였잖아요. 혼자 있는 것보다는 나나오 씨가 곁에 있어주는 게 마음이 훨씬 든든해요."

"과연 그럴까."

작은 목소리로 중얼거린 나나오는 곤혹스러워하면서도 쑥스러워했다. 왕자는 또다시 솟구치는 웃음을 참아내느라 애를 먹었다. 사명감을 자극해주었으니, 그런대로 효과가 있겠지. 비위 맞춰주는 여자의 접대용 칭찬에 빙그레 미소를 머금는 중년남자나 다를 바 없다. 너무 단순하다.

신칸센 창 너머로 다시 시선을 던졌다. 논이 지나가고 멀리 보이는 산등성이가 한 발 한 발 돌아들듯 움직였다.

얼마 후 미즈사와에사시 역에 도착했다. 나나오가 여기에서도 내리겠다고 할지 모른다고 왕자는 예측했지만, 그는 이미 모리오카까지 갈 각오를 다졌는지, 아니면 통로에서 또다시 못 내려 창피를 당하는 꼴을 보일까봐 두려웠는지, 도착 안내방송에도 전혀 반응하지 않았다.

눈치를 보다가 발작적으로 자리를 박차고 일어나 신칸센에서 뛰어내릴 가능성도 있었지만, 신칸센이 미즈사와에사시에 도착하고, 열차 문이 열리고, 발차하는 동안, 나나오는 등받이에 몸을 기댄 채 한숨만 내쉬며 멍하니 앉아 있을 뿐이었다. 체념한 모습으로밖에 안 보였다.

역에서 출발한 신칸센은 북쪽을 향해 더욱 내달렸다.

잠시 후, 휴대전화가 진동으로 흔들리기 시작했다. 왕자는 자기 전화를 확인한 후, "나나오 씨, 전화 온 거 아니에요?"라고 물었다. 나나오는 퍼뜩 놀라며 주머니를 뒤적거렸지만, "내 전화는 아닌 것 같은데"라며 고개를 저었다.

"아." 기무라의 휴대전화라는 걸 알아차렸다. 배낭 바깥 주머니를 더듬어 전화기를 꺼냈다.

"이건 아까 그 아저씨 전화인데."

"아까? 널 끌고 다녔다는 아저씨?"

"기무라 씨예요. 어, 공중전화에서 걸었네."

왕자는 전화기의 액정화면을 바라보며 어떻게 해야 할지 한 순간 고민했다. 요즘 세상에 공중전화로 전화를 거는 사람이 있다는 게 의아스러웠다.

"전화를 안 받는 게 좋을까요?"

나나오는 대답하지 않았다. "내가 무슨 결단을 내리면 결과가 신통치 않으니까 네가 알아서 결정하는 게 좋을 거야"라고 변명 같은 말을 입에 올렸다.

"받을 거면 밖에 나갈 필요 없이 여기서 받아도 되겠네. 사람도 별로 없으니까."

그렇겠네요, 하고 고개를 끄덕이며 왕자가 전화를 받자 "아, 유이치니?"라는 소리가 들렸다. 기무라의 어머니라는 걸 금방 추측할 수 있었다. 순간적으로 왕자의 마음이 들떴다. 아마도 왕자가 건 전화 얘기를 남편에게 듣고, 안절부절못했을지도 모른다. 아들이나 손자에게 무슨 일이 생겼나 상상력을 동원하다 보니 나쁜 일들만 머릿속에 떠올랐고, 급기야 증폭되는 불안을 더는 견딜 수 없어서 전화까지 건 것이다. 자식 일로 애가 타는 어머니만큼 필사적인 심정으로 가득하고, 옆에서 지켜보기에 유쾌한 존재도 없다. 전화가 너무 늦었다는 생각까지 들 정도였다.

"어, 아저씨는 없는데요." 왕자가 대답했다.

자 그럼, 어떻게 대응해야 상대의 불안감을 더욱 부채질할 수 있을까, 하며 머리를 굴려보려 했다.

"으음, 넌 지금 어디니?"

"아직 신칸센 안이에요. '하야테'요."

"그건 알아. 몇 호차지?"

"그건 알아서 뭐하게요?"

"우리 집 양반이 만나러 갈까 해서."

그쯤에서 왕자는 기무라 어머니의 목소리가 매우 침착하며, 땅속 깊숙이 뿌리를 박은 거대한 나무와도 같이 의젓하고 당당하다는 것을 알아차렸다.

등 뒤에서 자동문이 열렸다.

전화기를 귀에 댄 채 몸을 기울이자, 그 문으로 짙은 녹색 재킷을 입은, 보통 덩치에 머리가 하얗게 센 남자가 들어오는 중이었다. 굵은 눈썹에 가느다란 눈이 날카로웠다.

몸을 홱 돌리며 무리하게 시선을 위로 던진 왕자는 그 남자를 바라보았다. 남자의 입가가 살며시 벌어졌다.

"진짜 중학생이었네?"

정년 후에 유유자적 살아가는 지긋한 나이의 그 남자는 나나오와 소년이 앉은 3인석 하나 앞좌석에 손을 얹더니 발로 받침대를 밟으며 거칠게 회전시켰다. 3인석 두 개가 서로 마주보게 되었다. 그러더니 이쪽과 대치하는 형태로 나나오와 중학생 앞에 내려앉았다. 눈 깜짝할 사이에 벌어진 일이라 저항을 표시할 틈도 없었다. 정신을 차렸을 때는 이미 부모자식 삼대가 가족여행이라도 나온 듯한 구도가 만들어져 있었다.

다시 한 번 뒤쪽 문이 열렸고, "어머, 여기 있었네"라며 역시나 환갑이 넘었을 것 같은 여자가 나타났다. 당연하다는 듯이 나나오 일행의 맞은편, 즉 처음에 앉은 남자 옆에 자리를 잡고 앉았다. "당신, 의외로 빨리 찾았네요"라고 남자에게 말하고,

마치 미팅 상대를 평가라도 하듯 나나오와 중학생을 훑어보았다.

"저어." 나나오는 그제야 거침없이 들이닥친 그 부부에게 말을 건넸다.

"그건 그렇고."

여자의 말이 나나오의 말문을 가로막았다.

"신칸센 안의 공중전화는 처음 써봤는데, 전화선도 없는 것 같던데 어떻게 전화가 걸릴까요?"

"전파가 선로를 타고 전해지는 게 아닐까."

"우리도 휴대전화를 구입하는 게 좋겠어요. 편리하잖아요."

"뭐, 아무튼 유이치의 휴대전화가 신칸센 안에서도 터지는 거라 다행이군. 신칸센 공중전화로 걸 수 있는 통신사는 한정되어 있으니 말이야."

"그래요?" 여자가 나나오에게 물었지만, 알 리가 없었다.

"저어, 할아버지, 할머니는?"

중학생도 경계와 불안을 드러내며 입을 열었다.

앞의 두 사람은 나이는 꽤 들었지만 의기소침한 분위기는 털끝만큼도 없었고, 할아버지와 할머니라고 부를 정도로 늙지도 않았다. 그래도 중학생이 볼 때는 할아버지라고 부를 수밖에 없을까, 하고 나나오가 멍 하니 생각하는데, 그 순간 당사자인 남자가 "너 일부러 그런 거지?"라고 말했다.

"네?" 중학생이 살짝 놀랐다.

“너, 일부러 우리를 노인네 취급하려는 거지? 지금도 고의로 할아버지라는 호칭을 골랐어. 아니야?”

“어머, 여보, 무섭게 왜 그래요. 어린애한테.”

여자가 익살을 떠는 말투로 끼어들었다.

“이러니까 노인들은 싫다고 짜증스러워하는 거예요.”

“이 녀석은 그렇게 귀여운 애가 아니야. 자기가 하는 말을 치밀하게 골라. 정말로 냄새가 풀풀 풍기는군.”

“냄새가 난다고요?”

중학생이 살짝 발끈했다.

“첫 대면인데 그런 식으로 말할 것까진 없잖아요. 할아버지라고 한 건 딱히 나쁜 뜻은 없었어요.”

“첫 대면이긴 해도 모르는 사이는 아닐 텐데. 난 기무라야. 조금 전에 네가 전화했잖아.”

남자가 자기를 손가락으로 가리키며 빙그레 웃었다. 말투는 부드러웠지만, 눈빛은 날카로웠다.

“너한테 받은 전화가 신경이 쓰여서 부랴부랴 미즈사와에사시에서 열차를 탔지.”

아아, 하며 중학생이 놀란 듯 입을 벌렸다.

“그 기무라 씨의.”

“과잉보호라 미안하게 됐군. 아들이 옥신각신하는 다툼에 부모까지 나선 셈이지. 그건 그렇고, 유이치는 어디 있지?”

나나오는 머릿속을 정리했다. 이 남자가 입에 올린 ‘기무라 유이치'는 중학생과 같이 있었던 남자일 것이다. 지금은 화장실 안에 쓰러져 있는 남자다. 중학생이 전화를 걸었다는 말은 또 무슨 뜻일까?

"전화로 네가 말했잖아. 유이치가 위험에 처해 있다, 손자 와타루도 위험하다고."

"아, 그건" 하고 왕자가 입을 열더니 말을 우물거렸다.

"넌 이런 말도 했어. '할아버지, 할머니가 태평하게 있었던 게 잘못인 것 같아요'라고."

"그건." 중학생이 아래를 내려다보았다.

"전부 시키는 대로 했을 뿐이에요. 기무라 씨한테도 협박당했지만, 또 다른 사람한테도."

또 다른 사람은 누구지? 나나오는 옆에서 얘기를 들으면서 중학생의 옆얼굴을 찬찬히 살펴보았다. 작은 얼굴에 콧날이 오뚝하고, 둥그런 얼굴 윤곽과 뒤통수 모양새도 아름다워서 격조 높은 도자기처럼 보이기도 했다. 어릴 때 "너희 집은 가난하니까 축구 선수나 범죄자 길을 선택하는 게 좋아"라는 말을 들었던 기억이 떠올랐다. 그렇게 말했던 동급생도 이렇게 이목구비가 잘 갖춰지지 않았던가. 가진 자는 외모까지도 완벽한 것이다.

"저어, 이 애는 평범한 중학생입니다. 험한 일에 휘말리긴 했지만, 그렇게 무섭게 말할 필요는 없을 것 같은데요"라며 나나오가 엉겁결에 끼어들었다.

"정말로 평범한 중학생인가?"

남자가 나나오를 바라보았다. 얼굴에 주름이 많고, 피부는 건조했다. 다만, 거기에는 나무껍질이 벗겨졌는데도 당당하게 서 있는 거목과도 같은 관록이 배어 있었다. 줄기가 굵고, 밀어도 꿈쩍하지 않고, 거센 바람에도 흔들리지 않는다.

"이 녀석은 평범한 중학생이 아닐지도 몰라."

그렇게 말한 순간, 남자의 손이 휙 움직였고, 입고 있던 웃옷자락이 살짝 팔랑거렸다.

나나오는 반응했다. 그것은 이미 불수의 운동과도 같은 자동적인 동작일 뿐이었다. 등 뒤로 손을 뻗어 움켜쥔 총을 앞으로 내밀었다. 거의 동시에 남자가 꺼낸 총도 중학생을 겨냥했다.

거리가 거의 없기 때문에 서로 코끝에 총부리를 겨눈 상태였다.

신칸센 안에서 트럼프 놀이라도 시작한 듯이 마주 앉은 좌석에서 남자와 자기가 번갈아 총을 꺼내든 상황이 기묘한 장면처럼 여겨졌다.

"사실대로 말하면, 치명상까지는 안 입을지도 몰라, 도련님."

남자가 중학생에게 총부리를 흔들었다.

"여보, 그러면 말하고 싶어도 말할 수가 없잖아요"라며 남편을 타이르는 여자에게는 긴박감이라곤 찾아볼 수도 없었다.

"잠깐, 이건 너무 막무가내잖아."

나나오는 난폭한 방식에 화가 치솟았다.

"총을 거두지 않으면 내가 쏜다."

남자는 그제야 나나오의 총을 알아챘다는 듯이 "그만둬. 총알도 없잖아"라고 말했다.

나나오는 입을 꾹 다물었다. 남자의 말대로 탄창을 쓰레기통에 버리긴 했지만, 어떻게 알았지, 하는 생각이 들었다. 도대체 어떻게 알았을까? 슬쩍 훑어만 보고 그것을 알아챌 수 있을 것 같진 않았다.

"총알이 없을 리가 있나."

"그럼 시험해봐. 나도 쏠 테니."

아마추어 취급당한 굴욕감에 얼굴이 붉어졌지만, 고개를 숙일 수도 없는 노릇이었다. 총알이 없는 총을 머뭇머뭇 안주머니에 넣고 남자를 물끄러미 바라보았다.

"좌석 승차권은 있나요? '하야테'는 전부 좌석제예요."

중학생이 냉정하게 말했다.

"웃기는 소리 집어치워. 이미 매진된 상태라 어쩔 수 없었어."

"매진? 이렇게 비어 있는데."

나나오가 주위를 둘러보았다. 차량은 빈자리 투성이였다.

"그렇지? 뭔가 이상해. 단체객이 몰래 취소라도 했을까? 뭐, 어쨌거나 차장도 이렇게 한가한 상태에서 내리라고 하진 않겠지. 그건 그렇고, 유이치는 어디 있어? 어디에서 어떻게 하고 있느냐고? 그리고 와타루가 위험하다는 건 무슨 말이지?"

"저도 잘 몰라요."

중학생이 나지막한 목소리로 얘기하기 시작했다.

"다만, 내가 모리오카까지 가지 않으면, 병원에 있는 와타루가 위험해지는 모양이에요."

나나오는 중학생의 옆얼굴을 바라보았다. 지금 주고받는 대화로 추측하건대, 조금 전에 소년이 말했던 '내가 모리오카까지 안 가면 목숨이 위험하다'고 했던 아이는 이 남자 일행의 손자일 것이다. 그렇지만 중학생과 이들의 관계는 도무지 알 길이 없었다.

그리고 그 이상으로, 이 부부의 정체는 과연 무엇일까 하는 생각에 고개가 갸웃거려졌다. 찬찬히 보니 여자도 두툼한 겉옷 속에 도구를 숨긴 것 같았다. 이 여자도 총을 가지고 있을까? 침착한 모습으로 보면, 아마추어라기보다는 업자로 느껴졌다. 이렇게 나이든 업자 얘기는 들어본 적이 없었다.

대체 무슨 일에 휘말린 건지 확실하게 파악할 수는 없지만, 남자가 중학생을 대하는 적대감은 명백하게 이상해보였다. 정상이 아니었다. 애당초 이번 신칸센 여행은 정상과는 거리가 멀지만, 그중에서도 이것은 심하게 왜곡된 장면이다. 환갑이 넘었을 부부가 어깨를 움츠린 중학생을 힐문하고, 총까지 겨누고 있는 상황이었다.

휴대전화의 진동 소리가 들려온 것은 바로 그때였다. 앉아 있는 네 사람을 경쾌하게 흔드는, 놀려대기라도 하는 듯한 울림이었다.

모두가 입을 다물었고 숨을 죽이며 귀를 기울여서 좌석 주변은 순간적으로 쥐 죽은 듯 가라앉았다.

나나오는 옷 위로 휴대전화를 만져보고, 자기 전화는 아니라는 것을 확인했다.

아아, 하며 중학생이 자기가 메고 있던 배낭을 앞으로 이동시켜 지퍼를 열었다.

"제 전화예요."

"움직이지 마."

남자가 총부리를 앞으로 쑥 내밀었다. 지근거리였기 때문에 자동소총으로 노린다기보다 칼로 위협하는 것처럼 보이기도 했다.

"그렇지만 전화가."

"됐으니까, 움직이지 마."

나나오는 그들이 주고받는 대화를 들으면서 나지막이 흔들리는 진동 소리를 세 번, 네 번 하고 헤아렸다.

"안 받으면 아마도 곤란한 일이 생길 거예요."

"휴대전화쯤은 받아도 괜찮잖아요."

나나오도 특별한 이유가 있었던 건 아니지만, 교칙을 위반한 아들을 감싸는 심정으로 말을 건네보았다.

"안 돼."

남자는 인정사정없었다.

“이 녀석은 아무래도 수상쩍어. 전화 통화를 구실로 무슨 짓을 할지 몰라.”

“여보, 무슨 짓이라니 그게 무슨 뜻이에요?”

여자는 여전히 천진난만한 말투였다.

“그거야 모르지. 단, 한 가지 말할 수 있는 것은 머리 좋은 녀석과 대결할 때는 상대의 의도대로 놔두면 절대 안 된다는 거야. 제아무리 사사로운 일이라도 우리의 허를 찌를 행동을 할지도 몰라. 옛날에 라면집에서 가게 주인과 맞섰을 때였지. 나는 그놈에게 총을 겨누고 있었어. 라면이 맛이 없어서가 아니야. 자세한 건 잊어버렸지만, 그 녀석에게 중요한 짐을 전달하라고 명령하던 중이었어. 일이었단 말이지.

그런데 그때 가게 전화가 울렸지. 가게 주인은 전화를 안 받으면 의심을 받을 거라며 호소했어. 그 말도 일리가 있겠다 싶어서 나는 친절을 베풀었고, ‘쓸데없는 소리는 지껄이지 말라’고 다짐을 받아낸 후에 전화를 받게 했지. 가게 주인은 된장라면인지 차사오면(차사오를 얇게 썰어 넣은 중국식 국수 – 옮긴이)인지 아무튼 주문 전화를 받았어. 그런데 놀랍게도 그게 실은 신호였던 거야. 잠시 후에 험악한 지원군들이 몰려들었지. 비좁은 라면 가게에서 총격전이 벌어졌어. 나는 물론 살아남았지만, 그래도 꽤 성가신 일이었지.

그리고 이런 일도 있었어. 어느 사무실에서 그곳 사장과 교섭을 하는 중이었는데, 책상 위에서 전화기가 울리더군. 나는 친절하게 그 전화를 받아도 좋다고 했고. 그런데 사장이 전화를 받은 순간 쾅! 요컨대 무슨 일이 벌어졌느냐 하면."

"30년도 더 지난 옛날에는 휴대전화가 없었다는 말이겠죠."

여자가 찬물을 끼얹었다. 지금까지 숱하게 들어온 옛날이야기에 진절머리가 난 것 같기도 했다.

"이런 상황에 걸려오는 전화는 탐탁지 않다는 얘기야."

"30년 전에는 그랬다는 거잖아요."

여자가 씁쓸하게 웃었다.

"지금도 그래."

나나오는 중학생을 쳐다봤다. 지퍼를 연 배낭을 옆에 내려놓았다. 무슨 궁리라도 하는지 진지한 표정이었다. 순간 위화감이 머릿속을 훑고 지나갔다. "도와주세요"라며 자기에게 매달렸던 겁에 질린 소년의 빛깔은 안개처럼 말끔히 걷혀 있었다. 권총을 눈앞에 들이댔는데도 이렇게 침착할 수 있다니, 역시나 기묘했다. 조금 전까지만 해도 제정신이 아니라서 그럴 거라고 해석했는데, 지금은 무척이나 담담했다.

나나오는 시선을 아래로 내리깔았고, 그 순간 배낭 속이 들여다보인다는 걸 알아챘다. 그 속에서 권총 손잡이 같은 게 보였다. 총이다. 왜 이 속에 들어 있을까? 중학생이 숨기고 다니는 걸까, 그건 알 수 없다. 어쨌거나 거기에 총이 들어 있는 건 사실이었다.

이것은, 하며 나나오는 평정을 가장하고 생각에 잠겼다. 이것은 사용할 수 있다.

나나오의 총에는 총알이 없다. 그것은 남자도 알고 있다. 다시 말해 이쪽에는 권총이 없다고 방심하고 있을 터였다. 그 허점을 찌르며 배낭에서 이 총을 꺼내 들어 상대에게 겨눌 수 있다. 눈앞의 부부는 말할 것도 없고, 중학생도 방심할 수 없는 존재였다. 무슨 생각을 하는지 상상할 수도 없고, 긴장을 풀었다가는 따끔한 맛을 볼 것 같은 예감이 들었다. 일단은 총을 이용해 이 자리에서 주도권을 잡아야 한다는 생각이 들었다.

권총을 뽑아들 틈을 노리기 위해 신경을 날카롭게 긴장시켰다. 부주의하게 움직이면, 총에 맞을 게 뻔하다.

휴대전화의 진동 소리가 멈췄다.

"아, 전화가 멈췄네요."

중학생이 나지막이 말하며 아래를 내려다보았다.

"중요한 용건이면 다시 걸 테지."

남자가 무책임하게 내뱉었다.

나지막한 콧김 소리가 들렸다. 고개를 숙인 중학생에게 힐끗 시선을 던졌다. 터져 나오는 웃음을 참기 위해 이를 악물고 있는 듯한 소년의 옆얼굴을 보며 나나오는 동요했다.

웃음을 참느라 몸까지 떨고 말았다. 가슴 저 깊은 곳에서 솟구쳐 오르는 환희의 웃음을 감출 길이 없었다. 이 늙은 남자도 결국은 마찬가지라는 생각이 들었다. 위엄을 내보이고, 인생 경험의 차이를 강조하고, 여유 만만한 태도를 드러내지만, 결국은 자기 확신과 과신으로 함정에 빠지고, 빠지고 난 후에도 그 사실을 인정하려 들지 않는 인간에 불과할 뿐이다.

지금 걸려온 전화는 거의 틀림없이 도쿄 병원에서 대기하는 남자였을 것이다. 뭔가를 확인하기 위해서일 수도 있고, 아니면 일의 중압감을 느끼기 시작해 안절부절못하고 기다리다 지쳐서 전화를 걸었을지도 모른다.

신호가 열 번을 울려도 왕자가 전화를 받지 않으면, 일을 실행하기로 정해놓았다. 그리고 왕자는 지금 전화를 받지 않았다.

과연 그 남자에게 약속대로 행동할 용기가 있는지 없는지는 알 수 없지만, 행운을 타고난 자기 인생을 생각해보면, 지금쯤 남자는 병원으로 향하며 기무라 와타루에게 위해를 가하려고 할 터였다. 왕자는 지금까지 자기 뜻대로 사람이나 물건을 움직이는 경험을 몇 번이나 해봤다.

당신 탓이에요, 왕자는 눈앞에 있는 남자에게 그 말을 하고 싶어서 입이 근질거렸다. 당신은 권총을 쥐고 우위에 섰다고 생각할지 모르지만, 그로 인해 소중한 손자의 목숨을 빼앗는 결과가 되었다. 남자가 가여워서 위로의 말까지 생각할 뻔했다. 물론 한편으로는 그 사실을 어떻게 활용해야 할까 검토하기 시작했다. 그 활용 방법에 따라 이 부부를 뜻대로 조종할 수 있다. 손자의 비극을 전하고, 몸부림치며 괴로워하는 남자와 망연한 여자의 모습을 충분히 즐기고, 그런 다음에는 그들의 죄의식을 자극해 판단능력을 빼앗고 그들의 마음에 족쇄를 채운다. 늘 하던 대로만 하면 문제될 게 없다.

다만, 아직은 시간이 좀더 필요하다. 지금 "댁의 손자 분 목숨이 위험해요"라고 가르쳐주면 남자는 총을 휘두르며 날뛸 테고, 병원으로 전화를 걸어 필사적으로 발버둥 치며 손자를 구하려 들지도 모른다. 이 정보를 상대에게 전하려면, 손쓰기에는 확실하게 늦은 시점이라야 한다.

"어이." 남자가 말했다.

"빨리 얘기해. 모리오카에 도착하기 전에 난 널 쏠 거야."

"왜죠?"라며 당장이라도 튀어오를 듯이 소리를 낸 사람은 나나오였다.

"왜 그렇게 일방적으로 단정하느냐고."

"저어, 난 정말 뭐가 뭔지 모르겠어요."

그 말에 편승하며 왕자는 철저하게 혼란스러워하는 중학생인 척 가장했다.

"여보, 이 아이, 과연 어떨까요? 내가 보기에는 거짓말하는 것 같진 않은데."

여자의 얼굴이 돌아가신 할머니와 겹쳐졌다. 그리운 마음은 있었지만, 친숙함은 느껴지지 않았고, 오히려 역시 역성들기 쉬운 상대구나 싶어서 마음이 놓였다. 늙은 사람들은 어린애를 보면 눈을 가늘게 뜨며 친절하게 대하려 한다. 인간으로서의 도덕이나 사명감이 아니라 동물적인 본능에 가깝다. 같은 동족의 좀더 어린 생명을 지켜내야 한다는 생각을 갖게끔 설계되어 있는 것이다.

"그런데 유이치는 어디 있니? 센다이에서 내렸니? 유이치가 이젠 전화를 못 받는다는 건 그런 뜻이었니?"

"내가 보기엔 이 녀석은 냄새가 나."

남자가 등받이 깊숙이 기대앉으며 턱짓으로 왕자를 가리켰다. 그러나 총은 재킷 안에 입은 베스트 주머니에 넣었다. 마음을 놓은 건 아닐 테지만, 조금은 긴장이 풀어진 것처럼 보였다.

"뭐, 좋아. 일단은 와타루가 있는 곳으로 전화를 걸어볼까. 나올 때는 정신이 없었잖아. 시게루한테 가서 상황을 살펴봐달라고 부탁은 해뒀지만, 제대로 갔는지 어떤지도 모르겠고."

"시게루 씨는 미덥질 않잖아요." 여자가 웃었다.

아는 사람을 병원으로 보냈단 말인가.

"조금 전 공중전화로 걸어볼까요?"라고 여자가 말했다.

곤란해, 하고 왕자는 생각했다. 아직은 시간을 더 벌어야 했다.

그러자 나나오가 옆에서 "손자 분이 무슨 병이라도 걸렸나요?"라고 질문을 던졌다. 화제가 바뀔 수도 있다고 생각한 왕자는 절묘한 타이밍에 던져준 나나오의 질문에 감사했다. 역시 운이 좋다.

"백화점 옥상에서 떨어졌어. 의식불명 상태로 병원 침대에 누워 있지."

남자는 감정을 담지 않기 위해서인지 무뚝뚝하게 대답했다.

왕자는 입에 손을 얹고 "그런 일이?"라며 처음 듣는 것 같은 표정을 지었다.

"옥상에서 떨어지다니. 얼마나 무서웠을까요."

그러나 마음속으로는 히죽거렸다. 옥상에서 낙하했던 아이, 사태를 이해하지 못해 멍하니 공포에 떨었던 그 표정이 떠올랐다.

남자는 더욱 발끈하며 대답했다.

"아마테라스天照(일본 신화의 해의 여신 – 옮긴이)가 아마노이와토天の岩戸(일본 신화에서 다카마가하라에 있었다고 전해지는 바위굴의 문 – 옮긴이)로 숨어버린 거나 다를 바 없지. 와타루가 정신을 잃고 누워버렸기 때문에 세상은 온통 암흑 속이야. 빨리 누군가 춤추고 모두 같이 웃으며 와타루를 불러내지 않으면, 정말로 눈앞이 캄캄한 최악의 사태가 될 거야."

왕자는 실소를 참아냈다. 암흑인 건 당신뿐이고, 난 하등 곤란할 게 없어. 당신 손자가 있거나 말거나 세상에는 그 영향도 거의 없단 말이지. 왕자는 속으로 중얼거렸다.

"의사선생님은 뭐라고 해요?" 나나오가 물었다.

"더 이상 손쓸 방법은 없다. 할 수 있는 일은 모두 했다. 당장 눈을 떠도 이상할 일이 아니고, 영원히 깨어나지 않을 가능성도 있다고."

"걱정이군요." 나나오가 나지막이 말했다.

남자의 얼굴이 빙그레 풀어졌다.

"형씨, 당신은 깜짝 놀랄 정도로 냄새가 안 나는군. 지독한 악의의 냄새가 거의 안 나. 조금 전에 총을 꺼내는 것만 봐도 나랑 비슷한 일을 하는 게 분명한데 어찌 된 영문일까? 이제 갓 시작한 것도 아니잖아."

"뭐, 그렇죠." 나나오가 입술을 일그러뜨렸다.

"단지 운이 없을 뿐입니다. 그래서 불합리한 불행에는 쉽게 공감하는지도 몰라요."

"저어, 제가 전부터 궁금했던 건데요."

왕자가 또다시 화제를 돌리며, 전화를 걸러 가지 못하게 질문을 던졌다.

"뭐야?" 남자가 물었다. 귀찮아하는 것 같기도 하고, 경계하는 것 같기도 했다.

"우리도 아는 질문일까?"

"저어, 왜 사람을 죽이면 안 되나요?"

늘 하는 질문을 던졌다. 어른들이 어이없어하며 "그야 당연하지"라고 한숨을 내쉬면서도 정작 대답은 못 하는 질문이다.

그 순간 나나오가 "아" 하는 소리를 냈다.

질문에 대한 답이 번쩍 떠올랐나 싶어서 옆을 바라봤지만, 당사자인 나나오는 전혀 다른 방향을, 신칸센의 앞쪽을 바라보고 있었다. "스즈키 씨가 오네"라고 중얼거렸다.

그 말을 듣고 시선을 돌리자, 통로 맞은편에서 학원 강사인 스즈키가 걸어왔다.

"누구야?"

남자가 베스트에서 총을 다시 꺼내더니 그 총부리를 나나오에게 겨눴다.

"열차 안에서 우연히 알게 된 사람이에요. 아니 뭐, 별로 친한 사이는 아니고, 잠깐 대화를 나눴을 뿐이죠. 어쨌거나 일반인입니다. 내가 총을 가지고 있다는 것도 모르고, 그저 평범한 학원 선생이에요. 이 애가 걱정돼서 이 자리에 같이 앉아 있었어요."

나나오가 빠른 말투로 설명했다.

"그래서 여기로 돌아오는 겁니다."

"믿기 어렵군." 남자가 말했다. "동업자 아니야?"라며 총을 쥔 손에 힘을 넣었다.

"그럼 오는 대로 쏴버리면 되잖습니까."

나나오가 강경하게 말했다.

"후회할걸요. 저 스즈키 씨는 정말로 성실한 사람이니까."

여자가 통로 쪽으로 몸을 기울이고 팔걸이에 손을 얹으며 뒤를 돌아보았다. 곧바로 자세를 되돌리더니 "겉보기에는 보통 남자네요. 저 얼굴은 정말로 아무것도 모르는 표정 같아요. 무기가 없는 건 확실하고. 특실이 어떤지 들여다보고, 의자가 편한지도 살짝 확인하고 돌아오는 무사태평한 분위기네"라고 말했다.

"정말이야?" 남자가 물었다.

"부인, 예리하시네요."

나나오가 진지한 표정으로 고개를 힘차게 끄덕거렸다.

남자는 들고 있던 총을 손과 함께 재킷 주머니에 찔러 넣고, 주머니째로 나나오 방향으로 총을 겨눴다.

"조금이라도 수상하면 널 쏜다."

곧이어 "오, 어느새 이렇게 북적거리게 됐죠?"라며 스즈키가 도착했다.

"어떻게 된 거예요?"

여자가 눈가에 주름을 잡으며 실눈을 떴다.

"조금 전 역에서 탔는데, 노인네들만 있으면 외로울 거라면서 이분들이 자리까지 이렇게 돌려주셨어요."

밉살스러울 정도로 태연하게 입을 열었다.

"아, 그렇군요." 스즈키는 조용히 고개를 끄덕였다.

"그건 잘된 일이네요."

"당신, 학교 선생이라며?" 남자가 낮은 목소리로 물었다. 눈빛은 날카롭고 눈도 거의 깜박이지 않았다.

"학원입니다. 뭐 굳이 따지자면, 선생인 건 맞지만."

"그럼 마침 잘됐군. 당신, 거기 좀 앉아봐. 할머니 옆에."

남자는 자기들이 앉은 3인석의 맨 가장자리인 통로 쪽 자리를 스즈키에게 권했다. 스즈키가 시키는 대로 자리에 앉자, "지금 이 애가 무서운 질문을 했는데"라며 이야기를 시작했다. 스즈키에 대한 경계는 이미 풀었을까 아니면 말과는 반대로 발포할 기회를 놓치지 않기 위해 신경을 곤두세우고 있을까.

"뭔데요?"

스즈키가 눈을 크게 떴다.

"왜 사람을 죽이면 안 되느냐고 묻더군. 선생이 딱 부러지는 대답 좀 해주지, 그래."

스즈키는 갑작스러운 지명을 받고 멍한 표정을 지었다. 그리고 왕자를 바라보았다. "그랬니?"라며 서글픈 듯이 눈썹을 일그러뜨렸다.

왕자는 터져 나오는 한숨을 참아냈다. 그 질문을 하면 상대는 대체로 이런 표정을 지었다. 아니면 벌겋게 달아오른 얼굴로 분개했다. "그냥 순수하게 알고 싶을 뿐이에요"라고 왕자가 말했다.

스즈키는 가볍게 숨을 들이쉬더니, 스스로를 안정시키려는 듯 길게 내쉬었다. 감정이 고양된 기미는 없었고, 여전히 서글퍼하는 눈빛이었다.

"어떻게 대답해야 할지 고민되는데."

"역시 어려운 질문인가요?"

"그렇다기보다 너의 본심을 알 수 없으니까."

스즈키의 얼굴이 차츰 교사처럼 변해가는 것 같아서 불쾌했다.

"우선"이라고 그가 입을 열었다. "내 개인적인 의견을 말하겠는데."

개인적이지 않은 의견도 있느냐고 토를 달고 싶어졌다.

"나는, 예를 들어 네가 누군가를 죽이려 한다면 말리고 싶어. 그 반대도 마찬가지야. 누가 널 죽이려 해도 그것 역시 안 된다고 말하고 싶지."

"왜죠?"

"사람이 죽는다는 것은, 꼭 죽진 않더라도 누군가가 누군가를 공격하는 것은 너무나 가슴 아픈 일이기 때문이지."

스즈키가 말했다.

"슬프기도 하고, 견디기 힘들지. 그런 일은 없었으면 해."

그런 대답은 듣고 싶지도 않았지만, "무슨 말인지는 알았습니다. 저 역시 그런 심정은 이해해요"라고 거짓말을 했다.

"그렇지만 그런 윤리적인 의미가 아닌 이유를 알고 싶어요. 그렇다면 그런 감정이 없는 사람은 살인을 긍정해도 좋다는 말 아닌가요? 세상에는 전쟁이나 사형도 있어요. 그런데도 어른들은 그것을 비난하지 않죠."

"응, 그렇지." 스즈키는 그쯤에서 왕자의 대답을 예기했다는 듯 고개를 끄덕였다.

"아까도 말했지만, 이건 내 개인적인 감정이야. 그렇지만 이게 가장 중요한 거야. 나는 사람은 사람을 죽여선 안 된다, 절대로 안 된다는 생각을 갖고 있어. 죽음은 가장 슬픈 거야. 다만, 네가 원하는 건 그런 대답이 아니지. 그래서 말인데"라며 갑자기 친숙한 태도로 말을 이었다.

"묻고 싶은 게 있는데."

"뭔데요?"

"내가 여기서 너한테 오줌을 싼다면 어떡할래?"

느닷없이 유치한 질문이 나와서 왕자는 놀랐다.

"네?"

"내가 네 옷을 전부 벗기고 알몸으로 만들면 어떡할래?"

"그런 취미가 있나요?"

"그런 건 아니야. 그렇지만 어떻게 생각해? 차 안에서 아무데나 오줌을 싸면 안 된다. 타인을 알몸으로 만들면 안 된다. 나쁜 말을 하면 안 된다. 담배를 피우면 안 된다. 차표 없이 신칸센을 타면 안 된다. 돈도 안 내고 주스를 마시면 안 된다."

"그게 무슨 소리죠?"

"지금 널 때리고 싶은데, 괜찮을까?"

"진심이에요?"

"진심이면 어쩔래?"

"싫어요."

"왜?"

왕자는 대답을 고민했다. "내가 싫으니까" 하고 말해야 할까 아니면 "그럼, 때려요"라고 대답해야 할까 고민했다.

"이 세상은 금기사항으로 넘쳐나."

스즈키가 어깨를 실룩 움직였다.

"하나부터 열까지 금지 투성이지. 너 혼자 존재할 때는 문제될 게 없지만, 다른 사람이 나타난 순간 수많은 금기사항이 생겨나지. 그리고 우리 주위에는 근거가 불분명한 무수한 금기사항들이 있어. 허가된 것만 간신히 실행할 수 있다고 말하는 게 빠를지도 몰라.

그래서 난 너무 이상해. 어째서 너희는 으레 '왜 사람을 죽이면 안 되느냐'는 질문만 던지는 걸까? 사실은 '왜 사람을 때리면 안 되는가', '왜 남의 집에서 멋대로 자면 안 되는가', '왜 학교에서 모닥불을 피우면 안 되는가'라는 질문들도 해야 하잖아. 왜 모욕을 주면 안 되나, 하는 질문도 있겠지. 살인보다 훨씬 더 이유를 알 수 없는 규칙들이 수없이 널려 있어. 그래서 난 늘 그런 질문을 들을 때마다 그저 단순히 '사람을 죽인다'는 과격한 테마를 끄집어내서 어른들을 곤혹스럽게 만들려는 것뿐이지 않을까 하는 의심부터 들지. 미안하지만 말이야."

"난 정말로 알고 싶어요."

"지금 말했듯이 세상에는 무수한 금기사항이 있어. 그리고 그런 온갖 금기사항 중에서도 되돌릴 수 있는 일은 그나마 낫겠지. 예를 들면 너한테 지갑을 빼앗아도 그대로 돌려주면 원래대로 돌아가고, 네 옷에 물을 엎질러도 최악의 경우에는 똑같은 옷을 사주면 물건은 부활해. 너와 나의 관계는 서먹서먹해지겠지만, 그래도 상당 부분 원래대로 돌이킬 수 있지. 그렇지만 죽은 사람은 되돌릴 수 없어."

흥 하고 왕자가 콧소리를 내며, "생명은 소중하기 때문인가요"라고 말하려 했지만, 그보다 앞서 스즈키가 "딱히 생명이 소중해서 그렇다는 말은 아니야"라고 진지한 표정으로 말했다.

"예를 들면 세상에 단 한 권뿐인 희귀본 만화가 불에 타버렸을 경우도 마찬가지지. 그건 두 번 다시 손에 넣을 수 없어. 개인적으로는 생명과 만화를 동등하게 얘기하고 싶진 않지만, 객관적인 논리로 말하자면, 그 둘은 똑같아. 그러니 너는 '왜 사람을 죽이면 안 되나요'라고 물을 때, '왜 희귀한 만화책을 태우면 안 되나요'라는 질문도 해야겠지."

"선생, 말을 꽤 잘하는군." 남자가 웃었다.

스즈키는 흥분하지도 않았고, 얘기를 해나갈수록 오히려 더 냉정해져서 왕자는 자기가 상대하는 대상이 정말 인간이 맞나 하는 의심까지 품을 지경이었다.

"그래서 얘기가 좀 길어졌는데, 결론을 말하자면." 스즈키는 학생에게 "이 부분은 시험에 나와"라고 전하는 듯한 말투였다.

"여기부터가 대답이야."

"네."

"살인을 허용하면 국가가 곤란해져."

"국가요?"

왕자는 추상적인 이야기로 흘러갈 것 같은 예감에 얼굴을 찡그렸다.

"예를 들면 내가 내일 누군가에게 살해당할지도 모르는 상황이라면 사람들은 경제활동에 종사할 수 없겠지. 애당초 소유권을 보호하지 않으면 경제 자체가 성립하지 않으니까. 안 그래? 내가 산 물건이 내 물건이라고 보장받지 못한다면 아무도 돈을 쓰지 않아. 그보다 돈도 자신의 소유물이라고 말할 수 없게 되어버리지. 그리고 '생명'은 자신이 소유하고 있는 것 중에 가장 중요한 거야. 그렇게 생각하면, 일단은 생명을 보호하지 않으면, 적어도 생명을 보호하는 척이라도 하지 않으면, 경제활동은 멈춰버리는 거지. 그래서 국가가 금기사항들을 만드는 거야. 살인 금지 규칙은 그중 하나지. 중요한 것들 중의 하나라고. 그렇게 생각하면, 전쟁과 사형이 허용되는 이유도 간단해. 그것은 국가 사정에 맞게 행해지는 일이기 때문이지. 국가가 문제없다고 인정한 것만 허용돼. 윤리는 그것과 관계가 없어."

이윽고 신칸센은 신하나마키 역에 도착했다.

열차는 잠시 뜸을 들였고, 그것은 차량이 훅 하고 숨결을 가다듬는 정도의 시간이었지만, 그 후에는 다시 신하나마키 역을 출발했다. 또다시 바깥 풍경이 움직이기 시작했다.

나나오는 스즈키가 하는 말들을 흥미 깊게 들었다. 감정이 부족하고 열량이 거의 느껴지지 않았던 학원 강사가 중학생에게 장황한 설명을 들려주는 광경이 신선했다.

"그래서 국가에 따라서는, 어쩌면 어느 먼 나라에서는 사람을 죽여도 된다고 허가해줄지도 몰라. 난 모르지만, 세계 어딘가에는 그런 국가나 사회가 있을 수도 있지. 살인 금지는 어디까지나 국가의 상황에 맞춘 제도에 불과하니까. 그러니 네가 혹시 그런 나라에 가서 누군가를 살해하거나 혹은 누군가에게 살해돼도 그건 상관없는 일이지."

새로운 의견 같지는 않았지만, 스즈키의 말투가 담담해서 그런지 나나오는 저항감 없이 귀를 기울일 수 있었다. 실제로 사람을 죽인 경험이 있고, 게다가 한 번도 아닌 나나오가 볼 때는 살인 금지 이유를 유창하게 풀어놓는다고 해서 새삼스레 마음을 고쳐먹을 리도 없고 반성할 수도 없었지만, 의연하면서도 부드러운 태도로 얘기를 이어가는 스즈키에게는 호감까지 느껴졌다.

"살인이 허용되지 않는 이유는, 윤리적인 이유를 제외하면, 법률로 정해진 것뿐이라고 말할 수밖에 없겠지. 그러니 너희가 '법률' 이외의 답을 요구하는 것은 '왜 채소를 먹어야 해? 영양이 있다는 이유 말고 다른 대답을 해봐'라고 말하는 것과 마찬가지로 약삭빠른 질문이 아닐까."

스즈키가 숨을 내쉬었다.

"다만, 처음에도 말했듯이, 나는 국가의 상황이나 규칙과는 무관하게 사람을 죽여서는 안 된다고 생각해. 사람이 이 세상에서 없어지고 자아가 사라지는 것은 이루 말할 수 없이 무섭고 슬픈 일이니까."

"선생, 당신 지금 특정한 누군가를 떠올리면서 하는 얘긴가?" 남자가 물었다.

"맞아요, 그런 느낌이 드네요." 여자도 고개를 끄덕였다.

"꽤 오래전이지만, 아내가 죽었어요."

스즈키가 옆을 바라보았다. 그의 눈에서 빛이 느껴지지 않는 이유가 거기에 있는 것 같았다.

"그 사람이야말로 다른 누군가에게 살해됐습니다."

"어머나 세상에"라며 여자가 눈을 휘둥그레 떴다.

그런 일이 있었구나, 하며 나나오도 놀랐다.

"아내를 죽인 상대는 어떻게 됐지?"

남자는 원한다면 복수를 대신 해줄 수도 있다는 말투였다.

"죽었습니다. 모두 죽고 그걸로 끝이죠."

스즈키는 온화하게 말했다.

"왜 그런 일이 벌어졌는지, 아내는 왜 사라져버렸는지, 돌이켜 생각을 해봐도 잘 모르겠습니다. 내가 체험한 일이 모두 다 환영 같은 생각도 들어요. 아무리 기다려도 신호가 바뀌지 않아서, 좀처럼 파란색으로 바뀌질 않는구나, 라는 생각을 한 게 처음이었고, 정신을 차려보니 역 플랫폼이었습니다."

"그건 무슨 소리야?" 남자가 씁쓸하게 웃었다.

"환각을 봤나?"

"그곳 플랫폼에 도쿄 역을 통과하는 전차가 있을 리도 없는데."

멍하니 중얼거리는 스즈키는 갑자기 예전에 꾼 악몽 속으로 뛰어 들어가 되돌아올 수 없게 된 듯한 눈빛으로 변했다. 의미를 알 수 없는 말들만 중얼거렸고, 그런 후에 자기 머리를 좌우로 흔들며 다시 의식을 되찾으려 애쓰는 모습이었다.

"죽은 아내를 떠올리면, 깊고 어두운 구멍으로 빨려 들어가는 감각에 휩싸입니다. 그게 아니면 아내는 지금도 광활한 사막에 홀로 남겨진 건 아닐까 하는 기분도 들고요. 그녀는 암흑의 사막 속에서 목소리도 못 내고, 소리도 못 듣고, 아무것도 보이지 않아 불안에 떨면서도 영원히 떠돌고 있고, 나는 그 고독을 구해줄 수가 없어요. 그녀를 찾아낼 수도 없고, 자칫하면 그녀를 잊어버릴 때조차 있죠. 광활한 암흑의 땅에 방치된 거대한 불안과 슬픔뿐입니다."

"어려워서 무슨 말인지는 모르겠지만, 그래도 당신은 왠지 좋은 사람 같군. 좋아, 당신 학원에 우리 와타루를 보내기로 하지."

남자는 농담 같으면서도 진심이 담긴 눈빛으로 "명함 좀 주게"라고 말했다.

스즈키는 의례적으로 양복에 손을 넣더니, "아, 짐을 제 자리에 두고 왔네요. 과자가 들어 있는 봉지도 잊고 있었어요"라며 웃었다. 갑자기 대학생 같은 분위기로 변했다. "모리오카에 도착하기 전에 챙겨 와야겠어요"라며 일어섰다.

"아내가 죽고 나서 처음으로 그녀의 부모님을 만나러 갑니다. 이제야 갈 수 있게 됐습니다."

"허어, 그것 참 잘된 일이군. 잘 만나뵙고 오게"라고 대충 말을 던지면서도 남자는 은근히 기뻐하는 기색이었다.

스즈키가 뒤쪽 차량으로 사라졌다. 그 후에 남자가 "야, 너, 이해했나?"라며 중학생을 쳐다보았다.

"방금 저 선생 대답으로 만족했어? 내 생각에는 사람을 죽이든 안 죽이든 그건 자기 사고방식에 달린 문제일 테니 선생의 말에 납득한 건 아니야. 다만, 나름대로 설득력은 있었을지도 모르지. 무슨 말이든 좀 해보지 그래."

중학생의 눈빛이 살짝 긴장되었다. 화가 났나, 감동했나 하며 나나오가 그 옆얼굴을 보며 소년의 감정을 파악하려 했지만, 금세 원래 표정으로 돌아왔다. 부푼 풍선에서 공기가 훽 빠져나가듯이 패기가 사라졌다.

"으음, 별로 의미 있는 대답은 아닌 것 같아요. 실망했어요."

패기는 사라졌지만, 천진난만함보다는 가시가 두드러졌다.

"정색을 하는군. 그래도 괜찮아. 뭐든지 훤히 꿰뚫어보는 듯한 태도는 피곤하니까."

남자는 소리 높여 말했고, 어느 틈에 총을 다시 꺼내들고 있었다.

"어이, 중학생, 좋은 거 하나 가르쳐주지."

"뭔데요?"

"조금 전에 네가 입에 올린 질문 말인데. 나도 십 대 때는 자주 했던 얘기야."

남자 옆에서 여자가 휘파람이라도 불듯이 나지막한 웃음소리를 냈다.

"넌 꽤 의기양양한 모양인데, 그런 건 꼬맹이 시절에는 누구나 한번쯤 생각하는 거야. 왜 사람을 죽이면 안 되느냐고 질문해서 어른들을 곤혹스럽게 만들거나 '어차피 죽을 바엔 사람이 왜 존재할까'라는 생각도 하지. 자기 혼자 짐짓 철학자가 된 기분에 빠져드는 거라고. 홍역이나 마찬가지야. 넌 우리가 꼬맹이 시절에 이미 끝낸 홍역에 걸려서 '난 홍역에 걸렸어요'라며 콧구멍을 벌렁거리는 것뿐이지."

"하긴 나도 '난 영화를 보고 울진 않아요'라며 우쭐대는 애는 예쁘질 않더라고요. 젊을 때는 모두 그렇잖아요. 나이를 먹으면 눈물도 많아지는 건 당연하니까. 나도 그렇고 다른 사람도 그렇고, 젊을 때는 아무도 울지 않았어요. 정 그런 말을 하고 싶으면, 환갑이 지난 다음에나 자랑해야겠지."

여자가 그렇게 말하더니, "어머, 미안해라. 설교처럼 들렸겠네"라며 일부러 그러는 것처럼 손으로 입을 가렸다. 입술에 지퍼를 채우는 시늉을 하며 미소를 머금었다.

나나오는 여자의 동작에서 지퍼를 다시 떠올리고, 중학생 옆에 있는 배낭으로 시선을 던졌다. 열린 지퍼 사이로 권총이 보였다.

그래, 이 총을 쓰기로 하자. 타이밍을 노리자. 정신을 바짝 차리자.

그런데 그 순간 갑자기 "할아버지, 할머니, 미안해요"라고 가냘픈 목소리로 말하며 중학생이 고개를 숙였다.

왕자 

왕자는 자기가 짜증이 났다는 것 자체가 짜증스러웠다. 조금 전의 스즈키의 말투나 태도는 딱히 이쪽을 내려다보는 건 아니었지만, 설교를 늘어놓는 듯한 그 분위기가 생리적이라고밖에 표현할 수 없는 막연한 혐오감을 안겨주었다. 다리가 많은 곤충이나 요란한 빛깔의 식물을 목격한 것과도 비슷한 불쾌감이었다.

게다가 자신들은 경험이 풍부하다며 훤히 다 아는 듯한 표정으로 술술 떠들어대는 눈앞의 부부가 화를 더 돋우었다.

분노를 가라앉히고, 냉정한 머리를 되찾기 위해 호흡을 가다

듣은 후에 "미안해요"라고 말했다.

"사실은 할아버지, 할머니의 손자 분이 이미 위험에 처했을 거예요."

슬슬 발표해도 좋을 무렵이겠지. 부부가 동시에 경직되었다. 손자 얘기를 꺼내자, 필사적인 반응을 보였다. 제아무리 강한 척해봐야 이 모양이다.

"조금 전에 전화가 왔었잖아요. 사실은 그 전화를 꼭 받아야 했어요."

"무슨 뜻이야?"

남자의 얼굴이 꽉 조여들듯 일그러졌다. 강해서가 아니라 자기의 불안이 드러나지 않도록 감정을 억제하기 위한 몸부림이라는 걸 알았다.

"그런 지시를 받았어요. 전화는 반드시 받으라고. 그렇지 않으면 입원 중인 사내아이의 목숨은 위험하다고. 신호음이 열 번 울리기 전에 안 받으면 끝이라고 했어요."

남자는 한동안 입을 다물었다. 신칸센의 진동 소리만 울려 퍼졌다.

"그런데 할아버지가 전화를 못 받게 하는 바람에."

얌전한 태도를 가장하며 어깨를 떨었다. 사실은 상대에게 "어때요? 당신은 뭐든 아는 척 떠들어대지만, 손자도 못 구했잖아요. 중학생인 내가 당신보다 더 낫지 않나요?"라고 말해보고 싶었다.

"그게 정말이냐?"

남자가 조용히 물었다. 한낱 허풍이 아니라는 걸 알아챘을지도 모른다. 굴욕을 느끼면서도 이쪽의 기분을 살피는 것 같아서, 왕자는 그런 태도에 기쁨을 느꼈다. 가슴이 설레고, 기쁨이 등줄기를 훑고 지나갔다.

"정말이에요. 아까 전화만 받았어도."

"여보."

그쯤에서 여자가 처음으로 마음의 동요를 드러냈다. 그녀의 두둑한 배짱에도 이윽고 불안이 싹트기 시작했는지도 모른다.

"뭐?"

"여보, 전화해볼까요?"라며 여자가 자리에서 일어서려 했다.

"그게 좋겠죠"라고 왕자가 말했다. 이 정도 시간이 지났으니 그 어린애 몸에는 이미 어떤 일이 일어났을 가능성이 높다.

"제 전화를 쓰시겠어요? 아 참, 맘대로 움직이지 말랬죠."

일부러 비아냥거리는 말투로 중얼거리며 남자의 얼굴을 바라보았다.

남자의 얼굴이 굳었다. 조금 전까지만 해도 휴대전화를 만지는 것조차 경계했지만, 지금은 매달리는 분위기가 감돌았다.

"전화 좀 빌리지"라고 괴로운 듯이 말했다. 기분이 좋았다.

일단 한 걸음을 내딛었다. 왕자는 생각했다. 이렇게 조금씩 자기와의 역학관계에 격차를 만들어 나가면 된다.

배낭에서 휴대전화를 꺼내려 하는데, 그때 옆에 있던 나나오의 시선이 날카롭게 움직이는 게 느껴졌다. 느낌이 확 왔다. 배낭 속의 든 권총을 알아챘겠지.

나나오는 이것을 쓰려고 한다.

아마도 그럴 것이다.

왕자는 가슴이 살짝 뛰기 시작했다.

배낭 속의 권총은 원래 밀감이 가지고 있었던 물건이다. 평범한 권총이 아니다. 방아쇠를 당기면, 총을 쏜 당사자가 부상을 입는 장치가 되어 있다. 폭발 권총일 터였다. 나나오는 그것을 모른다. 그렇기 때문에 사용하려는 것이다.

쓰라고 놔둘 수밖에 없겠네. 왕자는 유쾌하게 생각했다.

폭발로 인해 상황이 어떻게 변화될지는 일이 발생하지 않고서는 알 수가 없다. 아마도 나나오는 물론이고 정면에 앉은 남자에게도 큰 타격을 주겠지. 치명적이진 않더라도 부상은 입을 테니 제대로 움직일 수 없을 게 틀림없다.

이곳에서는 요란한 소동이 벌어질 것이다.

그리고 자기는 그 틈에 이곳에서 해방된다. 분명 그렇게 될 것이다.

물론 자기가 피해를 입을 가능성도 부정할 순 없지만, 대수롭게 여기진 않았다. 나나오가 총을 움켜쥔 순간, 통로 쪽으로 튀어나가면 중상은 입지 않을 거라는 기대가 있었고, 다른 무엇보다 자기 자신의 행운에 대한 신뢰가 강했다. 이럴 때마다 늘 무사했기 때문이다.

차 안에 부드럽고 경쾌한 멜로디가 흐르기 시작했다. 이제 오 분 후면 모리오카에 도착한다는 안내방송이 흘러나왔다.

그 직후였다. 잇달아 여러 가지 일들이 발생했다.

먼저 차량 앞쪽에서 어린애 목소리가 들렸다. 감정이 가득 담긴 목소리로 "할아버지"라고 불렀다. 자기 할아버지를 불렀을 테지만, 그 어린 목소리에 눈앞의 부부가 반응을 보였다. 그들은 좌석을 반대로 돌려서 앉아 있었기 때문에 어린애 목소리는 뒤쪽에서 들려온 셈이다. 자기 손자가 부른 소리라고 착각했을지도 모른다. 그들의 의식이 등 뒤로 향했고, 여자는 통로로 얼굴까지 내밀면서 그쪽을 바라보았다.

나나오는 그 틈을 놓치지 않았다. 배낭을 움켜쥐며 그 속으로 오른손을 집어넣었다.

이 상황에서 어린애의 목소리가 들리고, 나나오가 권총을 손에 쥐는 기회가 만들어지다니, 이 무슨 행운이란 말인가! 왕자는 몸을 부르르 떨었다. 나나오가 총을 끄집어내어 방아쇠를 당기면 그걸로 끝이다. 왕자는 잽싸게 자리에서 도망쳤다.

그러나 폭발은 일어나지 않았다.

통로로 내딛은 발을 멈춘 채, 뒤를 돌아보았다. 나나오는 권총을 꺼내지 않았다. 그뿐인가, 배낭에서 빼낸 손을 바라보며 건전지가 나간 듯이 꿈쩍도 하지 않았다.

나나오의 팔에 시선을 던진 후에야 왕자도 간신히 사태를 알아차렸다. 너무나 뜻밖의 일이라 펄쩍 뛰어오르며 옆으로 튀어

나갈 뻔했다.

앞에 앉아 있던 남자도 총을 든 채 눈을 휘둥그레 뜨고 바짝 굳어 있었다. 여자도 입을 쩍 벌리고 있었다.

나나오의 오른손이, 오른팔이 이상하게 부풀어 올라 있었기 때문이다. 팔을 내달리는 핏줄이 비대해져 입체적인 관으로 변해 기괴한 모양이 되어 있었다.

그렇게 보였다. 그러나 아니었다.

뱀이 휘감겨 있었던 것이다.

"웬 뱀이야?"라고 나지막이 중얼거린 사람은 권총을 든 남자였다. 처음에는 멍하니 중얼거렸고, 그 후에는 웃음을 터뜨렸다.

"이런 곳에 웬 뱀이지?"

"어머나." 여자도 어안이 벙벙해했다.

헉 하며 나나오가 떨리는 목소리를 흘렸다. 온몸이 굳어 있었다.

"어이, 이게 대체 어찌 된 영문이야?" 남자가 웃었다.

"찰싹 들러붙다니, 젊은 양반도 운이 참 없으시네."

여자가 웃었고, 웃는 건 실례라며 필사적으로 동정하는 표정을 지으려 했지만, 아무래도 웃음을 참을 수는 없는 모양이었다. 큭큭거리는 소리가 새어 나왔다.

"어느새 여기까지."

나나오가 팔을 휘두르며 입술을 바르르 떨었다.

"조금 전까지 없었잖아. 나와도 왜 하필이면 지금 여기냐고."

왕자는 어안이 벙벙해서 나나오를 바라보았다. 이런 일도 있을 수 있을까, 하며 방심 상태에 빠져버렸다.

그 사이에도 나나오는 팔을 털어댔고, "안 떨어져"라며 금방이라도 울음을 터뜨릴 것 같았다. 안 떨어져, 안 떨어져, 하며 울상을 지어봐야 변할 건 없었다.

"물이라도 뿌려보면 어떨까"라고 여자가 말하자, 나나오는 용맹한 남자가 튀어나가듯 왕자 앞을 가로지르며 통로로 나갔고, 열린 자동문을 지나 차량 밖으로 사라졌다.

여전히 웃음을 멈추지 못하는 여자 옆에서 남자도 얼굴을 부드럽게 풀며 "걸작이로군"이라는 말을 반복했다.

"뱀이 왜 신칸센에 있지. 저 젊은이도 지지리 운이 없군."

왕자의 머릿속은 혼란스러웠다. 대체 이게 어찌 된 영문일까? 뭐가 어떻게 풀리면, 이런 타이밍에 신칸센 안에 뱀이 등장할 수 있을까? 이해를 넘어서는 일이었다. 분노를 느끼는 동시에 두려움도 엄습했다.

자신의 행운을 정체 모를 불운의 괴물이 덥석 베어 물며 갈기갈기 찢어버리는 공포였다.

그때 경쾌한 웃음소리가 들렸다. 남자가 웃고 있었다.

뱀 소동 웃음이 한 박자 늦게 다시 솟구치나 싶어 앞을 바라보니, 남자가 천장 근처로 시선을 던지며 이를 드러내고 있었다. 왕자의 머리 위를 바라보고 있었다. "어, 왔군"이라고 말했다. 여자가 그 말을 듣고 역시나 똑같은 방향을 바라보더니 "어머, 진짜네"라며 미소를 머금었다.

대체 무슨 말일까 의아해하며 왕자도 노부부의 시선을 따라가듯 등 뒤를 돌아보았다. 왔다고 했으니 누군가가 왔겠지, 예를 들면 아까 자리를 떠난 학원 강사라거나 뱀과 같이 튀어나간 나나오라거나, 그런 사람 모습일 거라고 상상했지만 아무도 없었다. 어디를 봐야 좋을지 몰라 시선을 좌우로 이동시켰다. 몸을 원래대로 되돌렸지만, 그들은 여전히 같은 방향을 바라보고 있었다. 왕자는 다시 한 번 몸을 돌렸다.

문 위 벽에 달린 옆으로 긴 전광게시판에 시선이 멎었다.

'시게루가 시게루에게. 와타루는 무사합니다. 범인은 사망했습니다.'

그런 메시지가 흘러가고 있었다.

나팔꽃

풀숲의 무당벌레는 줄기의 표면에서 뒤쪽으로, 뒤쪽에서 표면으로 이동하면서 위를 향해 올라갔다. 긴 줄기를 나선형 계단을 모방하듯 빙글빙글 돌면서 상승해갔다. 마치 누군가에게 축복을 전해주기 위해 열심히 기어 올라가는 것처럼.

어이, 나팔꽃, 듣고 있나. 귀에 댄 휴대전화에서 중개업자의 목소리가 들려왔다. 지금 어디야?

민들레랑 무당벌레 근처야. 나팔꽃이 대답했다. 머릿속에는 전에 일하다 알게 된 아이들이 언뜻 떠올랐다. 곤충을 좋아해서 카드를 몇 장이나 모았다. 그 애들도 지금은 중학생 정도 됐을까. 그런 생각을 하니 세월이 빠르다는 것을 새삼 실감하지 않을 수 없었다. 자기 혼자만 시간의 그 거센 물줄기에서 벗어나, 아마도 바위나 뭐에 걸려 있을 테지만, 앞으로 나아가지도 못하고 홀로 남겨진 것이다.

민들레랑 무당벌레? 어떤 장소를 가리키는 은어였나?

은어가 아니야. 정말로 민들레랑 무당벌레 옆이라고. 나팔꽃이 대답했다. 네가 지정한 병원 앞까지 왔어. 정면 출입구가 여기서 보여. 넌 지금 어디야. 그렇게 되물었다.

나팔꽃은 자신의 무의식이 시키는 대로 민들레꽃으로 손을 뻗어 그 노란 꽃을 땄다. 툭 꺾이는 감촉이 느껴졌다.

병원 근처야. 나는 선배가 시키는 대로 병실까지 왔는데, 그야말로 정확한 타이밍에 하얀 가운을 입은 남자가 들어오더군.

하얀 가운을 입은 남자를 기다리라는 지시를 받았나?

그런 게 아니야. 남자가 대답했다. 단순히 병실의 손자 상황을 살펴봐달라는 부탁을 받았을 뿐이지. 그런데 그곳으로 하얀 가운을 입은 남자가 찾아왔어. 난 침대 밑으로 숨어들었지. 의료기구 코드니 콘센트들이 복잡하게 얽혀 있었고, 게다가 난 체형까지 이 모양이잖아, 상당히 고역이었지만 그럭저럭 숨을 순 있었지. 그러자 하얀 가운 남자가 다가와 의료기구를 만지작거리기 시작하더군.

하얀 가운 남자가 의료기구를 만지는 건 이상한 일이 아니야. 그런데 왜 수상쩍다고 생각했지?

침대 밑으로 보인 신발이 심하게 더러웠어. 진흙이 묻어 있었지. 의료 관계자가 그런 신발을 신는 건 아무래도 위화감이 느껴지잖아.

다음부터는 중개업자가 아니라 홈스(셜록 홈스) 같은 일을 하는 게 낫지 않을까.

나는 침대 밑에서 튀어나와 “뭐 하는 짓이냐!”하고 추궁했지.

침대 밑에서 튀어나갔다고? 그 체형으로?

사사로운 표현에 집착하는군. 실제는 달라. 사실은 엉금엉금 기듯이 가까스로 나왔을 뿐이지.

그것도 상대에게는 나름 놀라웠겠군.

그는 놀라서 도망쳤어. 통로로 달려 나가 엘리베이터로 뛰어 들었지.

그놈이 수상쩍군. 그런데 넌 지금 어디야? 아까부터 줄곧 그 말만 묻는 것처럼 느껴졌다.

아직 엘리베이터 홀이야. 병원 엘리베이터는 정말 놀라울 정도로 느려 터졌단 말이지.

그렇군. 나팔꽃은 무당벌레로 시선을 돌렸다. 줄기를 돌아가며 정상 가까이 도달했고, 물론 거기에 조금 전까지 조그만 노란 꽃이 있었다는 상상조차 못하겠지만, 거기서 하늘로 날아오를 타이밍을 재고 있었다.

레이디버그, 레이디비틀, 무당벌레는 영어로 그렇게 불린다. 그 레이디는 마리아님을 가리킨다는 말을 들은 적이 있다. 누구한테 들었는지는 기억나지 않는다. 누군가가 귓가에 속삭여 준 기억이 있는가 하면, 도서관에서 펼친 책에 쓰여 있었던 기억도 났다. 어릴 때 선생님이 칠판에 써가며 설명했던 기억도 있는가 하면, 전에 일을 의뢰했던 누군가가 잡담을 하다 던진 이야기였던 기억도 났다. 어느 기억이나 엇비슷하게 선명했고, 다시 말해 모두 다 엇비슷하게 흐릿해서 진실을 가려낼 수 없었다. 나팔꽃의 기억, 추억은 대개는 다 그러했다.

마리아님의 일곱 가지 슬픔을 등에 지고 날아간다. 그래서 무당벌레는 레이디비틀이라고 불린다.

일곱 가지 슬픔이 구체적으로 무엇을 가리키는지 나팔꽃은 알지 못한다. 그러나 그 작은 벌레가 세상의 슬픔을 검은 반점으로 바꾸어 선명한 붉은 등에 살포시 싣고, 잎이나 꽃의 툭 불거진 끄트머리까지 올라간다는 얘기를 듣고 보니, 그런 야무진 기운이 느껴지기도 했다. 무당벌레는 더 이상 높이 올라갈 수 없다고 느끼는 데까지 올라가면, 각오를 다지려는지 동작을 멈춘다. 호흡을 한 번 멈춘 후, 빨간 겉껍질을 활짝 펼치고, 곧게 뻗은 날개를 파닥거리며 날아간다. 그 모습을 바라보는 사람은, 그 검은 반점만큼 작기는 하지만, 자기의 슬픔을 그 벌레가 덜어줬다는 생각을 할 수 있다.

내 일과는 정반대로군, 하고 나팔꽃은 생각했다. 자기가 남의 등을 밀쳐낼 때마다 음습하고 어두운 그림자가 주위에 늘어가는 것 같은 느낌을 떨쳐낼 수가 없었다.

이봐, 나팔꽃. 중개업자가 말을 이었다.

하얀 가운 남자는 건물 밖으로 나갔을 게 분명해. 그러니 그 자를 처리해줘. 나도 바로 아래로 내려가겠지만, 그러면 늦어.

원래 네가 의뢰받은 일은 병실 아이를 지켜주는 일 아니었나? 나팔꽃이 확인했다. 도망친 범인은 그냥 둬도 되잖아.

아니, 위해를 가하는 인간이 있으면 용서치 말라는 부탁도 받았어, 하고 중개업자가 말했다. 무슨 일이 있어도 용서치 말라고.

꽤 난폭한 의뢰로군.

옛날에는 그런 업자들 투성이었어. 학교에서도 체벌이 인정되던 시대니까. 게다가 내 선배는 그런 난폭한 업자들 중에서도 난폭함이 한 수 위였지.

그럼 이건 나에게 정식적으로 하는 의뢰인가? 나팔꽃은 다시 확인하지 않을 수 없었다. 그 하얀 가운을 입은 남자를 처리하라는 말인가? 그렇지만 그러기에는 상대의 정보가 너무 부족했다. 적어도 어디의 누구인지는 가르쳐줘야 나도 일을 시작할 수 있을 텐데.

밖에서 대기하면서 하얀 가운 남자를 기다려.

그런 엉성한 의뢰가 어디 있어? 병원에서 수상쩍은 하얀 가운 남자라도 튀어나와준다면 간단하겠지만.

그렇게 말한 나팔꽃은 곧바로 미소를 흘렸다. 눈앞에 병원에서 튀어나온 남자가 보였다. 남자는 오른팔 옆구리에 하얀 것을 끼고 있었는데, 그것은 허둥지둥 둥글게 말아놓은 하얀 가운처럼 보였다. 아니, 그것 자체였다.

전화로 그 남자의 외모를 설명했다.

그놈이야, 그놈이 틀림없어. 중개업자가 단정했다.

의뢰를 받아들이지. 나팔꽃은 전화를 끊었다.

하얀 가운을 옆구리에 낀 남자는 보도 좌우를 두리번거리며 어느 쪽으로 갈까 망설였다. 곧이어 이쪽으로 가볍게 뛰어왔다. 나팔꽃 옆을 지나 뒤쪽으로 걸어갔다. 스쳐 지나는 순간, 구두로 시선을 돌리자 진흙으로 더럽혀져 있었다.

뒤를 돌아보니 남자는 차도 앞에서 횡단보도 신호를 기다리고 있었다. 휴대전화를 꺼내는 모습이 보였다.

나팔꽃은 소리도 없이 땅을 밟으며 그 남자의 등 뒤로 미끄러지듯 다가갔다. 상대의 호흡을 떠올렸다. 신호를 보았다. 손가락을 쫙 펼치고, 한 번 접었다 다시 한 번 펼쳤다. 숨을 멈췄다. 오른쪽에서 달려오는 통행 차량으로 시선을 돌렸다. 통행량은 많지 않지만 차들은 속도를 늦추지 않고 빠르게 달려왔다. 타이밍을 계산했다. 숨을 훅 내쉬며 손가락 끝에 신경을 모으고 상대의 등을 스쳤다.

그와 동시에, 그 순간에, 조금 전에 풀숲에 있던 무당벌레가 공중으로 가볍게 날아올랐다. 조그만 그 검은 반점 양만큼 그 자리의 슬픔이, 물론 그것은 지극히 미량이긴 하지만, 사뿐히 가벼워졌다.

자동차 브레이크 소리가 날카롭게 울려 퍼졌다. 떠밀린 남자한테서 떨어진 휴대전화가 바닥으로 나뒹굴었다.

8호차 끝의 문 위에 전광게시판이 있었다. 옆으로 긴 게시판에 한 줄로 메시지가 흘러갔다. 평소에는 신문사에서 제공하는 뉴스나 주행 정보가 나오는 화면이다.

"저건." 몸을 비틀며 전광게시판을 올려다본 중학생이 나지막이 중얼거렸다.

"어떻게 된 거죠?"

"깜짝 놀랐나?"

기무라 시게루가 웃었다.

다짐이라도 두듯 '와타루는 무사합니다'라는 문장이 다섯 번이나 잇달아 표시되었다.

"깜짝 놀랐나?"

기무라 시게루는 가슴속으로 퍼져가는 안도감을 실감하면

서 중학생을 놀리듯이 다시 한 번 물었다.

"어떻게 된 거죠?"

중학생이 처음으로 감정을 드러냈다. 이쪽으로 돌아보며 콧구멍을 벌렁거렸고, 얼굴도 살짝 붉어졌다.

"와타루는 무사한 것 같군."

"저건 무슨 뉴스죠?"

중학생은 아직도 상황을 파악하지 못했다.

"그게 말이야, 옛날에 우리 업자들은 연락 방법 때문에 고생이 꽤 심했지. 지금이랑은 달라서 휴대전화도 없었으니까."

"시게루 씨는 그런 연락 방법에 공들이는 걸 좋아했죠."

아키코가 고개를 끄덕이며 말했다.

"시게루는 본말이 전도됐어. 공들인 연락 수단을 시험해보기 위해 일을 고를 정도였으니까. 뭐 하긴, 그래도 도움은 되는군. 우리는 휴대전화가 없으니까."

신칸센을 타러 미즈사와에사시 역으로 향하기 전에 집에서 시게루에게 전화를 걸었다.

"손자 상황을 살펴봐주게", "꼭 지켜줘. 수상쩍은 놈이 있으면 용서치 말고"라는 애매하면서도 강경한 의뢰를 전달하고, "무슨 일이 생기면, 신칸센 안에 있는 공중전화를 울려달라"고 부탁했다. 휴대전화가 없어서 고육지책으로 그렇게 말했는데, 시게루가 곧바로 "아마 열차 안의 공중전화를 울리는 서비스는 이제 안 할 겁니다"라고 말하더니, "그 대신 다른 연락 수단을 쓰겠습니다"라고 서슴 푸르게 장담했다. "다른 연락 수단?"이라고 되묻자, "차 안의 전광게시판을 놓치지 말아주세요. 무슨 일이 있으면 거기로 보고를 보낼 테니까"라고 대답했다.

"그게 가능해?"

"기무라 씨가 은퇴한 뒤로 저도 나름 성장했잖습니까. 이래 봬도 중개업자로는 힘이 꽤 있어요. 신칸센 지령소에도 각별하게 지내는 사람이 있고요"라며 시게루가 흥분한 기분으로 말했다.

차 안 전광게시판이 사라지는 것을 지켜본 후, "전화 좀 빌릴까"라고 기무라 시게루가 말했고, 중학생이 살짝 멍해 있는 틈을 타서 그 손에서 휴대전화를 재빨리 낚아챘다.

뭐 하는 거예요, 하며 날카로운 목소리로 항의하는 중학생에게 "잠깐 기다려. 전화를 걸면 지금 메시지의 의미를 알 수 있을 테니까"라고 말을 받았다.

물론 임시방편이다. 그렇게 하면 상대도 흥미를 드러낼 거라고 생각했을 뿐이다.

기무라 시게루는 재킷 주머니에서 종이쪽지를 꺼내어 거기에 적힌 번호를 휴대전화에 찍었다. 집에서 메모해온 시게루의 전화번호였다.

"네, 여보세요?"라며 상대가 전화를 받았다.

"나다. 기무라다"라고 말하자, 상대가 "어?" 하며 놀랐다.

"기무라 씨, 휴대전화 있었어요?"

"지금은 신칸센 안이야. 수상쩍은 도련님에게 잠깐 빌렸지." 기무라 시게루가 말했다. 권총을 좌석 높이로 들고, 총부리는 여전히 중학생을 겨눈 상태였다.

"마침 잘됐습니다. 조금 전에 신칸센 전광게시판으로 메시지를 보내라고 했는데."

"봤어. 그런데 보내라고 했다니, 대체 누구한테 시킨 거야?"

"말했잖습니까, 지령소 담당자이지 누구겠어요."

자세한 사정은 알 수 없지만, 태평하게 질문이나 할 기분은 아니었다.

"아 참, 기무라 씨, 좋은 소식이랑 나쁜 소식이 있어요." 시게루가 말했다. 기무라 시게루는 쓴웃음을 머금었다. 30년 전, 기무라 일행과 위험한 현장에 나가 일할 때마다 시게루는 그런 표현을 즐겨 쓰곤 했다.

"좋은 소식이랑 나쁜 소식, 어느 쪽부터 들으실래요?"

"좋은 소식부터 들려주게."

시게루는 "네"라며 긴장된 목소리로 변해 숨을 한 번 내쉬더니 "기무라 씨의 손자 분을 노린 녀석은 지금 도로 위에 나뒹굴고 있어요. 차에 치여 끝났습니다"라고 말했다.

"네가 했나?"

"전 아니죠. 다른 업자가 했어요. 저랑은 달라서 우수합니다."

"정직하군."

기무라는 와타루가 무사하다는 것을 실감하기 시작했다. 가슴속에 품었던 무겁고 거대한 돌을 그제야 내려놓을 수 있었다.

"나쁜 소식은 뭐야?"

기무라 시게루가 물었다. 신칸센이 속도를 떨어뜨리기 시작해서 주행 소리도 변했다. 꽉 움켜쥐고 있던 철로를 서서히 풀어주는 것처럼 울리는 소리가 가벼워졌다. 모리오카 역이 가까워진 것이다.

중학생이 눈을 휘둥그레 뜨고 기무라를 바라보고 있었다. 이쪽 대화 내용을 알 수 없어서 불안할 거라고 상상했지만, 뜻밖에도 한마디도 빠뜨리지 않고 들으려고 의식을 집중하는 것 같았다. 역시 얕볼 순 없군, 하며 기무라 시게루는 감탄했다.

"나쁜 소식은." 전화 너머에서 소리가 살짝 가늘어졌다.

"기무라 씨, 화내지 마세요."

"빨리 말해."

"기무라 씨의 손자 분을 지키려고 침대 밑으로 숨어들었는데. 거기서 팍 튀어나올 때."

"침대 밑에서 튀어나왔다고. 네가 그렇게 민첩했나?"

"표현이야 아무렴 어떻습니까, 아 정말."

남자가 불쾌한 듯이 말했다.

"그런데 그때 살짝 흔들리는 바람에."

"설마 와타루한테 무슨 일이 생겼나?"

기무라는 자기도 모르게 말투가 강해졌다.

"네에, 정말 죄송합니다."

"무슨 소리야?" 하고 고함치고 싶은 충동을 필사적으로 억눌렀다. 기구에 충돌해서 기계가 망가지기라도 했나, 하고 상상했다.

"제가 비틀거리는 바람에 손자 분이 깬 것 같아요."

기무라는 할 말을 잃었다.

"아니, 비틀거렸다기보다 휘청한 정도일지도 몰라요. 그렇지만 모처럼 곤히 잠들었는데 깨워버린 것 같아서. 뭐라고 중얼중얼하면서 눈을 뜬 것 같았어요. 기무라 씨는 자는 사람을 깨우는 건 죽기보다 싫어하잖습니까. 그렇지만 악의는 없었어요."

"정말이야?"

"정말입니다. 제가 무슨 악의가 있겠습니까. 기무라 씨가 잠투정 심한 건 뼈저리게 잘 아는데, 뭣 하러 기무라 씨의 손자를 일부러 깨우겠어요."

"그게 아니라 와타루가 정말로 눈을 떴느냐고?"

기무라 시게루가 뱉은 그 말에 아키코의 얼굴에도 환한 빛이 비쳤다. 그와 반대로 앞에 앉은 중학생은 얼어붙어버린 것 같았다.

종점에서 내릴 준비를 하기 위해 승객들 몇 명이 통로로 걸어갔다. 기무라 시게루가 들고 있는 총을 수상쩍게 여기고 캐

묻지 않을까 걱정했지만, 승객들은 아무 일도 없다는 듯 통로로 사라졌다. 애당초 승객이 적어서인지 줄을 늘어설 정도도 아니었다.

"손자 분이 정말로 깼습니다. 죄송합니다."

시게루는 조급한 말투로 설명했다.

"아하, 역시 너에게 부탁하길 잘했군."

기무라 시게루가 말했다. 도쿄의 유일한 지인이라고 할 만한 시게루에게 전화를 걸었을 때는 와타루가 정말 위험한지 어떤지도 알 수 없어서 반신반의했다. 그런데 시게루가 예상 밖으로 활약해줘서 천만다행이었다.

"무리한 부탁을 해서 미안하군."

"기무라 씨에게는 신세를 많이 졌으니까요."

"그래도 은퇴한 지 꽤 오래됐잖아."

"기무라 씨의 아드님인 유이치 군까지 이 업계에서 일하기 시작했을 때는 정말 깜짝 놀랐죠."

"알고 있었나?"

기무라 시게루는 약간 놀라웠다. 역시 피는 못 속인다는 자조와 체념이 뒤섞인 마음도 있었지만, 다른 한편으로는 이 흐름을 와타루한테까지 이어서는 안 된다는 결의도 했다. 피는 못 속이지만, 개천에서 용이 날 가능성도 있다고 스스로를 타일러 왔다.

"사실은 유이치 군을 몇 번 구해준 적도 있어요."

시게루가 부끄러워하는 듯했다. 공치사를 하는 게 아니라 자식의 실수를 부모에게 밝히는 것 같은 미안한 마음이 느껴졌다.

"아 참, 조금 전에 어떤 남자가 그러던데"라며 시게루가 말을 이었다.

"뭘?"

"옛날부터 존재한다는 것은 그것만으로도 우수하다는 뜻인가 봐요. 롤링스톤스도 그렇고, 기무라 씨도 마찬가지죠. 살아남았으니 승자예요."

노인네가 승자인가, 하고 크게 웃어젖힌 후, 기무라 시게루는 전화를 끊었다.

신칸센이 부드러운 곡선을 그렸다. 역에 도착하기 전에 마지막 기세를 보여주는 것 같았다. 차내 안내방송이 환승 정보를 전하기 시작했다.

기무라 시게루는 휴대전화를 중학생에게 돌려주고 "아무래도 조금 전 전광게시판에 나온 대로 우리 귀한 손자는 무사한 것 같군"이라고 말했다. 아키코가 여보 그게 정말이에요, 하며 몸을 앞으로 내밀었다.

중학생이 입을 빠끔히 벌리며 "저어"라고 말하기 시작했다.

"그만둬. 난 질문에는 답하지 않아. 이제 곧 모리오카에 도착할 테고"라며 기무라 시게루가 단호하게 말을 잘랐다.

"잘 들어. 넌 아마도 모르는 것투성이겠지. 지금 전화 상대가 누구였는지, 그리고 와타루가 어떻게 무사한지. 게다가 눈까지 떴다니 무슨 영문인지. 넌 몰라. 넌 지금까지 세상 모든 것을 꿰뚫어보며 어른들을 우습게봤을 게 틀림없어. 사람을 죽이면 왜 안 되느냐는 그 시답잖은 질문도 마찬가지야. 실제로 넌 지금까지 든 의문은 모두 해소해왔겠지. 머리가 좋으니까. 그래서 아무것도 모르는 타인을 비웃어 왔을 거야."

"그런 건 아니에요."

중학생은 그 상황에 이르러서도 얌전하고 나약한 분위기를 연출했다.

"그렇지만 지금 네가 품은 의문은 그대로야. 난 너에게 아무런 설명도 하지 않아. 답답한 상태로 그냥 있어."

"잠깐만요."

"나도 이 사람도 어느새 60년 넘게 살아왔어. 넌 보나마나 늙어빠져서 미래도 없는 주제에 웃긴다고 생각하겠지."

"그런 건……."

"좋은 걸 가르쳐주지."

기무라 시게루가 총을 훽 들어 올려 중학생의 미간에 총부리를 겨눴다.

"60년이나 죽지 않고 이렇게 살아남은 건 대단한 거야. 알았나? 넌 고작해야 14년이나 15년일 테니까. 앞으로 50년을 더 살아남을 자신이 있나? 입으로야 무슨 말이든 할 수 있지만, 실제로 50년 동안 병도 안 걸리고 사고나 사건도 안 당하고 살아남을 수 있는지 없는지는 실제로 해보지 않고서는 알 수가 없지. 그래, 너는 네가 뭐든 할 수 있는 러키보이라고 믿고 있을지도 모르지만, 네가 할 수 없는 일을 가르쳐줄까?"

그쯤에서 중학생의 눈빛이 빛났다. 반짝이는 게 아니라, 말끔하고 이목구비가 잘 갖춰진 얼굴에는 위화감이 느껴질 정도로 점착력이 감도는 불꽃이 눈동자에 떠올랐다. 자존심에 상처를 입은 분노가 어려 있었다.

"할 수 없는 게 뭐죠?"

"앞으로 50년을 더 사는 거야. 안타깝지만 너보다는 우리가 더 오래 살 것 같군. 네가 바보 취급하는 우리가 너보다 미래를 더 많이 볼 수 있지. 아이러니하지."

"정말 쏠 건가요?"

"어른을 우습게보면 못 써." 기무라가 말했다.

"여보, 그러고 보니 휴대전화는 어디로 전화를 걸었는지 번호가 남지 않나요? 조금 전에 이 애한테 돌려준 전화에 시게루 씨의 번호가 남아 있어요. 안 지워도 될까요?"

"괜찮아. 문제될 거 없어."

"문제될 게 없다고요?"

"이 녀석이 휴대전화를 쓸 일은 더 이상 없을 테니까."

중학생이 뚫어져라 시선을 던졌다.

"잘 들어"라며 기무라가 설명했다.

"여기서는 아직 널 죽이진 않아. 쏘더라도 못 움직이게 만들어서 운반할 뿐이야. 왜 그런지 아나?"

"모릅니다."

"너에게 반성할 기회를 주기 위해서지."

중학생의 얼굴에 희미한 빛이 스며들었다.

"반성할 기회요?"

"착각하지 마. 넌 반성하는 척하는 게 특기일 테니까. 반성하는 척해서 어른들에게 관대하게 용서받으며 지금까지 살아왔겠지. 그러나 난 그렇게 물러터진 사람이 아니야. 네 냄새는 내가 경험한 중에서는 최악이야. 지금까지 숱하게 나쁜 짓을 해왔지. 안 그래? 반성할 기회는 주겠지만, 그렇다고 해서 너의 죄를 눈감아주진 않아."

"말도 안 돼."

기무라 시게루는 딱히 흥분한 기색도 없이 담담하게 얘기했다.

"편하게 죽을 순 없겠지."

"여보, 무서워요."

아키코 역시 말과는 달리 무사태평한 모습이었다.

"그건 말이 안 돼요. 손자 분도 무사하잖아요."

중학생이 울상으로 변했다.

기무라가 웃음을 터뜨렸다.

"나는 노인네라 눈도 침침하고 귀도 잘 안 들려서 너의 연기도 잘 몰라봐. 아무튼 넌 우리 손자에게 손을 댔어. 아쉽겠지.

그만 포기해. 어쨌든 바로 죽이진 않아. 천천히 죽여주지. 네가 진정으로 반성한다면.”

“반성한다면 어떻게 할 거예요?” 왕자가 물었다.

중학생의 얼굴에는 불안이 감돌았지만, 한편으로는 기무라가 한 말의 진위를 파헤치려는 기색도 엿보였다.

“으음, 이건 단순한 표현이 아니야. 실제로 잘게 다져주지. 시끄럽게 떠들어대면 곤란할 테니, 일단은 소리를 못 내게 해놓고 천천히.”

아키코가 “아이 참, 또 그런다” 하며 기무라의 어깨를 때렸다. 그리고 중학생을 바라보며, “평소 같았으면 내가 좀 봐주라고 이 사람을 달랠 텐데, 아무래도 이번만큼은 말릴 수가 없겠네” 하며 미소를 지었다.

“왜요?”

“어머나!” 아키코가 놀라며 말을 이었다.

“우리 손자에게 손을 대놓고 편하게 죽을 줄 알았나?”

그러자 그쯤에서 중학생이 임기응변 술수나 전략은 내던져버리고, 어차피 늪에 빠질 바에는 같이 죽자고 덤비듯이, 다시 말해 반격하는 기세로 “으음, 할아버지 아들, 그 알코올 중독 아저씨는 지금 화장실 안에서 죽어가고 있어요. 마지막까지 꼴사나운 울음소리를 흘리던데요. 할아버지 가족은 하나같이 나약해”라고 담담하게 말했다.

기무라 시게루의 내면이 거센 동요로 뒤흔들릴 뻔했다. 상대가 노리는 바가 바로 그런 정신적 교란이라는 걸 알면서도 동요할 뻔했다. 끝까지 버텨낼 수 있었던 것은 옆에 앉은 아내가 한 말 덕분이었다. 아키코는 허세가 뒤섞이긴 했지만 살며시 웃으며 말했다.

"유이치는 워낙에 고집이 세서 아마도 살아남을 거야. 와타루가 걱정되어서 집념 강하게 살아남을 거라고, 틀림없어."

"그렇겠지" 하며 기무라 시게루도 고개를 끄덕였다.

"짓밟아도 죽지 않는 타입이지."

신칸센은 모리오카 역 플랫폼으로 진입했다.

세면실에 도착해 물을 뿌려봤지만, 뱀은 팔에서 떨어지기는 커녕 오히려 더 꽉 휘감겨 들어서 질겁했다. 이대로 가면 팔에 피가 안 통하고, 급기야 비틀려서 끊겨버리는 건 아닐까 하는 공포가 휩쓸고 지나갔다. 공포에 사로잡혀 세면대에 팔을 올리고, 그 위를 있는 힘껏 왼쪽 주먹으로 내리치자, 관이 찌그러지는 감촉과 함께 뱀이 축 늘어지며 팔에서 스르륵 흘러내렸다. 세면대에서 통로로 나가자, 모리오카 역에서 내릴 사람들이 각각의 문 근처에 몇 명씩 늘어서 있었다. 축 늘어진 뱀을 허겁지겁 둥글게 말아 가죽 핸드백으로라도 보이길 기대하며 옮겨서

7호차 쪽에 있는 쓰레기통에 버렸다. 쓰레기통 안에서 또 다른 뭔가가 튀어나오는 건 아닐까 겁을 집어먹었지만, 그런 일은 없었다.

운이 정말 없다. 그러나 물리지 않은 걸 그나마 행운으로 여겨야 할까.

신칸센의 속도가 늦춰지며 새된 소리가 울려 퍼졌다. 이제 곧 정차한다. 드디어 이 끔찍한 여행도 끝나나 하고 안도하는 한편, 종점에 도착해서도 플랫폼에 내려서지 못하는 자신을 상상하며 흠칫 떨었다.

8호차로 돌아가 트렁크를 가지고 나와야 했다. 앞쪽 차량으로 통하는 문으로 시선을 돌렸다. 사람들 몇 명이 짐을 들고 늘어서 있어서 그 사이를 헤치며 돌아갈 마음이 내키지 않았다. 그 부부와 중학생은 어떻게 됐을까, 중학생이 무사한지 걱정이 되었다. 그러나 뱀 소동으로 인한 흥분이 나나오의 정신을 흐트러뜨린 탓인지, 8호차 일은 더 이상 자기가 관여할 바가 아니라고 느껴졌고, 다시 말해 의욕이 시들어버렸다.

게다가 거칠어지기 시작한 바닥 흔들림에 발이 미끄러져서 벽에 매달리듯 손을 뻗으며 그 자리에 무릎까지 꿇어버리자, 이제는 될 대로 되라는 심정이었다.

이젠 질렸다, 이곳에서 당장 피난해야 한다는 생각만 강해졌다. 브레이크가 다시 걸렸다. 바닥은 앞뒤로 흔들렸지만, 부드럽게 속도를 낮춰 나갔다.

역에 도착했고, 신칸센이 숨을 훅 들이켜는 것처럼 뜸을 들인 후, "푸쉬" 하는 소리와 함께 문이 열렸다. 차 안 공기가 가벼워진 것처럼 느껴졌다. 해방감이 가득했다.

통로 손님들이 서서히 플랫폼으로 내려갔다. 사람은 많지 않았지만, 한 사람씩 천천히 발판을 확인하며 내려가서 나름대로 시간이 걸렸다.

쾅 하는 파열음 같은 소리가 울린 것은 바로 그때였다.

쇠말뚝을 있는 힘껏 내리치는 것 같은 순간적이면서도 격렬한 울림이 들려왔다.

승객들이 알아차린 기색은 없었다. 아마도 신칸센이 토해내는 호흡 소리나 정차한 차륜에서 나는 소리, 과연 어떤 종류의 소리가 나는지 나나오는 모르지만, 어쨌거나 모두가 기계의 관절이 울리는 소리라고 자연스럽게 받아들였을지도 모른다.

나나오는 총성이라는 걸 알았다.

8호차겠지.

마주보는 6인석에서 총이 발사된 것이다.

중학생이 맞았을까?

뒤쪽 차량을 쳐다봤지만, 스즈키가 돌아오는 그림자는 보이지 않았다. 일단 짐을 가지러 가서야 냉정함을 되찾고, 내가 왜 그 낯선 안경 남자와 중학생을 인솔해야 하나, 하며 생각을 고쳤을지도 모른다.

현명하다. 하긴 선생이니까.

나나오는 8호차 문을 바라보았다. 그 자동문은 꿈쩍도 하지 않았고, 내부에서 끔찍한 사건이 벌어졌으니 가까이 다가오지 말라는 경고를 보내는 것 같았다. 그 문은 마치 과묵하고 다부진 문지기처럼 보였다.

나나오는 모리오카 역에서 내렸다. 원래는 우에노에서 내릴 예정이었는데! 하고 소리치고 싶은 충동에 휩싸였다. 시간으로 치면 오 분 정도의 짧은 이동일 터였다. 그런데 왜 두 시간 반 이상이나 차 안에 남아, 오백 킬로미터 남짓 떨어진 도호쿠 땅에 내려서게 되었단 말인가. 마음의 준비도 없이 모험을 강요당한, 현실감 없는 피로감이 온몸을 무겁게 짓눌렀다. 몸은 무겁지만, 머릿속은 사뿐사뿐 가볍게 들떴다.

모리오카 플랫폼에는 양복 차림의 남자들이 늘어서 있었다. 이상한 광경이었다. 한 차량 앞에 다섯 명씩, 벽을 쌓듯이 같은 간격으로 늘어서 있었다. 내려선 손님들은 그 모습을 이상히 여기고, 힐끗힐끗 조심스러운 탐색의 시선을 던지며 출구 에스컬레이터로 향했다.

나나오 앞에도 다섯 남자들이, 훈련을 연마한 사람 특유의 대열은 병사라고 부르면 딱 들어맞을 테지만, 양복 차림의 병사들이 늘어서 있었다.

보나마나 그 자리에서 "네가 나나오지. 약속한 트렁크는 어떻게 됐나? 왜 모리오카까지 왔지?"라고 추궁할 거라 추측했지만, 그들은 나나오에게는 흥미가 없는지, 아니면 나나오의 외모는 알려지지 않았는지, 가까이 다가올 기미도 보이지 않았다.

그러더니 그들은 일제히 차 안으로 돌입했다. 막 도착한 '하야테'는 차량 기지로 돌아가거나 아니면 다시 돌아갈 운행을 위해 청소를 하게 될 테지만, 그런 단계는 개의치도 않고 가택 수색에 들어가듯 차 안을 뒤지기 시작했다.

수많은 개미떼가 지렁이에게 우글우글 달려들어 단숨에 해체하는 것 같은 신속한 솜씨와 섬뜩함, 말이 필요 없는 막무가내식의 강렬한 힘이 느껴졌다.

화장실에 감춰진 시체나 나나오가 좌석에 방치해둔 늑대의 시체가 발견되는 것도 시간문제였다.

서둘러 이곳을 벗어나는 게 상책이라고 생각한 나나오는 발걸음을 재촉했다. '하야테' 선두 차량 근처에 풍채 좋은 남자가 서 있었다. 공룡처럼 울툭불툭 거친 얼굴에 럭비 선수 같은 몸집을 하고 있었다. 미네기시라는 걸 알 수 있었다. 주위에는 검은 양복 차림의 사내들이 서 있었다.

신칸센으로 달려든 개미떼는 미네기시가 보낸 병사들이 틀림없다.

미네기시 앞에 차장이 서 있었다. 신칸센을 위협하는 행위에 대해 항의하는 건지도 모른다. 차장은 그 공룡 얼굴의 위풍당당한 태도를 보이는 남자가 이 혼란의 두목임을 이해하고 '그만 멈춰주십시오'라고 애원하는 모습이었다.

물론 미네기시가 그 말을 들을 리는 없다. 차장에게 손사래를 치며 무표정한 채로 쫓아버렸다.

차장이 등줄기를 곧게 펴고 뭐라고 호소했다. 말하는 내용까지는 들리지 않았지만, 대화가 통하지 않아 결국 포기했는지 미네기시 옆을 지나 에스컬레이터로 걸음을 내딛었다.

그 순간 누군가가 갑자기 나나오의 등을 찔러서 펄쩍 뛰어오를 뻔했다. 화들짝 놀라 뒤를 돌아보며 순간적으로 팔을 뻗어 상대의 목을 움켜쥐려 했다.

"잠깐, 무서운 짓 좀 하지 마"라며 눈앞의 여자가 눈을 치켜떴다.

"마리아"라고 나나오가 나지막이 소리를 흘렸다.

"여긴 어떻게?"

"유령은 아니니까 걱정 마."

"도쿄에 있는 거 아니었어?"

"네가 우에노에서 못 내린 시점에서 이미 이번 일이 장기전이 될 거라 예상했어. 보나마나 또 무슨 말썽이 생길 거라고 확신했다고."

"그 말이 맞아."

"그래서 내가 혹시 도울 일이 있을까 하고 곧바로 오미야로 향했어. 그리고 신칸센에 올라탔지."

검은 바탕에 옅은 줄무늬가 들어간 정장 차림의 마리아는 미네기시가 있는 근처에서 그에게 힐끗 시선을 던졌다.

"저 사람, 미네기시지. 난처하게 됐군. 빨리 떠나자. 이건 아무래도 위험해. 트렁크에 관해서 물어보면 큰일이잖아. 무서워, 무서워"라며 나나오의 팔을 잡아끌었다.

"저 사람은 아마 아들의 신변이 걱정돼서 정신이 없을 거야."

"미네기시 아들이 어떻게 됐어?"

마리아가 속삭이는 목소리로 물었지만, 나나오가 대답하기도 전에 "아냐, 됐어. 듣고 싶지 않을지도 몰라"라고 뒷말을 이었다.

에스컬레이터 쪽으로 걸어가면서 "넌 대체 어디 있었어?"라고 나나오가 물었다. 신칸센 차 안은 한 차례 둘러봤다.

"도와주러 왔다면서 전혀 도움이 안 됐잖아."

"사실은." 마리아가 그쯤에서 잠시 뜸을 들였다. 말하기 꺼려지는 고질병을 고백하는 것 같았다.

"'고마치'에 타버린 거야."

"뭐야?"

"'고마치'랑 '하야테'는 열차 안에서는 오갈 수가 없더라니까. 믿을 수가 없어. 그럼 대체 뭣 하러 연결해."

"유치원 아이라도 알아."

"유치원 아이는 알아도 어른은 모르는 것도 있잖아."

"그건 그렇고 내가 모리오카에서 내릴 거라는 건 어떻게 알았지?"

실제로는 이치노세키에서는 내릴 생각이었다.

"센다이에서 내렸을지도 모르잖아."

"처음에는 센다이에서 내릴지 모른다고 상상했지만."

"했지만?"

"깜박 잠들어버렸지 뭐야."

나나오는 눈을 부릅뜨며 마리아를 뚫어져라 쳐다보았다.

"잤다고? 이런 난리가 벌어지는 판국에?"

"말했잖아. 어젯밤에 밤새도록 영화 봤다니까."

"어떻게 그렇게 당당하게 말할 수 있지?"

"네 전화 받고 잠깐만 눈을 붙이려고 했는데, 깜빡 잠이 들어버린 거야. 깨보니까 이미 센다이를 지나버렸지 뭐야. 부랴부랴 전화를 했더니 넌 아직 신칸센에 있었지. 아아, 이건 아무래도 네가 종점까지 내릴 수 없는 운명이겠구나 확신했지."

"난 그런 절박한 상황에 처했는데, 넌 잠이나 잤다고?"

"일하는 사람은 너고, 나는 자는 사람이야. 자는 것도 일의 한 부분이니까."

"〈스타워즈〉를 봐서 그런 거지."

나나오는 터져 나오는 한숨을 참아내며 마리아와 나란히 걸어갔다.

"밀감이랑 레몬은?"

"죽었어. 신칸센 화장실 안에 있어."

마리아가 또다시 한숨을 내쉬었다.

"대체 신칸센 안에 시체가 몇 구나 있는 거야. 뭐야, 그게. 시체 열차? 몇 사람이야?"

"글쎄." 나나오는 헤아려보려 하려다 그만두었다.

"대여섯쯤 될까."

"칠성무당벌레의 별 개수네."

"그렇다고 해도 내 탓은 아니야."

"있잖아, 넌 아무래도 모두의 불행을 대신 짊어진 게 아닐까."

"그래서 운이 없나."

"안 그러면 그렇게까지 운이 나쁠 순 없잖아. 넌 모두에게 도움이 되는지도 몰라."

칭찬인지 뭔지 알 길이 없어서 나나오는 입을 다물었지만, 에스컬레이터에 타려는 순간, 쿵 하는 울림이 등 뒤에서 들려왔다. 그런 것처럼 느껴졌다. 덩치가 큰 짐승이 대지에 나뒹구는 것 같은 진동이었는데, 그것은 현실적인 소리라기보다는 벌어진 사태의 중대함이 공기를 뒤흔드는 것이라는 걸 알아챌 수 있었다. 어디에선가 소리가 솟구쳤다.

몸을 비틀며 돌아보자, 검은 양복 사내들이 플랫폼에 웅크리며 누군가를 안아 올리는 광경이 보였다. 조금 전까지 그 자리에 당당히 서 있던 미네기시가 고장 난 나무인형처럼 옆으로 고꾸라져 있었다.

"어?" 뒤에 있던 마리아도 그 소동을 알아채고 돌아보았다.

사람들이 몰려들었다.

"미네기시가."

나나오가 나지막이 중얼거렸다.

"대체 어떻게 된 거야?"

"빈혈로 쓰러졌나?"

"괜히 휘말리면 곤란하니까 얼른 가자."

마리아가 등을 쑥쑥 밀었다.

그녀의 말대로 멈춘다고 해서 득이 될 일도 없을 것 같았다. 나나오도 걸음을 내딛었다.

"뭐에 찔렸어"라고 등 뒤에서 누군가가 하는 말이 들렸다. 미네기시 주변에서 웅성거림이 솟구치는 게 전해져 왔지만, 그때는 이미 나나오도 마리아도 에스컬레이터에 올라 천천히 내려가기 시작했다. "바늘이다"라고 누군가가 말했다.

에스컬레이터가 내려가는 도중에 몸을 돌리고, 뒤에 있는 마리아에게 "말벌일까?"라고 말했다.

마리아가 눈을 깜박거렸다.

"말벌? 아하, 독으로 일한다는?"

"차 안에 있었어. 이동판매원 노릇을 하면서. 그렇지만 그 사람은 내가 처리했는데."

나나오가 우물우물 중얼거렸다. 곧이어 조금 전에 미네기시와 마주섰던 더블재킷 차림 남자가 뇌리에 떠올랐다.

"차장인가?"

“차장?”

“말벌은 혼자나 둘이서 움직인다고 했지?”

“그래 맞아. 솔로나 듀오로.”

“난 아무런 의심도 없이 혼자 일하는 줄 알았는데, 두 사람이 승차했을지도 모르겠군. 두 사람 다 신칸센 안에 있었고, 미네기시 부자를 노릴 작정이었을지도 몰라.”

이동판매차를 밀던 여자는 미네기시의 아들을, 차장은 모리오카 역에서 미네기시를 각자 분담해서 맡았는지 어땠는지까지는 알 수 없었다.

에스컬레이터가 도착해서 나나오가 내렸다. 마리아도 뒤를 이어 잰걸음으로 다가와 옆에 나란히 섰다.

“나나오, 네가 예리하게 꿰뚫어본지도 몰라. 말벌은 전에 데라하라를 처리해서 일약 유명해졌으니까”라고 생각을 정리하듯 말했다.

“이번에는 미네기시를 공격해서 또다시 이름을 떨치려고 했을지도 모르지.”

“‘영광이여 다시 한 번’인가?”

“아이디어가 부족할 때는 모두들 과거의 성공 사례를 따라하고 싶게 마련이잖아.”

신칸센 ‘하야테’ 내부의 이상 사태, 또는 플랫폼에서 발생한 미네기시의 졸도를 알아챘는지, 철도 직원과 경비원, 경찰관들이 나나오와 마리아를 스쳐 지나며 에스컬레이터로 달려갔다.

서둘러 이 승차장을 폐쇄해야 마땅할 테지만, 아직 거기까지는 상황 파악을 하지 못했겠지. 덕분에 도망칠 수 있었다.

"알고 있었을까."

나나오가 혼잣말을 중얼거렸다. 그 차장이 말벌이었다면, 또 한 사람의 말벌에게 일어난 일, 동료의 죽음을 알고 있었을까? 나나오는 그것이 마음에 걸렸다. 자기가 살해한 장본인이면서도 가슴이 아팠다. 행방불명된 멤버를 영원히 기다리는 밴드를 마음속에 떠올렸다.

"아, 그러고 보니 트렁크는 어떻게 됐어? 안 들고 왔잖아."

마리아의 목소리에 제정신이 번쩍 들었다.

큰일났네, 하고 나나오는 생각했지만, 귀찮은 마음과 조바심에 "이젠 필요 없잖아"라고 거칠게 단정했다.

"미네기시도 그런 걸 따질 상황이 아닐 테고."

자동 개찰구에 차표를 넣고 통과하려 했다. 그런데 그 순간 경고음이 울리며 나지막한 차단기에 가로막혔다.

가까이 있던 역무원이 재빨리 다가와 차표를 확인하며 고개를 갸웃거렸다. "별다른 이상은 없는데 왜 그럴까요. 혹시 모르니 맨 끝 개찰구로 다시 한 번 통과해주십시오"라고 말했다.

"이런 건 익숙합니다."

나나오는 자조하는 기미로 얼굴을 일그러뜨리며 차표를 받아들었다.

밖에서 부는 바람은 차갑고, 온도도 12월 초순치고는 상당히 낮았다. 예년보다 포근한 겨울이라는 하마평下馬評을 뒤집으려 기를 쓰는 걸까, 하고 나나오는 상상해보고 싶어졌다. 하늘이 자칫 방심해서 묶어둔 끈이 헐거워지면, 금방이라도 눈이 펑펑 쏟아져 내릴 것 같은 기운으로 가득했다.

우루시가하라 역 근처에 있는 슈퍼마켓이었다. 드넓은 가게 안에는 식품은 물론이고 일용잡화에서부터 문구류와 장난감에 이르기까지 온갖 상품들이 잔뜩 늘어서 있었다. 딱히 사고 싶은 물건이 있었던 건 아니지만, 전통과자를 들고 계산대 앞에 섰다. 가동 중인 다섯 개의 계산대는 모두 다섯 명씩 줄을 늘어서 있어서 어디가 빠를까 고민하다 오른쪽에서 두 번째 계산대를 골랐다.

전화가 와서 귀에 대자 마리아였다.

“지금 어디야?”

“슈퍼마켓”이라고 말하고, 나나오는 자기가 있는 가게 위치를 설명했다.

“왜 그렇게까지 멀리까지 갔어. 슈퍼마켓이야 우리 옆에도 있는데. 오늘은 할 얘기가 많으니까 빨리 와줬으면 좋겠는데.”

“여기서 나가면 바로 갈게. 그런데 계산대가 붐벼.”

“네가 선 줄이 제일 느릴 거야.”

과거의 경험으로 봐도 반론을 제기할 수 없었다.

나나오 줄의 맨 앞에 선 손님이 계산을 마치고 앞으로 나갔다. 나나오도 자동적으로 앞으로 이동했다.

"네가 궁금해하던 중학생 말인데." 마리아가 말했다.

"뭐 좀 알아냈어?"

두 달 전에 도호쿠 신칸센에서 벌어진 일은 세상을 떠들썩하게 만들었다. 열차 안 화장실과 좌석에 시체가 몇 구씩이나 있었으니 사람들의 흥미를 끄는 건 당연했다. 그러나 경찰 조사가 진행됨에 따라 사망한 사람이 죄 없는 일반시민이라기보다는 출신을 알 수 없는 수상쩍은 인간들뿐이고, 차내 판매원 역시 정식 아르바이트로 고용했음에도 불구하고 정체불명의 여자였기 때문에 매스컴의 대부분은 '조직 범죄자들의 내부 분열'이라는 경찰의 엉성한 발표를 믿기로 결정했다. 그것만으로는 설명할 수 없는 자질구레한 사항에는 눈을 감기로 한 것이다. 철도에 대한 공포가 침투되기 전에, 다시 말해 국내 경제에 큰 영향을 미치기 전에, 이 사건은 특별하며 평범하게 생활하는 인간과는 무관하다고 주지시킬 필요가 있었겠지. 모리오카에서 생긴 미네기시 사건도 역 플랫폼에서 이와테에 거주하는 명사가 갑작스러운 호흡 곤란을 일으켜 사망했다고 보도되었지만, 그것은 어디까지나 죽음의 신칸센과 우연히 겹쳐진 불행이라는 정도로만 다뤄졌고, 미네기시의 생전 직업이나 강력한 영향력, 특히 험악한 영향력에 관해서는 그대로 덮어둔 채였다.

화장실 안에 있던 남자 중 한 사람, 그 중학생과 같이 있던 기무라라는 남자는 놀랍게도 모리오카에서 발견되었을 때까지 사망하지 않았던 모양이다. 곧바로 병원으로 옮겨져 목숨은 건진 모양이지만, 그 후의 경과는 보도되지 않았다.

"그때 네가 앉아 있던 8호차에 발포 흔적이 있었던 건 사실 같아. 다만, 혈흔은 없었고."

중학생과 그 고령의 부부가 어떻게 되었는지도 밝혀지지 않았다. 그 고령의 남자 분위기로 봐서는 아무리 중학생이라도 망설임 없이 쏠 가능성은 있었다. 그러고 나서 소년을 마치 손자를 끌어안은 것처럼 가장하며, 밖으로 끌어냈을지도 모른다.

"도쿄에서 행방불명된 중학생도 대충 조사는 해봤는데, 그게 의외로 많더라니까. 이놈의 나라는 대체 어떻게 생겨먹은 건지. 젊은 애들이 사라진 일이 한두 건이 아니야. 아 참, 센다이만에서 작은 시체가 발견됐는데 신원은 파악하지 못했나 봐."

"그게 그 중학생 아닐까?"

"그럴 수도 있고, 아닐 수도 있지. 마음만 먹으면 행방불명된 아이들 사진 정도는 모을 수 있는데, 어떡할래?"

"그건 됐어"라고 나나오가 대답했다. 우울한 작업이 될 것 같았다.

"기무라라는 업자에 관해서는 알아냈어?"

"아무래도 아직은 걷기 힘든 모양이지만, 꽤 많이 회복됐나 봐. 기특하게도 아이가 아빠 곁에 꼬박 붙어 있대."

"아니, 그쪽 말고. 그 부모 말이야. 예순이 넘은 기무라 부부."

"아아, 그게 말이지." 마리아의 목소리가 커졌다.

"정말 대단하더라, 기무라 씨 부부 얘기는. 걸어 다니는 우드스톡 같아."

마리아의 표현은 이해가 잘 안 갔다. 이야깃거리가 되었다는 뜻일까.

"나도 들어본 적 있는 일화가 몇 개나 있어. 너, 대단한 사람들을 만난 거야."

고령의 유명한 뮤지션 라이브에 갔다 와서 좋겠다며 부러워하는 것 같았다.

"유유자적 살아가는 고령자로밖에 안 보이던데."

"그런데 만약 소문이 사실이라면, 중학생은 죽었어도 사체는 안 나올지도 몰라."

"무슨 소리야?"

"전설의 업자는 진짜 화나면 무섭거든."

"무섭다니, 어떻게?"

나나오가 질문을 던지긴 했지만, 마리아가 "으음, 산 채로 잘게 썰어서"라고 입을 열자마자, "됐어. 역시 듣고 싶진 않다"라며 말을 잘랐다.

그때 모리오카에 도착한 신칸센 차량의 8호차 부근에서는 총에 맞아 신음하는 사내들이 몇 명이나 발견된 모양이다. 하나같이 정확하게 어깨나 양쪽 발등을 맞춰서 움직이지 못하게 만들었다고 한다. 보나마나 그 기무라 부부의 소행이겠지. 열차에서 나오는 데 방해되는 사람들, 즉 미네기시의 부하들을 쏜 것이다. 날렵하게 총을 다루며 도장으로 찍듯 인체의 같은 부위에만 총알을 박아 넣는 곡예를 그 고령의 두 사람이 했다고는 상상하기 어려웠지만, 아마도 그랬을 것이다.

"이건 내 생각인데."

"됐어, 만나서 얘기해."

"요점만 얘기할게."

마리아는 자기 아이디어를 털어놓고 싶어서 안달이 난 것 같았다.

"우리에게 일을 의뢰한 사람은 사실은 미네기시가 아니라 말벌 쪽이었을지도 몰라."

"뭐라고? 미네기시의 2차 하청이라고 말한 사람은 너잖아."

"뭐 그렇긴 하지. 그렇지만 그건 억측 비슷한 거였으니까."

"그런 거야?"

"그때 말벌이 미네기시 부자를 노렸다면, 밀감이랑 레몬이 방해되겠지. 그래서 트렁크를 가로채서 혼란스럽게 만들려던 거 아닐까?"

"양동작전 같은 건가."

나나오는 반신반의하면서 말해보았다.

"그렇지, 그렇지. 그로 인해 틈이 생겼을 때 아들에게 독침을 쏜다. 그러기 위해서 우리한테 트렁크를 가로채라는 의뢰를 했을지도 몰라."

"그렇다면 도쿄 역에서 출발한 후에 트렁크 위치를 알려준 사람은 이동판매 여점원이나 차장 둘 중의 한 사람일지도 모르겠네." 나나오가 기억을 떠올렸다.

"열차 안을 서성거리면서 점검해도 수상쩍게 보이지도 않을 테고."

"그래서 말인데, 아마 차 안을 혼란시켜놓고, 도중에 미네기시한테도 연락했을지 몰라. '아무래도 상황이 이상하니 모리오카 역까지 확인하러 가보는 게 좋겠다'고."

"그건 또 왜?"라고 말한 후에야 알아챘다. 역에서 미네기시를 살해하기 위해서다. 플랫폼에서 살해할 수 있다면 손을 쓰기가 편하다.

전화를 끊은 후에도 계산대 행렬은 좀처럼 줄어들지 않았다. 뒤에도 사람들이 꽤 늘어섰겠지, 하며 뒤를 돌아본 순간, 맨 마지막에 선 남자가 눈에 들어와서 나나오는 하마터면 소리를 지를 뻔했다. 그 학원 강사, 스즈키였다.

그는 양복 차림으로 등줄기를 곧게 펴고 서 있었다. 그리고 식료품이 든 장바구니를 들고 있었다. 그도 알아보고 눈을 크게 떴다. 곧바로 표정이 부드러워졌다. 설마 이런 데서 만날 줄이야, 하는 표정이었다. 서로에 대해 거의 모르는데도 옛 친구와 해후한 것 같은 기쁨이 느껴졌다.

나나오는 가볍게 인사를 했다. 스즈키도 고개를 까딱 숙였다. 곧이어 뭔가 중요한 사실을 떠올린 듯한 표정을 짓더니, 나나오가 서 있는 줄에서 벗어나 옆줄로 이동했다.

동전 쏟아지는 소리가 요란하게 들렸다. 앞으로 고개를 돌리자, 나나오 줄 맨 앞에 있는 나이든 아주머니의 지갑이 뒤집혀 동전이 쏟아진 상황이었다. 그녀는 부랴부랴 동전들을 주웠고 뒤에 있는 손님들도 도와주기 시작했다. 나나오의 발밑에도 하나가 떨어져서 멋지게 회전하기 시작했다. 동전을 집으려 했지만, 잘되지 않았다.

그 사이에도 옆줄은 쑥쑥 앞으로 나아갔다. 뒤에서 스즈키가 소리내어 웃었다.

슈퍼마켓 출구 부근에서 나나오는 지갑에서 추첨권을 꺼냈다. 뒤쪽에는 아마추어 솜씨의 그림으로 기관차 '아서'가 그려 있었다. 신칸센에 탔던 밀감의 주머니에 들어 있던 종이였다. 순간적으로 들고 나와 까맣게 잊어버렸는데, 며칠 전에야 옷 정리를 하다 발견했다. 신칸센에서 일어난 소동이 떠올라, 불길할 것 같아서 버리려고 했지만, 직전에 멈췄다. 그 슈퍼마켓 장소를 알아냈고, 내려 본 적도 없는 역을 경유하며 그 가게까지 찾아가보기로 했다.

"이런 곳에서 만나다니, 정말 우연이군요."

누군가가 말을 건네서 옆을 바라보니 스즈키가 있었다.

"조금 전에는 옳은 판단이었어. 내가 선 계산대는 늘 늦으니까.”

스즈키는 눈을 가늘게 뜨며 웃었다.

“한참 뒤에 선 내가 먼저 계산을 마칠 줄은 꿈에도 몰랐습니다. 반신반의했는데 말이죠.”

스즈키는 가게 밖에서 나나오가 나올 때까지 기다렸던 모양이다. 좀처럼 안 나와서 안으로 다시 들어가려 하는데 추첨 코너 줄에 서 있는 모습을 발견했다고 했다.

“이 줄은 한 줄뿐이니 걱정없어”라며 나나오가 쓴웃음을 웃었다.

“제비뽑기할 거예요? 뜻밖에 당첨될지도 모르죠.” 스즈키가 말했다.

“지금까지의 나나오 씨의 불운이 여기서 폭발할지도 모르잖아요.”

나나오는 추첨 코너 간판으로 시선을 던지며, “고작 여행권으로 지금까지의 불운이 상쇄된다면, 기쁘지도 않을 것 같은데”라고 솔직하게 말했다.

스즈키가 웃었다.

“그래도 사실은 기대하고 왔지. 그 무시무시한 신칸센 사건에서 무사히 돌아올 수 있었으니 내게도 이제 행운이 찾아온 게 아닌가 싶어서. 마침 그럴 때 추첨권을 발견했으니, 이건 뭐랄까, 내 행운기의 시작을 알리는 신호가 아닐까 하고 이렇게 멀리까지 찾아오긴 했는데.”

"그런데도 계산대에서는 늦었군요." 스즈키가 동정하듯 말했다.

그러게 말이야, 하며 나나오가 얼굴을 찡그렸다.

"그래도 당신을 만났잖아. 이것도 행운의 일종일까?"

"내가 예쁜 아가씨였다면 그럴 수도 있겠지만."

스즈키가 더욱 안쓰러워했다.

자, 이리 오세요, 하며 앞에서 점원이 손을 내밀었다. 어느새 차례가 돌아온 것이다.

기관차가 그려진 추첨권을 건네자, "네, 기회는 한 번이네요"라고 점원이 대답했다. 풍채 좋은 중년여성인 그녀는 제복이 찢어질 것처럼 군살이 넘쳐났지만, 손님을 대하는 태도는 친절해서 "오빠, 힘내세요!"라고 활기찬 응원의 말을 건넸다. 흥미진진하게 바라보는 스즈키 옆에서 나나오는 추첨기 손잡이를 잡고 달그락달그락 왼쪽으로 돌렸다. 기계 속에서 구슬이 기울어지며 이동하는 감촉이 느껴졌다.

굴러 나온 것은 노란색 구슬이었다.

그와 동시에 풍만한 체형의 점원이 요란하게 종을 울렸다. 나나오는 깜짝 놀라서 스즈키와 얼굴을 마주보았다.

축하합니다, 하며 옆에서 다른 남자직원이 종이상자를 들고 나왔다. 그러고는 "3등입니다!"라고 밝고 명랑한 목소리로 외쳤다.

"정말 뽑혔네요"라며 스즈키가 어깨를 두드려주었지만, 눈앞에 놓인 커다란 종이상자를 본 나나오는 얼굴이 굳어지고 말았다. 당첨돼서 기쁜 건 분명했지만, 뒷걸음질 친 것도 사실이었다. "이렇게 많이 주면"이라며 얼어붙은 미소를 지었다.

종이상자에는 과일이 빽빽하게 들어차 있었다. 주먹 크기의 주황색 밀감과 노란빛이 감도는 레몬이 정확하게 절반씩 들어 있었다.

이것이 얼마나 큰 행운인지 모른다고 말하려는 듯이 여자 점원이, 축하해요, 정말 잘됐어요, 하며 미소를 건네서 아무런 말도 할 수 없었다. 어떻게 들고 가나, 이 많은 레몬을 어디에 써야 하나, 머릿속에는 숱한 의문이 떠올랐지만, 그 어떤 말도 입 밖에 낼 수 없었다.

가만히 상자 안을 바라보고 있는데, 한순간이긴 했지만, 밀감과 레몬이 입을 빠끔히 벌리며 말을 건네는 듯한 착각에 사로잡혔다. "거봐, 부활했지?"라며 의기양양한 표정을 짓는 것 같았다.

운이 없으니 웃는다

좁은 골목길을 걸어 완행전철 선로 밑의 터널을 지나 가드레일을 따라 걷다보니 버스정류장에 도착했다. 마리아가 기다리고 있었다. 지붕이 설치되어 있어서 비를 피할 수 있었다.

나나오는 들고 있던 작은 종이봉지를 옆구리에 끼고, 우산을 접었다.

"간단한 일이었지?"

머리끝부터 발끝까지 검은색으로 차려입은 마리아가 말했다.

"너는 의뢰받은 일을 나한테 넘길 때마다 그렇게 말하는데, 세상에 간단한 일은 없어."

"왜, 또 무슨 일 있었어?"

"의뢰받은 대로 처리는 했어. 가게 쓰레기통 안에 돈을 붙여놨지. 그리고 너랑 약속한 시간까지 서점에서 시간을 때웠고."

"그럼, 됐네."

버스가 와서 차에 올라탄 두 사람은 뒤에서 두 번째 줄 자리에 나란히 앉았다.

"너, 최근에 세차했지?" 마리아가 물었다. 나나오가 들고 있는 우산을 뚫어져라 쳐다봤다. 아침에 발표된 일기예보에 따르면, 맑고 가끔 구름이었고 강수 확률은 10퍼센트였다. 거리를 오가는 사람들 대부분은 난데없이 쏟아지는 비에 몹시 당황하고 있는데, 나나오는 우산을 쓰고 나타난 것이다.

"네가 세차하면 비가 오잖아."

나나오가 얼굴을 찡그렸다.

"머피의 법칙 그대로야, 내 인생은. '세차하면 비가 온다. 단, 비가 오길 바라고 세차할 때는 예외다'."

"그래도 이젠 불행을 잘 활용할 수 있게 됐네. 세차하면 비가 올지 모르니 우산까지 챙겨온 걸 보면. 그건 그렇고, 대체 무슨 일이 있었는데?"

바로 다음 정류장에 도착했다. 나나오 일행의 뒤편에 앉았던 승객이 내리는가 싶더니, 마치 교대라도 하듯 새로 탄 젊은 여자 둘이 역시나 맨 뒷좌석에 앉았다. 그러더니 "늦어서 미안해. 아 정말, 운이 너무 나빴어. 아르바이트가 방금 전에야 끝났거든" 하고 바로 뒤에서 얘기를 시작했다.

"운이 나빴다니, 무슨 소리야?" 다른 한 여자가 물었다.

나나오는 그 대화를 딱히 들을 생각도 없이 듣고 말았다. 운이 나빴다는 말에 일할 때마다 불운에 휘말리는 자기 자신이 저절로 떠올라서였다. 예를 들면 정치가의 불륜 현장 사진을 찍으러 갔는데, 그 호텔에서 전혀 상관없는 농성사건이 발생했을 때 일이다. 나나오는 결국 그곳에서 도망치기 위해 범인의 목을 꺾었고, 마리아한테 "대단한 활약이었네"라고 놀림을 받았다. 의뢰를 받고 어느 여자를 살해하러 집으로 들어갔다 도베르만에게 습격을 당한 적도 있었다. 우연히 근처를 산책하던 개가 울타리를 뛰어넘어 침입한 것이다. 개 주인은 "이런 짓을 하는 개가 아니었는데"라며 연신 고개를 숙였다.

"우리 가게에서 할인 쿠폰을 발행해서 햄버거랑 포테이토칩 세트를 싸게 팔았거든." 여자가 말했다.

"그래서 어떤 손님이 그 쿠폰을 들고 왔는데, 실은 유효기간이 어제까지였던 거야."

"어머, 운이 없네." 다른 한 아가씨가 말을 받았다.

"그렇지? 그런데 기간이 지나서 할인이 안 된다고 하니까 그 손님이 화를 내는 거야. 젊은 남자였는데, 엄청 흥분하더라고. 왜 저러나 싶어서 얘기를 들어봤더니, 당신은 지난번에도 야박하게 굴었다느니 어쨌다느니 마구 퍼붓더라."

"야박하게 굴었니?"

"내가 아니라, 다른 점원이었어. 야마다 씨라는 사람. 그런데 그 손님이 고함을 치면서 '이름을 기억하고 있어. 봐, 당신 이름표에 야마다山田라고 쓰여 있잖아'라는 거야."

"야마구치山口잖아."

"내 이름은 그렇지. 그런데 그때 손에 포테이토칩 그을음이 묻었던 모양인지, 이름표를 스치다가 더렵혀졌나 봐. 그래서 '口'라는 글자가 '田'으로 보였어."

"운이 없네."

"게다가 하필이면 오늘 콘택트렌즈를 떨어뜨려서 안경을 썼거든. 야마다 씨랑 비슷한 안경을 썼으니까."

"그건 또 뭐람." 운이 없네, 여자는 그렇게 말할 뻔했지만, 몇 번씩 같은 말을 하는 데 저항감을 느꼈는지 입 밖에 내지는 않았다.

"점장도 그 손님이 큰소리로 마구 떠들어대니까 달랬다 사과했다, 고생이 이만저만이 아니었어. 게다가 점장은 오늘 처음 우리 가게에 왔거든. 점장 첫날, 운이 나쁜 거지."

"차라리 경찰을 부르지."

"근데, 바로 그때 가게 천장에 붙어 있던 형광등이 떨어진 거야."

꺄악, 하고 다른 한 여자가 연극처럼 비명을 질렀다. 꺄악, 그건 정말 심하다, 라고.

나나오 옆에서는, 마리아도 역시나 등 뒤에서 들려오는 대화에 귀를 기울이고 있었겠지, 눈썹에 침을 바르는 몸짓(속지 않게 조심하라는 의미)을 반복했다.

버스는 네거리를 완만하게 좌회전하며 속도를 높였다.

"형광등은 바닥으로 그냥 뚝 떨어졌을 뿐인데, 그 남자도 놀라더라. 화들짝 놀라며 홱 물러서다 가까이 있던 손님이랑 부딪쳐버렸어. 그랬는데 그 손님이 들고 있던 쟁반에서 컵이 넘어졌고, 화장실 쪽에서 걸어오던 남자의 발밑으로 액체가 쏟아진 거지."

"콜라?"

커피야, 하고 나나오가 마음속으로 정정했다.

"뜨거운 커피. 뜨거워서 깜짝 놀랐지. 하필이면 제일 큰 사이즈라 양말까지 푹 젖어버렸어. 그 사람, 양말을 새로 갈아 신어야 했을걸."

"그 사람이 운이 제일 없네."

그쯤에서 마리아가 나나오의 발밑으로 슬며시 시선을 돌렸다. 나나오는 양말을 벗은, 맨발인 채로 신발을 신은 상태를 감추려고 하지도 않았다. 마리아가 감탄한 건지, 어이가 없는 건지 눈썹을 크게 추켜올렸다.

"그런데 운이 제일 나쁜 건."

뒷좌석 여자들은 여전히 대화를 이어갔다.

"누군데?"

"누군지는 몰라. 나중에 아르바이트하는 애가 살짝 고백하더라고. 그 애는 그 소동이 신경 쓰여서 주문받은 햄버거를 머스터드 범벅으로 만들어버렸나 봐. 딴 데 정신이 팔린 사이에 몇 번이나 뿌렸고, 퍼뜩 정신을 차렸을 때는 그 햄버거가 이미 어느 손님에게 건네진 후였던 모양이야."

그게 말이 돼? 나나오는 믿을 수 없는 심정으로 마리아와 얼굴을 마주보았다.

"그 햄버거를 먹은 사람이야말로 완전 제대로 당한 셈이지. 운도 지지리 없지."

마리아가 다시 나나오 쪽을 쳐다보았다. 접은 우산 옆에 안고 있는 패스트푸드점 봉지였다. 그 속에는 집에 가져가려고 산 햄버거와 포테이토칩, 음료수가 들어 있었다.

다음 정류장에서 여자들이 내리자마자 마리아가 물었다.

"햄버거는 왜 산 거야?"

"시키는 대로 가게 화장실에 돈을 감췄는데, 그냥 나오면 수상쩍잖아. 그래서 뭘 사는 게 낫겠다 싶어서."

"그거 통째로 버리는 게 좋겠다."

"아직은 이게 그 햄버거라고 판명 난 건 아니야."

"정말 그렇게 생각해?"

"버릴게."

나나오는 바로 고집을 꺾었다. 승산 없는 싸움에서 부랴부랴 철수하는 심정이었다.

다음 정류장의 안내방송이 나오고, 마리아가 내릴 준비를 하기 시작했다.

"아, 또 일 의뢰가 들어왔는데, 그건 간단해."

"이번 일도 그렇게 말했어."

"간단했잖아."

"양말도 버렸고, 하마터면 머스터드 때문에 죽을 뻔했어."

"신칸센을 타고, 특정 트렁크를 들고 사라지면 끝이야. 도쿄에서 타서 우에노에서 내린다. 간단하지? 아이 참, 표정이 왜 그래. 으음, 늘 하는 얘기지만 좀더 웃는 게 좋아. 넌 웃으면 다정해 보이거든."

나나오는 안경을 만지며 어색하게 미소를 지었다. 눈가에 주름이 잡혔다.

웃으면 복이 온다잖아, 라고 마리아는 예전부터 주장했고, 나나오에게는 늘 "미소를 잃지 말라"고 충고하곤 했다.

나나오는 자리에서 일어서서 "내 불운은 웃는 정도로는"이라고 말하다가 그만 버스 계단에서 발이 미끄러져서 넘어지고 말았다. 패스트푸드 종이봉지가 바닥에 나뒹굴고, 떨어진 종이컵에서 자잘한 얼음 조각과 함께 액체가 흘러나왔다. 그것은 마치 사방팔방으로 손발을 뻗치는 얄팍한 생물 같았는데, 버스 구석구석으로 퍼져나갔다. 땅이 꺼져라 한숨을 내쉬고 싶은 충동을 억누르며, 필사적으로 억지 미소를 지었다.

"다 왔어"•라고 마리아가 말했다. 정류장에 도착했다는 의미겠지만, 나나오는 씁쓸하게 웃으며 "운이 없어"라고 중얼거렸다.

• '운이 있다, 운이 없다(쓰이테이루付いてる, 쓰이테나이付いてない)'의 기본형인 '쓰쿠付く'는 '쓰쿠着く(도착하다)'와 동음이의어다.

해설

'악'에 대항할 수 있는 것은 '용기'다

《마리아비틀》은 2010년 9월, 이사카 고타로가 3년 만에 완성한 장편으로 출간되었다. 이 소설은 초기의 대걸작 《그래스호퍼》(2004)의 후속편으로 여겨지며, 등장인물이 일부 겹치지만, 스토리 자체는 독립되어 있어서 이 작품부터 먼저 읽어도 전혀 문제될 게 없다. 다만, 그런 경우라도 부디 이어서 《그래스호퍼》를 읽어줬으면 한다. 순서가 어떻든 결코 짧지 않은 세월을 사이에 둔 '살인청부업자 시리즈' 두 작품을 읽음으로써, 그동안 이사카 고타로가 얼마나 변화하고 성장을 이뤄냈는지 확연하게 알 수 있을 것이다.

자, 그런데 이야기의 무대는 도쿄 역을 출발해서 모리오카로 가는 도호쿠 신칸센 '하야테'다. 이 소설은 첫머리와 결말을 제외한 거의 대부분이 이 열차 안에서만 전개된다. 다른 무엇보다 이 설정이 대단하다. 열차란 이동하는 상자다. 게다가 신칸센은 종착역까지 몇 번밖에 서지 않기 때문에 주행하는 내내 모든 승객은 이른바 같은 상자 속에 갇힌 상태다. 거기에 만약 쫓는 자와 쫓기는 자, 노리는 자와 표적이 되는 자가 같이 탔다면……. 그것만으로도 강렬한 박진감이 생겨난다.

굳이 말할 필요도 없겠지만, 이사카 고타로는 센다이에 살아서 상경할 때는 도호쿠 신칸센을 빈번히 이용한다. 아마도 그는 어느 날 문득 열차 안에서 이 소설의 아이디어를 떠올리지 않았을까. 다만, 그것은 동시에 매우 힘든 도전이기도 하다. 이 정도로 시간과 공간이 극도로 제한된 설정으로 독자의 흥미를 끝까지 이끌고 가려면 플롯과 캐릭터 창조는 물론 문장에도 상당한 기술이 필요하다. 쉼 없이 질주하는 신칸센의 속도감에 뒤지지 않을 만큼의 긴박감 넘치는 스토리텔링이 아니면 금세 지루해져버린다. 그런데 이사카 고타로는 그 도전을 멋지게 성공시켰다.

어린 아들에게 빈사 상태의 큰 부상을 입힌 원수에게 복수하려고 '하야테'에 오른, 알코올 중독에 걸린 전직 살인청부업자 '기무라'. 조직폭력배 거물에게 밀명을 받은, 묘하게 문학통인 '밀감'과 〈꼬마기관차 토머스〉를 너무나 좋아하는 '레몬' 콤비. 여하튼 운이 지독히도 없는, 언뜻 보기에는 나약한 청년 살인청부업자인 무당벌레 '나나오'. 기무라의 원수이자 우등생 같은 외모 뒤에 악마의 마음을 숨기고 있는 중학생 '왕자'. 그밖에도 매력적인 캐릭터들이 잇달아 등장한다. 이렇듯 그야말로 이사카의 작품에 어울리는 만만찮은 인물들(게다가 거의 다 '살인청부업자!')이 도망칠 곳이라곤 없는 신칸센 안에서 한 치의 양보도 없이 맹렬하고도 긴박한 싸움을 펼쳐나간다.

이 소설은 등장인물 각각의 시점으로 장章을 번갈아가며 전개된다. 서서히 그들의 배경, 각자가 처한 사정—어떤 이유로, 어떤 목적으로 이 '하야테'에 탔는가?—이 어렴풋이 드러나고, 교차하는 인간관계가 분명해지면서 동시 진행으로 잇달아 예기치 못한 사건들이 발생하며 박진감을 더해간다.

이런 스타일리시한 화자는 이사카 고타로의 작품에서는 익숙한 존재이긴 하다. 그러나 같은 형식을 취한 《그래스호퍼》가 굳이 표현하자면 이야기의 기발함에 무게중심을 뒀다면, 이 작품의 경우는 기법은 그다지 눈에 띄게 두드러지지는 않고, 어디까지나 이야기 전개에 주력한다. 이동하는 밀실 속에서의 투쟁이다.

따라서 책에 푹 빠져 책장을 넘기다 보면 독자는 어느덧 이 소설이—오해를 무릅쓰고 말한다면—단순한 '살인청부업자 소설'이 아니며, 단순히 공을 많이 들인 서스펜스가 아님을 깨닫게 된다. 이사카 고타로는 이 작품을 통해 꼭 다루고 싶었던 주제, 아니 좀더 정확히 표현하면 꼭 숙고해보고 싶은 주제가 있었던 것이다. 말하는 쪽에서 말해진 것으로, 형식에서 주제로.

한마디로 말하면 이 전회轉回야말로 《그래스호퍼》에서 《마리아비틀》에 이르는 동안 이사카 고타로에게 일어난 변화일 것이다. 그렇다면 그것은 과연 무엇일까?

이사카 고타로는 '악'을 묘사하는 소설가다. 좀더 정확하게 서술하면, 그는 '악'에 대항하기 위한 방책을 이 소설을 통해 찾아가고 있다. 그러기 위해서는 먼저 '악'을 잘 알아야만 한다. '악'이란 무엇인가? 이 주제는 데뷔 때부터 잠재되어 있긴 했지만, 《그래스호퍼》 직후에 발표된 《마왕》 이후 확실하게 전면으로 등장한다. 그러나 이사카가 묘사하려는 '악'은 누구의 눈에나 구분되는 알기 쉬운 '악'과는 전혀 다르다. 그것은 '정의'의 가면을 쓸 때가 있는가 하면, 사람을 끌어당기는 능력의 다른 명칭일 때도 있다. 또한 인간의 비소卑小함인 동시에, 그럼에도 비소한 채로 힘과 권력을 띄기도 한다.

《어느 왕あるキング》(국내 출간된 제목은 《왕을 위한 팬클럽은 없다》-옮긴이)(2009), 《SOS 원숭이》(2009), 《바이 바이 블랙버드》(2010) 같은 작품에서 이사카 고타로는 매번 새로운 취향을 궁리하고 만들어가면서도 반복해서 '악'에 관해 사고한다. 이 작품들은 《골든 슬럼버》(2010)나 《모던타임스》(2008) 같은 인기 높은 대작의 그늘에 가려지기 쉬운데, 이사카 고타로라는 작가를 논하는 데 매우 중요한 실마리를 제공해준다(《모던타임스》는 《마왕》의 후속편이지만, 소설로서의 감촉은 크게 다르다). 그리고 《마리아비틀》은 이 계보에서 약간 특수한 형태로 자리 잡는다. 그것은 물론 '왕자'라는,

이 소설에서 최대(라는 표현에는 약간 어폐가 있지만, 일단은 쓰기로 하겠다)의 '악'이라 불러 마땅할, 대단히 흥미 깊은 등장인물의 존재에서 비롯된다.

오우지 사토시는 얼굴이 앳된 열네 살짜리 중학생이다. 그런데 그것은 말하자면 가면에 불과할 뿐이다. 그는 확실한 '악마'다. '왕자'는 머리가 매우 좋다. 그리고 그는 자신의 머리가 출중하게 좋다는 것도 알고 있다. 요컨대 그것은 타인들 대부분은 자신만큼 똑똑하지 못하다는 뜻이다. 그렇다 보니 '왕자'는 타인을 깔보고, 우습게보고, 철저하게 업신여긴다. 다만, 그는 똑똑해서 그런 속내를 쉽사리 드러내지 않는다.

'왕자'에게는 인간이 마땅히 갖춰야 할 윤리관, 도덕, 감정의 대부분이 결여되어 있다. 혹은 그런 것의 존재 의의를 그로서는 인정할 수 없다. 이렇게 쓰면, 사이코패스라는 말을 떠올리는 분도 계실 것이다. 그렇다. '왕자'는 의심할 여지없는 사이코패스다. 그는 분명 '비도덕'적인 행동을 하지만, 그것을 '비도덕'하다고 여기지 않는다. 그는 애당초 '도덕'을 넌센스라고 생각하기 때문이다.

'왕자'와 '기무라'가 이런 대화를 주고받는 장면이 있다.

"있잖아, 아저씨, 세상에서 올바르다고 하는 게 뭔지 알아?"

"올바른 게 어딨어."

"맞았어, 바로 그거야."

“세상에는 옳다고 여겨지는 것은 존재하지만, 그것이 정말로 옳은지 어떤지는 알 수 없어. 그러니까 ‘이것은 올바른 거다’라고 믿게 만드는 사람이 제일 센 거지.”

“중요한 것은 내가 ‘믿게 만드는 쪽’이 되어야 한다는 거지”라며 ‘왕자’는 큰소리를 친다. 이런 사고방식이 위험하다는 것은 누가 봐도 확연하지만, 그와 동시에 쉽게 논파하기 어려운 지극히 교활한 논리라는 것도 확실하다(참고로 위의 인용 다음에 서술되는 내용은 동일본대지진과 후쿠시마 원전사고를 체험한 우리에게는 실로 깊고 무겁게 암시하는 바가 크다. 이 글이 쓰인 시기는 ‘3·11 대지진’ 이전이었지만). 하긴, ‘악’이란 이처럼 우리가 믿는 ‘올바름’을 철저하게 상대화해서 해체해버리려는 사고방식이 아닐까.

‘왕자’는 몇몇 사람에게 다음과 같은 질문을 던진다.

“왜 사람을 죽이면 안 되느냐는 질문을 받으면, 뭐라고 대답하겠어요?”

아마도 이 질문은 1997년에 발생한 ‘고베 연속아동살상사건’, 이른바 ‘사카키바라 세이토 사건’에서 떠올린 발상이었을 것이다. 사건 후 체포된, 당시 열네 살짜리 중학생과 동갑내기인 소년이 텔레비전 토론 프로그램에서 “왜 사람을 죽이면 안 되는가?”라는 질문을 했는데, 그 자리의 누구도 설득력 있는 답변을 하지 못한 것이 발단이 되어 많은 논자들이 이 문제를 다뤘고, 잡지 특집 기사나 관련 서적 등도 다수 등장해서 약간의 붐이 일었다. '왕자'의 질문은 분명 이 사건을 기반으로 한다.

거론할 필요도 없겠지만, 이 질문 또한 매우 교활하다. '왜 사람을 죽이면 안 되는가 붐' 무렵부터 생각했는데, 묻는 것 자체에 큰 문제가 있는 질문이라고 본다. 왜냐하면 현실적으로, 실제 세계 곳곳에서 끊임없이 사람은 사람을 죽이고 있고, 전쟁이나 사형도 있기 때문이다. 따라서 이 질문은 일반화해서 완벽하게 대답하기는 불가능하고, '사람을 죽이면 안 되는 건 아니다'라는 비겁한 대답, 그러나 안타깝게도 하나의 진리를 전할지도 모르는 대답을 도출해낼 뿐이다. 그리고 '왕자'가 교활한 이유는 그가 이런 사실을 다 알면서도 이 질문을 계속하기 때문이다.

이사카 고타로가 '왕자'라는 비소하고 강력한 '악'에게 소설의 결말에서 어떠한 판결을 내리는지는 여기에서 논하지 않겠다. 다만, 한 가지 말씀드린다면, 이런 유형의 희귀한 작가가 '악'과 벌이는 싸움은 그 후에도 계속된다는 것이다. 이 작품 후에 집필한 이사카 고타로의 가장 기묘한 소설이라 부를 만한 《PK》나 데뷔작 《오듀본의 기도》를 방불케 하는 판타지한 설정의 장편 《밤의 나라 쿠파》에는 《마리아비틀》과는 전혀 다른 형태로 '악'과의 투쟁이 묘사되었다. 거기에는 '악'에 맞서기 위해 필요한 것이 무엇인지가 그려져 있다. 그리고 그것은 이 작품의 진정한 주제이기도 하다.

'악'에 대항할 수 있는 것은 '정의'가 아니다. 그것은 '용기'

다……. 이 소설을 다 읽으신 분은 그 의미를 알리라 믿는다. 그렇다, 이사카 고타로는 '용기'의 소설가다. 《마리아비틀》은 설령 만신창이가 되더라도 필사적으로 '악'에 맞서고자 하는, 보잘것없지만 위대한 '용기'를 그린 작품이다.

평론가 사사키 아쓰시佐々木 敦

옮긴이의 글

새로운 기운을 북돋는 비일상의 힘

현실과 비현실, 일상과 비일상 사이에 가로놓인 벽을 자유롭게 넘나들게 해주는 것이 이야기의 중요한 역할 중 하나다. 따라서 사실적인 이 세계에 발을 디디고 있으면서도 무한한 가능성을 가진 다채로운 비일상의 세계를 얼마만큼 개연성 있게 그려낼 수 있느냐가 이야기꾼의 역량을 가늠하는 잣대가 될 것이다.

그런 면에서 볼 때, 이사카 고타로는 아슬아슬한 외줄타기를 하듯 양쪽 세계의 경계에 서서 탁월한 중심 감각으로 독자들을 새로운 세계로 이끌어주는 좋은 길잡이라 할 수 있겠다.

특히 《마리아비틀》은 도쿄에서 모리오카로 향하는 신칸센을 무대로 설정하고, 그 안에서 각각 다른 임무와 목적을 가진 사람들이 서로 엉키고 충돌하면서 빚어내는 예상치도 못한 스토리로 일상을 뛰어넘는다. 즉, 질주하는 기차의 동적 흐름과 폐쇄된 공간 안의 정적 상황의 대비를 시작으로 행운과 불행, 우연과 필연, 무거움과 가벼움 등의 엇갈림을 통해 숨 막히는 박진감과 속도감을 유감없이 발휘해낸 셈이다. 여기에 공 들인 치밀한 구성, 복선들을 흩뿌리고 절묘하게 아우르는 솜씨, 재치 넘치는 대사, 독특한 캐릭터, 기발한 상상력 같은 기본 요소들이 바탕에 깔리면서 단숨에 읽히는 최상의 엔터테인먼트 소설이 완성된 것이다.

그중에서도 유독 지나치다 싶을 만큼 개성적인 등장인물들이 돋보인다고 할 수 있다. 어린 아들에게 치명적인 해를 입힌 원수에게 복수하려고 '하야테'에 탑승한 알콜 중독자 '기무라', 어둠의 업계 거물에게 비밀 명령을 받은 실력파(?) 살인 청부업자인 문학 애호가 '밀감'과 기관차 토머스에 푹 빠진 '레몬', 불운 하나만큼은 자신 있는 나약해 보이는 청년 업자 '나나오', 그리고 악마 같은 영리함과 교활함으로 무장한 중학생 '왕자'. 그야말로 이사카 고타로의 작품에 등장하기에 손색이 없는 개성 만점의 인물들이 한정된 이동 공간 속에서 복잡하게 얽히고 설킨다.

각자 나름의 절박한 이유를 가진 그들은 필사적일 수밖에 없고 실제로 시체도 몇 구씩이나 나오지만, 그런 첨예한 긴장 속에서도 시치미를 뚝 뗀 듯한 초연한 분위기는 끝까지 유지된다. 이는 이사카 고타로이기에 가능한 일이며, 창작에 임하는 그의 성실한 태도의 증거처럼 보이기도 한다.

그중에서도 시종일관 독자의 심기를 건드리며 불행한 종말을 꼭 지켜봐야 직성이 풀릴 것 같은 집착을 유도하는 인물은 '왕자'다. 고작 열네 살짜리 중학생에 천진난만한 가면을 썼지만, 한마디로 악의 결정체라고 할 만큼 심하게 왜곡된 캐릭터다. 머릿속에는 온통 어떻게 하면 남보다 우위에 설 수 있고, 타인을 농락할 수 있을까 하는 생각뿐이고, 그런 목적을 위해서라면 수단과 방법을 가리지 않는다. 작가는 그런 왕자를 통해 우리 사회 곳곳에 갖가지 양상으로 숨어들어 있는 악의 존재를 그리려 했는지도 모른다. 또한 최고의 자리만을 노리는 치열한 경쟁 속에 내몰린 청소년들의 비극적인 단면과 정상 궤도를 이탈한 오늘날 교육 현장의 위기에 경종을 울리고 싶었을지도 모를 일이다.

이 작품은 실은 《그래스호퍼》의 후속편인 셈인데, 철저하게 비정하며 죽고 죽이는 살인청부업자들의 세계를 아무런 거리낌도 없이 무덤덤한 필체로 그려낸 전작과는 대조적으로 역설적인 유머와 경쾌한 터치로 세상의 불합리한 폭력과 근절되지 않는 악의 존재에 대한 물음을 던진다. 그러나 후속편인 만큼 전작에 등장한 인물들, 예를 들면 학원 강사 스즈키, 나팔꽃, 말벌 등이 적재적소에 나타나 자신의 몫을 완수해낸다. 구성 면에서도 톱니바퀴가 맞물리듯 화자가 계속 바뀌며 서술하므로 읽는 사람에게 다각적인 시각으로 사태를 조망하게 해준다. 또한 단지 흥미진진한 줄거리만 따라가는 게 아니라, 르완다 학살, 학습성 무력감, 알코올 중독과 A10 신경을 비롯해 문학작품·철학·사회학, 심리학 등 다채로운 읽을거리를 적절하고 자연스럽게 녹여내 읽는 이의 지적 호기심까지 골고루 만족시킨다.

작품 안의 왕자는 다양한 욕망과 계산 하에 움직이는 인간, 즉 타자를 자기 맘대로 움직이고 지배하기 위해 지렛대 원리를 악용한다. 그러나 작가는 일상에 지친 독자들에게 새로운 기운을 돋워주는 비일상, 즉 긍정적이며 생산적인 지렛대를 활용하는 능력을 타고난 듯하다.

그래서일까, 시속 200킬로미터가 넘는 무시무시한 속도로 우리 앞을 돌진해가는 이번 작품은 스쳐 지나간 후에도 온 몸을 뒤흔드는 그 여운이 오래도록 남는다.

이영미

인용 및 참고문헌

◎ 댄 가드너Dan Gardner 지음, 다부치 겐타田淵健太 옮김, 《당신은 리스크에 속는다: '공포'를 조종하는 논리*Risk: The science and politics of fear*》, 하야카와쇼보早川書房.

◎ 마크 뷰캐넌Mark Buchanan 지음, 사카모토 요시히사阪本芳久 옮김, 《사람은 원자, 세계는 물리 법칙으로 움직인다: 사회물리학으로 읽어내는 인간행동*The Social Atom*》, 하쿠요샤白揚社(국내 출간 제목은 《사회적 원자》).

◎ 엘리엇 애런슨Elliot Aronson, 캐럴 태브리스Carol Tavris 지음, 도네 유키에戸根由紀恵 옮김, 《왜 그 사람은 잘못을 인정하지 않을까*Mistakes were made: But not by me*》, 가와데쇼보신샤河出書房新社(국내 출간 제목은 《거짓말의 진화》).

◎ 폴 루세사바기나Paul Rusesabagina 지음, 호리카와 시노부堀川志乃舞 옮김, 《호텔 르완다의 남자*An Ordinary Man*》, 빌리지북스villagebooks.

◎ 하세가와 유키히로長谷川幸洋 지음, 《일본국의 정체 정치가·관료·미디어: 진정한 권력자는 누구인가》, 고단샤講談社.

◎ 아서 블로크Arthur Bloch 지음, 마쓰자와 기요시松澤喜好·마쓰자와 지아키松澤千晶 옮김, 《21세기판 머피의 법칙*Murphy's Law: 26th Anniversary Edition*》, 아스키ASCII.

◎ 오가와 기요시小川潔 지음, 《일본의 민들레와 서양민들레》, 동물사.

◎ 도스토옙스키 지음, 구도 세이이치로工藤精一郎 옮김, 《죄와 벌(상)》, 신초문고新潮文庫.

◎ 도스토옙스키 지음, 에가와 다쿠江川卓 옮김, 《악령(하)》, 신초문고.

◎ 버지니아 울프 지음, 오고시 데쓰야御輿哲也 옮김, 《등대로》, 이와나미문고.

◎ 미시마 유키오三島由起夫 지음, 《오후의 예항》, 신초문고.

◎ 알코올 의존과 관련된 이야기, 알코올과 A10 신경과의 관계 등에 관해서는 마사키 도시히로真先敏弘, 《주정하는 사람, 하지 않는 사람》(신초신서新潮新書)을 참고하고 인용했다.

◎ '살인이 허용되지 않는 이유'를 생각해보기 위해서는 가야노 도시히토萱野稔人, 《국가란 무엇인가》(이분샤以文社)에서 암시를 얻은 부분이 있다.

◎ 작품 안에서 등장인물이 서술하는 기관차 토머스의 캐릭터 설명은 포플러사 《플라레일Plarail 토머스 카드》의 설명 부분을 인용했다.

◎ 신칸센 내부의 구조에 관해서는 우메하라 아쓰시梅原淳 씨에게 가르침을 받았고, 지인인 고바야시 씨는 자료에 관한 정보를 알려주었다.

◎ 두말할 필요도 없이 이 소설은 가공의 이야기이므로 실재하는 인물이나 단체와는 아무런 관계가 없으며, 참고문헌이나 가르침을 얻은 정보를 바탕으로 만들어낸 부분도 많으니, 부디 그렇게 이해해주시길 희망한다.

그리고 이야기의 무대로 늘 이용하는 도호쿠 신칸센을 사용하긴 했으나, 현실적으로는 이러한 흉흉한 일과는 무관하다. 신기하게도 내년(2010년 출간 당시로, 현재는 이미 새로운 신칸센인 '하야부사(송골매)'가 운행되고 있다)에는 새로운 신칸센이 등장하여 도호쿠 신칸센 차량도 다양한 변화가 있을 듯하다. 따라서 이 이야기는 '존재하지 않는 신칸센'이 주행하는, 현실과는 다른 세계에서 벌어진 이야기라고 해석해주길 바란다.

마리아비틀 MARIABEETLE

1판 1쇄 인쇄 2019년 11월 19일
1판 1쇄 발행 2019년 11월 28일

지은이 이사카 고타로
옮긴이 이영미

발행인 양원석
본부장 김순미
편집장 김건희
디자인 이혜경디자인
해외저작권 최푸름
제작 문태일, 안성현
영업마케팅 최창규, 김용환, 윤우성, 양정길, 이은혜, 신우섭, 김유정
유가형, 임도진, 정문희, 유수정, 박소정, 강효경

펴낸 곳 ㈜알에이치코리아
주소 서울시 금천구 가산디지털2로 53, 20층 (가산동, 한라시그마밸리)
편집문의 02-6443-8902 **구입문의** 02-6443-8838
홈페이지 http://rhk.co.kr
등록 2004년 1월 15일 제 2-3726호

ISBN 978-89-255-6786-0 (03830)